KB139285

돈의 여왕

돈의 여왕 1

초판 1쇄 펴낸 날 | 2018년 12월 21일

지은이 | 카루목
펴낸이 | 서경석

편집책임 | 조윤희 **편집** | 이예진 **디자인** | 고성희
마케팅 | 서기원 **경영지원** | 서지혜, 이문영

임프린트 | MUSE
주소 | 경기도 부천시 부일로 483번길 40 서경B/D 3F (우) 14640
전화 | 032-656-4452 **팩스** | 032-656-4453
이메일 | roramce@naver.com **블로그** | bolg.naver.com/roramce
홈페이지 | http://www.chungeoram.com

발 행 처 | 도서출판 청어람
출판등록 | 1999년 5월 31일 제387-1999-000006호
어람번호 | 제11-0095호

ISBN 979-11-04-91861-2 04810
ISBN 979-11-04-91860-5 (SET)

뮤즈는 도서출판 청어람 단행본사업본부의 임프린트입니다.

I

돈의 여왕

카루목 장편소설

MUSE

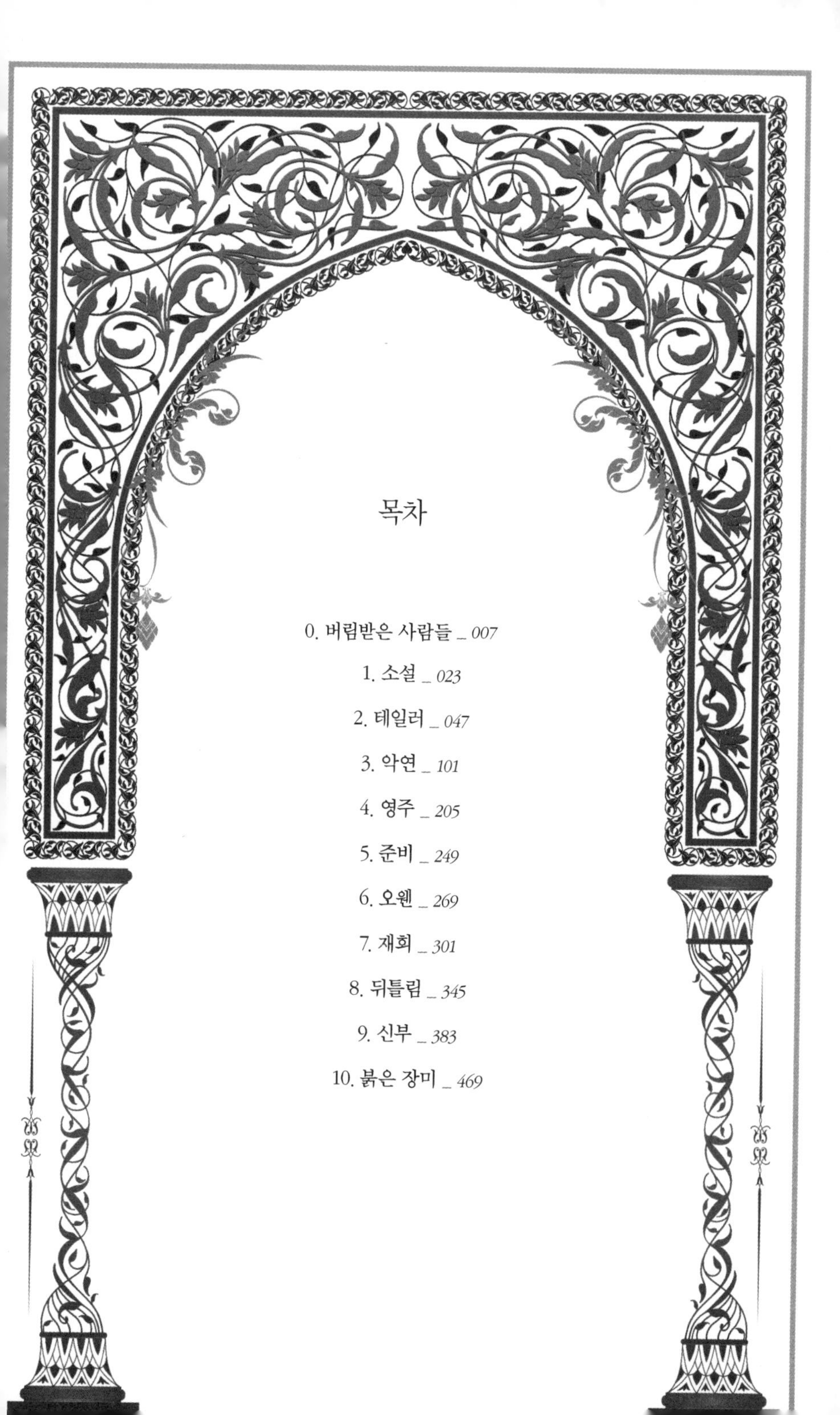

목차

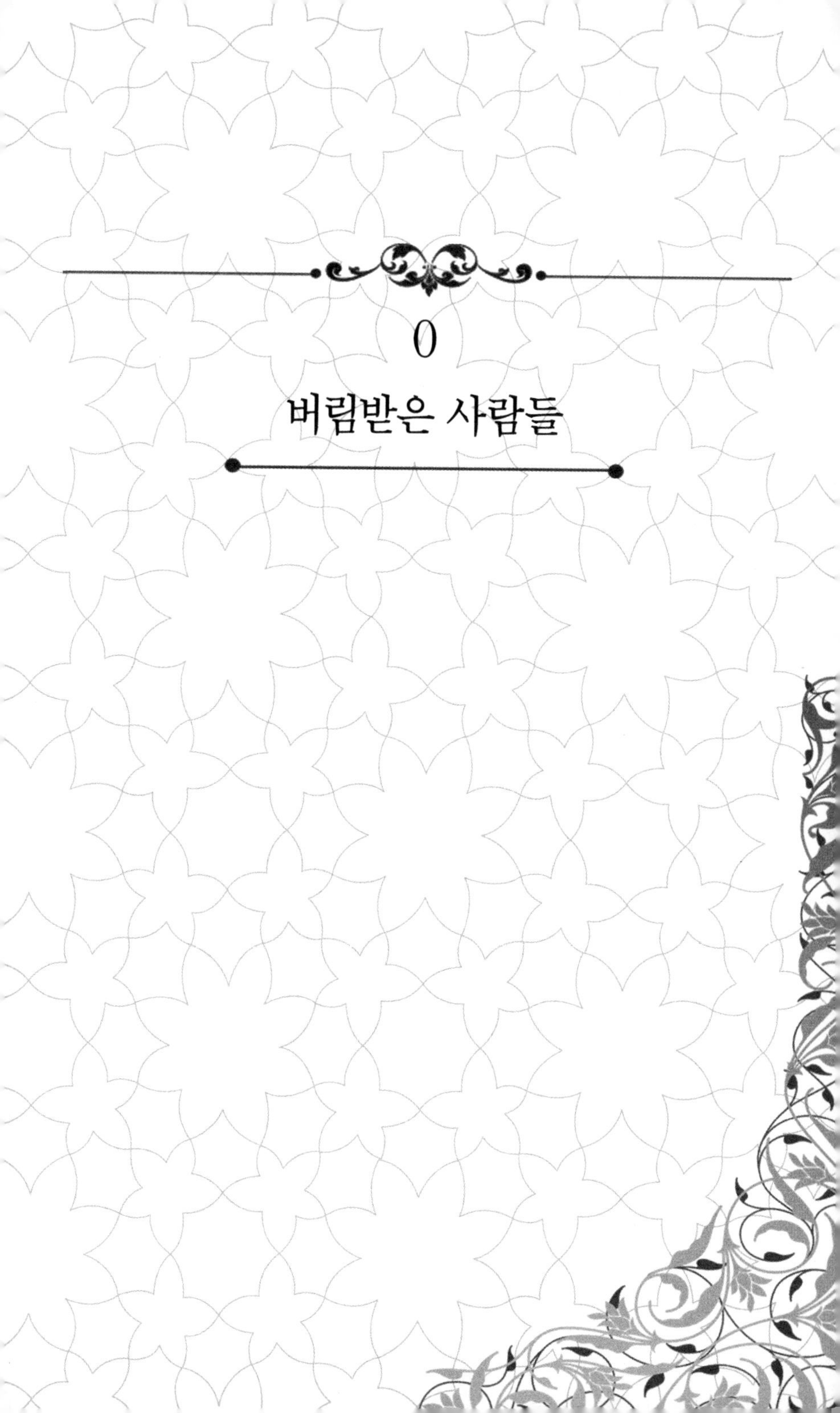

0

버림받은 사람들

살인, 차원 이동, 빙의.

분명 단어도 존재하고 뜻도 명확한 것들이었다. 하지만 일반 사람들이 쉽게 겪을 수 있는 일은 아니었다. 겪고 싶어 하는 사람 또한 없을 것이고. 분명 누군가는 일생에 하나만 겪어도 재수가 없다고 할 것이다. 하지만 연화는 그 세 가지를 동시에 겪게 되었으니, 운수가 더럽게 없다고 해야 할 터였다.

사건의 시작은 사촌으로부터였다.

기업을 물려받을 수 있는 큰 자리를 놓고 연화와 사촌은 차례대로 홍 회장의 시험을 치렀다. 외부에서 보면 두 사람이 대등하게 으르렁대고 있는 것 같지만, 사실 연화가 압도적으로 우세한 상황이었다. 코앞에 원하는 것이 놓여 있었다. 움켜쥐기 직전, 사촌인 홍진수는 연화를 죽였다. 아니, 죽이려 했다. 그래서 '홍연화'의 몸이 실제로 죽었는지 죽지 않았는지는 모르겠다.

연화가 정신을 차렸을 때는 대한민국이 없는 낯선 세계였으니까. 더 정확히 말하자면 친구 재민이 직접 쓴 소설 속이었지만. 심지어 셀리나라는 캐릭터에 빙의한 상태였다. 셀리나는 주연도 조연도 아니었다. 대사 한 줄 나오지 않는 엑스트라였다. 홍연화보다 10살이나 어린 12살 소녀는, 여주인공 상단에서 일하는 짐꾼 노예였다. 사실 노예가 아니라 여주인공의 이복동생으로, 어머니는 몰라도 아버지는 상단주이자 남작이었다.

하지만 어째서인지 셀리나는 어릴 때부터 노예들이나 하는 일을 하면서 자랐다. 옳지 못한 처사였다. 그래도 잘 참고 견뎌냈으면 포상이 있어야 하는데, 셀리나의 삶은 죽음으로 마무리되었다.

카턴 상단은 이야기가 시작될 때, 근거지를 제국으로 옮긴다. 새 사업을 시작하고, 남주와 만나기 위해서였다. 그러려면 제국과 왕국 사이에 있는 황무지를 건너야 했다. 셀리나는 황무지를 횡단하던 도중 카턴 상단이 버리는 아이였다. 이유라는 게 참 황당했다. 짐을 제대로 옮기지 못해서였다. 12살이란 나이가 무색할 정도로 마른 어린애에게 뭘 기대하는 건지 모르겠다.

연화가 투덜거리는 것과 관계없이, 소설은 흐름대로 진행되었다. 상단이 거주지를 옮기기 위한 긴 행렬을 시작했고, 연화는 짐을 옮기다 넘어졌다. 엘렌이 아끼던 접시 몇 개가 깨졌다. 하지만 그건 절대 고의가 아니었다. 연화의 발을 걸어 넘어뜨린 노예들에겐 고의성이 있었겠지만.

"내 검이 너를 베지 않았음에 안도하거라. 네 피가 내 검에 묻는 게 싫었을 뿐이니."

샤먼이 셀리나를 끄집어내 내동댕이쳤다. 연화는 허공에 붕 떴다가 곤두박질쳤다. 충격 때문인지 몸을 움직일 수 없었다. 샤먼은 경멸스러운 말들을 뱉기 위해 몸소 마차에서 내리는 수고까지

했다.

딱딱한 흙바닥에서 오는 냉기, 바닥에 엎어졌다는 충격, 많은 사람들이 이 모습을 보고 있다는 모멸감…… 모두 어린 셀리나에겐 견디기 힘든 현실이었을지도 모르지만, 연화에겐 아니었다. 어차피 이런 일이 일어날 거란 건 알고 있었으니까.

연화는 멍한 눈을 깜빡이며 주위를 둘러보았다.

샤먼 뒤에는 회심의 미소를 짓고 있는 엘렌이 있었다. 그 외에 사람들은 별생각이 없어 보였다. 무표정한 얼굴로 사태를 관망했다. 그들은 셀리나가 어떤 일을 당하건 관심이 없었다.

연화에겐 낯선 얼굴들이었지만, 몸은 이름들을 기억했다. 연화는 낯선 기억들이 튀어나와 시야를 어지럽히는 게 싫어 눈을 질끈 감았다.

샤먼은 그런 연화를 돌아보지 않았다.

"출발하라."

매정한 말 한마디만 남겼을 뿐이었다. 이후 달그락달그락 마차들이 움직이는 소리가 들렸고, 매캐한 연기가 지나갔다.

콜록 기침을 하면서 눈을 떴을 때, 연화는 황무지에 홀로 남겨져 있었다.

연화는 천천히 일어섰다. 생각 정리는 이미 끝낸 상태였다. 앞으로 할 일은 명확했다. 홍연화로 돌아갈 방법을 알아내는 것.

하지만 정확한 방법은 모른다. 방법을 찾는 방법은 더 모른다. 계획 자체가 모호해질 수밖에 없었다.

연화는 바닥에 쭈그려 앉아 손으로 글씨를 끼적여 보았다. 카턴 상단에 있을 때에는 수많은 노예들이 감시하듯 지켜보았기 때문에 개인 시간을 가질 수 없었다. 그러나 이제 남의 시선이 닿지 않는 곳에 있다는 사실을 자각하자, 차분해질 수 있었다. 연화는 대강 항목을 적어보았다.

1. 원래 세계로 돌아갈 수 있는 방법을 찾는다.
2. 찾는 즉시 주저하지 않는다.

예상은 했지만, 글씨가 미안할 정도로 빈약한 항목이다. 그래도 생각을 이끌어내는 데엔 도움이 되었다.

골몰히 생각한 끝에 행선지 한 곳을 짚을 수 있었다.

"카로틴 제국. 수도. 모르트린."

소설 속에서 인구 밀집도가 가장 높은 곳이며, 발전된 문화와 지식이 있는 데다. 그곳이라면 방안을 구할 수 있을지도 모른다.

"그러니 힘내자."

이곳에서 기운 없이 시간을 소모하는 건 사절이었다. 그럴 시간에 지금 할 수 있는 일을 하는 게 낫다. 연화는 품 안에 손을 집어넣었다. 그러고는 돌진하는 짐승을 향해 단검을 치켜들었다.

샤먼은 셀리나를 버리면서 소지품 압수 같은 짓은 안 했다. 덕분에 연화는 가진 것이 많았다.

단검에, 수통에, 돈으로 바꿀 수 있는 보석들까지. 황무지에서 벗어난다면 살아남기 좋은 조건이다.

달려오던 짐승은 단검을 맞고 쿠엑 소리를 내며 엎어졌다. 날래게 움직인 것과 달리, 쉬이 일어서진 않았다. 연화는 잠깐 동안 짐승을 쳐다봤다.

머리를 보면 곰인데, 몸체는 여우 같다. 잡종인가? 혼종인가? 잘 모르겠지만 실제 곰보다는 몸체가 작았다. 덕분에 셀리나의 몸으로도 사냥할 수 있었다.

"끼요오오오!"

기괴한 울음소리 끝에 짐승은 죽었다. 연화는 짐승을 쳐다보다 제 배를 감쌌다.

그러고 보니 오늘 아무것도 먹지 못했다. 고되게 움직인 데다, 코앞에 먹을 수 있는 것이 보이자 허기가 일었다.

연화는 위험상황에 대비한 서바이벌 훈련도 받았다. 다행히 고기 손질하는 법 정도는 알고 있었다. 정형술자만큼 전문적이진 않았지만, 간단히는 가능했다.

"저녁밥……."

연화는 꼴딱 침을 삼켰다. 카턴 상단에서는 주로 썩은 밀빵을 먹었다. 그곳에서 벗어나자마자 고기라. 어쩐지 셀리나로서의 인생이 그리 나쁘지는 않을 것 같다는 생각이 들었다.

⚜

연화는 마차 자국을 따라 걸었다. 카턴 상단이 남기고 간 흔적이었다. 연화는 황무지를 나가는 길을 모르지만, 카턴 상단은 알고 있을 터였다. 연화는 마차 자국을 길잡이로 잡고 걸었다.

그러나 마차 자국은 영원하지 않았다. 황무지를 배회한 지 사흘쯤 되었을까, 온종일 내린 비는 마차 자국을 완전히 지워 버렸다. 별수 없었다. 연화는 이쪽이겠거니 싶은 방향을 짚어 무작정 걸었고, 그러다 사람을 만났다.

"……!"

처음에는 황야에 버려진 시체인 줄 알았다. 가만히 누워 미동도 않고 있었기에. 하지만 분명 꿈틀거렸고, 반응이 있었다. 이틀 만에 처음으로 보게 된 사람을 외면할 순 없었다. 연화는 조심스럽게 다가갔다.

남자 옆에 꽂힌 검을 경계하듯 바라보면서 남자 앞으로 고개를 숙였다. 가까이 가서야 얕게 오르내리는 가슴께가 보였다.

틀림없이, 남자는 살아 있었다.

건드릴까. 말을 걸어볼까. 아니면 그냥 갈까.

고민할 필요는 없었다. 연화가 건드리기 전 남자가 번뜩 눈을 떴으니까. 그는 몸을 반쯤 일으키고서 연화를 응시했다. 말은 하지 않았다. 혹시 말을 하지 못할 정도로 힘든가 싶어서 수통을 건넸다. 남자는 군말 없이 물을 받아 먹었고, 그 다음으로 내민 고기도 먹었다. 과연 셀리나보다 신장이 크다 싶었더니 그녀가 이틀 먹을 수 있는 식량이 단번에 사라졌다.

하지만 아깝지 않았다. 황무지엔 짐승이 많았고, 멀지 않은 곳에 강이 있었다. 물이나 고기 둘 다 바로 구할 수 있었다. 그러기 위해 몸을 많이 움직이긴 해야 했지만.

어쨌든 당장 저녁에 먹을 식량이 없어졌기에 구해야 했다. 연화는 남자를 살짝 쳐다봤다. 그는 자고 있었다. 황무지에서 무슨 일을 겪었는지 모르지만 심한 불안 증세를 보였고, 식사를 마치자마자 잠에 들었는데 곧바로 악몽을 꾸는 듯했다. 저런 상태의 남자에게 같이 사냥을 가자고 말할 수는 없었다. 연화는 품 안의 단검을 확인한 뒤 돌아섰다.

연화는 잠든 남자를 두고 멀리 가고 싶지 않았다. 하지만 그날따라 사냥감이 잘 보이지 않아서 어쩔 수 없었다. 황무지를 좀 헤맨 끝에 이름 모를 짐승 하나를 사냥할 수 있었다. 셀리나 키만 한 짐승이라 제압하는 데에도, 끌고 오는 데에도 시간이 좀 걸렸다.

남자가 있는 곳으로 돌아왔을 때는 해가 진 뒤였다. 연화는 감으로 대충 걸었다. 어느 정도 거리가 가까워졌을 때는 피워놓았던 모닥불로 위치를 잡을 수 있었다.

고기를 모닥불 위에 던지듯 내려놓았다. 이마에 맺힌 땀을 쓱 닦다가 남자와 눈이 마주쳤다. 크게 뜨인 눈이 셀리나를 온전히 담았다. 혹시 기다렸나. 연화는 하하 웃었다.

"깨어 있었……."

"떠난 줄 알았습니다."

남자가 연화를 끌어안았다. 멀리서 지켜보고 있을 때는 몰랐는데, 끌어안겨 보니 잔 근육이 잘 잡혀 있는 몸이었다. 이렇게 건장한 남자가 애처럼 매달리다니. 연화는 우습기도 하고, 안타깝기도 했다. 이 남자의 상태를 알려주는 것 같아서.

"전 이 황량한 땅에 사람을 버려두고 갈 정도로 나쁜 사람이 아니에요."

그 무슨 카턴 상단 같은 짓을.

장난스레 덧붙였지만 남자는 반응이 없었다. 연화가 불편하다는 듯 몸을 비척거리자, 그제야 남자는 팔에 힘을 뺐다. 두어 발 물러서자, 남자가 연화의 팔을 잡는다. 다급한 손길. 연화는 킥킥 웃었다.

"많이 무서웠나 보네요."

무서운 악몽을 꾸고 일어난 어린애 같다는 뜻이었는데. 남자는 쉬이 손을 놓아주지 않는다. 장난스레 넘어갈 수는 없나 보다. 연화는 어깨를 으쓱였다. 짧은 시간 겪었지만 남자가 어떤 상태인지는 잘 알았다. 작은 소리만 들어도 소스라치게 놀라면서 뒤를 돌아보고, 연화와 조금만 거리가 떨어져도 기겁하면서 후다닥 달려온다. 전형적인 불안 증세. 뭔가의 후유증 때문에 생긴 것이겠지. 이 남자를 어떻게 달래야 할지는 알고 있었다.

연화는 남자의 손등 위를 토닥였다. 사실은 등을 두드려 주고 싶었지만, 그의 키가 커서 거기까지는 손이 닿지 않았다.

"알았어요. 안 떠나요."

그러자 거짓말처럼 손이 떨어졌다. 연화는 피식 웃곤 단검을 꺼내 자리를 잡았다.

좀 늦은 저녁을 먹을 시간이었다.

남자가 제대로 정신을 차린 건 닷새가 더 흘러서였다. 그는 연화가 어디를 가든 따라왔다. 제 입으로 말하길 이제 회복이 다 되어서 그렇다고 했지만, 연화는 그것이 완전히 가시지 않은 불안 증세의 흔적임을 알고 있었다. 하지만 적도 아닌 사람의 약점을 찌르는 건 몰상식한 짓이기에, 연화는 모른 척했다.

사실 남자가 움직여 주는 쪽이 편했다. 남자는 유용한 인력이었다. 연화가 무엇이든 한 마리를 잡을 때, 그는 두어 마리를 잡았다. 키가 커서 나뭇가지도 잘 꺾어왔고, 고기 손질하는 법도 가르쳐 주자 곧잘 했다.

그가 없으면 연화 쪽이 되레 아쉬울 판이었다. 그런데 이 이상한 관계를 유지하려고 손을 내민 건 이 남자 쪽이었다.

"따르고 싶습니다."

"황무지까지 말이죠? 뭐어, 황무지가 좀 위험하긴 하죠."

"아니요. 새 주인으로서 따르겠다는 겁니다."

남자의 결연한 눈동자가 빛을 발했다.

연화는 그를 이해할 수 없었다. 저와 이 남자의 관계는 불과 이틀 전에 생성됐다. 그전에 만난 적은 없었다. 그러니까 이 남자는 만난 지 이틀 된 아이에게 제 몸을 바치겠다고 이리 너덜너덜하게 구는 것이다.

다행히 연화에겐 이 남자를 거절할 수 있는 구실이 있었다. 같이 있던 이틀 동안, 남자는 자신의 정보를 내주었다.

"당신에겐 주군이 있었다면서요."

"주군께선 제가 죽길 바라셨습니다. 주군께 돌아가 봤자…… 환영받지 못할 겁니다."

남자가 씁쓸함을 감추며 고개를 숙였다.

까만 머리칼이 남자의 고갯짓을 따라 아래로 내려왔다. 새카만 것이 자르르 윤기가 흘렀다.

'남자 머리털도 이렇게 예쁠 수 있다니.'

연화는 무심코 손을 뻗었다가 흠칫했다. 지금 이런 걸 만질 때가 아니었다. 그녀는 퍼뜩 손을 내리면서 정색했다. 그러고는 아무렇지 않은 척 샐쭉한 목소리를 냈다.

"저도 갈 곳이 있는 건 아닌데요."

"상관없습니다."

남자가 시선을 들어 파란 눈을 맞춰왔다.

"뭔가 착각하시는 것 같은데."

연화는 손가락을 입가에 대고 빙긋 웃었다.

"전 누군가의 모심을 받을 만큼 지체 높은 몸이 아니에요."

"상인의 여식이란 말은 몇 번이고 하셨지요."

"이제 그것도 아니죠. 버림받았으니까."

"사생아가 어디 한둘입니까. 개의치 않습니다."

어떤 말로도 이 남자는 넘어가지 않았다. 그는 확고했다.

푸우.

연화는 길게 한숨을 쉬었다. 대관절 왜 이 사달이 난 건지 모르겠다.

"애초에 왜 나 따위를 모시겠다는 건지……."

"저는 갈 곳이 없습니다."

남자의 눈이 축 가라앉았다. 악몽을 꾸고 난 뒤 일어난 남자의 눈 같았다. 연화는 괜히 마른침을 삼켰다.

"그래서 해야 할 일도, 하고 싶은 일도 없습니다."

그건 정신을 차린 지 얼마 되지 않아서가 아닐까. 연화는 목 끝까지 올라오려는 말을 삼켰다. 사실 남자가 함께 가는 걸 막을 이유가 없었다. 이렇게 유용한 일꾼이 또 어디 있다고.

"알아서 해요."

"감사합니다."

남자는 약간은 들뜬 목소리로 대답했다.

허락이 아니라 또 다른 방식의 무시인 건데도 좋다고 헤벌쭉한다. 연화는 이해할 수 없었다. 뭐가 그렇게 좋은 걸까. 심지어 무보수 일꾼으로 데리고 다닌다는 사실을 모르는 것도 아닐 텐데.

"기사의 맹세라는 건 원래 먹을 걸 준 자들에게 감사의 표시로 바치는 건가요? 그 정도로 쉽고 가벼운가요?"

"주군은 부하의 의식주를 책임질 의무가 있습니다. 그러니 틀린 말은 아닙니다."

"어머나. 그럼 사람 완전 잘못 보셨는데요. 이제 전 흔한 육포 하나 가지지 못한 몸이 되어서요."

연화는 히죽 웃으며 돌아섰다. 포인트로 어깨도 살짝 으쓱여 줬다. 사실 아닌 게 아니라, 정말로 먹을 게 없었다. 그의 식사량은 엄청나서, 연화가 일주일 동안 먹으리라 생각했던 식량이 이틀 만에 떨어진 것은 물론 사냥하는 족족 다 먹어 치웠다.

고기를 얻으려면 사냥을 해야 하고, 식수를 얻으려면 물을 떠야 한다. 그들은 아무것도 하지 않았기에 아무것도 가지지 못했다. '일하지 않은 자 먹지도 말라'는 법칙은 너무나도 잔인한 방식으로 적용되었다.

하루살이 사냥꾼의 인생이 이렇겠지. 비참하고 힘들지만 버틸 수 있었다. 연화는 원래 혼자가 익숙한 사람이고, 혼자서 못 해낸 일은 없었다.

"좌우지간, 저는 당신의 지킴 같은 건 필요 없으니까……."

"어제."

연화가 서너 걸음 옮기자, 남자가 붙들었다.

"당신은 제가 필요하다고 말했습니다."

"아니……. 그건……."

절박한 목소리에 연화는 저도 모르게 우뚝 서버렸다.

"처음이었습니다."

"그……."

"제가 필요하다고 말해주신 것도, 괜찮다고 말하신 것도, 경멸의 눈으로 봐주시지 않는 것도, 이렇게 많은 대화를 나눈 것도."

"……."

"모두 다 처음입니다. 제게 당신은 처음으로 가득 차 있습니다."

낭만적으로 들리는 말의 실상은 보잘것없다. 틀린 말은 아니지만, 거칠한 현실을 너무 아름답게 미화시켜 놓았다.

어젯밤. 연화는 남자에게 저런 말들을 하긴 했다. 하지만 그건 그녀의 의지가 아니었다.

잠자다 말고 일어나 '필요하다고 해주십시오.'라거나 '버리지 마세요.' 따위의 말을 하는 상대에게 드롭킥부터 날리는 사람은 없지 않나.

얘가 왜 이러는 건가 하고 살피는 게 첫 번째지.

연화는 끌끌 혀를 차면서도 착각으로 눈을 반짝이는 남자를 바라보았다.

무엇보다 연화는 잠투정하는 사람에게 무지막지한 기술을 날릴 만큼 무자비하지 않다.

더구나 그 사람이 눈물까지 뚝뚝 흘리고 있다면야.

그렇기에 그녀는 남자를 달랬다. 술 취한 놈 주정 받아주는 것과 비슷한 과정이다.

이 남자는 어떤 말을 해줘도 저 할 말만 할 테니, 그가 원하는 대로 그래 해주고 만 거다. 아침 해가 뜨면 흩어질 말들이라 생각하면서.

그랬던 것을 이 남자가 기억하고 있다.

남자는 작은 친절에 큰 의미를 부여했다. 그건 지금 그의 불안함을 잡아줄 사람이 연화밖에 없기 때문이리라. 원치는 않았지만, 연화는 그의 동아줄이 되었다.

이 남자의 얼굴 위로 낯익은 얼굴이 겹쳐 보였다. 그건 어리고 여린 홍연화. 사람들과 친해지고 싶다는 속내를 꾹꾹 눌러 담고 있다가, 갑자기 내밀어진 손 하나에 매달려 버렸던 바보 같은 자신. 연화는 그가 있었기에 어른이 될 수 있었다.

이 남자는 자립하기 전 연화의 손을 빌릴 생각이었다. 그가 제대로 서려면 오랜 시간이 필요하다. 이곳에 얼마나 머무르게 될지 모르니 그가 똑바로 서는 것을 볼 수는 없을지도 모른다. 사실 황무지 밖을 나가면 그가 다른 중심축을 잡을지도 모르고. 하지만 이곳에 있는 건 연화뿐이다.

그렇다면 가시는 잠시 접어둘까. 어차피 황무지 안에서는 남자와 함께하는 있는 편이 낫기도 하고. 남자가 계속 이럴 거라고 믿지도 않았다. 화장실 들어갈 때와 나올 때의 마음이 다르다고, 이 남자도 황무지 밖을 나가면 생각이 달라질 게 분명했다.

연화는 손을 내밀었다.

"내 이름은 셀리나에요. 알겠지만 이틀 전에 이복형제들이 여기다 절 버리고 가서 성은 없어졌고, 신분은 변변찮아요."

거절하라고 말한 것이긴 하지만, 사실이기도 했다. 돌아가지 않음을 가정했을 때 참 비참하고 형편없는 처지였다.

"그래도 좋아요?"

그런데도 남자는 연화의 손을 잡았다. 환하게 웃으면서 놓치지 않겠다고 말했다.

"더할 나위 없습니다."

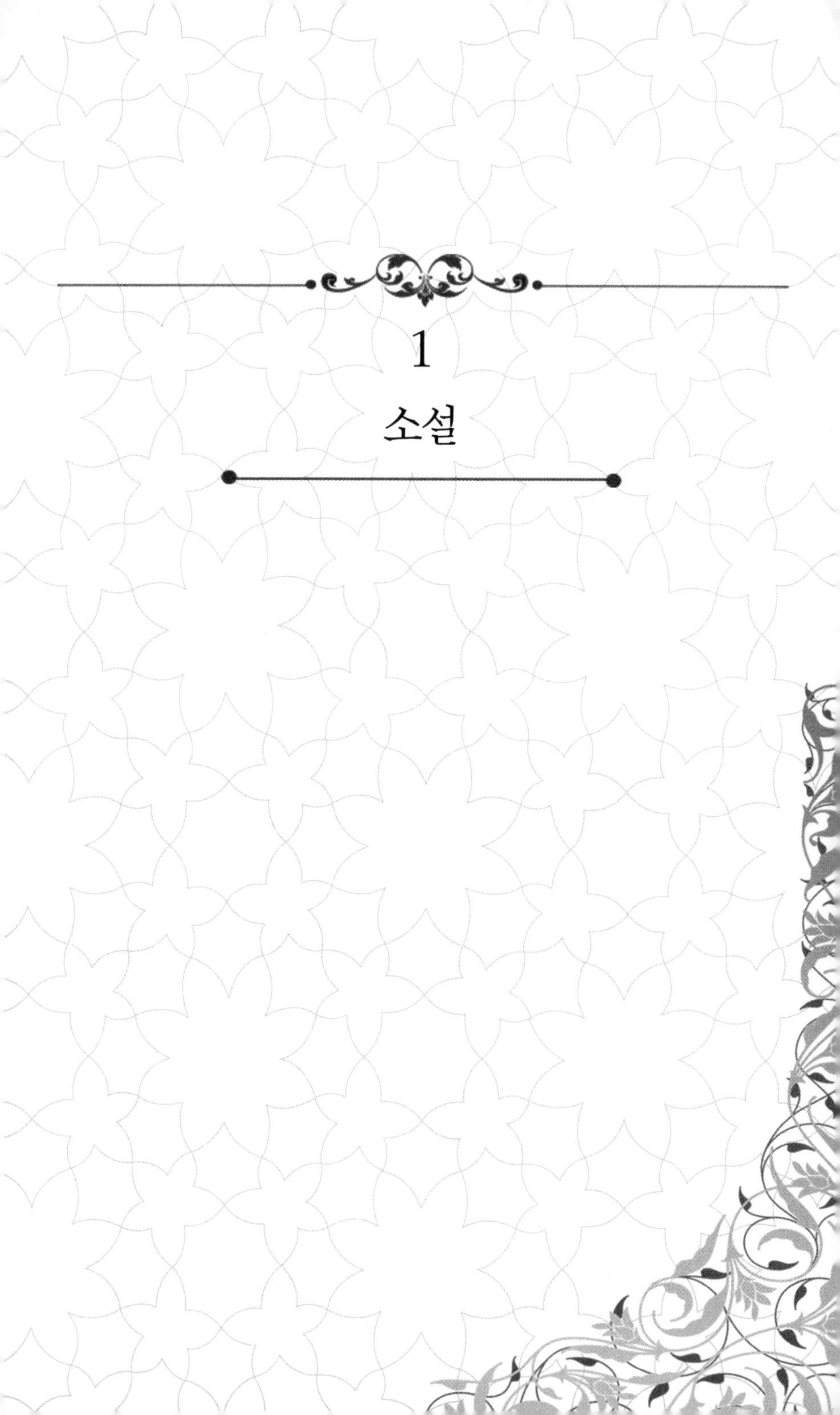

1

소설

〈공작의 거짓된 신부〉는 엘렌과 테일러의 사랑을 다룬 이야기다.

엘렌은 가진 것 없지만 얼굴 하나만 예쁜 상인이고, 테일러는 카이스턴 공작이자 대륙의 2인자다. 정상적인 방법으로선 절대 맺어질 리 없는 둘의 사이지만 테일러는 가짜 신부를 맞이해야 할 상황에 처해 있었다. 그는 엘렌과 거짓으로 약혼하기로 한다.

일시적으로 끝나야 할 동맹은 점점 길어진다. 테일러가 엘렌의 도도함과 솔직함에 빠져들었기 때문이다. 테일러는 감정에 허우적거리며 동맹을 끊는 것을 보류하고, 엘렌도 그런 그가 싫지는 않다.

이야기는 A4용지에 인쇄되어 있었다.

100여 장에 달하는 이야기였다. 소설치곤 길지 않았는데도 연화는 전문을 읽지 못했다. 중반쯤에서 고개를 들고 말았다.

"식상해."

연화는 쓸데없는 짓을 하고 있다는 생각이 들면 집중력을 상실했다.

연화는 원래도 로맨스 소설을 좋아하는 편이 아니었다. 그런데다 무의미한 활자에 시간을 쏟고 있다고 생각하자 견딜 수 없어 했다.

결국 연화는 종이뭉치를 내려놓아 버렸다. 열심히 소설을 썼을 재민이에겐 미안하지만, 더는 읽을 수 없었다.

재민은 화를 내지 않았다. 원고를 회수하더니 구겨진 곳이 없는지 확인했다. 종이의 말끔함을 확인한 뒤엔 씩 웃었다.

평소와 같았다.

"원래 뻔한 게 잘 먹혀."

"요즘 막장 드라마들 보면 꼬여 있는 거 많잖아."

"영상이라는 매체야, 몇 초 만으로도 많은 정보를 전달할 수 있으니까 자극적이어도 괜찮은 거고. 글은 달라."

재민이는 1년 전에 판타지 소설로 데뷔를 한 작가였다. 이후 같은 장르에서 두 질의 책을 더 냈는데, 재미있게도 네 번째 작품으론 로맨스 소설을 낸다고 했다.

남자여도 로맨스에 도전해 보고 싶다는 게 이유였다.

로맨스로는 처음이지만 다른 장르에서 경험을 쌓았으니 초짜는 아닌 것 같은데. 재민이는 스스로를 병아리라 칭했다. 구상을 쉽게 잡은 것도 그 때문이다.

"이야기의 형식이야 네가 쓰는 거니 내 알 바 아니긴 한데……."

연화는 한 장면을 짚었다.

"엘렌은 상인의 딸이잖아. 신분제 사회를 배경으로 잡아놓고, 공작이랑 결혼시켜도 돼?"

"그래서 앞에 적어놨잖아. 엘렌의 아버지는 남작이고, 돈이 필요해서 상단을 차렸을 뿐이라고. 그러니까 엘렌도 귀족이야."

"쓸데없이 긴 사연이네. 공작도 그걸 알고 있을까?"

"모르면 남주가 아닌 거야. 그게 진리지."

연화는 여기에도 다른 설정이 있으리라 생각했지만, 재민은 요상한 논리로 맞섰다.

"원래 로맨스 소설에 나오는 남주들은 만능인이거든. 뭐든 척척 알아서 해야 돼. 음모는 한눈에 알아봐야 하고, 여주가 죽을락 말락 하는 타이밍은 기차게 눈치채야 하는 데다, 사랑을 위해서는 본업 따위는 내팽개칠 정도로 강단 있는 성격을 가지고 있어야 하지. 그러면서 여주 굶기지 않을 만큼 돈도 많아야 되고, 외모는 당연히 최상. 성격은 더러워도 되는데 여주 앞에선 착해져야 돼."

"현실성이라곤 눈곱만큼도 없군."

"당연하지. 소설인데."

연화의 입에서 절로 허허거리는 소리가 나왔다. 어이가 없을 때 나오는 소리였다.

연화 역시 알고는 있었다. 소설이라는 게 원래 허구란 것 정도는. 말하자면 개뻥인 거다. 망상이 심한 사람에게 '소설 쓰고 있네!'라고 빈정대는 건 괜히 하는 말이 아니다.

더군다나 재민이가 쓰는 건 로맨스 소설.

현실보다는 희망사항의 반영도가 높은 장르다. 그런 매체에 현실성을 바라는 건 우스운 일일지도 모른다.

연화는 좀 망설이다 결론을 내렸다.

'내가 읽나 남이 읽지.'

연화의 처지는 남 일에 간섭할 만큼 여유롭지 못하다. 그녀는 바쁜 몸이었다. 그녀 앞엔 언제나 밤을 새워도 처리하지 못할 일

거리가 쌓여 있었다. 지금도 그렇다. 그녀는 일을 해야 했다.

연화는 앉은 채로 몸을 틀었다. 모니터를 한눈에 담으면서 마우스를 잡았다. 재민은 연화 뒤에 서서 그녀의 업무를 관람했다.

연화 머리 위에 졌던 그림자는 십 분쯤이 지나서야 옅어졌다.

연화는 혹 재민이 돌아갔나 싶어 확인하기 위해 몸을 틀었다 눈이 마주쳤다. 할 말 있냐고 물었더니 몹시 솔깃한 말을 해왔다.

"그래도 그 공작, 모델은 있어."

"그래? 누군데?"

"다 읽으면 가르쳐 주지."

"……치사해."

'읽어야겠군.'

못마땅하지만 어쩔 수 없었다. 빌어먹을 호기심을 위해서라도 종이들을 통독해 버릴 거다.

재민은 종이뭉치들을 손으로 쓸더니 말끔히 정리해선 컴퓨터 옆에 올려두었다. 되도록 빨리 읽으란 소리다. 오늘까지 읽으란 조건이 없는 게 그나마 다행이었다.

연화는 반듯한 옆선을 바라보다 다시 모니터로 시선을 돌렸다. 한눈 좀 팔았다고 고객 게시판이 난리였다. 다시 키보드에 손을 올렸다. 사과문과 해명글 양식은 정해져 있다. 타닥타닥 소리가 사무실을 가득 메웠다.

연화가 급조한 공지글을 메인에 띄우는 사이, 재민이 또 속삭였다.

"아. 참고로 엑스트라 중 하나의 모델은 너다."

그것도 절대 흘려들을 수 없는 내용으로.

"……왜 엑스트라야?"

"너긴 넌데, 반쪽짜리거든."

재민의 손가락이 모니터가 들썩일 정도로만 화면을 건드렸다.

재민의 입매는 매혹적으로 굽어갔다. 반대로 연화의 얼굴은 경직됐다. 어쩐지 싫은 예감이 들었다.

"그러니까 그 엑스트라는……."

⚜

"……과거."

연화는 두 글자를 웅얼거리다 눈을 떴다. 오랜만에 본 친구의 얼굴이 참 달가웠다. 찹찹한 입맛을 다시다 주위를 살폈다. 그녀는 풀밭에 혼자 누워 있었다.

연화는 눈을 끔뻑였다가 주먹을 쥐었다. 한 손 가득 풀이 잡힌다. 주먹을 풀자 바람을 타고 초록빛이 사방에 흩뿌려진다.

연화가 몸을 일으키자 낯익은 사내놈이 보였다.

"이상한 꿈이라도 꾸셨습니까?"

어제부로 연화의 동료가 된 사람이었다. 자칭 부하라고 생각하는 것 같지만. 그의 앞엔 모닥불이 피워져 있다.

"꿈……."

연화는 멍하니 중얼거리다 고개를 끄덕였다. 어질한 머리에 이성이 돌아왔다. 헝클어진 머리를 손으로 빗어 내리자, 안개같이 몽실하던 기분이 착 가라앉았다. 상황 파악은 됐다.

"제가 잡아 왔습니다. 같이 드시죠."

연화는 남자를 봤다. 그리고 행동을 정했다.

"……네."

일단 좀 먹자.

연화는 남자의 옆에 퍼질러 앉았다. 입고 있던 치마가 훽 젖혀졌다. 그러나 신경 쓰지 않았다. 셀리나 카턴은 어린애였으니까. 이제 12살 먹은 몸의 다리를 본다고 뭔가가 불끈하는 성인이 있다면, 정신 상태를 의심해 봐야 할 거다.

추운 줄 몰랐는데 불 가까이 있으니 몸이 녹는다. 연화는 호호 입김을 불어보다 장작 가까이 꽂혀진 장대를 들어 올렸다. 토끼 고기가 꽂혀 있다. 잘 손질된 토끼에서는 구수한 냄새가 났다.

"잘 먹겠습니다."

어젯밤 이 남자를 반대했던 게 우스워질 정도로, 연화는 너무나도 쉽게 이 상황을 누리고 있었다.

토끼 고기의 위력이 이 정도인가.

연화는 쓴웃음을 지었다.

어제는 형식적인 부하로만 받아들이겠다고 생각했는데. 지금 연화는 아무렇지도 않게 그의 호의를 받아들이고 있다.

이래도 되는 건가?

모르겠다. 하지만 고기는 언제나 옳다.

연화는 눈을 감고 숨을 깊게 들이마셨다. 몸 속 깊숙이 차는 향이 풍족스러웠다. 미치도록 좋았다.

"모자라면 말씀하십시오. 하나 더 잡아오겠습니다."

연화는 고개를 저었다. 마음은 고맙지만 그럴 필요는 없다. 성인도 안 된 여자애 뱃속에 토끼가 두 마리씩이나 들어갈 리 없으니까.

입을 크게 벌려 고기를 물었다. 뜨뜻한 육즙이 입가를 타고 흘렀다. 대충 훔쳐 내면서 서너 입 우적우적 먹었다. 원초적으로 보일지도 모르는 식사다. 그런데도 남자는 경건한 신을 보듯 자신을 바라봤다. 연화는 입맛이 떨어졌다.

연화가 더 먹지 않고 고기를 내려놓자 남자의 걱정스러운 물음이 뒤따랐다.

"안 드십니까?"

"……당신이야말로. 배 안 고파요?"

남자는 연화가 자는 동안 불을 피우고 고기를 내준 사람이었다. 연화는 그에게 시선 치우란 말은 할 수 없었다. 남자는 눈을 동그랗게 떴다가 배시시 웃었다.

"전 이미 먹었습니다."

남자가 불 바로 옆의 잔해를 가리켰다.

"한 마리밖에 없는데요?"

연화는 이곳 남자들의 식사량이 어느 정도인지는 모른다. 그녀가 하는 건 모두 추측이다.

셀리나의 몸으로 턱이 빠져라 올려다보아야 겨우 눈이 마주칠 만큼 큰 남자가 토끼 한 마리로 배부를 리 없다는 추측은 누구나 할 수 있다.

두 마리는 무슨.

다섯 마리 쯤 더 필요하다고 해도 믿을 수 있을 것 같은데.

"지금은 욕심 부릴 처지가 아니니까요."

연화는 그냥 고개를 끄덕이고 말았다. 그가 원한다고 토끼가 짠 나타나 식량이 되어주는 상황이 아니긴 했다.

"그럼 바로 출발하죠. 걸을 수 있죠?"

"물론입니다."

연화는 남은 고기를 한꺼번에 씹으면서 일어났다. 오래 걸으려면 많이 먹어야 했다. 가진 게 몸밖에 없는 상황에서는 더 그랬다.

먹는 게 남는 거다.

⚜

국경지대는 황무지였다.

혼 왕국과 카로틴 제국 둘 다 원하지 않아 버려진 땅이다. 누구도 탐내지 않는 땅엔 보초도, 인가도 없었다. 무엇 하나 정확하지 않은 땅에서, 연화는 방위를 찾았다. 사람을 달고 무작정 걷는다는 방식을 취할 수는 없었으니까.

별과 그림자는 방위를 찾는 데 큰 도움을 주었다. 동쪽에 카로틴 제국이 있다는 것은 알기에 한 방향으로만 걸어갔다.

그렇게 반나절을 걸었다.

토끼 한 마리로 이루어낼 수 있는 역량의 최대치를 낸 뒤, 개울가 앞에서 주저앉았다. 힘이 다 빠진 데다 해까지 지고 있었다. 게다가 오늘의 저녁거리는 이미 마련되어 있었다. 어떤 이유를 붙이든 더 이상 걷는 것은 무의미했다.

"그럼 전 이걸 손질해 오겠습니다."

남자가 토끼 네 마리가 잡힌 손을 흔들었다. 오다가 발견한 것을 사냥해서 들고 있던 거였다.

"같이해요."

"아가씨께선 성년도 되지 않으셨습니다."

"그저께 당신한테 준 고기는 누가 손질했다고 생각해요?"

남자는 눈을 가늘게 뜨고 연화를 살폈다. 그녀는 지기 싫다는 듯 그를 노려보았다. 이내 남자의 기세가 꺾였다.

"위험한 건 제가 할 겁니다."

"인간 방패라도 될 셈인가요?"

"전 건장한 남성이고, 아가씨는 어린 여성이니까요."

신체적 우위를 내세우는 건가. 차별적 발언이었지만, 따른다고 손해 볼 건 없었다. 연화는 바로 수긍했다.

"그러고 보니 여태 당신 이름도 몰랐던 것 같은데. 저, 당신을 뭐라고 부르면 돼요?"

진짜 묻고 싶은 건 따로 있었으니까.

"카를이라고 하면 됩니다."

"애칭 같은데. 본명은 뭐죠?"

"버린 이름입니다."

카를은 끝까지 본명을 말하지 않았다. 사연이 많아 보였지만 방법이 없었다. 연화에겐 이 남자를 굴복시킬 수 있는 힘이 없었다.

"그럼 다른 거 물어봐도 되요?"

"답할 수 있는 것이라면 괜찮습니다."

카를은 먼저 선수를 쳤다.

연화는 속으로 웃었다. 본명을 알아내기 위해 유도심문을 할 거라고 예상한 모양인데, 그녀는 할 수 없다고 생각한 일에는 포기가 빨랐다.

"네가 버린 것을 담아서 캐릭터를 하나 만들었어."

연화가 궁금한 것은.

"네게서 떨어져 나간거니, 완전히 너라고도 볼 수 없잖아? 그러니 반쪽짜리지."

재민이 자신의 과거를 담은 엑스트라가 그인가. 아닌가.

설마 이런 기막힌 우연히 있을까 싶지만. 과거와 닮아 있는 남자를 만나고, 재민이가 나오는 꿈까지 꾸자 연화는 찜찜해졌다.

내가 과거와 닮은 것이 아니라 과거 자체를 주운 건지, 아닌지.

여기서 죽었어야 할 그가 자신 때문에 살아난 건지, 아닌지.

"전엔 뭐 하고 살았어요?"

확인해 보고 싶었다.

재민이가 '엑스트라'라고 칭할 만큼 비중 없는 캐릭터는, 작중에 말 한 마디 남기지 못하고 비명횡사한다.

위치를 따지면 셀리나쯤 될까. 다른 점이 있다면 셀리나는 죽어도 찾는 사람이 없는데, 이 엑스트라는 2황자나 되는 몸이라 찾는 사람이 많다는 거다.

그래봤자 시체로 발견되기 때문에 소설에서의 기여도는 0. 하나도 중요하지 않은 캐릭터다. 이름도 없고, 생김새도 없다. 아무것도 짜여 있지 않은 캐릭터다. 연화가 이 캐릭터에 대해 아는 건 2황자라는 신분과, 황태자의 견제를 받다가 죽는다는 것뿐이다.

그나마 활용할 수 있는 건 2황자라는 정보인데, 대놓고 2황자냐고 물을 수는 없었다. 2황자든 아니든, 카를은 아니라고 할 테니까. 황무지에서 처음 본 소녀에게 제 신분을 서슴없이 털어놓을 수 있는 사람이 몇이나 될까.

이도 저도 안 되니, 남는 건 일상과 관련된 과거 캐기다.

카를은 연화의 질문을 진지하게 경청했다. 골몰히 생각한 끝에, 정리된 답을 내놓는다.

"공부를 했습니다."

"어떤?"

"검이나 활 같은 무술은 물론, 예절이나 역사 등 실무적인 것들이었습니다."

"누구에게서 배웠어요? 학교라도 다닌 건가요?"

"가정교사에게서 배웠습니다. 아버지께선 제가 다방면에서 지식을 습득하길 바라셨습니다."

"검은 몇 살 때부터 들었나요?"

"5살 때 처음으로 쥐어봤고, 정식으로 배운 건 8살 때부터입니다."

카를은 귀족으로 보였다. 귀족이 아니더라도 귀히 자란 건 분명했다. 이 세계의 설정상, 교육은 아무나 받을 수 없었다. 이는 카를이 잘났고, 남 밑에 들어가지 않아도 잘 살 수 있음을 의미했다.

이런 사람이 왜 주군을 따르려 하는 걸까. 연화는 의문들을 뱉어냈다.

"주군을 따르고 싶다는 생각은 언제부터 했나요?"

"10살 때부터 입니다."

"이유 물어봐도 되나요?"

"앞에 나서는 것보다는 뒤에서 보좌하는 쪽이 더 적성에 맞습니다."

"가족들도 찬성했나요?"

"……."

아니었나 보군. 카를의 얼굴이 흐려졌다. 연화는 다른 주제를 찾기로 했다.

"주군에 대해서는 말해줄 수 없나요?"

"감히 입에 담을 수 없는 높은 분입니다."

카를은 주군에 대한 존경심을 드러냈다. 저를 죽이려 한 남자라면서. 아직도 따르고 싶은 모양이다. 얼마나 대단한 사람이기에 저렇게까지 하는 걸까. 아주 조금이지만, 궁금해졌다.

물어보았지만, 카를은 귀족이란 정보만 남기고 입을 닫았다.

연화는 이 질문도 넘어가 주기로 했다.
어차피 연화는 이 세계의 귀족들을 잘 몰랐다.
"카를은 왜 버려져 있었어요?"
"주군께서 절 죽이라 명하셨기 때문입니다."
"그런데 살았잖아요."
연화는 불퉁하게 중얼거렸다. 카를은 어쩌다 산 게 아니라 너무 멀쩡한 모양새로 살아 있었다. 죽음을 명받았으면 어디 칼집이라도 나 있어야 하는 게 아닌가.
카를이 웃었다.
"운이 좋았지요."
그가 덧붙였다.
"주군에겐 부하들이 많습니다. 그들은 저를 죽이라 명받고 저를 이곳까지 끌고 왔습니다만, 죽일 생각은 없었던 모양입니다. 저를 가엽게 여기고 있었던 걸지도 모르죠. 기절만 시키고 가버렸습니다."
연화는 점점 착각이 깨지는 걸 느꼈다.
카를이 2황자씩이나 되는 거물이면 이 상황을 설명할 수 없다. 재민이는 무조건 2황자가 죽는다고 했다.
카를이 2황자였으면 여기에서 기어 나와 1황자의 목을 따러 가지 않았을까. 버려졌다고 순순히 죽을 이유가 없다.
카를이 2황자가 아닌 이유가 하나 더 있었다. 황태자를 불안하게 만들었을 정도의 거물이 '주군' 따위를 모시겠답시고 빌빌거리다 여기 버려질 이유가 없었다.
"것보다……."
연화는 남자의 신상에 대한 결론을 세운 뒤, 바로 다른 걸 물었다.

"주군에게 버림받은 지금, 다른 누군가를 받들어 모셔야 할 이유가 있나요?"

카를이 고개를 숙였다. 귀까지 붉힌 채로 머뭇거렸다. 힘들게 뗀 서두와 달리, 내용은 대단찮은 것이었다.

"아시겠지만 제가 밤에…… 그렇기 때문에……."

카를은 손을 잡아주지 않으면 악몽의 바다를 헤매는 타입이었다.

"누군가가 같이 있어야 한다는 말이군요."

끄덕.

"그럼 부하상관의 관계를 만들 필요까진 없잖아요? 그냥 동행해 달라고 하면 될 텐데요."

"주군은 부하의 의식주는 물론 생활의 불편함이 없도록 보살핌을 베풀어야 할 의무가 있습니다."

"의무가 묘하게 바뀐 것 같은데."

"싫으십니까?"

"아니, 그런 것보다……."

연화는 이 남자가 자신에게 바라는 게 있었다는 것 자체가 놀라웠다. 그게 '편안한 수면'이었다는 것엔 더 놀랐다.

모신다는 귀찮음을 감수할 정도로 '수면'에 대단한 의미가 있는 걸까?

생각을 거듭해도 이해가 안 돼서, 연화는 절로 고개가 갸우뚱해졌다. 분명 바라는 게 더 있을 텐데. 궁금하지만, 연화는 카를이 스스로 말하지 않는 이상 답을 캐낼 수는 없었다.

계속 붙어 있다 보면 답을 알게 되긴 할 거다. 목적성을 띄고 있는 사람은 욕망을 드러낼 수밖에 없을 테니까.

결론은 하나다. 다음 기회에. 연화는 다른 말로 '꽝'이라고 부르는 단어를 잠깐 떠올렸다가 지웠다.

카를은 연화가 계속 질문을 할 거라 생각한 듯했다. 한참 조용히 있었다. 하지만 연화의 질문은 거기서 끝났다. 그녀는 할 말이 없었고, 주위는 고요해졌다.

두 사람은 조용히 개울가까지 걸어갔다.

이곳의 짐승들은 사람을 무서워하지 않는다. 자그마한 것들이 그들의 접근에도 아랑곳하지 않고 물을 마시고 풀을 뜯었다. 그만큼 인적이 없는 곳이었다.

그런 곳에서 연화는 세 번째 사람을 발견했다.

"……시체일까요?"

그걸 나보고 물으면 어떡해, 인마.

연화는 카를을 흘겨본 뒤 다시 개울가를 보았다.

저 멀리서 둥둥 떠밀려 오고 있는 건 분명 사람이었다. 방향을 보건대 연화가 서 있는 곳까지 왔다 하부로 내려갈 것 같았다.

어떻게 할까. 고민하던 게 무색하게도, 연화는 코앞에 사람이 보이자마자 끄집어 내렸다.

물에 젖은 데다, 의식까지 없는 사람은 몹시 무거웠지만, 그래도 카를이 도와줘서 구제할 수 있었다. 연화는 일단 남자가 숨 쉬는지부터 확인했다. 미력하지만 콧김은 나온다.

"관을 준비할까요?"

"아직 안 죽었는데요."

"나무는 어떤 게 좋겠습니까?"

"당연히 오동나무가……."

무심코 대답하다 흠칫했다.

'오동나무가 왜 필요해!'

"흉흉한 소리 말고. 도와주지 않을 거면 보고 있어요."

"설마. 이 남자, 살리실 겁니까?"

"적어도 염해주려고 끌어낸 건 아니에요."

연화는 남자를 가만히 살폈다. 그녀는 의료 지식이 없었다. 이 남자를 어떻게 살려야 하는지는 모른다. 그녀가 아는 건 기본적인 응급처치뿐이다. 이걸 알게 된 건 다 재민이 덕분이다.

> "인공호흡을 할 때는, 상대의 입안에 이물질이 있는지 확인 후, 코를 막고 턱을 들어서 기도를 확보. 그리고 입안으로 공기를 불어넣어 주세요."

재민이는 물에 들어가는 걸 좋아했다.

재민이는 주기적으로 수영 교습을 받았고, 여름엔 꼭 바닷가로 갔다. 그리고 매년 여름 때마다 자신이 맥주병임을 증명했다.

해마다 사고를 치는 재민이 덕분에 연화는 인공호흡법과 흉부압박법을 알게 됐다. 문제는 재민이가 놀던 바닷가엔 언제나 구조요원이 대기하고 있었다는 거랄까. 그래서 연화는 지식으로만 응급 처치법을 알고 있었다.

잘할 수 있을지 확신할 수 없었다. 구조요원도 최후의 보루로 병원을 두고 있다. 응급처치를 해도 이 남자가 깨어나지 않으면, 그 다음은 모른다.

연화는 일단 코부터 잡았다. 입을 포개는 순간, 카를이 뒤에서 그녀를 끌어당겼다.

"뭐 하십니까."

"살려야죠."

시간이 없었다. 모든 인명구조엔 '골든타임'이 있다. 적기를 놓치면 위험하다는 뜻이다.

연화가 다시 자세를 잡는데 카를이 자꾸 방해했다. 미간에 인상까지 쓰고 있다. 이 상황이 몹시 마음에 안 드는 듯했다.

“그런 불건전한 자세로 말입니까?”

“그럼 카를이 하든가요.”

연화 또한 설명으로만 알고 있는 방법이다. 경험의 수치로 치면 카를과 똑같다. 주절주절 응급처치를 하는 법을 설명하는데, 카를이 딱 끊었다.

카를이 남자를 삿대질하며 투덜댔다.

“저 남자가 누군 줄 알고 살린단 말입니까. 생각해 보십시오. 이런 곳에 혼자 쓰러져 있다니. 참으로 수상하잖습니까?”

“카를이 할 말이에요, 그거?”

너도 여기 쓰러져 있었잖아. 따가운 시선을 보내주자, 카를이 시선을 회피했다 다시 연화를 쳐다봤다. 뭔가 아니라는 생각이 든 모양이다.

“구해놨더니 나쁜 사람이라서 위해를 끼치면 어쩝니까.”

“괜찮아요. 무기는 있으니까.”

연화는 품속에서 단검을 꺼냈다. 그러자 카를의 표정이 멍해졌다. 그녀는 이걸로 고기를 손질했었다. 작아서 품에 쏙 들어가는 물건이다 보니 카를의 눈엔 띄지 않았나 보다.

연화는 단검을 다시 품에 넣었다. 그 다음엔 카를의 허리춤을 가리켰다. 무기는 카를에게도 있었다. 만약의 사태가 일어날 시, 그는 장검을 빼어 들 수 있었다.

“이제 문제없겠죠?”

카를은 찜찜해했지만 더는 반박하지 않았다. 그는 연화 대신 응급처치를 위한 포즈를 취했다.

“제가 하겠습니다.”

"그러세요."

연화가 마다할 이유는 없었다.

연화는 살짝 물러서서 두 남자의 입이 가까워지는 것을 바라보았다. 이런 거 좋아하는 애가 있었던 것 같은데. 실없는 생각을 하는 사이 두 남자의 입술이 맞닿기 직전까지 왔다.

순간 누워 있던 남자가 눈을 떴다.

"……."

"……."

문득 한 가지 사실이 떠올랐다.

인공호흡은 호흡을 못하는 사람에게 하는 거였다.

두 남자의 눈이 허공에서 맞부딪쳤다. 멍하니 있는 카를과 달리, 누워 있는 남자는 눈을 서너 번 끔뻑이는 것으로 사태 파악을 끝냈다.

남자의 몸이 한차례 떨렸다. 이내 씹어 발기는 듯한 목소리가 들려왔다.

"비켜, 변태."

⚜

상황은 빠르게 정리되었다.

카를이 뒤로 파다닥 물러서자마자 남자는 몸을 일으켰다. 그는 인상을 찌푸리며 스스로를 훑고는 물에 젖은 상태를 해결하기 위해 움직였다.

그러나 물을 배터지게 먹은 옷은 물을 토해내려 들지 않았다. 별 수 없이, 그는 윗옷을 벗었다. 근육이 다부진 상체가 멋있었다. 연화는 옷을 쥐어짜내는 남자의 팔 근육을 보며 새삼스러운 질문을 던졌다.

“그래서 당신 이름은?”

“테일러.”

“……?!”

“테일러 카이스턴이다.”

노숙자2인 줄 알고 주웠는데, 남주였다.

연화는 조용히 손을 들어 이마를 짚었다.

소설에서 테일러와 엘렌의 첫 만남이 이루어지는 장소는 바로 물가다. 정확히는 이곳 황무지의 이름 없는 개울가다. 사람들에게서 버림받은 장소라 그런가. 지명도 변변찮다.

카턴 상단은 셀리나를 버릴 겸 제국으로 판을 옮기기 위해 이주 중이었고, 테일러는 타국에서 비밀 업무를 수행하고 오는 중이었다.

두 남녀는 같은 곳을 지나가고 있었지만 마주친다 한들 특별한 일이 생길 일은 없었다. 남녀의 신분 차는 무시할 게 못 되었으니까. 마주치더라도 대강 인사만 하고 지나쳐 갔을 거다.

하지만 테일러에게 ‘괴한의 습격을 받다 강에 빠져 혼자가 된다’는 사정이 생겼기 때문에 두 사람은 함께 카로틴 제국까지 동행한다.

엘렌은 물가에 쓰러져 있던 테일러를 발견하고 다가간다. 테일러는 엘렌이 제 앞에 다가오자마자 눈을 뜬다. 폴 인 러브의 시작이다.

재민이 사건 진행을 이 모양으로 한 건 다 엘렌이 무능해서다. 의학 지식이라곤 하나도 없는 엘렌을 위해 재민은 테일러가 알아서 눈을 뜨게 해놓았다.

그렇게 소생한 테일러는 엘렌을 보자마자 반해 버린다.

왜? 예쁘니까.

원작은 그렇게 흘러가는데, 여기선 셀리나의 거죽을 쓴 연화가 테일러를 구해 버렸다. 이 일이 어떤 영향을 미칠까. 잘 모르겠지만, 어떤 식으로든 원작에 변형을 줄 건 자명했다.

엘렌이 테일러와 만나지 못할 수도 있고, 만나더라도 시기가 늦춰지리라.

연화는 자신이 원작의 행로를 바꿨다고 생각하자 찜찜해했다. 뭐가 어찌 됐든 이 세계와 이야기는 재민의 것이다. 남의 것을 이렇게 망쳐 놔도 되는 건가.

엑스트라에 불과한 셀리나를 살리는 것과, 남주 테일러의 행적을 바꾸는 것이 같을 리 없다. 이 행동으로 원작에 큰 변화가 생길 거다. 테일러가 그들을 떠나 엘렌에게 가면 모든 상황이 정리되는데, 가만 보아하니 그는 그럴 생각이 없어 보였다.

그렇다고 저 아래 쪽에 엘렌이 있을지 모른다고 귀띔해 줄 수도 없다. 그건 정말로 이상해 보일 테니까.

연화는 눈을 질끈 감아버렸다. 카를 말대로 생각을 해볼 걸 그랬다. 그랬다면 이 남자가 테일러라는 걸 알 수 있었을 테고, 이런 일은 안 일어났을 텐데.

끙 소리를 내는 연화 뒤로 카를이 다가왔다.

"뒤통수를 내려치면 기억을 잃을지도 모릅니다."

"굉장히 위험한 말을 아무렇지도 않게 하시네요."

"저는 아가씨께서 간절히 원하시는 답을 내놓은 겁니다."

"혹하긴 하네요. 기절시킨 다음엔 어쩔 건데요?"

"아까처럼 다시 물에 떠내려 보내서 완벽한 범죄를……."

"이봐. 사람을 두고 무슨 얘길 하는 거야?"

발끈한 목소리가 들렸다.

연화는 저도 모르게 뒤를 돌았다. 황당한 얼굴을 한 테일러와 눈이 마주쳤다. 연화는 당혹해하는 대신 씨익 웃어 보였다.

"좋은 얘기요."

"내 뒤통수를 후려치는 게?"

"저와 카를한텐 좋은 얘기예요."

테일러의 표정이 오묘해졌다. 실없는 것을 보는 듯하던 시선이 누그러진다. 이내, 그가 픽 웃음을 터뜨렸다.

"우리는 좋은 협력자가 될 수 있을 것 같은데. 너무 험악하게 굴지 말지."

테일러가 손을 내밀었다. 악수를 청하고 있었다. 연화는 흥 콧방귀를 꼈다.

"당신이 우리에게 뭘 줄 수 있죠?"

"……보석?"

테일러가 품을 뒤져 보석이 한 주먹 담긴 주머니를 보여주었다. 연화는 그 보란 듯이 자신의 품도 뒤적거렸다.

셀리나에겐 테일러가 보여준 것보다 많은 보석이 담긴 주머니가 셋이나 있었다. 이게 있으면 평생 풍족하게 살 수 있다.

셀리나의 어머니가 남긴 유품이었다.

셀리나의 어머니는 다른 사람들이 보지 않는 곳에서 셀리나의 손에 이런 저런 보석을 쥐여주었다. 후에 셀리나가 상단에서 버림받을 걸 예견하기라도 했던 것처럼. 셀리나는 보석을 쓰지 않고 모아두었다. 상단 일을 하면서 보석을 쓸 일은 없었기 때문이리라.

모두 값비싼 보석들이었지만 이곳에서는 하등 쓸모가 없었다. 이곳엔 재화를 주고받는 상점이 없다. 그렇다고 고기 대신 보석을 씹을 순 없는 노릇이다.

그 정도로 무가치한 물건을 들고, 테일러는 협상을 하려고 했다. 성립될 리가 없다.

테일러는 포기의 의미로 두 손을 들어 보였다.

"좋다. 인정하지. 여기서 난 보석 외에 어떤 것도 가지고 있지 않다. 여러모로 이곳을 빠져나가기엔 부적합한 상황이지. 그러니 약속하겠다. 나와 동행해서, 내가 제국까지 돌아가는 데 협조해 준다면 그대들이 원하는 것 하나는 들어주겠다. 나는 황좌를 뺀 모든 것을 줄 수 있다. 내겐 그만한 지위가 있으니."

"그것 참…… 혹하네요."

연화는 웃었다. 평온한 얼굴 뒤론 계산기를 두들겨 보았다.

카이스턴 공작가는 황제에 버금가는 권력을 가지고 있다. 그는 황좌도 강탈할 수 있다. 그는 이 세계의 2인자였다. 그럴 수 없다고 말하는 건 황실에 반기를 들지 않겠다는 뜻을 드러낸 것에 불과했다.

원작에서 테일러가 가지고 있던 힘은 엘렌에게 베풀어졌다. 그는 카턴 상단에 엄청난 재화를 쏟아부어 다 죽어가던 상단을 살려냈었다.

그런 기회가 내게 베풀어지는데 마다하는 게 이상하지. 소원을 백 개로 늘려달라고 해도 모자랄 판에.

연화는 계산을 마쳤다. 이내 마음에 평온이 찾아왔다. 그녀는 냉큼 테일러의 손을 맞잡았다.

"좋아요. 같이 가죠."

그녀는 그 어느 때보다 더 환하게 웃었다.

'원작 따위. 엿 먹으라지.'

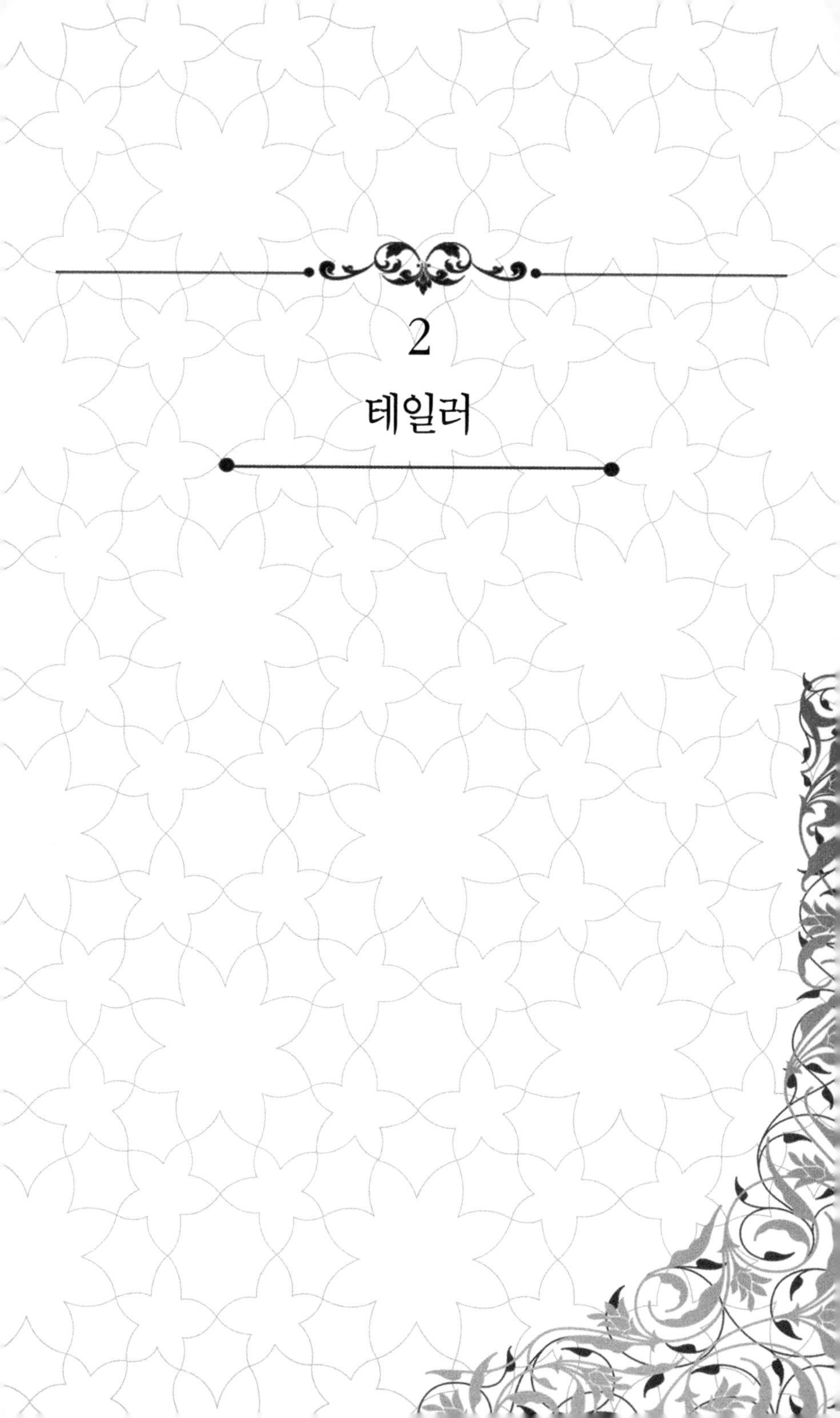

2

테일러

테일러가 동료가 되었다고 그들의 행동이 달라진 건 아니었다.

오히려 평소와 같았다. 카로틴 제국으로 가기 위해 걷고 또 걸어갔다. 더는 못 걷겠다 싶은 곳에서 저녁 식사를 마치고, 잘 준비를 했다.

평온하고 재미없는 일상이다. 홍연화라면 지루할 때 TV를 틀었겠지만, 셀리나는 그럴 수 없었다. 남은 일은 자는 것밖에 없다고 생각한 저녁이 왔을 때. 테일러가 질문을 던져 왔다.

"장래 희망이 어떻게 되지?"

"어……."

"생각해 본 적이 없나 보지?"

테일러가 웃었다. 약간은 한심한 시선도 담겼다. 그는 꿈이 없다는 아이를 이렇게 쳐다보나 보다. 연화는 웃으며 고개를 저었다.

"여기서 그런 질문을 들을 줄은 몰랐거든요."

"'여기서'라. 그럼 다른 곳에선 들은 적이 있나 보지?"
쓸데없이 예리하다.
연화는 날카롭게 빛나는 테일러의 눈을 보며 이 자리에 있을 리 없는 남자를 떠올렸다.

"남주의 모델은 나야."

재민이는 남주의 성격을 쉽게 잡기 위해서 그랬다고 했다. 명색이 모델이지, 닮은 건 성격뿐이라는 말도 덧붙였다.
테일러의 외모는 재민과 다르다. 재민이는 토종 한국인이다. 은발에 벽안을 가진 테일러는 서양인에 가까운 외모를 갖췄다. 그런데도 연화는 그와 말을 섞을 때마다 재민이 생각났다.
웃을 때 보이는 치아의 모양. 찡그릴 때 보이는 미간의 주름. '말도 안 된다'는 말을 하면서 손등을 내보이는 행동. 건수를 잡았다고 생각할 때마다 올라가는 목소리 등.
많은 것이 재민이를 담고 있었다. 재민이가 말해주지 않았더라도, 연화는 테일러의 모델이 재민이임을 알아챘을 터였다.
세상에 저런 남자가 또 있을 리 없으니까.
"대답하기 싫은 건가?"
불쑥 테일러의 말이 들려왔다. 순간 재민이와 테일러의 공통점을 하나 더 발견했다.
혼자 삽질하고 억측하는 정도가 같다.
"다른 생각에 잠겨 있었을 뿐이에요."
"날 앞에 두고?"
테일러가 얼굴을 쭈욱 내밀었다. 그의 코와 연화의 코가 맞닿을 만큼 가까워졌다. 연화는 씩 웃는 테일러를 멀거니 쳐다보며 망설였다.

'이 새끼를 쳐, 말아.'

셀리나가 엘렌처럼 예쁜 얼굴을 가졌다지만, 사내의 치근덕거림을 받을 만큼 성숙하지는 않았다. 아무리 장난이라도 도가 지나치다.

주먹을 살포시 말아 쥐는데, 갑자기 테일러가 뒤로 쑥 빠졌다. 얼떨떨해하는 연화의 시야 가득 카를이 들어찼다.

카를이 셀리나를 보호한답시고 테일러 앞에 나타났다. 덕분에 테일러는 연화 대신 카를과 대면하게 됐다.

단번에 테일러 미간에 주름이 졌다.

"흥. 변태 따위가."

테일러는 계속 카를을 변태라고 불렀다. 그와 입맞춤할 뻔했던 게 어지간히 충격적이었던 것인가. 테일러는 카를과 눈이 마주치려고 하면 늘 인상부터 썼다.

테일러의 반응이 그 모양이었기 때문에, 카를 역시 테일러를 싫어했다.

"어린애를 희롱하는 건 변태가 아닙니까?"

"사내놈과 입맞춤하는 것에 비하면 뭐든 낫겠지."

"동성과의 결합은 신께서도 인정해 주시지만, 아이를 꼬드겨 가진 결합은 천벌을 받습니다."

"신 따위가 언제부터 인세에 관심을 가졌다고. 가만히 뒷짐 지고 보기만 하는 놈들 아닌가."

"신성 모독은 중죄입니다."

테일러가 주먹을 쥐었다 펴길 반복했다. 짜증 지수가 한계에 달한 듯했다.

재민이 신 운운하는 것을 싫어했던 것처럼 테일러도 신 이야기를 싫어했다. 이런 상황이 왔을 때, 재민이는 어떻게든 상대의 입을 틀어막을 방법을 찾는다.

"그래서. 신 운운할 정도로 네놈이 나한테 입맞춤을 해보고 싶었던 모양이지?"

이렇게.

"무슨……! 내가 왜 어린애 취향 변태 따위에게!"

카를이 펄쩍 날뛰었다. 점잖게 고개 숙이고 있던 것과는 딴판이다. 연화가 가만히 있자 카를은 테일러를 삿대질까지 했다.

"아가씨. 저 변태와는 같이 있지 마십시오. 어떻게 될지 모릅니다."

무슨 일이 있으려면 진작 있었을 거다. 카를의 경계심이 잔뜩 올라간 지금이 아니라.

카를의 말이 억지인 건 알지만, 테일러를 골리는 게 재미있었던 연화는 냉큼 카를 편을 들어주었다.

"일리 있는 말이네요. 그럼 테일러 씨. 가까이 오지 말고 저기 구석에 쭈그려 주세요. 우리 거리를 좀 두는 게 좋겠어요."

단번에 테일러의 얼굴이 구겨졌다.

"저 변태가 네 부하라지만 너무 맹신하는 것 아닌가? 난 어린애 취향 변태가 아니다. 미성숙한 몸을 보고 흥분하지 않는다고!"

"제가 미성숙한 건 어떻게 알죠?"

"그런 건 딱 봐도……!"

"어머나. 딱 보는 것만으로도 성숙도를 감지하실 수 있으시군요. 역시 고수!"

"……."

연화는 양손으로 가슴을 감싸면서 몸을 움츠렸다.

셀리나처럼 여린 아이가 하니 진짜로 가련해 보였는지는 모르겠다만. 테일러의 주름이 더 깊어진 건 알겠다. 그는 짜증을 내고 있었다.

연화는 실컷 웃은 뒤 팔을 내렸다. 원래의 모습으로 돌아와선 테일러를 툭 건드렸다.

"농담이에요. 추운데 멀리 가지 말고 가까이 있어요. 테일러 씨 말대로 전 12살밖에 안 된 어린아이인걸요. 누가 봐도 그렇잖아요. 테일러 씨가 잠자다 말고 무언가가 불끈해져서 테일러 씨를 만류하는 카를을 집어던지고 절 잡아먹으려 들 것 같지도 않구요."

"왜 그렇게 구체적이야."

"글쎄요. 왜일까요."

연화는 해맑게 웃어줬다. 최대한 순진하게 보이도록. 먹혀든 걸까. 테일러가 으악 소리를 지르면서 스스로의 머리를 헝클었다. 가지런하게 정돈되어 있던 은발이 삐죽삐죽 서고 나서야 손을 내렸다. 다시 연화를 돌아보는 눈동자는 몹시 지쳐 있었다.

"뭐 때문에 이런 이야기를 한 거지……."

"글쎄요. 그건 저도 모르겠지만."

연화는 테일러와 자신 사이에 놓여진 모닥불을 가리켰다. 카를이 근방의 나뭇가지를 대충 긁어다 불을 붙여놓은 거였다. 처음엔 기세 좋게 타오르던 것이 지금은 흐물거렸다.

"장작이 좀 필요한 것 같지 않아요?"

"그런데?"

"그런데라뇨. 남 말하듯 그러시면 안 되죠. 당장 달려가서 장작을 가져오세요."

"이봐. 난 동행하자고 했지 하인이 되겠다고는……."

"맞아요. 우리는 동등한 관계로 가기로 했죠. 그런데요."

연화는 의미심장하게 웃으며 한 손을 입가에 가져다 댔다. 순진하게 웃는 얼굴 아래로 맹렬히 머리를 돌린다.

테일러는 분명 '동등한'이란 말에 의문을 표하지 않았다.

"토끼를 사냥한 것도, 불을 피운 것도, 고기를 익히면서 주변을 정돈한 것도 카를이잖아요. 그런데 같이 동행하는 테일러 씨는 아무것도 하지 않았죠. 이걸 동등하다고 말할 수 있다고 생각해요? 테일러 씨는 누군가의 희생으로 편리를 추구하고 있는 건데 말이에요."

"그렇게 따지면 너도……!"

"아까 토끼 내장을 빼서 꼬챙이에 꿉던 게 누구였는지 잊었나 봐요."

"……."

테일러의 얼굴이 붉어졌다. 귀까지 익어간다. 연화는 얄밉게 한마디 덧붙였다.

"화내지 마요. 장작 가져오는 건 정말 쉬운 일이니까."

연화는 손으로 테일러가 들고 와야 할 장작의 양을 묘사했다. 어차피 내일은 이동해야 한다. 잔뜩 가져와 봤자 다 쓰지도 못한다. 남은 장작은 이곳에 버리고 가야 하기에 많은 양이 필요하진 않았다.

테일러는 연화를 한껏 노려보다가 총총 걸어 저편으로 사라졌다.

개울가 근처의 나무들은 축축해서 장작으로 쓸 수 없다. 마르고 빳빳한 것들을 주워오려면 고생 좀 할 거다.

"그럼 우리는 자보도록 하죠."

"그 남자는……."

"애도 아니고. 여기 불도 있는데 못 찾아올까요. 알아서 장작

들고 오겠죠."

제국에서야 알아주는 공작님일지 모르지만 여기서는 길 잃고 떠도는 방랑자에 불과했다. 연화가 좀 짓궂게 굴어도 참을 수밖에 없을 것이다. 테일러는 혼자서 먹고사는 법 따위는 모르니까. 아쉬워서라도 다시 돌아올 거다.

"그러니까 걱정하지 말고."

연화는 새근새근 숨소리에 고개를 돌렸다. 어느새 카를이 잠들어 있었다. 그가 언제부터 누워 있었는지 모르겠다. 아까 전까지만 해도 나란히 앉아 대화를 하고 있었던 것 같은데. 지금은 아이처럼 자고 있다.

다 큰 성인이.

바보같이 자고 있다.

그게 어쩐지 재미있어서, 연화는 카를의 볼을 톡 건드려 보았다. 보드라운 것이 손끝에 닿자 웃음이 나왔다.

"하핫."

이건 언제까지 유지될 평화일까.

⚜

"가지…… 마요."

"……카를."

"나는…… 왜…… 나는……."

오늘의 일정이 어제와 같았던 것처럼, 카를의 악몽도 어제와 같았다. 카를은 식은땀을 흘리면서 허우적댔다. 몸을 둥글게 말고 있는 게 스스로를 방어하고 있는 것처럼 보였다. 꿈에서 공격이라도 받는 걸까. 모르겠다.

연화는 현실에 남겨진 카를의 외형만 볼 수 있을 따름이다. 그가 무슨 꿈을 꾸는지는 알 수 없다.

"살려…… 나, 잘못하지 않았……."

"알아요."

연화가 할 수 있는 일은 하나뿐이다.

"괜찮으니까……."

연화는 카를의 이마를 닦아주었다. 흥건해진 손을 대충 치맛단에 쓱쓱 문지른 뒤 카를의 손을 잡았다. 바들바들 떨리고 있던 것이 구원줄을 잡은 것처럼 단단히 매달려 온다. 절대 놓지 않을 기세다.

내일 아침이면 셀리나의 손은 피가 쏠려 파래져 있을 거다. 카를은 놀라서 손을 놓을 테고, 그녀는 팔이 저려서 끙끙거릴 거다.

"그래도…… 별수 없지."

자고 있는 사람을 팰 수도 없으니까. 연화는 웃으면서 남은 한 손으론 카를의 앞머리를 쓸어내렸다. 검은 머리칼이 그녀의 손짓에 따라 밀려 올라갔다가 내려온다. 그렇게 서너 번 같은 행동을 반복하다 카를의 얼굴을 내려다봤다. 그러자 곱상한 얼굴이 눈에 들어왔다. 여자애들이 좋아할 법한 얼굴이다. 여기가 한국이라면 길거리캐스팅 되고도 남았을 정도로 예쁜 얼굴이다.

"이렇게 잘난 얼굴을 가지고 있으면 행복하게 잘 살아도 될 텐데."

연화는 이마에서 매끈한 콧날까지 만져 보았다. 베일 것처럼 오뚝 솟은 코를 건드리는데, 큼큼 헛기침 소리가 들렸다. 연화는 슬며시 손을 거두었다. 지금 올 사람은 정해져 있었다. 굳이 뒤를 돌아 확인할 필요는 없었다.

"장작은 아무데나 던져 두셔도 돼요. 넣는 건 제가 할 테니까요. 그럼 이제 쉬세요, 테일러. 수고했어요."

"내가 일을 제대로 했는지 확인은 안 하나?"

그제야 연화는 몸을 틀어 테일러를 보았다.

"테일러 씨라면 어떤 일이든 제대로 하셨을 테니까요."

작중의 테일러는 그런 인물이었다. 싫어하는 임무라도 일단 주어지면 완벽하게 수행한다. 설정은 소소한 일상까지 지배했다.

장작들은 연화와 모닥불 사이에 가지런히 쌓여 있었다. 카를에게 한 손이 잡힌 그녀는 일어설 수 없어, 앉은 채로 장작을 집어 모닥불에 던져 넣었다. 그러자 장작이 탁 소리를 내며 불 위에 안착한다.

카를을 깨우지 않고도 모닥불을 지필 수 있겠다. 쾌거에 만족해하던 연화는 머리 위에 테일러의 그림자가 드리워졌음을 알았다. 목을 젖히자마자 미묘한 표정의 테일러와 눈이 마주쳤다.

"……뭐죠?"

"이상해서."

연화는 다시 목을 내렸다. 일 분만 더 그러고 있었다간 목 부러졌겠다 싶어서.

그녀는 아픔을 잊기 위해 카를의 머리칼을 만지작거렸다. 아픔이 완전히 가시진 않았지만 기분은 좋아졌다.

덕분에 평소의 페이스를 찾을 수 있었다.

"뭐가요?"

"우리 초면 아니었나?"

"제가 기억하기로도 그래요."

"그렇지. 그러니까 이상한 거다."

테일러가 성큼 연화 앞까지 다가오더니, 큰 손으로 그녀의 양뺨을 쥐고 들어 올렸다. 테일러가 카를 앞에서 또 얼굴을 들이밀 줄은 몰랐다. 연화는 깜짝 놀라 몸을 움츠렸다.

"이렇게 보면 분명 처음 보는 얼굴인데. 그대는 날 오래전부터 알고 있다는 듯 행동하고 있다. 알고 있나?"

떠보는 것처럼 들리지만, 테일러는 나름의 확신을 갖고 있다. 테일러가 눈치 빠른 편이란 건 알고 있었지만, 이 정도일 줄은 몰랐다. 조심성 없이 행동했던 건 사실이다. 이 세계에 미련이 없는 만큼 연화는 조심성 없이 행동했다. 하지만 이렇게 빨리 들킬 줄은 몰랐다.

그럼 나는 어떻게 할까.

사실대로 말할까? 내가 아는 건 당신이 아니라 재민이라고? 그리고 여기는 재민이가 쓴 소설 속이고, 난 재수가 없어서 여기 들어왔을 뿐이라고, 그렇게 말해볼까? 그러면 테일러가 납득하고 이해해 줄까?

'……그럴 리가 없지.'

연화는 자조했다. 이곳을 소설 세계로 여기는 건 그녀뿐이다. 테일러에게 현실은 이곳이었다. 그런 만큼 테일러가 자신의 말을 믿어줄 리 만무했다.

'그럼 어떻게 할까?'

어물쩍한 태도를 보이면 테일러의 의심만 살 것이다. 그건 정말로 좋지 않다. 황제 다음 가는 권력자의 의심을 풀지 못하면 사망 플래그가 꽂힐 테니까. 원래 세계로 돌아가지 못하고 이곳에서 개죽음당하는 건 사양이었다.

다행히 빠져나갈 여지는 있었다. 테일러의 의문은 애매하고 불확실한 감에서 비롯되었다.

초면인 사람이 오랜 지기처럼 굴고 있다니. 얼마나 모호한가.

"착각이겠죠. 제가 어떻게 카이스턴 당주님과 구면이겠어요."

가볍게 웃어넘기면서 부인하면 모든 게 끝난다. 그 정도로 실없는 이야기다. 그렇게 만들 수 있다.

"아무한테나 무례하게 구는 제 못된 버릇 때문에, 착각하신 거겠죠."

"하지만."

테일러의 눈이 흔들렸다. 그는 증좌를 끄집어내기 위해 머리를 굴렸다. 하지만 아무 말도 못 하고 입을 다물었다.

애초에 증좌 따위 남을 리 없는 의심이었다. 하여, 연화는 자신의 뺨을 쥐고 있는 테일러의 손을 쉽게 떼어냈다.

"무례하게 구는 건 그만두세요."

웃었다. 동시에 노려보았다.

한 번은 어영부영 넘어갈 수 있지만, 다음은 어떻게 될지 알 수 없다. 그녀는 황급히 머리를 굴려 바로 방패가 될 것을 찾아냈다.

"테일러 씨가 공작님이란 건 알지만. 여기서 그런 건 의미 없는 신분이에요. 아시잖아요, 억지 부려봤자 테일러 씨만 손해라는 거. 제가 테일러 씨와 더는 못 다니겠다고 하면, 그러면 테일러 씨는 굉장히 위험해지시는 거예요. 테일러 씨는 여기 혼자 남겨지면 아무것도 못 하실 테니까. 그렇지요?"

이번엔 연화가 테일러의 뺨을 감싸 쥐었다. 그녀는 테일러의 눈동자가 흔들리는 걸 보면서 자신의 승리를 확신했다. 연화는 그의 목으로 손을 내렸다. 이까짓 목 아무것도 아니라는 듯 요사하게 웃으며 가까이 끌어당기고는 속삭였다.

"그러니까 좀 더 현명하게 행동하시는 게 어때요?"

순간 막혔던 둑이 터지는 것처럼 왼손에 피가 쏠리기 시작했다.

보지 않아도 알 수 있다. 카를이 깨어났다는 것을. 연화는 찌릿한 왼손으로 카를의 머리를 쓸었다.

"가령, 잠자는 아이는 깨우지 않는다든가."

⚜

"드세요."

"……알았다."

테일러는 토끼 고기를 우적 씹었다. 무슨 행동을 하든 기품 있던 어제와는 달랐다. 외양이 워낙 잘났기 때문에 야만적으로 보이지는 않았지만, 거칠어 보이기는 했다.

테일러는 불쾌함을 숨기지 않았다.

눈이 마주치면 시선을 돌렸고, 가까이 오면 뭐냐는 식으로 노려본다. 이마엔 '접근 금지'라는 말이 쓰여 있는 듯했다. 경계심 많은 고양이처럼 굴면서, 연화가 움직이면 어디 가나 살피고 이동하면 졸졸 따라온다.

테일러가 왜 이러는지는 아는 연화는 비죽 웃었다. 어제 자신이 했던 말이 머리에 뱅뱅 돌고 있어서이리라. 열은 뻗치는데 무리에서 떨어지면 제국까지 돌아가는데 애로사항이 꽃필 것 같고. 그렇다고 아무 일도 없었던 것처럼 굴자니 비위난정한 것이다.

이것도 저것도 안 되자 테일러는 가장 어중간한 방법을 택했다. 나 화났다, 하고 티를 내는 것이다. 화해는 하고 싶은데 저가 먼저 다가가긴 싫은 자들이 취하는 태도였다.

이 상황을 종식시킬 수 있는 선택권이 저에게 있다는 걸, 연화는 잘 알았다. 테일러에게 왜 그러냐고 물어보거나, 미안하다고 고개를 숙일 수도 있었다. 그러함에도 그녀는 아무것도 하지 않았다.

재민이를 달래듯 테일러를 대해서, 그의 의심을 부추길까 봐

겁이 났다. 이 상태를 유지해도 문제없다고 애써 위안하면서 시간만 보냈다. 냉전이 길어진 이유였다. 그나마 연화 쪽은 사정이 나았다. 카를이 붙어 있어 테일러에게 가는 시선을 덜 수 있었으니까.

"부족하진 않습니까?"

"한 마리 다 먹었는걸요. 충분해요."

연화는 기름기가 묻어 번들거리는 손을 내려다보았다. 그러자 옆에 있던 카를이 손수건을 빌려줬다. 그녀는 깨끗했던 천에 기름 자국을 남기면서 카를을 올려다봤다.

할 말이 있는 듯한 얼굴이다. 연화는 뒤에 홀로 쭈그리고 있는 테일러를 흘끔대며 카를에게 눈치를 주었지만, 그는 표정 변화가 없었다. 하긴, 카를이 테일러 기분을 신경 쓸 사람이 아니긴 했다. 그럼 그냥 이 상황이 어색한 걸까. 연화가 한마디 했다.

아까의 이야기를 연장할 뿐이라는 듯, 자연스럽게.

"어차피 남은 고기도 없잖아요?"

"저녁 때 더 많이 잡아다 드리겠습니다."

"전 한 마리로도 충분하니까, 남는 건 카를이 먹어요."

셀리나의 몸은 적게 먹고 많이 움직이는 것에 특화되어 있었다.

체질적인 면도 있겠지만, 환경적인 면이 클 거다. 알고 싶지 않았지만, 연화는 셀리나가 어떻게 살았을지 짐작해 버렸다.

절대 평범한 삶은 아니었겠지. 12살 꼬맹이가 무술에 특화된 남성의 스케줄을 따라갈 수 있을 정도면 꽤 독하게 굴려졌을 거다. 당장 기름기가 지워진 손만 봐도 아이 손답지 않게 거칠거칠하다. 굳은 일을 많이 했다는 증거다.

어쩐지 애잔하다. 이렇게 힘든 삶도 이어가겠다고 아등바등 살았던 셀리나는, 원작대로라면 이곳에서 쓸쓸히 죽은 거 아닌가.

평생 삶의 기쁨이라곤 하나도 모른 채로, 그냥 그렇게, 형편없이.

"……불쾌한데."

이어지던 생각이 입 밖으로 튀어나왔다.

작은 목소리였는데도 카를은 들은 듯했다. 그가 눈을 반짝였다.

"역시 두 마리가 좋을까요?"

"아니, 그런 이야기는 아니었어요."

연화는 카를에게 지저분해진 손수건을 돌려주었다. 카를이 손수건을 챙기는 걸 보면서 치맛단을 가볍게 말아 쥐고 바위 아래로 뛰어내렸다. 그녀가 착지를 하다 살짝 휘청거리자 카를이 손을 내밀어 잡아준다.

연화가 똑바로 땅에 섰는데도 카를은 손을 놓아주지 않았다. 뭔가 대단한 목적이 있나 보니, 카를이 제 손목과 셀리나의 손목을 나란히 겹쳐 보며 한숨을 쉬었다.

"한 네 마리는 더 드셔야……."

"불가능한 소리는 그만하죠."

연화는 카를에게서 잡힌 손을 떼어내었다. 머쓱한 감정은 치마를 털면서 같이 떨쳐 냈다. 그러자 언제 붙었는지 모를 나뭇잎 하나가 떨어졌다.

"이만하면 충분히 쉰 것 같아요. 그렇죠?"

연화는 잠시나마 쉼터가 되어주었던 바위를 바라보았다. 커다란 나무가 그늘을 만들어주었던 곳이다.

토끼 고기를 뜯으면서 본 정면엔 광활한 땅이 있었다.

잡초 외엔 아무것도 없는 땅이다. 황량한 느낌을 주기도 했지만, 제멋대로 자라난 잡초들이 바람이 부는 방향으로 좌르르 넘어가는 걸 보고 있노라면 장관이라는 생각이 들어 눈을 뗄 수 없었다.

따지고 보면 별것 아닌데. 그 별것 없는 광경을, 두 번 다시는 볼 수 없을 것이다. 제국에서 혼 왕국으로 돌아갈 이유는 없을 테니까.

“검 챙겨요.”

연화는 카를에게 시선을 주는 척하면서 뒤를 돌았다.

사냥을 해서 토끼 피가 묻었던 칼을 갈무리하는 카를 뒤로, 옷자락을 정리하면서 일어서는 테일러가 보였지만, 연화는 그를 못 본 척 뒤돌아섰다. 그리곤 카를과 함께 서너 걸음 먼저 걸어갔다.

“혼에서 카로틴으로 넘어가려면 며칠 걸리는지 알아요?”

소모성 대화를 꺼내면서 귀를 기울였다. 저와 카를의 뒤를 착실히 따르는 발소리가 들었다. 테일러가 잘 따라오고 있나 보다.

“보름 걸린다고 들었습니다.”

“걸어서요?”

“말을 타면 열흘 걸린다더군요.”

“둘 다 들은 거네요. 누구한테서 들었어요?”

“주군의 부하 중에 여행을 자주 가는 자가 있었습니다.”

카턴 상단은 마차를 타고 이동했지만, 짐이 많아서 이동 속도가 빠르진 않았다. 사람이 걷는 속도와 비슷했다. 그러니 셀리나가 버려진 곳을 ‘혼 왕국에서 카로틴 제국 쪽으로 나흘쯤 걸어야 나오는 곳’으로 봐도 무방할 거다.

연화가 카를을 만난 건 그로부터 이틀 뒤다. 그로부터 사흘 뒤엔 테일러를 만났다. 거기서 이틀을 더하면 오늘이다. 단순히 일자로만 계산하면, 그들은 혼 왕국을 떠난 지 열하루쯤 되는 지점에 있는 셈이다.

하지만 그들이 나흘 뒤에 카로틴 제국에 도착한다는 확신은 할 수 없었다. 방위를 찾고 일직선으로 쭉 걸어왔다고 하나, 그들은 지도도 하나 없이 감에 의지하며 걸어왔으므로.

무엇보다 카를의 지식 자체가 여행 꽤나 다녀본 자의 경험에 기반을 두고 있었다. 하지만 이쪽은 제대로 된 길을 전혀 모르는 사람만 셋이다. 보름 만에 제국에 도착하는 기적은 없을 거다.

며칠 더 걸리는 건 당연하고, 재수 없으면 보름이 더 필요할 수도 있겠다.

"제국에 특별한 용무가 있으십니까?"

이런저런 계산을 하고 있는 연화의 뇌로 카를의 목소리가 들어왔다.

용무라. 특별한 용무.

재미있는 말이다. 연화는 애써 비웃음을 삼켰다.

셀리나는 12년을 몸담았던 상단에서 버림받은 아이였다. 용무라니. 그딴 게 있을 리 없었다. 제국에 들르는 것도 이번이 처음이었다.

"개인적인 일이에요."

"중요한 것은 아니구요?"

"중요…… 하긴 하죠."

셀리나에서 홍연화로 돌아간다. 이보다 더 중요한 일은 없었다.

"어떤 건지는 말 안 해주시는군요."

"개인적인 일이기도 하지만, 굉장히 막연한 것이라서요."

이 세계와 다른 세계.

소설과 현실.

셀리나와 홍연화.

모두 설명하기에 난해한 것들이다. 이 모든 것을 이해시킬 가능성은 0에 수렴한다. 말을 꺼내봤자 득 될 거 하나 없기에 연화는 아무 이야기도 하지 않으려 했다. 그러나 카를을 보자 생각이 달라졌다. 아주 조금의 힌트 정도는 줄 수 있지 않을까. 꽁꽁 숨겨놓은 빙산의 일각을 보여주는 정도는 괜찮을지도 모른다는 생각이 들었다.

상대에게 전부를 볼 수 있는 혜안이 있지 않은 이상에야.

"그러니까, '부자 되고 싶다' 같은 거랄까요?"

부자가 되길 바라는 사람은 많은데 어떻게 해야 부자가 되는지 아는 사람은 드물다.

내 상황이 이와 다를 게 뭔가. 돌아가고 싶다 생각하는 것과 달리, 어찌해야 그럴 수 있는지 모르는데.

연화는 자조했다.

"돈은 많으시잖습니까?"

역시나 카를은 이해하지 못했다. 파란 눈망울을 순진하게 깜빡인다. 그녀가 몇 마디 하기도 전에 누군가가 끼어들었다.

"대략적인 예시인 거겠지."

"맞아요. 그런데……."

연화는 생글 웃으면서 몸을 틀었다. 장승처럼 서 있는 테일러와 눈이 마주쳤다.

"저랑 말 안 하시기로 한 거 아니었어요?"

"내가 그런 말을 했었던가?"

테일러는 시침 뚝 떼고 웃었다. 하지만 입매가 바들거렸다. 정공법을 선호하는 캐릭터답게, 거짓말은 못 하는 모양이다.

"대화라는 게 꼭 입으로만 이루어지는 건 아니거든요."

"독심술이라도 배운 것처럼 말하는군."

"테일러 씨는 온몸으로 말하고 계셨잖아요. 화났다고."

눈치가 어지간히 없는 사람이 아니면 누구나 안다. 연화는 수많은 증거들 중 지금 내밀 수 있는 것을 골랐다.

"뒤에서 멀찍이 떨어져서 걷고 있다는 것부터가 그렇죠."

"이건…… 수상한 놈이 없나 경계하느라……."

"그래서 수상한 놈이 있던가요?"

이런 곳에 수상한 사람은 무슨. 그냥 사람도 없는데. 연화는 혹시나 싶어 카를에게 물어봤지만, 카를은 우리 외 다른 인기척은 느껴지지 않는다고 대답했다. 연화는 실소가 나오려는 입술을 깨물면서 테일러를 살폈다. 그러자 그가 연화의 시선을 피해 고개를 돌렸다. 한참 미적거리더니 힘겹게 한 마디 뱉어놓았다.

"……있었다."

웃겨 죽겠다. 연화는 웃지 않으려고 했지만 기어이 입꼬리가 올라갔다. 모르는 척 한마디 던진 것에도 웃음기가 담겼다.

"그래요?"

"그렇다."

테일러가 냉큼 대답했다. 거짓말을 이어나갈 생각인 모양이다.

저렇게까지 빡빡 우기는데. 대놓고 아니라고 하지는 못하겠다. 연화는 그렇구나 수긍하곤 다시 걸어갔다. 그러면서도 머릿속으론 어떻게 해야 이 상황을 해결할 수 있을까 궁리했다.

테일러가 거짓말을 했다고 놀려댈 수도 있다. 하지만 그랬다간, 테일러가 완전히 삐져 버릴 거다. 수상한 사람의 존재는 인정해 줘야겠다.

언제 제국에 도착해 버릴지 모르니, 테일러와 좋은 사이를 유지하는 건 중요하다. 때마침 방법이 하나 떠올랐다. 묘책은 아니고, 바보 같은 것으로.

연화는 카를에게 가까이 붙으라고 손짓하곤 그와 손을 꼭 맞잡으며 작게 속삭였다. 멀찍이 떨어져 있는 테일러에겐 들리지 않을 크기였다. 연화와 카를이 뭔가 속닥거리고 있는 건 알겠지만, 뛰어와서 둘 사이에 끼어들지 않는 한 무슨 내용인지는 모를 거다.

이야기가 진행되면서 카를의 표정은 아리송하게 변했다. 그러다 종래엔 '꼭 이런 병신 짓을 해야 겠냐'는 류의 표정을 지었다. 부하가 되겠다는 놈이 짓는 표정 같지 않았지만, 어쨌든 카를은 그녀가 시킨 대로 움직이기 위해 걸음을 멈췄다.

"왜 그래요, 카를?"

연화는 카를이 멈춰선 뒤에도 두 발자국 더 걸었다. 그러다 뒤를 돌았다. 카를이 멈출 줄 몰랐다는 듯 입을 헤 벌렸다.

카를은 말없이 검을 빼들고는 검 끝을 살짝 올려 누군가를 겨냥했다. 그 끝에 테일러가 있었다. 테일러는 뭐냐 싶은 시선을 던지면서도, 공격 태세는 갖추지 않았지만 여차하면 공격할 생각인 듯, 한 손이 검 손잡이에 닿아 있다.

"합!"

카를이 기합 소리와 함께 테일러가 있는 방향으로 달려갔다. 그러자 테일러가 움찔하며 옆으로 피했다.

스윽.

테일러의 허리춤에 있던 검이 뽑혔다. 위급 상황이면 일단 검을 뽑고 보는 모양이다.

테일러의 검이 카를을 향해 겨누어졌을 때, 카를의 검은 테일러 뒤의 나무를 베고 있었다.

샤-. 쿠쿠쿵. 쿵.

"……?!"

제법 통이 큰 나무가 쓰러지면서 땅을 울리자, 테일러가 뒤를 돌았다. 그 순간 포르르 참새 두 마리가 하늘로 날아 사라졌다.

테일러가 다시 카를을 보았을 때, 그는 이미 제 검을 검집에 집어넣고 있었다. 카를의 임무는 여기서 끝났다.

테일러 역시 카를에게 공격 의사가 없음을 확인한 뒤 제 검을 집어넣었다.

격렬한 운동은 없었는데도 테일러의 가슴께가 크게 오르락내리락했다. 한참 헐떡대던 숨이 고요히 가라앉고 나서야, 그가 카를을 보며 미간을 있는 대로 구겼다.

"이게 무슨 짓이지?"

"수상한 자가 있었다고 했잖습니까."

카를이 태연하게 대꾸하자, 테일러의 입술이 움찔움찔했다. 저 스스로 '수상한 자'를 언급했으니 카를에게 장난치지 말란 말이 안 나오는 모양이다. 하지만 반박할 수 없는 것과 별개로, 감정은 사그라지지 않았는지 그의 주먹 쥔 손이 바들바들 떨렸다.

"그래서 뭐가 있었지?"

"수상한 참새 두 마리를 발견했습니다."

"풋!"

연화는 주저앉아 끅끅 웃었다. 자신이 시킨 거지만 너무 웃겼다! 웃음을 주체할 수 없어 하는 연화의 등 위로 테일러의 시선이 떨어졌다.

"뭘 꾸미나 했더니……. 이런 웃기지도 않는 장난을……."

"아시잖아요. 저 버릇없는 거. 아까의 행동은 제 버릇의 연장선일 뿐이에요."

연화가 방긋 웃으면서 치마를 털고 일어서자, 테일러는 단단히 화난 듯 뒤돌아섰다. 하지만 움직이진 않았다.

이 순간까지도, 테일러는 화해를 바라고 있다. 연화는 모르는 척 그의 뒤로 다가가 손을 끌어당겼다.

"그러니까."

셀리나의 완력은 세지 않다. 그런데도 테일러는 순순히 끌려와 주었다.

확 가버릴까 하는 건 충동이었고, 함께 있고 싶은 게 본심이겠지.

그리 생각하니 연화는 또 웃음이 나오려 했지만, 이 타이밍에 웃었다간 말짱 도루묵이리라. 하여, 연화는 눈을 살포시 내리깔며 테일러의 구두를 봤다. 반짝 빛나는 앞코를 보며 감정을 다잡기 위해 노력했다.

철부지 아이와 다름없이, 사고는 있는 대로 다 쳐 놓고 어떻게 해야 할지 몰라 전전긍긍하는 아이처럼 두 손을 꼭 모아, 간절하게, 진심이 전해지길 빌면서. 연화는 말했다.

"제가 잘못했어요, 공작님."

"……."

"말 한마디 꺼내기 힘들어서 그랬던 거니까……."

뻥이다. 연화의 사과가 늦어진 건 어떻게 해야 홍연화가 아니라 셀리나답게 사과할 수 있을까 고민했기 때문이다.

이 바보 같은 전략이 먹혔을까. 연화는 고개를 숙이고 있기에 테일러의 표정을 볼 수 없었다.

테일러가 아직도 삐져 있으면 다음엔 어떤 사고를 쳐야 할까. 궁리하는 그녀의 머리 위로 테일러의 큰 손이 내려앉았다.

쓱쓱.

셀리나의 금발이 흐트러진다.

"……나야말로."

그 다음으로 온 것은.

"미안."

그녀와 달리 진심인 사과였다.

⚜

"카를."

등이 아팠다. 떨어지다 어디 잘못 부딪친 게 틀림없었다. 카를은 위에서 저를 부르고 있는 자가 있는 걸 알면서도 일어날 수 없었다.

힘겹게 눈을 떠 주위를 살펴보자, 그곳은 우물 안이었다. 오랫동안 방치된 우물이었다. 카를은 쾌쾌하게 올라오는 냄새를 맡았다. 후에야 그게 이끼 냄새라는 걸 알았지만, 어릴 때는 몰랐다.

우물이었지만 물은 깊이 차올라 있지 않았다. 카를은 이제 7살 된 아이였는데도 물은 정강이 근처에서 찰박거렸다.

일단 살았구나. 그런데 난 왜 여기 있을까.

어려도 살고 싶다는 생각은 또렷한 카를의 머리는 상황을 파악하기 위해 바삐 돌아갔다. 움직일 수 없을 것 같던 고개가 올라갔다. 정면, 우물 바깥에 아이가 하나 보였다.

"형……!"

다행이다. 형이 있다. 카를의 마음에 빠르게 희망이 차오르기 시작한다. 언제나 그와 함께 있어주던 형이 그를 보고 있다. 곧이어 방금 전 상황도 떠올랐다.

아까까지만 해도 우물 안에 뭐가 있을까 웃으며 장난치고 있었다. 그러다 저 혼자만 실수로 떨어졌었다.

가여운 형은 그가 걱정이 되서 이 자리를 떠나지 못한 것 같고.

카를은 입구 쪽을 향해 손을 뻗었다.

성인 남성이라면 혼자 빠져나올 정도의 깊이였지만, 카를은 어렸다. 혼자서 나올 수 없었다. 하지만 형이 손을 뻗어주면 가능할지도 모른다.

카를은 형에게 닿기 위해 손을 쳐들었다.

어서, 형. 손 잡아줘. 여기 좁고 어두워. 오래 있기 싫어. 냄새나. 나가고 싶어. 나가게 해줘.

"형, 나……."

"질긴 놈."

그냥 손을 드는 것만으로는 형을 잡을 수 없었다. 카를은 까치발을 들다 펄쩍 뛰었다. 어찌어찌 손이 맞닿았을 때, 거칠게 떼어졌다.

7살, 순진무구한 카를의 몸은 다시 우물 아래로 곤두박질쳤다.

형이 실수로 놓쳤나? 어른을 불러와야 할까?

고민하는 카를의 귀로 잔인한 목소리가 파고들었다.

"아직 죽진 않았나 보군."

우물 위엔 처음 보는 형이 있었다.

상냥한 웃음 따윈 한 조각도 없다. 말 한마디 한마디에 악의가 묻어나왔다.

"하긴. 우물 안에서 고통스럽게 말라 비틀어 죽는 게 네 운명이라면 어쩔 수 없지."

"……."

"그러게 평소에 착하게 살지 그랬니. 그랬다면 운명의 여신이 널 곧장 죽음의 강으로 인도해 줬을지도 모르니."

"……."

"하지만 기왕 이렇게 된 거 어쩔 수 없으니까, 신에게 빌어봐. 다음 생엔 내 동생으로 태어나지 않게 해달라고."

형은 우물을 내려다보며 낄낄거렸다. 한참 조롱한 끝엔, 우물 뚜껑을 닫아버렸다. 그러자 우물을 비추던 빛이 사라졌다. 형도 보이지 않았다. 카를이 한참 소리쳤지만 밖에선 부스럭 소리 하나 들리지 않았다. 형도 가버렸나 보다. 지나가는 사람도 없는 것 같다.

한참 소리치다 보니 배가 고팠지만 먹을 건 없었다. 당장 손에 잡히는 건 냄새나는 물뿐이다. 그래도 당장 기갈이 났던 카를은 그걸로 목을 축이고는 어떻게든 기운을 차려서 다시 소리를 질렀다. 그러나 아무도 오지 않았다.

카를의 체력은 점점 떨어졌다. 종래엔 아무것도 못하고 망연히 주저앉아 위만 바라보게 되었다.

이곳에 떨어진 지 몇 시간이 지났을까. 해가 졌을까? 하루는 지났을까? 오늘은 이틀째? 아니면 사흘? 나흘? 모르겠다. 그냥 나가고 싶다. 그런데 혼자서는 나갈 수 없다.

도움이 필요한데 아무도 꺼내주지 않는다.

누구도 이곳에 와주지 않는다.

나, 살아서 나갈 수는 있을까.

희망이 깎인 자리에 절망이 싹텄다.

죽을 거야. 죽을 게 뻔하지. 어디 숨어 있었는지 모를 것이 속삭였다. 카를은 수긍했다. 그럴 지도 모르겠다. 아무도 구해주지 않은 채 며칠이 지나면, 정말로 죽을지도 모른다. 아니. 죽음밖에 남는 게 없을 거다.

아는데도 카를은 살고 싶었다.

그래도 혹시, 누군가가 구하러 와주지 않을까? 내가 사라진 걸 안 사람들이 이곳저곳을 뒤지다, 여기 있는 거 아닐까 하고 우물 뚜껑을 열어서 나를 발견하지 않을까? 그렇게 살 수 있지 않을까?

넵다 들이찬 희망의 생각으로 한바탕 골몰하고 있노라면, 조소하는 절망이 들이닥쳤다. 몸은 축 늘어져 아무것도 하지 않는데 머릿속은 전쟁터였다.

이럴 거다, 저럴 거다. 무엇하나 실현된 게 없는 가정들이 카를의 머릿속을 둥둥 떠다녔다. 서로가 확률이 더 높다 싸워대며 제 말을 믿으라고 강요했다. 그리고 또 한참이 지난 뒤엔 아무 생각도 하지 않게 되었다.

카를은 만사가 귀찮아졌다. 그냥 죽어버렸으면 했다. 힘들고 괴로우니까 한시라도 빨리 죽어서 편해졌으면. 생각할 기력이 들 때마다 그는 그런 생각을 했다.

구원의 손길은 그때서야 카를을 찾아왔다.

어디에 그런 힘이 숨겨져 있었을까. 새어 나온 빛 사이로 손이 보이는 순간 카를은 대롱 매달렸다. 우물 밖으로 나와 다시 빛을 보면서 알았다.

사실은.

그렇게 죽고 싶지 않았다는 걸.

"……아."

세상을 하얗게 물들였던 빛이 점멸해 간다. 빛이 사라진 시야엔 까만 하늘이 보였다. 나왔다고 생각했는데, 왜 또 어두운 걸까? 다시 갇힌 건 아니겠지. 아니면 아직 우물에서 나오지 못하고 허우적대고 있는 걸까 싶어, 카를은 허겁지겁 주위를 살폈다. 그러다 바로 옆에 잠들어 있는 여자아이를 발견했다. 작은 손으론 카를을 꼭 쥐고 있었다.

악몽에 다시 잠겨들어도 구해줄 것처럼.

악몽은 언제나 카를과 함께했다.

우물 속에 잠겨 있던 카를을 구해주는 이는 한 명도 없었다. 어린 카를은 이미 우물에서 나왔는데, 마음은 아직도 그곳에 있었다. 몸은 이미 커서 어른인데 꿈속에선 무기력했다. 카를은 매일 밤 우물 속에서 절망하다 죽어갔고, 아침이 되면 죽다 만 시체 꼴로 살아났다.

지독한 악몽은 셀리나를 만나면서 변했다.

아예 꾸지 않는 건 아니었다. 상황이 바뀐 것도 아니었다. 달라진 건 결말뿐이다. 그는 우물 속에서 죽지 않았다. 결국엔 그를 구해주기 위한 손길이 내려왔다.

꿈속의 셀리나가 강렬했다고 현실의 셀리나가 흐려지진 않았다. 현실의 셀리나는 뜨거운 생기에 감싸여 있었다.

작열하는 여름 해보다 뜨거운 것이 심장이 닿을 때마다 살고 싶다는 열망이 피어올랐다.

처음이었다. 되는 대로 살다가 죽겠거니 싶었던 인생에, 기대 한 톨 하지 않았던 미래를 보고 싶다는 생각을 하게 만든 사람이 여기 있었다.

카를은 손을 들어 소녀의 뺨을 쓸어보았다. 미지근한 인간의 온기가 닿아왔다. 그제야 실감이 났다.

앞으로도 카를을 뜨겁게 적셔줄 사람이었다.

"내 주인."

카를이 달콤하게 웅얼거려 본 한마디는 한참이나 소녀의 뺨에 머물렀다.

"부족하진 않나? 더 필요한 것 같은데."

"괜찮은데요."

테일러는 제 몫으로 떨어진 토끼 고기를 주섬주섬 떼어 연화의 입가에 가져다 댔다.

테일러는 변했다.

원래도 연화에겐 적대적이지 않은 사람이었지만, 전에는 고압적인 분위기를 풍기고 있었는데. 그녀가 사과 한번 하자 완전히 바뀌었다.

상냥해졌다고 할까, 따뜻해졌다고 할까. 딱 한 단어로 정의할 수 없지만, 한 가지는 확실했다. 테일러는 연화를 어린아이 대하듯 한다는 것이다. 연화는 끌끌 혀를 찼다. 사과 방법 때문에 이렇게 된 모양이다.

테일러 속의 자신은 완전히 꼬맹이로 자리 잡은 듯했다. 자신이 자초한 것이니 연화는 억울하지는 않았다. 테일러의 기묘한 의심을 벗어나게 되었으니 오히려 다행이라 봐도 좋을 것이다. 조금 당혹스럽고, 가끔은 불쾌했지만 참아야 했다. 뭐가 되었든 죽는 것보다는 나으니까.

연화는 고기를 먹지 않기 위해 일어서서 몇 걸음 떨어졌다. 바로 테일러가 졸졸 따라왔다.

"그러다간 키 안 큰다."

"이거 먹는다고 바로 키가 크는 건 아니잖아요."

무엇보다 꼭 그게 키만 키울지도 의문이고.

"그러니까 테일러 씨가 안 먹을 거면 카를한테……."

뒤를 돈 연화는 카를을 발견했다. 카를은 팔짱을 낀 채 상황을 관망하고 있었다. 다른 때라면 테일러의 행동을 제지할 그가, 지금은 테일러를 방관하고 있었다. 더구나 그는 웃고 있었다. 은근히 이 상황을 즐기고 있는 듯했다.

"이…… 런……."

카를이 안 도와주면, 연화 혼자서 테일러를 이길 방법은 없었다.

탄식하는 연화의 입안으로 고기가 밀려 들어왔다. 테일러가 큭큭 웃으며 손가락으로 입가에 묻은 기름기를 닦아주었다.

"묻었다."

"……."

다른 한 손으론 머리를 쓰다듬는다. 셀리나는 12살이지만 홍연화는 스물두 살이다. 애 취급이 익숙하지 않은 연화는 잠깐 치솟은 불쾌감을 입술을 짓씹는 것으로 억눌렀다.

테일러는 뭐가 즐거운지 하하 웃고는 장작을 주우러 가버렸다.

어느 날 연화가 장난 삼아 테일러에게 장작을 가져다 달라고 한 이후, 테일러는 매일 밤 장작 가져오는 것을 자신의 일로 삼았다. 일행에 보탬이 되고 싶어서라기보다는, 뭐라도 해서 체면을 살리고 싶어 하는 듯했다. 장작을 한아름 가져올 때의 테일러는 어딘지 모르게 의기양양해져 있으니까.

별거 아닌 일로 굉장히 위세 떤다고 놀릴 수 있지만, 테일러가 장작을 가져오면 밤새 따뜻하게 잘 수 있다는 이점이 생긴 연화는 과장되게 고마워했다. 그러면 멋쩍어하는 테일러를 볼 수 있었다.

테일러, 이 쉬운 남자……!

아니. 생각해 보니 원래 어려운 남자가 아니었던 것 같기도 했다. 원작을 떠올려 보면 더 그랬다.

엘렌은 수단 방법을 가리지 않고 갈구해 테일러의 마음을 얻은 게 아니었다. 그렇다고 엘렌에게 테일러를 꾈 만큼 대단히 특별한 조건이 있는 것도 아니었다.

엘렌이 예쁘다 하나 그녀보다 빼어난 외양을 갖춘 사람이 아예 없는 건 아니었다. 도도한 성격이 매력 포인트라 하나 도리어 결함이 될 수도 있었다.

무엇보다 엘렌은 무능했다. 부모가 일구어놓은 상단을 말아먹다시피 할 정도로.

엘렌은 그저 소설 주인공이기 때문에 테일러를 얻은 것뿐이다.

여기가 게임 속이고, 게임 스탯을 볼 수 있다면 엘렌은 행운 스텟만 만렙이었으리라.

"여기가 따뜻합니다."

"으응……."

실없는 생각을 하던 연화를 카를이 불렀다. 주변의 나뭇가지만 대강 꺾어 만든 모닥불이 보였다.

불의 크기는 작았다. 기세도 약해서, 바람이 불 때마다 꺼질락말락 했다. 아득바득 어떻게든 살려고 하는 불은 홍연화의 삶을 연상시켰다.

지금의 연화도 저 불처럼 아등바등하며 살고 있지만, 예전 홍연화라고 탄탄한 초석 위에 앉아 있었던 건 아니었다. 연화의 아버지는 저가 가진 것을 딸이 받을 자격이 있는지 늘 시험했고, 사촌들은 그녀가 가진 것을 빼어올 방법이 없을까 침을 흘리며 궁리했다.

사방은 적, 아니면 동지를 가장해 그녀의 것을 나눠 먹으려는 악마들로 가득 차 있었다. 연화는 자신이 가진 것을 지키기 위해 더 많이 가지길 원했고, 더 많은 것을 추구하기 위해 아버지의 후임으로서 적합하다는 증거를 보여주어야 했다.

누구나 우러러볼 것 같은 대기업 회장 외동딸의 삶은 그 모양이었다. 살아남기 위해선 움직여야 했다. 그러지 못하면 물어 뜯긴다.

연화의 아버지는 구남매 중 어렵게 할아버지의 마음을 얻었다.

그가 할아버지의 사업을 물려받은 건 기적에 가까웠다. 그래서였을까. 그는 연화에게도 비슷한 절차를 바랐다.

연화의 아버지는 그녀와 나이가 비슷한 사촌들을 데려놓고 완전 경쟁 상태를 만들었다. 그녀는 그 속에 던져진 한 마리 짐승이었다. 아버지는 수많은 시험을 내렸고, 매번 탈락자와 합격자를 갈랐다.

다행히 아버지의 시험은 쉬운 편이었다. 정확히 말하자면, 연화에게 유리한 편이었다. 사랑했던 아내가 남긴 유일한 혈육이라는 타이틀이 꽤나 강력했던 걸까. 아니면 제 손으로 일구어낸 작은 왕국이 딸 손 위에 올라가는 걸 보고 싶어서일까. 아버지의 시험은 연화 맞춤형으로 이루어졌다. 덕분에 상황은 그녀에게 유리한 방향으로 돌아갔다. 사촌들은 하나씩 탈락자가 되어 사라졌고, 종래엔 한 명밖에 남지 않게 되었다.

홍진수. 마지막으로 남은 건 그였다. 나름 수단과 방법을 가리지 않고 시험을 통과해 왔던 모양이다.

두 사람 앞에서 아버지는 마지막 시험을 냈다.

바로 '온라인 쇼핑몰 운영'을 해보란 거였다. 자본이 적게 들어가는 사업을 하면서 어떻게든 경영을 해보란 의미였다.

경영은 시류를 읽는 사업적인 감도 있어야 하지만, 운도 많이 작용한다. 이때까지 치른 시험과 달랐다.

물론 실패할 수도 있다. 그럴 확률이 높았지만, 운까지 연화의 편이 되어주었다.

연화의 쇼핑몰이 성공적으로 굴러가는 것과 달리, 진수의 쇼핑몰은 당장 망해도 이상하지 않을 만큼 매출이 없었다. 시간이 갈수록 상황은 명백해졌다. 최종 승자는 연화였다. 지금은 아니었지만, 곧 그리 될 게 뻔했다.

홍연화 스물둘 평생을 바쳐 얻은 결실이 코앞에 있었다. 그녀는 승리의 기쁨에 취했다.

너무 기쁜 나머지, 오만하고 자만하고 결국엔 방심했던 것 같기도 했다.

"참 감사해야겠어. 신이 최후의 승자로 내 손을 들어줬으니까."

그렇지 않고서야. 홍진수의 함정에 그렇게 쉽게 빠질 리가 없으니까.

원래도 진수와 연화는 깊은 악연으로 얽혀든 사이였다. 늘 경계 어린 시선으로 서로를 살피고 있었지만, 어느 순간부터 연화는 그가 패자라고 여기며 쉽게 보고 있었다.

그가 자신에게 한 짓을 생각하면 절대 그래서는 안 되었는데 말이다.

"깔끔하게 처리해. 괜히 흔적 남기지 말란 말이야."

홍진수의 계략 자체가 제 예상을 완전히 뛰어넘는 것이니 추측 자체가 불가능하기도 했다. 연화는 웃었다. 사람을 써서 자신을 죽이려 들 거라고 누가 상상이나 했겠는가.

시험에서 떨어져 탈락자가 되면 여태까지 쌓아놓은 게 무가 되는 거니 극단적인 선택을 할 만했지만, 이렇게 하리라고는 생각도 못했다.

그래도 진수의 뇌가 아주 맛이 가진 않은 모양이다. 증거를 말살할 생각을 하고 있었던 걸 보면 말이다. 어디서든 연화의 시체가 나오면 저가 불리할 거란 걸 모를 놈이 아니었다. 연화와 원한 관계를 가질 놈은 그밖에 없었다. 진수는 포대에 연화를 넣어 창고에 처박아두었다. 강이나 바다에 넣으면 언젠가는 떠오를 테니까, 인적 드문 곳에 창고를 만들어 시체를 은닉할 모양인 듯했다.

모든 계획을 눈치챈 연화는 어떻게든 거기서 나오기 위해 발버둥을 쳤다. 연화로서의 마지막 기억은 거기서 끊겼다. 그 다음부터는 셀리나의 몸에 들어와 있었다.

어쩌면 나는 포대 속에서 발버둥치다 죽었을지도 모른다. 가끔 그런 생각을 하면서도, 연화는 희망을 버리지 못했다. 연화는 어떻게든 살아서 그곳으로 돌아가길, 자신이 그룹 후계자가 되길 바랐다. 연화가 본래 세계로 돌아가지 못하는 한, 진수가 자신의 자리에 올라서는 걸 막을 수 없을 테니까.

연화가 이룬 평생의 모든 것이 그곳에 있었다. 그걸 다른 놈도 아니고 자신을 죽인 놈이 꿀꺽하려고 하다니. 현실이라면 무자비했고, 악몽이라도 최악이었다.

"가져왔다."

상념에 잠겨 있는 연화를 두 번째로 깨운 건 테일러였다. 그의 손에 어제와 엇비슷한 양의 장작이 들려 있다. 그녀는 테일러가 적당한 곳에 장작을 내려놓는 것을 보면서 입을 움직였다.

"어머나. 수고했어요, 테일러 씨. 오늘도 멋지시네요. 훌륭해요."

나름 칭찬을 하려고 했지만 착 가라앉은 심장은 제대로 동조를 해주지 않았다. 말뿐인 영혼 없는 칭찬에 테일러의 표정이 찌그러진다.

"피곤해서 그래요."

"뭘 했다고."

"그러게요."

연화는 무심히 대꾸하면서 다시 상념에 잠겨들었다.

저쪽의 연화는 시체를 남기지 않았을 테니 실종 처리가 되었을 거고. 홍진수 놈은 슬픈 척하면서 속으로는 즐거워할 것 같다. 재민이는 반쯤 돌아서 저를 미친 듯이 찾고 있을 것 같은데, 아버지의 행동은 추측할 수 없었다. 자신을 찾으려 할지, 아니면 꿩 대신 닭이라고 홍진수에게라도 왕국을 물려주려고 할지. 모르겠다.

“이쪽 봐.”

깊은 상념에 잠겨들려던 연화의 고개가 홱 돌려졌다. 시야로 재민이가 들어왔다. 말 안 되는 상황이라 여기며, 연화는 눈을 깜빡였다. 다시 보니 그건 테일러였다.

테일러가 성난 제 얼굴을 연화 앞에 들이밀었다.

“테일러 씨.”

연화는 약간은 엄한 목소리로 말했다. 나무라는 듯한 시선을 보내자 테일러가 움찔한다. 그녀의 어깨를 붙들고 있던 손이 힘없이 떨어졌다.

“표정이…… 안 좋아 보여서…….”

걱정해 줬던 것 같다. 납득하는 연화의 시야에, 검을 집어넣는 카를이 보였다. 테일러와 전면전이라도 할 생각이었던 걸까. 그러고 보니, 어떤 관계로든 간에 지금의 셀리나에겐 사람이 둘이나 있었다. 그것을 깨닫자 마음이 조금 편안해졌다. 여유로워진 틈새 사이로 그녀는 한마디 흘리듯 내뱉었다.

“안 좋은 생각을 했거든요.”

“어떤 건지 감이 안 잡히는데.”

“과거의 원한이라든가, 원수라든가. 그런 거 있잖아요. 떠올릴 때마다 흉흉한 기분이 드는 그런 것들.”

“그대. 12살이라고 하지 않았나?”

테일러는 이해할 수 없어 했다. 특별한 구석 없는 여자아이가 할 법한 말이 아니라고 생각하는 듯했다.

하지만 셀리나의 인생은 원래 순탄하지 않았다. 홍연화만큼이나.

"테일러 씨. 이런 생각해 보신 적 없어요?"

연화는 미처 몰랐던 것을 지적해 주듯, 따끔하지만 발랄하게 손가락을 펴 스스로를 가리켰다.

"이 애는 왜 이런 곳에 남겨져 있을까, 같은 거요."

"그것과 관련된 원한인가."

연화는 침묵했다.

셀리나를 버리고 간 건 카턴 상단이지만, 실질적으로 그녀를 이 상황에 처하게 한 건 홍진수다. 홍진수에 대한 감정이 더 크긴 하지만, 두 쪽 다 나쁜 놈인 건 자명했다. 연화는 누가 더 나쁘다고는 말할 수 없었다.

연화는 테일러를 들여다봤다. 그가 이 침묵을 어떻게 받아들였는지 궁금했지만, 그의 감정을 알 수 없었다.

테일러는 한숨을 쉬며 하늘을 바라보는 파란 눈동자에 분기가 서려졌다. 타인의 감정에 동요해서가 아니라, 내면에서 끄집어 올려야만 낼 수 있는 분노가 나왔다.

"네 입장에서는 분명 찢어죽이고 싶은 자들이겠지?"

"테일러 씨는 그래요? 이곳에 테일러 씨를 혼자 남게 한 사람들을 찢어죽이고 싶나요?"

"당연하지 않나. 그들의 손에 내 부하들이 죽었다."

"무척 소중한 사람들이었나 봐요."

비밀리에 수행해야 하는 임무를 띠고 테일러는 타국을 방문했다 왔다. 분명 아주 믿을 만한 사람들과 함께 갔겠지. 다른 누구보다 아끼는 자들이었으리라. 연화와 마주친 테일러의 눈이 활활 타올랐다. 뻔하지만, 그래서 이해하기는 쉬운 답이 들려왔다.

"목숨보다 더 아꼈던 부하들이었지."

"저도 제 목숨보다 아끼던 걸 빼앗겼거든요."

그녀 평생을 바쳐 쌓아 올린 지위와 경력과 미래의 결실까지, 홍진수는 연화를 죽이는 것으로 가로채려 했다.

'그러니까 용서할 수 없어.'

어쩌다 보니 이상한 세계에 떨어지긴 했지만, 반드시 돌아가는 방법을 찾을 것이다. 놈에게서 내가 받아야 할 것을 모두 찾고, 놈을 지옥에 처박을 것이다. 셀리나가 된 이후, 연화가 처음으로 하는 맹세였다.

물론 입 밖에 내지 않았지만, 테일러는 입을 떼 연화에게 무슨 생각을 하냐고 묻지 않았다. 카를 역시 불 속에 장작을 던져 놓을 뿐이었다.

정적 속에 장작 타들어가는 소리만 길게 울렸다.

자고 일어난 테일러는 어제의 일을 꺼내지 않았다.

복수와 관련된 화두는 묻혔다. 테일러는 여태까지 했던 평온하고 일상적인 대화를 했다. 흉흉한 이야기는 꺼내고 싶어 하지 않는 것 같기에, 연화 또한 그냥저냥 한 태도로 협력해 주었다.

그렇게 그들의 일상은 평소와 다르지 않게 굴러가는 듯했다.

걷고, 걷고 또 걷고.

먹고 자고 일어나고 결국은 걷고.

목적지에 도달하기 위한 여정이었다. 모두 어서 마을이 나오길 바라며 걷고 있었다. 그러나 마을은 좀처럼 모습을 보이지 않았다.

영원히 걷기만 하다가 이 여정이 끝나는 게 아닐까. 오싹한 생각이 들 때마다 그들은 실없는 장난을 치거나 쓸데없는 농담을 했다. 그렇게 서로의 마음을 추스르며, 지독하게 노력한 끝에 결실이 보였다. 나흘 뒤, 그들은 국경 초소를 발견했다.

"제국의 깃발입니다."

카를이 저 멀리서 펄럭이고 있는 것을 가리켰다. 금빛 부엉이가 그려진 깃발이었다. 동그란 눈은 장엄하다기보다 귀여웠다.

'제국의 위엄 다 어디 갔어?'

웃음을 참기 위해 입술을 깨무는 연화와 달리, 카를과 테일러는 깃발을 무심한 눈으로 바라보았다. 그들에겐 익숙한 일상이었다. 이상해 보일 리 없었다.

가까이 가자 초소 앞에 나무로 만든 방책선이 보였다. 방책선 사이에는 성인 남성 두 명이 겨우 들어갈 법한 공간이 있었다. 그 앞에만 보초 둘이 서 있다.

"누구요?"

수염이 긴 보초가 물었다. 그가 물끄러미 세 사람의 행색을 위아래로 훑더니 툭 내뱉었다.

"여행자요?"

이때까진 신경 쓰지 않고 있었지만, 그들의 꼴은 말이 아니었다. 보름 조금 넘는 시간 동안 황무지 안에서 인간 대 야생을 찍고 있었으니 말이다.

잘생긴 테일러도 난민3으로 보일 정도면 말 다했다.

테일러는 이 상황을 불쾌해했다. 평생을 귀족으로 산 남자는, 한 순간이라도 평민으로 보이고 싶지 않아 했다. 와그작 인상을 구기면서 품을 뒤적뒤적하더니 뭔가를 찾아 보초에게 휙 던졌다. 보석이 다닥다닥 박혀 있는 패였다.

"테일러 카이스턴이다. 확인 차 상급자에게 보여주고 와도 좋다."

보초의 손이 떨렸다. 이런 변두리에 공작이나 되는 몸이 불쑥 나타날 줄은 몰랐으리라. 보초는 신분패가 테일러라도 되는 양 조심조심 모시면서 안으로 사라졌다.

"또 신분패를 소지하고 계신 분이 있으십니까?"

보초가 갑자기 존댓말을 써왔다. 테일러 옆에 있는 연화까지 귀족 영애라도 되는 줄 아는 모양이었지만, 셀리나는 과거가 조금 암울한 꼬맹이일 뿐이었다. 귀족들만 가지고 다니는 신분패 따위.

"당연히 없……."

"보다시피 아직 성년이 아닌지라. 없다."

'신분패랑 성년의 유무가 상관이 있었나?' 싶은 연화는 테일러에게 의뭉스러운 시선을 던졌다. 그녀는 이 세계의 룰을 잘 모르지만, 성년이 아니어도 귀족이면 가지고 다니는 게 맞는 것 같은데 보초는 더 따져 묻지 않았다. 시선만 카를에게 옮겼다.

"그래. 이 아가씨야 어려서 그렇다 치고, 그 뒤의 저분은요?"

"저 남자는 영애를 모시기 위해 따라다니는 기사다. 그렇게 간단한 것도 모르나?"

모를 수도 있지. 연화는 저도 모르게 내뱉을 뻔한 말을 삼켰다. 셀리나가 본래 영애가 아니기도 했지만, 영애나 기사라고 불리는 자나 상 거지꼴을 하고 있으니 귀족이란 생각을 하긴 힘들 터였다.

보초가 무어라 하려는 찰나 신분패를 들고 갔던 다른 보초가 돌아왔다.

테일러는 불만스러운 얼굴로 보초 두 명을 쏘아보더니, 보초가 두 손으로 내미는 신분패를 거칠게 낚아챘다.

"가자."

보초는 제 본분을 다하려고 연화와 카를을 제지하려 했지만, 신분패를 확인한 보초가 그걸 막았다. 그는 비굴하게 웃으면서 테일러와 연화에게 90도 배꼽인사를 했다. 가라는 의미다.

연화는 많이 놀랐다. 테일러가 대단한 사람이란 걸 알지만, 저까지 별다른 제지 없이 들여보내 줄 줄은 몰랐다. 그가 그 정도로 거물인가?

연화는 고개를 갸웃거리면서 어색하게 몇 걸음 뗐다. 보초 둘과 멀어졌을 때에야, 아까 가졌던 의문의 답을 알 수 있었다.

"여기 영주와는 친분이 있는 사이다."

"그래요? 그건 알겠는데. 왜 보초 앞에서 절 귀족 영애로 만드셨어요?"

이 세계의 귀족은 별도의 신분패를 가지고 있어 제국 내 출입이 용이하다. 확인만 거친 뒤엔 바로 들어갈 수 있다. 그러나 귀족이 아니라고 출입이 안 되는 건 아니었다. 국경엔 여행자들을 위한 절차도 준비되어 있었다.

그렇기에 테일러가 강짜를 부린 이유를 알 수 없었다. 아리송해하는 연화에게, 테일러의 절절한 목소리가 파고들었다.

"떨어지기 싫었어."

"……에?"

연화는 어벙한 목소리를 냈다.

"내가 나서지 않았다면 여행자 신분으로 넘어올 생각이었겠지?"

"그렇…… 죠?"

어차피 그 외의 다른 선택지는 없었다. 연화는 떨떠름한 얼굴로 고개를 끄덕였다.

"신원 확인 절차를 거치는 데 최소 일주일, 관련 문건을 작성하는 데 나흘, 임시 신분 패를 발급하는 데 또 나흘. 그러니 네가 제국에 발을 들이려면 보름이 걸리지."

'그렇게나 오래?'

연화는 생각보다 긴 시간에 놀라서 테일러를 쳐다봤다. 그는 어딘가 모르게 의기양양해져 있다. 그러고 보니 이럴 때 이 남자에겐 꼭 해줘야 하는 게 있었다. 연화는 서둘러 입을 열었다.

"정말 고마워요, 덕분에 살았네요. 테일러 씨가 도와주지 않았으면 정말 곤란할 뻔했어요."

"그렇지. 다 내 덕으로 알도록."

칭찬을 받아주는 것까진 좋은데. 뭔가 받아치는 게 꽤나 뻔뻔하다. 이 남자. 원래 이런 캐릭터 아니었던 것 같은데?

"언제 진화했어요?"

"……뭐?"

머쓱 테일러가 뻔뻔 테일러가 되다니……! 세상은 썩었어!

"무슨 소릴 하는 거지?"

테일러의 한쪽 눈썹이 꿈틀꿈틀한다.

"헛소리예요. 것보다 테일러 씨."

"응?"

순진한 눈망울이 스르르 내려온다.

"여기 와본 적 있죠?"

"부하들 없이는 처음이지만."

어쨌든 마을 자체는 테일러에게 익숙해 보였다. 걸음 하나하나가 황무지에서와는 달랐다. 연화보다 조금 앞서 걸으면서도 망설임이 없었다.

"여기서 자주 가던 식당이나 여관 같은 곳 있었어요?"

"괜찮은 곳이 있었지."

"그럼 그곳으로……."

"실례합니다만."

방향을 잡는 테일러 앞으로 한 남자가 끼어들었다. 수려한 정복이 눈에 띄는 기사였다. 연화는 보는 척 만 척 하면서 테일러에게는 깍듯이 고개를 숙였다.

뭐야, 저 남자?

연화는 입을 삐죽하게 내밀다, 천천히 마음을 가라앉혔다. 셀리나 따위 무시당할 정도로, 테일러가 대단한 인물인 건 사실이었다. 남주 버프는 그렇다 치고, 인간 자체가 사기형 캐릭터였다. 그에 비하면 셀리나는 개허접. 좀 무시당한다고 해도 이상하지 않은 들러리 혹은 갤러리.

"작센 경."

연화가 뭘 어쩌고 있건 두 남자는 만남의 장을 가졌다. 옆에 누가 지나가든 안중에도 없는 듯했다. 큰 소리로 웃고 떠들며 악수를 했다.

"오셨으면 오셨다고 기별을 하셔야지. 여기서 뭐 하시는 겁니까? 부하 놈들한테 전해 듣자마자 달려왔기에 망정이지. 아니었으면 길이 엇갈렸을 텐데……."

"천천히 돌고 싶었거든. 그러지 못할 이유도 없고. 급한 불은 다 끄고 나왔으니까. 그리고 또……."

갑자기 테일러가 연화 쪽으로 손을 뻗었다.

"일행이 있어서."

"새로 뽑은 시녀인가 봅니다."

남자, 그러니까 작센은 자연스럽게 연화를 테일러 아래 떨거지로 명명했다. 카를이 움찔하며 검집에 손을 올리는 게 보였다.

"아니……."

연화는 카를의 앞에 서서 그가 검을 꺼내려는 걸 막았다. 웅얼거리던 카를의 말이 사라진다. 연화는 테일러를 보았다. 그의 지인이니 그가 막지 않을까 했는데, 그는 아무 생각이 없어 보였다.

"제가 시녀로 보이세요?"

"글쎄…… 하하. 솔직히 하녀로도 안 보이지만."

작센이 연화를 위아래로 훑었다. 종래엔 연화와 눈을 맞추면서 배시시 웃는다. 얼핏 보면 농담을 하고 있는 것 같지만, 사실은 경멸을 하고 있다.

애초에 날 사람으로 보고 있지도 않았다 이거지. 연화는 치밀어 오르는 분기를 삭혔다.

이런 자와 대화를 해봤자 시간 낭비다. 사실, 따지거나 반박할 필요도 없었다. 그는 비중 있는 캐릭터가 아니니까. 초반에 테일러와 대화를 한 뒤 실종되었나 싶을 정도로, 그는 소설 중후반부가 넘을 때까지 등장하지 않는 인물이었다. 그렇다면 무시하고 넘어갈 수 있을지 알아볼까.

연화는 테일러를 흘끔 쳐다보았다.

"테일러 씨. 이 남자와 친해요?"

테일러는 무뚝뚝하게 대답했다.

"같이 기사 서임을 받았었다."

그래서 공적인 관계란 건지, 사적으로도 친하다는 건지 애매한 대답이었다. 연화는 다음 행동을 정하기 위한 질문을 던졌다.

"그래서 이 남자와 같이 있고 싶으세요?"

약하지만 테일러의 고개는 위아래로 움직였다. 그녀는 그렇구나 웃었다.

연화는 치맛단을 하나로 잡아 모으면서 뱅그르르 돌았다. 다시 작센과 눈을 맞추며 웃었다. 자신을 무시하는 사람과 함께할 수는 없었다. 작센과 멀어지면서 테일러와 떨어진다는 사실이 좀 아쉽긴 했지만, 별수 없었다. 어차피 테일러는 곧 여주인공 '엘렌'을 만난다. 작센이 데려간 영주관에서. 그러니 그전에 관계를 정리하는 게 나았다.

"제국에 넘어오기 전까지만 함께하기로 했던 관계예요."

"……이봐."

이제까지 움직이지 않았던 테일러가 항변 같은 걸 하려고 움직였다. 연화는 그를 손으로 툭 쳐서 제지한 뒤 작센 앞으로 걸어 나왔다.

작센은 꽤나 재미있다는 눈을 했다.

연화가 테일러의 아랫사람으로서 여기 있는 게 아니라는 건 알고 있는 모양새인데. 사람을 깔보는 듯한 태도는 계속 유지했다. 그러면서 카를에겐 한마디도 하지 않는다.

카를에겐 뻔댈 수 없는데 나는 건드린다?

이유는 뻔했다. 내가, 셀리나의 거죽이 만만해서인 거다. 그것밖에 안 되는 자에게 굴해야 할 이유는 정말로 없었다.

"이렇게 대답하고 빠져 드리는 걸 원하셨죠?"

작센이 피식 웃었다.

"각하께선 쓸데없이 사람이 좋으셔서. 별 쓸데없는 것에도 돈을 쓰거든요."

"참 다행이시겠어요. 쓸데없는 돈 굳었잖아요."

"솔직히 기부라거나, 적선 같은 거에 돈 쓰는 거 참 아깝잖습니까.”

참 놀라운 일이었다. 기사에 불과한 자에게, 무슨 말을 해도 사람 기분을 더럽게 하는 재능이 있을 줄은.

연화는 주먹을 쥐었다 폈다 하면서 뜨겁게 달아오르는 심장을 식히기 위해 노력했다. 카를의 검이 밖으로 나와 있는 걸 보면서 참자고 중얼거렸다. 여차하면 사람 하나 죽을지도 모른다고.

몸을 튼 연화는 바로 카를과 눈이 마주쳤다. 꽉 다문 이가 보였다. 그녀는 일 내지 말란 의미로 카를의 팔을 잡았다. 그가 바르르 떠는 게 느껴졌다.

저와 카를은 만난 지 그렇게 오래되지 않았는데. 그는 진심으로 화내고 있었다. 혼자 뚝 떨어진 낯선 세계의 외톨이가 아니라고 말해주는 듯. 보호자의 형태를 띤 카를이 연화의 편을 들어주고 있었다. 그게 참 좋아서, 연화는 생긋 웃었다.

“가요, 카를.”

연화는 카를과 팔짱을 꼈다. 카를이 잇소리를 내며 작센을 노려보았다. 그녀는 카를의 등을 토닥이며 그를 잡아끌었다.

두 사람이 열 걸음 걸었을 때. 뒤에서 후다닥 달려오는 소리가 들렸다. 비어 있던 연화의 한 손이 뒤로 당겨졌고, 몸이 휙 돌려졌다. 강제로 틀어진 시야로 테일러가 가득 찼다.

“어디 가는 거지?”

“왜 화를 내세요, 공작님?”

연화는 천진난만한 아이처럼 까르르 웃었다. 찌푸려진 테일러의 미간을 엄지로 펴주면서 말했다.

너는.

이럴 자격 없어.

“왜 이제야 화를 내시냐구요.”

사실 이건 테일러의 잘못이 아닐지도 모른다. 테일러와 연화가 많이 친해졌다고는 하지만, 친구보다 깊은 관계가 되진 않았으니까. 그가 연화 편을 들어주어야 할 이유 같은 건 없다.

아까 테일러가 떨어지기 싫었다고 말했지만, 결국 거기에도 대단한 의미는 담겨 있지 않았던 것처럼. 테일러는 그저, 단순히, 연화와 카를이 주었던 혜택을 받을 수 없다 생각하니 아쉬워져서 그런 말을 했던 것뿐이다.

테일러와 그녀는 필요충분에 따라 성립된 관계였다.

결국 아무 사이도 아니다. 그러니 테일러가 저렇게 나오는 건 당연한 거고, 엄한 사람을 붙들고 괜한 억지에 강짜를 부리는 건 그녀 혼자다.

이야기가 원작대로 흘러갔을 경우, 테일러는 연화의 옆이 아니라 엘렌 옆에 있었을 거다.

'그러니 진짜 셀리나도 부리지 않았던 어리광은 그만두자.'

연화는 고개를 숙였다.

"그동안 감사했어요, 공작님. 제 급료는 공작저에 찾아가서 탈게요."

연화의 머리통 위로 테일러의 시선이 쏟아졌다. 그녀가 다시 고개를 들자 심기 불편해하는 테일러가 보였다.

"그래서 이런 곳에 날 혼자 내버려 두고 가겠다고."

"테일러 씨가 왜 혼자예요?"

연화는 턱 끝으로 작센을 가리켰다. 테일러가 작센을 흘끔 쳐다봤다가 다시 그녀에게로 눈을 돌렸다. 우물쭈물하더니 변명 같지도 않은 한마디를 내뱉었다.

"사실…… 많이 안 친하다."

"아, 조금 감동적이네요. 어차피 거짓말이겠지만."

키득 웃은 연화는 테일러에게서 멀어졌다.

“매정하군. 내가 혼자선 아무것도 못 한다는 걸 알면서 내버려두고 가나.”

“저분을 따라가면 테일러 씨의 부족한 부분을 메워주실 거예요.”

말하는 순간, 연화는 한 가지 사실을 떠올렸다.

원작에도 작센 경이란 남자가 나왔었다. 셀리나처럼 단역이라 잊고 있었을 뿐이다. 원작에서의 작센 경은 저렇게 빈정거리는 남자가 아니었다.

단순히 영주의 명을 받고 온 기사였다.

작센은 테일러와 엘렌을 영주의 집으로 데려간다.

그 뒤로 작센이란 사람은 나오지 않는다. 테일러와 엘렌이 상냥한 영주 아래에서 얼마나 잘 먹고 잘 지냈는지가 나올 뿐이다. 그래서 기억하는 데 조금 시간이 걸렸다.

테일러는 작센에게 편의를 얻을 생각이었다는 걸 부인하지 않았다. 작센을 가만히 보아 넘겼던 이유가 나타났다. 연화는 어리광쟁이였지만, 그는 그냥 어린애였다.

새삼 깨달은 사실에 연화는 픽 웃으며 테일러에게서 한 걸음씩 멀어졌다. 연화가 겨우 스무 걸음쯤 떼었을 때, 그가 음산하게 중얼거렸다.

“후회할 텐데.”

“그때 가서 하죠.”

그것도 하나도 겁나지 않는 악당의 삼류 대사를.

⚜

"정말 후회하지 않으시겠습니까?"

테일러가 작센을 따라가고 30분이 지났을 때. 카를이 슬며시 물어왔다.

카를과 연화는 마을을 돌아보고 있었다. 적당히 걸으면 상가가 나오겠거니 싶었는데, 웬걸. 길을 잘못 들어섰는지 민가가 늘어선 골목이 이어졌다.

"이렇게 헤맬 줄 알았다면 식당 위치 정도는 물어보고 헤어질 걸 그랬죠?"

"……그런 얘기가 아니잖습니까."

카를이 엄한 표정을 했다. 연화는 배시시 웃었다.

"하지만 그런 이야기가 맞죠. 테일러 씨와 함께 있으면 얻을 수 있는 게 많고, 전 그게 무척 아깝거든요."

"전 그런 후회에 대한 이야기를 한 게 아닙니다."

"하긴. 이제 카이스턴 가와 척을 지게 될지도 모르겠네요. 그 점에 대해서도 생각해 봐야겠어요."

"그게 아니잖습니까."

연화가 뒷짐을 지고 천천히 걸어가며 슬쩍 뒤를 돌아보자, 카를이 시선을 살짝 아래로 내렸다.

"카이스턴 공작에게 바라는 게 있으셨잖습니까."

아. 보였나. 내 땡깡이.

연화는 픽 웃었다. 테일러는 눈치채지 못한 것을 카를이 알아보았다는 게 어쩐지 재미있었다.

테일러보다 카를과 함께한 시간이 더 길어서는 아닐 거다. 테일러와 카를 사이의 간격을 일수로 계산해도 큰 차이는 없다. 카를이 연화의 마음을 짐작한 건 그녀의 입장에서 바라보고 생각해서다.

연화는 카를의 말을 부정하지 않았다.

"네. 했어요. 솔직히 말하자면, 테일러 씨가 저를 선택하길 바랐어요. 같이 고생하면서 제국에 도착했으니까. 물론 내가 테일러 씨의 소중한 무엇이라는 생각은 하지 않아요. 그건 오만이죠. 하지만요, 그래도 내가 욕을 먹고 있거나 무시당하고 있으면 약간은 편들어주지 않을까…… 그런 생각은 하고 있었는데……."

정에 익숙하지 않은 사람은 정을 계산하려 한다. 이 정도는 되고, 이 이상은 안 되겠고. 평생을 쏟아 바쳐 만든 통계지만 맞을 때는 잘 없다. 늘 오차가 생긴다. 다만 허용치 이상의 오차를 낸 사람이 가끔 나올 뿐이고, 거기에 속한 사람이 테일러였던 것뿐이다.

"아니었던 거죠."

"……."

"실망했다거나, 상처받지는 않았으니까."

이어질 리가 없던 인연이었다. 맺어질 리가 없었고, 원래 내 것이 아닌 사람이었다. 쉽게 오고 가는 관계로 시작되었던 것이 정리된 것뿐이다.

손해를 볼 순 있겠지만, 그게 전부라고 연화는 스스로를 다독였다. 나쁘지 않다고, 진작 이렇게 되어서 잘된 것일지 모른다고 생각하면 마음이 편해졌다.

"그러니까 괜찮아요."

그게 겁쟁이가 세상을 살아가는 방법이었다.

"가요, 카를."

연화는 카를에게 손을 내밀었다. 카를이 머뭇거리더니 슬쩍 손을 겹쳤다.

한 발 내딛는 시야 아래로 번화가가 보이기 시작했다.

⚜

테일러와 작센은 셀리나가 사라진 자리에 그대로 서 있었다.

자그마한 아이의 얼굴엔 실망이 가득 차 있었지만, 걸어가는 뒷모습은 활기찼다. 표정도 평소대로 갈무리를 잘 했을 터다. 페이스를 잘 찾는 타입임이 분명했다.

'평민은 아니겠지.'

작센은 셀리나의 뒷모습을 보며 히죽 웃었다.

낡게 해진 옷이나 꾀죄죄한 몰골이 셀리나의 전부는 아니었다. 몰골로 치면 테일러도 만만찮다. 그런데도 테일러를 막 대하는 사람은 없었다. 허구한 날 시비 거는 게 취미인 시정잡배들도 테일러는 비켜간다.

압도감.

테일러에겐 그런 느낌이 있었다. 태어나기를 지배자로 났기에 가지고 있는 특성이다. 이런 자들은 명령과 지배가 친숙하다.

사람 부리는 걸 숨 쉬듯 하기 때문에, 그의 옆에는 친구보단 부하가 즐비하다. 고독한 지배자지만 외로워 보이지는 않았다.

태양이 혼자라고 외로워 보이던가.

셀리나가 테일러에게 지배당하지 않은 것은 그녀 역시 지배자이기 때문이다. 그러나 태생적인 지배자는 아니었다. 그녀는 수많은 노력 끝에 어렵게 자리에 앉은 자였다. 자리에 앉은 뒤에도 시험이 끊이지 않았을 거고, 그녀가 서 있는 곳은 늘 격동의 소란, 안정적인 때라곤 한시도 없어 언제나 시끄러웠을 거다.

그런데도 셀리나는 강렬한 분위기를 풍겼다. 테일러와 같은 카리스마가 아니었다. 스스로 쟁취한 것에 대한 자신감과 당당함,

아슬아슬한 위치에서 오는 아찔함이 합쳐져 묘한 분위기를 풍기는 것이다. 그러한 점 때문에 셀리나는 사람들의 시선을 끌고 있었다.

테일러의 옆에 특이한 사람들이 많이 꼬인다는 건 알고 있었지만 저런 여자까지 붙을 줄은 몰랐다. 그래서 작센은 셀리나가 완전히 사라지고 난 뒤에야 테일러에게 말을 걸었다.

"어디 사는 영앱니까?"

"나도 몰라."

셀리나는 테일러에게 자세한 정보를 주지 않았다. 그가 아는 건 그녀와, 그녀의 부하 이름뿐이었다.

사정이랍시고, 셀리나가 혼 왕국을 넘어오다 버림받아 외딴곳에 홀로 남겨졌다고 했지만 믿지는 않았다. 왜냐하면, 버림받은 것치고는 셀리나는 많은 보석을 가지고 있었던 데다, 꽤 값나가는 단검에, 충성심 높은 부하까지 있었다. 그래서 테일러는 그녀가 자신처럼 어떠한 사연 때문에 부하들을 잃고 홀로 숲에 떨어졌으리라 추측했다.

"저 너머를 같이 걸어오셨으면 상당 기간을 함께하셨을 텐데. 그런 것도 물어보지 않으셨습니까."

"별로 궁금하지 않아. 혼 왕국의 귀족이겠지."

"그래봤자 추측이잖습니까, 추측!"

"하지만 정답일걸. 혼 왕실엔 왕녀가 없으니까."

작센이 고개를 저은 뒤 자신의 답을 꺼냈다.

"서녀일 겁니다."

"그녀를 저평가하는군."

'아까도 상당히 아래로 보던데.'라고 테일러가 투덜댔다. 아까는 작센이 무슨 생각이 있겠거니 방관하고 있었지만, 셀리나를 아예 무시하고 있을 줄은 몰랐다.

"전 사실 그대로 평가를 내렸을 뿐입니다. 서녀가 아니면 사생아. 아, 작위를 잇고 싶은데 자식이 딸밖에 없는 가문의 장녀, 혹은 외동딸이란 보기도 있겠군요."

"그렇게 생각한 이유는?"

아무 근거 없이 셀리나를 막대한 거라면 뺨 한 대 정도는 후려쳐 줘야겠다. 몇 날 며칠 동안 한 밥 먹고 산 사이니, 그 정도는 대신 해줘도 되리라. 그런 마음으로 테일러가 주먹에 힘을 싣고 있을 때였다.

"저 여자는 강합니다."

"……무슨 의미인지 모르겠는데."

테일러가 불퉁한 얼굴을 했다.

"귀하게 자라온 영애들은 기가 셀지언정, 강하지는 않습니다. 고이고이 모심받으면서 자라난 그녀들이 강해야 할 이유가 없죠. 그러니 어떤 귀족 영애도 저 여자 같지 않을 겁니다."

작센은 계속 셀리나가 사라진 방향을 보고 있었다.

이미 셀리나는 인간의 시야로 볼 수 없는 곳에 있었다. 그런데도 작센은 셀리나를 보고 있는 것 같았다.

"분명 아주 혹독한 환경 속에서 살아남았을 테니 말입니다."

"그럼 좋은 평가를 해주지 그러나. 경의 평가는 너무 짠데."

"여자잖습니까. 사내라면 모를까, 전 저렇게 강한 타입은 싫어합니다."

테일러는 하, 같잖은 웃음을 흘렸다.

"병상에 종일 누워 있는 것보단 나은 것 같은데."

"지금 제 동생을 모욕하시는 겁니까?"

"아픈 것보다는 건강한 게 낫다는 의미였을 뿐."

작센은 테일러를 몇 초간 응시했다. 그가 고개를 절레절레 젓고는 테일러 앞에 섰다.

“그럼 안내하겠습니다. 영주님께서 기다리시거든요.”

“아직 못 가.”

“왜요? 설마 진짜 붙잡으시게요?”

작센이 눈을 가늘게 뜨고서 테일러를 위아래로 훑었다. 그가 쯔쯔 혀 차는 추임새도 넣었다.

“양심도 없으십니다. 나이 차가 얼만데.”

“쓸데없는 소리를. 기사 된 자라서, 어린이와 여성을 지킬 의무가 있기에 그러는 것일 뿐이다.”

작센은 ‘어련하시겠습니까’ 따위의 추임새를 넣었다. 하지만 테일러가 슬며시 주먹을 들자 입을 다물었다.

“그래서 하는 말인데, 일을 한 번 해주었으면 한다.”

“제가 왜요? 전 바쁜 사람입니다.”

“그런가. 그럼 내가 관대히 선택지를 주지.”

작센이 고개를 저었다. 테일러는 뻐근한 목을 돌린 뒤 손을 주물렀다. 오랜만에 쓰는 몸을 풀기 위해서는 준비 운동이 필요했다.

“일을 맞이할지, 주먹을 맞이할지.”

작센의 얼굴이 새하얘지자, 테일러는 쿡쿡 웃었다. 답을 들을 필요는 없을 것 같았다.

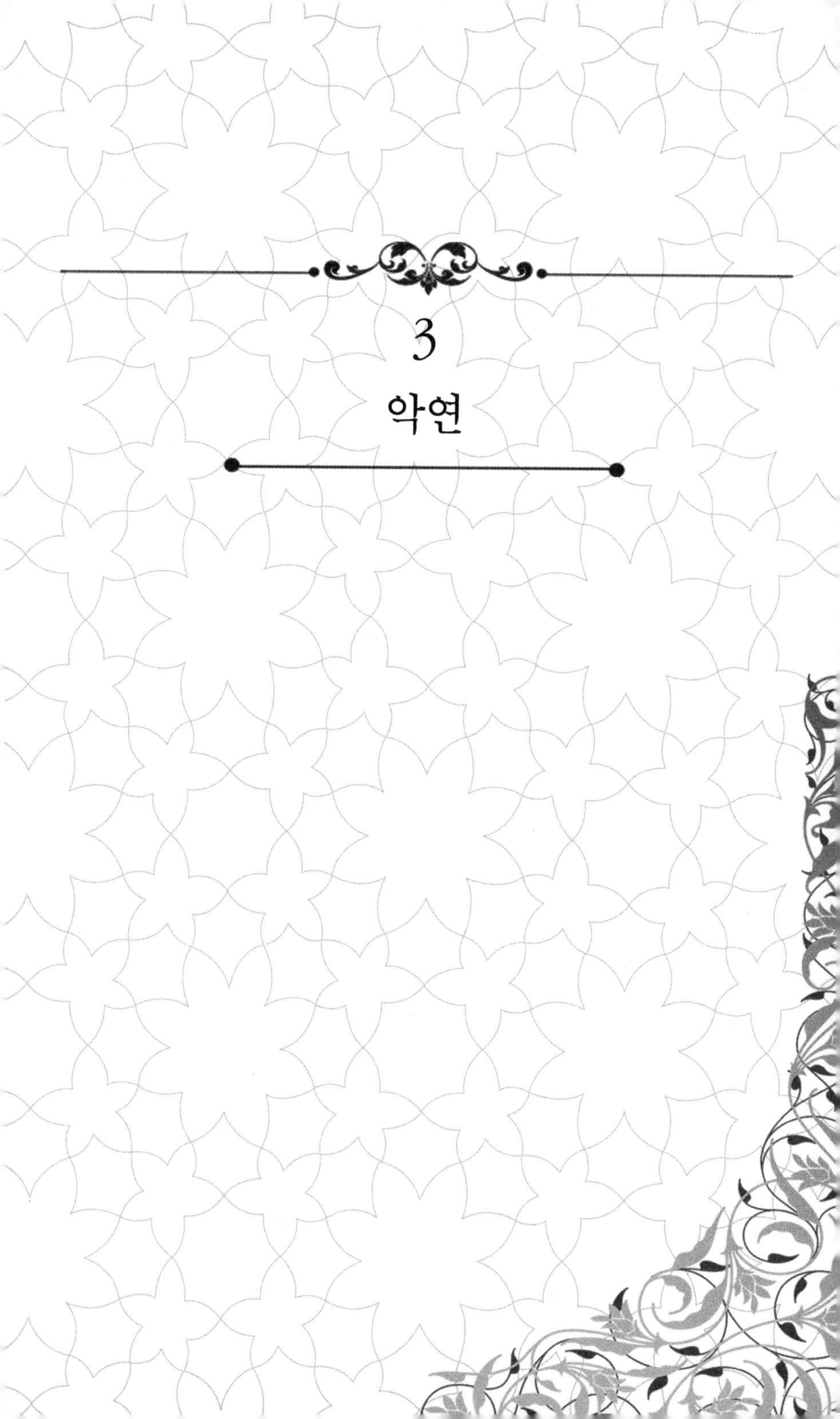

3

악연

"잠깐만요."

식당에선 카를이 있는 돈을 다 털어서 값을 치렀다. 연화는 보석 외에 돈이라곤 한 푼도 가지지 못했기 때문이다. 연화는 계산하는 카를 뒤에 서서 자신의 몰골을 확인했다. 배고픈 게 먼저였기 때문에 식당부터 들어왔지만, 옷도 사야 할 것 같았다.

방향을 잡고 문고리를 잡아당기자마자 낯익은 뒤통수가 휙 지나갔다. 연화는 나가려는 카를을 제지했다.

"밖에 뭐가 있습니까?"

옅은 오렌지빛 머리칼에, 어기적거리는 듯한 걸음걸이. 거기에 특유의 콧소리까지. 세상에 그런 사람이 둘이나 있겠나 싶지만, 연화는 혹시나 몰라 식당 창문 밖으로 배꼼 고개만 내밀었다.

의심에 확신을 가해주는 옆모습이 보였다. 눈이 마주칠까 싶어, 연화는 황급히 머리를 숙였다. 심장이 두근두근했다.

"누굽니까?"

연화가 삽질을 하는 동안 카를은 문제의 남자를 확인했다. 그는 오렌지빛 뒤통수가 사라질 때까지 기다렸다가 연화를 일으켰다.

“적입니까?”

“아니. 적은 아니고…….”

연화는 멍해지려는 정신을 차리기 위해 입술을 잘근잘근 씹었다. 피 맛이 싸하게 번졌다.

“적의 부하랄까?”

“결국 적이잖습니까.”

“적이랑 적의 부하는 엄연히 다른 거예요, 카를.”

헛소리를 하다 보니 상황이 명료해졌다. 연화는 실실 웃으면서 방금 지나간 남자의 얼굴을 떠올려 보았다.

오웬.

셀리나처럼, 그 역시 노예 출신이라 성은 없다.

오웬은 어릴 때부터 카턴 상단에 묶여 살았던 놈이다. 특별한 손재주가 있는 건 아니다. 힘이 세서 무거운 짐을 드는 일을 했다. 우직하게 생긴 데다 일은 잘하는 편이라 카턴 부부의 신임을 받았다. 하지만 성격이 문제였다.

더러움을 넘어 치졸한 편이랄까. 그는 저보다 약한 놈이다 싶으면 폭언을 퍼붓고, 손을 올렸다. 셀리나도 그에게 많이 얻어맞았다. 어린 그녀의 기억 속에 남겨진 그는 눈이 마주칠 때마다 고통을 주는 괴수였다.

미친놈이다. 셀리나한테 때릴 곳이 어디 있다고.

셀리나는 주인 식솔이었음에도 사생아였기 때문에 짐꾼들 사이에 섞여 식사를 했다. 그래봤자 썩어가는 식빵에 잼과 버터가 발라진 것뿐이지만. 그마저도 오웬 놈 때문에 늘 제대로 먹지도 못했다.

"뭐……. 그렇다고 나쁜 놈이 아니란 건 아니에요."

오히려 아주 나쁜 놈이지.

카턴 상단의 사람들은 대체로 셀리나에게 못되게 굴었지만, 오웬만큼 지독했던 자는 손가락으로 꼽을 수 있을 정도로 적었다.

"악당을 죽이면 정의 실현을 할 수 있을 것 같지 않습니까?"

"카를, 저건 악당도 아니에요."

연화는 검을 뽑으려는 카를의 손을 제지했다. 그러는 사이 오웬은 사라지고 없었다. 그는 끝까지 그들을 발견하지 못했다.

길바닥엔 오웬이 흥얼거리는 콧노래가 길게 이어졌다.

"개죠."

카를이 고개를 갸웃한다. 연화는 이해하지 못하는 그를 보며 빙긋 웃었다.

"비유적인 표현이 아니에요. 저 남자는 진짜로 개 같은 사람이에요."

저보다 위에 있는 자에겐 맹렬히 꼬리를 흔들고, 귀여움받기 위해 무슨 짓이든 한다. 그러나 물어 뜯어도 되는 상대다 싶으면 가차 없이 덤벼들어 너절하게 만든다.

"어쨌든 오웬이 있는 걸 봤으니……. 앞으로 조심하는 게 좋겠어요."

오웬은 절대 독자적으로 움직이는 남자가 아니다. 분명 마을 어딘가에 카턴 상단의 나머지가 있을 것이다. 하여, 연화는 카턴 상단의 주요 얼굴을 떠올리려 셀리나의 기억을 헤집었다. 그러자 바로 경멸과 증오가 묻어난 얼굴들이 떠올랐다.

죽으라고 버리고 간 꼬맹이가 멀쩡히 살아서 제국에 도착했다는 걸 알면 절대 가만히 있지 않을 것이다. 그러면 상당히 피곤해질 거다.

"여기는 제국입니다. 인적 없던 땅과는 다릅니다."

"물론 대놓고 죽이려 든다거나 하지는 않겠죠."

국경 지대의 마을이라 하나, 이곳은 제법 컸다.

1시간 가까이 주거 지구를 헤맸던 것만 봐도 상당한 인구가 체류하고 있는 곳이란 것을 알 수 있다. 이런 곳에선 카턴 일행도 셀리나를 발견한다고 해서 바로 행동하지는 않을 거다. 하나 카턴 상단은 돈 꽤나 쥐고 있는 집단이기에 이 정도 마을에서는 어느 정도 영향력을 행사할 수 있다는 뜻이기도 했다.

그렇다면 셀리나와 카를을 괴롭히는 것 정도는 가능하다는 얘기였다.

"혹시 모르니까, 일단 얼굴을 가리는 게 좋겠어요."

카를은 이 의견엔 이의를 달지 않았다.

그들은 식당에서 바로 보이는 옷가게로 뛰어갔다. 꾸벅 졸고 있던 주인이 깜짝 놀라 일어섰다. 그는 카를을 보며 90도 배꼽인사를 했다.

"햇볕이 뜨거워서 얼굴을 가리고 싶은데요. 적당한 거 없어요?"

말소리에 주인의 시선이 연화에게 내려왔다.

아까는 경황이 없어 보이더니, 그새 이성을 찾은 듯했다. 주인이 위아래로 연화를 훑었다. 다 헤진 치맛단이나 군데군데 흙이나 피 따위가 묻은 것을 살피는 눈이 차가웠다.

여차하면 쫓겨나겠다. 그것도 거지 취급받아서.

연화는 황급히 보석 하나를 꺼내 주인에게 보여주었다.

"계산은 이걸로 할 테니까, 적당한 옷을 가져다줘요."

"……아니, 흠……."

콧수염의 남자는 한참 머뭇거렸다.

헛기침을 하거나 다른 곳을 보는 둥 상황을 모면하려는 행동이 보였다. 그러나 연화와 카를이 계속 이곳에 있는 이상 그가 피할 곳은 없었다. 입구는 카를이 막고 있고, 좁은 가게에 다른 출구는 없었다.

남자는 어색하게 웃었다.

"저는 손님이 돈이 없을까 봐 그런 게 아닙니다. 이 마을에 들르는 분들은 모두 거친 길을 걸어오시는 분들이니까요. 귀하신 분들도 가게를 방문할 때쯤엔 아가씨보다 더한 몰골을 하고 오기도 합니다."

그럼 뭐 때문에? 연화가 이해할 수 없어 하자, 남자가 게슴츠레한 시선을 들어 그녀를 보았다. 그가 한 번 더 연화를 위아래로 살피더니 조심조심 말했다.

"사정이 있어 쫓기는 분이 아닐까 하여……."

우리가 그렇게 수상해 보였나. 연화는 고개를 갸웃했다. 아까의 행동을 돌이켜 봤지만 잘 모르겠다. 뭐가 남자의 의심을 부추긴 걸까.

"옷엔 관심도 없고, 바로 얼굴을 가릴 수 있는 물건부터 요구하셨잖습니까. 일반적인 손님이 아니라 판단했습니다."

성급하게 굴었던 게 문제였나 보다. 연화는 쯧 혀를 찼다. 아깝지만 이미 저지른 일, 수습하기는 어렵다. 그녀는 뻔뻔하게 굴기로 했다.

"그럼 얼굴을 봤어야죠."

"봤습니다만, 수배지에 오른 얼굴이 아니었습니다."

"그럼 의심을 거둬야지, 사람을 세워놓고 뭐 하는 건가요."

"원래 수배지는 이런 변두리엔 늦게 돌아오는 편……."

쉐엑-

바람 소리와 함께 카를의 검이 뽑혔다. 좁은 공간에서도 다른 물건은 건드리지 않고 남자의 목만을 겨눴다. 검 끝을 보는 남자의 눈이 떨렸다. 카를은 냉엄한 눈으로 그를 쏘아보았다.

"그래서 아가씨가 수배자란 말이냐?"

"에? 아니, 그게……."

"이렇게 좁아터진 가게를 들어오면서 쇼핑하듯 이것저것 살펴야 하나?"

"그, 야 물론…… 그건, 아닙니다만……."

남자가 버벅대며 황급히 고개를 저었다. 당장 카를의 검이 자신의 목을 찌를 거라 생각한 모양이다. 살려고 파닥거리는 게 꽤나 필사적이었다.

"짧은 소견으로 무례를 범하지 마라."

카를의 검이 천천히 치워졌다. 남자는 정신없이 고개를 끄덕였다.

"얼굴 가리개나 후드 두 벌, 아가씨와 내가 입을 수 있는 옷 두 벌. 이런 곳에서 대단한 품질의 것을 기대하지는 않으니 적당히 깔끔한 옷으로 내어와라."

남자는 알았다 대답하며 저편으로 사라졌다.

가게는 좁았지만, 물건은 많았다. 건물 자체가 좁은 게 아니라 상품과 잡동사니가 어지러이 쌓여 있었으므로. 그 속에서 남자는 상품을 찾기 위해 정신없이 손을 놀렸다. 연화는 그가 가져올 물건이 궁금하지 않았기에, 그쪽은 보지 않았다. 그녀의 의문은 다른 곳에 닿아 있었다.

"그런데 카를. 아까 그거……."

"전에 모시던 분께 받은 가르침입니다."

"윽박지르는 거요?"

"'말이 통하지 않은 자에겐 주먹을 내밀어라.'라고 하셨습니다."

"그것 참……. 가슴 깊이 담아두어야 할 가르침이군요."

연화는 어쩐지 떨떠름했다.

법치 국가에서는 멀리해야 하는 가르침이다만, 여기는 그런 곳이 아니었다. 그랬기에 연화는 카를에게 그러지 말라고 할 수 없었다.

"입어보시겠습니까."

다시 돌아온 남자는 한결 정중해져 있었다.

연화는 후드부터 받았다. 새카만 망토 끝에 모자가 달렸다. 푹 덮어쓰자 시야가 반쯤 가려졌다. 그러자 자연스럽게 시선이 아래로 내려갔다.

망토 안쪽에 달린 고정 끈을 잡아당겨 리본을 묶는데 썩둑 소리가 들렸다. 놀란 연화가 뒤를 돌아보니, 카를이 까만 천을 들고 서 있었다.

"크신 것 같아서……."

바닥에 끌리는 듯했던 끝자락이 발목 위로 올라와 있었다. 원래 질질 끌듯이 입는 옷이 아니었나 보다. 돌아보니 카를의 후드도 발목과 정강이 사이 어디쯤을 유지하고 있었다.

"고마워요."

연화는 후드를 제외한 옷과 신발 등은 손에 들었다.

남자는 탈의실이 있다고 했지만, 먼지가 풀풀 날리는 좁은 공간을 보는 순간 옷을 갈아입고 싶다는 생각이 사라졌다.

탈의실에서 질식사라니. 개도 비웃을 사인이다.

보석상은 옷가게 바로 옆에 있었다. 운이 좋았다. 연화는 가지고 있는 보석 중 하나만 현금화를 했음에도 상당한 돈이 수중에 들어왔다.

셀리나의 어머니는 평생 놀고먹어도 될 돈이라고 했지만, 틀렸다. 이건 놀고먹으면서 사치까지 부려도 될 돈이었다.

손 안에 들어온 돈을 보자, 연화는 정말로 이해할 수 없어졌다.

셀리나는 이렇게 많은 돈을 가지고 있었으면서 왜 카턴 상단에 빌붙어 살았을까? 셀리나의 어머니는 왜 그 사실을 딸에게 가르쳐 주지 않았나. 카턴 상단주의 첩으로 있었으면 이 보석들이 얼마나 값진 것인지는 알 텐데. 왜 첩으로 살다가 죽는 삶을 택한 건지 모르겠다.

딸과 함께 상단에서 도망쳐 제2의 인생을 누리는 선택지는 떠올리지 못했던 걸까?

만약 셀리나의 어머니가 딸을 데리고 상단에서 도망쳤다면 어땠을까. 가정은 바로 이야기가 되었다.

일이 어떻게 굴러갔든 지금보다는 나았을 거다. 인적 없는 곳에 버려져 생을 마감하는 일은 없었을 테니까. 노예로 살지는 않았을 테니 잘 먹고 잘 입힌 몸에선 때깔이 흘렀을 거다.

제대로 잘 성장한 셀리나의 모습은 어떨까?

아프리카 난민처럼 바짝 마른 지금도 예쁜 티가 나는데. 적당히 살이 붙으면 정말 예쁘겠다. 그늘 한 점 드리우지 않은 얼굴로 웃으면 정말로 천사 같을 텐데. 그런 생각이 잠시 머리를 스쳤다.

"1인실로 두 개 주십시오."

공상에 빠져 있던 연화는 카를의 목소리에 퍼뜩 고개를 들었다. 그녀는 정신을 차리고 말똥한 눈으로 주위를 살폈다. 카를의 옆에 붙어서 걷기만 했는데, 어느새 여관에 들어와 있었다.

"아니. 2인실 하나 주세요."

연화는 황급히 열쇠를 건네주는 여관 주인의 손을 막았다.

"돈은 충분히 많잖습니까."

"지금 돈이 문제일까요, 카를의 잠버릇이 문제일까요?"

카를이 난감한 얼굴로 고개를 숙였다.

연화는 그것 보라며 웃어보이곤 아무렇지 않게 카를의 손을 잡아끌며, 2인실 열쇠를 받았다.

"어차피 밤엔 제가 있어야 하잖아요."

"이곳엔 보는 눈이 많습니다. 미혼의 남녀가 한 방에서 밤을 보냈다면 분명 소문이……."

"12살 여자애랑 20살 남자 사이에서 무슨 일이 일어나는데요?"

"그…… 게……."

"네? 뭔데요?"

앞으로 얼마나 많은 시간을 카를과 함께 있을지 모른다. 하지만, 적어도 저와 함께 있을 때만은 카를이 악몽 때문에 괴로워하지 않길, 연화는 바랐다.

연화가 밀어붙이자 카를은 당황했다. 이건 좀 아닌 것 같다 생각하면서도 반박할 거리가 없었기에 우물거리고 있자, 연화는 생긋 웃으며 괜찮을 거라고 카를의 등을 토닥였다.

"저는 '뭐 눈에 뭐만 보인다'는 격언을 아주 좋아하거든요. 이상한 소문을 내는 놈이 있으면, 그놈이 소아성애자라서 그딴 생각밖에 못한다고 생각하면 되지, 왜 카를이 걱정해요? 뭘 잘못했기에?"

"……."

"가요."

입술을 달싹이던 카를은 힘겹게 한 발을 뗐다. 연화는 그의 불만을 모른 척하며 계단 위로 올라갔다.

⚜

몰랐지만, 이 마을엔 야시장이 있었다.

해가 꺼지자 어둠을 물리치기 위한 등이 잔뜩 달렸고, 낮엔 없었던 노점들이 하나씩 차려졌다. 연화와 카를은 저녁을 먹으러 여관을 나왔다 야시장으로 들어갔다. 미연을 방지하기 위해, 새 옷에 후드까지 걸쳤다.

"고등어, 고등어 바짝 졸인 고등어! 단 돈 10쿠퍼! 싸게 모십니다!"

"아가, 목마르지 않아? 안 마르다고? 아니야. 돌아다니다 보면 분명 마를걸? 하나 사!"

시장은 시끄러웠다. 장사꾼과 손님이 뒤섞여 각기 다른 말을 쏟아냈다.

많은 언어들이 소음처럼 뒤엉키는 가운데, 귀에 들어오는 것들이 있었다. 닭볶음탕, 고기야채샐러드, 크림 스파게티, 복숭아 주스 등등.

죄다 먹는 것뿐이다. 연화는 자신이 몹시 허기져 있음을 깨달았다.

주스로 입가심부터 할까 하다, 먼저 보이는 감자튀김부터 샀다. 갓 튀긴 것이 입안에서 사르르 녹았다. 짭짤하면서도 느끼한 게 입맛에 맞아 연화는 그 자리에서 두 봉지를 해치웠다. 그런 뒤엔 서너 봉지를 더 샀다. 주인은 싱글벙글 웃으면서 판매량보다 훨씬 많은 양의 감자를 포장해 주었다.

"맛있게 먹는 게 보기 좋아서 조금 더 넣었는데. 모자라니?"

"충분해요. 감사합니다!"

연화가 씩씩하게 인사하고 돌아서려던 찰나 작센이 지나갔다. 그는 낮에 봤던 정복을 입고 옆에 있는 기사와 대화를 하고 있었다.

연화는 고개를 갸웃했다. 그들이 셀리나와 카를의 이름을 주워 삼켰던 것 같은데. 주위가 워낙 시끄러워서 확신할 수는 없었다.

두 명의 기사 뒤로는 스무 명이 넘어 보이는 병사들이 뒤따랐다. 그들은 일반인들 사이에서 구령과 열을 맞추어 뛰고 있었다.

그들이 지나가는 곳마다 인파가 갈라지면서 길이 만들어졌다.

“치안대야. 처음 봤지?”

“……네.”

작센은 보이지 않았지만 갈라지는 인파로 그들이 어디쯤에 있는지는 쉬이 추측할 수 있었다. 모세의 짝퉁이 저런 걸까. 연화는 홀린 듯이 그 광경을 구경했다. 노점상 주인이 설명을 덧붙였다.

“사람이 많이 모인 곳에선 사고가 날 수 있으니까. 만약을 대비해 주위 경계를 서고 있는 거야. 영주님 마음씀씀이가 대단하지. 우리 같은 놈들을 위해 사람까지 풀고. 덕분에 안심하고 장사할 수 있게 됐어.”

연화는 주위를 둘러보았다. 확실히, 야시장치고 이곳은 치안이 좋은 편이었다. 흔한 도둑도 소매치기도 보이지 않았다.

“잘됐네요.”

연화는 웃으면서 치안대를 살폈다. 그들은 손에 무언가를 들고 있었다. 거리 때문에 정확한 형체는 알 수 없었지만, 분명 사람의 얼굴이었다. 치안대는 지나가는 사람들의 얼굴을 가만히 살피는가 하면, 누군가를 붙잡고 종이를 보여주며 질문을 하기도 했다. 그들은 누군가를 찾고 있었다. 문득 연화는 테일러의 말을 떠올렸다.

"후회할 텐데."

약 올리는 듯한 목소리가 다시 들리는 듯했다. 이유 없는 불안이 치솟았다. 연화는 한 손으로 콩닥 뛰는 심장을 눌러 가라앉혔다. 이럴수록 사태를 냉정히 보아야 했다.

머리털 하나 보이지 않게 눌러쓴 후드에서는 목소리만 나올 뿐이다. 좀 수상해 보일 수는 있겠지만, 야시장엔 사람이 많았고, 연화와 카를 외에도 후드를 쓴 사람은 많기에 자신들을 찾겠다고 후드를 쓴 모든 사람들을 건드릴 수는 없을 것이다.

신분을 감추기 위해 후드를 쓴 고위 귀족도 섞여 있을 테니까.

"주스 상인이 저쪽으로 자리를 옮겼습니다."

"그래요? 좀 먼데……. 그냥 다른 거 마실까. 카를, 특별히 좋아하는 거 있어요?"

"비리지 않으면 뭐든 잘 먹습니다."

"선택지가 너무 넓은데. 좀 좁혀줄 수는 없어요?"

연화는 부러 해맑게 웃으며 불안을 가라앉혔다.

'그래. 그럴 리가 없지.'

연화는 애써 콩닥대는 심장을 애써 가라앉혔다. 테일러가 저를 잡기 위해 사람을 풀었다거나, 저 사람들이 그 사람이라든가 하는 일이 일어날 리가 없지 않은가.

우리가 무어가 특별하다고 그런단 말인가. 그건 자의식 과잉에서 나온 망상이다.

그게 당연한 거지. 그런 건데…….

"저기, 저 연놈들이 틀림없습니다! 저거, 저거…… 저거! 제 가게에서 파는 후드에 붙은 표식입니다! 틀림없습니다!"

……왜 이런 일이 일어나는 건지. 정말 모르겠다.

연화는 낙담하여 고개를 떨어뜨렸다.

한 바퀴 돌고 온 치안대 옆엔 낯익은 남자가 서 있었다. 옷가게 주인이었다. 카를의 검에 하얗게 질렸던 얼굴이 보였다. 그때는 찍소리도 못했던 것 같은데. 지금은 작센 옆에서 팔짝팔짝 뛰며 카를과 연화를 고발하고 있었다. 엿 먹이려고 발악하는 꼴이 거슬렸다.

"……튈까요?"

그 와중에 카를은 이런 말이나 하고 있었다. 연화는 고개를 저었다.

"튀어서 어디로 가게요? 여관? 이미 머물기로 한 숙소는 털렸을걸요. 거기로는 못 돌아가요. 그렇다고 새로운 여관을 잡을 수도 없어요. 우리가 어디에 있든 저들은 알아낼 테니까."

우리는 이방인이고, 저들은 이 마을을 손바닥 보듯 하는 자들이다. 도망치는 건 불가능에 가깝다.

"제가 저 상인에게 저지른 무례를 사과하면 될 것 같은데……."

"그것 때문에 저 많은 인원이 왔을 리가 없잖아요."

연화는 답답해서 큰 소리를 냈다. 그러는 사이에도 작센 무리는 가까워지고 있었다.

"정말 방법이 없습니까?"

카를이 물었다. 연화는 입술을 깨물었다. 분하지만 그랬다. 그녀가 고개를 끄덕였다. 카를이 믿을 수 없다는 듯 되물었다.

"정말 이대로…… 꼼짝없이 잡히는 것밖에 할 수 있는 게 없습니까?"

"카를은 좋은 방법이라도 있어요?"

연화가 카를을 쳐다보자 그가 씩 웃었다. 그리곤 옷가게에서 꺼냈던 카를의 인생관이 한 번 더 나왔다.

"말했잖습니까. 말이 안 통하는 자에겐 주먹을 내밀라고."

"치안대를 다 때려눕히기라도 할 셈인가요?"

설마 그런 미친 짓을?

연화는 믿을 수 없다는 얼굴로 카를을 올려다봤다. 그가 이렇게 무모한 남자인 줄은 몰랐다, 한마디 하려는 순간 굵은 손이 허리 아래로 들어오더니, 연화의 시야가 붕 떴다.

카를이 한 손으로 연화를 들어 올리더니 제 어깨에 둘러멨다.

"꺄?"

"완전히 따돌렸다고 생각했을 때까지만 입니다."

카를은 연화를 안심시키기 위해 한마디를 내뱉었다. 몹시 다정한 음색이었으나 연화는 되레 불편한 표정을 지었다. 그녀는 카를의 행동이 못마땅했다. 결과가 빤히 보이는 일을 왜 해야 하는가. 꼭 맞아야 아프다는 걸 아는 건 아니지 않나. 고생만 하고 허무하게 끝날 일을 왜 시작하는 건지 모르겠다.

연화는 항복하자 말하려던 입술을 잘근 깨물었다. 굳은 결심을 하는 카를을 보자 말릴 수 없었다. 대신 다른 생각이 들었다. 한번 실패를 맛보면 무모한 생각을 하는 빈도는 줄어들고, 신중한 생각이 늘 것이라고.

카를은 치안대를 따돌리기 위해 달렸다. 사람 하나 메고 있다는 게 믿기지 않을 정도로 빠른 속도였다. 셀리나가 작은 아이라 하나 무게가 아예 없는 것도 아닌데. 카를은 혼자 달리고 있는 것처럼 굴었다.

휘익-. 휙.

연화는 카를의 등에 머리를 댔다. 그녀의 시야로 풍경이 정신없이 지나갔다. 새까만 것 사이에 알록달록한 빛이 깜빡였다 사라졌다. 야시장의 풍경이다. 치안대는 보이지 않았다. 하지만 연화는 치안대를 따돌렸다고 생각하지 않았다. 당장 보이지 않는다 해서 따돌렸다 생각하면 안 된다.

그들은 우리보다 이 마을을 잘 알고 있다. 우리 눈에 띄지 않으면서도 뒤따라올 수 있는 골목길 정도는 당연히 알고 있을 것이다.

십여 분쯤 뒤.

카를의 속도가 느려졌을 때, 연화는 카를의 등을 툭툭 두드렸다. 그도 인간인지라 체력이 무한하지는 않다. 연화는 곧 잡히리란 걸 예감했다.

"그만해요, 이제."

카를의 발이 우뚝 멈췄다. 그러나 연화를 내려놓진 않았다. 그가 거칠게 숨을 몰아쉬면서 다시 발을 움직이려 했다. 연화는 그의 목을 끌어안았다.

"다 끝났다는 거 알잖아요."

자세한 설명은 필요 없었다. 사방에서 치안대가 튀어나와 포위진을 형성했다.

연화는 저항을 포기했다. 항복의 의미로 두 손을 들어 보였다. 그녀가 포기하자 카를도 두 손을 들었다.

사방에서 무슨 일인가 구경하는 시선이 쏟아졌다.

연화는 후드를 벗었다.

"틀림없이, 이건 공작님의 만행이에요. 그렇죠?"

묵직했던 머리 위로 시원한 바람이 불었다.

연화는 답일 게 뻔한 가정을 내뱉으며 고개를 들었다. 작센이 긍정의 미소를 지으며 고개를 끄덕였다. 단번에 카를의 미간이 구겨졌다.

⚜

"그러게, 후회할 거라고 했잖나."

반나절 만에 다시 만난 테일러는 귀족이 되어 있었다. 그래봤자 말단 귀족들이나 입는 기성복을 입은 게 다였지만, 어쨌든 귀족들의 옷을 입은 테일러는 한결 공작다워 보였다.

"그 후회가 설마, 영주관으로 잡혀 들어가는 것일 거라고 누가 상상이나 했겠어요?"

1시간 전, 야시장에서 배를 채우고 있던 연화와 카를 앞에 치안대를 가장한 작센 무리가 나타났다. 테일러의 장난이었다.

그는 연화를 골려주기 위해 영주의 권한을 발동했다. 작센 역시 테일러의 장난임을 알면서도 포승줄까지 동원해 연화와 카를을 대역 죄인처럼 꽁꽁 묶어 연행하듯이 데리고 간 것이다. 그들이 도착한 곳은 테일러의 방이었다.

작센은 목적지에 도착해서야 포박을 풀어주고 대신 무기인 카를의 검을 가져갔다. 결론적으로 보면 작센의 판단력은 옳았다. 카를은 포박이 풀리자마자 테일러에게 주먹을 날렸으니까.

분노가 일으킨 소란이 끝난 뒤, 연화는 테일러에게 반나절 동안의 이야기를 들려주었다. 테일러는 재미있다는 얼굴로 연화의 이야기를 들었다. 그러다 질문을 했다.

"제국에 온 게 처음이긴 한 모양이지? 작센을 보면서 도망치지도 않았다니."

일반적인 치안대는 병사들로만 구성된다. 지휘관으로 기사가 끼는 일이 없으니, 치안대의 지휘관은 병사들 중 경험이 많은 자로 뽑는다. 그러니 치안대랍시고 작센이 나타난 것 자체가 이상한 일이지만, 이 세계에 대해 상식이 부족한 연화는 당연히 몰랐다. 그녀는 카를은 알겠거니 싶어 옆을 보았다. 그런데 카를 역시 몰랐는지 눈을 끔뻑이고 있다.

제국 출신인 카를도 몰랐나 보다. 그러고 보니 노점상 주인도 단순히 치안대라고만 이야기했었다. 보편적으로 깔린 상식은 아닌 모양이다. 그렇다면 저가 쭈그러들 이유가 없으리라. 연화는 목을 빳빳이 폈다.

"제가 그런 것까지 알아야 하나요?"

"군사행정을 잘 보기 위해서는."

연화가 테일러를 노려보자, 그가 흠 하고 헛기침을 했다. 어색함을 무마하고 싶은 건지 그는 손을 뻗어 테이블 위의 과자를 잡았다. 와그작와그작 소리까지 내면서 요란하게 먹는다.

"뭐, 그건 됐구요."

연화는 쓸데없는 만담을 하기 위에 여기 앉은 게 아니었다. 테일러는 과자로 가져가려던 손을 멈췄다. 연화가 테이블 위에 놓인 종이를 들어 올렸다. 작센이 재미있는 거라고 가져다준 것이었다.

"이 도깨비 같은 건 뭐죠?"

종이엔 셀리나와 카를의 초상화가 그려져 있었다. 그것도 아주 못생긴 초상화가.

"보면 모르나?"

"……알 것 같아서 하는 말이죠."

이목구비의 특징적인 면만 대강 잡아 그린 초상화는 현상수배 포스터였다. 종이 어딘가에 '현상금 500만 원' 따위의 말을 적으면 더욱 완성적이겠다.

"저랑 카를이 뭘 잘못했다고 이딴 그림까지 그려서 쫓게 하는 건지……."
"억울하면 한 장 그려보든가."
테일러가 빈 종이를 내밀었다. 연화는 인상을 찌푸렸다.
"됐네요."
연화는 테일러와 저가 같지 않다는 걸 알았다. 테일러와 달리 저가 그린 그림은 그냥 그림일 뿐이다. 그녀에겐 테일러에 필적하는 권력이 없다. 연화는 테일러 그림을 그려놓고 이 사람을 달달 볶아달라는 주문은 못 한다.
"돌아가겠어요."
"어디로?"
연화는 다시 일어섰다. 이번에도 테일러는 연화를 잡지 않았다. 다만, 그는 고혹적으로 웃으며 팔짱을 꼈다.
"그대는 모르는 모양인데. 이 영지 어딜 가든 내가 뿌려놓은 사람들과 부딪치게 될 거다. 도망가 봤자 다시 잡혀올 거란 말이지."
연화는 일단 다시 앉았다.
테일러에겐 그러고도 남을 힘이 있다. 그러니 의심하지 않는다. 하지만 대체 왜. 내가 뭘 했기에 테일러가 이렇게까지 한단 말인가. 연화는 그걸 이해할 수 없어서 그를 쳐다봤다.
"저 공작님이랑 아무 사이도 아니에요. 가족도, 부하도, 애인도 아니라구요."
"하지만 테일러 씨라고 불렀잖아."
"네. 감히 공작님의 이름을 부르고도 무사했어요. 관대한 처사에 감사드려요."
"난 아무에게나 이름을 허락할 정도로 실없는 사람이 아니야."
대화가 이어나갈수록 뭔가 꼬이는 걸 느꼈다. 끝이 보이지 않는 의문들이 줄줄 꼬리를 물고 연화의 머릿속을 빙글빙글 돌았다.

테일러는 왜 사람을 풀어 나를 잡아들였나?

작센은 이게 장난인 걸 알면서도 왜 동참했지?

무엇보다 지금 하는 건 다 무슨 이야길까?

많은 의문들은 하나의 구심점을 가지고 있었다. '테일러는 날 뭐라고 생각하고 있는 걸까.' 하나의 답만 얻으면 모든 의문들이 풀릴 것이다.

이 질문에 답할 수 있는 건 테일러뿐이다.

결국 모든 상황을 해결할 수 있는 열쇠가 테일러에게 있는 셈이다. 반면 연화의 손에 들린 것은 지나치게 적었다. 묵직하게 내려앉았던 짐을 테일러에게 밀어버리고 마음이 편해진 연화는 의자에 등을 기대면서 자세를 편안히 했다. 여유로운 마음으로 질문을 장전했다. 그리고 쐈다.

"그래서 무슨 말을 하고 싶으신 거죠?"

"솔직히 말하지. 처음 만났을 때는 그래, 제국에 같이 갈 동안 임시적으로 지속할 관계라고 여겼다. 제국에 도착하면 곧장 헤어질 거라고도 생각했지. 그래서 작센이 시비를 걸어도 가만히 있었어. 이대로 헤어지게 된다고 해도…… 상관없다고 생각했다. 그런데……."

한참 잘 말하다가 또 망설인다. 대단히 중요한 말인가. 귀까지 세운 연화에게 들려온 건 너무나도 어이없는 한마디였다.

"재미없었어."

"……에?"

소중하다니, 좋아하는 것 같다느니 따위의 닭살스러운 말을 기대한 건 아니었다. 테일러가 그런 말을 했으면 연화는 그가 공작이란 것도 잊고 면상을 쳐 버렸을 거다. 하지만 이런 대답을 예상한 것도 아니었다.

모든 걸 가지고 있으면서 제 입맛대로 뜯고 고치며 놀 수 있는 남자가. 뭐, 재미없어?

"그대가 없는 이곳이 무척이나 따분하고 지루해서, 그대 뒤를 따라다니는 저 변태가 되는 게 낫겠다고 생각할 정도로. 지독하게 재미없었어."

"저랑 같이 있으면 뭐가 달라져요?"

"그대 특기가 날 웃기게 하는 거니까."

내가 기쁨조야, 이 자식아?

연화의 몸이 바르르 떨렸다. 그녀는 꽉 쥔 주먹을 내밀고 싶어 오른팔이 근질근질했다. 여기서 테일러를 치면 셀리나 인생은 쫑 나는 거다. 그런데 안 치면 화병 날 것 같았다. 감성과 이성이 아슬아슬한 위치에서 주도권 싸움을 벌이는 그녀의 머리는 혼돈으로 가득 찼다.

다 모르겠고 어느 쪽이든 이겼으면 좋겠다고 생각했을 때, 테일러의 손이 연화의 오른쪽 어깨에 닿는 순간 승패가 갈렸다.

간발의 차이로 이성이 승리했다.

"그렇다고 그대를 '광대'로 취급하고자 했던 건 아니야. 그냥…… 함께 있으면 재미있었다는 의미일 뿐이니까. 그러니까……."

이번 침묵은 유독 길었다. 입을 달싹이다가, 또 다물었다가, 과자를 먹었다가, 연화를 봤다가, 그렇게 테일러는 미적거리며 시간을 끌었다. 참다못한 그녀가 자리에서 일어나서야 겨우 입을 뗐다.

"잘못했다."

연화가 우뚝 선 채로 테일러를 바라보자 그가 쓱쓱 그녀의 머리를 쓰다듬었다.

황무지에서 했던 것과 똑같이.

그리고 속삭였다.

"그러니까 '테일러 씨'라고 불러봐. 예전처럼."

⚜

연화와 재민이 처음 만난 건 5살 때, 파티장에서였다. 각계의 주요 인사와 사업가들이 한데 모여 노는 곳이었다.

연화의 아버지, 홍 회장은 연화를 끌고 다니면서 중요 인사 앞에서 인사를 시켰다. 그중에는 재민의 아버지도 있었다. 재민의 아버지는 3선 국회의원이었다. 세상이 제 것이 되었다고 의기양양하게 웃던 표정이 아직도 선했다.

"세상에 우연이 참 많은 것 같습니다. 그렇지요? 회장님 딸과 제 아들이 동갑이라니!"

소개를 받았기 때문에 인사는 했다.

감정이라곤 한 톨도 없는, 형식적인 인사였다. 그때는 서로가 껄끄러울 때였다. 그랬기에 밖에서 만나면 아는 척도 하지 않았다. 만나는 것 자체도 우연에 가까운 일이었다. 재민과 연화는 사는 동네도, 학교도 달랐다.

둘의 관계가 급변된 건 같은 중학교를 다니게 되면서였다. 그렇다고 중학교에 진학하자마자 바로 친해진 건 아니었다. 연화는 초등학교 내내 왕따를 겪어 주눅이 들 대로 든 외톨이였고, 재민은 추종자까지 끌고 다닐 정도로 인기가 많은 아이였다.

서로가 극과 극에 서 있는 존재라, 친해질 가능성은 지극히 낮았다.

그래서였을까. 둘의 첫 대화는 몹시 뜬금없었다.

"너 내일 학교 나오지 마라."

2학년.

그리고 5월 초였다. 중간고사의 첫날이기도 했다. 연화는 집으로 돌아가면서 내일 시험 칠 과목들을 생각하고 있었다. 불쑥 재민이가 나타나 어깨를 붙들었다.

"그냥 하는 소리 아냐. 내 말 들어. 내일 나오지 마."

재민이가 절박한 시선을 부딪쳐 왔다. 제발 그렇게 해달라고. 목소리가 아니라 심장으로 연화에게 성토하는 것 같았다.

"선생님한테는 내가 잘 말할 테니까."

재민이는 반장이었다.

인기도 많은 데다 성적까지 좋아서 선생님들의 신임을 한 몸에 받는 아이였다. 연화는 그를 물끄러미 바라봤다. 그런 재민이 연화가 아프다 한마디 하면, 선생님들은 의심하지 않고 믿을 것이다. 하지만 무엇 때문에 그가 그렇게 해주겠다는 건지 모르겠다. 연화가 고개를 갸우뚱하자 재민이가 작게 덧붙였다.

"애들이…… 더러운 장난을 치려고 하는 것 같아서."

아아. 그거구나. 연화는 헛웃음을 지었다.

겁간이니, 여럿이니 하는 소리를 들었는데. 연화는 그게 절 두고 하는 소리인 줄은 몰랐다. 하긴 그 넓은 학교에서 초등학교 내내 왕따였던 나만큼 만만한 상대가 또 어디 있을까. 당연히 내가 타깃이란 것 정도는 알고 있어야 했는데.

재민은 미친 듯이 웃는 연화를 가만히 지켜보았다.

재민의 손이 연화의 얼굴에 닿았다. 이마를 만지는가 싶었던 손이 정수리에 닿았다. 쓱쓱. 그가 머리를 쓰다듬었다. 잘 빗고 핀까지 꼽았던 머리가 흐트러졌다.

"그러니까 나오지 마. 그리고 되도록 전학이나 뭐…… 그런 거 생각하는 게 좋겠다. 학교 다니는 게 좋긴 한데, 인생을 버리면서까지 다녀야 할 필요는 없잖아."

연화는 아무 말도 하지 않았다. 재민은 그걸로 연화를 설득했다고 여긴 듯, 확답을 받지 않고 가버렸다. 하지만 연화는 등교를 포기할 수 없었다. 학교가 중해서는 아니었다. 친구도 스승도 없는 학교에서 그녀가 바라는 게 성적뿐이었고, 내일은 하필 시험날이었다. 다른 날은 모두 빠질 수 있지만 그날은 안 된다.

연화는 아무렇지 않은 척 학교에 갔다. 아버지가 등교를 막을세라, 집엔 아무 말도 하지 않았다. 시험을 치고 나올 때까지는 별일이 없었다. 문제는 하굣길이었다. 남자아이 셋이 그녀를 잡기 위해 뒤쫓았다. 연화는 허겁지겁 도망쳤지만 점점 발이 느려졌다.

잡히겠다고 생각했을 때 쫓아오던 아이 하나가 고꾸라졌다.

"말 더럽게 안 듣지!"

재민이었다. 그는 기습으로 하나를 쓰러뜨리더니 남은 둘에게 덤벼들었다. 세 사람은 한데 뒤엉켜 싸우기 시작했다.

그날 연화는 두 가지 사실을 알게 되었다.

재민이는 생각보다 싸움을 못한다는 것과 그런데도 깡이 있으면 지지는 않는다는 것.

재민이는 얼굴이 퉁퉁 부어 알아볼 수 없을 정도로 맞았다. 늑골도 부러졌고, 무릎에는 금이 갔다. 그런데도 포기하지 않았다. 계속 일어나서 덤벼들었다. 주먹을 휘두르다 발로 차고, 나중엔 이로 깨물고, 최후에는 바짓가랑이에 매달렸다.

여자아이 하나 구한다고 그렇게 했다.

결국 남자애들이 포기했다. 그들은 독한 놈, 미친놈 욕을 퍼붓더니 사라져 버렸다. 재민이는 쓰러져서도 킬킬 웃었다. 덜덜 떠는 연화 앞까지 기어오더니 속삭였다.

"내일도…… 나올 거냐?"

연화는 고개를 저었다.

나오다니. 나 같은 겁쟁이가 그럴 수 있을 리 없다.

재민은 한 손을 들어 올렸다. 아픈지 인상을 쓰면서도 움직이는 걸 포기하지 않았다. 순간 그가 뭘 하려는지 알 것 같아서, 연화는 고개를 살짝 숙여주었다.

아니나 다를까. 재민의 손이 연화의 머리를 쓰다듬었다.

"그럼 내 병문안 와라."

"왜……?"

"네가 오면 영감도 이해해 줄 것 같거든."

무슨 뜻인지는 알 수 없었지만 연화는 일단 고개를 끄덕였다.

뭐가 어찌 됐든 저 때문에 재민이가 다쳤다. 병문안을 가지 않을 순 없었다.

재민이는 일찍 들러주었으면 좋겠다고 했지만 연화는 맨손으로 갈 순 없어서 꽃집에 들렀다. 그러느라 좀 늦었다.

그사이 재민이의 아버지는 벌써 도착해 있었다. 그가 내지르는 고함이 병원 복도까지 다 들렸다. 공부는 어찌하고 연애질에 빠져 있냐는 게 주 내용이었다. 재민이가 여자 하나 구하려 했을 뿐이라 하자 더 화가 나서 바락바락 악을 써댔다. 후에 연화 때문에 그리되었다는 걸 안 재민의 아버지는, 남자라면 그만한 기개와 포부는 있어야지 외치며 병실을 나갔다.

재민은 병실 문이 닫히자마자 빈정댔다.

"썩을 영감탱이. 누가 국회의원 아니랄까 봐 썩은 척은 다 하지. 이중성도 끝내주고."

재민의 목소리 깊숙이 묻어나오는 경멸에 연화는 놀랐다. 학교에서 워낙 우등생 이미지를 날리고 있었던 재민이었던지라, 충격은 더 컸다.

"저 영감탱이 이중성이 얼마나 쩌는지 알아? 언제는 나더러 꿈을 가지랬더니, 내가 꿈이 소설가다 이러니까 돈이 되지 않는 건 꿈으로 가질 수 없다, 이런다? 완전 이중인격 사이코 미친 변태 영감이야. 돌았다고."

그때 재민이의 꿈을 알았다. 재민이의 글도 처음 봤다.

"이런 이야기…… 좋아해?"

재민이의 노트북엔 한 권 분량의 이야기가 담긴 파일 수십 개가 들어 있었다. 제목은 제각각이었으나 내용은 비슷했다.

영웅담.

원하는 것이 생긴 영웅이 먼 여정을 떠난다. 쉬운 길은 아니다. 원하는 목표는 멀리 있고, 주위 사람들은 영웅을 비웃는다. 지지자 따위는 없다. 그러나 영웅은 포기하지 않는다. 일은 어찌어찌 잘 굴러가 성공하는 듯하나, 영웅은 모함을 받아 위험해진다. 포기해도 이상하지 않은 상황이 왔는데도 영웅은 제 갈 길을 간다.

결국 영웅은 원하는 것을 얻는다. 모든 사람들의 인정을 받으면서 행복해진다.

"좋아한다기보다는, 글쎄. 희망을 주니까 쓴다고 하는 게 맞겠지. 결국은 영웅이 승리하듯이, 나도 승리한다고 생각하면 악당의 괴롭힘 정도는 견뎌야겠다는 생각이 들거든."

"이 의원님이 악당이야?"

"영웅을 방해하면 다 악당이지."

"이분법치고는 상당히 위험한데."

"아무렴 어때. 악당이든 아니든 내 미래에 도움이 안 될 거란 건 자명한데."

재민은 한참 동안 아버지에 대한 악담을 쏟아냈다. 이 의원이 어떻게 조치할지는 모르겠지만, 그는 성인이 되는 즉시 집에서 독립할 것 같았다.

가능하다면 고등학생 때 데뷔를 해 돈을 벌고, 안 된다면 알바를 해서라도 생활비를 번다. 재민의 계획은 간단하고 무모했지만 불가능해 보이지는 않았다. 그래서 연화는 가능성 있겠다는 말을 했다.

이후 둘은 학창 시절을 함께했다. 등하교는 물론, 쉬는 시간이면 당연하다는 듯 붙어 있었다.

재민의 친구들은 연화를 싫어했다. 때문에 재민은 모든 친구들을 떼버렸다. 인기쟁이가 연화를 선택하면서 외톨이가 됐다.

"네 옆에 있는 게 제일 재밌으니까."

언젠가 그 이유를 물었을 때, 재민이는 이렇게 말을 했지만 연화는 그게 답이 아니라는 걸 알았다. 그녀는 재미없는 사람이다. 또래들이 좋아할 만한 이야기나 농담은 모른다. 그런데도 재민이 그녀 옆에 있는 이유는 하나다. 약하니까. 혼자 두면 무슨 일을 당할지 모르고, 불안하기 때문에. 그래서 옆에 꼭 붙어 있는 거다.

만약이란 이름으로 스스로를 통제하면서.

"재민이라고 불러봐. 그때, 파티장에서 했던 것처럼."

재민이 표면적으로 내미는 건 다른 명분이었다. 하지만 그 속이 훤히 보였다.

연화는 재민이 그러지 않았으면 했다. 그가 좋아서는 아니었다. 그녀는 저 때문에 망가지는 사람을 직시할 만큼 용감하지 않았다.

맞서 싸우기 싫어 나 하나만 희생하면 되고, 나 하나만 참고 견디면 된다고 생각하고 결론지으며 살아왔다. 연화는 저 때문에 재민이가 잘못되었다는 중압감은 받기 싫었다.

해결 방법은 간단했다. 재민이에게서 저를 지켜야 하는 이유를 빼앗아오면 된다.

학교를 그만두거나, 강해지거나.

연화는 재민을 부담스럽게 생각하면서도, 그와의 연결고리를 끊어놓고 싶진 않았다. 그래서 학교를 그만두진 않았다.

그해 여름, 연화는 호신술을 배우기 시작했다.

⚜

테일러는 연화와 카를에게 영주관의 방 중 하나를 내주었다. 카를의 검은 방에 도착하자마자 돌려받았다.

관리가 잘된 방은 깨끗했다. 이불에선 좋은 냄새가 났고, 베개는 푹신했다. 저녁 식사라며 하녀들이 내어준 음식은 참으로 맛있었다. 모든 것이 노숙 생활보다 나았는데도 카를은 쉬이 잠들지 못했다.

"무슨 생각인 건지 모르겠습니다, 그 남자."

카를이 투덜거렸다.

"낮엔 잘 보내놓고, 저녁에 잡아들이는 이유가 뭘까요? 변덕일까요?"

연화는 그저 웃었다. 단편적인 조각만 가지고 있었다면 연화 역시 카를과 똑같이 생각했을 테지만, 그녀는 이 세계와 재민을 알기에 답을 찾을 수 있었다.

"내가 약해 보여서겠죠."

연화는 호신술만 익히지 않았다. 태권도, 유도, 검도, 합기도 등 돈을 주면 배울 수 있는 무술은 거의 익혔다. 실생활엔 필요하다 생각하지는 않았지만, 총이나 칼을 쓰는 법도 배웠다. 토끼를 잡아 내장을 따는 방법 같은 것도 그때 배웠다.

보통 여자애들과 비교했을 때는 압도적으로 강했고, 남자애들과 비교했을 때도 약한 편은 아니었다. 싸운다면 이길 수도 있는데도 재민이는 늘 안심하지 못했다.

한번 자신의 보호 아래 둔 상대는 절대 눈 밖에 두지 않는다.

그게 재민이의 버릇이라는 건 나중에 알았다. 저를 못 믿거나 탐탁지 않게 여겨서가 아니었다. 그렇게 해야 안심이 되니까 그런 거였다.

"아가씨 곁에는 제가 있습니다!"

카를이 자신의 가슴을 짚었다. 현재 셀리나를 보호하고 있는 건 카를이었다. 그가 발끈할 만했다.

"네. 그래서 저는 안심이긴 한데."

연화는 웃으면서 옆을 바라보았다. 열린 문 사이로 낯익은 남자가 걸어오고 있었다.

"테일러 씨는 아니었나 봐요."

테일러는 차와 케이크가 담긴 쟁반을 들고 멀뚱히 서 있었다. 하녀에게 시킨 적도 없지만, 테일러에게 시킨 적은 더더욱 없는 것 같은데……. 연화가 의문을 표하는 사이, 테일러가 쟁반을 탁자 위에 내려놓았다.

테일러의 손이 차를 세팅하기 위해 분주하게 움직였다. 하녀의 일을 마친 뒤엔, 그는 누가 뭐라 할 새도 없이 연화 옆의 의자를 빼 앉고는 찻잔을 들고 향을 음미했다. 그제야 연화는 그가 가져온 찻잔이 세 개임을 알았다. 처음부터 오래 앉아 있을 요량으로 들어온 듯했다.

"그래서 테일러 씨. 카를에게 하고 싶은 말 같은 거…… 없어요?"

"없다."

테일러가 카를을 흘끔 쳐다보았다. 이내 짜증나 미치겠다는 얼굴로 다시 시선을 돌렸다.

"내가 왜 저런 변태 따위와."

카를의 미간에 주름이 잡혔다. 그가 이를 갈며 찻잔을 내려놓았다. 쨍 소리가 날카로웠다.

"자꾸 변태, 변태 하지 마십시오. 저는 누누이 말했습니다. 그때의 일은 단순히 사고였고, 고의가 아니었다고."

"그리고 나는 말했지. 그런 말 믿지 않는다고."

"그러시겠죠. 제 말 따위는 가볍게 무시해도 불이익 따위는 없는, 공작님 아니십니까."

평소 카를은 테일러를 못마땅해했지만, 지금처럼 적대감을 표한 적은 없었다. 대개의 경우 무시했다. 저기 개가 짖는구나 정도의 반응이랄까. 거슬리지만 피한다는 쪽이었고, 맞서려 한 적은 없었는데. 그가 갑자기 일어서더니 검을 뽑았다.

"그러니까 저도 마음대로 할 겁니다."

위험하다. 연화는 황급히 움직였다. 카를의 앞을 막아서면서 테일러 쪽으로 몸을 틀었다.

"테일러 씨. 카를에게 할 말 없으시죠? 그러니 가보세요."

"……네가 바라는 건 그냥 말이 아니겠지. 내가 저놈에게 사과라도 하길 바라나?"

연화는 대답하지 않고 빙긋 웃었을 뿐이다. 무언의 긍정이었다. 하. 테일러가 기막혀하며 천장을 올려다봤다 다시 그녀를 봤다. 그의 입술이 삐뚜름하게 올라갔다.

"내가 하지 않는다면."

"그럼 어쩔 수 없는 거죠. 공작님을 상대로 제가 뭘 할 수 있겠어요."

"그놈의 공작 소리 그만……."

테일러의 얼굴이 우그러졌다. 그는 벌떡 일어서더니 연화의 어깨를 잡았다. 화가 난 것 같았다. 연화의 어깨에 가해지는 손아귀 힘이 엄청났다.

테일러는 연화를 무작정 제 쪽으로 끌어당기기 위해 힘을 썼다. 연화는 몸을 뒤틀면서 소리를 질렀다.

"꺄아아악! 치한이야! 변태! 내 몸을 만졌어요!"

테일러는 티세트를 들고 오면서 문을 닫지 않았다. 비명 소리로 영주관 복도를 울리게 하기엔 충분했다.

번을 서고 있던 병사들이 하나둘 들어오기 시작했다. 널찍했던 방이 금방 좁아졌다. 테일러는 몰려든 사람들을 보면서 미친 듯이 고개를 내저었다.

"무슨……! 아니다! 아니야! 나는……!"

"변태의 말을 들을 이유가 뭐가 있어요? 그냥 변태일 뿐인데."

연화는 히죽 웃으면서 테일러를 쳐다봤다.

테일러가 치매에 걸리지 않은 이상, 저가 했던 말을 그대로 돌려준 것이라는 것쯤은 알 테다.

테일러의 얼굴이 새파래졌다. 주춤거리면서 뒤로 물러섰다. 연화의 어깨에 가해지던 힘도 사라졌다. 소란을 관찰하며 어찌 행동해야 하나 우왕좌왕하던 병사들은 결론을 내렸다. 그들이 검을 뽑아 사람을 포위하기 위해 움직였다. 연화는 검이 가리키는 방향을 보며 웃었다.

"그래도 공작님은 처지가 나으신 편이에요. 봐요, 여기 공작님 편인 사람이 잔뜩 있잖아요."

"편들어달라고 한 적 없다. 젠장, 나가."

테일러가 문을 가리키며 소리쳤다.

핏발 선 눈과 빨개진 얼굴이 오싹했다. 누구나 주춤할 광경인데도 그들은 물러서지 않았다. 그중 하나는 몇 발자국 가까이 오기까지 했다. 하지만 그게 다였다.

병사의 두려움은 목소리에 담겼다.

"하오나 각하, 만약 각하께서 다치신다면 영주님께서는……."

"모든 책임은 내가 진다. 이제 됐겠지!"

안 그래도 테일러가 무서운 병사들이었다. 영주의 언질이 없었다면 테일러를 위해 검을 들거나, 그의 앞에 서 있지 않았을 터였다. 그들은 이곳에 있지 않아도 된다는 판단이 서자마자 하나둘 꼬리를 말고 사라졌다.

방이 다시 조용해졌다.

테일러는 병사들이 멀리 사라진 것을 확인한 뒤 문을 닫았다. 그는 학습이 빠른 사람이었다. 걸쇠까지 걸어 타인의 출입을 봉한 뒤에야 자리에 앉았다. 일련의 소란이 그에게 힘든 것이었던 걸까. 의자에 앉은 그의 가슴이 격하게 오르락내리락했다.

테일러가 입을 연 건 한참이 지나서였다.

"변태. 나는 아직도 네놈이 마음에 들지 않는다. 사과 역시 내키지 않아."

그사이 테일러의 숨은 안정되어 있었다. 카를을 쳐다보는 그의 눈이 말똥했다. 웬일로 경멸이 없었다.

"이런 내 태도에 불만이 많겠지. 그러니 검을 들어라."

"사과를 받고 싶으면 이겨라? 그런 의미입니까?"

"이긴다면 그리하지. 그러나 그건 불가능할 거다. 그래도 스스로의 강함을 증명할 수는 있겠지. 그리하면 최소…… 존중은 해주겠다. 무사 대 무사로서."

말도 안 되는 조건이었다. 사과를 하지 않겠다는 건 애초에 같은 선으로 보지 않겠다는 얘기고, 존중을 해주겠다는 것도 금수가 아니라 겨우 인간 대접을 해주겠다는 의미밖에 안 되는 거 아닌가.

"존중 같은 거 안 해주셔도 됩니다. 대신……."

그런데도 카를은 한마디 항변조차 하지 않았다. 테일러를 보는 눈엔 한 점 그늘조차 없었다. 옅게 웃는 듯한 얼굴에선 약간의 기대감마저 느껴졌다.

"맨손으로 하죠. 그 잘난 얼굴에 주먹 한 번 더 꽂아보고 싶어서 말입니다."

카를이 검을 집어넣고서 손가락 관절을 하나씩 꺾었다. 뚜두둑 소리가 섬뜩했다.

"허락하지."

⚜

방은 넓었지만 격투를 벌여도 될 정도는 아니었다. 그래서 테일러는 장소로 연무장을 댔다.

이 영주관은 제법 괜찮은 연무장을 갖추고 있는 모양이다. 기사들을 양성해야 하니 당연히 있어야 하긴 했다만. 괜찮은 연무장이 있다는 걸 알았어도 당장 싸우겠다고 나갈 수는 없었다. 지금 연무장에 나갔다간 구경꾼이 개미떼처럼 몰려들 거란 걸, 모두는 알고 있었다.

테일러와 카를은 새벽이 될 때까지 기다렸다. 잠은 당연히 자지 않았다.

할 일 없는 연화는 두 사람의 뒤를 쫓아가기로 했다. 카를은 연무장에 도착하자마자 제 외투를 벗어, 애벌레 만들 듯 연화의 몸에 칭칭 둘렀다.

“걸치고 계십시오.”

새벽바람은 제법 매서웠다. 여린 몸으론 감기 걸리기 딱 좋다. 그러나 이 몸은 셀리나였다. 이보다 추운 날씨도 꿋꿋이 견디던 몸이었다. 셀리나의 몸으로는 황무지에서도 골골 앓은 적 없기에 카를의 기우는 참으로 쓸모없는 것이었다.

“필요 없…….”

“이런 말하기 참 송구스럽습니다만…….”

겉옷을 벗어내려는 손을 카를이 움켜쥐었다. 그가 난감한 미소를 흘리며 연화의 허벅지를 눈짓했다.

“다 보입니다, 아가씨.”

연화는 황급히 아래를 내려다보았다. 드레스 하단 부분이 바람 부는 대로 말려 올라갔다. 계속 내버려 뒀다간 안까지 보이겠다. 왜 이걸 몰랐는지 모르겠다.

연화는 얼굴을 붉히며 카를의 외투로 온몸을 감쌌다.

“저쪽이 좋겠습니다. 앉아 계십시오.”

카를이 눈짓하는 곳은 연무장 가장자리였다.

그곳에는 벤치 서너 개가 다닥다닥 붙어 있었다. 그 위엔 갑옷이나 무기 등이 널려 있었다. 높으신 분들의 관람을 위한 곳이 아니라 기사들이 훈련하다 쉬는 곳인 모양이다.

카를은 저가 직접 모시겠다며 벤치까지 연화를 데리고 갔다. 단순히 에스코트를 위해서는 아닌 듯, 그의 표정이 몹시 비장했다.

그는 연화가 벤치에 앉자마자 제 검을 쥐여 주었다.

“가지고 계십시오.”

“설마 검 놔둘 데가 없어서 제게 준 건 아닐 거고.”

카를은 특별한 때를 제외하곤 늘 검을 옆에 차고 다녔다. 그런 것을 내려놓는 것도 아니고 건네줬다. 그것도 손에 꼭 쥐여 주는 것으로 보아 의도가 없다고 생각하기 힘들었다. 연화는 말똥한 눈으로 카를을 쳐다봤다.

"무슨 생각을 하고 있는 거예요?"

"미래는 아무도 모르니까요."

카를이 예상하는 미래가 어떤 건지는 모르겠지만 추측은 가능했다. 연화는 그가 검을 맡긴 것에서 의중을 눈치챘다.

"설마, 제가 위험해질 수 있다고 생각하는 건가요?"

"그러지 않기를 바라고 있고, 그럴 확률이 낮긴 합니다만……."

카를은 한참 머뭇거리더니 힘겹게 한마디 꺼냈다. 그는 이 말을 하기 참 싫었던 모양이다.

"위험해지고 나면 이미 늦습니다."

카를은 테일러가 있는 곳을 돌아보았다. 시선 끝에 불안이 덕지덕지 붙어 있다. 그가 생각한 '위험'은 테일러에게 기인한 모양이다.

연화는 고개를 갸웃했다.

맞붙다 말고 테일러가 저를 죽이는 상황이라도 생각한 걸까. 도통 카를의 속을 모르겠다.

연화는 진검을 물끄러미 바라보다 손잡이 부분을 잡고 검을 뽑아보았다. 스르릉 소리와 함께 관리가 잘된 검이 몸체를 드러냈다. 묵직한 편이지만, 고된 일을 많이 해온 셀리나의 몸으로는 능히 뽑을 수 있다.

살짝 휘두르자 휙- 바람 소리가 들렸다. 매서운 게, 사람 한둘은 금방 죽이겠다.

"저더러 이 검 들고 싸우란 건 아니죠?"

"물론 아닙니다. 아가씨께선 제 검을 들고 달려오시기만 하면 됩니다. 그 다음은 제가 다 알아서 하겠습니다."

카를은 진심이었다. 입으로야 아닐 수 있다고 말하지만, 속으로는 테일러를 위험인물로 점찍어놓고 있었다.

왜일까.

테일러가 카를의 속을 많이 긁은 것과 별개로, 그는 악하지 않다. 셀리나를 죽이고 싶었다면 황무지에서 죽였을 거다. 사람 많은 영주관까지 데리고 와서 일을 칠 이유가 없었다.

카를도 이걸 모르진 않을 텐데.

연화는 고개를 갸웃했다.

"카를, 카를은 테일러 씨가 제게 험한 마음을 품고 있다고 말하는 건가요?"

"저는 카이스턴 공작이 문제를 일으킬 거라 말한 적 없습니다."

연화가 눈을 동그랗게 떴다.

카를은 턱만 슬쩍 올려 연화의 뒤편을 가리켰다.

"연무장 바깥에 사람들이 서 있습니다. 열은 넘었고…… 열다섯, 여섯 정도? 꽤 많습니다."

연화는 카를이 뭘 보고 있는지 궁금해서 몸을 틀었지만, 카를이 말하는 것들을 볼 수는 없었다. 어둠이 짙게 내려앉은 곳은 그냥 공터로만 보였다. 연화는 불평하려던 입을 황급히 다물었다. 아무것도 없는 곳에서 뭔가 번쩍였다.

검이었다.

검은 하나만 있는 게 아니었다. 여기저기서 달빛을 받은 쇠붙이가 번쩍였다. 카를 말대로 열은 넘어 보인다. 연화는 긴장감에 꿀꺽 침을 삼켰다.

"그러니까 저자들이 저희를 공격한단 건가요?"

"지금이야 숨어 있지만, 제가 카이스턴 공작에게 위해를 가할 것 같으면 나타나겠죠."

카를은 숨어 있는 자들이 '영주의 기사들'이라고 생각하는 듯했다. 사실 그들 외에 저런 짓을 할 자들이 없기도 했다. 병사들은 저런 일을 할 만큼 담대하지 않다.

"하지만 카를은 제게 검을 맡겼잖아요. 검도 없는 카를이 테일러 씨에게 뭘 할 수 있다고……."

"저기 꼬여 있는 파리 떼들도 아가씨처럼 생각해 주었으면 좋겠습니다. 그럼 가만히 있어줄 거 아닙니까."

가만히 있어주길 바란다. 그런 말을 하는 이유는 당연했다.

가만히 있지 않을 테니까. 그럼 저 파리들은 어떻게 움직일까. 시선 한 번으로 카를은 연화의 의문을 눈치챘다.

"만약의 사태가 벌어질 경우, 저들은 제게 오지 않을 겁니다. 아가씨부터 잡겠죠. 실제로는 어떨지 몰라도 아가씨는 저보다 약하고 만만해 보이니까요. 저들은 아가씨를 잡아 인질로 삼을 겁니다. 그리고 절 겁박하겠죠. 그게 가장 쉬운 방법이니까요."

연화는 고개를 끄덕이며 카를의 말을 인정했다.

카를이 테일러에게 위해를 가할 정도로 강하면 카를에게 덤벼드는 자는 없을 거다. 비겁하다 생각할지언정, 확실하게 이길 수 있는 방법을 찾겠지. 이상하지도 특별하지도 않다. 정면 승부가 안 되는 자들이 편법을 쓰는 건 당연했다.

쇼핑몰 경영이란 시험으로는 후계자가 될 수 없을 거라 여긴 홍진수가, 연화를 죽이는 편법을 쓰려 했던 것처럼.

"제 말이 듣기 거북하셨습니까."

침묵하는 연화를, 카를이 살폈다. 생각에 너무 오래 잠겨 있었나. 연화는 멋쩍게 웃었다.

"아니요. 이해했어요. 다만……."

연화는 테일러가 있는 곳을 바라봤다.

테일러는 연무장에 혼자 서 있었다. 이쪽을 바라보는 시선엔 호기심은 있을지언정 꿍꿍이는 없다. 저렇게 순진한 남자를 두고, 기사들은 검을 들었다.

"테일러 씨는 참 신용이 없구나, 싶어서요."

명색이 대륙 최강의 기사라는 별명을 가지고 있는 남자다. 카를과 싸움 좀 한다고 죽는 일은 없을 텐데……. 그가 다치는 걸 막으러 온 사람이 이렇게나 많았다. 그만큼 테일러의 실력을 믿지 못한다는 의미다.

카를은 웃지 않았다. 그는 연화가 뽑았던 검을 다시 검집에 집어넣었다. 카를은 검집째 다시 연화에게 안겨주면서 몸을 약간 굽혔다.

카를의 코와 연화의 코가 닿았다 떨어졌다. 그 찰나의 순간, 카를이 오묘한 질문을 했다.

"아가씨께선 카이스턴 공작을 믿으십니까?"

"……전 카를을 믿어요."

우습지만, 연화 또한 빈말로도 테일러를 믿는다고 말할 순 없었다.

테일러가 의심 가는 짓을 해서가 아니었다. 그녀가 신경 쓰는 건 상황이었다.

테일러 하나를 위해 모인 사람들은 당장에라도 연화와 카를을 압박할 수 있고, 테일러는 그들을 수족처럼 부릴 수 있다.

이 상황에 테일러의 의사는 크게 중요치 않았다. 그리고 아마, 앞으로도 연화가 예상치 못하는 상황들이 테일러 때문에 펼쳐질 것이다. 그렇기에 그녀는 테일러를 믿지 않을 것이다.

카를은 짧게 알았다, 대답을 하곤 몸을 틀어 테일러 쪽으로 한 발씩 걸어갔다. 위태로워 보이는 뒷모습에 연화는 저도 모르게 손을 뻗었다. 옷자락이 잡아당겨지자 카를이 돌아봤다.

"하나만. 하나만 더 물어볼게요."

"예."

"이길 수 있어요?"

카를이 눈을 동그랗게 뜬다. 순간적으로 말뜻을 알아듣지 못한 듯했다.

목적어를 빼먹어서 그런가보다. 연화는 다시 말했다.

"테일러 씨, 이길 수 있냐고요."

"모르겠습니다. 저는 싸워보지 않은 자와의 승부는 예측하지 않으니까요. 하지만……."

카를이 설핏 웃었다.

"이길 수 있다 해도, 질 겁니다."

카를이 그렇게 마음먹은 이유가 보였다. 연화는 황급히 그의 소매를 붙들었다.

"저 때문에 그래요? 당신이 테일러 씨를 이기면, 저기 숨어 있는 자들이 저한테 험하게 굴까 봐?"

"이기지 못한다고 의미가 없는 것은 아닙니다. 패자에게 살 가치가 없는 건 아니듯이."

카를은 진심이었다. 그는 정말로 이 여린 아이 때문에 질 생각이었다. 진중한 눈동자는 이미 마음을 먹었다. 연화는 도리질을 쳤다. 다른 목적이 있어서도 아니고, 오로지 저 때문에 그렇게 하기로 했다니. 갑갑했다. 감당하기 힘든 압박감이 몰려왔다.

연화는 카를의 앞섶을 쥔 손에 힘을 주었다.

"저는 제국 기사들의 삶은 잘 모르지만, 카를이 방금 무슨 말을 한 건지는 알아요. 카를은 방금 대륙에서 제일가는 남자와 대등하게 싸울 기회를 날린 거예요. 겨우 저 하나 지키겠다고 말이죠! 이게…… 말이 돼요?"

"말, 됩니다."

카를이 몸을 숙이는가 싶더니 한쪽 무릎을 땅에 댔다. 한 손으로는 심장을 짚고서 연화를 바라봤다. 명백한 복종의 의미였다.

"지금 제 주인은 당신이니까요."

"하지만 저와 카를은 만난 지 1달도 안 됐는걸요. 게다가 전 카를을 고용하지도 않았어요."

'홍연화'는 사람을 부리는 게 익숙한 사람이었다. 그래서 종종 망각하곤 하지만, 카를은 부하라서 그녀의 곁에 있는 게 아니었다.

관계를 제대로 정립했어야 했다. 혼선이 생기지 않도록, 언젠가 이 세계를 떠나게 될 때 카를과의 관계가 발목을 잡지 않도록.

카를은 머리를 숙였다.

"얼마나 오래 알고 있었느냐가 중요한 건 아닙니다. 제가 당신을 지키기 위해 무엇을 포기할 수 있는지가 중요한 겁니다."

"하지만……."

그래도 이거 좀 아닌데. 뭔가 아닌 것 같은데.

흐려지는 말꼬리를 카를이 엄지로 막았다. 그가 씩 웃으며 다시 몸을 일으켰다. 흙이 묻은 무릎을 탁탁 털더니, 연화와 눈이 마주치자마자 고개를 숙인다.

"싸움이 끝나면, 다시 모시러 오겠습니다."

아찔한 뒷모습이 멀어져 갔다. 연화는 그쪽으로 내밀었던 손을 거두었다. 어쩐지 그래야 할 것 같은 기분이 들었다.

왜일까. 입안이 썼다.

⚜

테일러는 연무장 한가운데에 혼자 서 있었다. 뭐라 말은 하지 않았지만 꽤나 지루했던 모양이다. 기지개를 폈다 어깨를 주물렀다 하며 계속 몸을 움직이고 있는 걸 보면.

카를은 한 발자국씩 가까이 다가갔다. 테일러의 몸풀기가 끝났다. 그가 허리에 양손을 짚으면서 빈정거렸다.

"대화를 참 오래 하는군."

"제가 잔걱정이 좀 많습니다."

테일러가 피식거렸다. 그가 턱을 들어 올려 연화를 눈짓했다.

"저 아가씨, 온실 속의 화초는 절대 아닌 것 같던데."

"그래서 더 모실 가치가 있는 분입니다."

"모신다라……. 상당히 번거롭고 귀찮은 방식이군."

"다른 혜안이라도 있으신 모양입니다."

선선한 말투와 달리, 카를은 발끈한 듯했다. 주먹을 쥐는 게 보였다.

"옆에 붙들고 싶은 여자가 있으면 꺾어서라도 취한다. 그게 내 방식이라."

테일러의 손이 허리춤 근처에서 분주하게 움직였다. 10초도 지나지 않아 쩔그럭 소리와 함께 그의 검이 떨어졌다. 카를이 무감한 눈으로 발을 들어 올리자, 이내 테일러의 검이 허공을 날았다.

카를이 걷어찬 검은 정확히 연화 발 앞에 떨어졌다. 이거 주워도 될까? 망설이던 연화는 손을 뻗어 검신을 쥐었다.

"견해가 달라 유감입니다."

카를이 주먹을 뻗었다. 테일러의 얼굴이 휙 돌아갔다.

제법 아픈 소리가 났는데도 테일러는 주춤하지 않았다. 바로 자세를 잡고 반격을 위해 주먹을 뻗었다. 카를 역시 쉽사리 맞아주지 않았다.

카를은 옆으로 살짝 몸을 트는 것만으로도 공격을 피했다. 테일러의 주먹은 카를 옆구리를 아슬아슬하게 스쳐 지나갔다.

"……흐음?"

테일러의 눈매가 달라지면서 표정도 진지해졌다. 카를을 위아래로 찬찬히 훑더니 다시 자세를 잡았다. 아까와 비슷하지만, 달랐다. 지금의 테일러는 빈틈 하나 없이 완벽한 자세를 취하고 있었다.

카를의 눈이 빠르게 요동치면서 때릴 곳을 찾았다. 이내 카를의 주먹이 내뻗어진다. 명치를 향해서였다.

이도 저도 안 되니 급소를 공략하기로 한 모양이었다.

물론 테일러가 순순히 맞아준 건 아니었다. 그는 한 손으로 명치를 보호하면서 다른 한 손으로는 카를의 복부를 쳤다. 카를은 피하지 않고 맞았다. 아픔에 얼굴을 찡그리면서도 무릎을 올려쳤다. 명치를 향해서였다. 테일러는 막을 수 없었다. 주먹을 회수하기에도, 뒤로 물러나기에도 시간은 너무 짧았다.

퍼억-

테일러가 크게 휘청거리더니 겨우 자세를 잡았다. 가까스로 주먹을 내질렀다. 방어적인 의미에서 휘두른 주먹이었다. 눈 뜬 장님에게나 통할 것 같은 공격이었다. 그런데 카를이 맞았다.

이후 양상은 희한하게 돌아갔다.

테일러는 최선을 다해 카를을 이기려고 갖은 기술을 동원했다. 카를도 최선을 다했다. 그런데 이기려고 들진 않았다. 그렇다고 카를이 아예 안 싸우는 건 아니었다. 반격도 하고 공격도 했다. 테일러만큼이나 이 승부에 사활을 건 것 같아 보이기도 했다. 그러나 잘 싸우다가도 결정적으로 테일러가 질 것 같은 순간이 오면 카를은 멈췄다. 테일러가 완전히 자세를 잡을 때까지 기다려 주었다.

처음에, 연화는 싸우는 자의 매너인가 했지만 테일러가 그러지 않는 걸 보고서야 제 추측이 틀렸단 걸 알았다.

그 외에도 이상한 점은 많았다.

카를은 방어도 희한하게 했다. 한 방 맞으면 골로 갈 듯한 주먹이나, 꽤 아플 것 같은 공격은 모두 피하거나 빗겨 맞았다. 그런데 속임수를 위한 공격이나, 안 아플 것 같은 공격은 모두 맞았다.

카를은 애매한 방식으로 싸움을 이어가고 있었다. 질 것 같으면서도 지지 않는 상황이 이어졌다.

이유는 하나였다.

사실은 이기고 싶으니까.

카를은 연화를 위해서 져야 한다는 걸 알고 있다. 그래서 몇 번이고 이길 타이밍을 놓쳤다. 하지만 져야 할 때 지지 않았다. 그럴 때마다 그의 자존심이 자꾸만 치고 올라와서다.

정황 따위 모르겠고 이기고 싶다는 욕심이 불끈 튀어 올라 카를을 공격하다 이게 아닌데 하면서 물러선다. 그렇게 카를은 자신과 싸우고 있었다. 현실과 욕망 사이에서 아슬아슬한 줄타기가 이어졌다. 그러다 현실이 이겼다.

1시간 가까이 질질 끌었던 승부가 끝이 났다. 테일러가 내지른 주먹을 피하려던 카를이 과하게 휘청거렸다. 테일러는 카를처럼 봐주지 않고 바로 주먹을 뻗었다. 카를은 방어를 포기했다. 명치에 테일러의 주먹이 꽂혔다.

"컥……!"

카를의 눈이 부릅떠졌다.

카를의 전신이 바르르 떨렸다. 상당히 아픈 듯했다. 비명을 참으려고 이를 악무는 게 보였다. 어떻게든 참아보려 애쓰는 듯 했지만 무리였다. 카를은 비틀대다 쓰러졌다. 테일러의 승리였다. 확정된 승리에 숨죽여 있던 자들이 환호했지만, 테일러는 기뻐하지 않았다. 그는 바보가 아니었다.

"너 뭐야?!"

테일러가 카를의 멱살을 잡아 일으켰다. 카를은 축 늘어진 채 아무 말도 하지 않았다.

"너 뭐냐고!"

테일러의 고함 소리만 망연히 울렸다. 그가 씩씩대며 주먹을 들어 올렸다. 어느 순간부터 환호 소리는 멎어 있었다.

그사이 카를은 몸을 가눌 여유를 찾았다.

카를이 고개를 돌려 테일러 너머 사람들을 바라봤다. 하나하나 수를 세던 그가 다시 테일러를 보았다. 무감한 눈으로 중얼거린다.

"아시다시피 이름은 카를이고 성은……."

"그거 말고! 이 승부……! 도대체 왜 이런……!"

테일러가 고함을 지르며 카를을 쥐고 흔들었다. 카를은 인상을 쓰며 힘겹게 그의 손을 떼어내고는 어지러운지 연신 눈을 감았다 뜨면서 안정을 되찾았다. 카를이 천천히 몸을 일으켰다.

테일러는 카를을 가만히 바라보며 의문의 시선을 던졌다. 뭐냐는 의미다.

그에 화답하듯 카를이 무뚝뚝한 목소리를 냈다.

"제가 졌습니다."

"그러니까 왜!"

테일러는 또 폭발했다.

어린아이가 때를 쓰듯 바닥을 걷어차며 소리를 질렀다. 카를은 무심히 뒤를 가리켰다. 그곳엔 열댓 명의 병사와 기사 하나가 있었다. 그들은 환호를 지르면서 숨어 있던 모습을 드러내 버렸다. 테일러 눈에도 그들이 똑똑히 보였다.

"그래야 했으니까요."

카를이 지면서 병사들은 경계심을 풀었지만, 무장 상태는 풀지 않았다. 당장에라도 상황이 급변하면 연화와 카를을 잡겠다는 의지가 엿보였다. 병사들이 셀리나와 카를을 손님으로 생각하지 않는다는 것이 보였다. 정확히는 병사들을 통솔하는 누군가가 그리 생각하고 있는 것이다.

테일러는 한 박자 늦게 모든 것을 알아채곤 얼굴을 구겼다.

"이게 뭐 하는 짓이지."

착 가라앉은 테일러의 목소리가 스산했다. 병사들이 움찔하곤 저들끼리 현란히 눈치를 보더니, 머뭇거리는 자들 사이로 턱수염이 수북한 기사 하나가 튀어나왔다.

"영주님의 명령이셨습니다."

"내가 그 명령 버리라고 했지."

"각하의 안전에 관련된 일입니다."

"그래서 이딴 짓을 했다고?"

테일러는 짜증을 내는데 기사는 태연했다. 병사들이 떠는 모습과 대조되어 보였다. 담력이 꽤 있는 듯했다.

"저는 제 주인의 뜻을 따랐을 뿐입니다."

다만 생각이 아주 꽉 막혔다고 할까. 제 생각과 원칙만 이야기하는 이 태도는 테일러의 화를 돋우었다. 그래서 자연스레 그의 목소리 톤이 올라갔다.

"그래서 저자를 압박했나? 내 심기를 거스르라고?"

“저자가 각하의 심기를 거슬렀습니까?”

“어이없을 정도로 거짓된 승부였다. 불쾌한 게 당연하지!”

“그렇습니까.”

다만 대화가 좀 요상했다. 한 자리에 서서 같은 주제로 대화를 하는데 논지는 어긋나 있다. 테일러는 자신의 기분에 대해 이야기했고, 기사는 자신의 의무와, 카를의 태도에 초점을 두었다.

불안해진 연화는 카를을 바라봤다. 그 또한 같은 것을 느끼고서 연화를 봤다.

이곳의 영주는 테일러와 연을 만들고 싶어 전전긍긍했다. 그러던 차에 테일러의 신변을 위협하는 것 같은 사람이 나타났는데, 그자가 신원마저 불분명하니. 영주는 기회다 싶어 쇼를 기획한 모양이었다. 자신의 충성도를 보여주기 위해서. 어차피 이 세계는 신분제 사회라, 귀족이 평민 좀 죽여도 벌을 받지 않으니, 후처리를 염려하지 않아도 된다.

“아가씨!”

카를이 외쳤다. 그가 언질을 한 대로라면, 지금은 그에게 달려가야 할 타이밍이다. 하지만 그럴 수 없었다. 달려가기도 전에, 연화 앞으로 병사들이 몰려들었다. 모두 일곱이다. 수가 너무 많았다.

연화가 그들 모두를 피해서 카를에게 닿을 수는 없었다. 저와 카를과의 거리보다, 그들과 저의 거리가 더 가까웠다.

별 수 없었다. 연화는 검 두 개 중 카를의 검을 높이 던졌다.

“받아요!”

카를이 손을 뻗자 검은 너무나도 쉽게 그의 손아귀에 들어갔다. 카를이 바로 검을 뽑았다.

테일러의 검은 돌려주지 않았다. 테일러는 안전했다. 병사들과 기사들은 그를 노리지 않는다. 연화는 테일러에게 그의 검을 들어 보였다. 품에 든 단검은 꺼내지 않았다. 비장의 수는 오래 숨겨둘수록 좋다.

"이건 제가 좀 쓸게요."

테일러의 검은 화려한 편이었다. 어둠이 깔린 시야에서도 그의 검이 반짝 빛나는 게 보였다.

연화는 검집을 잠시 바라보다 검을 뽑았다. 검을 구경하는 사이, 바로 뒤까지 병사가 접근했다. 피하지 않았다면 바로 인질이 되었겠지.

"아가씨, 어서!"

그 와중에도 카를은 연화가 움직이길 바라고 있었다. 어떻게든 저를 제 보호 아래 넣을 생각인 모양이다. 하지만 연화가 움직일 수 없는 상황이 되자 저가 오고 있었다. 그래도 늦었다.

연화는 검집을 바닥에 내던졌다. 양손을 검 손잡이에 올리며 정면을 보았다. 혹독한 삶을 살았던 셀리나답게 검이 무겁게 느껴지진 않는다. 장검이지만, 휘두르는 것에 문제는 없었다.

"얌전히 굴면 목숨은……."

그런데 병사들은 그렇게 생각하지 않은 듯했다. 살금살금 다가오면서 방비는 하나도 하지 않았다. 허점이 잔뜩 보였다.

셀리나가 어리다고 만만히 보는 듯했다. 불쾌하진 않았다. 방심해 줘서 도리어 고마웠다.

연화는 칼등으로 병사의 옆구리를 가격했다. 병사가 비틀거리면 몸을 발로 걷어차서 쓰러뜨렸다.

셀리나의 키가 작기 때문에, 하체를 치고 아픔에 절절 기는 상체가 숙여질 때를 노려 기절시켜야 했다. 작은 체구는 셀리나의 약점일 수밖에 없었다.

"크윽!"

"켁!"

"커헉!"

그래도 같은 방식으로 서넛을 쓰러뜨렸다. 남은 자들은 허무하게 쓰러진 자들을 보고 학습을 했다. 셀리나가 만만하지 않다는 걸 알고 나서는 검을 고쳐 잡거나, 자세를 바꾸는 등 대응이 달라졌다. 그런다고 상대하는 게 어렵지는 않았다. 애초에 병사들의 숙련도는 높지 않았다. 연화가 이리 차고, 저리 꺾으면 하나씩 쓰러졌다.

그렇게 연화가 여섯을 쓰러뜨렸을 때. 카를이 다가와 있었다.

"이제부턴 제가 하겠습니다."

카를 옆에도 사람이 쓰러져 있었다. 이쪽으로 오기 위해 그 역시 병사 몇을 쓰러뜨렸다. 그가 연화 앞을 가로막으면서 달려드는 병사를 제지했다.

연화는 카를의 뒤에서 벅찬 숨을 가라앉혔다. 검을 들 때는 괜찮다 생각했는데. 검을 들고 움직이는 건 많이 무리였나 보다. 검을 든 그녀의 팔이 후들거리고 다리가 떨렸다.

다행히 카를은 강했다. 카를 옆에 선 연화는 아무것도 하지 않아도 되었다.

카를은 연화처럼 칼등으로 사람을 쓰러뜨렸다. 한 방에 사람을 눕히는 걸 보니 상당히 힘이 센 모양이다. 기술도 현란했다. 찌르거나 베는 게 다인 그녀와 다르게, 카를은 몸을 틀었다가 뛰었다가 돌기도 하면서 검을 휘둘렀다.

액션 영화를 보는 것처럼 화려한 움직임이었다. 그만큼 현실감 없게 느껴져서, 연화는 홀린 듯이 구경했다. 그러다 어느 순간 손이 가벼워졌다. 퍼뜩 옆을 쳐다봤다. 언제 다가왔는지 모를 테일러가 검을 빼어 들었다.

"어……."

연화는 저도 모르게 손을 내밀었다. 그녀는 아까부터 하는 일이 없었고, 검은 필요 없었다. 그런 저에게서 테일러가 검을 찾아가는 게 당연한데도 손을 내밀어 버렸다.

바보같이 굴었는데도 테일러는 나무라지 않고 연화의 어깨를 두드렸다.

"가만히 있어."

테일러는 연화의 머리를 쓰다듬더니 뭐라 말하려는 입을 엄지로 꾹 누르곤 검을 옆으로 들어 푹 찔렀다. 무의미한 동작인가 했는데 비명소리가 들렸다.

"커…… 흐악! 으아아악!"

테일러의 검은 병사의 심장 너머에 닿아 있었다. 등 너머로 삐죽 솟아 있는 검 끝이 보였다.

심장에서 튄 피는 연화에게도 묻었다. 뜨뜻미지근한 것이 그녀의 턱을 타고 흘렀다. 그는 치명상을 입고 죽어가는 순간에도 그의 표정은 의문을 품고 있었다.

병사는 같은 편인 저를 찌른 테일러를 보며 묻고 있었다.

"왜……."

간신히 물음의 한 글자를 뱉어낸 병사가 허우적대면서 테일러에게 닿기 위해 손을 뻗었다. 마지막 염원이었다. 신이 도왔나. 그의 손끝에 테일러의 팔에 닿았다.

"개 주제에."

순간 테일러가 그 병사를 걷어찼다. 일말의 망설임도 없었다.

병사가 쓰러졌는데도, 테일러는 그 위를 서너 번 밟았다. 병사의 몸이 이리저리 흔들렸다. 신음 소리 하나 들리지 않았다. 연화는 소름이 쫙 끼쳤다.

"뭐 하는 거예요?"

연화가 테일러에게서 성큼 물러서자, 테일러가 따라왔다.

"그대를 죽이려 했던 놈이니까."

"그래서 그랬어요? 찌르고 걷어차고?"

"지금 나한테 따지는 건가? 저놈 왜 죽였냐고?"

"그래요."

테일러는 이해할 수 없다는 눈을 하고 있다. 연화는 직감했다. 여기 있는 다른 자들도 그와 비슷한 눈을 하고 있을 거다.

그와 생각이 같은 자라면 저 말은 정말 우습게 들릴 거다.

바보 같겠지만 해야겠다는 생각이 드는 건, 내가 이쪽 사람이 아니라서 그럴 거다. 연화는 가슴 깊이 치고 올라오는 벽을 느꼈지만 억눌렀다.

"물론 저도 저 사람이 마음에 들진 않아요. 하지만 저 사람은 테일러 씨를 위해서 저렇게……."

"누가 해달라고 했나?"

힘겹게 꺼냈지만, 역시나 테일러는 단박에 자른다. 일말의 여지도 없다는 태도다.

"애초에…… 내 말을 듣지 않았던 건 저놈이다."

"들어보니 테일러 씨 부하도 아닌 것 같던데요, 뭐."

"여기 영주가 내게 위임했으면 내 개지."

테일러는 자신의 살인을 정당화했다. 애초에 살인이라고 생각하지도 않는 듯했다. 그는 자신이 벌레를 죽였다 생각하는 것 같았다.

연화 또한 이곳에서 살인이 나쁘다는 명제는 무의미하다는 걸 알고 있었다. 살인은 일어나선 안 되는 일이라는 둥, 결벽을 떨 생각은 없었다. 그런 것을 따지기엔 연화 본인도 그리 고결한 사람은 아니었으니까.

문제가 있다면, 이 병사가 '영주의 사병'이라는 점이다.

영주가 좋아서 이 병사를 살려야 한다는 건 아니었다. 솔직히 말하자면 싫었다. 미치지 않고서야 자신을 죽이려 든 사람에게 호감을 품겠는가. 연화가 신경을 쓰는 건 '셀리나의 처지'였다. 현재 셀리나는 신원 미정 불법체류자 상태로 카로틴에 들어와 있다. 여행자 신분을 얻거나, 카로틴에 이민을 오겠다는 신청을 받으려면 영주의 도움이 필요했다. 괜히 병사를 죽여 영주와 척을 질 이유가 없었다.

"여하간 그만둬요."

테일러는 검을 내려놓았다. 대신 연화와 마주 보고서 인상을 우그러뜨렸다.

"그대는 지금 나더러 그대를 공격하려 했던 자를 품어주기라도 했어야 한나는 건가?"

"애초에 저자들이 저를 공격하게 하지 말았어야죠. 공작님이라면 그 정도는 하실 수 있잖아요?"

"그렇게 따지면 너도 네 부하가 거짓 승부로 날 능욕하지 않게 단속했어야 하는 거 아닌가?"

둘은 마주 선 채 씩씩댔다.

힐난과 비난이 가득한 말을 서너 번 주고받았다. 시간이 지날수록 테일러의 얼굴은 붉어졌고, 연화는 숨이 가빠와 헉헉 댔다. 서로의 감정이 격정적으로 치닫고 있다는 건 알았지만 어느 순간부터 멈출 때를 놓쳐 버렸고, 터진 감정은 수그러들 줄 모르고 튀어나왔다.

"얼마나 실력이 없으면 사람들이 그렇게 졸졸 따라다녀요? 병아리 다칠까 걱정하는 닭처럼?"

"그대는 여자면서 무슨 검을 그렇게 거칠게 휘두르지? 세상 어떤 귀족 영애도 그렇진 않을 거다."

"어머. 지금 카로틴을 건국하신 여제님을 비웃으시는 건가요? 검과 마법에 능통하셨다던 그분을?"

"세상에 마법이 어디 있나? 그리고 여제라니. 애들 좋아하라고 만든 그런 이야기를 진실로 믿나? 그대는 참으로 애 같군. 저를 죽이려 했던 놈도 죽이면 안 된다니. 어이가 없어서……."

"그래서. 마음에 안 들면 다 죽이려 드는 게 옳은 방식이에요? 나중엔 나도 죽이겠네요, 응?"

대화는 종잡을 수 없는 방향으로 흘러갔다. 무엇 때문에 시작되었는지도 잊은 채였다. 카를이 제지하지 않았다면 2차전에 돌입했을지도 모른다.

"아가씨. 그리고 공작님. 송구합니다만……."

카를이 멋쩍게 웃었다. 그가 주위를 가리켰다.

"모두 돌아갔습니다."

아까 전까지만 해도 사람들로 북적이던 곳이 텅 비어 있었다. 테일러에게 찔렸던 병사도 핏자국만 남기고 깨끗이 사라졌다.

"……아."

"이 새끼들이."

빈 공간에 망연한 목소리가 울렸다. 허탈한 마음만큼이나 되돌아오는 메아리가 몹시 황량했다.

연화는 이곳에서 나가고 싶었다. 사방에 감시하는 자들이 있는

곳에서 머물고 싶지 않았다.

홍연화 일적의 삶도 아주 자유롭진 않았지만 그때는 감시를 당해도 충분한 대가를 받았다. 범부라면 감히 꿈꿀 수 없는, 높은 자리를 바라보며 갈망할 수 있었지만 여긴 아니었다. 반대 급여가 너무 형편없었다. 머물 이유가 없었다.

연화는 돌아가겠다고 외쳤다. 테일러는 막지 않았다. 몇 걸음 걷는 연화 뒤에서 이렇게 말했을 뿐이다.

"그대 부하 꼴이나 살피지 그러나."

카를의 입가는 터졌고 뺨은 부었다. 결투의 흔적이었다. 하지만 그 외에 어디가 다쳤는지는 잘 모르겠다. 얼굴과 손을 제외한 곳은 의복이 감싸고 있어 보이지 않았다.

심지어 카를은 이렇게 말했다.

"전 괜찮습니다. 바로 움직일 수 있습니다."

"……그래?"

테일러가 묘한 미소를 지었다. 카를 앞에 서더니 손을 들어 한 지점을 꾹 눌렀다.

명치.

카를이 마지막으로 테일러에게 얻어맞았던 곳이다. 카를이 켁 소리를 내며 비틀거렸다. 안색이 파래졌다.

"이래도 멀쩡하다고? 갈 수 있단 말이지?"

테일러는 비아냥댔다. 짜증났지만 그의 말을 따라야 했다. 카를은 움직일 수 있는 상태가 아니었다.

연화는 카를을 데리고 아까의 방으로 돌아왔다. 테일러는 연화를 위로한답시고 제게 달라붙는 사람들을 최대한 떨쳐 보겠다고 말했다. 그렇다고 연화의 기분이 좋아진 건 아니었다. 애당초 카를이 다쳐야 했던 이유도, 이 방에 틀어박혀야 하는 이유도 다 그 때문이었으니까.

생각을 곱씹을수록 짜증이 나, 연화는 당장 이곳을 나가야지 생각하며 수십 번 일어섰다가도 카를을 보곤 다시 의자에 앉았다. 저가 일어설 수 있으면 뭐 하나. 카를은 못 움직이는데. 터지는 속을 다 잡고 몇 번이나 상황을 되돌아봐도 바뀌는 건 없었다. 연화는 한숨을 쉬며 또 의자에서 일어났다.

연화는 카를이 명치만 좀 다쳤을 거라 생각했다. 물론 그건 그녀의 착각이었다. 명치가 유별나게 많이 다쳤을 뿐, 카를의 상의를 벗겨보자 어디를 맞았는지 다 티가 났다. 대부분의 공격을 빗겨 맞았다는 카를의 말대로 껍질이 까지기만 한 곳도 있었지만 몇 군데는 내일 아침이면 퍼런 멍이 올라올 듯했다.

당장 움직이는 건 무리다. 어찌어찌 걷는 건 가능해도 뛰는 건 절대 무리다. 그러니 나가고 싶으면 테일러에게 말을 해야 한다.

사람을 붙이는 것도, 감시도 그만두라고. 카를이 무리하게 않게.

"아가씨."

하지만 그런 말을 테일러가 들어줄 리가 없다. 연화는 실소했다.

테일러는 재민이처럼 연화를 제 아래로 넣어두려고 한다. 저를 보호할 마음이 사라지거나, 안전하다는 확신이 들지 않으면 절대

놓아주지 않을 거다. 셀리나는 이미 그의 울타리 안에 들어갔다.

엘렌을 만나기 전 테일러와의 관계를 정리해야 하는데. 왜 일이 꼬여만 가는지 모르겠다. 출구를 모르는 터널을 걷고 있는 기분이다.

"아가씨, 부디 진정을……."

연화는 뱅글뱅글 방을 맴돌다 멈췄다.

그러고 보니 관계를 정리해야 할 사람은 여기 한 명 더 있었다. 괜히 연화를 위한다고 제 욕망과 육체를 내주어 버린, 바보 같은 남자.

"카를."

"예."

"정말 궁금해서 묻는 건데요. 뭐 때문에 저 같은 걸 주인이라고 모시고 다니는 거예요?"

"아가씨와 함께 있으면 밤이……."

"거짓말하지 말아요."

카를이 처음 저 이유를 댔을 때 연화는 저게 이유의 전부가 아니라 생각했지만 높은 비중으로 저 이유가 포함될 거라 생각했다. 하지만 이 또한 그녀의 착각이었다. 여관에서, 카를은 굳이 연화와 한 방에 있지 않아도 된다고 했다.

밤에 연화가 그의 손을 잡아줌으로써 악몽에서 구제받을 수 있는 건 큰 문제도 아니라는 걸 알았다. 악몽에 시달린 사람치고 그는 잠자리에 드는 것에 별 거부감이 없었다. 악몽을 꾸는 건 그에게 대단찮은 일도 아니고, 꾸면서 괴로워하는 일은 일상처럼 그의 삶에 스며들어 있었다. 그러니 결론은 하나다.

카를에겐 다른 이유가 있는 것이다. 저를 따라다니고, 주인으로 모실 수밖에 없는 어떤 이유가.

카를은 선뜻 대답하지 않았다. 한참을 땅만 바라보았다. 그가 입을 연 건 몇 분이 지난 뒤였다.

"눈치…… 채셨습니까."

"저 바보 아니에요. 그러니까 무시하지 마세요."

연화는 카를의 손을 잡고서 화난 척 말했다. 카를이 당황해하면서 고개를 휙휙 저었다.

"절대, 아가씨를 무시해서 그랬던 건 아닙니다. 그저……."

카를이 우물쭈물한다. 그의 귀가 천천히 빨개졌다.

"바보, 같을까 봐……."

"아무렴 오늘의 나보다 더 바보 같을까요."

연화는 자조를 머금었다. 홍연화일 때도 22년 동안 바보 짓 참 많이 했지만, 하루 단위로 쪼개서 바보 정도를 측정한다면 단연 오늘이 최고일 거다.

치안대가 코앞을 지나갔을 때 한 치 의심도 안 해봤지, 카를에게 거짓 승부하지 말라고 말리지도 않았지, 테일러와 바보 같은 언쟁을 하며 싸우기까지 했지. 일일이 세어보자니, 민망해서 얼굴도 제대로 못 들 정도였다. 그녀는 두 손을 들어 얼굴을 파묻었다. 그러자 카를이 그녀의 등을 토닥토닥한다.

"아가씨께선 최선을 다하셨습니다."

"아아. 그래. 너무 노력을 기울여서 일이 이 모양 이 꼴이 됐죠."

카를은 자신의 위로가 연화에게 도움이 되지 못한다는 것을 알고는 흠칫하더니 입을 다물고 또 한참을 침묵했다. 그렇게 어색한 정적이 이어졌다. 카를은 침울한 연화를 달래기 위해 머리를 굴렸지만, 적당히 무마할 수 있는 방법은 없었다. 그는 연화가 바라는 대로 과거를 헤집었다.

"아가씨를 만나기 전에…… 그러니까 전 주군의 부하들이 절 황무지에 버리고 갔을 때 말입니다."

"네."

"그때 전 죽을 생각이었습니다."

연화는 등받이에 기대 있던 몸을 꼿꼿이 세웠다. 무심한 척 흘려들을 수 없는 말이 나왔다.

카를은 파란 눈을 끔뻑거리면서 과거를 되짚었다.

황무지에 버려졌을 때, 카를은 저항 한번 하지 않았다고 한다. 그의 주군은 언제나 그를 지긋하게 생각했고, 카를은 늘 주군이 자신을 버릴 거라 생각했다.

"분명 예상했던 일인데. 현실이 되니 참 비참하더군요."

카를이 씁쓸히 웃었다.

"주군을 모시는 건 제 삶의 전부였습니다. 다르게 말하자면, 제 삶에서 그것을 빼면 아무것도 남지 않았다고 할까요. 주군을 모시고 싶었는데, 인생의 목표였던 그분이 저더러 필요가 없다 그러니 죽어라 그러시니까. 세상 모든 것이 저더러 그렇게 말하는 것 같았습니다. 죽어라, 하고. 너는 살아 있을 필요가 없다 그렇게 말이죠."

그 누구도 자신을 필요로 하지 않는다는 절망. 거기서 나오는 지독한 외로움.

카를은 스스로 만든 우물에 빠졌으나, 살려고 발버둥치진 않았다.

"그래서 죽어버리자 생각했습니다. 모두가 날 버린 이곳에서, 나도 나를 버리자고."

"……."

"그래서 검을 들었는데……."

카를이 허리춤에 매인 스스로의 검신을 매만졌다. 현실감을 더하고 싶었는지 검 손잡이를 잡고 검을 살짝 빼 보이니, 언뜻 봐도 퍼런 날이 무척 스산했다.

"용기가 없었습니다. 죽자고 생각했는데도 죽는 게 무서웠습니다. 그렇다고 살아야겠단 결심이 든 것도 아니라서 검을 집어넣진 않았습니다."

연화는 카를을 처음 만났던 때를 떠올렸다. 그는 어떠한 부상도 입지 않은 채 누워 있었고, 검은 그의 옆에 그냥 꽂혀 있었다. 언제라도 사용할 수 있도록.

"누워 있었던 이유는 뭐예요?"

"생각하고 싶었습니다."

무슨 생각? 아니 애초에 생각을 왜 그런 곳에서 해? 안전하고 괜찮은 곳이 얼마나 많은데. 연화는 고개를 갸웃거렸다.

"죽어버리자 생각했지만, 살고 싶다는 마음도 조금은 있었으니까요. 그래서 누워서 생각했습니다. 내가 죽지 않아도 되는 이유를요. 이상한 거라도 좋으니 아무거나 하나 잡히면, 그래서 살아도 된다는 생각이 서면 그거 하나만 잡고 살려고요. 그런데…… 그런데 말입니다. 한 자리에 누워서 일주일 내리 같은 생각을 했는데도 어떤 이유도 찾지 못했습니다. 이상하게도요."

"그래서 누워만 있었어요? 제가 올 때까지?"

"예."

연화는 카를을 구했던 날 가졌던 의문들을 풀 수 있었다. 그때 연화는 생명을 구했다는 것에 심취해 사소한 것들은 따지지 않았지만, 그녀가 무신경하게 넘겼던 것들엔 이런 비밀들이 숨겨져 있었다.

국경지대 황무지는 그리 위험한 곳이 아니었다. 커다란 짐승들이 돌아다니긴 했지만, 크게 위협적이진 않았다. 그나마도 잘 나타나지 않았다.

국경을 맞댄 두 나라는 주기적으로 토벌대를 보내 황무지를 관리했다. 그렇기에 12살 셀리나의 몸에 단검 하나를 든 연화도 자그마한 짐승을 사냥해 배를 채우며 살아남을 수 있었다.

이 모든 일은 카를도 할 수 있었다. 셀리나보다 훨씬 힘이 세고 건장한 그는, 연화가 말하지 않았어도 식사를 준비해 준 적이 많았으니까.

테일러와 달리 카를은 마냥 귀하게만 자란 도련님도 아니었고, 황무지에서 탈진 상태로 있었던 건 생존 활동을 하지 않아서이지 무능해서가 아니었다.

"제가 나타나서 식량을 내밀었을 때, 그때는 살고 싶다는 생각이 들었나요?"

"네. 살아야 하는 이유를 찾아서요."

자세히 말하지 않아도 알 것 같았다. 카를이 무슨 말을 하는지를.

연화는 바로 짚이는 곳을 찾아 찔렀다.

"그거, 저한테 주인으로 모시겠다느니 하는 거랑 상관있는 거죠?"

"아가씨는 제 생각보다 훨씬 강한 분이셨고, 유능하시기까지 하셨으니 제가 필요 없으셨을지도 모르겠습니다만, 처음 황무지에서 아가씨를 봤을 때…… 저는 그런 생각을 했습니다. 제가 필요하겠다고, 제가 지켜 드려야겠다고 말입니다. 그리고 생각했습니다. 주군에게 버림받을 정도로 쓸모없는 저이지만, 검 쓰는 데엔 자신이 있다고. 그래서 누군가를 지키는 것 정도는 할 수 있겠다고 말입니다."

황무지에서 카를은 맹목적으로 굴었다. 지나칠 정도로 연화에게 매달렸다. 그녀가 누구고 무엇을 하고 어디로 가든 신경 쓰지 않는다고 했다.

카를은 그저 따라가게만 해달라고 했었다. 요상한 상황에는 이런 사정이 있었다.

카를이 원하는 건 한 사람뿐이라서, 그녀 옆에 있는 게 사는 이유였기 때문에 그는 그리했다. 연화는 맥이 풀렸다. 겨우 진실을 과실을 맛본 것만으로도 기력이 소진되어 서 있을 수가 없었다.

연화는 힘겹게 의자에 앉았다. 카를은 조심조심 그녀의 눈치를 보았다.

"많이…… 바보 같다고 생각하십니까."

"네."

연화는 바로 고개를 끄덕였다.

"황무지에서야 다른 선택지가 없었겠지만, 여긴 아니에요. 카를이 오겠다면 거절할 사람은 없을걸요? 카를을 필요로 하는 그런 사람들, 여긴 정말 많다구요. 모두 카를에게 새로운 삶을 가져다줄 수 있어요. 제 옆에 있는 것보다 더 나은 삶을요."

제 살을 깎아내리는 것 같지만 이게 사실이다. 연화는 그리 생각했지만, 카를은 단박에 부인했다.

"그렇지 않습니다."

카를은 아픔을 참으며 어떻게든 침대에서 몸을 일으키는 수고까지 감행하여 연화 앞에 왔다. 그가 연화의 어깨를 슬며시 쥐어 시선을 마주했다. 우물처럼 푸르고 시린 눈이 연화를 집어삼킬 듯 빛났다.

"그 누구도 아가씨와 같지 않습니다.

"제가 그렇게…… 특별해요?"

대체 어디가?

겸양이 아니라 연화는 정말로 궁금했다. 먹을 것을 처음 내어 주었고 황무지에서 만났다는 거 말고. 셀리나 애한테 특별한 점이 뭐가 있나? 연화는 알 수가 없었다. 카를의 얼굴이 어두워지더니, 말할 듯 말 듯 입술을 열었다 닫았다 한다. 아까보다 더 망설이는 게 보였다.

연화가 그의 허리를 잡고 끌어당기자, 카를이 천천히 고개를 숙였다. 그의 입술이 귓가에 닿았다 싶은 순간 오싹한 한마디가 흘러들어 왔다.

"아가씨 옆에는 아무도 없으니까."

흠칫. 연화의 어깨가 떨렸다.

뭔가 잘못 들은 거 아닐까.

흘러 넘기려는 연화의 의도가 무색하게도 음험한 목소리가 뒤를 이었다.

"가족도, 친구도, 상관도…… 어떤 것도 없이, 아가씨 옆에 있는 건 오직 저뿐이고, 그래서 아가씨를 지킬 수 있는 것도 저뿐이니까요. 때문에 아가씨께선 제가 마음에 들지 않으시더라도 옆에 두셔야 할 겁니다. 이곳은 위험하니, 아가씨도 혼자보다는 저 같은 놈이라도 같이 있는 게 좋다고 생각하실 테니까요."

"……."

"그런 아가씨에겐 누구도 저놈을 버려라, 저놈도 위험하다 말하지 않을 겁니다. 아가씨에게 그런 참견을 할 수 있는 부모는 없고, 다른 가족들은 아가씨를 버렸으니까요! 그러니 저는 계속 아가씨 옆에 있을 수 있습니다. 다정한 아가씨께선 저를 버리지 못하실 테고, 그러면 저는 계속 옆에 있을 수 있습니다."

"……."

"그러면 저는 살 수 있습니다! 부하든 노예든 그 밖의 어떤 것이든, 혼자가 아니라 함께……. 무슨 일이든 하는, 밥버러지가 아니라 의미 있는 인간이 되어서, 그렇게…… 계속, 옆에……."

낮게 속삭이는 듯하던 카를의 목소리가 점점 올라갔다. 악을 쓰고 고함을 지른다 싶더니 어느 순간부터는 풀이 죽었다. 가라앉은 얼굴로 땅을 본다. 반면, 연화의 어깨를 잡은 손엔 힘이 잔뜩 들어갔다. 그런데도 연화는 아픔을 느낄 수 없었다. 상처받은 짐승 같은 눈동자를 보는 게 더 아팠다.

버림받지 않으려고 어떻게든 저 앞에서 처절하게 제 바닥을 내보이는 카를의 모습이 가슴을 후벼 팠다.

"카를."

"왜 나를 따라와요."

"난 혼자서도 괜찮은데."

"난 카를이 필요 없는데."

연화가 무의미하게 내뱉었던 말들이었다. 나 좀 편해지자고, 꺼림칙함 덜자고 했던 말들이 땅속에 스며들듯 묻혀 있다 기어 나와 심장을 찔러댈 줄은 몰랐다. 아무 생각 없이 했던 그 말들, 단어들을 들었던 카를의 기분은 어땠을까. 연화는 감히 짐작도 할 수 없어 그저 두 손을 들어 스스로의 입을 틀어막았다. 일부를 떠올리는 것만으로도 이렇게 목이 메어 속이 울렁거려 미치겠는데. 카를이 어떤 기분으로 제 옆에 있었을지는 상상도 할 수 없었다.

"나는……."

아팠다. 그만큼 미안했다. 너무 미안해서 사과하고 싶었다. 연화가 한마디 떼려는 순간, 어깨를 붙들고 있던 힘이 풀렸다. 카를이 천천히 몸을 일으키더니 한마디 덧붙였다.

마치, 연화가 무슨 말을 할 건지 알고 있었던 것처럼.

"하지 마세요."

"카를……!"

연화는 카를을 따라 일어섰다. 카를을 잡을 것처럼 손을 뻗었지만 그가 더 빨랐다. 큰 보폭으로 성큼 걷더니 벗어둔 외투를 어깨에 걸치며 뒤돌아섰다. 그가 문고리를 여는 소리가 들렸다.

"잠시…… 실언을 한 것 같습니다. 죄송합니다."

그가 문 앞에서 멈칫하더니 먼저 사과의 말을 건네 왔다. 언제 흥분했냐는 듯 평소의 목소리로 돌아와 있다. 다정하게 배려하는 듯한 목소리는 평소와 같지만, 슬픔이 서려 있었다.

울고 있는 걸까. 궁금했지만, 연화는 카를의 얼굴이 보이지 않았다. 떨리는 어깨만 보일 뿐이다.

얼굴을 보여주면 좋을 텐데. 위로하고 싶은데, 그는 끝내 뒤돌아보지 않았다. 연화에게 돌아오지 않았다.

"머리를 식히고 오겠습니다. 멀리 가지 않을 테니 걱정하지 마십시오."

문이 닫히고 카를이 사라졌다. 혼자 남겨진 연화는 멍하니 닫힌 문을 바라보았다. 그녀가 천천히 문까지 다가갔다.

연화는 카를에게 무슨 말이든 하고 싶었다. 그가 어떤 생각을 하고 있는지 확인하고 싶었다.

문까지 다가가는 건 쉬웠지만, 문고리에 손을 올리기까지 많은 시간이 걸렸다. 평소엔 잘도 돌리는 문고리가 오늘따라 빽빽했다. 반쯤 열다 만 문고리를 보다, 연화는 고개를 숙였다.

우습게도 카를이 말한 그대로였다.

이제 그녀는 그가 필요했다. 이곳에서 혼자 남겨져 있는 것보다는 그와 있는 것이 좋고, 편하니까.

저는 지독한 이기주의자에, 외로움쟁이였다. 하지만 그렇게 말해도 될까. 스스로 손을 뻗어 카를이 필요하다고 말해도 될까. 그게 카를에게 더한 상처를 주는 건 아닐까. 연화는 걱정이 됐다.

필요에 의한 관계는 너무나도 딱딱하고 차갑다. 거기에 질려 카를이 훽 떠나 버리면 어쩌나, 그러면 나는 카를을 어떻게 잡아야 하나, 모든 것이 뒤죽박죽 섞여, 연화는 무엇을 해야 할지 갈피를 잡지 못했다.

문만 열면 카를이 있다. 카를은 스스로도 말한 대로 문 밖에서 몇 발자국 움직이지 않았다.

문을 열면 바로 카를과 눈이 마주칠 것이다. 아는데. 누구보다 잘 아는데.

연화는 문고리 앞에서 주저앉아 버렸다.

……너무 무거워서.

그리고 무서워서.

⚜

"좋은 아침입니다."

분명 사과를, 아니, 어떤 말이라도 해서 분위기를 풀고 싶다는 생각은 있었던 것 같은데. 카를은 연화에게 틈을 주지 않았다. 연화는 카를의 방어력이 높다는 걸 알게 되었다.

그는 연화가 무슨 말을 하든 요리조리 빠져나갔다. 그렇게 어영부영 시간만 흘러갔다. 며칠이 지난 뒤부터는 연화도 사과를 하려는 시도 자체를 포기하게 되었다.

오늘의 카를은 아무 일도 없다는 듯 화사하게 웃으며 다가왔다. 별수 없이, 연화는 그의 인사를 받아주었다.

"그렇네요."

연화는 대강 말해주면서 화장대 앞에 놓인 빗을 들었다. 쫙쫙 거칠게 머리를 빗어 내리면서 문 앞에 서 있는 병사를 쳐다보았다. 테일러를 명을 받아 온 남자였다. 테일러는 카를과 연화가 불편한 시간을 보낼 때는 조용히 있었으면서, 오늘이 다 되어서야 사람을 보내 아침을 함께하자고 했다.

병사는 그녀가 사람 몰골 좀 갖춰서 가는 것도 마음에 안 드는 듯 연신 눈총을 줬다. 거울로 눈싸움을 하다 지친 연화는 먼저 눈을 감아버렸다. 이런 상황은 정말 짜증이 났다.

결국 한소리 하게 됐다.

"제가 그리도 비범해 보이세요?"

"예?"

병사가 무슨 소리냐는 시선을 보낸다. 연화는 짜증 나는 만큼 활짝 웃었다.

"제가 산발머리에 잠옷 차림으로 영주관 복도를 활보할 만큼 대단한 여자로 보이시냐구요."

"아니…… 어…… 아닌 것 같……."

병사가 버벅거렸다. 그는 분명 작지만 아니라고 말했다.

"그렇죠? 아닌 것 같죠? 머리도 좀 빗고 옷도 갈아입어야겠죠?"

연화는 머리를 커다란 집게 핀으로 고정시켜 올려 묶었다. 더운 여름에 안성맞춤인 머리였다. 머리 손질이 끝난 뒤엔 가운형 슬립의 단추를 하나씩 풀었다. 당연하지만, 안엔 아무것도 안 입었다.

연화는 단추를 두 개쯤 풀다 고개를 들었다. 병사는 아직도 문 쪽에 서 있었다.

"계속 볼 거예요?"

"아, 아닙니다!"

병사의 얼굴이 빨개졌다. 그는 손을 마구 내젓더니 뒤로 주춤주춤 물러섰다. 이내 문이 닫혔다.

카를은 쾅 소리에 미간을 찡그렸다. 그가 문을 잠그고 연화 쪽으로 다가왔다. 그는 그녀가 풀었던 슬립을 다시 잠가주며 핀잔하듯 한마디 했다.

"장난이 지나치십니다."

"저야 늘 이렇잖아요."

연화는 까르르 웃으며 카를이 건네준 옷가지를 받았다. 어제 입다 벗어둔 드레스였다. 한 손에 걸치고 화장실에 들어갔다 나오는 사이 카를 역시 단장을 마쳤다.

그동안 병사는 문 앞에 서 있었다. 그는 문을 열고 나오는 카를을 아리송한 눈으로 훑어보더니 연화와 눈이 마주치자마자 고개를 숙였다. 얼굴이 빨개지더니 척척 군인 걸음으로 먼저 걸어갔다.

"안내해 드리겠습니다!"

"친절하시네요."

그게 어쩐지 웃겨서, 연화는 모르는 척 능청을 떼면서 한마디 붙였다. 그러다 심술이 돋아서 조금 걸음을 빨리 하여 병사 옆에 붙어 서서는 괜히 옆구리를 툭 찔렀다.

"아까도 이렇게 친절하셨다면 좋았을 텐데."

병사가 힉 소리를 내며 멈췄다가 다시 걸어갔다. 아까보다 걸음이 부자연스러워졌다. 그걸 보자 뭔가 떠오르는 게 있었다. 연화는 키득 웃으며 카를을 돌아보았다.

"카를, 믿어져요? 이렇게 수줍수줍한 아저씨가 사람을 덮치겠다고 달려들었다는 게. 아무리 밤의 마법이 강력하다고 해도 그렇지. 정말 사람 일은 모르는 거라니까요. 그렇죠?"

"……그렇군요."

카를이 떨떠름한 얼굴로 고개를 끄덕였다.

"이런 걸 두고 전문 용어도 있어요. '낮져밤이'였던가?"

카를과 병사 둘 다 모르겠다는 얼굴을 했다. 연화는 농담 삼아 던진 말이었는데, 반응을 보이지 않는 걸 보면 여기엔 그런 단어가 없는 듯했다. 머쓱해진 연화는 그냥 씩 웃었다.

거기서 뭔가 불길함을 읽은 걸까. 카를이 물었다.

"……정말 그런 의미로 쓰는 게 맞습니까?"

"음, 글쎄. 맞았던가, 아니었던가?"

연화는 턱 밑에 손을 올리고서 고개를 좌우로 까딱까딱했다. 장난기에서 느껴지는 성의 없음을 느낀 것일까. 카를은 굳이 캐묻지 않았다. 그녀 역시 카를에겐 말을 걸지 않았다. 그녀가 타깃으로 삼은 건 병사였다. 그녀는 치맛단 끝을 잡고 빙그르르 돌아 다시 병사 앞에 섰다. 그러고는 순진한 척 웃으면서 그를 난감하게 할 말들을 골라냈다.

"그래서 아저씨. 또 밤에 찾아와서 막 덮치고 그럴 거예요?"

"덮…… 덮……!"

살짝 식었던 뺨이 다시 돌아 올랐다. 병사가 어버버 하며 말을 잇지 못한다. 서른은 넘어 보이는 아저씨가 이렇게 순진하다. 불쌍해 보이기까지 한 그를 보며, 연화는 약간의 친절을 발휘해 주기로 했다.

"며칠 전에. 공작님이랑 카를이랑 연무장에서 주먹 다툼했을 때. 기억하죠? 그때 아저씨들이 막 떼거지로 덮쳤었잖아요."

"어……. 아…… 으……."

병사가 두 손을 들어 스스로의 뺨을 감쌌다. 화끈하게 달아오른 것을 감추면서 해괴한 언어를 내뱉었다.

놀림받았다는 걸 알려줬으니 화를 낼까 싶었는데, 그는 당혹스러워하기만 했다. 연화의 예상을 빗나간 행동이었다. 그렇다면 조금 더 놀릴 수 있겠다 싶어, 발뒤꿈치를 들고서 제 얼굴을 불쑥 내밀었다.

"우와. 이 아저씨가 왜 이런대? 아저씨, 무슨 생각하는 거예요?"

"으아아악!"

병사가 제 머리를 감싸 쥐더니 비명을 질렀다. 큰 소리에 연화는 깜짝 놀랐다. 카를이 그녀를 뒤에서 잡아준 덕에 엉덩방아를 찧을 뻔한 위기를 모면했다.

연화가 몸을 똑바로 세우자, 병사가 외쳤다.

"안, 안내해 드리겠습니다!"

병사가 빠른 걸음으로 앞장섰다. 뒤 한번 돌아보지 않는 모습에서 절박함이 느껴졌다.

카를이 쯧 혀를 찼다.

"좀 심하셨습니다."

"그럼 말리지 그랬어요?"

"제가 뭐 때문에 그럽니까."

카를이 무덤덤하게 대답했다. 얼핏 들어선 알 수 없지만, 분명 속내가 감춰져 있다. 연화는 카를의 손을 잡아당기며 물었다.

"카를. 카를도 저 아저씨한테 감정 있죠?"

카를의 푸른 눈이 흔들렸다. 몇 초 후, 카를의 눈동자가 또르르 왼쪽으로 굴러갔다.

"저는 제 감정을 모릅니다."

거짓말! 당신 지금 내 눈을 피했잖아!

그녀가 무어라 항변하기도 전에 카를이 먼저 말했다.

"놓치겠습니다."

병사는 저 혼자 복도를 걸어가고 있었다. 두 사람은 이곳의 지리를 모른다. 그를 놓치면 식당에 도착하지 못할 거다. 하지만 평화로운 복도 한중간에 서 있자 연화는 딴 생각에 들었다.

저 병사를 꼭 따라가야 하는 걸까, 같은.

방에서는 이런 생각을 할 수 없었다. 방문 근처 복도엔 늘 병사 두엇이 경계를 서고 있었으니까. 그들의 시선을 피해 뭔가를 하는 건 불가능하다. 하지만 이곳은 다르다. 탁 트인 복도엔 아무도 없고, 길을 안내한답시고 걸어가고 있는 저 병사 외엔 누구도 우리가 어디 있는지 모른다.

연화는 카를과 맞잡은 손에 살짝 힘을 주니, 돌아봤다.

그녀는 아이가 투정 부리듯 찡얼거렸다.

"카를. 전 여기 정말 싫어요. 답답하고 짜증나요."

"제가 어찌해 드리면 되겠습니까?"

카를이 주위를 빠르게 훑는다. 사람이 없는 것을 몇 번 확인한 뒤엔 작게 속삭였다.

"아가씨를 들쳐 업고 도망이라도 갈까요?"

"건물 안인데요. 나갈 수 있어요?"

상황 때문에 잠깐 해본 생각이긴 했지만 실현 가능성은 낮았다. 영주관은 생각보다 크고, 무엇보다 둘은 이 건물의 구조를 몰랐다. 운 좋게 탈출할 확률보다는 붙잡힐 확률이 더 크다. 일전에 치안대를 따돌리지 못하고 잡혔던 것과 비슷한 상황이 연출될 수도 있다.

카를 혼자서 이곳을 빠져나가는 건 가능할지도 모른다. 하지만 그가 연화와 함께 가겠다고 했기에 문제다. 연화는 카를만큼 빨리 달릴 수 없다. 그렇다고 카를이 그녀를 업고 움직일 수도 없다. 그랬다간 그의 속도마저 느려진다.

연화는 어느 쪽이든 저는 카를의 짐이라는 사실을 잘 알았다.

남녀가 아무에게도 들키지 않고 악마의 소굴 같은 곳을 빠져나가는 일 같은 건 영화 속에서나 있는 일이니까.

카를 역시 몸소 이 사실을 터득했을 텐데, 그는 당연하다는 듯 고개를 끄덕였다.

"가능합니다."

"자신감 넘치시네요."

그리고 연화는 알았다. 비현실적인 걸 알면서도 카를이 그렇게 말한 이유를.

연화는 생긋 웃었다.

"고마워요."

카를 역시 웃었다. 그걸 본 연화는 문득 깨달았다. 이렇게 단순한 말도 그 앞에서 하지 않았다는 걸. 어쩐지 심장이 아릿했다.

"나는 카를에게 미안한 일만 한 것 같은데……. 카를에겐 고마운 일만 받네요."

사과할 타이밍이 없었다니. 비겁한 말이다. 없었던 것은 용기였다. 적절한 때가 아니라는 핑계를 대며 카를만 보고 있었다.

더 늦지 않을 때 제대로 된 말을 해야 했다. 사과를 못하면, 진심이라도 전해야 했다.

연화가 말을 마친 뒤 입술을 깨물자 카를이 손가락으로 그녀의 입술을 문질렀다.

"괜찮습니다."

담백한 한마디였다. 마음에 든 만큼 장난기가 솟은 연화가 입을 벌려 그의 손가락을 살짝 깨물었다. 카를이 흠칫하더니 하하 웃었다. 그러고 노느라 갔던 사람이 다시 돌아왔을 줄은 몰랐다.

"이쪽입니다만!"

뻘줌한 목소리가 들렸다. 아까의 그 병사가 뒤통수를 긁으며 서 있었다.

⚜

방에서 식당까지는 40분이 걸린다.

병사가 안내 도중 한 말이었다. 영주관이 넓은 건 알고 있었지만 이건 상상 이상이었다. 끝없이 펼쳐지는 복도와 수없이 나타나는 모퉁이에 연화는 머리가 빙글 돌 지경이었다. 확실히 안내자가 없으면 길을 못 찾을 정도로 복잡했다.

연화가 멈칫한 건, 활짝 열린 청소함을 봤을 때였다. 자그마한 아이 하나가 겨우 들어갈 수 있을 만큼 작은 나무함에서 튀어나온 빗자루와 쓰레받기가 보였다. 연화는 그 자리에 주저앉았다. 바닥을 짚으며 헛구역질을 하자 카를이 덩달아 멈췄다. 그가 걱정스러운 얼굴로 연화를 살폈다.

"속이 안 좋으십니까."

"아니…… 이건 속의 문제가 아니라……."

연화로 살 적엔 늘 염두에 두고 있던 현상이었다. 하나 셀리나가 되자마자 처음 본 게 황무지라서, 이 증세가 나타날 일이 없어 잠시 잊고 있었다.

연화는 씁쓸히 웃었다. 몸도 달라졌고, 시간도 많이 지났는데. 저놈의 청소함만 보면 왜 이리 현기증이 나는지 모르겠다.

연화는 힘겹게 몸을 일으켰다. 새하얀 벽에 등을 기대면서 숨을 골랐다. 청소함을 보면서는 속을 가라앉힐 수 없었기에 눈을 감았다. 실수로라도 눈을 떠 저 흉물을 볼세라 한 손을 들어 눈을 덮었다.

"아가씨."

연화의 손 위로 카를의 큰 손이 덮여졌다. 뜨끈한 체온에서 염려가 느껴져 연화는 애써 웃었다.

"내가 좀 이상해서 그런 거지. 신경 쓸 일은 아니에요."

청소함을 보고 발작한다고, 큰일이 일어나는 건 아니니까.

연화가 안정을 되찾아가는 동안, 카를은 연화의 심정에 변화를 일으킨 물건을 찾아냈다. 그가 청소함을 보며 물었다.

"저게 무서우신 겁니까?"

"네. 무서워요."

연화는 고개를 끄덕였다. 카를은 흠, 소리를 내며 한참 골몰하다 그녀의 눈치를 살피더니 조심스레 물었다.

"이유를 물어도…… 되겠습니까?"

"아주 어릴 때…… 저 안에 갇힌 적이 있어서요."

때는 8살, 연화가 초등학교 1학년일 때였다. 그때 연화는 반마다 청소함이 비치된 학교에 다녔다. 어릴 때의 연화는 순진하고 어리석었다. 청소함에 사람이 갇힐 수 있다는 생각도, 누군가 저를 가둘 수 있다는 생각도 못했다.

그랬기에 홍진수가 숨바꼭질을 핑계로 저 안에 한번 숨어보겠냐고 했을 때, 호기롭게 그러겠다고 말했다. 청소함 사건 이후로 홍진수와는 원수가 되어버렸지만, 세상 모든 게 제게 호의적인 줄 아는 꼬맹이일 때는 그와 친하게 지냈다.

“좀 더 들어가 봐. 고개만 집어넣어서는 술래를 속일 수 없잖아.”

“하지만 무서운데.”

“무섭다고 술래도 봐줘? 네가 여기서 고개만 쭉 내밀고 무섭다, 무섭다 하면 술래가 너만 안 잡아가? 아니잖아.”

홍진수는 연화를 달래면서 청소함에 들어가게 했다. 그때의 그녀는 어두운 곳이 싫은 어린아이였기에, 홍진수가 그녀를 청소함에 완전히 집어넣기까지는 오랜 시간이 걸렸다.

진수는 연화가 청소함에 들어가자마자 바로 달려들어 함을 잠가 버렸다.

청소함은 바깥에서만 잠글 수 있는 구조였기 때문에 연화는 꼼짝없이 그 안에 갇혀 버리고 말았다. 상황이 이상하게 돌아간다는 걸 안 연화는 도구함의 문을 두드리며 열어달라고 청했다.

“이만하면 술래를 속일 수 있겠지? 그럼 됐잖아?”

“술래는 무슨. 멍청이가.”

다정한 목소리와 환한 빛을 원했지만, 돌아온 건 사촌 오빠의 냉랭한 목소리였다.

“그러게 평소에 좀 똑똑하게 행동하지 그랬어. 이런 멍청한 말에 속지 말고.”

“…….”

“아니면 기도를 많이 하든가. 그랬다면 하나님이 널 가엾이 여겨 청소함에 가둬두지 않고 곧장 자신의 나라로 인도해 줬을지도 모르잖아."

"……."

"하지만 기왕 이렇게 된 거 어쩔 수 없으니까, 신에게 빌면서 죽어. 다음 생엔 부디 저놈과 사촌지간으로 태어나지 않게 해 주세요, 하고. 그러면 혹시 알아? 들어줄지."

홍진수는 청소함에 갇힌 연화를 조롱하고 끌어내리는 게 목적이었던 듯했다. 도구함을 열어주지는 않고, 앞에서 제 할 말만 퍼부은 뒤 사라져 버렸다. 그랬기에 연화가 집으로 돌아가지 못했음은 물론이다. 와야 할 아이가 오지 않자, 세현에서는 사람을 풀었다.

많은 사람들이 동원되었음에도 연화를 찾지 못했다. 그건 진수의 농간 때문이었다.

진수는 연화가 청소함에 갇혀 죽기를, 아니, 연화가 사람들 손에 발견되지 않기를 바랐다. 그는 사람들이 연화를 찾을 수 없게 거짓말을 했다.

"연화, 저랑 함께 놀다 헤어졌어요. 학교 밖 놀이터에서요."

사람들은 학교를 수색 대상에서 뺐다. 그것이 청소함이라는, 뻔한 장소에 갇혀 있었던 연화가 오랫동안 발견되지 않은 이유다.

"얼마나 오래 갇혀 계셨습니까?"

"이틀이었어요."

연화가 청소함에 갇힌 날은 토요일이다. 토요일은 고학년도 수업을 일찍 마치고 학교를 떠났고 일요일엔 학교가 쉬는 날이라 누구도 학교에 없다.

연화가 발견된 건 월요일이 되어서였다. 평소보다 일찍 출근한 담임은 청소함에 들어 있어야 할 물건들이 교실 바닥에 팽개쳐져 있는 것을 보게 되었다. 그녀가 설마 하며 도구함을 열어보게 되면서 연화는 구출됐다.

"그토록 좁은 공간에서 저는 저를 가둔 놈이 지껄이고 간 말들을 떠올리고 있었죠."

연화는 몸서리를 쳤다. 잊고 싶었지만 토시 하나 빼먹지 못하고 기억하고 있다. 홍진수가 저를 그곳에 가두면서 했던 모든 개소리들을.

"그 뒤로 저는 다시는 저기에 갇히지 않았고, 지금은 저기 들어가지도 않을 정도로 커졌지만……."

연화는 이제는 저 청소함이 제게 위협이 되지 않는다는 걸, 머리로는 안다. 그래도 무섭다.

"저걸 보면 그날이 생각나요. 눅눅한 냄새와, 좁은 틈 사이로 보였던 책상들과 의자들에, 틈새로 가냘프게 쏟아졌다 꺼졌다 했던 빛까지. 모두 다 기억해요. 어제 일처럼요."

절대 잊을 수 없는 기억은 깊은 자흔을 만들어놓았다. 시간이 많이 지났는데도 공포는 연화의 내면에 각인되어 사라지지 않았다. 세월은 평상심을 선물해 주어서, 평소엔 아무렇지 않게 잘 지내면서도 청소함만 보면 연화는 발작을 일으켰다.

카를은 곰곰이 생각하던 끝에 한 가지 질문을 올렸다. 연화의 상태가 나빠지지 않나 염려하면서, 조마조마한 한마디를 입에 올렸다.

"악몽 같은 건 꾸지 않습니까?"

연화는 바로 고개를 저었다.

"아뇨. 전혀."

청소함에 갇혀 악의에 찬 말을 들으면서 여기서 죽는 게 아닐까 고통스러워했던 그날의 악몽 같은 거, 아예 꾸지 않았던 건 아니었다. 연화가 중학교에 올라갈 때까지만 해도 악몽은 그녀를 따라다녔다. 그 악몽이 끊긴 건 재민이를 만나면서부터였다. 그 후로는 한 번도 청소함과 관련된 꿈은 꾼 적이 없었다. 연화는 자신 있게 말할 수 있었다.

그녀가 더 이상 악몽을 꾸지 않는다고 알려주자 재민은 제 일처럼 기뻐했다. 연화는 기억 속에 젖어 웃고 있다가 카를을 올려다보았다. 그가 오묘한 얼굴로 자신을 보고 있었다.

"왜요?"

카를이 황급히 표정을 지웠다. 그가 고개를 내저으며 수습의 말을 내뱉는다.

"아무것도 아닙니다."

카를은 저가 한 말을 어서 잊어달라는 것처럼 황급히 다음 말을 내뱉었다.

"이제 괜찮아지셨습니까?"

"아까보다는요."

연화는 고개를 끄덕이며 벽에 기댔던 몸을 일으켰다. 카를은 연화가 넘어지는 게 무섭다는 듯 그녀의 손을 잡아끌었다. 이후 두 사람은 나란히 붙어 조심스레 복도를 이동했다.

"이번엔 이쪽으로……."

병사는 계속 안내를 했다. 그들은 열 번째인지 열한 번째인지 모를 모퉁이를 돌았다. 순간 저편으로 낯익은 주황빛 머리칼이 지나갔다. 연화는 두 번째로 멈칫했다.

"……아가씨."

카를이 나직이 연화를 불렀다. 그녀가 그의 손을 세게 움켜쥐었기 때문이다. 연화는 오랜만에 청소함을 본 게 너무나 충격적이라 허상을 본 게 아닐까 의심이 될 정도로 제가 본 것을 믿을 수 없어서 물었다.

"아까 그거. 나만 본 거 아니죠?"

"예."

카를도 오웬을 봤다. 침잠해져 있는 카를의 표정을 보며 연화는 사실을 받아들였다. 이제 남은 건 의문뿐이다.

왜 오웬이 여기 있는 걸까?

급한 볼일이 있다는 듯 이쪽은 돌아보지도 않고 사라지는 이유가 뭘까?

알 수 없었기에 불안했다. 연화는 일단 걸음을 멈추고 저 혼자 걸어 나가려는 병사를 붙들고 물었다.

"아까 그자……."

병사는 바로 대답했다.

"영주님의 손님이십니다."

"저자가? 어째서? 뭐 때문에?"

"그건 저도 모르지요, 아가씨."

더 캐물었지만 병사는 말해주지 않았다. 정말로 모르거나, 대답해 주기 싫어서겠지. 병사가 어느 쪽에 속하든 연화는 답을 얻을 수 없을 것이다. 그녀는 스스로 오웬이 여기 있는 이유를 추리해 보기로 했다. 걸음을 옮기면서 머리를 굴렸다.

오웬은 카턴 상단의 개다. 그는 상단주가 하라는 대로 움직이는 장기 말이다. 이 절대 명제에 영주의 손님이란 사실을 엮자, 그럴 듯한 가설들이 생겨났다.

1. 영주는 상단주를 초대했으나, 상단주는 사정이 있어 오지

못했다. 때문에 오웬이 대신 명령을 받고 영주관에 왔다.

2. 카턴 상단주는 영주의 초대를 받고 영주관에 도착했다. 즉 영주관엔 오웬만 있는 게 아니라 카턴 상단주를 비롯, 상단의 모든 사람들이 있다.
3. 사실 그들이 본 것은 오웬이 아니다. 오웬과 아주 닮은 사람이다.

셋 중에 답이 있다면 3번이었으면 좋겠다. 연화는 저와 카를이 착각한 것이길 바랐다. 하지만 세상에 오웬 같은 놈이 둘이나 있을 리 없다. 3번이 진실일 가능성은 희박했다.

1, 2중 하나가 사실이라 가정하고, 둘 중 하나를 선택할 수 있다면 그녀는 1이 진실이길 바랐다. 엘렌을 비롯해서 상단에 딸린 수많은 입을 상대하는 것보단 오웬 하나를 상대하는 게 나으니까. 승산도 있고. 물론 최선은 오웬 따위와 마주치지 않는 거지만.

"도착했습니다."

병사의 말에 연화의 상념이 뚝 끊겼다. 그녀가 고개를 드니 이곳까지 안내를 맡았던 병사가 옆으로 비켜서서 문을 열어주었다. 독수리가 그려진 나무문이 깔끔히 젖혀졌다.

연화는 한 발 들어서기도 전에 안에 있던 자들과 눈이 마주쳤다. 엘렌과 샤먼, 카턴 상단주였다. 바로 셀리나를 황무지에 버리고 돌아섰던 그들이었다. 정답은 그녀가 추론했던 가설 중에 존재했다. 그것도 가장 끔찍한 두 번째였다. 하필.

"이곳 영주와 면식이 있는 사이라더군."

연화의 시선을 눈치챈 테일러가 무어라 말해주었다. 그녀는 어이가 없어 하 웃었다.

〈공작의 거짓된 신부〉엔 이런 내용이 있다.

테일러와 함께 카로틴 제국에 도착한 엘렌은 테일러와 함께 이곳 영주의 초대를 받는데. 글쎄, 영주관에 들어가 보니 영주는 엘렌과도 아는 사이였던 거다. 정확히 말하자면 엘렌의 아버지가 영주의 친구였달까. 하여 영주는 죽은 친우의 가족인 엘렌 역시 테일러처럼 귀히 대접한다.

영주가 원작에서 가지는 비중은 크다. 그는 엘렌과 테일러가 맺어지는 데 결정적인 도움을 제공하기 때문이다.

다만 지금은 연화가 끼어들면서 스토리가 좀 바뀌었다. 테일러는 엘렌과 황무지에서 만나지 않고, 연화와 함께 있다가 영주의 초대를 받았다. 연화는 남주가 제 옆에 있었기에 엘렌이 어디서 뭘 하고 있는지, 상단 일행들이 어디로 갔는지 따위는 생각하지 않았다. 하지만 스토리는 그녀가 예상치 못하는 곳에서 맞춰지고 있었다.

테일러 없이도 엘렌과 샤먼이 영주의 초대를 받은 게 그 예였다. 심지어 오늘은 테일러와 엘렌이 만나기까지 했다.

연화는 눈을 질끈 감았다 뜨면서 상황을 정리했다. 테일러가 영주관에 발을 들여놓으면서 모든 스토리가 원래대로 자리를 찾기 시작한 걸지도 모른다. 거기에 오류가 있다면 죽어야 할 셀리나가 살아서 그들과 대면하고 있다는 것뿐일 것이다.

연화는 허, 기막힌 숨을 토해냈다. 아까 미로와도 같은 복도를 지나오면서 오웬을 본 순간 설마, 하고 상황을 쉬이 넘긴 게 실수였다고 생각했을 때는 늦었다. 오웬을 보자마자 뒤돌아보지 말고 도망갔어야 했지만, 이미 그녀의 몸은 이미 식당 앞까지 당도한 뒤였다.

"너……."

연화는 한 발 두 발 물러서던 발을 멈췄다. 자신만큼이나 놀란 엘렌이 보였다. 부릅뜬 눈이 경악으로 흔들렸다. 엘렌의 옆엔 그녀의 오빠, 샤먼이 멀끔한 모습으로 앉아 있었지만, 그 역시 불안한 감정을 숨기지 못했다. 엘렌보다 두 살 더 먹었다고 충격에 강한 건 아닌 듯했다.

오만한 철부지 여동생보다 조금 더 인내할 수 있을 뿐이다.

엘렌의 탄성이 있고 몇 분 지나지 않아 샤먼이 입술을 비틀어 신음 같은 한마디를 토해냈다.

"어떻게 살아 있는 거지?"

샤먼은 셀리나를 버릴 계획을 짠 자다. 카턴 남작이 죽자마자 카로틴 제국으로 넘어가야겠다고 선포했던 것도 그였다.

샤먼은 황무지 정 중간, 사람의 손이 가장 닿지 않는 곳에 셀리나를 내동댕이쳤다. 연화는 아직도 짐마차에서 바닥으로 떨어지던 감각을 생생히 기억했다. 그 황무지는 샤먼이 셀리나를 위해 열심히 준비한 사형장이었다. 평범한 셀리나였으면 그곳에서 죽었을지도 모르겠다.

황무지에 떨어진 첫날, 셀리나에겐 곰인지 여우인지 모를 괴수가 달려들었으니까. 그녀가 셀리나의 단검으로 괴수를 찔러 죽이지 않았다면, 지금 셀리나는 황무지에서 썩어가고 있었을 것이다.

그러니 샤먼의 의문은 타당했다. 이곳에 없는 '진짜 셀리나'에게만 타당했다는 게 문제일 뿐. 안타깝게도 지금 그의 눈앞에 있는 건 그의 이복동생과 가죽만 같은 홍연화였다.

"죽은 줄 알았는데…… 분명 죽었었다고 했는데……."

연화는 샤먼의 앞으로 걸어가면서 숨을 골랐다.

저가 카로틴 제국에 있는 한, 그리고 카턴 상단이 제국에 머무르는 한 언젠가는 일어날 일이었다.

'그 시기가 좀 빨랐던 것뿐이지.'

어쩔 수 없는 일이 일어난 것뿐이니 물러서서도, 도망쳐서도 안 된다. 그것보단 지금 할 수 있는 일을 하는 게 더 현명하고 합리적이다. 하여 연화는 상황을 똑바로 보기 위해 눈을 크게 떴다. 그녀는 샤먼과 엘렌을 한 눈에 담았다. 바로 할 일을 정했다.

셀리나를 죽이려 했던 자들에게 빅 엿을 먹여주는 것. 시간과 정성을 들여야 하는 복수가 아니라, 당장의 통쾌함을 얻을 수 있는 엿 정도라면 지금도 간단히 줄 수 있다. 셀리나는 피해자고, 저들은 가해자니까. 그녀는 떳떳하지만, 그들은 셀리나에게 지은 죄가 많았다.

무엇보다 연화는 이 소설이 어떻게 굴러가는지, 그들이 어떻게 나올지 모두 추측 가능했다.

모든 패는 연화의 손안에 있다.

"글쎄. 제가 왜 여기 있는 걸까요."

그렇기에 연화는 웃을 수 있었다.

세상에서 가장 재미있는 장난감을 발견한 아이처럼.

⚜

"도련님, 오늘은 세현 그룹에서 열리는 파티가 있습니다."

"나도 알아."

재민은 여자의 대답에 샐쭉이 대꾸했다.

남들 다 아는 상황을 몇 번이나 보고하는 여자가 짜증났다. 그는 대거리하려던 입을 꾹 다물고는 거울을 응시했다. 여자가 이리저리 손을 놀리는 게 보였다.

여자는 미용사로 강남에 제법 큰 숍도 가지고 있다. 혼자서도 충분히 잘 사는 여자인데, 이 의원이 뭐가 좋은지 전화 한 통이면 쪼르르 달려와 솜씨를 발휘해 주곤 했다.

지금도 그랬다.

재민은 원하지도 않는데 이 여자는 이 의원의 명령으로 그를 찾아왔다.

"가게, 그렇게 마음대로 비워놔도 돼?"

한창 재민의 헤어스타일을 만지고 있던 여자의 손이 멈칫하더니, 고개를 들어 거울 속 재민과 눈을 마주했다. 의뭉스러운 눈으로 쳐다보다 씩 웃었다.

"많이 크셨네요, 도련님. 제 걱정을 다 해주시고."

"농담으로 하는 말 아냐."

"알아요. 이제 도련님도 어른이잖아요. 스스로 돈을 버실 수 있는 나이가 됐으니, 돈 문제에 예민해질 때도 됐죠."

여자가 장난스럽게 한마디 덧붙이곤 물뿌리개로 머리 이곳저곳을 적시더니 다시 가위와 빗을 들었다.

"그런데 저 정말 괜찮아요. 숍만 굴리고 있을 때보다 지금 버는 돈이 더 많거든요. 왜인 줄 아세요?"

"몰라."

"여전히 딱딱하게 구시네요. 그래도 대답은 해드릴게요. 서비스로."

여자가 까르르 웃으면서도 손을 놀리는 건 멈추지 않았다. 그녀가 움직이는 대로 삐죽 솟아 있던 머리털이 투두둑 떨어졌다.

"저처럼 남 머리에 가위질 하는 사람들 소원이 뭔지 아세요? 본인 명의로 된 숍 하나 가지는 거예요. 그런데 숍이 거저 떨어지는 게 아니잖아요? 부잣집 외동딸이라면 모를까. 그래서 돈을 벌었어요. 남 밑에서 구질구질한 일하면서 악착같이. 먹는 거 입는 거 줄여서 피 같은 돈을 모았죠."

"서론이 긴 이야기는 싫은데."

"아무리 길어도 도련님 머리하는 것보단 빨리 끝나요."

여자가 흐릿하게 웃었다. 눈을 서너 번 끔뻑이며 또랑또랑했던 눈동자 속에 과거를 담아냈다.

"그러니 그냥 들어요. 하여튼, 그래서 제가 숍을 차렸는데요. 생각보다 장사가 잘 안 되더라구요."

"의왼데. 난 대단한 실력이 있어서 영감 눈에 들었다는 이야기가 있을 줄 알았더니."

"설마요. 제 헤어숍은 강남에 있는 수첩 개의 헤어숍 중 하나일 뿐이었는걸요. 하나도 특별하지 않았어요."

"하지만 지금은 특별한 곳이 되었지. 그럴 만한 이유가 있다고 생각해."

"지금이라면 모를까. 개업 초기엔 그런 게 없었어요. 그래서 생각을 해봤죠. 어떻게 해야, 손님을 불러 모을 수 있을지."

재민의 머리는 짧은 편이었다. 그런데도 바닥엔 머리털이 수북했다. 임시로 신문지를 깔아놓았지만, 소용은 없어 보였다. 신문지를 털어내고 청소기까지 돌려야 할 각이다.

이야기하면서도 재민의 머리에 시선을 주고 있던 여자는 그의 고개가 기울어진 걸 알아채곤 손가락으로 재민의 머리를 고정시켰다. 그러자 재민이 잠깐 인상을 찡그렸다.

재미있는 이야기를 듣고 있으니, 이 정도는 봐주기로 했다. 재민은 애써 청소 따위의 단위를 머릿속에서 치우기로 했다. 대신 여유롭게 웃으며 귀를 세웠다.

"처음엔 실력을 키워야 된다고 생각했어요. 하지만 실력이라는 게 원한다고 생기는 건 아니잖아요. 그래서 독특한 콘셉트를 잡을까 했는데. 글쎄, 이것도 애매한 게. 내가 잡은 콘셉트가 다른 헤어숍에서 흉내 낼 수 없을 정도로 독특하면서, 또 손님들 니즈도 충족시켜야 하잖아요. 그게 어디 쉽나요."

이 여자가 하는 건 푸념이었지만 사실이기도 했다. 재민은 그렇겠다고 고개를 끄덕이면서 거울 속 여자를 보았다. 머리를 안 만지고 있기에 단장이 끝났나 했더니, 손에 왁스를 묻히고 있었다.

"그런데?"

"뭐, 그래서 이것도 저것도 안 되겠다 싶자 다 포기했어요. 건물주가 가게 빼라 그러면 네, 하고 사라지자 생각했는데. 뭐 때문이었나. 어느 날 이 의원님이 제 숍에 오셔서 커트를 하시더니, 훤한 인상 덕분에 당선이 된 것 같다면서 추켜세워 주셨어요. 이 의원님이 계속 숍에 들락거리니까 다른 의원님들도 하나둘 숍에 오시고, 높은 사람들이 자꾸 들락날락거리니까 사람들이 저 숍에 뭐가 있나 하면서 들어오게 됐고...... 그러니까 결론은요, 제가 이렇게 잘 사는 게 이 의원님 덕이란 거예요."

재민은 그저 피식 웃었다. 어떻게 부자가 되었냐 물었더니 로또에 당첨됐단다. 허탈했지만 이해는 됐기에 재민은 상황을 단순화시킬 수 있는 한마디를 뱉었다.

"영감 변덕이야, 뭐, 알아주니까. 그나저나 이 머리......."

여자가 해준 머리는 모든 머리칼을 뒤로 넘긴 올백머리였다. 거기에 정장까지 입고 있으니 평소보다 나이가 들어 보였다.

"마음에 안 드세요?"

"연화가 놀리겠는데."

나이 많은 영감들이야 깔끔하다고 좋아하겠지만, 연화는 이 머리를 좋아하지 않는다. 웃기다고 생각할 뿐.

가방에 왁스와 빗 등을 집어넣던 여자가 몸을 들었다. 그녀의 재민의 바로 옆에 와서 속살거렸다.

"제가 혼내 드릴까요?"

"당신이 무슨 수로?"

"저 얕보시면 안 돼요, 도련님."

여자는 무척 자신 있다는 듯 주먹까지 쥐고 외친다. 재민은 하하 웃어버렸다.

문득 과거가 떠올렸다.

재민이 어렸을 때, 어디 가서 놀림당하고 왔다고 하면 이 여자가 나서서 해결해 주곤 했다. 여자의 제지는 큰 힘을 발휘했다. 그녀는 이 의원의 힘을 등에 업고 있었으니까. 하지만 그때와 지금은 다르다. 일단 상대가 연화 같은 거물이라는 점에서 그렇다.

"그 '세현'의 외동딸인데. 괜히 건드렸다가 당신이 콩밥 먹게 되면, 영감은 절대 구해주지 않을걸."

오히려 저가 나서서 이 여자를 파묻어 버리려 할지도 모른다. 재민은 비죽거렸다. 재민이 보기에, 이 의원은 충분히 그러고도 남을 사람이었다. 더구나 이 의원의 정치 자금 70%가 세현에서 나온다. 상당한 돈이었기 때문에, 이 의원은 세현 회장 앞에서 납작해졌고, 연화 앞에서도 몸을 똑바로 세우지 못했다.

그만큼 이 의원에게 세현의 돈이 중하다는 의미였다. 그런 세현에서 이 여자를 달라고 하면 이 의원은 일말의 고민도 없이 넘길 거다. 세현에서 들어오는 돈에 비하면 이 여자의 가치는 한없이 낮을 테니 말이다. 이보다 더 현실을 잘 반영한 판단은 없다. 재민의 생각으론 그랬지만, 여자가 납득하지 못했을 뿐이다.

"전 20년 넘게 도련님과 의원님 옆에 있었어요. 설마 이 의원님께서 그리 냉정하게 구시겠어요?"

"그렇게 오래 이 집에 붙어 있었으면서 영감 실체도 몰랐어?"

재민은 여전히 비죽였다.

"그 영감은 세현이 엎드리라고 하면 바로 엎드릴 거고, 발을 내밀면 그걸 핥을 사람이야."

"도련님. 아무리 의원님이 싫으셔도 그런 말은……."

"사실이잖아."

재민은 말을 번복하지 않았다. 여자는 한숨을 쉬었다.

"어쨌든, 난 절대 정치는 안 할거야."

"그럼 어떻게 사실 건데요?"

"글 쓰면서. 평생 혼자서 이렇게 잘, 살 거야."

재민이 주위를 가리켰다. 이곳은 재민의 집이었다. 특별함이라곤 한 조각도 갖추지 못한, 평범한 아파트였다. 구석구석 자리를 차지하고 있는 가구들 중에 값나가는 건 하나도 없고, 화려한 것도 없다. 하지만 재민은 이 모든 것들을 이 의원의 도움 없이 제 손으로 마련했다.

"도련님……."

여자가 작게 울먹였다.

"힘들지는…… 않으세요?"

그러니 여자가 할 수 있는 것은 이런 질문뿐이지만, 그마저도 재민은 달가워하지 않았다.

"엘레베이터 타고 있다 마주치는 사람들한테 물어봐. 힘드시냐고."

"그들과 도련님은 다른걸요."

"어떻게 다른데? 내 피가 파란색이기라도 해?"

재민이가 키득거렸다. 미용사는 재민이를 흘겨보았다.

"됐어요. 그 이야기는 이제 안 할 거예요."

"그러든가."

재민이 입을 닫으면서 아파트엔 정적이 흘렀다. 여자는 마지막으로 재민의 옷매무새를 단장해 주었다. 한결 단정된 모양새를 보며 만족스럽게 웃었다.

"이걸로 끝. 더 잘생겨지셨네요."

"당연하지. 내 얼굴인데."

자화자찬이 자연스러웠다. 웃지 않고 무덤덤하게 말하는 게 저택에 있을 때를 연상케 하는 반가운 모습에 여자는 해죽 웃으며 한마디 덧붙였다.

"연화 아가씨도 반하겠어요."

"그건 아냐."

그 와중에 사실이 아닌 것을 가려낸다. 반박의 태도엔 일말의 망설임도 없다.

"반할 거면 진작 반했겠지. 이제 와서 그럴 리가."

"하지만 그렇게 되길 바라고 계시잖아요?"

"연화는 친구야."

"남녀 사이에 친구가 어딨어요. 애인이라면 모를까."

또 나왔다. 저 고리타분한 방식. 재민은 그녀를 비웃었다.

"꼰대들이나 하는 소리는 집어치워."

"아무렴 어때요."

"아무렴 어떠냔 말로 해결될 상황이야, 이게?"

연화는 내게 조금도 생각이 없는데. 재민은 비릿하게 웃었다.

재민은 연화의 감정이 어떤 것인지 잘 알고 있었다. 늘 옆을 내어주고, 친근하게 굴지만 이성적인 호감은 한 톨도 없다. 물론 제 옆을 떠날까 불안해하긴 하지만 그건 연화 옆에 재민이 외의 친구가 없기 때문이다. 재민 외에 그녀의 외로움을 달래줄 상대가 없어서다.

재민의 역할을 대신해 줄 수 있는 사람이 생기면 연화는 지금처럼 가까이 있지 않을 것이다. 재민은 그걸 잘 알았고, 이용했다. 연화가 저 외의 다른 누구에게도 정을 붙이지 못하게, 교묘하게 은밀한 방식으로 그녀의 옆을 통제해 왔다. 그렇다고 연화 옆에 재민이밖에 없는 것도 아니었으니, 연화의 인간관계는 겉보기엔 멀쩡해 보였다. 그 내밀한 사정은 재민만 알 따름이다.

인간관계에 서툰 연화는 이 상황이 뭐가 잘못된 건지도 모른다. 외려 저 때문에 재민이까지 친구가 됐다고 생각했다.

재민은 언젠가 연화가 했던 말을 떠올렸다.

"네 옆엔 나밖에 없으니까."

중학교 때의 연화는 기묘한 죄책감에 사로잡혀 있었다.

"어머니도, 아버지도, 선생님도. 그 누구도 네 옆에 있지 않아. 네 옆에 있는 건 나밖에 없어. 그래서 널 도와줄 수 있는 것도, 지켜줄 수 있는 것도 나뿐이야. 정말 나밖에 없어."

연화는 자신 때문에 재민의 지위가 떨어졌다고 생각했다. 하지만 재민은 연화를 제외한 인간관계에 집착하지 않았기에, 아쉬울 게 없었다. 그러니 연화의 자책은 그녀 스스로가 만들어낸 망상이었지만 재민은 연화의 착각을 바로잡아 주지 않았다. 부러 불안을 부추겨 사실로 믿게 했다.

"그래. 너밖에 없어."

연화는 중학교 때까지 쭉 혼자였다. 그녀는 친구를 사귀는 법을 잘 몰랐다. 그래서 인간관계 구축을 어렵게 생각한다. 늘 사람 사이에 휩싸여 있던 재민에게, 이 상황은 일시적인 고착 상황으로 보였지만 연화의 눈엔 모든 것을 잃고 나락으로 떨어지는 것처럼 보였던 모양이다.

연화는 그 모든 것이 저 때문이라고 생각했다. 죄책감에 휩싸인 연화는 절대 재민을 떠나지 않는다. 재민의 옆에 사람이 바글바글 모여드는 지금도 그녀는 먼저 재민을 떠날 수 없다.

"그리고 난 이 관계로 만족하고 있어."

어차피 연화는 애인을 가질 수 없다. 그녀 옆에 재민보다 더 친밀한 남성이 없어서이기도 하지만, 가장 큰 이유는 연화에게 여유가 없기 때문이다.

연화는 홍 회장이 내린 시험을 통과하느라 바쁘므로 애인 같은 것을 가지고 싶어 할 리 없다. 이 점은 홍 회장 또한 마찬가지이다. 그는 딸이 자신의 왕국을 물려받아 돈과 기업을 위해 합리적인 판단을 내릴 수 있는 돈의 여왕이 되기를 원하니까. 그러는데 애인이나 남편 같은 건 불필요했다. 의지할 수 있는 사람이 생기고 부양해야 할 가족이 생기면 판단력이 흐려진다고 생각하기 때문이다.

연화 또한 자신이 쥐고 있는 게 뭔지 알고 있고, 그 왕좌를 가지기 위해 최선을 다하고 있다. 왕좌에 방해가 되는 것은 그녀 스스로 쳐 낼 것이다. 그러면 당연히 연화는 결혼하지 않으려 할 테고, 하더라도 왕좌에 어떤 해도 끼치지 않을 자를 맞이하려 할 것이다.

그런 부류는 딱 둘이다. 연화에게 어떤 영향력도 미치지 못할 정도로 볼품없는 집안을 가지고 있거나, 세현처럼 큰 그룹을 등에 업고 있어 필요할 때 도움과 협력을 받아낼 수 있는 자. 그래서 이득이 되는 자. 하지만 공교롭게도 재민은 둘 중 어느 쪽도 아니었다. 도리어 거치적거리는 쪽에 가깝다.

하지만 지금도 연화는 재민에게 많은 부분을 의존하고 있다. 연화가 재민과 깊은 관계가 되면 의존도는 깊어질 것이다. 만일 그런 상황이 올 경우, 홍 회장은 절대 좌시하지 않고 무슨 수를 써서든 재민을 연화 옆에서 끌어내리려 들 것이다. 그리고 홍 회장이 재민을 사윗감으로 탐탁지 않아 하는 이유는 하나 더 있다. 자신의 아버지인 이 의원 때문이다.

홍 회장은 이 의원에게 정치 자금을 지원하는 그 외의 어떤 편의도 봐주지 않고 있다. 그렇기에 이 의원은 홍 회장이 언제 저에게서 돈 줄을 끊을까 불안해하면서 그의 눈치를 보고 있는 상황이다.

이 상태는 홍 회장에게 나쁠 것이 하나도 없다. 홍 회장에겐 이 상태를 길게 유지하는 게 이득인데 굳이 이 의원의 아들을 사위로 맞아들여 그에게 안정감을 줄 이유가 없다. 애초에 연화의 옆자리는 저의 자리가 아니었다. 재민은 익히 그걸 알고 있었기 때문에 탐내지 않았다.

"그러니까 영감탱이에서 가서 전해. 헛꿈 꾸지 말라고."

하지만 이 의원은 생각이 다르다. 재민과 연화와 친구가 될 때부터 망상을 하더니 요즘은 정도가 심해진 듯하다. 가끔 이 의원 집에 드나드는 게 다인 이 여자까지 이런 말을 할 정도니 말 다 했다.

"너도 이 의원 피 오래 빨아먹고 싶으면 처신 똑바로 하고."

하지만 그런 말이 새어 나와 홍 회장 귀에 들어가면 하등 좋을 게 없기에 재민은 확실한 쐐기를 박았다. 여자가 너무하다는 얼굴로 쳐다봤지만, 재민은 같잖다는 웃음을 흘렸다.

진짜 억울한 게 누군데.

구두를 신으며 나갈 준비를 하던 재민이 슬쩍 뒤를 돌아보았다. 여자가 아직 가지 않고 서 있었다. 그렇다면 한마디 더 해도 되겠지.

재민이 씩 웃었다.

"그리고 하나 덧붙이겠는데."

경고의 눈빛을 알아본 것일까. 여자가 움찔한다.

"오늘은 알고 지낸 정이 있어서 문 열어줬지만, 다음부턴 절대 그러지 않을 거야. 복도에서 탈수증으로 죽고 싶은 게 아니면 찾아오지 마."

이 여자는 오랫동안 재민 옆에 있으면서 많은 도움을 줬던 사람이라 내치는 게 쉽지는 않았다. 하지만 그녀가 아버지의 사람인 게 확실한 이상, 재민은 그녀와의 인연을 끊어내야 했다.

"소란을 피우면 경비나 경찰을 부를 테니 그리 알고."

재민은 멍하니 서 있는 여자를 스쳐 지나갔다.

멀리서 엘리베이터가 도착하는 소리가 들렸다.

재민은 파티장 한구석에 서 있었다.

파티 시작 시간이 되지 않았는데도 파티장에 모인 사람은 많았다. 얼핏 봐도 백은 넘어 보인다. 테이블과 의자 수만 봐도 상당한 규모였다.

세현에서 열렸던 파티 중 가장 큰 규모였다.

놀랍지만, 이해는 됐다. 이번 파티에서 홍 회장은 마지막 시험의 결과가 발표되니까. 연화가 홍 회장의 후계자로 처음 소개되는 곳이 이곳이란 의미였다. 여러모로 중요한 의미를 가진 파티니, 규모가 작아선 안 되었다.

재민은 이런 기쁜 날, 누구보다 먼저 연화를 만나 축하해 주고 싫어 주위를 두리번거렸다. 하지만 연화를 찾기도 전에 엉뚱한 사람이 그에게 먼저 접근했다.

재민은 어깨가 잡히는 걸 느끼며 뒤를 돌아보았다.

"이재민 군?"

머뭇거리는 말투와 달리 재민 앞을 가로막는 태도엔 확신이 가득했다. 재민은 그를 위아래로 훑었다. 10초 만에 남자의 정체를 기억해 냈다.

"진 사장님이시군요."

진현민 사장.

세현에 비하면 작은 회사 하나를 가진 남자다. 그래도 사업이 안 되는 편은 아니라 나름 풍족한 삶을 누리고 있는데, 더 많은 것을 얻고 싶은지 힘 있어 보이는 자들에게 달라붙으려 했다. 이 의원도 그중 하나였다. 이 의원 또한 홍 회장의 피 빨아먹는 진드기일 뿐인데. 홍 회장과 같이 있다고 거물로 보였나 보다.

기업인 주제에 실세 파악도 못할 정도로 멍청하고, 입만 열었다 하면 속 보이는 아부나 한다. 재민은 진 사장이 싫었지만 일단 예의는 차려주기로 하고는 마주 보며 웃었다. 가식이었지만 진 사장은 눈치채지 못했다.

"허허. 재민 군이 웃으니 얼굴이 번쩍번쩍 빛나는 게. 참 미남이다 싶어. 저기 있는 아가씨들이 다 재민군만 보고 있는데. 알고 있나?"

'알게 뭐야. 여자 열이든 백이든. 연화가 아니면 무슨 의미가 있는데.'

재민은 짜증을 감추기 위해 더 밝게 웃었다.

"제가 보기에 저 아가씨들, 진 사장님 보고 있는 것 같은데요."

"거 사람도 참. 허허. 그럴 리가 없잖나. 이런 늙다리 아저씨 어디가 좋다고."

입으로야 아니라고 하면서 실실 웃으며 좋아하고 있는 게 보였다. 남에겐 심심하면 되도 않는 아부를 하더니, 정작 본인은 이런 아부에 약한 모양이다.

재민은 눈을 가늘게 떴다. 닳고 닳은 남잔 줄 알았더니, 의외로 순수한 면이 있는 것에 어쩐지 흥미가 생긴 재민은 테이블에 있던 잔 하나를 진 사장에게 건네주었다.

"고맙네."

진 사장은 넙죽 받고는 잔의 절반쯤을 채우고 있던 술을 단숨에 들이켰다. 그래서 그런지 별로 독한 술도 아닌데 진 사장의 얼굴이 붉어졌다.

"주당은 아니시군요."

"음? 아……. 벌써 올라왔나? 하하. 그렇네. 내가 좀 그런 편이지. 아버지도 그렇고 할아버지도 그랬으니까. 내가 술 못하는 건 유전이야. 그나저나 이거…… 세 잔 마시면 여기 드러눕겠어."

진 사장이 잔을 보고 키득거리다 재민을 흘끔거리더니 감탄했다.

"그런데 재민 군은 술이 센 것 같군. 아주 멀쩡해 보이는데."

"저는 잘 안 취하는 편이라서요."

테이블에 올려진 술들은 모두 도수가 낮은 과실주들이다.

이런 파티는 친목을 위한 공간이지, 취할 때까지 마시는 술집이 아니기에 어느 정도 파티가 무르익을 때쯤이야 독한 양주들이 나오기도 하겠지만, 지금은 아니다. 하지만 이렇게 말하면 이 남자는 무안할 테고, 그렇다면 재민은 이 흥미로운 남자를 제대로 관찰하지 못하겠다는 생각에 대강 머리를 굴려 적당한 말을 내뱉었다.

"제 체질도 진 사장님처럼 유전인가 봅니다. 제 아버지께선 술이 세시거든요."

"그거 부럽군. 나나 집사람이나 술은 영 못해서. 이런 자리는 늘 곤욕이야."

"결혼…… 하셨습니까?"

재민은 의아한 눈으로 진 사장을 쳐다보았다. 꽤 규모 있는 파티에서 혼자 서 있기에 당연히 싱글이라 생각했다.

"내 나이가 몇인 줄 아는가, 재민 군? 자그마치 마흔셋이야, 마흔셋! 이 나이에 결혼을 안 한 게 이상하다고 생각하진 않나? 우스갯소리 같지만, 여우 같은 마누라에 토끼 같은 자식까지 있네."

"그럼 왜 혼자 오셨습니까?"

"우리 꼬맹이가 이제 한 살이라서 말이야. 이런 자리에 데려올 수 있는 상황이 아니야. 그래서 마누라쟁이도 집에 있어. 애 본다고."

"자제분을 아끼시고 계신 것 같은데. 그냥 집에 계시지 그러셨습니까. 한창 예쁠 때인 것 같은데."

진 사장이 으하하 웃고는 비틀거리며 테이블로 걸어가 빈 잔을 채우고 다시 재민에게 걸어오는 폼은 명백히 취한 사람의 것이었다. 그런데도 그는 멈추지 않고 빠른 속도로 두 번째 잔을 비웠다.

"그렇지. 자그마한 게 참 예뻐. 그래서 나도 집에 있고 싶었는데. 그런데 말일세……."

진 사장이 홀 한중간을 눈짓했다. 그곳에 부하 직원 서넛에게 지시를 내리는 홍 회장이 있었다.

"다른 사람도 아니고 세현인데. 내 회사에 어마어마한 외주를 넣어주는 곳인데. 그곳에서 주는 초청장인데 안 올 수가 없잖나. 와야지. 와서 특별히 하는 일이 없다고 해도…… 괜히 밉보이거나 해서 밥줄 끊기면 안 되니까. 아니, 밥줄만 끊길까.”

진 사장이 큰 소리로 말했기 때문에 많은 사람들이 돌아보았는데도 그는 말하는 데 거침이 없었다. 취해서 사태를 파악하는 눈이 흐려진 모양이다.

“회사를 차리겠다고 집을 담보로 잡았네. 그리고 돈을 빌렸지. 5억이나 빌렸어. 그러니까 회사 날아가면 집도 날아가는 거야. 나랑 마누라랑 꼬맹이랑 다 길바닥에 나앉는 거라고.”

그러니 나는 필사적일 수밖에 없어! 라고 진 사장이 부르짖었다. 먹고살기 위해서는 어쩔 수 없다는 외침이 퍽이나 절박하게 들렸지만 재민에겐 와닿지 않는 이야기였다.

재민은 심드렁한 얼굴로 제 잔을 비웠다.

술에 취한 사람을 대하는 건 성가신 일이었지만, 여기선 재민이 이 남자의 상대를 해줄 필요는 없었다. 파티장 구석엔 소란을 막기 위한 경호원들이 대기 중이기 때문이다. 취객 관리는 그들의 몫이었다. 재민은 벌써 이상을 눈치챈 경호원들이 이쪽으로 오고 있어 벨을 누르려던 손을 슬그머니 내렸다.

그들이 진 사장을 둘러쌌다.

“모시겠습니다.”

진 사장은 취하지 않았다는 말로 소란을 키우지 않고 순순히 경호원들을 따라 발을 옮겼다. 그러다 슬쩍 뒤를 돌아 재민에게 손 인사를 했다. 재민은 고갯짓으로 대강 인사를 받아주었다. 그렇게 진 사장이 사라지자 재민의 옆엔 아무도 남지 않게 되었다. 재민은 홀로 잔을 채웠다 비웠다를 반복하니 따분하고 지루했다.

재민은 말 붙여볼 가치가 있는 사람이 있나 주위를 둘러보다 웬 여자와 눈이 마주쳤다. 처음 보는 여자가 유혹의 미소를 지으며 손을 까딱까딱한다. ‘대단치도 않은 여자의 유혹이나 받다니.’

라고 하듯이 재민의 눈이 비웃자 여자는 얼굴을 붉히더니 다른 자리로 가버렸다. 여자 옆에 서 있던 일행들도 우왕좌왕하더니 흩어졌다.

재민은 사람들의 얼굴을 확인했다. 모두 제각각의 얼굴을 하고 있지만, 연화의 얼굴은 아니었다.

재민은 시간을 확인했다.

파티가 공고된 8시에서 5분이 지난 시각인데도 연화는 보이지 않았다. 어디에서도 찾을 수 없었기에 뭔가 이상했다. 홍 회장도 파티장을 누비고 있는데 연화만 없었다.

'분명 내가 잘못 본 거겠지, 아니면 놓친 곳이 있거나.' 싶은 재민은 파티장 구석구석부터 천천히 살피느라 옆에 사람이 다가오는 걸 몰랐다.

"누구 찾나?"

불쾌한 목소리였다. 눈을 감아도 목소리의 주인을 알 수 있어, 재민은 오만상 찌푸리며 옆을 보았다. 언제 봐도 기분 나쁜 면상 하나가 옆에서 히죽 웃고 있었다.

"어쩐 일입니까."

"굉장히 딱딱하군. 뭐, 넌 늘 그랬지만."

"제 성격이 좀 거지 같아서 말입니다. 당신 따위와 사이좋게 웃으면서 대화를 나눌 수 있을 만큼 속이 넓지도 않구요."

재민은 그를 비웃었다. 화려한 슈트를 휘감고 있는 남자지만, 그는 여기 있는 사람들 중 가장 보잘 것 없는 남자였다. 무시해야 할 자이기도 했다.

그의 이름은 홍진수.

연화의 사촌 오빠지만, 같은 혈통이라는 게 믿어지지 않을 정도로 잔인한 남자였다. 못된 놈이기도 했다. 그는 연화의 자리를 뺏기 위해 끔찍한 일들을 자행했다. 제삼자인 재민까지 치가 떨리게 하는 것들이었다. 연화는 이 쓰레기 덕분에 많이 울었다.

그런데도 이 남자가 살아 있는 건 양친의 재산과 잔머리 덕분이다. 홍 회장이 연화의 발전에 그가 필요하다고 생각하기도 했고, 하지만 오늘은 이 남자가 탈락하고 연화가 합격되는 날이다.

연화를 피눈물 나게 했던 이 남자의 가치가 사라지는 날이기도 하다. 오늘을 기점으로 홍진수는, 세현을 물려받을지도 모르는 남자에서, 세현을 물려받지 못한 남자로 전락할 것이다.

재민은 이 남자에게 더 대꾸할 가치도, 그를 상대해야 할 필요도 느끼지 못했다.

"제가 싫으시면 다른 곳으로 가보시죠. 만날 사람이 많을 텐데요."

재민은 귀찮다는 시선을 보낸 뒤 근처에 놓인 의자에 털썩 앉아버렸다.

무시의 의미였다. 자존심 강한 진수에겐 견디기 힘든 모욕이었을 텐데 그는 떠나지 않았다. 외려 재민 옆의 의자를 당겨 앉았다.

"네 녀석은 내 앞에서만 그렇게 싸가지가 없어지지."

하지만 아무렇지 않은 건 아니었나 보다. 으르렁거리는 진수의 목소리에선 분기가 느껴졌지만, 재민은 피식거렸다.

"안 좋게 봐주셔서 감사합니다. 일부러 그런 거였거든요."

"그딴 건 나도 알고 있어!"

진수는 코앞의 과실주를 병째로 들이켜고는 빈 병을 던지듯 내려놓으면서 재민을 돌아보았다. 재민은 더없이 우아한 행태로 잔을 비우고는 진수를 보며 경멸스러운 시선을 던졌다. 호감이라곤 한 톨도 없이, 순수한 적의만 가득했다.

이런 눈이 싫은 게 당연했다. 덩달아 적의를 가지는 게 마땅한데도 진수는 재민이 마음에 들었다. 정확히 말하자면, 그의 신의가 마음에 들었다. 이해득실 따지지 않고 연화 한 명을 위해 무엇이든 할 수 있는 충성과 열정이 부러웠다. 그걸 가지고 있는 연화가 부러웠고, 그를 연화에게서 빼어오고 싶어 몸이 근질근질했다.

진수는 재민의 턱을 잡고 자신의 눈높이까지 내렸다. 그의 눈에 아까보다 경멸이 더 짙어졌다. 그 모습마저 역시 마음에 들어 진수는 웃었다.

"난 네가 늘 그딴 식으로 날 쳐다봐서…… 정말 마음에 들어."

"전 당신이 그딴 식으로 생겨서 정말 싫어합니다."

재민은 인상을 쓰며 진수의 손을 떼어냈다. 잠깐이라도 진수에게 붙잡혔던 곳이 불쾌하여, 손수건으로 벅벅 문지르며 일어서자 진수가 덩달아 일어섰다. 그러자 진수가 당연하다는 듯 재민을 따라왔다.

"뭡니까."

"내가 말했지 않나. 너 마음에 든다고."

재민은 미묘한 얼굴로 진수를 쳐다보았다. 몇 초 뒤, 재민이 고개를 절레절레 저었다. 어이없다는 미소는 덤이다.

"당신의 하잘것 없는 고백 참 잘 들었습니다만. 안타깝게도 저는 게이가 아니라서요. 받아줄 수가 없겠는데요."

"장난치지 말고 진지하게 말해봐. 기왕이면 내가 좋아하는 말로."

"전 장난친 적 없습니다. 여태까지 당신 앞에서 하는 건 모두 진담이고 진심입니다. 그리고 제가 왜 당신이 좋아하는 말을 해야 합니까."

안 그래도 싫어 죽겠구만. 재민은 신경질적으로 진수를 노려보다 몸을 홱 틀었다. 이 얼굴보다는 연화의 얼굴이 보고 싶었다.

언제나 웃음과 희망을 주는 그 얼굴이 필요했다.

재민은 빠른 걸음으로 걷기 시작했다. 진수가 따라오지 않길 바랐지만, 그는 끈질겼다. 재민과 일정 거리를 유지하며 졸졸 따라오기 시작했다. 재민이 부러 파티장을 한 바퀴 돌았는데도 진수의 걸음은 멈추지 않았다. 덕분에 재민과 진수는 1시간 만에 파티장의 유명 인사가 됐다.

수군거리는 목소리 끝에 재민이 먼저 발을 멈췄다. 저와 똑같이 발을 멈추는 진수를 보자 참을 수 없어 재민은 진수에게 와락 달려들어 멱살을 잡았다. 재민보다 키가 작은 진수가 허공에 매달렸다.

"죽고 싶습니까."

"기왕이면 너랑 오래도록 함께이고 싶은데."

진수는 싱글벙글 웃었다. 재민은 결국 그를 치지 못하고 내려놓았다. 싸움을 일으키면 경호원들에게 제지당해 끌려 나갈 터였다. 그런 결말은 원하지 않았다.

재민은 답답한 속에 술을 연거푸 퍼 넣으면서 생각했지만 도무지 진수의 의중을 파악할 수 없었다.

결국 재민은 술잔을 내려놓았다.

"이러는 이유가 뭡니까."

"네가 필요해."

돌직구에 걸맞은 대답이었다. 하지만 이해는 되지 않았다. 재민은 인상을 찡그렸다.

"그러니까, 왜?"

입 밖에 내는 순간 퍼뜩 재민의 머릿속을 스쳐 지나가는 생각이 있었다.

"내가 연화의 사람이라서?"

순간 진수의 눈 속에 당혹감이 떠올랐다 지나갔다. 찰나였지만 진수와 마주 보고 있는 재민은 알아챌 수 있었다.

재민은 주먹을 꽉 쥐었다. 이 남자의 생각이 기가 막혔고, 화가 났다.

"그렇게 연화의 것을 빼앗아놓고 아직도 모자랍니까? 부족해요?"

"부족한 게 당연하잖아. 연화는 나보다 많이 가지고 있는데."

"미친 놈."

재민은 다시 진수의 멱살을 부여잡았다. 도저히 참을 수가 없었다.

"연화는 당신 때문에 어머니를 잃은 데다, 학창시절 내내 외톨이어야 했습니다. 그렇게 불쌍하게 만들어놓고, 뭘 자꾸 탐을 내는 겁니까! 그녀는 당신 때문에 충분히 불행해했어!"

"하지만 세현 그룹이 그녀의 것이고, 홍 회장도 그녀의 것이지. 그런 여자 어디가 그렇게 불쌍하지?"

진수가 차분하게 말했지만 재민은 격양된 마음을 가라앉힐 수 없었다. 재민의 주먹이 높게 솟아 있던 진수의 콧날을 쳤다.

"그래. 애초에 당신의 것이 아니었죠. 그럼 탐내지 말았어야지. 이게 무슨 추탭니까."

"그래도 갖고 싶어서 탐내었는데. 그게 무어가 잘못됐나?"

얄미운 말투였다. 저는 떳떳하다 말하는 폼은 정말 재수가 없었다. 재민은 이를 갈았다. 이 남자를 흠씬 두들겨 패도 분이 풀리지 않을 것 같아 재민이 다시 주먹을 들었지만, 뒤에서 제지의 손길이 있었다. 경호원들이었다. 그들이 재민과 진수를 떼어놓고서 상황을 정리하기 위해 나섰다.

"이러시면 곤란합니다. 아무리 이 의원님 자제분이라 해도 더 이상의 소란은……."

"괜찮아. 내 일행이야."

"예?"

경호원들은 세현 그룹 쪽의 사람들이다. 진수에게 약한 게 당연했다. 그들이 머뭇거리면서 진수의 눈치를 보았다. 진수는 웃으며 손을 내저었다.

"오해가 있었을 뿐이니 이제 문제없을 거야. 가봐."

경호원들은 진수에게 꾸벅 인사를 한 뒤 사라졌다. 재민은 진수를 다시 놓아주고는 푸우 한숨을 쉬었다.

"고맙다는 말은 안 하겠습니다."

"사람 죽일 것 같은 눈으로 그런 말 하면 무서워. 나도 그런 건 안 듣고 싶고."

진수가 어깨를 으쓱이며 웃자 재민은 어이가 없었다. 이제 그보고 그만 따라오라는 말도 못 하겠어서 재민은 그냥 의자에 앉았다. 좀 돌아다닌 것도 노동이라고 다리가 짜르르한 통증을 호소했다.

재민이 앉자 진수 역시 앉았다. 재민은 진수를 흘겨보며 물었다.

"언제까지 이런 수고를 들이실 겁니까."

"파티가 끝날 때까지?"

재민은 어이가 없었다. 이제 파티가 시작됐는데. 무슨 소릴 하는 건가.

"이놈의 파티가 언제 끝날 줄 알고……."

"30분 뒤."

당연히 몇 시간 뒤일 텐데. 진수는 확답했다.

"그 정도는 긴 시간도 아니지 않나? 내 말이 의심스러우면 기다리면 돼."

너랑 있으면 1분도 길어.

재민은 진수를 째려보던 시선을 틀었다. 술 대신 물컵을 들어 목을 축였다.

30분.

기다리는 건 정말 싫지만 못 기다릴 것도 없었다. 재민은 시계에 눈을 맞추고 시침이 움직이는 걸 바라보다, 이따금씩 고개를 돌려 연화를 찾았다.

연화는 이 파티의 주인공이다. 그녀가 오지 않으면 파티는 취소될 텐데. 왜 아직도 안 오는 건지……. 문득 든 생각에 재민은 진수를 쳐다보았다. 무표정한 얼굴이었지만, 어딘가 모르게 즐거워 보였다.

설마!

재민의 눈동자에 불안이 차오르기 시작했다. 그러는 사이 파티장이 소란스러워지기 시작했다. 가장자리부터 침식한 소란은 재민과 진수를 넘어 중앙에 있던 홍 회장에게까지 닿았다. 홍 회장의 미간이 구겨지더니, 그가 외쳤다.

"연화는 어디 있지?"

재민은 불안감이 사실이 되는 것을 느꼈다. 캄캄해진 앞이 보기 싫어 눈을 감아버렸다.

홍연화가, 실종됐다.

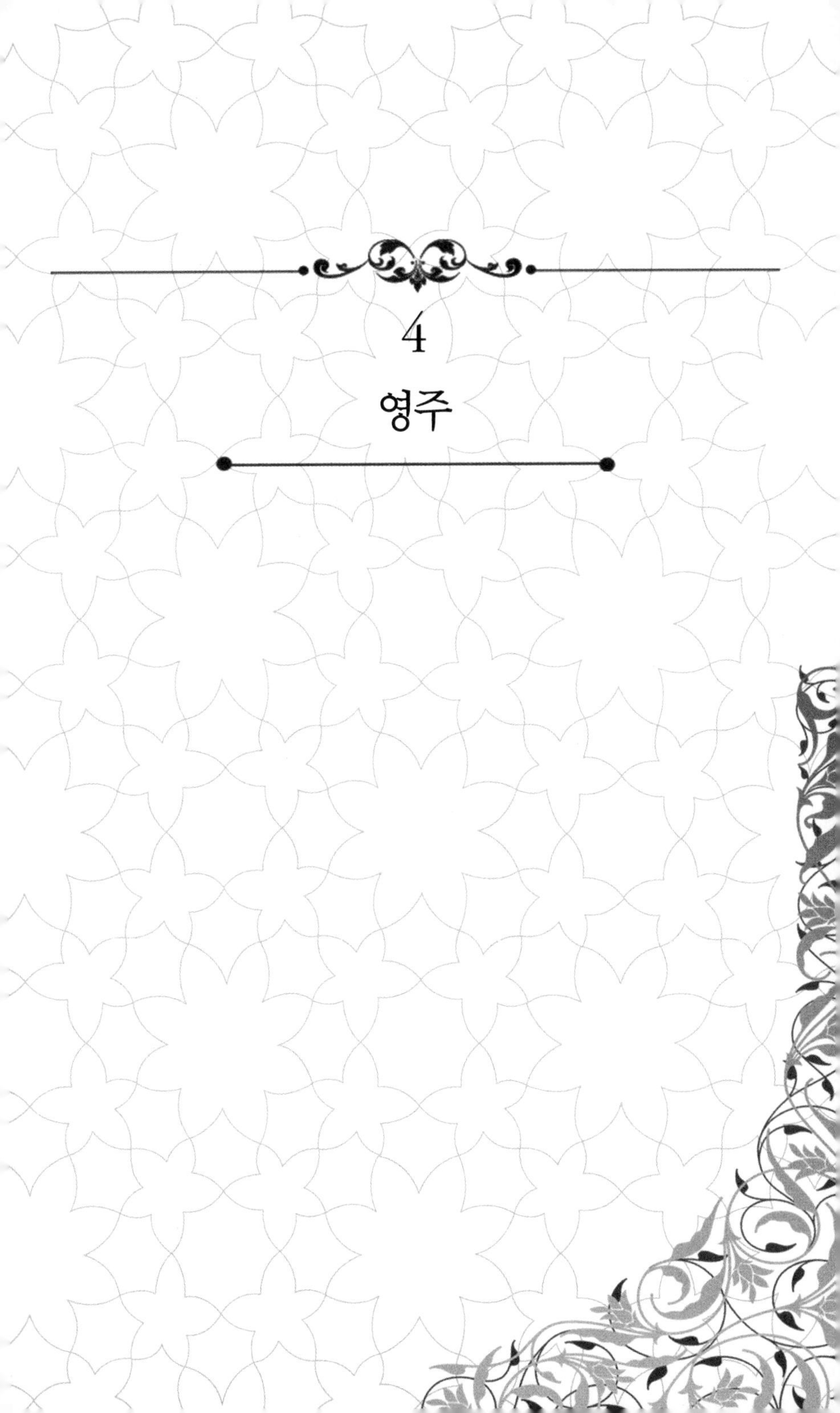

4

영주

“식사부터 하지.”

테일러는 소란을 잠재우기 위해 두 손을 들어 모든 사람들의 입을 한 번에 막으며 한마디 했다. 테일러 뒤에 앉아 있던 영주 역시 고개를 끄덕였지만 연화는 그러고 싶지 않았다. 눈앞에 엿을 먹여주어야 할 자들이 둘이나 있었다. 자제해야 할 필요가 있을까. 마주 앉아서 밥 따위를 씹을 이유도 없었다. 식탁을 뒤엎어 버린다면 또 모를까.

이런저런 감정이 뒤엉켜 연화의 머리를 복잡하게 만들었다. 당혹감이나 분노가 큰 만큼, 태연함이나 초연함을 갖출 수 없었다.

“전 별로 그러고 싶지 않은데요.”

연화는 삐딱한 미소를 흘렸다.

“이자들이 뭐라고 그렇게 반응하는 건가.”

테일러는 무감하게 한 마디 했다.

연화는 냉정히 상태를 파악하기 위해 눈을 굴렸다.

엘렌과 샤먼은 저에게야 큰 의미를 가지는 자들이지, 테일러의 눈엔 영주와 친분이 있는 상인에 불과하다. 그들을 보고 기겁하는 저는 무척 괴이해 보일 거고. 연화는 일단 차분히 이 상황을 관망하기 위해 노력했다. 평온히 앉아 있는 영주에서부터 시작해 무뚝뚝한 테일러와 엘렌과 샤먼까지 식탁에 앉은 모든 사람들을 살펴보았다.

자신이 잘못 알고 있는 게 아니라면, 엘렌은 이 자리에서 처음 테일러를 만나는 거였다. 명색이 남주인공과 여주인공의 첫 만남인데 로맨틱한 감이 너무 없었다. 물론 그럴 상황이 아니기도 했지만, 일단 엘렌과 샤먼이 너무 놀란 게 문제였다.

셀리나와 마주쳤다는 게 어지간히 쇼크인지, 입 밖에 내선 안 될 비밀도 스스로 주절거리고 있었다. 연화는 헛웃음을 지었다.

엘렌과 다시 만날 수 있을 거란 생각은 안 했지만, 만나더라도 이런 식의 재회는 이루어질 거라 생각지 않았다. 셀리나는 소설 초반에 이름만 나올 정도로 비중 없는 엑스트라니까. 마주치더라도 두 사람이 기억 못 할 줄 알았다.

퍽이나 감격스러운 재회였다. 셀리나가 그들의 기억에 남을 정도로 어떤 약점이 되었다는 것이니까. 연화는 씩 웃었다. 그렇다면 기꺼이 기대에 부응해 줄 생각이었다.

제 방식대로.

"테일러 씨. 이 사람들이 이러는 이유. 궁금하죠?"

"그렇지 않다면 거짓말이겠지. 그래. 식사까지 무르고 싶을 정도로 무척 궁금해."

판은 깔아졌다. 연화는 식탁 가까이 걸어갔다. 그녀는 제게 많은 이목이 쏠리는 것을 느꼈다.

"그렇다면 제가 도움을 드리죠."

짝짝.

연화는 이목을 모으기 위해 손뼉을 쳤다.

"지금부터 두 가지 이야기를 할게요."

"이야기?"

여태 아무 말 안하고 있던 영주까지 관심을 보였다. 연화는 고개를 끄덕였다.

"그래요. 이건 이야기에요. 저와 얼굴은 똑같은데 그 외의 것은 완전히 다른 두 사람의 이야기예요."

마음 같아서는 엘렌과 샤먼에게 엿만 먹이고 싶었지만, 그건 제 미래에 아무 도움이 되지 않는다. 그러느니 제 실속을 챙기는 쪽으로 움직이는 게 낫지 않을까. 물론 그 과정에서 엘렌이 사용하게 될 것을 빼앗아오게 되니, 엿을 먹이는 건 마찬가지였다.

현 영주가 엘렌을 카턴 상단주 남매로 알고 있을 때 사용할 수 있는 지금이, 그 물건을 뺏기 좋은 때였다. 연화는 모두를 보면서 손가락을 하나 접어 올렸다.

"첫 번째는 어떤 상단주의 첩 사이에서 난 아이예요."

'첩' 이야기에 하녀와 병사들까지 관심을 가지는 게 보였다.

카로틴 제국법 상 귀족만 첩을 들일 수 있도록 되어 있기에. 때문에 첩이란 단어는 곧 귀족들의 세계를 의미했고, 첩과 관련된 이야기는 죄다 흥미로운 스캔들을 물고 있었다. 그러니 첩 단어만 꺼내도 귀를 기울이는 사람이 많은 건 당연했다. 그들이 바라는 스캔들은 치정과 관련된 것이고, 그녀가 말하려는 것은 그런 게 아니었다.

연화는 실망할 몇몇의 얼굴을 바라보며 입을 열었다.

"그 아이 형편은 참 고달팠어요. 어머니는 첩이라 준귀족으로 대우받아서 잘 먹고 잘살았는데, 아이에게까지는 그 혜택이 내려오지 않았거든요. 아이의 어머니가 노예였기 때문일까요? 아이는 어린 나이부터 일을 해야 했고, 주변 사람들은 첩의 자식이라고 아이를 손가락질했죠. 괴롭히는 사람도 있었어요. 그래도 아이의 아버지가 살아 있을 때는 숨은 쉴 수 있었어요. 상단의 노예들이나 먹는 형편없는 음식들을 먹으면서요. 그랬는데……."

연화는 셀리나의 손이 어떤 모양새인지 알았다. 셀리나의 손만 보면 그녀가 얼마나 고된 노동을 하며 살았는지 알 수 있다. 12살짜리가 가질 손이 아니었다. 다행스럽게도 셀리나의 손이 작은 데다, 사람들은 그녀에게서 떨어져 있었다. 그들에겐 셀리나의 손이 안 보였다. 그래도 조심은 해야겠지.

연화는 모든 자들의 이목이 손에 실리지 않게 조심하면서, 턱으로만 샤먼을 가리켰다.

"아버지께서 돌아가시자마자 상단을 카로틴 제국으로 옮긴다더니. 글쎄, 저 사람이 혼 왕국과 제국을 넘는 길목에 저만 혼자 내버려 두고 간 거예요. 거기서 죽어버리라고."

"그건 사실이 아닙……."

샤먼이 한 박자 늦게 일어나 연화의 입을 막으려 들었다. 연화는 카를을 보았다. 그는 바로 그 시선의 의미를 알아채고는 연화 대신 샤먼을 제지했다. 샤먼은 카를의 악력에 밀려 다시 제자리에 앉았다. 연화는 쿠당탕 요란한 소리를 흘려들으면서 테일러와 시선을 맞췄다.

"테일러 씨도 기억하실 거예요. 제가 어디에 있었는지."

테일러는 긴 생각 없이 바로 대답했다.

"황무지에 있었지. 아이가 혼자 남겨져 있을 곳이 아니었어."

"맞아요. 그리고 보통, 그런 상황에 혼자 남겨진 아이는 죽기 십상이죠."

연화는 슬픈 듯 말끝을 내렸다가, 다시 올렸다. 희극 배우처럼 과장된 목소리를 내며 움직였다.

"하지만 그 아이는 살았어요. 마음씨 좋은 카를을 만났거든요. 그는 동정과 자비가 넘치는 사람이라서 황무지에 혼자 남겨져 있던 아이를 외면하지 못했어요. 그는 셀리나를 돌봐주면서 함께 카로틴 제국으로 넘어왔죠."

진실에 가장 가까운 이야기였다.

연화는 긴 말을 한 뒤, 바로 앞에 보이는 물 잔을 집어 들이켰다. 엘렌의 것이었는지 그녀가 불만스러운 시선을 보내왔다. 연화는 모른 척 그녀에게 빈 잔을 돌려주었다.

엘렌이 잔을 세게 움켜쥐는 걸 보면서 연화는 다시 이야기를 시작했다.

"여기까지 첫 번째 이야기였고. 이제 두 번째예요."

연화는 다시 카를을 보았다. 그에게 손짓하자 그가 쪼르르 걸어와 그녀 뒤에 섰다. 얼마 전까지만 해도 연화는 그더러 왜 따라오느냐 투덕거렸었다. 그러나 지금의 연화는 그가 필요해서 이용하려 하고 있었다. 연화는 이런 자신이 이기적이라는 것을 알기에 치가 떨렸고, 카를에겐 한없이 미안했다.

하지만 연화도 어쩔 수 없었다. 이곳에서 저가 조금이라도 편안한 방식으로 살아남기 위해선 카턴 상단주 첩의 자식보다는 온전한 귀족 영애라는 타이틀을 얻어야 했다. 고대 시대에서부터 귀족과 평민의 차이가 컸듯, 재민이 만들어낸 소설 세계도 다르지 않았다.

귀족들은 평민들을 저와 같은 눈높이에 두지 않았다. 깔보고 짓누르려 애를 썼다. 시간이 많았다면 이 세계를 갈아엎기 위해 노력할 수도 있겠지만, 연화는 당장 제 세계로 돌아가는 게 급했다.

신분제가 있는 이 세계의 틀을 유지하면서 잘 살려면 높은 신분을 얻어야 했다. 엘렌과 샤먼이 나를 괴롭히지 못하도록. 최소 그들 앞에서 고개 빳빳이 들고 숨 쉬어도 칼 맞아 죽진 말아야 하지 않겠는가.

1달 전 셀리나라면 어림도 없을 이야기다. 하지만 국경지대를 넘어오면서 테일러는 셀리나를 귀족으로 만들었고, 카를은 그녀를 귀족 아가씨처럼 대했다. 그렇게 정황은 완성되어 있고, 거기에 엘렌과 샤먼이 작대기만 하나 더 올려주면 모든 게 완성된다.

연화는 손가락을 하나 더 펼쳐 보였다.

"두 번째 아이는 첫 번째 아이와 달리 고귀한 신분을 가지고 있어요."

연화는 이야기에 맞추어 고고한 자세를 취했다. 테일러를 흉내 낸 것이었다. 셀리나의 몸으로도 자연스러워 보일지, 조금은 염려가 됐다.

"아이는 제국 출신 귀족이었고, 개인적인 용무로 혼 왕국에 있었어요. 그러다 모든 일을 끝내고 제국으로 넘어가고 싶어 했어요. 그러던 중 카턴 상단을 만났고, 마침 카턴 상단과 행선지가 같다는 걸 알게 됐죠. 그래서 아이는 그들과 함께 제국을 넘어가기로 했어요. 물론 카를과 함께요."

"……음."

"아이와 카턴 상단은 제국으로 가는 길목 중반까지는 함께 왔는데, 어머나. 실수로 아이와 카를만 엉뚱한 길에 들어서서 상단을 놓친 거예요. 그래서 아이는 카를과 함께 둘이서라도 제국으로 넘어가자고 계획을 세웠어요. 그러다 테일러 씨를 만났죠."

테일러는 잠시 생각에 잠겼다. 동시에 식당 안엔 정적이 가라앉았다. 엘렌과 샤먼은 연화 뒤에 붙어 있는 카를의 눈치를 보랴,

영주의 눈치를 보랴 정신이 없었다. 고요한 주위 때문일까. 테일러는 빨리 생각을 정리했다. 그가 감았던 눈을 뜨며 연화를 응시했다.

"궁금한 게 있는데."

"말씀하세요."

연화는 협조적인 태도를 보였다. 앞으로 그녀가 하는 일엔 테일러의 긴밀한 협력도 필요했기에.

"우선 첫 번째로."

테일러가 손가락을 펼쳐 보였다.

"이건 이야기가 아니지."

테일러는 단박에 진실을 찌르고 들어왔다. 연화는 긍정 대신 어물쩍한 답을 내놓았다.

"이야기이기도 하고 사실이기도 하죠."

"둘 중 하나가 거짓인 이야기 말인가."

"아마 그렇겠죠."

"둘 다 너와 관련된 이야기고?"

"잘 아시네요."

연화는 진짜 아이처럼 까르르 웃었다.

"여기서 한 이야기는 진실이 되고, 하나는 거짓이 될 거예요."

테일러는 바로 연화가 말하고자 하는 것을 눈치챘다. 그가 눈을 반짝 빛냈다.

"직접 진실을 가려내란 건가?"

"관심 있어요?"

"무척."

연화는 오랜만에 테일러에게서 재민의 모습을 읽었다. 재민 역시 추리하기나 문제 푸는 것을 좋아했다. 말하자면, 퀴즈광이라고나 할까. 재민은 TV에서 하는 퀴즈쇼는 죄다 본방으로 시청했을 뿐만 아니라, 평소에도 이것저것 궁금한 의문을 적어 스스로 답을 찾아내곤 했다.

재민의 성적이 좋았던 것도 문제 푸는 일 자체에 대한 흥미도가 높아서였다. 하지만 테일러가 이 문제를 풀어선 안 된다. 연화는 고개를 절레절레 저었다.

"안타깝지만 진실을 가려내야 할 사람은 테일러 씨가 아니거든요. 주인공은 따로 있어요."

엘렌과 샤먼.

그들이 셀리나의 신분에 대한 확실한 보증을 서줘야, 뒷말이 나올 여지가 줄어든다.

"하지만 발언권만 그들에게 있다는 거고. 테일러 씨도 진실을 가려내기 위해 필요한 힌트 정도는 요청할 수 있어요. 하시겠어요?"

"주어진 권리를 포기하는 멍청이는 없지."

당연하리만치, 재민이스러운 대답이었다. 연화는 웃으며 테일러더러 질문하라 재촉했다. 테일러는 잠깐의 고심 끝에 질문을 꺼내놓았다.

"우선 첫 번째 이야기가 사실이었을 경우. 카턴 상단주 남매가 너를 버리고 간 이유가 뭐지? 그 이야기가 사실이라면 넌 저들과 피를 나눈 이복동생이지만, 노예 대접을 받을 정도로 형편없는 지위를 갖추고 있다는 건데. 상단주 남매가 널 죽이기 위해 흉계를 세울 필요가 있나?"

"네. 있어요. 카턴 남매는 첫 번째 아이를 정말 싫어했거든요. 아이의 어머니도 싫어했어요. 노예에 불과한 여자가 아버지를 홀려 카턴 부인 옆에 앉게 되었다구요. 아이를 싫어해서 부러 노예처럼 대우했어요. 카턴 남작 몰래, 아이의 어머니를 협박하면서요. 그러다 아버지가 죽고, 연이어 아이의 엄마, 그러니까 카턴 남작의 첩도 죽으니까 이때다 하고 계획을 세운 거예요. 꼴 보기 싫은 아이를 죽이자고."

연화는 엘렌과 샤먼이 왜 그리 셀리나를 괴롭혔는지는 모른다. 소설 속엔 그들이 괴롭혔다는 정황만 남아 있다. 그녀는 그 정황을 이리 볶고 저리 지져서 그럴 듯한 형체를 만들었다. 정말 카턴 남작이 셀리나가 노예처럼 지낸 걸 몰랐는지, 셀리나의 어머니가 협박받았는지는 중요치 않았다. 이 상황을 더 유리하게 만들어 줄 수 있는 말이기에 할 뿐이다.

"이번엔 두 번째 이야기를 기반으로 하는 질문인데."

테일러는 긴 이야기가 끝나자마자 입을 열었다.

"네가 카를처럼 충성스러운 부하가 있고, 카턴 상단이 마땅히 동행을 해줄 정도라면 상당한 신분의 여자일 테지. 이 경우 네 신분이 어떻게 되는 거지?"

연화는 슬쩍 입꼬리를 올렸다. 이 질문이 나올 거라 생각했다. 그렇기에 답하는 것도 쉬웠다.

"오클레앙 백작 영애쯤 되지 않겠어요?"

오클레앙 이야기를 꺼내자 엘렌이 헉 숨을 들이켰다. 연화는 그녀를 보며 순진한 척 웃었다. 오클레앙 영애란 신분은 원작에서 엘렌이 쓴 거짓 신분이다. 물론 남작이란 지위 역시 귀족이고 낮은 신분은 아니었지만 카턴 남작은 혼 왕국의 귀족이었기에, 귀족의 작위만 인정될 뿐 카로틴 제국에선 어떤 영향력도 발휘하지 못했다. 하지만 엘렌은 카턴 상단주로서 높은 귀족들과 어울려야 할 필요가 있었다.

카턴 상단의 주 품목이 사치품이었고, 이를 구매할 주 고객은 귀족이었다. 그렇기에 엘렌은 카로틴 제국 귀족의 신분이 필요했다. 하지만 귀족을 사칭한 죄는 크다. 고위 귀족일수록 죄는 무거워지는데도 엘렌은 자신을 백작 영애라 속이는데 주저함이 없었다. 들킬 리가 없다고 생각했기 때문이다.

사실 오클레앙 가는 실존하는 백작가지만, 가문의 일원이 하나도 없는 유령 가문이다. 5년 전까지만 해도 번듯한 귀족가였지만 정적이 보낸 자객의 손에 젊은 가주를 비롯, 가주의 부인과 딸까지 죽으면서 이름만 남아 있는 가문이 됐다.

남작은 오클레앙 가주와 가주의 아내가 죽었다는 사실을 알리면서도, 영애의 죽음은 숨겼다. 카로틴 황실엔 오클레앙 영애가 혼 왕실에 있는 별장에서 풍족한 삶을 누리며 살고 있다고 보고했다. 소설 속에서는 카턴 남작이 왜 이런 행동을 했는지에 대한 이유는 나오지 않았기에, 연화는 추측만 할 수 있을 따름이었다.

카턴 남작은 엘렌이 카로틴 제국으로 떠날 것을 짐작하고 있었던 것 같다. 그래서 남작은 오클레앙 영애를 살아 있는 시체로 바꿔놓은 뒤, 오클레앙 별장에서 가문의 인장을 훔쳤다. 이는 엘렌의 손에 넘어갔고, 후에 그녀가 거짓 신분을 사용할 수 있는 계기를 만들어주었다.

그 인장만 있으면 나 역시 오클레앙 영애가 될 수 있다. 엘렌도 한 것을 내가 못 해낼까.

연화가 그녀를 보며 의미심장하게 웃자, 엘렌이 옷자락을 꽉 쥐고는 한차례 부르르 떨었다. 그녀는 모른 척 고개를 돌려 다시 테일러를 보았다.

"카턴 남작과 가까이 지냈던 고위 귀족은 몇 안 되거든요. 그중 사소한 청탁까지 넣을 수 있을 정도로 긴밀한 관계를 지녔던 귀족은 정말 드물어요."

"그럼 저 남매가 네게 이상행동을 보인 이유는 뭐지?"

"너무 놀라서겠죠. 뜻밖의 일이 벌어지면 헛말도 나오고, 당황해서 평소 안하던 행동도 하고, 뭐, 다들 그러지 않나요. 제 생각인데, 저분들이 그런 말을 한 건 이런 이유 같아요. 저와 헤어져서 저를 열심히 찾았는데, 글쎄, 저를 못 찾으니까 그냥 거기서 죽었겠거니 하고 제국으로 온 거에요. 그런데 제가 여기 살아 있잖아요. 얼마나 놀랐겠어요?"

테일러는 조용히 입을 다물었다. 힌트를 다 들은 뒤엔 어느 쪽이 정답 같다고 말이라도 뗄 줄 알았는데. 매너는 지킨다.

"그럼 이제 힌트 제공은 끝났고. 진실이 가려질 차례네요. 대답할 준비는 되었나요?"

연화는 엘렌과 샤먼 쪽으로 시선을 돌렸다. 협조해 줄 생각이 없는 걸까. 아니면 아직 사태 파악이 안 되는 걸까. 그들은 연화를 잡아먹을 듯 노려보기만 했다. 그녀는 끌 혀를 찼다.

"너무 오랜만에 만나서 정답이 생각나지 않으시나 봐요. 그럼 시간을 좀 더 드릴게요. 그러니 대답은 나중에 듣고. 그전에."

연화는 빙글빙글 춤추듯 돌면서 다시 테일러 앞에 섰다.

"테일러 씨. 저 테일러 씨 질문에 정말 충실하게 대답해 드린 것 같은데. 이제 제가 테일러 씨한테 질문 하나 해도 되요?"

"이상한 게 아니라면."

"이상한 거 아니에요. 제국법이 이상한 건가요?"

"아니."

테일러가 즉답했다. 연화는 또 까르르 웃었다. 아주 순진한 척.

"제가 제국 형법에 대해서는 무지하거든요. 그래서 물어보고 싶은데요."

연화는 한 손을 들어 제 볼을 콕 찔렀다. 셀리나 효과가 먹혀서 귀여워 보이길 바랄 뿐이다. 테일러에게는 먹힌 건지 모르겠지만 영주에게는 먹힌 것 같았다.

영주가 어쩔 줄 몰라 하며 손을 쥐었다 폈다 하는 걸 보면.

“첫 번째 이야기가 사실일 경우, 그러니까 카턴 남매가 이복동생인 나를 학대한 끝에 황무지에 유기하고 죽이려 했다는 게 사실일 경우 말이에요. 그들은 어떤 처벌을 받나요?”

연화는 엘렌과 샤먼이 저를 노려보는 걸 느꼈다. 연화는 비죽 웃었다.

참 머리도 나쁘다. 이제야 제 행동을 이해한 걸 보면.

연화는 그들을 보며 활짝 웃었다. 그들이 저보다 똑똑하지 않아서 다행이었다. 그녀는 그들을 보며 입모양으로만 속살거렸다.

대답하기 싫다면, 선택하게 해줄게.

의미 전달이 된 걸까. 엘렌의 얼굴이 하얘졌다.

테일러는 엘렌의 이상을 눈치채지 못했다. 그는 미간에 주름이 잡힐 정도로 진지하게 고민했다. 날씬한 손가락이 대신 고민하는 것처럼 딱, 딱 식탁을 치는 그 소리는 테일러가 고개를 들면서 멎었다.

“여태 그런 죄를 지은 자를 본 적이 없어서 뭐라 단정 짓진 못하겠군. 있다면, 최소 10년은 빛 없는 곳에서 살아야 하지 않을까.”

“10년……. 최소, 라는 건 그 이상이 될 수도 있다는 거죠?”

연화의 눈이 반짝였다. 남을 엿 먹이고 싶다는 열망은 호기심과 닮았다. 원하는 게 있다는 점에서는.

“일반 노예의 자식이라면 모를까. 남작의 첩이 낳은 자식이면 준 귀족이 아닌가. 귀족을 오랫동안 학대한 끝에, 죽이려 계획까지 세운 것이 작은 죄는 아니지.”

"그러니까 꽤 중죄란 말이네요?"

"그렇지. 10년은 기본이고, 경우에 따라 추가적인 형이 더 붙을 수도 있다."

"그렇구나. 알려줘서 고마워요."

연화는 고개를 꾸벅 숙였다. 테일러는 한 손을 까딱거리는 것으로 감사 인사를 받았다.

"어느 쪽이 진실인지는 말해주지 않는 건가."

"제가 말할 필요는 없다고 생각하거든요."

연화의 옆에는 새하얘진 엘렌과 무표정한 샤먼이 앉아 있었다. 둘의 모양새는 달랐으나 말을 하고 싶어 하지 않는 건 같았다. 그 이유는 하나다. 상황을 뒤집을 만한 변수를 가지고 있지 않기에 말해봤자 상황을 개선할 수 없다고 생각한 것이다.

연화는 웃었다. 아슬아슬한 도박이 성공했다.

연화는 카로틴 제국에서 노예에 대한 정보를 들었다. 긁어모을 필요도 없었다. 노예는 흔했고, 정보는 널렸다. 연화는 오가며 들은 정보를 정리해 보았다.

노예는 국가에서 엄중 관리하는 '자산' 중 하나다. 카로틴에선 특히 그 정도가 심했다. 제국엔 노예를 관리하는 기관이 있고, 모든 노예들은 문서에 기록된다. 문서엔 노예들의 이름과 신상, 일련번호가 적혀 있다. 이 번호는 노예들의 팔에도 새겨진다.

일명 노예 인장이다. 이것으로 노예들은 통제를 받는다. 인장은 그들의 반항적인 행동을 제어하고, 달아날 시 추적하는 데 도움을 준다.

자유도 인생도 권리도 없는 것. 노예란 그런 존재였다.

반면 카턴 상단의 노예들은 어떤가. 일을 잘했고, 주인의 말에 꾸벅 고개를 숙이긴 했지만, 가끔은 주인에게 삿대질을 하고 언쟁을 벌였다. 그들을 제어하는 건 인장이 아니라 남작가에 얽매인 기사들이었다. 기사들은 상단주의 명령에 따라 노예들을 지휘하고, 다스렸다.

카턴 상단의 노예 실정이 이렇게 굴러가는 건, 불법적인 노예들을 데리고 있어서가 아니다. 혼 왕국의 노예제가 카로틴 제국과 다를 뿐이다.

혼 왕실은 노예 인장이 비인간적이라 생각했다. 이 사고관은 노예 문서에도 영향을 미쳤다. 문서는 설렁하게 관리되었고, 자세한 문건은 주인이 알아서 관리했다. 문서를 어떻게 관리하는지는 주인의 재량에 달렸다.

카로틴 노예는 노예로 태어난 이상 평생 노예로 살아야 한다. 하지만 혼 왕국의 노예는 경우에 따라 자유민이 될 수도 있었다. 혼 왕국의 노예가 자유민이 되기 위해선 두 가지를 해야 한다. 노예 문서를 없앤 뒤, 주인에게서 해방시켜 주겠다는 확답을 받으면 된다.

셀리나의 경우도 마찬가지다. 노예 문서가 없는 현실에서, 엘렌과 샤먼이 셀리나가 노예가 아니라 말해주면 된다.

쉬운 일은 아니었지만 엘렌과 샤먼이 셀리나를 죽이려 했기 때문에, 일은 간단해졌다. 혼 왕실에선 노예의 생명도 존중한다. 노예를 괴롭히고 때리는 것까진 괜찮은데, 함부로 죽이면 처벌을 받는다. 카로틴 제국과는 다른 문화다. 혼 왕실의 중죄는 카로틴 제국에서 벌금 딱지로 탈바꿈한다.

문화 차이란 건 생각보다 세세하고 내밀한 것이라 자세히 들여다보지 않으면 모른다. 혼 왕국에서 평생을 보내왔던 엘렌과 샤먼이 이 사실을 알았을 리 없다. 설령 알았다 해도 그들은 후에 혼 왕국으로 돌아갈 때를 대비했으리라. 살인을 숨기기 위해 증거를 인멸했을 거다.

방법은 간단하다. 노예 문서를 없애면 된다. 셀리나를 태어나지 않았던 것으로 해두면 문제는 끝난다. 어디에도 기록되지 않고, 연고도 없는 사람을 누가 찾아보겠는가. 하지만 변수는 어디에나 있기 마련이듯, 연화는 모든 판을 깔아놓고도 만약을 대비하며 심장을 졸였다. 추측이 틀렸을 시 대가는 목숨이다. 귀족 사칭죄는 크다.

그리고 천만다행히도, 도박이 성공했다. 셀리나의 노예 문서는 없다. 태웠는지 찢었는지 버렸는지는 모르겠지만. 하지만 셀리나의 어머니에 대한 문서는 남아 있다. 카턴 남작은 귀족이고, 그의 가족사는 모두 국가에서 문서화해 관리한다. 셀리나가 호적에 올라와 있는지는 모르겠지만, 셀리나의 어머니는 남작의 첩으로서 대우받았으니 문서가 있을 거다.

그러니 셀리나가 노예라는 말은 할 수 없고. 셀리나가 남작의 첩이 낳은 딸이었단 말엔 감옥이 걸려 있어 안 되겠는데, 그렇다고 셀리나가 오클레앙 영애가 아니란 말을 하자니 캥기는 게 있어 입이 떨어지지 않을 것이다.

오클레앙 영애는 태어날 때부터 죽을 때까지 혼 왕국에 있었다. 제국이 그녀에 대해 아는 건 이름뿐이다. 그렇게 만든 건 카턴 남작이다. 엘렌과 샤먼이 이에 의문을 제기하면, 원인 제공을 한 카턴 전 남작으로 이어진다. 도끼로 제 발등을 찍는 셈이다.

그렇다고 엘렌이 '내가 오클레앙 영애다!'라고 외칠 수도 없었다. 지금 그들은 카턴 상단주로서 영주 앞에 있는데, 여기서 헛소리를 하면 영주의 신임을 잃게 되기 때문이다. 엘렌의 대외적인 신분은 카턴 상단주로 사람들을 많이 만나야 하는 자리다. 그런 사람들은 신분 사칭이 어려운 법이다, 만일 잘 숨긴다 할지라도 언젠가는 들킨다. 이름 없고 간 큰 노예나 귀족의 이름을 팔아먹으며 살 생각을 하는 거다.

소설 내에서의 엘렌 역시 오클레앙 영애라는 신분을 자주 쓰진 않았다. 오클레앙 가의 인장을 쓸 때는 파티용 가면으로 얼굴을 가리고 다녔고, 그나마도 1달에 두어 번이 다였다.

주목적은 홍보였다. 엘렌은 멋진 몸매를 카턴 상단의 물품들로 감쌌고, 귀부인들은 그녀의 패션 물품들을 보고 감탄한다. 그렇게 자연스럽게 그녀에게 접근하는 귀족들을 카턴 상단에 연결시켜 카턴 상단의 주 고객이 되게 하는 것이었다. 가끔 오클레앙의 이름으로 비즈니스 거래를 하기도 했지만 극히 드문 경우였다.

오클레앙 영애는 카턴 상단으로 활동하는 것 외에 하는 일이 없었다. 하여, 소설엔 이를 수상하게 생각한 사람들이 오클레앙 영애가 카턴 상단의 물주인 것 같다고 쑥덕대는 장면이 있다.

"그래서 대답할 준비는 되셨나요?"

어쨌든 엘렌과 샤먼에게 불리한 상황인 건 분명하다. 그들은 말실수를 해서 패를 넘겨줄까 봐 입을 꾹 다물고 있었다. 엘렌은 입술을 잘근 깨물기까지 했다.

연화는 그냥 웃었다. 그들의 입을 열게 할 수단은 많았다. 하지만 지금은 그들을 자극시키되, 직접 건드리는 건 나중에 하기로 했다. 연화는 그녀의 편이 확실한 사람부터 건드려 보기로 했다. 그녀의 고개가 영주에게로 돌아갔다.

귀여운 걸 좋아하는 영주는, 오래전부터 셀리나의 시선을 받고 싶어 했었다.

"상단주들은 신뢰를 생명으로 삼는다죠? 카턴 상단을 꾸리는 분이라면, 저보다 훨씬 신뢰성 있는 말을 하실 거라고 생각해서요. 제 말 이해하시죠?"

"그렇지요. 그래서 제가 카턴 남작을 많이 좋아했었습니다. 그 가여운 사람이 어찌 먼 길을 떠나 버렸는지……."

영주는 얼떨결에 연화의 말에 맞장구를 쳤다. 표면적으로 볼 때 카턴 상단을 칭찬하는 말이라 엘렌은 딴지를 걸지 못했지만 찜찜함은 느낀 듯, 엘렌은 왜 이 말을 했냐는 의문을 담고서 셀리나를 노려보았다.

셀리나가 웃음으로 받아치자, 엘렌은 썩은 얼굴이 되어 시선을 돌렸다. 저 움직임에 글씨를 쓸 수 있다면 연화는 주저 없이 '흥'이라고 썼을 거다. 어쨌든 이걸로는 아무도 움직이지 않는다. 연화는 다시 테일러를 쳐다봤다.

"그런데 아까 10년형이라 하셨잖아요. 그건 감옥에서 그 정도의 시간을 보내야 한다는 뜻이죠?"

"그렇지. 그게 왜."

"감옥이라고 하니까 상상이 잘 안 가서요. 그게 정확히 어떤 거예요?"

연화는 초롱초롱한 눈은 여전히 유지하면서 물었다. 테일러는 즉답했다.

"굳이 설명할 필요가 있나? 말이 필요 없을 정도로 험한 일을 겪는 곳이다. 그대는 알 필요가 없어."

"험한 일은 뭔데요? 말은 왜 필요 없는데요? 그렇게 말하면 모호하고 어렵기만 하잖아요."

연화는 테일러를 졸라댔다. 지금 그녀는 무시무시한 것은 한 줌도 모른 채 천진난만하게 자라난 어린아이다. 너무 순진무구해서 감옥을 무서운 것이 아니라 미지의 장소로 여길 정도다.

테일러는 난감한 얼굴로 입을 닫았다. 아이가 조른다 한들 참혹한 진실을 알려주긴 꺼려지나 보다. 너무 아이처럼 굴어서 역효과가 났나 했지만 연화는 그 이야기가 필요했다. 셀리나와는 비교할 수 없을 정도로 귀하게 자랐을 엘렌과 샤먼에겐 감옥 이야기가 무섭게 들릴 테니까.

연화는 불만스러운 얼굴을 내보였다. 그렇게 몇 초가 지났고, 병사 하나가 나섰다.

"아가씨. 제가 한 말씀 올려도 되겠습니까?"

"어머. 당신이 이야기해 줄 거예요? 그럼 좋아요."

다른 이야기는 용납하지 않겠어. 연화가 강압적인 눈빛을 하자, 병사가 찔끔거렸다.

"아무래도…… 나쁜 놈들을 가두고 벌주는 곳이니 말입니다. 식사도 형편없고 침구로 쓰는 모포도 질이 낮은 데다, 벌레나 쥐와 동숙을 해야 하는 것은 물론이요. 씻을 곳도 마땅치 않아 고우신 분들이 쉬이 망가지지요. 그리고 강제로 힘든 일을 해야 하구요. 세상엔 누구도 하기 싫어하지만 꼭 해야 하는 그런 일들이 많습니다."

"음…… 그게 다예요?"

연화는 고개를 갸웃거렸다. 실제로 경험한다면 느낌이 다를 수는 있겠지만, 저것만 들어서는 뭐가 심각한 건지 모르겠다. 그냥 셀리나의 인생 그 자체인데?

이걸로 엘렌과 샤먼을 자극하긴 무리인 것 같다. 연화는 흥밋거리를 찾기 위해 눈을 굴렸다.

"그런데 힘든 일이 뭐예요?"

"그건 별로 아시지 않는 편이……."

"잘 모르면 그냥 그렇게 말하시면 돼요."

연화가 만족하지 않은 눈치자, 병사가 눈을 질근 감았다. 에라, 모르겠다. 나직한 한숨 뒤엔 작게 중얼거렸다.

"이, 입에 올리기 힘든 것이라 그렇습니다. 하지만 강제로 일을 하게 된 죄수들이 스스로 목숨을 끊는 건 많이 보았습니다."

"그런가요."

"목숨을 끊지 않고 살아간다 할지라도 그걸 인간의 삶이라고 말하긴 어렵습니다. 고우신 분들은 일이 익숙지 않습니다. 상처가 나는 건 당연합니다. 그런데 죄수들에겐 치료를 해주지 않기 때문에, 상처가 쉽게 곪거나 썩어서 구더기가……."

"그만하지 그러나."

필요한 이야기는 이제 나왔는데 테일러가 제지하며 엘렌 쪽을 눈짓했다.

엘렌은 미간을 잔뜩 구기고 그런 이야기 따윈 듣기 싫다는 듯 양손으로 귀를 막고 있었다.

"어머. 미안해요. 이런 이야기를 싫어할 사람이 있을 줄은 몰랐어요."

연화는 순진한 척 속살거렸다. 정말로 미안한 듯 눈은 아래로 내리깔았다.

엘렌은 아무 말이 없이 파랗게 질린 얼굴로, 원망이 깃든 눈으로 연화를 노려봤다. 연화는 외려 저가 거기에 겁을 먹었다는 듯, 바르르 떨었다.

"하지만 그렇게 보실 것까진 없다고 생각해요. 제가 뭘 잘못했나요? 전 그냥 궁금해서…… 그래서 물어본 것뿐인데."

이야기 자체엔 문제가 없다. 그건 엘렌도 안다. 자신을 애둘러 공격하는 것이기에 문제가 될 뿐이지. 하지만 어떤 점이 자신을 공격하는지 설명할 수는 없다. 자칫하다간 자신의 죄를 고백하는 것으로 들릴 테니까. 답답한지 엘렌은 차가운 물을 연거푸 비웠다. 물 잔 비우듯 이 상황을 쉬이 해결할 방법을 찾고 있었지만,

그런 건 보이지 않았다.

진실을 말해서는 안 되고, 그렇다고 상대가 원하는 대로 해주자니, 그건 자존심이 상해서 싫었다. 노예처럼 깔보고 무시했던 아이를 백작 영애라 말하다니, 노예를 상전으로 두는 것 아닌가. 이도 저도 못하자 엘렌은 샤먼을 쳐다보았다. 샤먼은 목울대를 꿀렁거렸다. 잠깐 연화도 노려보았지만, 그뿐이었다. 그는 행동 방향을 정했다.

"사과하지 않으셔도…… 괜찮습니다, 영애."

'오클레앙'이란 단어를 붙이지 않은 건 샤먼의 자존심이다. 명확히 하진 않았지만 그는 존댓말로 셀리나의 신분에 대해 증언했다. 연화는 어색히 웃는 그의 얼굴을 보며 환하게 웃어주었다. 속으로 이를 갈고 있을 게 뻔히 상상되는 만큼 말이다.

사실은 조금 위험할 뻔했다. 그들의 증언이 늦어지면 의심의 화살은 연화에게 돌아온다. 수상한 것이 있으니 카턴 상단이 신분 보증을 안 해주는 것 아니겠냐는 의심을 받을 테니까.

물론 그리 될 가능성은 낮았다. 그건 다 같이 죽자는 거나 마찬가지니까. 셀리나가 오클레앙 영애의 이름을 댔으니, 수사는 오클레앙 가에서 시작될 것이다

카로틴 제국에 아무 기반이 없는 카턴 상단은 수사망에서 빠져나오기 힘들다. 돈으로 해결할 수 있다 한들, 상단을 포기해야 할 만큼 많은 돈을 써야 할 거고.

"오빠!"

비명 같은 외침이었다. 자신이 가진 것을 요만큼도 내려놓을 생각이 없는 목소리였다. 샤먼은 그녀에게 어쩔 수 없는 거라며 눈짓하며 동생을 다독였다. 그러자 이내 엘렌의 눈빛이 수그러들었다. 소설 중반쯤에서, 엘렌은 샤먼에게서 상단 사정이 어렵다는

말을 듣고 테일러에게서 돈을 뜯어내기도 했었다. 그만큼 오빠 말은 잘 듣는 동생이다.

"그래서. 엘렌 양은 할 말 없어요?"

연화는 일침을 가했다. 엘렌이 몸을 한차례 떨었다. 잠깐은 셀리나를 잡아먹고 싶어 죽겠다는 듯 노려보기도 했지만, 험악한 기세는 금방 수그러들었다. 그녀의 고개가 푹 떨구어졌다.

"제가…… 무슨 말을 하길 바라는 건가요?"

"정답 맞추기요."

하지만 그건 다 끝났다. 남은 건 새로 얻은 신분을 굳히는 것뿐이다. 지금 엘렌의 기분이 얼마나 엿 같은지와는 무관하게.

연화는 손을 내밀었다.

"그럼 이제 돌려주세요."

"네? 뭘……."

"인장 말이에요. 계속 엘렌 양이 가지고 있었잖아요."

가문의 인장은 가주만이 가질 수 있다. 하지만 오클레앙 가주는 죽었고, 오클레앙 가의 인장은 백작 영애 손에 들려 있어야 한다. 그녀가 백작가의 유일한 혈족이니까.

인장 없이는 오클레앙 영애로 행세할 수 없다.

엘렌이 머뭇거렸다. 인장을 받은 셀리나는 완전한 오클레앙 영애가 된다. 엘렌은 후에 사용하려고 아껴둔 카드를 잃게 되기에 그걸 내주는 건 정말로 아까웠다. 이해할 수 있었기에, 연화는 기다렸다. 그러나 엘렌의 행동은 너무 굼떴다. 이상함을 느낀 테일러가 물었다.

"그렇게 중요한 것을 왜 다른 사람에게 맡겼지?"

연화는 기침이 나올 뻔한 입술을 살짝 즈려 물었다. 당황하면 안 된다. 표정 관리는 필수였다.

"황무지가 워낙 척박하잖아요. 게다가 저는 어리구요. 나쁜 마음을 먹은 사람들이 타깃으로 노리기 딱 좋죠. 그래서였나, 엘렌 양이 그러더라구요. 황무지에 있을 동안만, 인장을 대신 보관해 주겠다고. 그래서 그러라고 했어요. 정말 천사 같은 친절이죠?"

연화는 계속 방실방실 웃었다. 증거가 없는 상황에 대해서 이야기할 때는, 먼저 그리고 명확하게 진술한 쪽이 유리하다. 그 다음으로 나온 증거들이 무엇이든 간에 먼저 나온 말에 맞추어 비교할 테니까.

타이밍을 놓친 엘렌은 '예' 따위의 말을 할 수 밖에 없었다. 인장 주기 싫다고 빼길 수도 없어졌다. 자칫했다간 혼자 이상한 사람 되기 딱 좋은 상황이라 엘렌이 품을 뒤적였다. 자포자기한 것처럼 죽어 있던 눈에 갑자기 생기가 돌았다. 입가엔 야릇한 미소가 감돈다.

연화는 조금 긴장했고, 엘렌은 후후 웃으면서 주머니 여럿을 내보였다. 입구를 동여맸던 끈을 풀고 내용물을 쏟아 부었다. 수십 개의 도장이 뒤섞인다.

"미안해요. 영애. 영애의 인장이 중요한 물건이라는 건 알지만 혹여 삿된 마음을 먹은 자가 감히 훔쳐 갈까 싶어 제가 가지고 있던 물건들과 섞어 놓았어요. 천것들은 비슷한 물건이 많이 있으면 값어치가 떨어지는 줄 아니까요. 하지만 영애께서 인장을 찾아내시는 데엔 문제가 없을 거예요. 영애는 오클레앙의 사람이잖아요."

아. 이거였구나. 연화는 속으로 감탄했다.

엘렌이 제법 약은 수를 썼다. 즉석에서 짜낸 아이디어란 점을 감안하면 높은 점수를 줄 수도 있을 것 같다. 노예들은 귀족의 삶을 모른다. 그들이 오클레앙 가의 인장에 무엇이 찍혀야 하는지 알리가 없다. 하지만 진짜 오클레앙 영애라면 가문의 인장을 모를 리 없다. 잘못된 인장을 고를 시, 귀족 사칭죄로 목이 잘릴 것이다. 이 경우 죽어나가는 건 셀리나뿐이다.

엘렌은 셀리나가 진짜 오클레앙 영애인 줄 알았다며 너스레를 떨어주면 된다. 카턴 상단은 여자애 따위에게 속은 한심한 상단 취급은 받겠지만, 피해자라는 점을 잘 이용하면 카턴 전 남작의 허물을 셀리나에 덮어씌울 수 있을 것이다.

이 자리에 있는 게 진짜 셀리나였다면 무척 당황했으리라. 하지만 연화는 재민의 소설로 인장의 모양을 익혔다. 오클레앙 인장은 소설에서 중요한 소품이었다. 그래서인지, 재민은 오클레앙 인장을 세세하게 묘사해 놓았다.

연화는 도장들을 살폈다. 알록달록한 도장들은 비슷하면서도 달랐다.

나무로 만든 것이 있는가 하면, 옥을 깎아 만든 것도 있다. 보석이 박힌 것도 있으며, 리본이 묶여진 것도 있다. 연화는 그중 하나를 집어 들어 도장 양각을 살폈다. 오클레앙 인장은 그림이다. 그래서 이곳의 글씨를 몰라도 알아맞힐 수 있으리라 생각했다. 연화는 셀리나가 글씨를 읽을 수 있을 줄은 몰랐다.

'셀리나 얘 문맹 아니었구나.'

분명 연화는 알지 못하는 미지의 단어였다. 뇌가 읽어주는 언어가 생경했다.

황무지에서부터 지금까지 연화는 귀족적인 행동을 할 일이 없었다. 그래서 몰랐다. 뜻밖의 사실이었다.

연화는 그림 양각 도장만 찾으려던 행동을 바꾸었다. 옆의 도장도 집어 확인했다.

엘렌 카턴이란 글씨가 양각되어 있다. 그 위의 도장엔 별표가,

왼쪽 아래의 도장엔 샤먼이 적혀 있다. 단순히 장식용으로 만든 듯한 도장들엔 카턴의 상징이 조금도 담겨 있지 않다. 이런 도장은 아무 가치가 없었다.

연화는 확인한 도장들을 한 곳에 모아두었다. 그렇게 도장을 정리해 나갔다.

찾는 물건은 맨 마지막으로 나타났다. 흰 옥을 깎아 만든 몸신이 무척 도도해 보였다. 그것만으로도 이 도장의 정체를 알 수 있을 것 같았다. 연화는 뻔히 알면서도 양각을 확인해 보았다.

백조 한마리가 별을 물고 있다. 그림 아래엔 작은 글씨가 있다. 오클레앙 가문의 인장임이 분명했다. 연화는 약 오르란 듯이 엘렌을 향해 인장을 들어 보였다.

“안전하게 보관해 줘서 고마웠어요, 영애.”

“벼…… 별말씀을요.”

셀리나가 한 번에 찾아낼 줄은 몰랐던 듯, 엘렌의 목소리가 무척 떨떠름했다. 연화는 모른 척 방긋 웃어 보였다.

유쾌한 하루였다.

식사는 애매모호한 상태에서 진행됐다. 앉아 있는 사람들의 생각과 행동이 제각각이었으니, 기괴하게 보이는 건 당연했다. 반면 연화는 즐거운 식사 시간을 가졌다. 그녀는 목적을 달성했기에 만족스럽고 즐거웠다. 카를은 연화의 기분이 좋자 덩달아 즐거워졌다. 그 역시 음식을 즐길 수 있었다.

원래 식성이 좋은지, 아니면 분위기를 파악하는 능력이 떨어지는 건진 모르겠지만 어쨌든 영주 역시 식사를 맛있게 했다. 테일러는 미묘한 기류를 눈치챈 쪽이었다. 그는 고기를 몇 점 먹고 빵을 서너 개 먹은 후엔 수저를 내려놓았다. 황무지에서 그의 식사량을 생각하면 지나치게 적은 양이었다. 하지만 식사 중의 테일러는 귀족적으로 굴었기 때문에, 오랜만에 소식하고 싶어 하는 것으로도 보였다.

가장 먼저 자리를 뜬 것은 엘렌이었다. 티가 나게 깨작거리더니 속이 안 좋다며 식당을 나가 버렸고, 샤먼은 동생의 상태를 살핀다는 핑계로 그녀를 뒤따랐다.

남은 사람들은 주방장의 후식을 먹었다. 조찬 풀코스가 끝난 뒤엔 영주가 일어섰다. 업무를 보기 위해서였다. 하녀는 할 일이 없자 자리를 떴고 병사와 기사들 역시 흩어졌다.

황량해진 식당에 남은 건 세 사람뿐이었다.

"그럼 저도 가볼게요."

연화가 일어서자마자, 테일러가 팔을 잡았다. 그는 달려드는 카를은 다른 한 손으로 막았다.

연화는 농밀한 웃음을 던졌다. 테일러가 왜 이러는지 모르겠다는 듯.

"할 말, 있으세요?"

"많지. 정말 많아."

테일러가 말끝을 흘리며 눈을 질근 감았다 뜨면서 긴 숨을 내뱉었다. 이제까지 태연하게 앉아 있었던 것 달리, 그는 혼란스러워 보였다.

"난 지금 머리가 터질 것 같아. 왜인 줄 아나?"

연화는 고개를 저었다.

"나는 오클레앙 백작 부인을 만난 적이 있어."

쿵. 심장이 거세게 요동친다. 연화는 머릿속에 새하얘졌다. 연화는 빨라지는 숨을 진정하기 위해 무던히 노력했다. 크게 반응하면 안 된다. 실수하면 진짜로 죽는다.

"그녀는……."

테일러는 한참 운을 띄워놓고 아무 말이 없었다. 그가 말없이 연화를 쳐다본다. 셀리나의 거죽을 보면서 자신이 알고 있는 얼굴과 닮은 것이 있는지 확인한다.

테일러가 만들어내는 침묵은 고요했다. 싸늘하진 않았지만, 따스하지도 않았다.

애매모호한 공기는 정신을 차리게 했다. 연화는 아무렇지 않은 척 한마디를 내뱉었다.

"이 세상에 없는 사람이죠."

"그렇지."

테일러가 연화의 머리 위를 쓰다듬었다. 금발이 흐트러지고 엉킨다. 연화가 뭐냐는 눈으로 쳐다보자 그가 하하 웃는다.

"난 오클레앙 사람으로 누가 오든 관심 없어."

"……그런가요."

"그대는 제법 적합하다고도 생각되고."

연화는 이유 따윈 묻지 않았다. 변덕 때문이라도 좋았다. 어쨌든 테일러가 셀리나의 정체를 눈감아준다면, 그것으로도 됐다. 그는 한입으로 두말하지 않는 캐릭터다. 이후 이 문제로 곤란해지는 일은 없을 거다. 일이 해결됐다고 생각하자 연화는 맥이 풀렸다. 긴장했던 게 무색하게도 이완은 너무나도 빨리 이루어졌다.

연화는 깊은 숨을 토해내고 맑은 눈으로 테일러를 올려 보았다. 정면으로 눈이 마주쳤다.

"그러니 내게만 말해봐."

낮은 목소리가 연화의 귓가를 간질였다.

"진실은 뭐지?"

연화는 까르르 웃었다. 어쩐지 웃음이 났다. 그러고 보니 재민이는 이렇게 집요한 남자였다. 세상의 불의는 관심이 없지만 한번 호기심이 생긴 건 죽어라 캐묻는다.

눈앞에 있는 게 정말 재민이었다면, 그리고 지금 이 대답에 목숨이 왔다 갔다 하는 게 아니라면 나는 쉬이 이야기할 수 있었을 텐데. 연화는 그러지 못해 아쉬웠다.

지어지는 게 쓴웃음이라, 입술을 여니 탄식부터 나온다.

"진실이 뭐 그리 중요한가요."

"참과 거짓을 가르고, 옳고 그른 것을 가르는 능력은 인간에게 부여된 특권이라고 생각하니. 그걸 무시하는 건 인간의 지성을 무시하는 거라 생각되기도 하고."

"그것 참…… 멋진 철학이십니다만. 현실에선 그다지 효용성 없는 논리라는 거, 아시잖아요?"

고고한 철학이라. 나쁠 건 없다. 그런 거 머릿속에 넣어두고 사는 것도 문제될 건 없다. 진실을 추구한다는 논리 자체는 오히려 옳은 말이고, 나쁠 게 없지만 이 세계에서 진실을 털어놓고 목숨을 부지하려면 힘과 권력이 있어야 하는 게 문제다. 테일러처럼.

셀리나는 힘이 없어서 오클레앙 인장을 빼앗아야 했고, 엘렌과 샤먼은 권력이 없어서 오클레앙 인장을 내놓아야 했다.

"오직 이긴 자만이 진실을 말할 권력을 갖죠. 그런 상황에서, 진실이 그렇게 중요한가요?"

어렸던 홍연화는 강해지길 바랐다. 강했던 홍진수를 꺾을 수 있길 바랐다. 힘이 없으면 서럽고 비참하다. 강해지길 갈망하며 시간을 축이는 수밖에 없었다. 똘망똘망한 눈동자가 테일러의 눈을 깨부술 듯 부딪쳐 왔다. 연화는 제 인생이 달린 만큼 절박했다. 테일러는 자신을 약하게 만드는 눈을 피해 먼 곳을 바라봤다.

"내 스스로 알아보는 방법도 있어."

"이미 눈치채셨잖아요."

연화는 셀리나의 손을 내보였다. 이때까지 숨겨왔던 손은 많은 상처와 군살로 뒤덮여 있다. 누가 봐도 귀족 영애의 손은 아니었다. 테일러는 셀리나의 손을 많이 봐왔다. 손을 잠깐 감춘다 한들 황무지에서의 기억이 사라지는 건 아니었다. 그런데도 테일러는 침묵했다. 뭐가 거짓이고 뭐가 진실 같다고 말하지 않았다.

연화의 룰을 존중해서? 그것으로는 이유가 좀 약하다. 테일러는 셀리나가 귀족의 타이틀을 얻는 걸 싫어하지는 않았다. 국경지대에서 셀리나를 귀족 영애로 만드는 데 주저하지 않았듯이.

그런데 왜 이제 와서 진실 타령인가. 연화는 그를 꿰뚫을 듯 노려보았다.

"테일러 씨 스스로 생각한 진실을 말하세요."

"아니. 나는 아무것도 모르겠어."

물러서는 듯하던 테일러가 연화의 손을 끌어당겼다. 거리가 더욱 가까워졌다.

"그러니까 그대가, 그대 입으로 말해봐."

"테일러 씨."

"한 치의 거짓도 없는 쪽으로."

연화는 테일러의 노려보았다.

"저는 이미 진실을 말했어요."

"이야기일 뿐이잖아."

"이야기에 대한 판명은 끝났어요. 선택받은 이야기는 진실이, 버림받은 이야기는 거짓이 되었죠. 더 무슨 말을 하고 싶으신 건가요."

연화가 어깨를 으쓱여 보였다.

"그거 다 없었던 일로 치고. 새로 이야기해 보라고."

"어떻게 그래요? 많은 사람들이 보고 있는 자리에서, 신용을 목숨처럼 여기는 상단주 남매가 공언한 건데."

테일러의 미간이 구겨졌다. 연화는 그를 보면서 고개를 갸웃거렸다. 정말로 모르겠다는 듯.

"혹시 첫 번째 이야기가 진실일 거란 말을 하고 싶으신 거예요? 아니면……."

말하다 보니 뭔가 짚이는 게 있었다. 연화는 말똥히 개인 눈으로 테일러를 보았다. 테일러는 연화는 한 말을 모두 '이야기'로만 치부하고 있었다. 이유는 하나뿐이다.

"처음부터 내 이야기는 믿지 않았다는 쪽인가요, 공작님."

"내가 공작 소리 하지 말라고 했지."

말을 다 마치기도 전에 벽에 밀쳐졌다. 뒤통수부터 어깨까지 짜르르한 통증이 번졌다. 연화는 인상을 찌푸렸다. 통증에 눈이 살짝 감겼다.

가물가물한 시야 사이로 으릉거리는 테일러가 잡혔다 멀어졌다. 제대로 눈을 떴을 때는 멀찍이 서 있던 카를이 다가와 있었다.

"아가씨."

카를이 연화의 등에 손을 받쳐 부축해 그녀가 제대로 서는 걸 도와주었다. 그가 테일러의 손을 제지한 덕분에 연화는 정신을 차릴 시간을 벌었다.

"괜찮아요, 카를."

카를의 호의는 언제나 눈물 날 정도로 고마웠다. 하지만 지금은 그를 방패로 숨어 있으면 안 된다. 연화는 이 자리에서 테일러의 의문을 풀어주어야 했다. 그러지 않으면 이 일은 반복된다.

연화는 두 다리에 굳건한 힘을 실었다. 절대 넘어지지 않겠다고 다짐했다.

테일러는 셀리나보다 키가 커서, 올려다보아야 눈을 맞출 수 있다. 목이 빳빳해질 정도로 올려다보았는데도 목이 아프지 않았다. 연화에게 그런 건 아무래도 상관없게 느껴졌다.

그녀는 지금 손 안에 든 열쇠를 사용하는 것에 열중했다.

"테일러 씨."

연화가 손을 뻗었다. 테일러의 뺨을 쓰다듬는 손은 더없이 다정했다. 무엇이든 포용할 것처럼 따스하게 굴었다. 그러면서 말로는 테일러의 뺨을 쳤다.

"저 믿기는 하세요?"

"뭐?"

"제가 무슨 말을 하건 받아들이고 믿을 준비. 되어 있으시냐구요."

테일러는 침묵했다. 듣지 않아도 알 수 있다. 테일러는 그럴 준비 따위 되어 있지 않다.

테일러가 연화를 쥐고 흔드는 건 진실이 필요해서가 아니라, 당장 의심이 서니까 그걸 풀고 싶어서다. 하지만 심증은 있으나 물증이 없어서 직접 따지러 왔다.

상황만으로 보면 이건 황무지에의 일과 다를 게 없었다.

> "이렇게 보면 분명 처음 보는 얼굴인데. 그대는 날 오래전부터 알고 있다는 듯 행동하고 있다. 알고 있나?"

황무지에서의 테일러는 삐진 척이라도 할 수 있었다. 지금은 그러지도 못한다. 그랬다간 카턴 상단을 받아들인 영주를 자극하는 꼴이 된다.

이런저런 이해관계를 위해, 테일러는 입을 굳게 다무는 쪽이 나았다.

"없으시다면 돌아가 주세요."

연화는 테일러의 뺨에서 손을 뗐다. 몽롱한 감에 사로잡혀 있던 테일러의 눈이 번뜩였다. 그는 뒤늦게 정신이 든 얼굴로 연화의 손을 잡아끌었다.

"되어 있어, 그런 준비."

누가 들어도 뻔한 거짓말이다. 되는 대로 내뱉는 말인 게 뻔한데. 저 말을 믿고 싶은 변덕은 왜 치밀어 오르는 것인가. 연화는 자조했다. 이상한 세계의 엘리스가 되어서 마음이 약해진 모양이다. 어리광부리고 싶다는 생각이 드는 걸 보면.

바보 같았다. 테일러는 재민과 닮은 사람일 뿐. 재민 자체가 아닌데. 알고 있는데, 연화는 자꾸만 그에게 재민에게 했던 행동을 하고 기대한다. 하지만 그게 정말로 나쁜 일일까. 기대하면 안 되는 것일까. 조금은 그래도 되지 않을까.

변덕이 연화의 마음을 흔들었다. 흔들린 마음은 몸을 움직였다.

"사실, 저요. 이곳 사람이 아니에요."

낭랑한, 꿈과 닮은 목소리로 진실을 읊어본다.

"여긴 제 친구가 쓴 소설 속 세상이고, 전 우연히 이 몸에 들어온 이방인에 불과해요. 누구도 제 진짜 이름을 몰라요. 제가 사는 곳 역시 누구도 모르는 땅이죠."

테일러의 눈이 요동친다. 그는 말도 안 된다고 생각하고 있다. 믿기 힘들어 하면서도 '거짓말'이란 단어를 내뱉지는 않는다. 그는 노력을 하고 있었다. 그것만으로도 됐다. 연화는 충분히 위로를 받았다. 외딴 세계에서 부린 어리광은 나름 성공했다.

그러니 이제 그만두자. 테일러의 얼굴 위로 믿을 수 없다는 단어가 떠오르고 있었으니까.

연화가 짝 손뼉을 쳐 분위기를 환기시켰다.

"……어때요. 믿으셨나요?"

"장난이었나."

테일러가 허탈한 목소리로 중얼거렸다. 마른세수를 한 번 하더니 피식, 건조한 웃음을 뱉는다.

"진실을 알려주었으면 좋겠다고 했는데. 그런 헛소리나 하고."

"아시잖아요. 저 무례하고 제멋대로인 거."

다른 사람에겐 바라지 않는 것을 그에게만 바란다. 연화는 언제나 테일러를 보면서 재민을 비춰보고 있다. 모르는 사람을 혼자서 안다는 이유로 그가 어떻게 행동할지 멋대로 추측한다. 그런 주제에 그가 예상대로 움직여 주지 않는다고 화를 낸다면 그건 정말로 이상한 일이겠지.

하지만 그게 나다.

이렇게 어리석고 또 무지하며, 바보같이 군다. 그래서 나온 눈물을 혼자 훔치고 웃음을 내보여야 할 수밖에 없는 그런 얼간이가 바로 나다.

우스웠다. 그리고 한심했다. 연화는 허공을 보며 웃었다. 넋 나간 웃음은 듣는 사람을 불쾌하게 만들었다. 테일리의 미간이 미미하게 찡그러졌다.

"진실은, 뭐 좋을 대로 생각하세요. 그것 하나 못 알아낼 정도로 테일러 씨가 멍청하다는 생각은 하지 않거든요."

테일러에게 잘못했다고 생각한다. 하지만 그의 '헛소리'라는 말에 작은 심술이 돋아버린 연화는 제대로 된 진실을 감춰 버렸다. 아이 흉내를 넘어, 진짜로 아이가 되어서 저질러 버렸다.

단편화된 사고는 상대의 행동을 추측해 내지 못했다. 그 역시 심술을 부릴 거란 생각은 못했다.

⚜

"수도까지는 카턴 상단과 동행하기로 했다."

다음 날, 조찬 자리였다. 테일러가 선언했다. 입으로는 결정을 내리면서, 눈으로는 물었다. 아직도 진실을 말할 생각이 없냐고.

연화는 고개를 돌려 그를 외면했다. 허공에 붕 뜬 테일러의 의문은 영주가 받았다.

"좋은 분들입니다. 전 이분들이 카턴 전 남작만큼이나 일을 잘 해낼 거라고 믿습니다. 지금 카턴 남작에 대해 잘 모르니 뭐라 말을 해야 할지는 모르겠지만……."

영주는 혼자 들떠서 카턴 상단에 대한 자랑을 해댔다. 요약하자면, 자신이 어떤 물건을 구하고 싶어서 많은 상단주들에게 연락을 했는데, 정확한 기한을 지킨 상단은 카턴 상단밖에 없었다는 거였다.

테일러는 영주의 이야기를 듣는 둥 마는 둥 하며 식사를 마쳤다. 엘렌은 일단 자기네를 칭찬하는 이야기가 나오자 밝게 웃었다.

엘렌보다 눈치가 좀 있는 샤먼은 어색하게 맞장구를 치면서 테일러를 흘끔거렸다. 무슨 꿍꿍이인지 알아보기 위해서였다. 유감스럽게도 그는 독심술을 익히지 못했다. 테일러의 속을 간파하지 못했음은 물론이다.

연화는 무심히 수프를 떠먹으면서 한마디 했다.

“좋은 시간 보내셨으면 하네요.”

통상적으로 건네는 인사였다. 너에게 관심이 없다는 뜻이기도 했다. 테일러는 완전히 삐져 버렸다.

테일러는 영주에게 대강 인사만 하고 식당을 나가 버렸다. 갑자기 분위기가 냉각되었다. 조찬 분위기가 파탄 났고, 사람들은 뿔뿔이 흩어졌다. 카를과 연화는 조용한 식당에서 식사를 마쳤다.

모든 일이 끝난 뒤엔 방으로 들어왔다. 테일러의 마음이 돌아선 지금 할 수 있는 일이 생겼다. 연화는 카를에게 눈짓했다.

“카를, 짐 싸요.”

카를은 이의를 달지 않았다. 빠른 속도로 방 안의 물건을 훑었고, 챙겼다.

돈과 보석은 몸에 지니고 있었다. 엘렌에게 뜯어낸 오클레앙 가의 인장 역시 신분패처럼 가지고 다녔다. 따로 챙길 것은 영주관에 머물면서 입은 옷뿐이다. 그나마도 몇 벌 안 된다.

연화는 영주관 복도를 걸어 정문 쪽으로 유유히 빠져 나왔다. 테일러가 완전히 삐진 것인지, 아니면 기사들이 다른 명령을 받은 건지는 모르겠다. 어쨌든 방해꾼은 없었다.

연화와 카를은 여유로운 걸음을 옮겼다.

오랜만에 얻은 자유가 못내 어색했다. 연화는 자꾸 테일러 생각이 났다. 그가 다시 기사들을 움직여 잡아들이지 않을까 긴장이 됐다.

연화는 계속 영주관을 기웃거렸다. 그러느라 다른 사람의 존재를 눈치채지 못했다.

“이봐.”

연보랏빛 정장을 입은 남자였다. 흔하지 않은 옷이었지만, 연화는 오늘 아침에도 이 옷을 봤었다. 옷에는 유감이 없다. 디자인만 따진다면, 고상하고 멋들어졌다. 유감은 옷을 입은 사람에게 있었다.

그녀는 상대를 삐딱하게 흘겨보았다. 역시나 싫은 얼굴이 서 있다.

"뭐죠."

샤먼이 미간을 찡그렸다. 순간 연화의 기분이 풀렸다. 아까까지만 해도 그의 존재가 불쾌했지만, 아이러니하게도 그가 이 상황을 못마땅해한다는 걸 알자마자 미미한 쾌감이 올라왔다.

그가 셀리나를 싫어하는 만큼 저 역시 그가 싫어서일까. 그가 괴로워한다는 것만으로도 뭔가를 보상받았다는 기분이 들었다. 그래서 연화는 상큼한 미소를 지을 수 있었다. 허리에 손을 짚고서 도도하게 물었다.

"할 말 있으면 하세요."

이 기분이면 뺨 한 대는 맞아줄 수 있을 것 같다. 연화가 무방비한 자세로 얼굴을 내밀었다. 그런데 샤먼은 그냥 지그시, 나지막한 목소리로 한마디 할 뿐이다.

"언제부터 속였지."

"무슨 말씀을 하시는 건지 모르겠는데요."

연화가 빙글거렸다. 모르는 척은 옵션이다. 샤먼은 푸하하 웃음을 터뜨렸다. 일상적인 농담을 들은 사람의 행동 같았다.

"그래. 속인 건 아니었지. 맞아. 그저 내가 잊고 있었던 것뿐이었어. 익숙한 모습에 젖어서."

미묘한 말이었다. 숨은 뼈가 들어 있는 듯도 하다.

연화가 그를 물끄러미 쳐다보았다. 하지만 샤먼 자신의 말을 제대로 설명해 주는 친절을 베풀지는 않았다.

"어젠 정말 깜찍했어. 협박하는 재능이 남다른지도 몰랐고. 인장을 가져갈 줄도 몰랐어. 무엇보다……."

그가 왼쪽을 눈짓했다. 연화와 샤먼 사이로 끼어든 카를이 검집에 손을 올리고 있었다. 완벽한 경계 태세였다.

"이런 부하를 데리고 있을 줄은 정말 몰랐지 뭐야."

카를은 말없이 그를 노려보았다. 샤먼은 조금도 긴장하지 않은 모양새로 카를을 위아래로 훑었다. 뭔가 캐내고 싶은 게 많은 눈이었다. 카를이 아무 말도 않았고, 그는 스스로 추측해 답을 내린다.

"오클레앙의 사람인가?"

샤먼은 셀리나를 과소평가하는 만큼 카를을 과대평가했다. 상황에 맞추어 사람을 재다 보니 일어난 현상이다. 연화는 피식 웃었다.

"카를이 이 모든 일을 주도했다고 생각하시나요?"

"솔직히. 1달 전까지만 해도 짐 나르던 꼬맹이가 이런 계략을 세웠을 거란 생각은 하기 어려우니까. 아무리 상상력의 한계가 없다고 하지만."

샤먼은 계속 헛웃음을 터뜨렸다. 이 상황을 허망해하는 것 같기도 하고, 황당해하는 것 같기도 했다. 하지만 어떤 식으로든 이해하고 있었다.

그 누구보다 이 상황에 딴지를 걸 줄 알았던 남자는, 테일러보다 더 신사적으로 굴었다.

샤먼은 제 할 말만 하고 사라졌다. 화도 내지 않았다. 의심은 할지언정, 제 추측을 강요하고 캐내진 않는다.

연화는 그의 뒷모습이 무척 황당했다.

"그냥 가세요?"

셀리나를 붙들어 말을 건 데엔 목적이 있을 거라고 생각했다. 뺨을 때리거나, 인장을 빼앗거나. 혹은 둘 다일 수도 있고.

샤먼은 설명 없어도 연화의 말을 알아들었다. 그가 쿡쿡 웃었다.

"어차피 인장 같은 거…… 그렇게 중요한 물건도 아니었어. 오클레앙 가도 그렇고."

"……그런가요."

"오히려 없애 버리고 싶은 쪽이었지. 볼 때마다 구역질이 났어."

샤먼이 비릿하게 웃었다. 거짓을 억지로 위장하는 게 아니었다. 그는 진실로 말하고 있었다. 아비의 죄가 담긴 흔적을 지우고 싶어 했다.

"그럼 왜 가지고 있었어요?"

"그걸 중요하다고 생각하는 아이가 있었거든."

연화는 어제의 일을 떠올려 보았다.

엘렌은 인장을 너무 내어주기 싫은 나머지 약은 꾀까지 냈었다. 반면 샤먼은 연화가 오클레앙의 이름을 가져갈 때까지 조용히 있었다.

샤먼이 말하는 '아이'가 누군지 명확해졌다.

연화는 소설을 떠올려 보았다. 그러고 보니 오클레앙의 이름을 빌린 건 엘렌뿐이었다. 소설을 읽을 때는 이용할 수 있는 신분이 오클레앙의 영애뿐이라서 그런 가 했다. 하지만 샤먼은 얼마든지 오클레앙의 이름을 빌릴 수 있었다. 오클레앙의 기사라든가 대부라든가 하는 식으로. 그러지 않은 건 그가 원치 않았기 때문이다.

"그리고 어차피 여기 온 목적은 달성했어."

"……공작님과 만나는 거였군요."

샤먼은 엘렌을 시켜 테일러를 유혹하게 한다. 그의 목적이 어디 있는지 유추하는 건 어렵지 않았다. 샤먼이 눈을 가늘게 떴다. 미묘한 웃음이 걸렸다.

"속이는 게 아니었다고 했지. 그래. 그럴 수 있겠지. 나는 네가 얼마나 잘난 인간이었는지 알아보려 하지 않았으니까."

"알아볼 필요도 없다고 생각해서요?"

"거슬려서."

연화가 눈을 찡그렸다. 실컷 부려먹다가 황무지에 버린 놈이 저런 말을 할 줄이야.

"눈에 띄지 않는 곳에 박아두어도 자꾸 시선 끝에 걸렸지. 넌 그런 존재였다. 짜증나고 신물이 났어. 하지만 이제 그것도 이것으로 끝이었으면 좋겠군."

"왜요? 지은 죄가 두려워졌어요? 아니면 제가 보복할까 봐?"

샤먼은 미간을 찡그렸다가, 갑자기 핫 하며 웃었다.

"보복할 힘은 있나?"

재수 없을 정도로 현 상황을 잘 파악하는 목소리였다. 연화는 슬며시 주먹을 쥐었다. 막 귀족의 신분패를 얻었을 뿐, 기반은 없는 연화는 타국의 귀족을 때릴 처지가 못 된다.

샤먼은 삶의 활기를 찾았는지 휘파람까지 불면서 사라졌다. 그 뒤를 카를이 쫓아가려 했다. 연화가 붙들자, 카를은 샤먼을 노려보던 시선 그대로 그녀를 봤다. 제법 매서워서 연화가 어깨를 움찔하자 그가 눈매를 다시 평이하게 늘어뜨렸다. 하지만 목소리는 평정을 찾지 못했다.

"악당이 나타났는데 복수는 안 하실 겁니까?"

"힘이 없는 건 사실인걸요."

카를이 숨을 흡 들이켰다가, 깊이 늘어뜨렸다. 그리곤 연화의 앞에 정자로 반듯이 서선, 자신의 허리 부근을 가리켰다.

"저는 검이 있습니다."

"네, 알아요."

"아주 잘 씁니다."

연화는 눈을 깜빡였다. 카를이 샤먼이 사라진 길을 몇 번 눈짓하는 걸 보고서야 그가 무슨 말을 하는지 알았다.

"무슨 말을 하는 건지는 알겠는데, 하면 안 돼요."

연화는 카를의 손을 잡았다. 황무지에서 만난 시체가 아니라, 잘 먹고 잘 쉬어서 건장한 체력을 되찾은 카를이 제대로 힘을 발하면 연화는 막을 수 없었다. 하지만 카를은 순순히 따라와 주었다. 썩 내키지 않음을 입술을 삐죽여 보여주면서.

연화는 카를의 등을 토닥였다. 이곳의 영주는 테일러에게 잘 보이려 하는 것만큼, 엘렌도 많이 좋아했다. 정확히는 카턴 상단을. 그래서 영주는 엘렌이 테일러와 맺어질 수 있도록 온 힘을 바치는 캐릭터였다. 샤먼과 연화 사이에 문제가 생겼을 시, 그가 연화를 도와줄 가능성이 별로 크지 않아 보였다.

"일단 가요. 준비할 것이 많잖아요."

카로틴은 큰 나라다. 수도까지 올라가는 긴 여정을 마치려면 단단히 여장을 꾸려야 했다. 카를은 고개를 끄덕였다.

⚜

샤먼은 몇 걸음 걷다 멈추고 다시 영주관 앞으로 되돌아왔다. 기다리는 사람이 있었다.

몇 분 후 엘렌이 나타났다. 황무지를 횡단하는 동안 활동복만 입은 것에 한이라도 맺혔던 걸까. 한껏 공들여 치장한 모습이다.

엘렌은 생글 웃으며 샤먼의 팔에 엉겨 붙었다. 오늘의 물주는 그다.

"오빠, 많이 기다렸어?"

"뭐…… 조금."

샤먼은 무뚝뚝하게 대답했다. 엘렌은 별로 신경 쓰지 않았다. 원래 그의 오빠는 다정다감한 편이 아니었다. 이런 대화는 일상적이다.

이상한 점은 따로 있었다. 엘렌은 샤먼의 주위를 갸웃거렸고, 물었다.

"그런데 왜 혼자 서 있어? 오늘 살 거 많다고 했잖아."

짐꾼을 데리고 기다렸어야지.

"천것들에게 귀한 물건을 맡기면 안 되니까."

"아. 그런가. 하긴. 고것들이 함부로 망가뜨린 물건이 워낙 많아야지."

엘렌은 납득하면서도 투덜댔다.

"그래도 무거운 거 들긴 싫은데. 그러면 쇼핑도 오래 할 수 없잖아."

영주관 근처에서 미적거리던 엘렌이 몸을 젖혔다. 주위에 있는 사람 아무나 끌어다 짐꾼으로 쓸 생각이었다, 하지만 샤먼이 그녀를 제지했다. 샤먼은 그녀를 잡고 상점가로 이끌었다.

"시간 잡아먹는 짓 하지 말고. 빨리 가자. 공작님과도 약속했잖아. 금방 갔다 오겠다고."

"공작님이 뭐가 중요해? 잘생긴 것도 알겠고, 그 나이에 공작이라니 대단한 것도 알겠는데. 혼 왕국에 그만큼 능력 있는 남자가 없었던 건 아니잖아."

"그는 우리 상단에 날개를 달아줄 사람이야."

강한 확신에 찬 목소리였다.

"언제는 돈 마다 하는 권력자는 없을 거라더니."

"예외는 있는 법이지."

혼 왕국에선 권력자를 무서워할 필요가 없었다. 권력자들의 협조는 아버지 대에서 이끌어냈다. 외려, 그들의 세에 눌린 권력자들이 고개를 숙이곤 했다. 하지만 제국은 달랐다. 카로틴 제국까지 상단의 근거지를 넓히려면 필연적으로 권력자를 만나야 한다. 아버지가 했던 고생을 자처해야 한다.

테일러는 그러는 데 필요한 사람이었다. 그는 샤먼에게 필요한 인맥과 권력을 대어줄 수 있는 사람이다.

"그런가……. 잘 모르겠는데."

엘렌은 뚱한 얼굴을 했다. 샤먼은 엘렌이 한심해졌다. 동생이 정치에 관심이 없는 것도 알고, 상단이 어떻게 굴러가든 관심 없는 것도 알지만 좀 아쉬웠다.

'반의반만이라도 닮았으면 좋으련만.'

샤먼은 씁쓸한 미소를 흘리며 뒤를 돌아보았다. 역시나 싶지만, 거리 위에 존재했던 두 남녀는 흔적 한 조각 남기지 않고 사라지고 없었다.

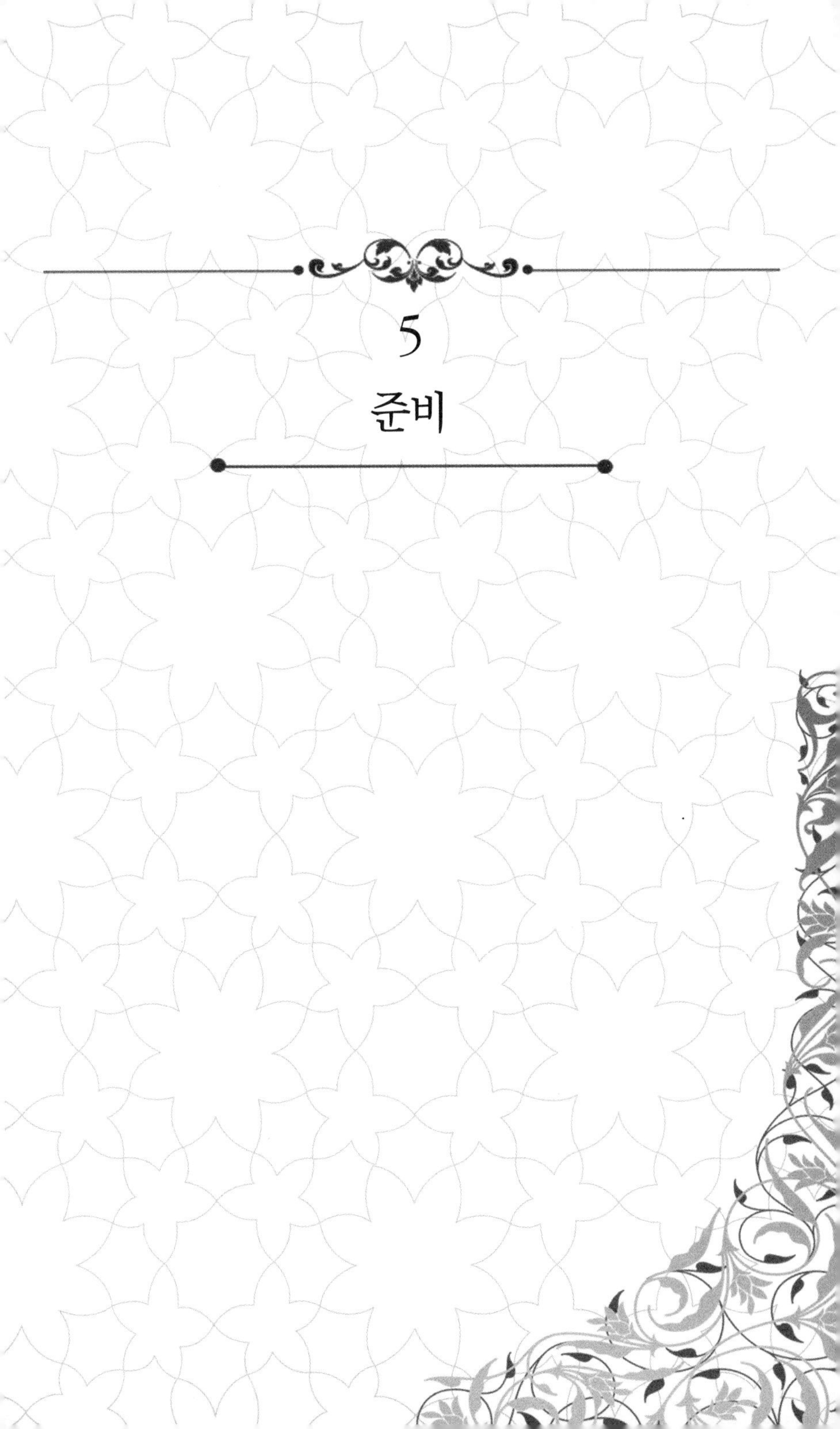

5

준비

여행을 하려면 많은 물품이 필요하다. 인간의 행색을 갖추려면 더더욱 그랬다. 먹을 것은 물론 입을 것과 씻을 것 등 다양한 물품이 필요했다.

황무지에선 그런 걸 따지지 않았다. 그땐 살아남는 게 가장 중요했다. 아레디스 국경 마을에 들어가는 것에만 집중했기 때문에 사소한 건 무시했었다.

인간다운 삶을 바라보는 초점은 두 가지다. 문명과 이성.

그중 여행 물품을 고를 때 필요한 관점은 '문명'이다. 얼마나 편리하고 실용적인가. 하지만 연화는 '이성'은 물론 '이해'의 관점도 필요하다는 걸 깨달았다.

"모두 필요한 겁니다."

"그래도 이건 좀 심하잖아요?"

연화는 바구니에 담긴 물품들을 바라보았다. 황당해서 절로 혀가 차졌다.

그들이 서 있는 곳은 잡화점이었다. 카를이 길을 떠나기 전 쇼핑을 제안했기 때문이다. 물건을 골라오는 건 카를이 맡기로 했다. 물건을 집어오는 데 그의 장신은 꽤 유리했기 때문이다.

연화는 취지는 좋았다고 생각했다. 이 생각이 취지'만' 좋았다로 바뀌는 데 10분도 걸리지 않았다는 게 문제지.

"이건 대체 왜 고른 거예요?"

연화는 솜이불을 집어 들었다. 분홍색 꽃무늬가 박힌 이불이다. 보들보들한 표면을 만지고 있자니 뽀송한 냄새가 올라왔다.

상등품이라는 건 알겠다. 하지만 그것만으로는 이 물건을 사는 이유를 설명하지 못한다.

"취침 시 필요하지 않겠습니까?"

"우리 황무지로 가는 거 아니에요. 수도로 가는 거예요."

카로틴 제국의 수도는 문화의 중심지로 유명하다. 그런 곳을 방문하는 사람은 적지 않다. 이에 편승해 관광 수입을 얻으려는 사람은 있을 것이다. 그런 사업 중 하나는 여관업이다.

"여관에 이불 하나 없겠어요?"

"여관을 못 잡는 날도 있지 않겠습니까?"

"그럼 침낭을 샀어야죠."

연화는 이불을 뺐다. 너울거리는 이불 사이로 희고 긴 통이 떨어졌다. 땅에 떨어지기 전 아슬하게 건질 수 있었다.

"이건 뭐예요? 물통이에요?"

"간단한 응급처치를 할 수 있는 물품이 들어 있습니다."

카를이 뚜껑을 열어 안을 보여주었다. 붕대와 가위, 반창고는 물론 상비약까지 들어 있다. 이 세계의 구급상자인 모양이다.

"이건 괜찮네요."

연화는 통을 한쪽으로 치워두었다.

이후 연화는 수십 개의 물건을 분류했다. 기준은 단순했다. 살 것인가, 말 것인가. 카를은 여행을 자주 다녀보지 않은 모양이다. 필요 없는 물건을 너무 많이 담았다. 그래서 연화는 휴대성과 실용성을 갖춘 물건만 따로 빼 정리했다. 한쪽에는 꼭 사야 할 물건들을, 다른 쪽엔 사지 않는 물건들을 쌓아두었다.

연화가 사지 않겠다는 물건이 늘어날수록 카를의 얼굴이 어두워졌다. 그래도 연화가 이유를 설명하면 납득하고 넘어갔다. 이해가 가지 않더라도 이해하려고 노력했다. 딱 한 번 카를이 그렇지 않은 때가 있었다.

"다른 건 다 이해하겠는데. 이건 왜 고른 거예요?"

연화는 바구니 아래에 있던 물건을 들어 올렸다. 쇠로 된 물건이 제법 무거웠다.

"즉석에서 맛있는 도넛을 구워먹을 수 있다고 합니다."

물건엔 버튼이 달려 있었다. 누르자 반으로 쩍 벌려졌다. 위아래로 된 철판엔 도넛 모양의 홈이 파여 있다. 연화는 물건의 정체를 눈치챘다. 이거, 도넛 메이커다. 현대의 물건과 다른 점이 있다면 플러그가 달려 있지 않다는 거다. 대신 마석을 꽂는 공간이 휑하니 비어 있다.

물건의 정체를 깨닫자마자 과거의 잔상이 올라왔다. 연화는 쇼핑 호스트가 선전하는 물건을 보고 아버지를 졸랐었다. 그때 아버지는 안 된다고 했었다. 도넛이 먹고 싶으면 도넛을 사면되지 않느냐고.

그땐 억울하다는 생각만 했다. 돈도 많은 양반이 쩨쩨하게 몇 만원을 아끼다니. 하지만 지금은 아버지를 이해할 수 있다. 돈이 썩어 넘쳐 나는 아버지도, 실효성 없는 물건을 들이기 위해 지갑을 열긴 싫었겠지.

카를 역시 조금은 억울하다는 얼굴을 하고 있다. 연화는 그 얼굴이 무척 재미있었다. 어릴 적 자신을 보는 것 같기도 했다.

"……그래서 도넛을 구워먹으려면 어떻게 해야 한다구요?"

"반죽은 여기, 설탕은 여기 넣은 뒤 기름을 채우고 레버를 당기면 된다고 했습니다."

"반죽을 만들려면 어떻게 해야 하는데요?"

"버터와 계란과 박력분과 이스트가 필요합니다."

"그거 다 얼만지는 알아요?"

연화가 회의적인 질문을 던졌다. 연화의 목소리에 당혹스러움이 담긴 것과 달리 카를의 얼굴은 담담했다.

"신선한 도넛을 먹을 수 있다고 했습니다."

"그래서 이 쇳덩어리를 들고 움직이겠다구요?"

"제가 들 수 있습니다."

"재료도요?"

쇳덩어리와 재료를 들고 장거리 여행을 한다라. 심지어 재료 중 하나는 계란이다. 미션 임파서블이다. 겨우 미션을 수행한다고 해도 얻는 건 도넛뿐이다. 말도 안 된다.

"그냥 도넛가게로 가죠."

카를은 '나만 없어, 진짜 사람들 도넛메이커 다 있고 나만 없어' 따위의 표정을 지었다. 어쩐지 이 남자, 좀 귀엽다. 연화는 그를 달래기 위해 허리를 토닥였다. 사실은 등을 토닥이고 싶었지만 키가 닿지 않았다.

"카를. 이 기계 살 돈으로 도넛 20개는 더 살 수 있어요."

"……예."

카를은 일단 수긍했다. 둘은 사지 않기로 결정 난 물건을 제자리에 돌려놓은 뒤 계산대로 향했다. 다음 코스는 옷가게였다. 식료품은 그 다음이다. 이변이 없는 한 예정을 따를 생각이었다. 연화는 새 옷을 살 생각에 기분이 좋아졌다.

계산을 기다리는 동안 연화는 콧노래를 불렀다. 한 치 앞도 모르는 콧노래는 단조로우면서도 흥겨웠다. 별일이 없을 거라고 생각했다. 잡화점에서 별일이 생겨봤자 무슨 일이 생기랴 방심했다. 그래서 연화는 아무 생각 없이 뒤를 돌아보았다.

"어라, 너……."

뒤엔 아주 낯익은 남자가 서 있었다. 짙은 풀색 머리와 쏙 들어간 볼살을 드는 순간 후회가 밀려왔다.

연화는 그를 모르지만 셀리나는 그를 알고 있다.

이름은 라시안. 카턴 상단의 노예 중 하나다. 하는 일은 장부 정리와 창고 관리다. 셈을 할 줄 알고, 글을 읽을 줄 알았기 때문이다. 그는 다른 노예들보다 조금 똑똑했다. 하지만 적당히 멍청했다. 덜 약았다는 뜻이다. 덕분에 그는 카턴 상단주의 신임을 받았다.

당연히 노예들의 질시를 받았다. 하지만 라시안은 타인의 질시로부터 자신을 지켜낼 수 있을 만큼 강한 힘을 갖추지 못했다. 그는 강한 노예들의 비위를 맞추는 것으로 자신의 신변을 지켰다.

라시안은 상단에 필요한 물건을 매입하는 일도 했다. 그만큼 외출이 자유롭다는 뜻이다. 그는 이 장점을 살려 강한 노예들이 필요로 하는 물품을 사다 주었다. 그것이 지금 그가 잡화점에 와 있는 이유다.

연화는 실소했다. 오클레앙 인장을 얻었다고 너무 우쭐해 버렸나 보다. 셀리나가 노예였다는 걸 기억하는 사람들이 아직 마을에 체류 중이었다. 어떻게 그 간단한 사실을 잊고 경솔하게 행동해 버린 걸까. 그래도 수습할 수 있을지 모른다. 모르는 척 고개를 돌리고 사람 잘못 본 것 같다고 새침하게 말하면 아무것도 아닌 일로 만들 수 있다.

연화는 평범한 아이의 옷차림을 하고 있지만 라시안은 누가 봐도 노예스러운 차림을 하고 있다. 그의 말에 귀를 기울여 주는 사람은 적을 것이다.

연화가 라시안을 외면하기 위해 시선을 틀려는 순간. 남자가 먼저 외쳤다.

"살아 있었나?"

"아는 사람입니까?"

순간적으로 경직되었던 몸은 카를의 목소리가 풀어주었다. 연화는 카를의 손을 끌어당겨 잡았다. 카를은 갑작스러운 스킨십에 당황하면서도 손을 빼지는 않았다. 카를이 이런 남자라는 걸 자각하는 만큼, 어떻게 해야 이 상황을 내게 유리하게 끌 수 있을지 생각해 냈다. 연화는 태연히 웃으며 라시안에게 속살거린다.

"아뇨. 처음 보는 사람이에요."

연화는 카를에겐 한쪽 눈을 찡긋해 줬다. 라시안을 보고서는 밝은 미소를 띠운다.

"당신이 아는 사람이랑 제가 무척 닮았나 봐요."

어투는 부드럽지만 내용은 명백한 부인이다. 라시안이 도리질을 치더니 주먹을 불끈 쥔다. 모양새는 불의에 대응하는 사람 같았다.

"비싼 옷을 입었다고 널 못 알아보는 사람은 없을 거다. 네 처지가 달라졌다고 과거가 달라지는 것도 아니니까! 네가 주인이 던져준 짐을 들고 다닌 꼬맹이라는 걸 아는 사람이 상단 내에 수두룩하다고!"

비실한 이의 몸에서 나온 거라고는 믿기지 않을 정도로 큰 목소리였다.

연화는 황급히 주위를 둘러보았다. 잡화점 안에 있던 사람들은 죄다 이쪽을 보고 있다. 무슨 일인가 다가오는 사람까지 생겼다. 이제 연화는 오클레앙 영애로 활동해야 한다. 그러려고 영주 앞에서 인장을 뺏었다. 저런 헛소리에 공감할 수는 없다. 마음 같아선 무시하고 싶었지만, 이목이 집중된 상태에서 제대로 해명을 하지 않고 넘어갔다간 쓸데없는 오해가 붙을 것이다.

지금 연화가 할 수 있는 건 오리발 내밀기뿐이다. 뭐가 잘못되었냐고 되레 뻔뻔하게 구는 것이다.

연화는 의뭉스레 웃었다. 그녀가 주위를 둘러보던 시선을 자연스럽게 원위치로 되돌렸다.

"주인? 그게 누군데요?"

"네 옆에 서 있는 작대기 같은 남자!"

연화는 왼쪽을 올려다보았다. 저를 내려다보고 있던 카를과 눈이 마주쳤다. 진지함 속에 걱정이 묻어 있다. 연화는 흔들리려는 마음을 다잡기 위해 부러 목소리 톤을 높였다.

"어머, 당신이 제 주인님?"

"……그럴 리가 없잖습니까!"

충격으로 굳었던 카를이 바로 반박의 외침을 뱉는다. 연화는 만족스러운 답을 얻은 뒤 다시 몸을 틀었다. 라시안을 바라봤다.

"아니라는데요?"

"그런 말 누가 믿어?"

"당신 말은 누가 믿어주는데요?"

연화가 똑같이 맞받아치자 라시안의 미간이 꿈틀댄다. 당장 폭력 사태라도 일으킬 기세다. 이에 반응하듯 카를이 검을 뽑았다.

"제가 해결하겠습니다. 한 번이면 끝납니다."

카를이 당장 라시안을 벨 것처럼 움직였다. 바로 라시안의 기세가 수그러들었다. 그를 닥치게 만든 건 좋은데, 카를이 민간인을 위협하는 악당 같은 모양새가 된 건 안 좋았다.

카를이 라시안을 검으로 베거나 찔러 좋을 게 없다는 것도 문제였다. 유혈 사태가 나면 구경꾼이 많아질 것이고, 경비대가 소환될지도 모른다.

그들의 일정은 많다. 시장가를 돌면서 사야 할 물건이 많이 남아 있었다. 여기서 문제를 일으키면 안 된다. 연화는 카를의 소매를 잡고 뒤로 끌어당겼다.

"제게 더 좋은 방법이 있어요. 그러니 기다려요."

연화는 카를이 검을 집어넣는 걸 보면서 라시안 앞으로 나왔다. 라시안은 카를보단 셀리나가 백만 배는 더 만만해 보이나 보다. 파랬던 안색이 원래대로 돌아왔다.

"당신 제가 짐꾼 노예랬죠?"

"……그랬지."

"전 그것부터 참 이상하다고 생각해요. 이렇게 여리고 약한 제가 짐을 들었다는 거요."

짐꾼 노예라면 작은 짐을 들지도 않았겠네요. 연화는 너스레를 떨었다.

실제 셀리나는 무거운 짐을 잘 들어 올리지만, 생긴 것만 보면 그런 일 못하게 생겼다. 셀리나의 근력을 측정해 보지 않는 이상, 사람들은 시각적인 자료에만 의존해 판단할 것이다. 그래서 사람들은 수군거렸다. 대체로 라시안의 의견에 의문을 표하는 쪽이었다. 라시안이 당황해서 빽 소리쳤다.

"너보다 약해도 큰 짐을 지는 아이들은 많아!"

"어머나. 지금 어린아이들을 강제 노동시켰다고 자백하시는 거예요?"

연화는 라시안의 말 중 논리적으로 대응하기 어려운 건 감정적인 언어로 받아쳤다. 어쨌든 셀리나의 삶이 일반적이지 않았던 건 분명하고, 그녀가 당해온 일이 부당하다는 것도 사실이니까. 다만 라시안 입장에서는 열받을지도 모르겠다. 사실을 이야기하라 해놓고는 사실 한 마디에 싸대기 한 대씩 올려치고 있으니.

"어쩜 그럴 수 있나요. 이성을 가진 사람으로 태어났으면 해야 할 일과 하지 말아야 할 일을 구분해야 하는 것 아닌가요? 아껴주고 사랑해 줘야 하는 아이들에게 그런 일을 시키다니. 당신 최저네요."

"어차피 내가 시킨 것도 아니었어. 주인님의 명이었다고!"

"그래서 시키는 대로만 했다는 건가요? 다른 행동은 일체 없이?"

라시안은 셀리나를 괴롭혔다. 분명 시작은 오웬이 시켜서였다.

라시안은 처음엔 어린아이를 괴롭힌다는 것에 껄끄러워했지만 나중엔 스스로 즐겼다. 수시로 찾아가 면박을 주고, 식사를 못하게 훼방을 놓았다. 오웬이 신체적인 공격을 담당했다면 그는 정신적인 쪽을 담당한 셈이다.

노예 생활은 가혹하다. 해야 할 일은 많고, 압박은 들어오는데 쌓인 스트레스를 풀 곳은 없다. 라시안의 인생은 불행하다. 그래도 셀리나를 샌드백 대용으로 사용한 건 잘못되었다.

연화는 라시안을 지그시 응시했다. 라시안이 연화를 마주 노려보다가, 갑자기 양팔을 끌어안고 몸서리를 쳤다.

"젠장. 내가 채찍질을 했나, 짐을 떠안겨 줬나, 뭘 했어? 네년 밥그릇 걷어차고 욕 좀 한 게 다라고! 까놓고 말해서 오웬이 한 짓에 비하면 내가 한 건 아무것도 아니잖아!"

"그래서 뿌듯하세요? 자랑스러우신가요? 그래서 이렇게 떳떳한 건가요?"

"네가 자초한 일이잖아. 만날 넘어지니까, 그래서 물건을 못 쓰게 만드니까! 나만 그렇게 생각한 게 아니야. 주인님도 그랬지. 네 년이 제대로 하는 일이 없다고. 쓸모가 없었다고! 그래서 버린 거야. 아무도 없는 황무지에서 그냥 죽어버리라고!"

가감 없는 악의가 연화의 온몸을 후려쳤다. 라시안은 진심으로 말하고 있었다. 너 같은 거 죽어버리라고. 연화는 주먹을 꽉 쥐었다. 자신이 셀리나가 아니라는 걸 알면서도, 앞이 흐려질 만큼의 분노가 덮쳐 왔다.

이 남자는 뭐가 잘나서 어린 소녀를 핍박했나.

어린 소녀는 무엇을 잘못해서 당하고만 살았나.

온몸의 피가 거꾸로 솟구치는 것 같았다. 분노가 머리를 뜨끈하게 하고, 주먹을 쥐어지게 만들었다. 연화는 그걸 억지로 억누르고 냉정한 척 말해야 했다.

연화는 다행히 감정을 눌러 담는 데 성공했다. 너무 눌러 담아서 문제지.

"가여운 아이가 힘든 일만 겪다 생을 마감했군요. 정말 안타까워요."

"네 얘기잖아!"

연화의 무감정한 목소리에 라시안이 발끈했다.

연화는 정말로 남 이야기를 하는 것처럼 고개를 갸우뚱하며 연기에 몰입했다.

"그런데 그거, 정말로 제 이야기인가요?"

"뭣?"

"이 근처의 황무지는 하나뿐이고, 아주 척박한 땅이죠. '그냥 죽어버려라'라는 말이 나올 만큼요. 그런 곳에서 어떻게 저 같은 아이가 살아남을 수 있겠어요?"

연화가 맑은 목소리로 의문을 표하자 라시안이 움찔했다. 적의에 사로잡혔던 눈동자가 아연해진다. 부풀어 올랐던 감정이 빠진 자리를 혼란스러움이 채웠다. 눈앞에 있는 아이는 셀리나와 똑같았다. 눈도 코도 귀도, 무엇 하나 다른 구석이 없었다. 하지만 말투나 행동은 셀리나가 아니었다. 다른 사람 같았다.

늘 기죽어 지내던 아이는 한 번도 고개를 들지 않았다. 상대와 눈을 마주하고 대화하는 걸 겁냈다. 불합리한 처우에 항의 한번 할 줄 몰랐다. 늘 손해 보고 양보하면서 자신이 뭘 잃고 있는지도 몰랐다. 어둡고 우울한 얼굴에서 생기라곤 조금도 찾아볼 수 없었다. 그랬었다.

라시안이 한 발 물러섰다. 그가 주위를 살폈다. 자신의 편을 들어줄 사람을 찾기 위해서였다. 하지만 라시안을 둘러싼 사람들 중 그에게 호의를 가진 자는 없었다. 호기심을 드러내는 자는 있지만, 그의 악행과 관련해서였다. 반감이 가득 담긴 눈동자가 그를 찔렀다.

라시안이 세상에서 가장 겁내는 건 '대중'이다. 그는 자신을 짓밟아 뭉갤 수 있는 압도적 다수의 힘이 무서웠기에, 노예들 중 대장급에 속하는 자들의 비위를 맞추었다.

연화는 라시안과 대화를 하는 척하면서 사람들에게 넌지시 알려주었다. 이 남자 정말 나쁜 남자라고, 뭇매 맞아도 싼 놈이라고. 그러니 같이 욕해달라고. 침묵하는 군중은 아무것도 하지 않는다. 그들이 하는 일은 쳐다보는 것뿐이다. 별것 아닌 행동이지만, 때로는 큰 힘을 발휘한다.

라시안이 뒷걸음질 치기 시작하더니 이내 몸을 돌려 달아나 버렸다.

라시안을 중심으로 뭉쳐져 있던 인원은 천천히 흩어졌다. 구경거리가 사라졌으니 더 있을 이유가 사라진 셈이다. 그들은 자신들이 본 것에 대한 이야기를 나눈 뒤 흩어졌다.

몇 분 뒤 주위가 정리되었다. 방금 소란이 있었는지 의심될 정도였다. 이제 연화를 쳐다보는 사람은 아무도 없다. 연화는 카를을 보며 생긋 웃었다.

"해결됐네요."

"그렇군요."

카를은 일단 고개를 끄덕여 주었다. 하지만 그의 안색은 굳어 있었다.

"하지만 다음부턴 제가 나서게 해주십시오."

착 가라앉은 카를의 목소리에선 분기가 느껴진다. 연화는 그의 얼굴을 살폈다. 뭐가 그를 화나게 한 걸까.

"제 방식이 마음에 안 들었어요?"

"저자의 무례함을 견디고 싶지 않았습니다. 검으로 베어버리고 싶었습니다."

"폭력이 정답은 아니에요."

"쉽고 빠르게 해결할 수 있었습니다."

"후처리는 쉽고 빠르지 못하잖아요."

사람 많은 번화가에서 살인을 하면 단번에 시선이 집중될 거다. 몰려드는 인파도 아까의 곱절은 될 거고. 그 눈을 피해서 평온하게 수도까지 올라가기란 불가능에 가깝다. 카를은 입을 삐죽였지만 토는 달지 않았다. 화난 카를이 뿜어내는 분위기가 주위를 싸늘하게 만드는 것 같았다. 그 때문인지 인내의 방에 갇힌 것처럼 시간이 더디게 흘렀다.

하지만 계산은 마칠 수 있었다. 연화는 생필품들을 품에 안았다.

"그럼 가요, 카를."

연화는 여유로운 한 손을 카를에게 내밀었다. 카를이 멈칫하더니 다시 손을 겹쳐 왔다. 하지만 카를의 얼굴이 풀린 건 그날 오후가 되어서였다. 그는 뒤끝이 강한 남자였다.

⚜

"제 생각은 이래요."

연화는 침대 위에 지도를 펼쳤다. 가죽으로 만든 지도는 보드라우면서도 도톰해 담요로도 쓸 수 있었다. 하지만 지형을 나타난 기호와 선은 뚜렷했다. 지도의 역할은 충실히 이행했다.

연화는 쉽게 지금의 위치를 짚어낼 수 있었다.

"우리는 카턴 상단과의 접촉을 최소화할 수 있는 이동 경로를 짜야 돼요."

연화가 이곳에 머무는 한, 안전을 보장받을 수는 있을 것이다. 이곳엔 셀리나를 오클레앙 영애로 알고 있는 영주가 있다. 세상이 뒤집어지지 않는 한 그는 오래토록 살아남으리라. 하지만 이곳에서 영원히 살 수는 없다. 이 세계를 떠날 마음이 티끌만큼이라도 있는 한 다음 마을로 가야 한다.

그곳엔 셀리나를 보고 오클레앙 영애라 불러주는 사람이 없다. 누구도 셀리나를 귀족으로 대우해 주지 않는다는 뜻이기도 하다.

노예 문서가 사라진 지금, 카턴 상단주는 셀리나를 노예로 대하지는 못할 것이다. 하지만 평민으로 대할 수는 있다. 그리고 유감스럽게도, 남작씩이나 되는 귀족이 평민을 죽인다고 엄청난 처벌이 기다리고 있진 않다.

그러니 연화에게 방법은 하나뿐이다. 카턴 상단을 최대한 피해야 한다. 일대일로 싸워 질 게 뻔한 상대와 싸울 이유도 없다.

비겁하고 찌질하게 느껴져도 별 수 없다. 목숨은 세상에서 제일 소중하다.

다행히 연화는 카턴 상단의 이동 경로를 알고 있었다. 재민의 소설과 연화의 암기력이 도움을 주었다.

연화는 손가락을 위로 움직였다. 마을 상단에 위치한 숲이었다.

"카턴 상단은 혼 왕국에서 크게 장사를 했어요. 그래서 많은 자본과 기술자를 가지고 있어요. 그런 마당에 정치계 인맥이 되어줄 수 있는 카이스턴 공작까지 만났으니, 아주 의기양양해져 있을 거예요. 큰 마을에서 판을 벌여도 되겠다는 확신도 섰겠죠."

"큰 마을…… 설마 수도를 말씀하시는 겁니까?"

"네."

연화는 고개를 끄덕였다. 소설에도, 카턴 상단이 아레디스로 넘어와 처음 장사를 시작하는 곳은 수도로 나와 있다. 물론 대실패를 거두긴 했지만 어쨌든.

"게다가 카이스턴 공작저도 수도에 있구요."

"그들과 저희들의 목적지가 같다는 말이군요."

"그래도 가야 돼요."

소설 세계에서 언제까지고 살 수는 없는 거다. 그러기엔 현실에 남겨둔 것이 너무 크고 귀중하다.

카를은 뭐 때문에 그래야 하냐는 말은 하지 않았다. 우려 섞인 의견을 냈을 뿐이다.

"행로가 겹칠 확률이 높습니다."

"카턴 상단의 예상 경로를 미리 파악하면 돼요. 언제 어디를 지나가는지만 알면 피할 수 있을지 않을까요?"

개인이라면 모를까, 그들은 상단이다. 목적성을 가진 집단이란 뜻이다. 그들은 어떠한 특성을 띨 수밖에 없고, 이를 파악하면 행로를 짐작하는 건 어렵지 않다.

"카턴 상단엔 짐마차가 많아요. 노예와 짐을 실어야 하기 때문이죠. 많은 마차를 동시에 굴리기 좋은 지형은 하나뿐이에요. 평원이죠."

평원의 이점은 뚜렷하다. 속도를 내기 좋고, 혹 있을 도적떼의 기습도 피할 수 있다. 가림막 하나 없는 평원에서 습격해 올 만큼 간 큰 도적떼는 잘 없으니까.

연화는 평원들을 짚고 이어보았다. 삐뚤삐뚤하지만, 평원으로만 된 길 하나가 만들어졌다. 카턴 상단에게는 최적의 행로다. 하지만 소설 속에 그려진 그들의 행로는 이 길과 달랐다. 그들에겐 평원을 따라 움직이면 안 되는 이유가 존재했기 때문이다.

"평평한 길로만 움직이면 행로가 길어져요. 수도에 늦게 도착한단 뜻이죠. 카이스턴 공작이 좋아할 리 없어요."

샤먼은 카이스턴 공작에게 잘 보이려고 애쓰는 중이다. 최대한 그의 편의를 봐주려고 할 거다. 하지만 그건 상단을 키우고 싶어서지, 카이스턴 공작의 꼼딱지가 되고 싶어서는 아니다. 그는 상단에게 유리한 행로를 완전히 포기하지는 못할 것이다.

"그래서 생각을 해봤어요. 평원과 비슷한 효과를 낼 수 있는 곳이 뭐가 있을까, 하고요."

연화는 지도 이곳저곳을 마크했다. 이실레아, 란돌로크, 아이루반. 어디서든 흔히 들을 수 있는 도시 이름이다. 카를이 뭔가를 눈치채고 탄성을 내뱉었다.

"큰 마을일수록 치안도 좋고, 길도 잘 닦여 있을 테니까요."

카턴 상단이 원하는 행로는 다음과 같다.

평원과 큰 마을을 많이 끼면서, 목적지를 둘러가진 않는 길.

연화는 지도 위로 손가락을 움직였다. 조건을 만족하는 길은 하나뿐이다.

"우리는 이 길만 피하면 돼요."

"이해했습니다. 하지만 그들과 완전히 다른 길을 걸을 수는 없을 겁니다. 수도에 가기 위해선 꼭 거쳐야 하는 거점이 있습니다. 지금도 그렇습니다. 이 마을을 나가려면 어쩔 수 없이 마을 위쪽 숲을 지나야 합니다. 다른 길이 없습니다."

"알아요. 그러니 기다릴 거예요."

연화가 씩 웃었다. 이 문제를 해결하는 법은 누구도 가르쳐 주지 않았다. 하지만 해결법은 가장 쉬웠다.

"카턴 상단에 카이스턴 공작까지 들어간 행렬이에요. 조용히 움직일 리가 없잖아요."

분명 아주 시끄럽게 출발할 거다. 유명세의 힘을 아는 샤먼은 자기들이 공작과 함께 움직인다고 대대적으로 광고하려 들지도 모른다. 무심한 테일러는 소문이 어떻게 돌든 신경 쓰지 않을 테고.

"우리는 그 뒤에 출발할 거예요."

카를은 연화를 지그시 쳐다보았다. 궁금한 게 많은 얼굴이다. 연화는 눈치채지 못한 척, 태연히 웃었다.

"할 말 있으면 하세요, 카를."

"솔직히…… 놀랍습니다. 어떻게 이 모든 걸 생각해 낼 수 있는 겁니까?"

"제 나이쯤 되면 가능한 일이라고 생각되지 않으세요?"

"저는 못했을 겁니다.

그리고 지금도요. 카를이 작게 덧붙였다.

감탄사지만 경악이 녹아들어 있다. 수상하게 움직여 카를의 의문과 의심을 산 탓이었지만, 그 모습에도 연화는 그냥 웃었다. 설명하기 애매한 부분은 그냥 넘기는 게 답이었다. 그래도 카를이 대놓고 의심을 품지는 않아서 다행이었다.

"제 영업 비밀이라고 생각해 주세요."

"알려주시기 싫으시단 거군요."

"원래 여자는 비밀이 있어야 멋진 법이거든요."

연화는 무척 꿍꿍이 있는 미소를 지었다. 카를은 멍하니 그녀를 바라보았다. 이내 연화의 장난임을 눈치채고 웃었다. 일단 지금은, 아무 문제 없다는 듯이.

해가 지기 시작했다. 그날 석양은 유난히 길었다.

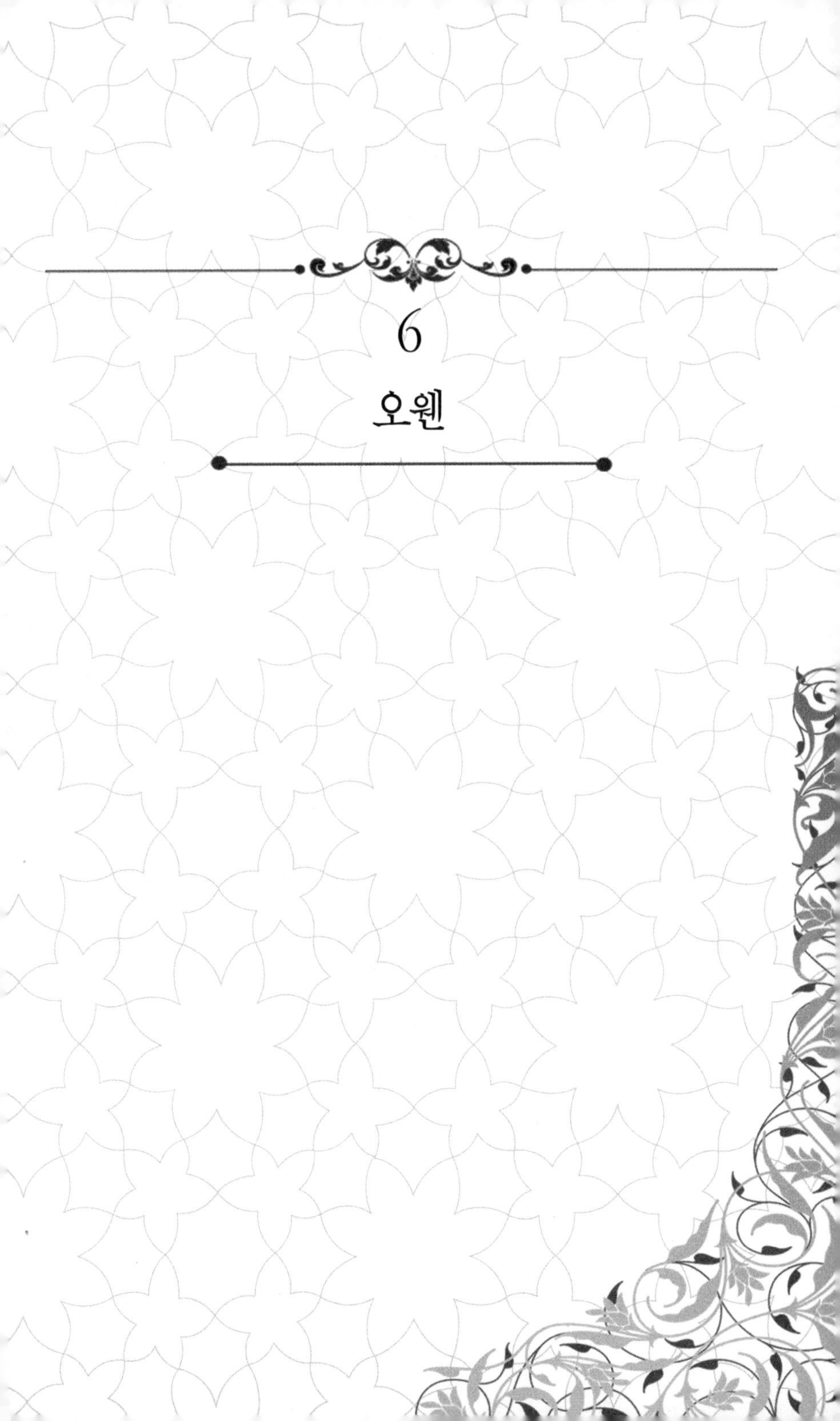

6

오웬

"잠시."

카를이 멈칫하더니 연화의 손을 잡고 뒤로 잡아끌었다. 연화는 그의 시선이 닿는 곳을 바라보았다. 요주의 물건이 보였다.

파란 리본이다.

현재 두 사람은 숲을 걷고 있었다. 국경 마을을 떠나려면 필연적으로 이 숲을 거쳐야 했다. 국경 마을에 들른 여행자 대부분은 마을을 떠나 관광거리를 찾기 위해 길을 나선다. 때문에 숲 여기저기엔 사람들의 흔적이 많이 남아 있었다.

그러니 파란 리본의 존재 자체는 이상하지 않다. 리본이 매여진 곳엔 꼭 함정이 설치되어 있다는 게 문제일 뿐. 리본은 성인 남성이 손을 뻗으면 닿을 만한 높이에 묶여 있었다. 카를은 리본 주위를 바라보다가 돌을 던졌다.

나무 주위의 흙들이 흔들리는가 싶더니 와르르 무너져 내렸다. 이윽고 소가 들어가고도 남을 만큼 큰 구덩이가 입을 벌렸다. 이게 몇 번째 함정인지 모르겠다. 연화가 질린 얼굴을 한 것과 달리, 카를은 무덤덤한 얼굴로 몸을 수그렸다. 등을 내보이고 업히라 했다.

안 그래도 좁았던 길이 구덩이 때문에 더 좁아졌다. 앞으로 걷긴 해야겠는데, 길이 아닌 곳은 비탈이라 올라가기 힘들고, 둘러가려면 외나무다리가 놓인 도랑을 건너야 한다.

고도의 중심 잡기가 필요한 곳에서, 카를은 연화를 업을 생각이었다. 나름의 배려였다.

연화는 거절하지 않았다. 잠자코 카를의 팔에 목을 둘렀다. 그는 업히는 게 싫다고 하면 들쳐 안을 사람이다. 카를은 다른 문제는 양보하면서도 그녀의 신변과 관련된 문제에선 민감해졌다. 그는 그녀를 지키는 것을 자신의 사명이라고 생각했다.

연화가 안정된 자세를 잡자 카를이 일어섰다. 성큼 걸어 구덩이에서 멀어지기 시작했다.

연화는 아무 생각 없이 고개를 들었다. 높은 곳에서 본 구덩이는 아찔해 보였다. 깊은 심연과 닮은 것을 보고 있자니 뻔한 질문이 나왔다.

"아마 앞으로도 더⋯⋯ 있겠죠?"

"그럴 겁니다."

카를은 그렇지 않을 거라는 식의 뻔한 위로는 하지 않았다. 연화는 그가 알려주는 현실이 씁쓸했다. 그만큼 카를이 지쳤다는 뜻이기도 했다.

'그래도 돌아가지 않겠다고 하는 게 어디야.'

연화는 조용히 웃었다. 힘들든 지쳤든 카를은 연화의 뜻에 부응해주기 위해 노력하고 있다. 그게 고마워서, 연화는 잠자코 있었다. 하지만 파란 리본은 그러기 싫었는지 그날 저녁이 될 때까지 두어 번 더 모습을 보였다.

처음 파란 리본을 봤을 때는 아무 생각이 없었다. 몇 번 아찔할 뻔한 경험을 겪은 뒤, 파란 리본이 함정을 뜻한다는 걸 알게 되었다. 다행히 리본 근처엔 단순한 트랙이 설치되어 있었다. 리본으로 함정의 위치를 발견하면 대처할 수 있었다. 멀쩡했을 길을 고쳐 사람을 귀찮게 만들었다는 점에선 짜증이 났지만.

지금은 그저 의문만 든다. 누가 이 함정을 설치했으며, 리본으로 표식을 해둔 이유는 무엇일까. 카턴 상단 행렬이 지나가기 전 함정들이 설치됐다면 한바탕 소란이 일었을 거다. 상단에 카이스턴 공작이 함께하는 행렬이다. 누군가 공작에게 위해를 끼치려 한다는 말이 나왔을 것이다. 하지만 그들은 조용히 지나갔다. 함정의 존재를 몰랐다는 뜻이다.

그러니 함정이 설치된 시기는 카턴 상단이 지나간 뒤고, 연화가 오기 전일 것이다.

연화는 범인을 유추해 보았다. 수많은 경우를 제하고, 가능성 높은 둘을 꼽았다.

1. 카턴 상단이 셀리나를 골리기 위해 만들었다.

2. 사냥을 좋아하는 누군가가 만들었다.

2번이 답일 경우 푸른 리본의 존재를 쉽게 설명할 수 있어진다. 사람은 보고 피하란 의미로 표식을 해둔 거다. 하지만 이게 답일 가능성은 낮다. 짐승과 사람이 지나가는 길은 다르다. 그 누구도 사람이 다니는 행로에 짐승을 위한 함정을 설치하지 않는다.

함정을 판 자의 의도는 명백하다. 사람을 노렸다.

카턴 상단이 '누군가'를 노려 함정을 팠다면 그 누군가는 '셀리나'일 확률이 높다. 카턴 상단과 셀리나 사이의 은원 관계는 뚜렷하다. 어느 정도냐면, 상단 사람들 중 셀리나를 좋아하는 사람이 없을 정도다.

목표가 뚜렷한 만큼 동기도 확실했다. 라시안은 셀리나가 여행 물품을 사는 걸 봤다. 그는 셀리나가 여행을 떠난다는 사실을 알고 있을 거고, 이 길을 지나갈 거라는 계산은 오래 전에 끝냈을 거다. 하지만 범인을 '카턴 상단'으로 설정할 경우 파란 리본을 설명할 수 없어진다. 카턴 상단이 셀리나에게 그런 친절을 베풀 이유가 없다.

논리적으로는 성립되지 않는 문제를 풀기 위해서는 마찬가지로 논리적이지 않은 퍼즐이 필요했다. 연화는 머리를 굴렸다. 한 가지가 떠올랐다.

'카턴 상단에 괴짜가 있나.'

함정을 만들 때마다 파란 리본으로 장식하는 취미가 있는 괴짜 말이다. 연화는 바로 파다닥 고개를 저었다.

'말도 안 돼.'

괴짜라도 카턴 상단에 속해 있는 사람이면 셀리나에게 좋을 일을 할 리 없다. 연화는 이 가설을 지웠다. 카턴 상단엔 셀리나를 싫어하는 사람이 한 바가지다. 하지만 셀리나 외에, 아레디스 제국에서 그들이 적대하는 사람은 없다. 이를 바꾸면, 셀리나를 제외한 사람들은 다치게 할 이유가 없다는 뜻이 된다.

파란 리본은 셀리나를 위해 달아놓은 것이 아닐지도 모른다. 그러자 가닥이 잡혀왔다.

'변명이 필요한 것일지도 몰라.'

함정엔 눈이 달려 있지 않다. 셀리나를 위해 만들었어도 당하는 건 다른 사람이 될 수도 있다. 운 나쁜 여행객이 셀리나 대신 당할 수도 있고, 셀리나가 여행을 안 가기로 결심하고 마을에 눌러 앉을 수도 있다.

파란 리본은 만약을 위해 달아둔 것이리라. 함정에 빠진 사람이 항의를 하면 시치미를 뗄 수 있도록, 나는 알아볼 수 있게 표식을 해뒀으니 내 책임은 없다는 말을 할 수 있게. 왜 사람이 지나가는 길에 함정을 파놨냐는 말은 이곳 지리를 몰라서 한 짓이었다는 말로 틀어막으면 된다.

무지는 죄지만 방어는 자유고 신분은 힘이다. 이 세계는 그런 곳이고, 어거지 방어를 하는 것만으로도 카턴 상단은 많은 책임에서 벗어날 수 있을 터였다.

모든 가설은 한 가지 전제를 끼고 있었다.

[함정을 설치한 사람은 이곳에 없다.]

함정이 누구에게 작동될 지 알 수 없으니, 표식을 걸어둔 것이다.

이 전제가 깨진 건 다음 날 정오가 되어서였다.

"저거……."

연화가 바위 위를 가리켰다. 먹다 남은 육포가 보였다. 사람이 머물렀던 흔적이었다.

카를이 육포를 집어 드는 사이, 연화는 바위 위를 짚었다.

"육포 끝의 타액이 마르지 않았습니다."

"여기만 따뜻하네요. 앉아서 먹었나 봐요."

인기척이 남아 있다. 방금 전까지 이곳에 있었던 누군가가 연화 일행을 보고 숨었다.

단순한 여행자일 가능성은 낮다. 여자애 하나에 성인 남성 하나로 된 파티를 경계하는 여행객이 얼마나 될까. 분명 켕기는 구석이 있는 자일 것이다. 함정과 관련된 놈일 가능성이 높다.

카를은 바닥을 살폈다. 바위 아래 남아 있는 발자국은 많았다. 사람이 많이 지나가는 길인 듯했다. 수색은 어려웠다.

"이럴 줄 알았다면 수색을 제대로 배워볼 걸 그랬습니다."

카를이 한숨을 쉬었다. 그는 함정을 지긋하게 생각하고 있었다. 연화는 위로 차 한마디 했다.

"전 근처에 누가 있다는 걸 안 것만으로도 엄청난 수확이라고 생각하는데요. 대비를 할 수 있잖아요."

연화가 단검을 내보였다. 카를은 더 한숨을 내쉬지 않았다.

"어차피 놓친 거 후회해서 뭐 해요. 점심이나 먹어요."

연화가 가방을 열어 이것저것 꺼내 바위 위에 올려두었다. 건어물처럼 상할 일 없는 식품에서부터, 물을 부어 먹을 수 있는 즉석 식품까지 푸짐하게 올렸다. 평소 식사량의 곱절은 되는 양에 카를이 눈을 동그랗게 떴다.

"열량 높은 걸로 많이 먹어요. 제 감이지만, 오늘 안에 마주치게 될 것 같아서요. 배고픈 상태에선 힘껏 때리기 힘들잖아요."

카를은 바로 연화의 말을 이해했다. 그가 알았다며 연신 고개를 끄덕였다. 연화처럼 가방에 손을 넣어 과자와 초콜릿을 잔뜩 꺼냈다. 식사 준비가 끝난 뒤엔 육포를 거칠게 뜯기 시작했다. 음식을 씹어 넘기는 모습에선 기필코 범인을 잡아 족치겠다는 의지가 엿보였다.

둘은 맛없는 순부터 차례대로 음식을 해치웠다. 배부른 상태에서도 맛있는 음식은 들어간다.

20여 분 뒤. 바위 위엔 간식들만 남게 되었다. 연화는 초코 잼이 잔뜩 발린 도넛을 집고, 카를의 손을 잡아당겼다.

"이거, 좋아하죠?"

카를은 멍한 얼굴로 제 손 위에 올려진 도넛을 바라봤다. 연화가 재촉하자 조심조심 손가락을 움직여 도넛을 쥐었다. 카를은 자신의 식성이 어떤지 말해주지 않았다. 연화는 그가 자주 먹는 음식을 보고 대강 짐작했다. 파악하는 건 쉬웠다. 그는 어린 홍연화와 비슷한 식성을 가지고 있었다.

카를은 도넛을 먹다 말고 연화를 흘끔 쳐다봤다. 나도 뭔가 해줘야 하는데, 라는 글씨가 이마에 쓰여 있는 것 같다.

"아가씨께서는……."

"전 단것 별로 안 좋아해서요."

어릴 때는 단것을 좋아했었다. 용돈으로 매일 초콜릿 바를 사 먹을 정도로. 하지만 어느 순간부터 연화는 단것보다는 짜고 느끼한 것을 더 좋아하게 되었을 뿐이다.

"전 이게 가장 좋아요."

연화는 비스킷을 집어 들었다. 밀가루에 소금만 치고 구운 듯한 과자는 연화의 입에 딱 맞았다. 하지만 짭짤한 맛을 음미할 수는 없었다. 입을 벌리기 전, 과자가 손에서 미끄러졌으니까. 타원형의 과자는 잘 굴러갔다. 바위 근처의 흙바닥을 넘어 왼편 덤불이 가득한 숲으로 굴러갔다.

연화는 쿠키를 주우려 일어서다 말고 멈칫했다. 덤불에서 부스럭 소리를 들었다.

카를 역시 같은 소리를 들은 듯했다. 그가 도넛을 내려놓았다.

"저게 뭘까요?"

답을 맞춰보라고 물은 질문은 아니었다. 아무 생각 없이 심심풀이 땅콩을 까먹듯 던진 질문이었다. 그래서인지 카를의 대답도 심드렁했다. 정답이든 아니든 관심 없다는 뜻이고, 여기에 맞장구치는 듯한 인위적인 소리를 들을 줄은 몰랐다는 뜻이기도 하다.

"고양이인 듯싶습니다."

"이야옹. 야옹. 야옹."

"……나와."

카를이 검을 뽑으며 걸어갔다. 연화는 그를 따라가면서 단검을 뽑을 준비를 했다.

소리가 난 곳의 코앞까지 다가갔을 때, 덤불이 크게 흔들리더니 안에서 사람이 뛰쳐나왔다. 낯익은 오렌지 빛 머리가 휘날렸다.

"오웬!"

연화는 그의 이름을 부르며 달려 나갔다. 동시에 카를이 달렸다. 함정 때문에 쌓인 스트레스를 한 번에 풀 요량인지, 카를의 기세가 무척 험악했다. 하지만 오웬도 필사적인 이유를 가지고 달리고 있었기 때문에, 좀체 거리가 좁혀지지 않았다.

"카를."

연화는 카를에게 오른편에 있는 나무를 눈짓했다. 푸른 리본을 발견한 카를의 눈이 크게 뜨인다. 연화는 그에게 한쪽 눈을 찡긋했다. 다른 설명은 하지 않았지만, 그는 단번에 알아들었다.

"알았죠?"

"예."

작전을 성공하기까지 걸린 시간은 10분이었다. 연화는 왼쪽에서, 카를은 아래쪽에서 오웬을 몰았다. 오웬은 정신없이 달리다 푸른 리본이 묶여진 나무 앞까지 당도했다. 그가 아차 하고 뒤로 물러섰지만 늦었다. 바닥에 깔려 있던 그물이 오웬을 집어삼켜 허공에 띄운 뒤였다.

"이제 좀 편안하게 갈 수 있겠네요."

연화는 오웬이 매달린 그물 아래를 지나가며 히죽 웃었다. 잘 웃는 편이 아닌 카를도 지금은 미소를 짓고 있었다.

"푸른 리본 징크스도 이제 끝이로군요."

"트라우마가 되진 않아서 다행이네요."

연화는 카를과 손을 잡고 산책하듯 걸어가다 멈췄다. 자포자기 상태로 누워 있던 오웬과 눈이 마주쳤다. 멍했던 동공에 초점이 돌아오는가 싶더니, 표독스러운 얼굴이 만들어졌다. 연화가 외면하자 카를이 물어왔다.

"어떻게 하시겠습니까?"

"내버려 둬요."

오웬을 함정으로 몰 때까지만 해도 연화의 살의는 충만했다. 오웬은 예전부터 셀리나를 못살게 군 놈이었고, 상단을 나온 지금까지도 함정을 파 괴롭히려고 했다. 죽여도 시원찮은 인간이었지만, 막상 오웬을 잡고 보니 연화는 그의 피를 보고 싶진 않아졌다. 그가 어떤 인간이건 죽인다는 행위 자체는 꺼림칙했다.

"그냥 말입니까?"

카를이 기겁했다. 믿을 수 없다는 말투다.

"풀어줄 이유는 없잖아요."

"그건 저도 동감입니다만, 저대로 그냥 내버려 두는 것은……."

"카를, 전 내버려 둔다고만 했지 이대로 가겠다는 말은 안 했어요."

연화는 허리를 수그려 돌 하나를 집었다. 작은 주먹보다 조금 더 큰 돌은 돌팔매질을 하기에 딱 좋은 크기였다. 연화는 던질 자세를 취했다. 잠깐이지만, 야구 역시 그녀가 했던 운동 중 하나였다.

"제 좌우명이 '착하게 살자'이긴 한데 '호구로 살자'는 아니거든요."

거센 굉음을 내며 돌이 날아갔다. 오웬의 얼굴이 파래졌다.

파란 리본과 닮았던 것이 붉게 물들어간다.

⚜

"저, 저는……."

파란 리본의 악몽은 사라졌다. 하지만 카를의 악몽은 여전히 남아 있었다. 낮에는 지극히 이성적이고 어른스럽던 카를은 눈을 감는 것만으로도 어린아이가 되었다. 그는 바들바들 떨며 두려움에 젖는다.

"또 이러네."

연화는 카를의 이마를 쓸어내렸다. 한번 훔친 것만으로도 손바닥이 흥건히 젖었다. 대충 옷자락에 닦아낸 뒤 손수건을 꺼냈다. 그의 뺨과 목덜미를 닦아주고 있는데, 갑자기 손목이 붙들렸다. 깨었나 싶지만 카를의 두 눈은 꼭 감겨 있다.

"괜찮아요. 다 괜찮아질 거예요."

연화는 남은 한 손으로 카를의 땀을 닦아주었다. 습기 때문인지 그의 얼굴이 반질반질해 보였다.

물기가 제대로 안 닦여서 그런가. 혹시나 해서 확인해 본 손수건도 젖어 있었다. 연화가 양손으로 물기를 짜내기 위해 카를에게 잡힌 손을 빼자, 카를이 재차 손을 뻗어왔다.

"버리면 안…… 돼요."

"……카를."

늘 쓰던 딱딱한 격식체가 아니었다. 악몽에 젖은 카를이 두려움을 뱉어냈다.

지금의 연화는 카를이 필요했다. 하지만 그건 이 세계가 낯설기 때문이고, 연고 없는 떠돌이가 된 셀리나 옆에 있어줄 사람이 카를밖에 없기 때문이다. 하지만 누군가가 홍연화의 삶을 되찾는 것과 카를의 옆에 있는 것 중 하나를 선택하라 한다면, 연화는 주저 없이 카를을 버릴 것이다. 홍연화의 삶은 노력과 성과로 이루어진 탑이다. 그 무엇과도 바꿀 수 없었다.

연화는 빈말로라도 '옆에 있겠다'는 말을 할 수 없었다. 그런 거짓말은 위로의 의미로도 해서는 안 된다. 위선이고, 기만이다.

연화는 손수건 대신 소매 끝으로 카를의 얼굴을 닦았다. 축축이 젖은 소매가 손목에 달라붙는 걸 보며 그녀는 자조했다.

'나 정말 이기적이네.'

연화는 카를이 밤마다 힘들어하는 것을 안다. 앞으로도 계속 그럴 거라는 것도 안다. 그가 힘들지 않았으면 좋겠다. 그를 동정하지만 나도 행복해졌으면 좋겠다. 이 생각이 나쁜 걸까. 이기적이고 파렴치해서, 감히 품어서도 안 되는 그런 생각인 걸까.

"저, 저는, 아무것도…… 없, 없는데, 안 했는데, 왜, 나만, 나는……."

외로움과 불안정을 해소하지 못한 카를이 악몽에서 허우적거린다. 연화는 답답한 가슴을 움켜쥐었다. 그의 감정이 보이는 만큼 제 심장이 난도질당하는 것 같았다. 아팠다.

숨 쉬는 게 버거울 정도라고 생각했을 때, 연화는 뒤로 다가오는 발소리를 들었다.

"거 양반 잠꼬대 참 거하게 하네."

나타난 건 오웬이었다. 연화는 벌떡 일어나려다 말고 다시 주저앉았다. 카를은 그의 무릎을 벤 채 잠들었다. 과하게 움직이면 그가 깨버린다. 악몽에 시달리는 끔찍한 잠마저도, 카를은 푸른 리본을 주의하느라 들지 못했다. 연화는 그런 그를 깨울 수는 없었다.

"무슨 일이죠."

오웬이 함정에서 빠져나온 게 이상한 일은 아니었다. 함정을 설치하기 위해선 칼이나 삽 같은 도구가 필요하다. 그물을 끊는 일 정도야, 오웬에겐 쉬운 일이었을 것이다.

그가 함정에 걸리자마자 빠져 나오지 않은 이유는 하나다. 그물 안에 있는 게 더 나은 상황이었기 때문이다. 그물 밖에 그를 위협하는 존재가 있었다는 뜻이고, 그자는 120%의 확률로 카를일 것이다. 그가 셀리나를 두려워해야 할 이유가 없다.

카를이 잠든 걸 확인한 뒤에야 비척거리며 나타난 게 그 증거다.

연화는 비죽 웃으며 돌멩이를 집었다. 잠든 카를을 깨우지 못하는 이상, 오웬은 스스로 막아내야 했다.

"아직 덜 맞아서 온 거예요?"

"누가 맞아준대? 건방진 것. 한 번 져 줬다고 어깨 세우긴."

"그럼 소리를 지를게요. 하긴. 그게 간편하긴 하죠?"

카를을 깨워 버리겠다는 협박이었다. 오웬은 물러서는 척했다가 다시 앞으로 나왔다. 노려보는 얼굴이 사나웠다. 셀리나의 말에 잠깐이라도 주춤했다는 걸 자존심의 하락으로 받아들였다.

"근래 안 맞아서 발발거리는 거냐? 꼭 질질 짜게 만들어야 말을 듣겠어? 이 내가, 말 좀 하겠다잖아! 내가 평화적으로 나올 때 알아서 길 것이지 꼭 주먹을 쓰게 만들어야겠……."

오웬은 오랜 시간 동안 셀리나를 괴롭혔다. 그가 셀리나에게 주먹을 들어 올리는 건 개가 밥그릇을 보고 침을 흘리는 것처럼 지극히 자연스러운 일이다.

셀리나의 몸은 그의 폭력에 익숙해져 있다. 연화는 그의 폭력을 처음 봤지만, 셀리나의 뇌는 그의 주먹이 뻗어나갈 방향을 알고 있었다. 셀리나의 몸은 그의 주먹을 피해 물러서길 바란다. 하지만 홍연화의 이성은 오웬의 주먹을 붙잡고 제지했다.

"당신이 이런 사람이니까."

"뭐?"

"마음에 안 든다는 이유로 폭력을 행사하는 사람이니까 믿지 않는 거예요."

연화는 오웬의 손목을 꺾었다. 힘든 일을 많이 한 셀리나답게, 악력은 충분했다. 예상치 못한 공격에 오웬이 비명을 질렀다.

"아아악!"

"큰 소리 내지 마요. 이 사람을 깨우고 싶진 않잖아요?"

연화가 카를을 눈짓했다. 고통스러워했던 게 거짓말인 것처럼 오웬이 입을 다물었다.

"그럼 우리 이제 거리를 둘까요? 많이 가라고 하진 않을 게요. 다섯 걸음만 뒤로 가주세요."

오웬 걸음으로 다섯 걸음이면, 연화의 키 정도밖에 되지 않는 거리다. 먼 거리는 아니라 목소리가 오가기에 충분했다. 주먹과 발은 닿지 않겠지만.

연화가 손을 내저었지만 오웬은 움직이지 않았다. 얼굴을 빨갛게 물들이더니 씩씩댔다.

"내가 우스워? 만만해? 그래, 네 앞에서 설설 기고 있으니까 네 아래로 보일 수도 있겠군. 아주 만만해서 밟으면 납작해질 것 같지? 응?"

"전 말보다 주먹이 앞서는 사람은 믿지 않아요."

오웬은 많은 일을 주먹으로 해결해 왔다. 노예들 사이에서 자신의 서열을 높일 때는 물론 자신의 뜻을 관철시키고 싶을 때도 주먹을 이용했다. 오웬은 폭력으로 상대를 짓밟는 게 익숙한 사람이었다.

"당신은 대화를 하러 왔다고 했지만 제 말이 거슬리면 완력을 사용해서 절 굴복시키려 들 테죠. 이제까지 제게 그랬던 것처럼. 하지만 그건 대화가 아니에요. 폭력이 가미된 설득일 뿐이죠. 그리고 저는 그게 싫다고 말하고 있는 거예요."

"쫑알쫑알 계집애가 입만 싸서는……."

오웬은 투덜거리면서도 뒤로 물러나 주었다. 딱 다섯 걸음만 물러선 뒤 이제 됐냐는 얼굴로 삐죽인다.

오웬 같은 사람은 자신이 세운 서열대로 움직인다. 저보다 낮은 사람과 눈을 맞추고 대화를 하는 건 그 사람에게 얻을 게 있을 때뿐이다.

"그럼 이제 '대화'해 보세요."

오웬이 하겠다는 '말'은 멀쩡한 사람은 창피해서 할 생각도 못 하는 류의 부탁일 것이다. 오웬은 조금 머뭇거렸지만 어쨌든 입을 열었고, 그녀가 예상한 범주에 속하는 말이 나왔다.

"배고파서."

"네?"

"배고파서 찾아왔다. 왜. 잘 안 들리냐? 큰 소리로 말해줘?"

"아뇨. 아주 잘 알아들었으니 그러실 이유는 없어요. 그러니까 지금 저희 엿 먹으라고 함정 만들다가 배고파져서 찾아왔다는 그런 말씀을 하고 계신 거죠? 어머나. 염치는 있으신가요? 양심은 무사하세요?"

"닥쳐."

거절당한 굴욕에 오웬이 부들부들 떤다. 꿈에서도 셀리나에게 면박받을 줄은 몰랐을 거라는 생각이 들자 통쾌했다. 연화는 신나서 빈정거렸다.

"서러워 죽겠죠? 뱃가죽은 등에 붙어 떨어질 줄 모르고 뱃속에선 공허한 소리를 내는데, 음식 줄 수 있는 사람은 꿈쩍도 않으니. 근데 그거 자업자득이에요. 기억하죠? 당신, 라시안 시켜서 제 밥그릇 엎었잖아요."

연화는 셀리나의 기억을 모두 읽어내진 못했다. 대부분의 기억들은 연화가 볼 수 없게 잠겨 있다. 드문드문 보이는 건, 감정의 파편이나 기억의 한 조각 정도다. 셀리나의 기억 중 또렷이 읽을 수 있는 건 괴롭힘을 받았던 과거들뿐이다. 셀리나는 이 과거들을 끔찍한 감정과 함께 기억했다.

"당신은 상단주에게 받은 스트레스를 저를 골리는 것으로 풀었죠. 당신의 기분이 별로라는 이유로 이틀 내리 아무것도 먹지 못한 적도 있어요. 그것 때문에 제가 짐을 제대로 들지 못하고 쓰러지자 당신은 제 멱살을 잡고 이렇게 말했죠. '쓸모없는 년.'"

"……."

"저는 당신이 싫어요. 당신이 제게 했던 일만큼이나, 당신이 지긋지긋해요. 그래서 당신이 굶어 죽으면 잘 죽었다고 만세 합창을 할 거예요. 그런 제가 왜 당신에게 먹을 걸 내어주겠어요? 기억상실증에 걸려서? 아니면 성녀로 전직해서?"

오웬은 한참 동안 말이 없었다. 갑자기 쓴 미소를 짓더니, 한마디 툭 내뱉는다.

"나도 알아. 네가 나 싫어하는 거."

해탈한 듯 늘어지던 몸이 다시 꼿꼿이 선다. 평온해 보이던 오웬의 눈에 원망이 들어찬 건 순식간이었다. 자신이 옳다 우기며, 상대를 힐난한다.

"그런데 넌 처음부터 날 싫어했었어."

"그랬겠죠. 당신이 처음부터 절 괴롭혔으니."

"아니. 네가 날 싫어하는 게 먼저였어."

"그건 제 안목이 탁월하다는 증거에요. 당신 같은 인간을 걸러냈잖아요."

연화는 오웬의 화법을 그대로 꺾어 받아친다. 논리는 없지만, 나는 옳고 너는 글러먹었다. 단번에 오웬의 얼굴이 구겨졌다. 그녀는 그가 싫어하는 걸 보며 환히 웃었다. 그리고 손을 내저었다. 그의 용건이 이것뿐이라면 더 대화할 이유는 없었다.

"어떤 말을 들어도 저는 먹을 것을 내어드리지 않을 거예요. 가세요."

오웬이 몸을 튼다. 돌아서는가 싶더니 다시 연화를 바라봤다. 뭔가 떠올린 듯 눈이 이채를 띄었다.

"라시안이 그러더군. 상점에서 분명 셀리나를 봤는데, 대화를 해보니 다른 사람 같았다고."

오웬은 셀리나를 위아래로 훑더니, 하 코웃음을 쳤다.

"웃기는 소리지. 네가 많이 변했다지만, 못 알아볼 정도는 아니야. 넌 셀리나고, 카턴 상단의 노예야."

"그래서요?"

"라시안은 멍청해. 게다가 겁도 많지. 놈의 입을 다물게 하는 건 쉬웠을 거야. 하지만 난 다르다!"

오웬이 어깨를 으쓱한다. 말하다 보니 정말로 의기양양해졌는지 그의 목소리가 커졌다. 하지만 그 용기는 카를이 으음, 소리를 내며 몸을 뒤척이자마자 사라졌다. 오웬은 멀찍이 물러났다. 인간의 형체만 보일 거리에서 멈추고서 손을 내밀었다. 오웬이 먹을 것을 구걸했다.

오웬의 요구는 명확했다. 비밀을 지키고 싶으면 먹을 것을 내놔라. 말로만 으르렁거릴 인사가 아닌 줄 알았지만, 정말로 협박을 할 줄은 몰랐다.

오웬은 연화의 약점을 짚을 자신이 있었기에 당당히 굴었다. 하지만 오웬은 계산을 잘못했다. 카를은 모든 것을 알고서도 연화를 용인했다. 그가 좀 깔짝거린다고 떠날 인사는 아니었다. 그랬다면 함께 황무지를 건너오지도 못했겠지.

연화는 많은 식량을 보유하고 있었다. 음식을 나눠주는 것 자체는 어려운 일도 아니었다. 하지만 주고 싶지 않았다. 오웬은 셀리나를 괴롭히는 것에서 쾌락을 느끼는 썩을 놈이다. 드문드문 셀리나의 기억이 파편처럼 나타나곤 했는데, 그중 절반이 괴로운 색으로 칠해져 있었다. 그리고 그건 거의 오웬과 관련이 있는 것이었다.

그런 놈에게 먹을 것을 준다고?

'웃기는 소리.'

연화는 가방을 뒤져 바게트 빵을 찾았다. 포장지만 벗겨 챙긴 뒤, 쓰레기와 돌멩이를 넣어 형체를 잡았다. 외관은 그럴싸한 가짜 바게트 빵이 만들어졌다.

연화는 물체를 굴려 보냈다. 오웬은 물체가 제 옆까지 오길 기다렸다가 허리를 숙였다. 부스럭 포장지를 벗기는 소리가 들리더니 정적이 찾아왔다.

연화는 모른 척 돌아앉았다. 협박이 통하지 않는 걸 알았으니 가겠거니 생각했건만. 오웬은 계속 그 자리에 있었다.

곧 어마어마한 괴성이 숲을 덮쳤다. 제 뜻을 이루지 못한 자의 괴로움이었다.

"크와악!"

큰 소리는 카를을 깨우기에 충분했다. 카를이 일어나 비몽사몽한 얼굴로 주위를 둘러보다 연화를 살폈다. 그녀가 안전한 걸 확인한 뒤, 잠을 품은 목소리로 속삭였다.

“이상한 소리가…… 들렸습니다.”

“……어디서 배고픈 짐승 하나가 울부짖나 보죠. 신경 쓰지 말아요.”

연화는 카를의 어깨를 다독이며 그의 머리를 다시 무릎에 눕혔다. 피곤했는지 바로 잠들었다. 그는 다음 날 아침이 될 때까지 깨지 않았다.

“아까 왼쪽으로 돌아가야 한다고 했었죠?”

“예.”

갈림길을 사이에 둔 두 사람의 대화는 다정했다. 소녀가 행인의 말을 떠올리자 남자가 고개를 끄덕인다. 웃고 있는 소녀와 달리 남자는 무뚝뚝했다. 하지만 소녀와 잡은 손은 굳건했고, 보폭을 맞추는 걸음은 다정했다.

틀림없었다. 남자는 소녀를 사랑하고 있었다.

두 사람은 길 위에서 머뭇거렸지만, 한번 결정 내린 뒤엔 의심하지 않았다. 두 사람분의 발자국이 한 방향으로 길게 이어졌다. 오웬은 밧줄과 푸른 끈을 꺼냈다. 이제는 필요 없는 물건을 던졌다. 꽁꽁 싸매고 다녔던 것들이 힘없이 떨어졌다. 마지막으론 몸뚱이를 내렸다. 폴싹 뛰어내리는 소리가 컸는데도 두 사람은 돌아보지 않았다. 그들에겐 오웬의 소리가 닿지 않았다.

오웬은 나무 기둥에 기댄 채 정면을 바라봤다. 그의 허리만 했던 소녀는 손톱 한 마디보다 더 작아져 있었다. 형체만 잡히는 거리였는데도, 오웬은 소녀의 당당함을 보았다. 허리를 펴고 똑바로 걷는 건 셀리나는 절대 하지 않는 행동이다. 하지만 익숙했다. 오웬은 눈을 깜빡였다. 기시감이 답을 내놓았다.

'그 여자.'

어느 날 카턴 남작이 여자를 데려온 적이 있었다.

여자는 대단히 예쁘지도, 특출한 재능이 있는 것도 아니었다. 어디서나 흔히 볼 수 있는 그저 그런 여자였다. 하지만 어딘가 모를 위압감을 풍겼다. 하녀 일을 하다 왔다고 했는데도. 가만히 있으면 귀부인 같은 분위기를 내는 여자는 드물게 웃곤 했다. 그럴 때마다 신기하게도 주위가 반짝거렸다. 오웬은 물론 다른 사람들도 그녀가 웃을 때마다 묘한 분위기에 끌려 쳐다보았다. 알게 모르게 사람을 끄는 여자였다.

오웬은 여자를 사랑했다. 남작도 그랬는지는 모르지만, 그래서 여자가 원하는 아이를 안겨주었다. 나중엔 여자를 첩으로 들였고, 아이는 양녀로 삼았다. 샤먼과 엘렌은 아버지가 외부인을 어머니 자리에 넣었다는 것에 불만을 품었다. 아버지에겐 갖은 불만 사항을 엮어 토해냈지만, 여자에겐 해코지 한번 하지 못했다.

모든 집, 특히 귀족가에선 남편의 사랑은 곧 권력이 된다. 하지만 셀리나는 사랑을 받지 못했다. 그래서인지는 몰라도 엘렌과 샤먼은 당연하다는 듯 셀리나를 괴롭혔고, 남작도 신경을 쓰지 않았다.

노예들은 주인의 허물을 답습했다. 힐난과 손가락질은 욕설과 손찌검으로 바뀌었다. 누구도 셀리나를 도와주지 않았다. 폭력에 가담하지 않는 자는 방관자로 남았다.

아이는 점점 어두워졌다. 우울한 얼굴을 숙이고 남의 눈에 띄지 않게 조용히 다녔다. 여자는 아이의 변화를 슬퍼했지만, 할 수 있는 일이 없었다. 남작은 그녀에게 상단 일에 개입할 권력을 주진 않았다. 그녀는 첩에 불과했다.

그녀가 할 수 있는 일은 남작이 아이를 더 싫어하지 않게 기도하는 것뿐이었다. 그러나 남작은 아이를 외면했다. 여자는 긴 속앓이 끝에 병이 들었다. 병석에 누운 여자는 가여운 아이의 손을 잡고 죽었다.

마지막 방패가 사라지면서, 셀리나는 더 많은 학대를 받았다. 사람들은 일상생활을 보내며 얻은 불안과 스트레스를 셀리나에게 풀었다. 셀리나는 제가 받는 미움이 정당하지 않다는 것도 몰랐다. 그저 순응한 채 고통이 지나가길 빌었다.

뭔가 잘못됐다는 의견도 있었지만, 셀리나 하나만 희생하면 된다는 의견에 덮어졌다. 견디다 힘들면 알아서 죽을 거란 말도 오갔다. 하지만 아이는 죽는 것도 스스로 결정하지 못했다.

"그거, 죽여야겠어."

남작이 죽은 지 1달이 되던 날이었다. 샤먼은 카턴 상단의 이동 경로를 짜다 말고 그렇게 말했다. 오웬은 심부름 때문에 쥐고 있던 종이를 들고 구석에 섰다. 오웬은 전 남작의 신임을 얻은 노예인 데다, 남매와 치명적인 비밀을 공유하고 있었다. 그래서 샤먼이나 엘렌은 오웬의 존재를 크게 신경 쓰지 않았다.

"난 찬성. 일도 못 하는 계집애 먹여 살리는 거, 솔직히 짜증났어."

노예 대우를 받던 셀리나가 죽는다고 상단에 큰 변화가 오진 않는다. 강가에 자갈 하나 사라졌다고 강 모양이 달라지던가. 수면이 조금 요동치고 말 뿐이다.

"그런데 오빠. 걔가 가지고 있는 물건은 어쩔 거야? 내버려 둘 거야?"

카턴 전 남작은 첩에게 많은 물건을 주었다. 첩의 보석은 셀리나에게 넘어갔다. 정확히는 모르지만, 상당한 양의 금품임은 분명했다.

"아버지의 뜻은 지켜 드려야지."

상단 사람들 모두가 셀리나의 보석을 모른 척한 건 카턴 전 남작 때문이었다. 여자는 남작에게 셀리나만 남기고 죽었다. 셀리나는 남작이 여자를 사랑했다는 증거물이었다.

남작은 끝까지 셀리나를 미워하진 못했다. 추억이 애증을 이긴 셈이다. 그는 셀리나에 대한 유언을 몇 마디 남겼다.

아이의 사유재산을 인정해 주어라. 상단에서 벗어나 자유롭게 해주어라. 오클레앙 인장을 돌려주어라.

과오를 지우고 오류를 원래대로 돌려놓기 위한 유언이었다. 샤먼은 그러겠노라 했다. 죽어가는 아버지를 달래기 위해서는 아니었다. 그리해도 잃을 게 없었기 때문이었다.

샤먼과 엘렌은 셀리나의 보석을 건드리지 않고, 인장을 손에 쥐어준 채로 황무지에 버려두고 떠나기로 결정했다. 셀리나의 생사 여부는 보장하지 못하겠지만, 어쨌든 아버지의 조건은 모두 지킨 셈이다.

샤먼은 조건 완수를 위해 인장을 가지고 있는 엘렌에게 손을 내밀었다.

"내놔. 다 같이 싸서 내다 버릴 테니."

"그 앤 노예야. 이런 거 줘봤자 무슨 물건인지도 모른다고!"

엘렌은 도리질을 쳤다.

"보석은 필요 없어. 그런 거, 돈만 있으면 누구나 가질 수 있는 물건이니까. 그런 것치고는…… 걔가 가진 보석이 좀 많긴 하지만, 까짓것 걔 시체를 발견할 사람에게 주는 선물이라고 치지, 뭐. 하지만 인장은 안 돼. 그건 돈으로 살 수 있는 물건이 아니야. 오빠도 알잖아."

"인장은 죄의 흔적이다. 아버지가 어떻게 그 인장을 손에 넣었는지 너도 알고 있을 텐데."

샤먼의 말에 엘렌은 어깨를 움츠렸었다. 엘렌 역시 '죄'에서 자유로워질 수는 없었다. 아버지가 만든 굴레는 두 사람을 묶어 달아날 수 없게 만들었다. 샤먼은 죄를 벗기 위해 발버둥 쳤다. 더 나은 상황을 갈구하는 그의 몸짓은 필사적이었다. 엘렌은 오빠를 이해하지만, 한편으론 의문을 품었다.

죄는 이미 저질렀다. 손을 수십 번 씻는다 한들 피 냄새를 떨칠 수는 없다. 그렇다면, 죄를 저질러 얻은 결실을 취하는 게 옳지 않을까. 왜 좋은 것을 놔두고 죄책감만 감싸 안는 걸까.

"나도 알아. 하지만…… 잘 쓰면 괜찮지 않을까?"

샤먼은 엘렌을 노려보았다.

"그거 원래 누구 손에 들어가야 하는 물건인지 알고 있을 텐데. 그래도 괜찮다고? 잘 쓸 수 있니? 제정신이야?"

"오빠, 나도 늘 사용하겠다는 건 아니야. 조금만. 정말로 필요할 때만 쓸게. 그걸로 봐주면 안 될까?"

늘 순응했던 동생이 샤먼의 말에 토를 달고 이견을 내놓는다. 결국 샤먼은 이번 한 번만, 이란 말과 함께 물러섰다. 엘렌은 눈물을 글썽이면서 기뻐하더니 오클레앙 인장을 몸 깊숙한 곳에 간직하고 숨겼다.

샤먼이 인장 문제를 묵인한 이유는, 셀리나를 버린다는 계획에서 인장의 여부가 중요하지 않았기 때문이다. 셀리나는 자신이 누군지도 몰랐다. 그 아이는 짐마차에서 내동댕이쳐졌을 때 몸의 충격을 가다듬는 데에만 온 정신을 기울였다.

상단은 무기력한 아이를 버리고 떠났다. 여린 아이를 돌아보는 사람은 없었다.

상단 어디에도 셀리나의 흔적이 남지 않았다. 형체도 목소리도 사라졌다.

사람들은 후련해했다. 늘 실수하던 몸도, 주눅이 든 소심한 얼굴도, 볼 때마다 마음을 켕기게 했던 근원도 없어졌다. 그러니 목청을 높여 때려야 할 상대도 없고, 면박과 구박을 주어야 할 상대도 없다.

상단은 평화로웠다. 고요한 분위기를 유지했다. 누구도 싸우지 않았다. 모두는 만족했다.

딱 3일 동안만.

"뭔가 아쉽구만."

화가 나도 풀 곳이 없고, 한이 쌓여도 토로할 곳이 없다. 사람들은 감정을 버릴 곳을 찾아 두리번거렸다. 그러다 사라진 것을 발견했다. 처음 셀리나의 공백에 대한 인식은 그랬다. 좋은 감정 쓰레기통이 사라졌다는 것. 아깝다는 사람도 있었지만, 그뿐이었다.

다른 감정을 토로하는 사람이 나온 건 며칠이 더 지나서였다.

"솔직히 거슬리긴 했지. 정말로 싫어했었어. 하지만 죽을 만큼 잘못하진 않았던 것 같아."

이견을 표하는 사람은 점점 많아졌다. 그들은 삼삼오오 모여 셀리나가 죽을 이유는 없었다고 떠들어댔다. 아이가 부당한 대우를 받았다는 말도 했다. 며칠 더 지나자 오웬을 손가락질하는 놈이 나타났다.

오웬은 코웃음을 쳤다. 괴롭힐 때는 다 같이 해놓고 왜 이제 와서 깨끗한 척인가. 그는 항변하고 싶었지만, 말이 나오지 않았다. 저에게 그들을 나무랄 자격은 없는 것 같았다. 오웬은 아무렇지 않은 척했으나 속으론 풀리지 않는 의문을 안고 몸부림쳤다. 그는 셀리나를 미워했고, 아이를 괴롭혔던 과거를 죄스럽게 여기지도 않았다.

하지만 자신을 떳떳하게 여기려 들 때마다 마음 한구석이 걸렸다. 덜 마른 옷을 입고 돌아다니는 것 같았다. 오웬은 크게 불편하진 않았지만 거슬렸다.

그런 나날이 반복되자, 사소한 거슬림도 짜증스럽게 느껴졌다.

오웬은 별것 아닌 일에 신경질을 냈다. 때로는 아무 이유 없이 성을 냈다.

라시안이 특별한 소식을 물어준 건 나중의 일이다.

"개, 살아 있었어요. 형님."

셀리나가 살아 있다. 다른 사람처럼 변했다고는 하지만 어쨌든 살아 있다는 이변을 담은 소식에 오웬을 흔들었다.

분명 죽기를 바랐는데, 다신 보지 않았으면 했는데. 아이가 살아 있다는 말을 듣자 오웬은 심장이 후끈거렸다. 짜증만 들어찼던 머리에 수많은 의문점이 피어났다.

어떤 얼굴을 하고 있을까. 요즘은 무슨 일을 할까. 상단 생각은 할까. 추억에 젖는다면, 무슨 일을 가장 많이 떠올릴까. 과거를 회상할 때는 웃을까, 울까. 지금이 상단에 있을 때보다 낫다고 생각할까 아닐까.

이어지던 질문은 한 가지 결론을 도출했다.

셀리나를 보러 가자.

반드시 그래야 한다는 결심이 섰을 때, 오웬은 하던 일을 멈추고 주인 막사로 달려갔다. 샤먼을 붙들고 조르듯 명령을 받아냈다.

"골려주는 건 제 전문입지요. 다녀오겠습니다."

"일반인에겐 피해가 가지 않게 해."

샤먼은 셀리나의 일에서 손을 떼고 싶어 했다. 상단에서 내보냈으니, 이제 외부인이라는 거다.

표면적인 이유는 그랬지만, 샤먼은 속으론 카턴 전 남작의 유언을 신경 쓰고 있었다. 남작의 유언을 그대로 따르면, 지금의 셀리나가 나타난다. 과오가 없는 미래와 같다. 샤먼은 셀리나를 부정할 생각이 없었다. 그가 오웬의 청을 들어준 건, 인장을 뺏기고 분해하는 엘렌을 위해서였다.

"어련하겠습니까."

오웬은 샤먼을 향해 고개를 숙였다. 겉으론 샤먼의 뜻을 따르는 척하면서, 입가엔 만족을 머금고 흐뭇해했다.

오웬은 자신과 함께할 노예를 찾아 나섰으나 누구도 움직이지 않았다. 도리어 그를 비난했다. 간만에 본 셀리나가 싫어 죽겠다는 라시안도 그랬다. 셀리나를 괴롭히러 가자는 말엔 고개를 저었다.

오웬은 혼자 떠났다. 그리고 셀리나가 지나갈 거라 생각되는 숲에 함정을 설치했다. 샤먼의 말을 참고해, 일반인을 위한 파란 리본도 달았다. 원래 오웬의 계획은 거기까지였다. 함정을 설치한 뒤엔 퇴장해야 했지만, 셀리나를 보고 싶다는 생각에 괜히 미적거렸다.

그렇게 만난 셀리나는, 많이 달랐다.

"죄송…… 해요."
"배고파요. 한 번만 봐주시면……."

셀리나는 이제 고개를 숙이지도 울먹이지도 않는다. 머뭇거리지도 타협하고 물러서지도 않았다.

"서러워 죽겠죠?"
"근데 그거 자업자득이에요."

눈을 마주치고 웃는다. 그리고 고개를 들어 상대를 쳐다보며 약점을 찌르고 공격한다. 소녀는 분명 셀리나가 맞았다. 하지만 아니기도 했다.

셀리나는 멀쩡한 모양새로 나타났다. 소녀의 곁엔 처음 보는 남자가 있었다. 소녀는 남자의 손을 다정히 잡고서 걸어갔다.

"하…… 하하."

오웬은 허탈한 웃음을 흘렸다.

'그 여자'는 손에 넣을 수 없었다. 남작의 여자였으니까. 하지만 셀리나는 달랐다. 여자와 비슷한 금발머리를 가지고 있지만, 모든 사람들이 업신여겼다. 지나갈 때마다 노예들의 머리를 숙이게 만드는 '남작의 첩'과는 본질적으로 다른 위치에 있었다.

셀리나의 위치는 오웬의 옆, 아니, 그보다 더 아래였다. 끄집어 내리고 떨어뜨리면 제 손을 잡을까 싶어 그리했다. 하지만 셀리나는 우울을 뒤집어쓰면서도 오웬은 필사적으로 피했다. 오웬은 그게 제 폭력의 결과라는 것을 알고 있었지만, 더 화가 났다. 그래서 셀리나가 황무지에 버려진다는 것을 들었을 때 잘됐구나 했다. 가지지도 못하는 떡 그냥 버리는 게 낫다 싶어서.

하지만 소녀는 누구도 가질 수 없는 철옹성 같은 존재가 아니었다. 다만 그 작은 손을 잡을 수 있는 사람이 오웬 자신이 아니었을 뿐이다.

오웬은 텅 빈 속을 채우기 위해 나무를 내려쳤다. 퉁퉁 둔탁한 소리는 그의 텅 빈 마음만큼이나 공허하게 울렸다. 가슴이 찌릿하게 아파왔다. 그걸 잊기 위해 나무를 더 내려쳤다.

여자도 셀리나도 오웬을 필요로 하지 않았다. 정작 그들을 필요로 한 건 오웬이였다. 그들의 눈길 한 번 관심 한 번을 받고 싶어서 괜히 어른거리다, 손을 댔더란다. 하지만 그들은 오웬을 선택하지 않았다. 그들은 자신들이 원하는 자의 손을 잡고 돌아섰다. 오웬은 끝까지 그들의 손을 잡지 못했다.

'하긴, 천한 노예놈이 뭘 바라겠어.'

오웬은 속으로 잔뜩 비죽였다. 잊었던 감각이 돌아와 손끝을 저리게 만들었다. 그는 스러지듯 눈을 감았다. 몹시 피곤했다.

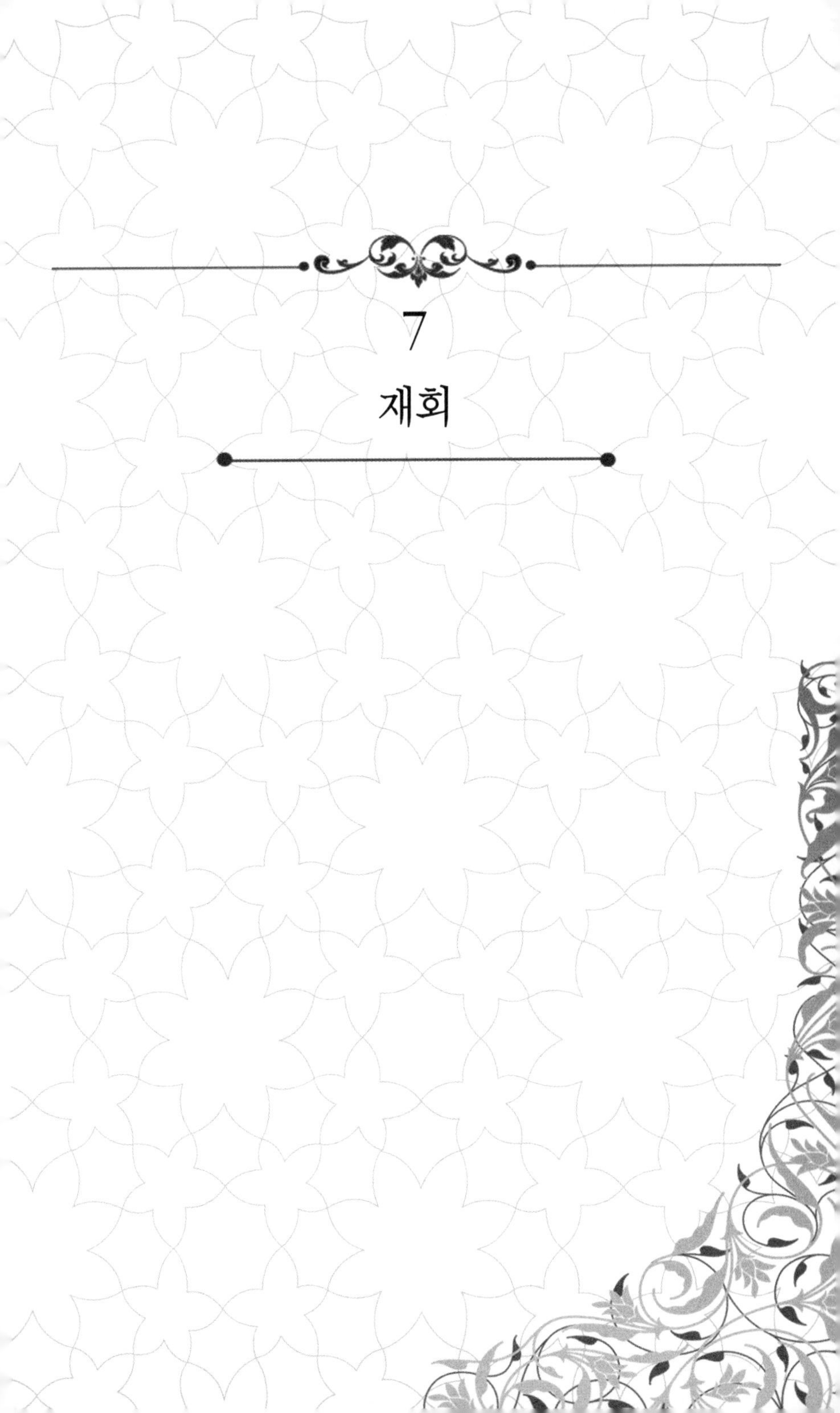

7

재회

"저, 저기 들어가 보고 싶어요."

두 번째로 마을은 첫 번째 마을보다 작았지만, 상가는 갖춰져 있었다. 연화와 카를은 반나절을 할애해 필요 물품을 구비했다.

여관으로 돌아가는 길에, 연화는 서점을 발견했다. 가게 밖 진열대에 꽂힌 책들이 보였다.

이런 생각이 든 건 충동에 가까웠다.

'이 세계를 떠나는 방법을 찾을 수 있을지도 몰라.'

방법이 아니라 단서라도 충분한 수확이 있다. 연화가 서점에 들어가고 싶다고 하자, 카를은 묵묵히 고개를 끄덕였다. 서점은 넓었으나 손님은 카를과 연화뿐이었다. 남주인은 오랜만의 손님을 반기면서 천천히 책을 고를 수 있게 배려해 주었다.

연화는 책장 앞에 서서 손을 비볐다. 홍연화일 때는 경영서나 대학 전공책을 끼고 다녔다. 다른 이유긴 하지만 그녀는 지금 책장 앞에 섰다는 것만으로 가슴이 뛰었다. 홍연화로 돌아온 것 같았다.

연화는 책등을 살펴보았다. 세계 탐험, 여행기, 전기 따위의 글씨들을 헤치면서 원하는 제목을 찾았다.

목표는 '이계 귀환록'이었지만 키가 닿지 않았다. 연화가 손을 뻗은 채 끙끙거리자, 카를이 책을 내려주었다.

"고마워요."

연화는 그 다음으로 '세계의 비밀', '이동과 세계의 연결'이란 책도 골랐다. 카를은 장신이라서 높은 곳에 꽂힌 책도 쉽게 뺄 수 있었다. 연화는 책을 안고서 돌아봤다. 옆에서 이 책 저 책 빼주기만 한다 싶더니 카를은 빈손이었다.

"카를은 고르지 않나요?"

"전 괜찮습니다."

재차 묻자 카를은 덤덤히 한마디를 덧붙였다.

"저는 책을 좋아하지 않습니다."

"활자를 싫어해서요?"

"책은 부끄러웠던 과거를 떠오르게 합니다. 그래서 싫어합니다."

연화는 싫다는 사람에게 계속 권하지 않았다. 제 몫의 책만 계산하고 가게를 나섰다. 들어준다는 카를의 호의는 가볍게 거절했다.

"제가 산 거니까요."

진짜 이유는 따로 있었다. 연화는 책을 든 채 걸어보고 싶었다. 홍연화일 때 숱하게 했던 그 행동을 하고 싶었다. 크고 묵직한 책을 들고 움직이는 건 셀리나의 일이 아니었다. 연화는 책을 몇 번 놓칠 뻔한 위기 끝에 안정적인 자세를 찾을 수 있었다. 그녀는 작은 팔로 책을 꼭 끌어안았다.

양팔의 자유가 사라진 불쾌감은 책 냄새로 완화되었다. 하드커버에 볼을 비비자 홍연화로 돌아간 것 같아, 그녀는 조금 들뜬 기분으로 발을 옮겼다. 여관 1층 식당에선 저녁을 해결할 수 있을 것이다.

서점은 번화가 중심부에 있었다. 반짝이는 불빛에서 멀어져야 여관이 나왔다. 걸음을 옮길수록 시끌벅적한 소리가 멀어지기 시작했다. 밝았던 사위가 어느새 새카매졌고, 인적이 끊겼다. 영원히 들려올 것 같던 호객소리도 끊어졌다.

고요 속에 둘만 남겨졌다고 생각했을 때 카를이 멈춰 섰다.

"왜 그래요?"

무서운 거냐. 연화는 장난을 걸고 싶었지만, 어둠속을 진지하게 노려보고 있는 카를을 보자 차마 그 말이 나오지 않았다.

"오고 있습니다."

카를이 연화의 어깨를 잡아끌어 제 뒤로 두었다. 다급한 듯 숨을 들이쉰다. 급박함을 담은 그의 목소리가 연화를 초조하게 만들었다. 연화는 몸을 움츠리며 전방을 바라보았다.

저 멀리서 누군가가 오고 있었다. 사람의 형상을 띄고 있는 건 알겠지만 정확히 무엇인지는 모르겠다. 보이는 건 시커먼 그림자뿐이라 카를은 형체가 이쪽으로 오는 게 확실하다 싶자 검을 뽑았다.

"누구냐."

시퍼런 날은 어둠 속에서도 반짝거렸다. 위협적인 냉기가 사위를 잠식하자, 상대가 움찔하더니 걸음을 멈추었다. 검이 닿지 않는 거리에 서서 양팔을 들어 올린다.

"아이고, 선생님."

앵앵거리는 콧소리가 익숙했다. 카를이 눈을 가늘게 뜨고 사내를 쳐다보는 순간 비친 달빛이 남자의 정체를 알려주었다. 서점 주인이었다.

"무섭게 왜 이러십니까. 전 그저 놓고 가신 걸 찾아드리러 왔을 뿐인데……."

서점 주인이 가방을 내밀었다. 책을 고른다고 옆에 내려놓고 깜빡한 것을 챙겨온 것이다. 연화는 그의 마음 씀씀이에 감사를, 카를의 검에 놀랐을 것엔 사과를 표했다.

"미안해요."

"괜찮습니다. 뭐…… 귀족 나리들이 횡포부린 게 어디 한두 번 인가요."

서점 주인은 멋쩍게 웃었다. 책은 비싸고, 글을 아는 자는 드물다. 책은 귀족들의 전유물이나 마찬가지다. 서점 주인과 같은 평민 남성을 신분으로 깔아뭉개려 드는 귀족은 널렸다.

"그래도 아가씨는 친절하시구먼요. 큼."

서점 주인은 카를을 무서워하면서도, 연화에겐 고개를 숙인다. 그는 서점에서 두 사람의 상하관계를 파악했다. 연화는 그의 인사를 받아주었다. 그는 카를이 저를 죽이지 않는 걸 서너 번 확인한 뒤 달음박질쳐 사라졌다.

"카를."

조용해진 골목엔 연화와 카를 둘만 남게 되었다. 연화가 부르자, 카를이 착 가라앉은 목소리로 대답했다.

"예."

"왜 그랬어요?"

카를의 경계는 조심하는 수준이 아니었다. 어둠 속에서 나타날 존재는 적밖에 없다는 것처럼 굴었다.

연화는 이해가 되지 않았다. 카턴 상단은 오래전에 이 마을을 떠났다. 오웬이란 문제가 남아 있긴 하지만, 미치지 않고서야 보는 눈 많은 마을에서 덤빌 리 없다. 범죄자들은 장신의 남자를 꺼리니 열외로 빼놓아도 된다. 그러니 이 마을에 위해를 끼칠 인간은 더 이상 없다고 봐도 무방하다. 카를의 경계심이 높을 이유가 없다.

연화가 고개를 갸웃거리자, 카를이 죄책감을 담은 고개를 아래로 떨구었다.

"아가씨는 안전합니다. 문제는 접니다."

카를이 한 손으로 스스로의 가슴을 짚었다. 무의미한 손짓이 자책으로 보였다.

"이 땅에는 제가 죽길 바라는 사람이 있으니까요."

연화는 뒤늦게 정신을 차렸다. 황무지에서 카를은 그랬다. 주군에게서 버림받았다고. 연화는 그 다음 말도 떠올렸다.

"그 사람, 카를이 죽은 줄 안다면서요?"

"부하는 그리 보고를 올렸을 겁니다. 하지만 그분은 믿지 않으실 겁니다. 원체 의심이 많은 분이니까요. 시체가 나오지 않았을 테니, 더더욱 의심을 풀지 않으시겠지요."

"하지만 여긴 카로틴 변두리인데요. 그 사람, 이런 곳까지 눈 닿는 사람이에요?"

"안 닿는 곳이 없을 겁니다."

과장이라곤 한 톨도 담겨 있지 않은 목소리였다. 경외 끝엔 두려움이 담겨 있었다. 연화는 혀를 내둘렀다.

"뭐 하는 사람이기에 그러는데요? 황제라도 돼요?"

"아닙니다."

카를은 단박에 부인했다.

"어쨌든 아직까진 안 들킨 것 같아요. 그렇죠?"

연화가 분위기를 밝게 하려고 애써 웃어보았지만, 카를은 따라 웃지 않았다.

"정 불안하면 변장이라도 할래요?"

"콧수염 안경은 싫어합니다."

연화는 눈을 동그랗게 떴다. 이 세계에도 그런 게 있는 줄은 몰랐다. 이 세계와 원래 세계의 공통점을 발견할 때마다, 그녀는 이곳이 재민의 세계임을 자각하게 된다. 연화는 혹시나 하는 마음에 물었다.

"염색은요?"

"이렇게 작은 마을에선 염색약을 구할 수 없을 겁니다."

그래서 알게 된 점은 이 세계가 홍연화의 세계와 많이 다르다는 것이다. 연화는 조금 낙담했다.

대화하는 사이 여관에 도착했다. 늦은 저녁을 해결한 뒤엔 방으로 돌아왔다. 방을 하나밖에 잡지 않았기 때문에 화장실도 한 개였다. 카를은 처음을 양보했다.

30분 뒤. 연화는 전신 타월로 몸을 감은 채 카를을 불렀다.

"카를, 이제 들어가도 돼요."

카를은 연화를 보는 둥 마는 둥 하며 화장실로 들어갔다. 연화는 그가 문을 닫은 걸 확인한 뒤 타월을 끌어내렸다.

여분의 옷을 챙기지 못한 실수는 카를이 화장실에 있는 동안 만회했다. 바지 위에 셔츠를 걸치며 거울을 보니 난민 같았던 아이의 볼에는 살이 붙었고 온몸에 나 있던 생채기는 사라졌다. 방실 웃는 얼굴에선 노예였던 과거를 찾아볼 수 없었다.

지금은 평범한 옷차림이지만 값비싼 의복을 입어도 제법 잘 어울릴 거다. 귀족 영애들이 즐겨 입는 드레스를 걸치면, 진짜 오클레앙 영애처럼 보일지도 모른다. 연화는 거울 위에 드레스를 그려

보다 멈칫했다. 거울에 담긴 창문에 종이가 꽂혀 있다. 착각인가 싶어 뒤로 손을 뻗으니 실체가 잡혔다. 두 번 접힌 것을 펼치자 글씨가 보였다.

-찾고 계십니다.

적힌 건 한 문장뿐이었다. 누가 보냈는지, 왜 보냈는지, 언제 보냈는지 무엇 하나 알 수 있는 게 없었다. 여백의 미를 사랑해서 그랬다는 말로도 용납이 안 되는 쪽지였다.

"……누가 흘리고 갔나."

연화는 무심히 중얼거렸다. 전에 이 방을 쓴 사람이 놔두고 간 것일지도 모른다. 아니면 윗방을 쓰는 사람이 흘렸거나. 그렇게 생각하자 납득이 되었다. 연화가 종이를 창틀에 끼워 넣기 위해 돌아서자마자 화장실 문이 열렸다.

"아가씨."

하의만 입은 카를이 화장실에서 나왔다. 아무것도 걸치지 않은 상체가 촉촉했다. 모양 좋게 잡힌 근육에서 물방울이 떨어진다. 막 씻고 나왔으니 당연하다는 걸 아는데도 연화는 어쩐지 민망한 기분이 들었다.

연화는 고개를 돌렸다. 카를이 상의를 입을 때까지만 그러고 있을 생각이었다.

계속 기다렸지만 카를이 옷 입는 소리는 들리지 않았다. 대신 어깨 위로 천이 둘러지는 걸 느꼈다. 카를은 바로 옆까지 다가와 있었다.

"물이 떨어지지 않습니까."

카를이 셀리나의 금발을 수건에 문질러 닦기 시작했다. 단 꿀

같은 미소를 머금고서 조심스레 움직인다. 연화는 최면에 걸린 사람처럼 멍하니 서 있다 정신을 차렸다. 어느 순간 카를의 손이 멈춰 있었다. 그가 연화 손에 들린 종이를 쳐다보았다. 그의 미간이 구겨진다.

"그건 뭡니까."

연화는 당혹스러움을 눌렀다. 카를은 계속 날카로운 모습을 보여주었다. 어둠이 있는 곳은 모두 노려보았고, 옆을 스쳐 가는 사람이 있으면 검집에 손을 올렸다. 그중 악의를 가진 사람은 아무도 없었다. 그는 모든 사소한 것에 기민하게 반응했다.

그걸 감안하면, 카를의 변화가 이상하진 않았다. 연화는 별스러운 것을 본 것처럼 어깨를 으쓱였다. 태연히 대답한다.

"별 의미 없는 말이 적힌 종이에요. 내 생각인데, 전에 이 방에 있던 사람이 두고 간 거 같아요."

아니면 배송 실수가 있었거나. 연화는 발랄하게 말했다.

이곳은 여관이다. 수많은 사람들이 오가는 공간인 만큼, 착오와 실수는 얼마든지 있을 수 있다. 카를은 단박에 부인했다.

"아닐 겁니다."

"……그걸 어떻게 확신하는데요?"

"처음 이 방에 들어왔을 때, 창틀은 확인했었습니다."

"그때 종이는 없었다는 거군요."

연화는 수상한 소리를 듣지 못했다. 문이 움직이는 소리는 물론, 누군가의 기척을 느낀 적도 없었다. 그러니 종이가 놓인 시기는 두 사람이 외출한 사이일 것이다.

연화는 잠긴 문을 따고 들어오는 누군가를 상상해 보았다. 수상한 복면을 쓴 사람과 마주쳤을지도 모른다고 생각하자 소름이 끼쳤다.

"하지만 누가 우리한테 이런 걸 보낸다고 그래요? 그런 사람이 어디 있는데요?"

셀리나와 카를의 인생은 비슷하다. 그들의 죽음을 바라는 자가 황무지에 버리고 갔지만 살아남았다. 친구는 없고 적은 가득하다. 이런 상황에서 자객의 기습이 아닌, 존대어의 카드를 받았다. 생뚱맞은 현실이다.

연화는 착오일 거라는 말로 카를을 안심시키고 싶었다. 그러나 카를은 눈을 치켜뜨고 주위를 살폈다. 이리저리 움직이던 고개가 침대 앞에서 멈췄다.

"하나 있습니다."

카를이 갑자기 이불을 들췄다. 침대 아래 빈 공간이 드러났다. 카를은 검을 뽑아 어둠을 겨누었다.

"나와."

아무도 없다 생각한 곳에서 숨소리가 들려왔다. 그 다음으론 침대가 들썩거린다 싶더니 아예 젖혀졌다. 퀴퀴한 먼지 사이에서 남자가 튀어나왔다.

"좋은 아침입니다. 아가씨, 그리고 기사님도."

파란 머리를 길게 늘어뜨린 남자가 고개를 숙여 인사를 건넨다. 태연한 목소리엔 당황의 기색이라곤 티끌만큼도 묻어 있지 않다. 그가 침대 아래에서 나오지 않았다면 그러려니 넘어갈 만큼 무난한 인사였다.

카를이 남자의 목을 겨누었다.

"숨어 있었던 이유부터 밝혀라."

"하하. 형님, 왜 이러십니까. 무섭게."

남자가 너스레를 떨었지만 카를의 굳은 얼굴은 풀릴 줄을 몰랐다. 카를이 검 끝을 올려 당장 남자의 목젖을 찌를 것처럼 굴었다. 남자는 삐질 땀을 흘리면서도 어색한 미소를 지었다.

"별거 아닙니다. 침대 아래에 얼마나 많은 먼지가 있나 보려고 했을 뿐입니다. 그런데…… 어휴. 이것 보세요. 제 온몸이 완전 먼지가 되었지 않습니까. 이래서 청소는 꼼꼼히 해야 합니다."

"……침대 아래에 숨어 들어갈 사람을 위해서요?"

"그렇습니다. 자객을 위한 작은 배려죠."

연화가 황당해했다. 누가 그딴 배려를 하겠냐. 연화는 어이없는 웃음을 흘렸다. 카를의 눈썹이 휙 올라갔다.

"개수작 부리지 마."

"와우, 형님. 우리 이러지 맙시다."

남자는 항복하겠단 뜻으로 양손을 들어 올렸다. 허리에 찬 레이피어는 뽑을 생각도 않는다. 그는 서글한 눈을 구부리며 목적을 밝혔다.

"사실 주군의 명을 받고 왔습니다."

"당신 주군이 누군데요?"

"제 주군 말씀이십니까? 말해보자면, 하늘도 가르는 은빛 칼날을 가지고 세상을 굽어 살피는 정의의……."

미사여구가 몹시 익숙했다. 연화는 중요 단어만 뽑아 이어보았다.

-은빛 칼날의 정의의 사도.

남자가 말하는 게 누군지 알 것 같았다. 제국에서 알아주는 공작님은 독특한 별명을 가지고 있었다. 그의 직업이 사람을 구하고 다니는 건 아니었기에, 공식 별칭은 아니었다.

"주군께선 절 구해주셨습니다."

어릴 적 테일러에게 도움을 받았다는 남자 하나만 테일러를 제 영웅이라 칭했다. 촐싹 맞은 태도는 그의 진심을 옅어 보이게 했지만, 테일러의 마음을 잘 헤아린 행동을 함으로써 그와 테일러 사이의 유대감이 얼마나 깊은지 보여주었다.

연화는 남자를 살폈다. 허리까지 내려오는 긴 파란 머리에, 장난기를 머금은 눈동자. 거기에 살색이라곤 한 줌도 보여주지 않는 까만 무복에, 같은 색의 장갑과 가죽 부츠를 신었다. 이 모든 특성을 가진 캐릭터는 하나뿐이다. 디온 에스카. 테일러의 집사다. 검보다는 체술의 달인이다. 특기는 정보 수집이다.

연화는 테일러보다 디온이 더 인상적이었다. 그는 엘렌을 좋아했다. 나중엔 테일러를 위해 제 감정을 접고 물러서지만, 처음엔 엘렌에게 사랑받기 위해 노력하는 인물이었다. 디온은 시종일관 치는 장난 한구석에 제 마음을 집어넣어 표현했다. 그가 호감을 표하는 방식이었다. 눈치 없는 엘렌은 그의 진심을 알아채지 못했고, 디온은 구석에서 끙끙 앓다 포기한다.

글자로 보았던 캐릭터를 훑는다. 매력적이라 생각했던 캐릭터가 눈앞에 있었다. 상상의 디온과 눈앞의 디온은 달랐다. 연화의 생각보다 그는 더 미남이었고, 장난은 그냥 그의 성격으로 보였다. 다만, 지금은 어디까지가 장난이고 진심인지 분간이 되지 않았다.

연화는 흐려지려는 머리를 약간 흔들었다. 디온에게 휘말릴 이유가 없었다. 맑아진 머리로 사실을 찍었다.

"그래서 공작님이 저 데리고 오라고 하셨어요?"

"그렇습니다."

"그럼 그렇다고 말하면 되지. 왜 숨어 있었어요?"

"저도 그러려고 했는데 말입니다. 저 기사님이 워낙 살벌하게 구시는 바람에……."

디온이 카를을 눈짓했다. 그는 시장에서부터 연화의 뒤를 따르며 타이밍을 쟀지만 나타나지 못했다. 그럴 때마다 카를이 돌아보고 경계하는 바람에 먼 거리에서 어물쩍 거릴 수밖에 없었다고 했다. 연화는 아, 탄성을 흘렸다. 카를의 경계심이 좀처럼 누그러들지 않았던 이유가 따로 있을 줄은 몰랐다.

카를은 디온을 노려보며 이를 갈았다.

"시장에서부터 따라온 발이 네놈이었나."

"그렇습니다! 그건 바로 저였습니다! 정답을 맞힌 당신에게 축복을……."

"닥쳐."

카를이 날카롭게 올라간 신경을 터뜨리며 화를 냈다. 연화는 카를이 디온을 베지 못하게 막아섰다. 그에게 확인해야 할 것이 남아 있었다.

"이 종이를 쓴 건 당신이었나요?"

"비밀스럽고 멋진 문구를 담아 적어보았습니다. 아가씨들 사이에서 추리소설이 유행한다기에. 마음에 드셨습니까?"

연화는 어쩐지 맥이 빠져 어깨를 늘어뜨렸다. 잠깐이나마 호기심을 가진 자신이 바보처럼 느껴졌다.

"……전혀요."

"저런. 좀 더 짧게 썼어야 했던 겁니까? 하긴, 그 편이 더 수상해 보이긴 하죠. 참고하겠습니다."

왜 수상해야 하는 건데? 연화가 묻자, 디온이 윙크한다. 어쩐지 이유를 물으면 안 될 것 같은 기분이 들었다.

"그냥 본론으로 넘어가죠. 공작님이 절 데리고 오라고 하신 이유가 뭐예요?"

"심심하셔서, 인 것 같습니다."

"……."

다른 놈이라면 그거 참 말 안 되는 이유라고 생각했을 텐데. 테일러는 전적이 있는 남자다. 그는 전 마을에서 연화와 카를을 잡아들인 뒤 이런 말을 했다.

"재미없었어."

테일러라면, 심심하다는 이유로 부하를 보낼 수 있을지도 모르겠다는 생각은 입을 막았다. 연화가 침묵하자, 디온이 무릎을 구부렸다. 정말로 귀족 영애를 모시러 온 집사처럼 자신을 낮추고 손을 내민다.

"그럼 아가씨, 함께 가시겠습니까?"

"아니요."

연화는 단박에 거절했다. 디온은 웃었다.

"상관없습니다. 그러실 거라 생각했으니……."

디온은 물러가는 것처럼 발을 뒤로 빼다 말고 자신의 검을 뽑았다. 연화의 코앞까지 드리워진 검을, 카를이 막았다.

아슬아슬한 순간이 몇 번 있었지만, 카를은 디온과 연화 사이의 거리를 벌리는 데 성공했다.

카를은 디온의 검을 주시했다. 디온이 왼쪽으로 움직이면 그 역시 왼쪽으로, 뒤로 빠지면 뒤로 다가가 맞받아쳤다. 카를은 뒤에 남겨진 연화를 염두에 두고 움직였다. 방어 이상의 행동은 하지 않았다.

디온은 카를을 피해 서너 번 연화 앞으로 나서려 했지만 그럴 때마다 카를의 검에 가로막혔다. 그는 씁쓸한 미소와 함께 멈췄다.

"어이쿠. 형님 검 많이 잡아보셨군요."

디온이 검을 다시 검집에 집어넣고는 아까처럼 양손을 들어 보였다. 항복의 자세였지만, 한 번 속은 적이 있는 카를은 방심하지 않고 다시 디온의 목을 겨누었다. 찌르르한 살기가 방을 메웠다. 당장 제 목이 날아갈지도 모르는 상황임에도 남자는 웃어넘기며 익살스러운 말을 하는 것도 잊지 않았다.

"노려보지 마세요. 재도전은 안 합니다."

디온이 천천히 뒤로 물러선다. 문이 있는 곳에서 멈췄다.

"하지만 형님, 그리고 아가씨. 부디 제 처지를 고려해 주십시오. 이대로 돌아가면 제가 어찌 될지는 뻔하잖습니까. 저는 화난 주군 손에 초죽음을 맞이하게 될 겁니다. 무시무시하지 않습니까?"

"그거 참 안타까운 일이긴 한데. 애초에 그런 명 안 따르면 되는 거였잖아요?"

"그럴 수는 없습니다."

디온이 두려운 얼굴로 고개를 저어서, 연화는 그의 장래가 위험할지도 모른다고 생각했다. 그가 디온 에르카임을 간과한 착각이었다.

"특별 수당은 귀한 것이거든요."

뭐. 연화가 디온을 멍청히 바라보는데, 그가 허리를 숙이더니 뭔가를 집어 들었다. 그게 연화의 신발이라는 걸 알았을 때는 이미 늦었다.

"그러니 협조해 주셨으면 합니다."

"……응?"

디온이 문을 부수듯 열고 튀어나갔다. 남은 두 사람은 갑작스러운 사태를 예상치 못했다. 멍한 눈으로 열린 문을 응시했다. 몇 초 후 연화가 엇, 소리를 내며 정신을 차렸다. 그제야 카를이 디온을 잡기 위해 달려갔다.

여관은 두 남자의 추격전으로 시끄러워졌다. 몇몇 사람이 소란을 듣고 나왔지만 그뿐이었다. 상황을 모르는 자들은 멀뚱히 서서 야밤의 구경거리를 즐겼다.

카를은 10여 분쯤 뒤 나타났다. 터덜터덜한 걸음과, 거친 숨은 그가 지쳤음을 보여주었다.

카를은 느릿느릿 기운 빠진 사자처럼 걸어오더니 고개를 숙였다. 카를의 손은 비어 있었다.

"죄송합니다. 찾지 못했습니다."

"아니…… 뭐, 괜찮아요."

연화는 카를의 어깨를 다독였다. 신발을 들고 튀다니. 이런 상황은 누구도 예기치 못했을 거다.

"어차피…… 금방 찾을 수 있을 것 같기도 하고요."

디온이 연화의 신발을 가져간 이유는 하나다. 연화의 발을 묶어두기 위해서다. 여행을 하려면 신발은 필수니까. 하지만 여관과 번화가는 지척인 데다, 카를의 신발은 남아 있다. 다음날 카를이 신발 한 켤레를 구해오면 문제는 해결된다.

길어봤자 반나절에 불과한 체류다. 이런 예상은 누구나 할 수 있다. 디온 역시 그 사실을 모를 리 없다. 디온은 내일 다시 나타나리라. 신발을 돌려줄 확률이 높지만, 다른 물건을 훔쳐 발을 단단히 묶을 가능성도 있었다.

계산은 다 끝냈으면서, 아침부터 손님을 맞게 될 줄은 몰랐다.

"달리기 시합하기에 참 좋은 아침입니다."

노크 소리에 문을 여니, 디온이 활짝 웃으며 간밤의 추격전을 떠올리게 하는 인사를 건넸다. 그러자 단박에 카를의 기세가 험악해졌다. 당장 디온을 반으로 갈라 버릴 것처럼 검집에 손을 올렸다. 디온은 그런 카를을 보는 둥 마는 둥 하며 스쳐 지나갔다. 디온은 연화 앞에서 몸을 수그렸다. 연화는 반사적으로 물러섰다. 그가 다시 검을 뽑을까 우려가 되었다. 그때 디온이 손을 내밀었다.

"발을 좀."

"……네?"

연화가 되물었다. 디온은 품을 뒤적였다. 어제 그가 들고 간 신발이 나왔다. 그는 두 번 말하지 않고 연화의 발을 잡아당겨 신발을 신겨주었다. 사라졌던 연분홍색 구두는 레이스 끈 하나 흐트러지지 않은 채 돌아왔다. 연화는 구두를 바라보다 고개를 들었다.

디온이 물러서는 만큼 다가오는 남자가 있었다. 은빛 머리칼이 흩뿌려진다. 허름한 여관과 어울리지 않는 옷이 걸어온다. 제국에서 가장 유명한 남자는 혼자 딴 세계에 있는 것 같았다. 연화는 눈을 끔벅였다. 디온을 보면서, 그가 근방에 머무르고 있을 거란 생각은 했다. 하지만 이곳에 온 이유는 모르겠다. 그는 카턴 상단을 따라 사라졌지 않나.

눈을 비벼봤지만 테일러는 사라지지 않았다. 손을 내밀자 실체가 만져졌다. 생생한 진짜의 느낌에 연화가 손을 내렸다. 멀어지는 것을 테일러가 잡고 끌어당긴다.

"잘 있었나."

허상 같았던 것이 단단해졌다. 현실을 드러낸다.

할 말이 많은 눈동자가 그녀를 살폈다. 반가움보다 심란함이 가득한 눈을 하는 이유는, 간만에 만나서만은 아닐 터다. 연화는 아무것도 모르는 척 웃었다. 심술쟁이 아이처럼 볼을 부풀리며, 테일러가 찔려 할 구석을 찔렀다.

"진실 캐기는 어떻게 되었어요?"

"별로…… 좋지는 않았어."

테일러는 당황하지 않고 씁쓰레하게 웃을 뿐이었다.

테일러의 큰손이 연화의 머리를 쓰다듬었다. 테일러가 풍겨내는 눅눅한 감정이 주위를 잠식했기에 연화는 빈정거리지 못했다.

"그런가요."

테일러는 침묵했다.

"수도까지 안전하게 모시겠습니다."

테일러가 카턴 상단에 몸을 싣겠다 말하자, 샤먼은 바로 고개를 숙였다. 당혹스러운 감정을 덮고, 기회를 물었다.

테일러는 샤먼과 같이 행동하는 상단들을 많이 봐왔다. 호의를 베풀어주겠다고 말하는 자는 수없이 많았다. 그들의 뒷배가 될 생각은 없었기에 거절해 왔었지만 지금은 별수 없었다.

"진실은, 뭐 좋을 대로 생각하세요. 그것 하나 못 알아낼 정도로 테일러 씨가 멍청하다는 생각은 하지 않거든요."

별거 아닌 말에 발끈해서 일을 쳐 버린 건 자신이었다. 시계추는 돌아갔고, 되돌릴 수 없었다.

테일러는 진실이 뭐든 상관없었다. 작은 아이가 예쁜 입술을 삐죽여 그의 자존심을 건드리지만 않았다면, 정말로 상관하지 않았을 터다. 하지만 후회해도 이미 늦은 일이었다.

테일러는 상인과 얽히지 않기 위해 전제를 걸었다.

"부하가 올 때까지만이다."

샤먼은 실망했지만, 서운함을 내비치진 않았다. 그는 숙련된 상인이었다. 속으로는 어떻든 겉으로는 테일러를 극진히 모셨다. 그의 처우엔 소홀함이 없었다.

좋은 옷과 훌륭한 음식이 베풀어졌다. 잠을 잘 때만 사용하는 간이 막사를 만든 천은 흠 잡을 때 없이 훌륭한 것이었다. 천을 고정한 끈도 튼튼했다. 막사 안에 비치된 가구들 역시 비싸지 않은 게 없었다.

샤먼의 대우는 물질적인 면에서 그치지 않았다. 그는 테일러와 눈이 마주칠 때마다 이것저것 챙기려 들었다. 비위를 맞추는 건 일상이었다.

"가지고 계신 짐은 이 노예에게 맡기시면 됩니다."

"식사는 맞으십니까. 잠자리는 어떠셨습니까."

"저희 상단은 의류와 세공품을 주 품목으로 삼고 있습니다. 원하시는 물건은 무엇이든 드리겠습니다. 물론 돈은 받지 않겠습니다."

샤먼은 이국의 상인이었다. 카로틴에 남겨놓은 기반은 전무했기에 그가 테일러에게 잘 보여야 할 이유는 수도 없이 많았다. 하지만 테일러는 극진한 대우가 익숙했다. 상인에 한정된 이야기는 아니었다. 그에게 잘 보여 이득을 취하려는 자들 중 반이 귀족이었다.

테일러는 저가 받고 줄 것을 계산하고 괜찮은 거래라는 확신이 섰을 때에만 행동했다. 이해득실로만 생기는 관계에 다른 감정이 끼어들 이유는 없다.

"너는…… 죽었어야 했는데……."

당혹함과 섬뜩함이 버무려진, 조찬의 대화가 끼어들어야 할 자리는 없다. 과거에 파묻혀, 볼을 퉁퉁 불리고 뚱한 말을 뱉어야 할 이유도 없다.

"별로. 신경 쓸 것 없다."

저와는 크게 상관없는 아이의 일을 떠올리며 밤을 설쳐야 할 이유도, 모두가 잠들어 고요한 막사 사이를 돌아다녀야 할 이유도 없다. 테일러가 모든 것을 알면서도 그리한 것은 단순한 변덕이었다. 아무래도 상관없다, 따위의 하잘것없는 감정 때문이었다.

테일러는 잠자리를 가리지 않았다. 어떤 곳에서든 머리가 닿으면 잠이 들었다. 거칠고 험난했던 황무지도 예외는 아니었다.

"어이쿠, 나리!"

고급스러운 막사가 늘어선 상단이 예외를 선물해 주었다. 테일러는 술병을 감추는 노예를 보고서야 자신이 이상한 짓을 했음을 깨달았다.

"이런."

전쟁터에서도 심란한 밤을 겪은 적이 있었다. 자다 깬 적도 있었지만, 이렇게 산책을 하진 않았다. 다시 자거나, 아니면 일을 했다. 새삼스러운 사실을 알게 되었지만 불쾌하진 않았다. 테일러는 자신을 자각시킨 노예를 내려다보았다.

노예는 머리를 땅에 파묻을 것처럼 숙이고 있었다. 부자연스럽게 감춘 팔 뒤론 삐죽 튀어나온 술병 주둥이가 보였다.

노예의 앞엔 모닥불이, 옆엔 사람 대신 작은 종이 놓여 있었다. 노예는 불침번이었다. 위험을 감지하면 종을 울려 사람들을 깨우는 게 그의 역할이었다. 술을 먹으면 혼쭐이 나는 처지였다.

테일러는 노예의 과실을 모른 척했다.

"……상관없다."

밤의 마법과 잠의 몽롱함에 넘어가 주기로 한 것이다. 노예는 감격하며 까치집이 선 머리를 들어 올렸다. 그는 공작인 테일러를 똑바로 보는 우를 범하면서 물었다.

"저, 정말로 눈감아주신다는…… 뭐, 그런 말씀이시지요?"

"그래."

테일러는 무성의하게 대답했다. 별 의미 없는 말이었지만, 노예는 주관적인 해석을 발라 이해했다.

'무술의 달인은 생각부터 다르구먼.'

샤먼이나 엘렌은 그를 용서하지 않았을 거다. 폭언은 당연하고, 폭력은 감수해야 할 몫이며, 최악의 경우 죽음을 각오해야 한다. 더구나 테일러를 비롯해 상단 내에서 중요한 위치에 속한 자들의 막사가 있는 곳에서 불침번을 서는 자가 술을 먹었다는 게 알려지면 비난을 피할 수 없을 것이다.

노예가 술을 먹은 이유를 물어보는 사람은 없을 거다. 자신을 위험에 노출시켰다는 이유로 목을 날리고, 시체는 아무 곳에 버려지리라. 하지만 테일러는 그러지 않았다. 그건 그가 불침번의 알람 따위를 신경 쓰지 않는다는 뜻이다. 어떤 위협이 덮치든 물리칠 수 있다는 자신감이 있기에 가능한 일인 것이다.

자신이 술을 마시는 것에 테일러가 개의치 않아 하자 노예는 조용히 감탄한 뒤, 감췄던 술병을 앞으로 꺼냈다. 골골, 노예는 몇 모금 마시며 공작을 살폈다. 그는 노예가 무엇을 하든 관심이 없었다. 말은 걸었지만, 술에 대한 지적은 아니었다.

"다음 노예는 언제 나오나?"

"한참 멀었습니다요. 제 다음이 라시안인데, 그놈 기다리려면 3시간은 족히 지나야 할 겁니다."

노예가 크크크 웃으며 술병을 치켜들었다.

"안 그랬으면 이런 걸 처먹을 용기가 날 리 없지요."

"그렇군."

3시간 동안 아무도 안 온단 말이지. 테일러는 중얼거리면서 모닥불 근처에 앉았다. 바로 옆은 아니었지만 어쨌든 땅바닥이다. 공작답지 않은 짓에 노예는 깜짝 놀랐다. 대충 기워 입은 노예의 옷이 그가 움찔거리는 방향을 따라 올라갔다 내려왔다. 그러거나 말거나 테일러는 저가 관심 있는 것에 손을 뻗었다. 장작이었다. 노예들이 한가득 쌓아놓은 것이 가지런히 놓여 있었다.

테일러는 하나를 집어보았다. 적당한 크기로 꺾여 있는 것을 보다 던져 보았다.

타탁, 탁.

매끈했던 나뭇가지에 불이 붙었다. 테일러는 불을 살피면서 나뭇가지를 더 넣었다. 테일러를 잡아먹을 듯 커진 불이 바람에 따라 일렁거렸다. 테일러는 온기를 쬐어보았다. 이 정도면 이불 없이 옆에 누워도 될 정도라 테일러가 흡족해하는데, 노예가 물었다.

"귀하신 분이 그런 일은 왜 하십니까요?"

테일러가 고개만 홱 돌려 노예를 쳐다보았다. 불을 담은 눈동자는 유난히 새빨갰다. 노예는 놀라 헉 숨을 들이켰다.

"그, 그냥 궁금해서 물은 겁니다. 절대로 이상한 의미로 한 게 아니고, 진짜로, 왜 그런 일을 하실까 이해가 좀……."

"예전 생각이 났을 뿐이다."

테일러는 무덤덤한 목소리로 말했다. 노예는 부릅뜨려던 눈을 아래로 내린 뒤 퍽퍽한 바닥을 보며 결론을 내렸다.

'특이한 취향을 가지신 나리인가 보다.'

술 먹는 불침번을 용인할 때부터 이상하긴 했다. 노예가 피운 모닥불 옆에서 장작을 손수 넣는 귀족이 있고, 그게 그 유명한 공작님이라. 상식에서 많이 비껴간 진실이지만, 테일러를 괴짜라 치부해 버리지 못할 이유는 없었다.

노예는 조용히 술을 마실 뿐 더는 한 마디도 하지 않았다. 사방은 고요했기에, 테일러는 혼자서 상념에 빠질 수 있었다.

"정말 정말 고생 많이 하셨어요, 테일러 씨. 상으로 토끼 한 마리 더 드릴게요."

"신사는 어린애 밥 뺏어 먹는 짓 따위 하지 않는다."

"제 거 아니에요. 카를이 오늘 토끼 많이 잡아와서 한 말이라고요."

셀리나는 테일러가 가져다준 장작을 보고 환하게 웃으며 잔뜩 치켜세워 주고 기뻐해 주었다. 별것 아닌 일이에 과한 칭찬이었다. 민망해야 하는데 테일러는 기분이 좋았다. 셀리나의 빈말은 듣기 좋았다. 내가 정말로 대단한 사람이 된 게 아닐까, 생각하게 만드는 힘이 녹아 있었다. 소녀의 순수함을 자원으로 삼아 타오르는 불이 셀리나였다. 그녀는 늘 타올랐다. 뛰지 않고 걸어 다니기만 한다고 불이 꺼지는 건 아니었다.

생명의 열꽃을 담은 생동감은 늘 셀리나의 옆에 있었다. 그녀는 무의미한 하루하루를 이어가는 사람에겐 찾아볼 수 없는 열정을 담은 손을 내밀었다. 그걸 잡으면, 테일러의 심장까지 찌르르해졌다. 셀리나는 벅찬 감정을 나누어주어, 옆에 있는 사람이 떠나지 못하게 했다.

모닥불이 주위의 사람에게 온기를 나눠주고, 현란한 불꽃 춤을 추어 머물게 하듯이.

"나리, 나리."

테일러는 모닥불에서 시선을 뗐다. 작게 속삭이던 소리가 명확해졌다. 노예가 그를 부르고 있었다.

"라시안 놈이 올 시간입니다."

"아."

테일러는 하늘을 올려다 봤다. 까만색이 옅어진 하늘 끝에서 붉은빛이 올라오는 중이었다. 새벽의 끝이었다.

노예와 앉아 함께 시간을 보낸 것을 시답잖은 놈들이 안다면, 이러쿵저러쿵 떠들며 손가락질할 일이라, 테일러는 헐레벌떡 일어났다. 테일러는 바지를 툭툭 털어낸 뒤, 제가 앉아 있던 곳의 땅을 문질러 흔적을 지워냈다. 노예는 테일러가 귀족이 되어 사라진 뒤에도 가만히 있었다. 테일러는 그의 술을 묵인해 주었다. 노예는 자신의 목숨을 위해 밤의 일을 침묵했다.

다음 날은 전날과 같았다. 테일러를 향한 샤먼의 대접은 융숭하지만 거북했고, 온다는 부하 놈은 소식이 없었다. 게다가 그는 오늘도 잠을 자다 깨버렸다.

"또 오셨습니까."

모닥불 앞에는 어제와 같은 노예가 앉아 있었다. 술을 마시다 말고 테일러를 보곤, 당혹감은 일절 없는 표정으로 고개를 틀어 알은체를 한다. 어제 하루 봐주었다고 오늘도 같은 관용을 바라는 것인지 술병을 숨기지도 않는다. 나무랄 생각이 없었던 테일러의 눈썹이 꿈틀했다. 내가 만만한 건 아니겠지. 조금 긁힌 자존심에 대한 충격은 이상하게 표출되었다.

"오면 안 되나?"

"그, 그럴 리가요."

노예는 고개를 저어댔다. 테일러가 어제처럼 불 앞에 앉아 장작을 넣자 노예가 그를 힐끔거렸으나, 테일러는 관심이 없었다. 노예는 어제와 마찬가지로 혼자서 술을 홀짝거리다 교대 시간이 되어서야 테일러를 불렀다. 테일러 역시 전날과 동일하게 자신의 흔적을 지운 뒤 사라졌다.

똑같은 날들이 이어졌다. 그렇게 며칠이 지난 뒤, 노예는 막사 한가운데를 보며 기다렸다. 술병 마개는 따지 않았다.

나올 때가 되었는데, 같은 말을 서너 번 중얼거린 뒤에야 막사가 열렸다. 고대하던 은발의 장신이 나왔다. 노예는 벌떡 일어섰다. 긴 기다림이 끝났다.

"받으시지요."

투박한 잔이 내밀어졌다. 테일러는 일단 받고, 앉았다. 노예는 그의 옆에서 잔을 채워주었다. 정제되지 않은 찌꺼기들이 떠다니는 싸구려 술에선 시큼한 냄새가 났다. 테일러는 술잔을 바라보다 노예를 쳐다보았다. 늘 혼자서 홀짝거리던 놈이 왜 갑자기 이런 짓을 하는지 모르겠다.

"뭐야."

"상놈 옆에 아무렇지 않게 앉으시는 분이라면, 상놈의 술은 당연히 받으시리라 생각했습니다."

아닙니까. 노예가 머리를 긁적이며 물어온다. 테일러가 원한 답이 아니었지만, 그는 그냥 고개를 끄덕여 버렸다. 어두컴컴한 밤에, 시커먼 노예가 건네는 술이다. 이질적인 건 그 하나뿐이다. 툭 튀어나온 것을 술로 누른다. 테일러에겐 거부할 이유가 없었다.

테일러가 술을 들이켜자, 칼칼한 싸구려 술이 목구멍을 타고 넘어갔다. 전장을 떠난 지 3년이 되었다. 오랜만에 먹는 거친 맛이 달가웠다.

"크……."

테일러가 술을 잘 먹는 듯하자 노예는 술잔을 채워주었다. 테일러는 연거푸 마셔댔다.

병이 반쯤 비었을 때, 노예가 발갛게 달아오른 얼굴을 돌렸다. 망설임 없는 눈동자가 테일러와 눈을 마주한다. 술기운을 빌려 만든 용기였다.

테일러는 건방지다 생각하면서도 나무라지 않고 오히려 똑바로 마주쳐 주었다. 억지로 쥐어짠 감정으로 무슨 말을 할지 궁금했기 때문이다.

"나리께서 여기 계속 오시는 이유에 대해 생각해 봤는데…… 나리께선 모닥불에서 같은 것을 추억하고 계신 것 같았습니다."

노예가 모닥불에 뭔가를 던져 넣는 자세를 취하고는 모든 일이 끝난 뒤엔 정좌하고서 불을 쬔다. 그간 테일러의 행동이었다. 노예의 행동을 능욕으로 받아들일 수 있었지만, 테일러는 그냥 웃고는 술기운을 끌어안고서 수긍해 버렸다.

"눈치챘나."

노예는 몸을 들썩이며 통쾌하게 웃다 제정신이 들었는지 테일러를 살핀다. 간이 배밖으로 나온 사람처럼 군 지 10분도 안 지났으면서 눈치를 보는 노예가 테일러는 우스웠다. 그만큼 유쾌하기도 했다.

테일러는 노예의 무례를 눈감아주기 위해 술을 마셨다. 홧홧한 기운이 속에서 올라오자 하지 않으려 했던 말이 나왔다.

"작은 아이를…… 생각했다."

테일러는 손을 내밀어 형체를 그려보았다. 상상 속에서 수없이 그려보았던 모습이다.

"키는 이 정도, 얼굴은 이만큼, 어깨는 이정도 되는, 금발의 작은 여자아이를."

"거참 신기한 일입니다요, 저도 비슷한 걸 생각하면서 요걸 홀짝이고 있었던지라."

노예가 술병을 흔들자 술병 바닥에 얄팍하게 남은 것이 시끄러운 소리를 냈다.

노예는 잠깐 망설였지만, 테일러의 잔에 남은 술을 쏟아부었다. 빈 병은 넘어지지 않게 주둥이를 잡고 세웠다. 텅 빈 것엔 그의 한숨이 들어갔다. 그가 한숨을 쉬면 푹 꺾였고, 웃으면 다시 오뚝 서길 반복했다.

"그런데 저도 나리처럼 그렇게 아이라고만 말할 수 있다면 참 좋았을 텐데 말입니다."

연거푸 한숨을 쉬던 노예가 고개를 들었다. 약간의 물기 베인 눈동자엔 후회가 들어가 있었다.

"나리. 어떤 놈을 보고 죽었으면 좋겠다고 생각해 보신 적, 있으십니까요?"

"살의 말인가."

테일러는 덤덤히 응수했다. 그런 생각을 안 해봤을 리 없다. 그는 황무지를 건너오면서 부하들을 잃었다. 그들을 죽인 놈을 생각하면 살의가 생기다 못해 끓어오를 지경이었다. 하지만 노예는 테일러의 감정을 눈치채지 못했다. 되려 술에 흐물흐물 젖은 얼굴로 실실 웃으며, 새삼스러운 사실에만 감탄한다.

"아, 고상하신 분들은 그걸 그렇게 부릅니까?"

"그렇지. 그걸 물어보고 싶었나?"

"그럴 리가 있겠습니까."

노예가 붕붕 고개를 흔든다. 계속 움직일 것 같은 고개가 어느 순간 뚝 멈춘다.

노예가 빈 술병을 쥔 손을 내밀더니, 테일러의 손에 쥐어주었다.

"나리, 술값 좀 치러주십쇼."

"금화 하나면 되나?"

테일러가 소매를 만지작거렸다. 비상금은 상시 지참 중이었다. 소매 아래 제봉 선을 뜯는 것만으로도 금화를 사용할 수 있다.

"돈으로 달라는 게 아닙니다."

노예는 테일러를 만류했다. 테일러는 단번에 그의 말을 이해했다.

전쟁터는 심란한 곳이다. 낮에는 멀쩡히 활동하면서, 밤이면 비실비실한 걸음을 끌고 술독에 빠진다. 그런 놈들 중 몇은 테일러를 찾아와 함께 술잔을 부딪쳤다. 술은 긴장과 함께 고민을 내려놓게 만들었다. 부하들은 저가 원하는 대로 실컷 떠든 뒤 사라졌다.

사실 테일러는 무감한 상관이었다. 부하들의 말에 공감 해주진 않았지만, 반박하거나 외면하지도 않았다. 들어주기만 하는 상대로선 최선이었다.

테일러는 어서 말해보라는 식으로 고개를 까딱했다.

"일을 아주 못하는 아이가 하나 있었습니다, 나리."

"……."

"짐 옮기는 것 같은 단순한 일도 제대로 하지 못했습니다. 늘 넘어지고, 물건을 망가뜨렸습죠. 저는 그렇게 일을 못 하는 아이는 사라져도 된다고 생각했습니다. 부끄럽지만 그때는 그랬습니다."

남자는 한 아이의 행동에 대해서만 묘사했다. 짐 나르는 노예이고, 일을 못 했고 모두가 싫어했다고, 노예는 어려운 화법을 구사하지 못하는 대신 솔직하게 말했다. 덕분에 테일러는 술에 취한 머리로도 상황을 파악할 수 있었다.

"그러던 어느 날 라시안 놈이 그랬습니다. 주인 나리께서 그 아이를 죽이려 한다고. 그래서 저는 기뻐했습니다. 그 아이가 죽든 말든 버려뒀죠. 아이가 사라지던 날 속 시원해질 일만 남았다고 생각했습니다. 그런데 사람 마음이란 게 참 요상하더이다. 안 보이니까 보고 싶고, 괜히 생각나고 그러지 뭡니까."

"미운 정이라도 들었나 보지."

"글쎄요, 그랬다면 이렇게 혼란스럽지는 않았을 텐데요."

요상한 말에 테일러의 고개가 갸웃거렸다. 노예가 꺼억꺽 이상한 소리를 내며 웃었다. 술기운이 담긴 우울한 목소리로, 밉거나 싫다거나 하는 단순한 감정이었다면 참 쉬웠을 텐데 말입니다, 라고 말하며 홧홧하게 웃었다.

"나리. 나리께선 그런 적 없으십니까."

"흐음……."

테일러는 턱을 긁적였다. 이런 놈을 후계자로 인정할 수 없다며 떽떽거리던 노인과, 실수인 척 제 몸에 차를 끼얹고 까르르 웃던 하녀가 떠올랐다. 억눌린 분노는 공작위를 탈환하면서 풀었다. 증오하고 미워했던 사람들의 피를 손에 묻힌 날, 테일러는 단잠을 잤다.

이후 그들을 떠올리는 일은 있었지만, 그리워하진 않았다. 그런 놈이 있었더랬지. 튀어나온 과거에 대한 테일러의 감상은 그걸로 끝이었다.

"없는데."

"그렇습니까."
"내 추측인데, 네놈이 혼란스러워하는 건 네놈의 미움이 완전하지 않았기 때문인 것 같다. 그렇게 싫지는 않았다든가, 사실은 좋아하고 있었다든가. 본심은 달랐던 거지."
"좋아했던 건 절대 아닙니다. 그랬다면, 그 말을 듣고 기뻤을 테니까요."

⚜

영주관 식당에서 셀리나는 손을 내보였다. 거칠고 투박한 손은 귀족 영애의 것이 아니었다. 아이는 귀족을 사칭했다 말하는 사람답지 않게 생글생글 잘 웃었다.
셀리나는 테일러의 질문에 답하지 않았다. 한 번 시험한 뒤, 떠났다. 테일러는 아이를 잡지 않았다. 셀리나가 스스로 진실을 말해주길 바랐다.
첫 번째 이야기이든, 두 번째 이야기든, 혹은 그 외의 어떤 것이든.
노예여도 상관없고, 귀족이 아니라도 괜찮았다. 그래서 테일러는 진실을 캐겠다는 마음을 접었다. 지금도 마찬가지였다. 셀리나가 노예였다고 별다른 감정이 들지는 않았다. 테일러가 궁금한 점은 다른 것이었다.
'카턴 상단주 남매는 왜 인장을 가지고 있었지?'
오클레앙 가문은 이름만 남아 있는 유령 집안이다. 가주와 그 아내가 한날한시에 변고를 당해 죽었고, 생존자는 어린 딸뿐이다. 보고서에 의하면 오클레앙 별장에서 사용인들이 양육하고 있다고 했다. 카로틴으로 넘어오지 않고 혼 왕국에 머무는 것은 아이가 너무 어려서라고, 영애에게 황무지를 무사히 지날 체력이 생기는 때에 넘어온다고 했다. 하여 카로틴 황실은 오클레앙 백작가의 사정을 헤아려 주었다. 오클레앙 저택을 비롯한 가산은 카로틴 국고에서 임시로 보관하기로 했고, 영지엔 영지 관리인을 파견했다.

워낙 오래전이라 사람들은 오클레앙 가에 백작 영애가 있다는 사실도 잊었다. 하나 그렇다 해서 있었던 영애가 갑자기 사라지는 것은 아니었다. 오클레앙 가의 모든 것은 백작 영애의 것이었다. 그것을 증명하는 인장 역시도.

한데 오클레앙 인장은 카턴 영애 손에서 나왔다. 오클레앙 가와 아무 상관도 없는 일개 상단 가문의 여자가 인장을 가지고 있다니, 말도 안 되는 상황이다.

"조사를 좀 해봐야겠군."

셀리나에게는 수도까지 가야 카이스턴 가와 접촉할 수 있다고 했지만, 거짓말이었다. 국경 마을부터 시작해 대륙 전역엔 카이스턴 가의 가신들이 뿌려져 있었다. 그중 일부는 평민으로 위장해 있었다. 다음 날 아침 카턴 상단가가 도시에 들렀을 때, 테일러는 그중 한 명과 접촉해 서신을 전달했다.

조사는 나중의 일이었다. 테일러는 일단 디온을 불러 이곳을 나가기로 했다. 마음 같아선 조용히 사라지고 싶었지만, 그래도 며칠 대접을 해준 카턴 상단주 남매에게 나름의 '예의'는 지키기로 했다. 그들의 뒤를 털어야 하는데 의심을 덜고 싶어서 그렇다는 이유도 있었다.

노예는 두 번 다시 만나지 않았다. 누군가를 괴롭혔다는 사실을 제대로 인정하지도 못했고, 죄책감을 받아들일 책임감도 없는 놈이다. 놈은 자신이 불쌍해서 이런 감정에 시달리는 양 가증을 떨었다. 그런 놈, 평생 굴려지다 죽어버리라지.

테일러는 속으로 이죽거리면서 조용히 기다렸다. 디온이 상단을 찾아온 건 사흘이 지난 뒤였다.

"웬 미친놈이 안으로 들여보내 달라고 난립니다!"

조찬 시간, 카턴 기사단장이 나타났다. 격렬한 전투가 있었는지 이마에선 피가 흘렀고 다리는 절뚝거렸다. 뜻밖의 유혈 사태에 음식을 나르던 노예들이 비명을 질렀다. 접시를 떨어뜨리는 자도 있었다. 엘렌은 새하얘진 고개를 돌렸고 샤먼은 굳은 얼굴로 단장을 응시했다.

반응은 제각각이었으나 한 가지는 같았다. 누구도 단장을 살피진 않았다. 테일러는 수저를 내려놓았다.

"무슨 일인가?"

단장은 샤먼을 쳐다봤지만, 그는 단장을 보지 않았다. 그의 주인은 갑작스러운 사태에 경직된 상태라 별 수 없었다. 단장은 공작을 향해 허리를 숙여 답했다.

"놈은 갑자기 나타났습니다. 나무 위에서 이쪽을 염탐하고 있었던 것 같습니다. 우리가 그의 의사에 거부를 표하자 공격해 왔습니다. 게다가 시종일관 헛소리를 해대고 있습니다. 은빛 칼날 어쩌고를 궁시렁거리는데 도통 뭔 소린지……."

"은빛 칼날의 정의의 사도."

"예?"

"아닌가?"

테일러는 손발이 오그라드는 걸 참았다. 그게 자신을 지칭하는 별명이라 말하는 건, 낯 두꺼운 테일러도 힘들었다. 단장은 맞다며 고개를 끄덕였습니다.

"어떻게 아셨습니까?"

"파란 머리에 검은 무복을 입고 있을 테고."

"아시는 분입니까?"

테일러는 조금 머뭇거렸다. 이 말을 하는 데엔 용기가 필요했다.

"내 집사다."

단장이 움찔했다. 그가 빳빳이 굳어가는 입술을 억지로 움직였다.

"새, 생각해 보니 그렇게 미치신 분은 아닌 것 같았습니다."

"그럴 리가. 그놈은 미친놈이 맞아."

복종보단 조롱을 하고, 매너 대신 농담을 갖춘다. 이런 집사가 세상에 몇이나 될까. 물론 그런 놈을 집사로 두는 귀족도 많지는 않겠지만 말이다.

"어쨌든 그놈은 내 부하니까……."

데려오라는 말은 무언가 부서지고 깨지는 소음에 묻혔다. 테일러는 미간을 찡그렸다.

막사 한구석이 무너졌다. 족제비처럼 몸을 날려 막사를 초토화시킨 파란 머리가 구석에서 고개를 빼꼼 내미는 걸 봤을 때, 테일러는 뒷말을 바꿨다.

"마음껏 때려도 돼."

"뭐 때문에 그런 살벌한 결론을 내시는 겁니까?"

디온이 배시시 웃으며 테일러 쪽으로 걸어왔다. 단장에 비하면 미력한 편이지만 그 역시 상처는 달고 있었다. 입가가 터졌고 소매 아래가 붉게 젖었다.

디온이 좌중을 둘러보았다. 깨진 그릇과 나동그라진 수저들을 보며 상황을 파악했다.

디온은 한 손으로 제 가슴을 짚으며 허리를 숙이고 정중한 듯 말하는 어투는 제법 집사 같아 보였다. 그의 방금 전 행동을 기억하는 사람이 없었다면, 깜빡 속는 사람도 있었을 것이다.

"즐거운 조찬 되시기 바랍니다. 주인님, 그리고 두 분. 미력한 노력을 보태어 훌륭한 식사 시간이 되도록 노력하겠습니다. 양이 부족하다면 주방장에게 언질을 넣겠습니다. 깨진 그릇은 아이들을 시켜 치우겠습니다. 그 외에 필요한 것이 있다면 제게 언질해 주시지요."

테일러는 그를 향해 손을 까딱했다.

"너."

"부르셨습니까, 주인님."

"지금 조찬을 할 수 있는 상황이라고 보나?"

테일러가 인상을 찡그리며 엉망이 된 주위를 눈짓했다.

디온이 막사를 부수듯 난입한 충격은 식탁이 받았다. 사람이 다치지 않은 건 다행이지만 식탁 다리가 뭉개져 접시들이 아래로 떨어져 버려 먹을 수 있는 음식은 하나도 없었다.

"그렇군요. 이해했습니다."

디온은 아하, 알은체를 했다.

"디저트 시간이었던 거군요!"

"닥쳐!"

카턴 상단과 테일러의 마지막 아침은 테일러가 이단 옆차기를 보여주는 것으로 마무리되었다.

⚜

"수고비라 생각해라."

테일러는 보석 주머니를 열고는 그중 굵은 것을 골라 샤먼의 손에 쥐어주었다.

샤먼은 자신의 대접을 빚으로 달아두고 싶어 했지만, 테일러는 반강제적으로 값을 치렀다. 상인들의 이자 계산법은 일반인의 상식으로 따라잡을 수 없다. 무시하고 방치했다간 엄청난 빚으로 돌아올 것이 자명했다.

샤먼은 마지못해 테일러의 보석을 받는 척하면서 보석들의 상태를 살폈다. 정확한 품질을 알기 위해선 보석감정을 해봐야겠지만, 상등품인 건 확실해 보였기에 샤먼은 보석들을 꼭 쥐고서 고개를 숙였다.

"저희가 필요하시면 언제든 찾아오십시오. 기쁘게 맞이하겠습니다."

테일러는 무감각하게 고개를 끄덕였지만, 그는 자의로 카턴 상단을 만나러 가지는 않을 것이다. 다른 상단들에게 그랬듯이. 디온은 이 사실을 잘 알았기에 카턴 상단에 잠입할 때 무력을 사용했다. 그 김에 업무를 처리하며 쌓인 스트레스도 풀었던 것이다.

칭찬받을 거라는 생각은 안 했지만 지탄받을 줄은 몰랐다.

"어차피 상인들 안 좋아하시잖아요."

디온은 옆구리를 쓱쓱 문지르며 투덜거렸다. 이 남자는 어찌나 힘이 센지. 1시간 전에 걷어차인 곳이 아직까지도 욱신거렸다.

"시끄럽다."

테일러가 제 찡찡거림을 무시하자 디온은 옆구리에서 손을 뗐다.

혈관 속에 피 대신 얼음이 흐르고 있을 주군이다. 테일러에게 다정다감함을 바라긴 글렀다 싶자, 디온은 자신이 이곳에 온 목적대로 움직였다.

"그럼 이제 공작가로 모실까요?"

"아니."

"걸어서 수도까지 가는 건 확실히 무리한 계획입니다. 그럼 마시장을 알아볼까요?"

"필요 없다."

테일러는 디온의 모든 질문에 부정했다.

"방이나 잡아. 그리고 카턴 상단에 대해 좀 알아봐 줘야겠다."

테일러가 알고 싶은 것은 카턴 상단과 셀리나의 관계였다. 정확히는 셀리나가 어떤 학대를 받았는지가 궁금했다.

디온은 하루도 지나지 않아 카턴 상단에 대한 정보를 긁어왔다. 그중엔 '카턴 상단 설립 일화' 같은 쓸모없는 정보도 끼여 있었다.

테일러는 자잘한 문건을 뒤진 끝에 노예 문서를 발견했다. 노예에 대한 관리가 허술한 혼 왕국에서 시작했던 상단인 만큼, 노예 문서들은 설렁했다. 하지만 상단이 보유 중인 노예들의 이름은 알 수 있었다.

테일러는 문건들을 뒤져 보았다. 라시안이란 이름은 찾을 수 있었지만 셀리나는 없었다.

"첫 번째 아이는 어떤 상단주의 첩에서 난 아이에요."

또랑또랑하게 울려 퍼졌던 말은 기억 속에 선명히 남아 있었다. 테일러는 노예 문서를 치우고 대신 카턴 남작가에 대한 서류를 집어들었다.

카턴 전 남작은 올해 봄, 사십이 세의 나이로 생을 마감했다. 그가 호적에 올린 여자는 둘이다. 하나는 카턴 남작 부인이며, 다른 하나는 카턴 남작의 첩이었다.

카턴 남작 부인은 레일란 자작가의 영애였다. 열여덟 꽃다운 나이에 네 살 연상인 남작에게 시집왔다. 레일란 자작은 카턴 상단에 진 빚을 갚는 대신 딸을 팔아넘겼다. 매매혼으로 성립된 관계였지만, 남작 부부는 원만한 결혼생활을 했다. 남작은 아내를 정중히 대했다. 남작 부인은 남작의 매너를 사랑했다.

남작 부인은 자식을 둘 낳았다. 바로 샤먼과 엘렌이었다. 부인은 아이들을 좋아했지만, 오래 살지는 못하고 5살 아들과 3살 딸을 놔둔 채 눈을 감아야 했다.

카턴 남작은 부인이 죽은 지 1년도 안 지나 첩을 들였다. 첩은 가문에 들어올 때 갓난아이를 데려왔다. 하나, 남작은 첩만 호적에 올렸다. 호적 신고를 하기도 전에 아이가 죽어버렸기 때문이라고 했다. 아이가 살아 있었다면 12살 쯤 되었을 것이다.

'잠깐, 12살?'

낯익은 숫자였다.

"제 나이는 12살이고, 이름은 셀리나에요."

사람이라곤 셋밖에 없는 황무지에서 아이는 자기소개를 했다. 황무지에 있는 이유는 '버림받아서'라고 했다. 처음 그 말을 들었을 때, 테일러는 농담이라 생각했다. 자신의 상황을 우스갯소리로 넘기기 위한 것인 줄 알았다.

셀리나가 첩의 자식일 경우 상황은 간단히 설명된다. 카턴 남작가는 상부에 허위 보고를 올린 뒤 셀리나를 죽이려 했다.

'살아 있는 아이를 유령으로 만든 뒤 남아 있는 실체를 죽인다.'

드문 일은 아니다. 돈과 권력이 많은 가문에서, 혼외 자식에게 재산을 물려주고 싶지 않을 때 이 방법으로 상속자를 없애곤 했다. 아이는 살아 남았다 한들 어느 곳에도 억울함을 호소할 수 없다. 이 세상에 죽은 사람을 위한 나라는 없으므로.

'하지만 이게 전부일까?'

테일러는 서류를 넘겼다.

12년. 미묘한 어감을 주는 단어는 다른 곳에서도 발견됐다. 테일러는 보고서를 집어 들었다. 바로 카턴 남작이 카로틴 제국에 올린 것이었다.

주 내용은 오클레앙 백작의 변고였다.

오클레앙 백작은 휴가차 혼 왕국의 별장에 머물고 있었는데, 웬 불한당이 침입해 저택의 사람들을 죽였다. 생존자는 백작 영애 하나뿐이다. 오클레앙 영애는 백작 부인의 방 옷장에서 잠든 채로 발견되었다. 저택에 일어난 변고와 저는 상관없다는 듯이, 영애에게선 수면제 냄새가 났다. 백작 부인이 불한당에게서 아이를 지키기 위해 수면제를 탄 우유를 먹인 것으로 밝혀졌다.

카로틴 제국은 사실을 확인하기 위해 슈이덴 백작을 보냈다. 그는 오클레앙 백작을 죽인 자들이 금전을 노린 도적 떼라 보고했고 그렇게 오클레앙 영애는 혼 왕국에 남았다. 카턴 남작이 고용한 시종인들에 둘러싸여 별장에서 지내다, 사고를 할 수 있는 나이가 되면 카로틴 제국으로 귀환하기로 되어 있었다.

테일러는 오클레앙 백작이 죽은 날짜를 훑었다. 카로틴 제국력 577년. 지금으로부터 12년 전에 일어난 일이다.

테일러는 턱을 쓰다듬으며 상념에 잠겼다.

카턴 남작가에 신원 미상의 여자가 들어온 게 12년 전.

오클레앙 백작이 변고를 당해 죽은 것도 12년 전이며, 여자가 데려온 갓난아이가 살아 있을 경우 12살.

별관에 있을 오클레앙 영애의 나이도 12살이다.

공교롭게도, 모두 셀리나의 나이와 같다.

모든 상황이 숫자 하나를 두고 절묘하게 맞춰지는 것으로 보아 분명 우연이 아니다. 완전히 지우지 못한 죄의 증거가 남은 것이다. 열쇠는 셀리나의 말이었다.

카턴 전 남작은 슈이덴 백작을 속이는 건 성공했지만, 세상을 속이는 데엔 실패했다.

테일러는 퍼즐을 다 맞추었지만 뿌듯함을 느낄 수 없었다. 본의 아니게 타인의 진실을 알아버렸기 때문이며, 아직 설명할 수 없는 부분이 남아 있었기 때문이다.

영주관에서 셀리나는 두 개의 진실을 말했다. 하나만 거짓이라고 했다. 하지만 둘 중 어느 것도 완전한 거짓은 아니었다. 하나는 셀리나가 겪은 상황이었고, 하나는 셀리나가 누려야 할 진실이었다.

이상한 일이다. 셀리나는 피해자고, 엘렌과 샤먼은 가해자다. 셀리나가 진실을 가지고 엘렌과 샤먼을 압박할 경우, 그들은 찍소리도 못하고 굴복해야 한다. 오클레앙 백작가의 힘은 컸다. 이국의 상단에게서 인장을 뺏고 고개 숙이게 만드는 것 정도야 능히 할 수 있다. 하지만 셀리나는 샤먼과 엘렌이 선택하게 만들었다. 그들의 말로 자신의 지위를 확립받았다.

황무지에서, 셀리나는 상황과 말 몇 마디로 테일러를 주물렀다. 그 정도로 영악한 꼬마였다. 셀리나는 자신이 무엇을 가질 수 있는지 잘 알았고, 그걸 어떻게 활용하는지도 알았다. 쉬운 방법을 두고 돌아가는 길을 택할 아이가 아니었다.

돌고 돌던 생각은 하나의 가정을 뱉었다.

'모르고…… 있나?'

그리 생각하자 아귀가 딱 들어맞았다.

셀리나는 자신이 무엇을 가지고 있었는지 제대로 알지 못한 것이다. 그래서 제대로 된 복수를 꿈꾸지 못했고, 자신의 신분을 확립하지도 못했다. 하지만 카턴 상단주 남매는 찔리는 구석이 있었기 때문에 셀리나의 입을 틀어막지 못했다. 셀리나가 정말로 노예, 혹은 그들의 이복동생이었다면 인장을 그리 순순히 넘겨주지 않았을 것이다. 관련된 증좌를 내밀어 셀리나를 바닥에 끌어내리려 했을 것이다. 신분과 관련된 증명서가 있었을 테니까. 하지만 두 사람의 손에 들어 있는 건 셀리나의 호적이 거짓이라는 증거, 혹은 진짜 신분과 관련된 서류였을 거다. 그러니 순순히 인장을 넘겨주고 영애라 불렀으리라.

'이걸 알려줄까, 말까.'

타인에 대해 무심했던 테일러가 머리털 나고 처음으로 다른 사람 걱정을 했다. 디온은 주군의 그런 모습에 흐뭇해했다. 드디어 주군이 사람 냄새를 풍기기 시작했다.

"그러지 말고. 그냥 직접 찾아가 보시지 그러십니까."

디온은 셀리나가 머물고 있는 여관 주소를 내밀었다. 바로 옆 마을이었다. 걸어서는 1시간쯤 걸린다.

테일러는 말없이 종이를 내려다보았다. 그는 움직이지 않았다.

디온은 여관 문고리를 잡았다. 한 손으론 외투를 걸쳤다.

"다녀오겠습니다."

그제야 주군이 고개를 들었다.

"해지기 전에 돌아오도록."

디온은 웃었다. 속내를 밝히지 않는 주군은 답답했지만, 그래서 재미있는 남자였다.

디온은 호기롭게 출발했다. 과한 오기도 부렸다. 때문에 테일러가 예고한 시간을 지키지 못했다. 셀리나를 데려오는 데에도 실패했다. 그의 성과는 셀리나의 신발 한 켤레뿐이었다.

그건 능력 부족으로 일어난 결과였지만, 디온은 곧이곧대로 말하지 않았다. 솔직하지 못한 남자를 주군으로 모신지 어언 10년. 그도 속내를 감추는 법을 배웠다.

"일단 발은 묶어놓았습니다. 오늘 밤은 아무데도 못 갈 겁니다."

"……그런가."

"하지만 내일 아침이 되면 포르르 날아가 버리고 없을지도 모르죠. 새들이 그렇지 않습니까."

디온의 경고는 가벼웠지만 진심이었다. 그는 셀리나에게 테일러의 존재를 알리고 왔다.

셀리나는 테일러를 위해 체류 기간을 늘리지 않을 것이니 셀리나를 만나려면 지금 가야 한다. 하지만 막상 가자고 생각하니 테일러는 머뭇거려졌다. 셀리나가 무서워서는 아니었다. 문제는 말이었다. 테일러는 첫 마디로 무슨 말을 해야 할지 몰라 쩔쩔맸다.

무작정 진실을 전하는 것은 쉽다. 그러나 상대를 상처 입히지 않기 위해 말을 고르는 것은 어렵다. 처음으로 타인 생각을 한 테일러다. 저보다 8살이나 어린 소녀의 마음을 헤아리는 일이 쉬울 리 없었다.

'오클레앙 가가 언제 멸문했는지 아나?'

'오클레앙 가의 비극에 카턴 남작이 개입한 흔적이 있다는 거, 알고 있나?'

'카턴 남작이 첩을 맞아들인 시기와 변고가 일어난 시기가 절묘하다는 건?'

'노예로 학대받으며 살 때의 기분은 어땠나? 부당하다고 생각

했나? 억울했겠지?'

'이제 와서 오클레앙 영애가 되기로 한 이유는 뭔가? 복수를 위해서인가, 아니면 권리를 찾기 위해서인가? 혹시 둘 다 정답인가?'

수많은 질문들이 쏟아져 나왔지만 하잘 것 없었다. 테일러의 질문들은 과거를 근거로 하고 있다. 모든 단어들은 셀리나에겐 절실한 진실이지만, 타인인 그와는 상관없는 것이었다. 테일러는 그녀가 말하지 않은 과거를 캐낼 필요도, 떠벌릴 이유도 없다. 그렇기에 테일러는 굳은 입술을 닫았다. 그가 보지 않은 과거를 덮었다.

테일러가 본 셀리나는 노예가 아니었다. 부하를 잃고 익사할 뻔한 자신을 위기에서 건져 준 생명의 은인이었다. 셀리나는 늘 밝고 장난기가 많았고, 넘치는 생기를 가졌다. 테일러는 아이를 보고 함께하고 싶었다. 그의 인생에서 중한 것은 그것뿐이기에, 그는 아이를 옆에 붙들어둘 방도만 생각하기로 했다.

타인을 중심으로 돌아가던 회로는 방향을 바꾸었다. 중심축에 자신을 끼워놓고 돌아가기 시작했다. 제 욕심을 주력으로 한 엔진이 활기를 띤다. 이것이 저가 원하던 것이었노라고 심장이 팔딱팔딱 뛴다.

그렇기에 테일러는 말할 수 있었다.

"너는 거래를 좋아하지."

테일러는 세상에서 가장 간사한 남자가 되어 악마의 과실과 닮은 것을 내밀었다.

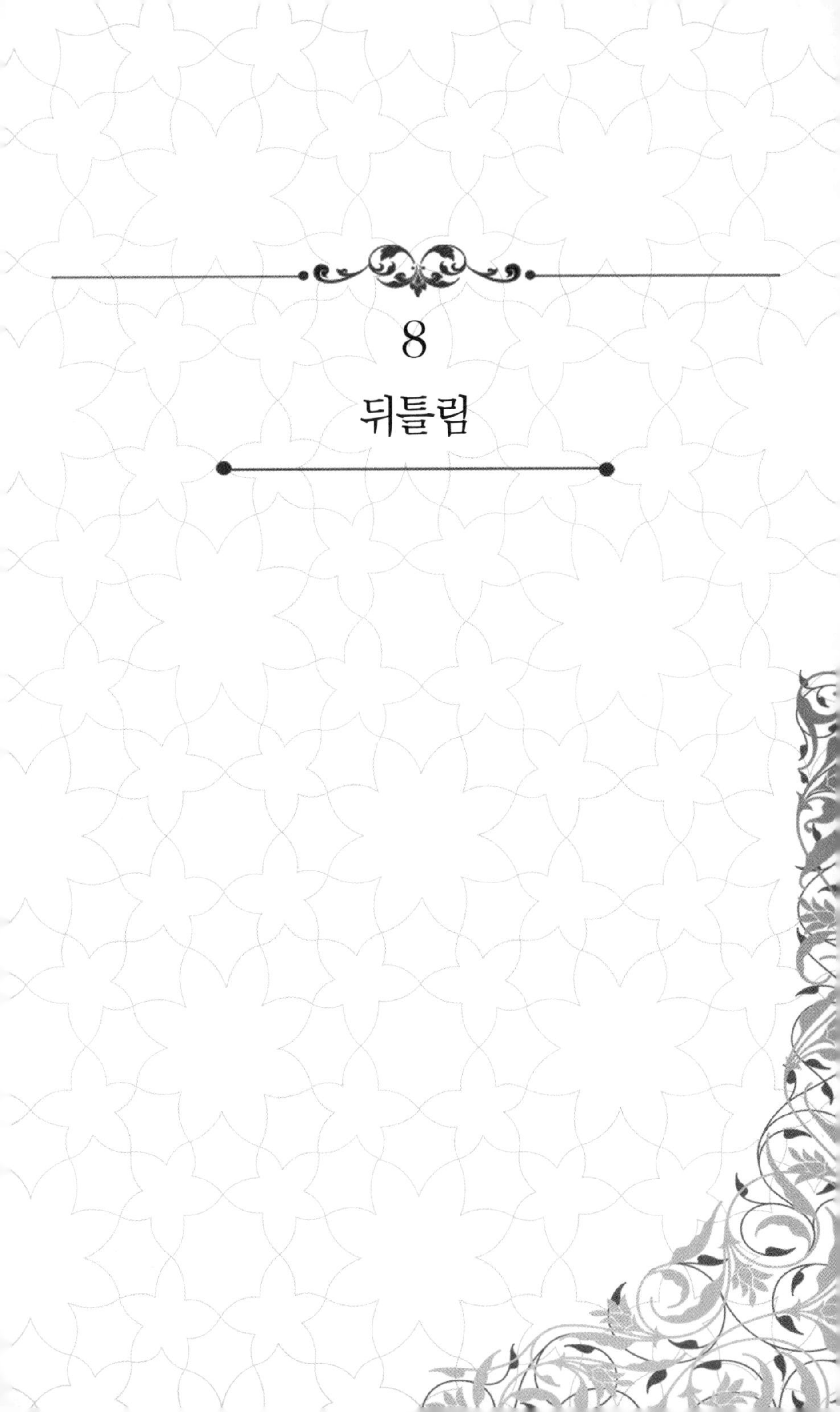

8

뒤틀림

"그 제안, 꼭 받아들이셔야 했던 겁니까."

연화는 페이지를 넘기려던 손가락을 빳빳이 세웠다. 화장실에 간다며 사라졌던 카를이 돌아왔다. 장신이 만든 그림자가 길게 늘어졌다.

"네."

카를의 얼굴이 알쏭달쏭하게 변해갔다. 연화는 꿍꿍이가 많은 얼굴로 웃었다.

아이답지 않은, 어른의 미소였다.

일주일 전 다시 만난 테일러는 그간의 감상을 전했다. 보고 싶었다 내지 어떻게 지냈느냐 등의 말이 이어졌지만, 연화는 무감정한 얼굴로 테일러의 이야기들을 흘려들었다. 그녀가 테일러의 감정에 동화되어야 할 이유는 없었다.

재민을 좋아하는 만큼, 테일러를 싫어하지 않았다. 하지만 테일러가 셀리나의 과거를 캐겠다며 돌아섰을 때, 연화는 테일러와 재민을 분리했다. 영주관 건물을 나오면서 마음을 굳혔다. 이후 테일러와 함께하는 여행을 생각해 본 적은 없었다. 그가 떨어져 나간 자리를 느끼며 허전해하지도 않았다.

그래서일까. 목적지를 밝히며 동행을 제안하는 테일러의 말이 연화에게는 황당무계하게 들렸다.

"함께했으면 좋겠는데."

"그래야 할 이유가 있나요? 전 없는 것 같은데요."

연화는 삐뚜름한 미소를 지어 보였다. 셀리나의 과거는 영주관에서 끊어냈다. 낮은 신분은 인장으로 채웠고 신변의 위협은 단검과 카를로 지킬 것이다. 그러니 테일러가 있어야 할 필요는 없었다. 냉정한 말을 뱉어냈음에도 테일러는 당황하지 않고 되레 이럴 줄 알았다는 듯 웃으며, 약점을 찔러왔다.

"그 인장. 제대로 사용할 수 있는 것도 아니잖아."

테일러가 한 것은 말 한마디뿐이다. 검을 뽑지도, 위협하지도 않았는데도 연화는 오싹함을 느꼈다.

"너는 거래를 좋아하지."

그 말을 들은 연화는 양팔을 감싸 안은 채 물러섰다. 추웠다. 연화가 물러선 만큼 테일러가 자신만만한 미소를 지으며 코앞까지 다가왔다.

"카이스턴 공작은 오클레앙 영애의 신분을 보증해 줄 수 있다."

"……."

"지금 네게 가장 필요한 조건이라고 생각되는데. 아닌가?"

간드러진 목소리가 귓가를 간지럽혔다. 연화는 얼굴을 확 붉혔다. 분했다. 테일러가 제 약점을 짚어냈다는 게, 그게 사실이라는 게 더 싫었다. 싫으면서도 거절할 수 없었기에 모욕적이었다.

연화가 고개를 젓지 않음으로써 협상이 체결되었다. 불행 중 다행인 것은, 협상이 이루어졌을 때의 굴욕이 다음 날까지 이어지지 않았다는 점이다.

테일러는 바빴다. 원래도 그의 업무량은 상당했는데, 황무지를 헤매고 다니느라 엄청난 일감이 쌓였다. 디온은 그를 쪼아댔다. 마감 기한이 걸린 서류 때문이었다.

지금도 그랬다.

"이래가지고 출발은 하겠습니까! 언제까지 아가씨와 기사님을 기다리게 할 겁니까! 당장…… 해야 할 거 아닙니까! 오늘은 이 마을을 뜨기로 약속하셨다면서요!"

테일러는 업무를 위해 옆방을 잡았다. 여관은 방음 시설이 되어 있지 않아서, 디온의 목소리를 그대로 전달하곤 했다. 테일러의 목소리는 들리지 않았지만 그가 어쩌고 있을지는 쉬이 상상할 수 있다. 보나마나 서류와 씨름하고 있을 것이다.

연화는 강압적인 수로 자신을 묶어둔 테일러가 미웠지만, 그의 상황은 부러웠다.

연화는 이 세계에서 살아남기 위해 발버둥을 치고 있고, 원래 세계로 돌아갈 방법을 찾기 위해 고군분투하고 있다. 그녀가 소모한 시간만큼, 테일러는 자신의 길을 걸어가고 있다.

테일러는 홍연화의 삶을 떠오르게 했다. 많은 사람들이 우러러보는 자리에 앉아, 수많은 사람의 삶을 좌지우지한다. 공작은 대기업 회장과 비슷한 점이 많았다.

'나도 돌아가면 저렇게 해야 할까.'

연화는 테일러가 일하는 소리를 들을 때마다 이런 생각을 하곤 했다. 그룹 후계자 자리에 오르지 못한 연화의 삶도 충분히 바빴다. 그녀가 운영 중인 쇼핑몰만 해도 그렇다. 경영은 힘든 일이다.

연화는 밀린 일거리를 해결하는 자신을 상상해 보았다.

눈가엔 다크서클이 내려앉고, 앞엔 미처 치우지 못한 종이컵들이 커피 찌든 내를 풍기면서 썩어가고 있다. 조금만 쉬었으면 좋겠다는 생각이 들지만, 그마저도 일에 치여 사라진다. 시선은 모니터에 박고서 손가락만 움직인다. 커리어우먼의 인생은 멋지지만 빠듯하다. 바쁘고 각박한 삶이 좋지는 않지만 그래도 돌아갈 수만 있다면 그 정도는 얼마든지 감수할 수 있었다.

그만큼 연화에게는 소중한 삶이었다.

"아가씨."

연화는 이어지던 상념을 끊고 고개를 들었다. 카를이 그녀를 내려다보고 있었다. 연화는 민망한 웃음을 터뜨렸다.

"아. 미안해요."

연화는 얼굴 근육을 움직이며 머리를 굴렸다. 카를이 무슨 질문을 했는지 떠올랐다.

"카를은 제가 공작님의 제안을 수락해서 싫었나요?"

"예. 싫었습니다."

카를의 즉답은 단호했다. 연화는 놀란 눈으로 그를 쳐다보았다.

"그때, 아가씨께선 매우 싫은 얼굴을 하고 계셨으니까요."

내가 그랬던가, 아니었던가.

연화는 일주일 전을 떠올리기 위해 끙끙거렸다. 사악한 미소를 머금은 테일러와 간드러지는 목소리가 떠올랐다. 자신이 무어라 대답했는지도 떠올랐지만 표정이 어땠는지는 모르겠다. 연화의 표정이 심각해질 때 카를이 풋 웃음을 터뜨렸다. 요즘 들어 그는 자주 웃었다.

"하지만 그럼에도 해야 한다면, 꼭 필요한 것이겠지요."

카를은 연화 주위를 빙글빙글 돌다 멈췄다. 테이블 앞에서였다. 그가 반쯤 홀짝이다 만 찻잔을 움켜쥐었다. 미지근하게 식은 온도만큼 미간을 찡그린다.

"그나저나…… 차가 식었군요. 다시 끓여……."

"그냥 둬요, 카를. 제가 알아서 할게요. 그러니 카를은 아무것도 하지 않아도 괜찮아요. 카를이 하고 싶은 것을 해도 되고요."

일주일 전만 해도 이런 대화를 할 틈은 없었다. 그들은 목적지로 가기 위해 빡빡한 일정을 짜고, 일정을 맞추기 위해 바삐 발을 놀린 뒤엔 휴식을 위해 여관을 찾았다. 그런데 테일러의 시간에 일정을 맞추다 보니 빈 시간들이 생겨났다.

연화는 개인 활동을 하는 게 익숙한 사람이었다. 목표를 세운 뒤, 해야 할 일들을 정하고 이행한다. 연화는 '이 세계를 벗어나는 방법 터득하기'를 목표로 세운 뒤 '책 읽기'를 할 일로 정했다. 반면 카를의 목표는 '주군을 모시는 것'이었다. 그러기 위해 할 일은 '연화 주위를 맴도는 것'이다.

연화는 카를이 자신을 모시는 게 싫지 않았다. 사랑과 인정을 받기 싫은 인간이 어디 있을까. 누군가에게 특별한 존재가 되었음을 느끼는 것만큼 가슴을 뿌듯하게 하는 일이 없다. 하지만 그 '모심'에도 정도가 있는 법이다. 연화는 카를의 과잉 대접이 거북했다. '내가 이런 대접을 받을 만한 인간일까' 하는 의구심이 들었다.

이곳이 홍연화의 세계고, 카를이 부하 직원이었다면 연화는 그의 호의를 당연하다는 듯 받았을 것이다. '대기업 총수가 될 홍연화'에겐 그럴 가치가 있었다. 일자리를 만들 수 있었고, 승진을 시켜줄 수 있었으며, 연봉을 높여줄 수도 있었다.

많은 것을 쥐고 있기에 많은 것을 받았다. 받는 것을 꺼린 적은 없었다. 과한 대접을 받았다면 그만큼 베풀면 그만이다. 하지만 셀리나는 그럴 수 없다. 돈을 가지고 있다 한들 무한하지 않고, 인장에서 나올 권력은 테일러의 보증이 없으면 무너질 모래성에 불과하다.

지금의 카를은 셀리나에게 소속감을 느끼고 있었다. 셀리나를 모시는 것이 그의 일이며, 삶의 이유다. 하지만 그 상태가 영원하지는 않을 터였다.

어느 날 카를이 더 좋은 주군을 찾았다며 이별을 고하면 연화는 그를 놓아줄 생각이었지만 자신의 옆에 있는 동안은 챙겨주고 싶었다. 추억에 젖어들 때마다 미소 지을 수 있는 기억으로 셀리나의 이름이 남았으면 좋겠기 때문이다.

그래서 연화는 카를이 악몽에 시달릴 때마다 성심성의껏 손을 잡아주었다. 바들바들 떠는 몸을 안아 진정시킨 뒤 그가 필요하다 말해주었고, 낮에는 그의 호의를 감사히 받으며 간간이 고마움을 표했다. 그가 얼마나 소중한 존재인지 말해주었다. 그러다 받지 않겠다며 내빼는 그의 손을 끌어다 보석을 쥐어주곤 했다.

하지만 그 외의 시간은 카를에게 돌려주었다. 쉬어도 되고 놀아도 된다고 말했다. 문제는, 카를이 개인 시간을 활용할 줄 몰랐다는 점이다. 카를은 연화의 말을 더 극진히, 알아서 모시란 뜻으로 곡해했다. 그런 것이 아니라고 말을 해주었지만, 일주일이 지난 지금이라고 잘 활용하는 건 아니었다.

카를은 연화 맞은편에 앉아 그녀가 책 읽는 것을 빤히 바라보았다. 방을 돌아다니며 심부름거리를 찾기 위해 움직이는 것보다는 나았지만, 이건 이것대로 심적 부담이 갔다.

결국 연화는 시선을 감당하지 못하고 고개를 들었다. 바로 카를과 눈이 마주쳤다.

"뭐 해요?"

"하고 싶은 일을 하는 중입니다."

황당한 짓을 한 사람답지 않게 카를의 목소리는 곧았다.

"절 쳐다보고 싶었나요?"

"예."

연화의 얼굴이 빨개졌다. 카를은 별 뜻 없이 하는 소리겠지만, 연화는 민망해 죽을 것 같아 양손으로 얼굴을 가린 채 열을 식혔다. 그는 연화의 움직임을 하나도 놓치지 않고 뚫어져라 쳐다봤다. 집요한 시선을 받고 있자니 드는 생각이 있었다.

"저기…… 카를, 전에 모셨다던 그 사람한테도 이렇게 한 적 있어요?"

"없습니다."

다행이다. 연화가 안도의 감정을 뱉기도 전에 폭탄이 떨어졌다.

"그분은 제 시선을 싫어하셨습니다."

"그…… 그렇군요."

"그래서 지금이 좋습니다."

카를이 웃는다. 통쾌해서, 혹은 웃겨서 웃는 것과는 달랐다. 정말로 좋아죽겠다는 듯 눈 안 가득 셀리나를 담고서 입꼬리를 끌어올렸다.

"아가씨를 보고, 눈을 마주할 수 있어서 정말 좋습니다. 이 순간을 누리며 살아갈 수 있어서 다행이라고 생각합니다. 이 순간을 위해 살았다는 생각도 듭니다."

꽃 배경을 뒤로하고 웃는 것처럼, 카를의 미소가 화사했다. 연화는 온몸으로 매우 좋음을 말하고 있는 카를에게 그러지 말라는 말은 하지 못하고 다시 고개를 떨구었다. 한여름의 햇살보다 더 따갑게 느껴졌던 시선은 활자에 집중하면서 잊었다.

연화는 중요한 페이지는 따로 접어두었다. 간간히 떠오른 생각은 빠짐없이 메모했다.

연화가 서점에서 사온 책은 세 권이었지만 실질적으로 도움이 되는 책은 한 권이었다. 연화는 가죽 양장본에 쓰인 글씨를 훑었다. '세계의 비밀'이란 활자는 무미건조한 느낌을 주었다.

책은 세상에 떠도는 상식들을 정리해 담아두었다. 어떤 페이지에서는 신비한 물건에 대해서 설명했고, 어떤 페이지에서는 드라마틱한 삶을 살다간 인물을 다루었다.

수많은 챕터 중 연화가 주의 깊게 읽은 것은 '세계수' 편과 '영혼의 전환' 편이었다.

연화는 세계수 편부터 펼쳤다.

-아리아드네 신도들은 이 세상 어딘가에 세계수가 있다고 믿는다. 세계수는 아리아드네 여신이 남긴 성물이다. 자아가 있음은 물론 마법을 발현하고 통제할 수 있는 능력을 가지고 있다.

세계수는 수천 년 동안 신화 속에서만 실존했다. 5년 전, 루이스턴 아리스가 세계수가 실존한다는 증거들을 발표하면서, 세계수에 대한 관심이 모아졌다.

세계의 비밀을 접목한 가설은 다음과 같으며…….

(중략)

신도들은 세계수가 어떤 마법이든 부릴 수 있다고 말한다. 마법사들은 세계수가 '차원 이동' 같은 차원계를 교란시키는 마법들을 봉인하고 있을 것이라 했다. 여신이 만든 세계를 지키기 위한 성물인 만큼, '세계'를 위한 능력을 가지고 있을 거란 전제에서 나온 주장이었다.

이 가설은 '대마법사도 차원 이동을 할 수 없는 이유'라는 제목을 단 책으로도 나왔다. 이 책은 수많은 마법사들의 동조를 이끌어냈다.

치료 마법과 파괴 마법들은 해마다 증진되었지만, 차원 이동 마법은 몇 백 년째 제자리걸음 중이었다. 이를 관심 분야로 삼고 능력과 열정을 쏟아 붓는 마법사들이 적지 않았는데도 그랬다.

하지만 이 가설은 정론으로 인정받지 못했다. 학자들은 '실패를 세계 탓으로 돌리지 말라'고 말했다. 노골적으로 비아냥대는 자도 있었다.

가설을 제기했던 젊은 마법사는 수치스러워한 끝에 스스로 목숨을 끊었다.

(중략)

세계수가 존재한다는 근거는 밝혀졌지만, 세계수가 어디에 있는지 아는 사람은 아무도 없다. 여신의 교리와, 세계수와 관련된 민담만이 전해져 내려올 뿐이다.

연화는 열네 페이지를 더 넘겼다. '영혼의 전환' 편은 그곳에 있었다.

-영혼 전환과 차원 이동을 실제로 경험했다고 주장하는 학자가 있다. 레이서스의 학설을 비롯 열 개가 넘는 학설을 발표해 물리학의 거장이 된 레이시온 레긴 더 폴레르가 그 주인공이다.

그는 나이 쉰이 넘었을 때, 돌연 엉뚱한 주장을 했다. 누군가 자신이 젊었을 때 자신의 몸을 대신 사용하고 떠났다는 것. 그는 물리학에 관심이

없으며, 스스로의 이론을 설명하지 못한다고도 했다.

그러나 그에게서 어떤 마법적 흔적도 발견되지 않는 것으로 보아, 그가 과로와 피로에 지친 나머지 허위를 주장한다는 결론이 내려졌다. 여전히 차원 이동에 대한 내용은 해결되지 못한 수수께끼로 남아 있으며…….

연화는 책의 끝에서 페이지를 접었다. 책은 학자가 미쳤다는 결론을 냈지만, 연화는 그리 단정 짓고 넘어갈 수 없었다. 연화가 언젠가 이 세계를 떠나게 되었을 때, 셀리나도 이 학자처럼 바뀐 삶에 적응하지 못할지 누가 아는가. 지금만 해도 그렇다. 연화가 셀리나의 몸을 사용하면서 셀리나의 환경은 많이 바뀌지 않았던가. 비록 소설 속 세상이기는 하지만 만에 하나라는 것이 있을 수도 있으니 대비책은 마련해 두어야겠다고 생각했다.

'일지 같은 것을 써야겠어.'

세세하게 쓸 필요는 없었다. 일어난 사건과, 그 일이 일어난 이유 등을 간단히 짜놓으면 될 터였다. 그렇다면 어떤 사건을 적을까? 펜을 잡았지만 집중하지 못했다. 요란한 소리가 들리더니, 파열함과 함께 벽이 흔들렸다.

지진은 아니었다. 진원지는 옆방이었다. 범인은 디온이었다.

"황실을 자극해 좋을 게 뭐가 있습니까. 우리 쉽게쉽게 갑시다. 결혼하고 방치플레이. 나쁠 거 없잖습니까."

디온의 면박은 익숙했다. 테일러를 갈구는 것은 그의 역할이었다. 여느 때와 다른 점이 있다면, 군말 없이 일 할 테일러가 말을 하고 있다는 점이다.

"황녀는 안 돼."

"안 되긴 뭐가 안 됩니까. 그만한 미인이 어디 있다고. 남이 떡 준다고 할 때 넙죽 받으세요. 먹은 뒤 똥으로 싸든, 장식함에 보관하든 내키는 대로 하시라고요. 누가 상관하겠습니까. 카이스턴 대공작이 하는 일인데."

대사가 몹시 익숙했다. 연화는 귀를 세웠다. 작아지는 테일러의 목소리를 따라잡기 위해 벽면에 기댔다.

"정략혼이란 전제 하에, 지나가는 아무 여자와도 결혼할 수 있어. 하지만 황녀는 아니야. 황제는 내가 진심으로 황녀와 결합하길 바라고 있어. 황녀 자신도 그렇고."

"잘됐군요. 황가만큼 좋은 가문은 없으니. 황녀는 좋은 공작부인이 될 겁니다."

"황녀는 공작부인이 되고 싶은 게 아니야. 황제를 만들고 싶은 거지."

연화는 눈을 크게 떴다. 설마 했던 마음에 확신이 붙었다. 그녀는 벽에 붙은 몸을 바로 세웠다. 다음 대사를 듣지 않아도 지금 무슨 상황이 벌어지고 있는지는 알겠다. 황실에서 청혼서가 도착한 것이다.

디온은 받아들일 것을 권유한다. 황실을 적으로 돌려 좋을 게 뭐 있냐면서 하지만 테일러는 거절한다. 자신이 황녀와 결혼할 수 없는 이유도 곁들였다. 디온은 주군의 뜻이기에 납득하지는 않았지만 받아들인다. 테일러는 주관이 뚜렷한 캐릭터였기 때문이다. 더구나 카이스턴 가와 황실 사이의 분위기가 얼마나 험악한지 알고 있어서이기도 했다.

황실은 카이스턴 가를 경계했다. 테일러가 황실을 향해 적대적인 칼날을 들이댄 적이 없는데도 그랬다. 황실은 그를 잠재적인 반역자로 보았다. 그럼에도 불구하고 카이스턴 가가 멸문하지 않은 이유는 두 가지다. 카이스턴 가주 중 반역을 일으킨 자가 없고, 황실이 카이스턴 가와 싸워 이길 가능성을 0으로 보았기 때문이다.

카이스턴 가는 엄청난 재력을 가지고 있다. 권력 역시 막강하다. 카이스턴 가에 충성을 맹세한 가문은 수도 없이 많다. 카로틴 제국 내에 카이스턴 제국이 있는 거나 다름없기에 황실은 잠자는 맹수를 깨우지 않기로 했다. 대신 사슬을 던져 옭아매기로 했다. 맹수가 웅크리고 가만히 있을 때가 적기였다. 하지만 맹수는 황실에게 귀속되는 것을 거부했다.

어디 황실뿐이랴. 누구에게도 얽매이고 싶지 않은 게 테일러지만 황실이 목줄 풀린 맹수를 경계했기 때문에, 그는 스스로 목줄을 매기로 했다. 황실에서 내민 쇠사슬보다 약해서 언제든지 끊어낼 수 있는 그런 목줄로. 그런 테일러가 원하는 조건은 하나였다.

파혼을 쉬이 받아들일 수 있는 여자였다. 하나 귀족 영애 중 조건에 맞는 사람은 없었다. 그래서 테일러는 엘렌은 선택한다. 이국의 귀족은 카로틴 사교계의 입방아에서 자유로울 거라 생각했기 때문이다.

소설에서 엘렌은 단번에 테일러의 제안을 수락했다. 샤먼이 바라서였다. 샤먼은 테일러의 힘을 상단에 끌어들이기 위해 엘렌을 조종한다.

연화는 두 사람의 생각을 읽으며 웃었다.

"완전 동상이몽이네."

"그러니까 재미있는 거지. 어긋나는 마음과 싹트는 사랑. 좋지 않아?"

"글쎄……."

연화는 로맨스를 잘 몰랐다. 그녀가 아는 것은 재민의 소설이

로맨스라는 것이고, 그 소설이 재미있다는 점이다.

"나쁘지는 않네."

거기까지 읽은 연화가 호평도 악평도 아닌 말을 던졌는데도 재민은 웃었다. 만면에 만족을 띠고서 연화를 바라본다. 그는 연화의 진심을 읽을 줄 아는 남자였다.

연화는 다음 페이지로 넘어갔다.

테일러는 엘렌에게 드레스를 건넨다. 이 세계의 약혼은, 약혼자가 약혼녀에게 신부 의상을 주는 것으로 성사되기 때문이다. 엘렌은 거짓 약혼의 증표를 입고 황족을 만나러 간다. 연화는 황태자가 등장하는 장면에서 고개를 들었다.

"그런데 그냥 황녀랑 결혼하는 장면을 쓰면 안 되었던 거야?"

요즘 정략결혼물이 유행한다던데. 연화는 주워들은 것을 떠들어보았다. 재민은 고개를 저었다.

"공주님과의 결혼은 아무나 할 수 있는 게 아니니까."

"애는 공작씩이나 되는 애잖아. '아무나'가 아닌걸."

"하지만 내 분신이잖아."

환했던 미소에 어둠이 스며들어 갔다. 사돈이 땅을 사면 배가 아프지 라며 재민이 키득거렸다.

"나도 못한 일을 분신 따위가 해내서는 안 되지."

재민의 시선은 노골적이었다. 미련이 덕지덕지 남은 눈으로 연화를 주시한다. 의미는 명백했다. 연화는 '공주님이 누구냐' 내숭을 떨지 않고 소설로 화두를 돌렸다. 소설의 전개와 갈등을 이야기했다. 활기를 띠는 듯하던 대화는 암초에 부딪쳐 난파되어 가라앉을 위기에 처했다.

"그럼 여주는 누구의 분신인데?"
"어릴 때, 내가 좋아하던 애."

잔잔한 울림이 사무실에 내려앉았다. 연화는 멍하니 재민을 바라보았다.

"이기적이지만 천진하지. 무지하기에 죄책감 없이 나쁜 일을 저지를 수 있지. 하지만 그 당당함이 좋다고, 생각한 적이 있었어."

연화는 재민이 사랑하던 사람에 대해 잘 몰랐다. 그것도 자신이 없었던, 까마득한 옛일을 이야기하면.

"그래서 이런 이야기를 썼다고?"
"공주님을 품지 못하는 비겁자에겐 그런 여자가 어울리니까."

재민은 스스로를 짚었다. 입으로는 테일러 이야기를 하면서, 타박은 스스로에게 보낸다.

"그리고 까짓, 뭐 어때. 세상에 그런 여주인공이 나오는 소설 하나쯤은 있어도 괜찮잖아."

재민이 스러질 듯한 미소를 지었었다. 재민은 어머니를 싫고 미운 사람이라 칭하면서도, 사실은 그리워했다. 스물두 살 청년은 어머니의 추억을 꺼낼 때마다 5살 어린아이가 되었다. 끊어져 버린 인연의 끈을 쥐고 기다렸다. 어둠이 밝혀지길, 어머니가 오길 바랐다.

재민이 '어머니'란 주제 앞에서 늘 어두워지는 건 아니었다. 컨디션이 나쁘거나, 할 일은 많은데 시간이 없을 때. 조건과 화두가 맞아떨어지면 분위기가 급변했다.

해결책은 없다. 안 좋은 것에 대해 이야기를 할수록 안 좋은 기억만 떠오를 뿐이라 연화는 다시 고개를 떨구고 소설에만 관심이 있는 것처럼 열심히 페이지를 넘겼다.

이후 재민은 어머니 이야기를 하지 않았다. 연화 역시 엘렌에 대한 화두를 피했다. 어차피 할 말도 없었다. 엘렌은 가만히 있지 않으면 사고를 쳤다. 그녀의 실수는 샤먼과 테일러가 수습했다. 여주인공의 매력이라곤 눈곱만큼도 없는 캐릭터였다.

연화가 페이지를 넘기는 만큼 엘렌의 허물이 덮여졌다. 샤먼은 엘렌이 내팽개친 업무를 처리하느라 바빴고 테일러는 엘렌이 손해 본 금전을 메워주느라 고생했다. 엘렌은 두 사람의 호의를 받아먹으면서 고고한 학처럼 서 있기만 하면 되었다.

연화는 엘렌에게 아무 감정을 느끼지 못했다. 민폐형 주인공이었으나, 허구의 인물이었다. 미워할 이유가 없었다. 그녀는 활자가 그린 장면에만 몰두했다.

재미있는 장면을 만나면 멈췄고, 재미없는 장면은 넘겼다. 문서화된 이야기의 시간은 연화의 손에 따라 오락가락했다. 하지만 이야기 속에 들어간 연화는 그럴 수 없다. 당장 곤란하다고 상황을 외면할 수도, 싫은 일을 흥미진진하게 바라보기만 할 수도 없다.

테일러가 거짓 신부를 구해야 하는데 엘렌이 없다.

이 일은 남의 일이 아니었다. 이야기를 틀어버린 사람은 연화였다. 죽어야 할 셀리나를 살리고, 엘렌이 구해야 할 테일러를 구했다. 엘렌과 테일러의 로맨스는 전제부터 어긋났다. 이야기는 비틀어졌다. 하지만 연화가 손대지 않은 세상은 원작대로 굴러갔다. 카턴 상단이 영주관에 도착하고, 테일러가 가짜 신부를 맞아야 할 상황에 처한 이유는 그 때문이다.

번지는 자책감 위로 위안 한 송이가 피었다.

'테일러가 알아서 잘 해결할지도 몰라.'

테일러는 수많은 선택지를 놓고 고민했다. 노예 시장에서 여자를 구하거나, 믿을 만한 부하 중 하나를 여장시킨다는 방법도 있었다.

그중 선택된 것이 엘렌을 신부로 맞이하는 방법이었을 뿐이다.

'그러니 난 가만히 앉아서 결과만 기다리면…… 아니, 아니야.'

연화는 외면하려던 마음을 지웠다. 테일러가 거짓 신부를 맞이한 이유는 황실과 싸우고 싶지 않아서였다. 마음에 안 든다며 뒤집어엎지 못하는 이유는 황실과 싸워 이겨도 득보다 실이 많기 때문이다.

황실은 테일러가 신부를 데려오는 즉시, 뒷조사를 시작할 것이다. 신부가 될 자로서 적합한지, 황녀보다 나은 점은 뭔지 주도면밀하게 따지려 들 거다. 그러다 신부와 테일러 사이의 부적절한 연결 끈을 발견하면 기차게 물고 늘어지리라.

테일러가 쉬운 방법을 두고 엘렌이란 부외자를 끌어들인 건 이 때문이다. 노예는 구매한 흔적이 남고 부하의 여장 역시 언젠가는 들킨다. 하지만 엘렌과의 약속은 입으로만 성사되었기 때문에 무르기도 쉽다. 원하는 아무 날 파혼을 통보하면 된다. 후탈도 없다.

'답은 엘렌뿐인가.'

연화는 미간을 찡그렸다. 연화가 생각을 정리하는 사이에도 테일러와 디온은 싸우고 있었다. 수많은 방법들이 벽 너머에서 생겨났다 사라지길 반복했다. 연화는 그들의 싸움을 말 한마디로 종결시킬 수 있었다. 그들의 고민은 단번에 해결될 것이다.

엘렌과 셀리나의 사이가 나쁜 것은 부외적인 문제다. 테일러의 문제는 연화의 문제였다. 고래 싸움에 끼인 새우가 되어 죽지 않으려면 테일러의 문제를 해결해 주어야 한다. 원래 세계로 돌아가기 전에 내란에 휘말려 죽지 않으려면 더더욱 그래야 했다.

연화는 의지를 품고 일어섰지만, 다시 앉았다. '엘렌에게 가보라' 말하려던 마음을 '내가 무슨 자격으로 그런 말을 하냐'는 생각이 붙잡았다. 테일러가 어떻게 이 문제를 알았냐고 물으면, 연화는 할 말이 없다. 엿들었다고 할 수도 없는 노릇이다.

꺼낼 수 없는 말이 속에서 뱅글뱅글 돌았다. 연화는 내면에 집중하느라 테일러와 디온의 싸움이 끝난 줄도, 새로운 해결책으로 자신이 거론될 줄도 정말 몰랐다.

"혹시 신부 의상 입어본 적 있나?"

그날 저녁, 테일러가 흰 천이 들어간 상자를 내밀었다. 원단인 줄 알았던 것은 드레스였다. 다이아몬드가 촘촘히 박힌 드레스는 아름다웠으나, 연화는 감탄하지 못했다. 그럴 수 없었다. 그녀는 경악을 삼키며 드레스를 움켜쥐었다.

엘렌이 받아야 할 드레스가 연화에게 온 것이다.

'이건.'

연화는 깨달았다.

실수도 착오도 아니었다. 엘렌의 운명이 비틀어졌을 뿐이다.

여주인공이 바뀌었지만 세계는 무너지지 않았다. 중심을 옮긴 세계가 다시 돌아가기 시작했다.

구심점은 연화였다.

연화는 없었다. 파티장 어느 곳에서도 모습을 볼 수 없었다. 왔다간 흔적조차도 찾을 수 없었다. 재민은 농담으로도 '사정이 있어 지각했을 거다'는 말을 하지 않았다. 바로 '실종'이라 명명했다.

연화는 세현 그룹을 물려받기 위해 혼신을 다했다. 세현의 후계자가 되는 일에 인생을 걸었다. 그랬던 연화가 자신의 노력을 보상받을 수 있는 자리를 두고 '사정'을 먼저 챙긴다? 말도 안 되는 소리다. 사정이 있다 한들 부수고서라도 오는 게 당연했다. 그래도 재민은 혹시나 하는 마음을 가지고 있었다. 별일 아닐 거라는 위안, 친구에게 나쁜 일이 생기지 않았기를 바라는 마음이었다.

재민은 연화가 있을 만한 곳을 훑었다. 자주 들르는 카페부터, 사무실과 집까지 모두 가보았다. 집은 잠겨 있었지만, 방법은 있었다. 재민은 우편함 천장을 훑어 비상 열쇠를 찾아냈다.

텅 빈 집은 조용했으나 사람의 온기가 남아 있었다. 주방엔 먹다 남은 식기가 쌓여 있었고, 쓰레기통에 담긴 휴지는 그대로였다. 재민은 옷장 속에서 여행용 캐리어를 발견했다. 가정은 확신이 되었다.

누구도 집을 이런 상태로 만들어두고 여행을 가지는 않을 거다.

재민은 연화에게 전화를 걸어보았다. 안 받을 거라는 건 알고 있었지만, 휴대폰이 꺼져 있다는 소리를 열 번쯤 듣고 있자니 짜증이 났다. 날아간 휴대폰은 장식장 모서리에 부딪쳐 떨어졌다. 안내 음성도 뚝 끊겼다.

박살 난 휴대폰으론 무엇도 할 수 없는 무능한 상태가 자신과 꼭닮았다. 재민은 소파에 걸터앉았다. 자괴감이 밀려왔다.

"젠장."

재민은 이런 식으로 자신의 무기력함을 확인하고 싶지 않았다.

재민은 소파에 걸터앉은 채 두 눈을 비볐다. 실의에 빠진 상태는 계속되었다. 신은 침묵을 좋아했고 세상은 매정해서, 그를 위로해 주지 않았다. 재민이 할 수 있는 일은 말하는 것뿐이었다. 그는 연화가 자의로 사라진 게 아니고, 그녀를 찾아야 한다는 의견을 홍 회장에게 전달했다. 하지만 홍진수가 수상한 발언을 했다는 말은 할 수 없었다. 녹음되어 있지 않은 데다, 목격자도 없는 증언이다. 아무도 믿어 주지 않을 것이다.

홍 회장은 홀의 소란을 가라앉힌 뒤 사람을 풀었다. 최대한 은밀한 방식으로 움직였다. 요란스러운 걸 싫어하는 홍 회장다운 처사였다.

홍 회장은 후에 연락을 주겠다고 했다. 무뚝뚝하고 찬 목소리였다. 재민은 '예'라고 대답할 수밖에 없었다. 소설가가 되겠다고 결심한 이상, 재민은 권력자 아버지를 둔 일반인에 불과했다. 그가 개인적으로 부릴 수 있는 사람은 없었다. 대신 그는 연화가 돌아올 때까지 그녀의 빈자리를 메워주기로 했다.

시작은 연화의 쇼핑몰 사무실부터였다. 재민은 아무 곳에 걸터앉아 아침이 오길 기다렸다.

첫 출근자는 정수민이었다. 또각또각 걸어오다 책상 위에 있던 재민을 보고 눈을 부릅떴다.

"왜……."

"할 말이 있어서 왔습니다."

방문 자체도 뜻밖인데, 하는 말은 가관이었다.

"사장님이 사라지셨단 건가요?"

"9시 뉴스 특보로 내보내고 싶은 거 아니면 조용히 하시죠."

수민은 황당했다. 사무실에 있는 사람만 넷이다. 말조심에도 한계가 있다. 저도 모르는 곳에서 새어 나가는 말을 어찌 막을까.

"말 퍼지는 건 순식간일 텐데……."

"압니다. 그러니 당신만 알고 있으세요."

재민이 비틀린 미소를 지었다.

"비밀 공유자는 많을수록 좋지 않잖습니까."

재민은 사악하게 웃어주었다. 싸해지는 수민의 얼굴을 즐겼다.

수민은 재수가 없어 지뢰를 밟게 되었다고 생각했다. 이른 출근을 하기 위해 정장을 고른 아침, 낯선 방문자에게서 괴상한 소식을 듣게 될 줄 누가 알았겠는가. 하나 실상은 정반대였다. 재민은 처음부터 수민을 타깃으로 잡고 있었다.

수민은 쇼핑몰이 만들어질 때부터 일했던 사람이다. 연화 다음으로 사무실과 쇼핑몰을 아끼는 사람이기도 했다. 그리고 연화가 사라진 지금 수민은 어수선해질 사무실 분위기를 수습할 능력이 있는 사람이다. 쇼핑몰을 안녕을 위해 입조심하는 건 덤이고.

수민은 일단 자신의 자리로 돌아갔다.

충격적인 사실을 들었다 한들 수민의 일과가 달라지진 않는다. 쇼핑몰은 아직 건재했다. 수민이 관리자 페이지에 접속해서 고객들의 주문 리스트를 확인하고 있는데, 발소리가 들렸다. 재민이

다른 곳의 의자를 빼 앉았다.

수민은 재민의 말이 사실인지 따지지 않았다. 재민이 거짓말을 할 이유가 없다.

수민은 다른 것을 따졌다.

"거긴 왜 앉으세요?"

재민은 연화의 자리에 앉았다. 일명 사장 자리다.

"연화가 돌아올 때까지 업무 대리 할 생각이거든요."

"당신 소설가라면서……."

"저도 재무제표 정도는 볼 줄 압니다만."

재민이 의기양양하게 웃었다. 국회의원 아들로 행동하면서 온갖 잘난 척은 다 해봤다. 그러나 수민을 납득시키려면 논리가 필요했다. 재민은 뒷말을 이었다.

"물론 제가 연화보다 떨어지는 건 압니다. 그러니 걱정하지 마세요. 사장질 하려고 온 건 절대 아니니까. 저는 자금 돌아가는 것만 확인하고, 나머지 시간엔 제 일을 할 겁니다."

사장이란 놈이 자금 운용만 하면 쇼핑몰이 제대로 돌아가지 않을 거다. 그러함에도 이리 말한 것은, 연화가 단시일 내에 돌아올 것이라 믿었기 때문이다.

"일주일 정도는. 그것만 해도 괜찮을 것 같으니까요."

연화의 부재가 길어지면 다른 수를 써야겠지만 걱정할 건 없었다. 외부에서 전문가를 데려오든 홍 회장의 도움을 받든, 방법은 무궁무진했다. 언제든 연화가 무사히 돌아오기만 하면 된다.

재민은 가방에서 원고를 꺼냈다. 연화가 사라진 다음 날인 만큼, 재민이 할 일은 없었기에 원고 위의 오탈자를 잡아내며 하루를 시작하기로 했다.

수민은 일하다 말고 또 멈추고 재민을 흘끔거렸다. 재민의 일에 대해서는 몇 번이고 들었지만, 작업하는 모습을 보는 건 이번이 처음이었다.

쇼핑몰과 관련되지 않은 일이라서일까. 무척이나 신기했다.

"들고 계신 그거, 소설인가요?"

"그렇죠. 요즘 쓰고 있는 신작입니다."

"무협?"

"로맨스입니다."

수민은 감탄했다. 로맨스 작가 중엔 남자도 있다던데. 그 예시를 주위에서 보게 될 줄은 몰랐다.

"우와, 저 로맨스 정말 좋아하는데. 누가 남주예요? 배우 누구 닮았어요?"

"관심 있습니까?"

재민은 원고를 통째로 넘겼다. 다양한 의견은 언제나 도움이 된다.

수민은 사양 않고 원고를 읽어 내려갔다. 원고는 상당히 길어서, 수민은 정오쯤 되어서야 끝까지 읽을 수 있었다.

"정말 재밌어요! 어린 여자애가 주인공이란 게 참신하네요. 남주는 공작인가요? 아니면 이 남자?"

재민은 입을 벌렸다. 여자가 무슨 말을 하는지 알아먹을 수가 없었다.

재민이 쓴 건 엘렌과 테일러의 사랑 이야기였다. 귀하게 자라 철들지 않은 아가씨가 공작을 녹여내는 법을 그렸다. 어린 여자아이라니. 소설에 있는 캐릭터이긴 한 건지 의심스러워 재민은 수진에게서 원고를 낚아챘다. 저 여자가 잘못 읽은 거겠지라고 위안하던 마음이 원고를 보니 와그작 구겨졌다.

소설엔 엘렌도, 테일러도 있었다. 하지만 주인공은 그들이 아니었다.

“뭐야, 이게.”

재민은 황망히 중얼거렸다.

자신이 쓴 것과 달리 셀리나가 엘렌 대신 주인공 자리를 차지했다. 살아난 셀리나는 황무지에서 두 남자를 구했는데, 하나는 남자주인공인 공작이고 다른 하나는 그녀처럼 죽음을 맞았던 캐릭터였다.

소설 초반에 죽어 없어졌던 노예 소녀가 살아나면서, 수많은 이변이 일어났다. 그녀는 엘렌 앞에서 자신이 오클레앙 영애라 외친다. 주변은 그녀가 원래 그런 신분이었음을 보여준다.

‘그런데 이거…….’

재민은 턱을 쓰다듬었다. 쓴 적 없는 이야기를 보게 되었으나, 불쾌하진 않았다. 오히려 흥미로웠다. 이야기가 나쁘지 않았기에 더 그랬다.

‘더 괜찮아진 것 같기도.’

재민은 다시 책상에 앉았다. 수진이 당혹스러워하고 있다는 걸 알았지만 상관없었다. 오히려 변화된 이야기에 뜨거운 영감이 끓어올랐다. 몽글히 피어오르는 구름을 지면에 옮기는 것보다 중요한 일은 없다.

재민은 다음 스토리를 어떻게 쓸지 정하고 나서야 펜을 들었다.

새로운 이야기의 시작이었다.

“이건 어때요?”

“예쁩니다.”

"그럼 저건요?"
"더할 나위 없습니다."
카를의 찬사는 무미건조했다. 연화가 어떤 장신구를 집어도 '좋다'만 연발했다. 눈이 죽어 있는 만큼, 대답은 수동적이다. 결국 연화는 목걸이를 내려놓았다. 가넷이 촘촘히 박힌 목걸이가 선반에 걸렸다 바닥으로 떨어졌다. 줍기 위해 허리를 숙이자, 뚱한 얼굴을 한 카를이 목걸이를 주워주었다.
"제가 이러는 거 싫어요?"
"솔직히 말하자면…… 그렇습니다."
카를은 투덜거렸다. 불만을 품은 미간은 펴질 기미를 보이지 않았다.
카를은 연화가 테일러의 신부 의상을 받아들였을 때부터 못마땅함을 표출했다. 그래도 어제까지는 '아가씨의 뜻이니까'라 중얼거리며 이견을 표하지 않으려 했다.
카를은 감정을 숨기는 게 익숙하지 않은 사람이었다. 끓어오르다 가라앉지 못한 흔적들이 수면 위로 모습을 보이곤 했다. 그래도 이때까진 참지 못해서 내보였다는 쪽이었는데, 오늘은 달랐다.
오늘 아침, 테일러는 연화에게 장신구를 건네주었다. 사흘 뒤 황태자를 만나기 전, 미리 치장을 해보라는 의미였다. 불편한 곳은 없는지 확인하기 위해서이기도 했다. 카를은 연화의 치장을 방해하진 않았다. 건성인 말투와 노골적인 표정으로 자신의 감정을 드러냈을 뿐이다.
연화는 카를이 오랫동안 화를 내는 것 자체가 신기했다. 그것도 그냥 싫다는 이유 하나만 가지고.
연화는 재미있다는 눈으로 카를을 보았다. 카를은 여전히 마뜩잖다는 듯이 눈썹을 구부렸다.

"아가씨는 12살이고, 카이스턴 공작은 20살입니다. 숫자만 따져도 도의적이지 않은 일입니다."

"여기선 어린 신부가 늙은 남자에게 팔려가는 일이 흔한 줄 알았는데요."

얼마 전에도 그런 이야기를 들었지 않나.

연화가 며칠 전을 짚었다.

번화가엔 많은 사람들이 있었다. 남 일 떠들기 좋아하는 사람들도 당연히 섞여 있었다.

개인의 사정을 궁금해하는 사람은 없다. 알 필요도 없었다. 가련한 소녀와 호색한 노인의 이야기는 그 자체만으로도 훌륭한 안줏거리가 된다.

카를은 인상을 썼다. 그 역시 같은 이야기를 들었지만, 그게 셀리나의 이야기가 될거라 생각하진 않았다. 이유는 하나다.

"그들과 아가씨는 다릅니다. 누구도 아가씨에게 희생을 강요하지 않았습니다."

"그래요, 다르죠. 전 희생하지 않았으니까. 거래를 했을 뿐이지. 카를도 알잖아요?"

연화가 방글거렸다. 연화가 낙천적인 감정을 보여주는 만큼 카를은 부정적으로 반응했다.

"책 살 돈이 없는 것도 아니잖습니까. 그런 조건을 내건 이유를 도무지……."

"돈으로도 못사는 책도 있는 거니까요."

소설 초중반부엔 카턴 상단이 카이스턴 가에 들르는 장면이 있다. 엘렌은 화려한 정원과 아름다운 실내에 감탄하고, 샤먼은 공작저의 서고에 감탄한다. 샤먼이 책을 좋아해서는 아니었다. 돈 주고도 구하기 힘든 서적들이 한가득이 있어서였다.

셀리나가 글을 읽을 줄 아는 만큼, 연화는 테일러의 서고에 들어가 보고 싶었다.

혹시 모르지 않는가. 원래 세계로 돌아갈 수 있는 방법을 그곳에서 얻게 될지.

"그런 책은 다른 곳에서도 구할 수 있습니다."

"그래요?"

"카로틴 황실 또한 많은 책을 보유하고 있습니다. 금서와 비서 모두 카이스턴 가에 뒤지지 않을 겁니다."

"황실이라면 그럴 수 있겠네요. 하지만 그거 그림의 떡이나 마찬가지 아닌가요. 제가 무슨 수로 황실의 책을 볼 수 있다고 그래요?"

연화가 어깨를 으쓱였다.

"잠입했다가 들켜서 목 잘리는 엔딩은 절대 사양인데요."

카를이 고개를 숙였다. 가라앉은 얼굴을 보자 장난기가 피어올랐다.

"그거 공작 대신 황태자랑 약혼하란 뜻으로 한 건 아니죠?"

"절대 아닙니다!"

빽 소리가 울려 퍼졌다. 연화가 놀란 척 뒤로 주춤하자, 카를이 다시 고개를 숙였다. 연화는 깔깔 웃었다. 그의 소심함이 무척 재미있었다.

연화가 서너 번 카를을 놀려먹고 있을 때 노크 소리가 들렸다.

"들어가도 되나?"

테일러였다. 연화가 된다고 말하려는 순간, 카를이 문을 보고 우다다 말을 뱉어냈다. 연화의 장난이 일으킨 반작용은 테일러가 받았다.

"아가씨께선 옷을 갈아입는 중이십니다. 외간 남자에게 보여선 안 되는 장면이 펼쳐지는 중이죠. 그러니……."

"헛소리."

테일러는 냉소를 머금었다. 비죽거리면서 문을 열었다.

"그러는 네놈은 왜 여기 있는 거지."

"젠장."

논리에서 진 카를이 틱틱댔다. 테일러는 그의 신경질을 무시하고 걸어왔다. 연화와 세 발자국쯤 떨어진 곳에서 멈추었다. 장신의 다부진 몸이 거울에 담겼다.

"핑계를 댈 거면 그럴듯한 것으로 했어야지."

연화는 뒤를 돌아보았다. 새카만 정장을 입은 테일러가 있었다. 재킷 안에 베스트와 크라바트(cravate)까지 갖춰 입은 그는 천생 귀족이었다.

"그 차림은 뭐예요?"

"준비는 그대 혼자만 하는 게 아니니까."

테일러가 능글한 웃음을 흘려 보였다. 말쑥한 차림과 어울리지 않는 표정이다.

테일러가 연화의 차림을 훑었다. 연화는 바지와 셔츠를 입었다. 여행하는 데엔 더없이 적합한 차림이었지만, 테일러는 못마땅해했다.

"그런데…… 아직도 그 차림일 줄은 몰랐는데."

"드레스가 너무 길어서요. 제게는 맞지 않는 옷 같은데요."

연화는 세현 회장의 딸로서 중요한 자리에 참석한 적이 있었기에 파티 드레스는 낯선 옷이 아니었다. 하지만 제 키의 반이나 되는 원단을 질질 끌고 다녀야 하는 옷을 입은 적은 없었다.

"그럴 리가. 나름 심혈을 기울여 만든 건데. 잘못되었을 리 없잖나."

테일러가 행거에 걸려 있던 드레스를 집었다. 흰 천으로 셀리나의 몸을 가렸다. 셀리나의 장신보다 긴 드레스 천이 바닥에 늘어졌음에도 테일러는 흡족한 듯 웃었다.

"이거 성인용 드레스 아닌가요?"

"당연하지. 나의 약혼녀는 성인이니까."

뭔가 착각하고 있는 게 아닐까 싶어 물었더니, 생뚱맞은 답이 돌아왔다. 연화가 고개를 갸웃거렸다.

"저 말고 다른 신부라도 구하셨나요?"

"이미 적합자를 찾았는데 다른 신부가 있어야 할 필요가 있나."

테일러가 연화를 눈짓했다. 그가 말하는 '적합자'는 분명 연화였다. 그런데 웬 성인용 드레스란 말인가. 연화는 집게손가락으로 스스로를 가리켰다.

"전 12살이에요."

테일러는 왜 새삼스러운 말을 하냐는 눈을 했다.

"알고 있어."

"그런데 왜."

"대책이 있으니까."

테일러가 드레스를 잡고 있던 손에 힘을 풀었다. 툭 떨어져 바닥에 나뒹굴게 된 것을 줍지도 않고 행거에서 다른 것을 집어 들었다. 면사였다.

"앳된 얼굴은 이걸로 가리고."

반투명한 면사가 드리워졌다. 이마에서부터 가슴 아래까지 성인 여성답지 않은 구석이 모두 가려졌다. 면사를 고정한 뒤엔, 쇠작대기 두 개를 가져왔다.

지팡이인줄 알았던 것은 키다리 스틸트였다. 원래 세계의 물건과 유사한 구조를 가졌으나, 완전히 같지는 않았다. 고정대나 끈

등이 미묘하게 달랐고, 결정적으로 바닥에 닿는 면에 평평한 판 대신 사람 발과 닮은 나무 조각이 있었다.

발가락을 아래로 늘어뜨리고 발꿈치를 한껏 든 형상은 하이힐을 신은 여성의 발을 재현했다.

"작은 키는 이걸로 보완하면."

테일러가 연화의 다리 아래에 스틸트를 내려놓은 뒤, 다시 드레스를 집었다. 펄럭이는 것이 연화의 다리와 스틸트를 덮었다.

"성인으로 보이지 않겠나?"

말은 그럴 듯했다. 그걸로 다 끝나는 문제였다면 잠자코 수긍했을 거다.

연화는 키다리 스틸트를 발로 건드렸다. 발끝에 아슬하게 걸쳐 있던 것이 바닥으로 떨어졌다.

"그런데 이거 신으면 자립은 못할 것 같은데요."

"못해도 돼."

뭐. 연화가 황망한 눈을 했다. 테일러가 그녀와 시선을 맞추었다. 또박또박, 현실을 인지시킨다.

"그대는 걸을 필요가 없어."

걷지 않으면 어떻게 황태자를 만난단 말인가.

'설마 황태자더러 오라 가라 하는 건 아니겠지.'

연화는 테일러가 알아서 잘하길 빌었다. 테일러는 황실을 거스르지 않기 위해 이런 일을 꾸미는 것이니, 별일은 없을 거다. 아니면 이 세계에 휠체어가 있어서 저러는 것일지도 모르고 라고 생각했지만, 연화는 안심하지는 못했다. 이동 문제가 해결되었다고 모든 문제가 해결된 것은 아니니 말이다.

"생각해 봐요. 황태자 앞에서 가만히 앉아만 있는 아가씨라. 딱 봐도 수상해 보이지 않아요?"

"카이스턴 가의 안주인이 될 아가씨가 사교계에 모습을 드러내지 않은 이유는, 지병 때문에 걷지 못하는 몸이 되었기 때문이지. 이보다 훌륭한 변명이 어디 있겠나."

연화는 따지지 않기로 했다. 어차피 질문은 많이 남아 있었다.

"얼굴을 가린 이유는요?"

"그것도 지병 때문이지. 오랜 병고 때문에 얼굴이 망가졌거든."

병중에는 그런 것도 있다더군. 테일러가 덧붙였다.

이 이상한 세계에 얼굴이 망가지는 병이 있는지 없는지는 연화의 관심사가 아니었다. 그걸로 황실을 납득시킬 수 있는지가 궁금했다.

"그런 여자가 어떻게 카이스턴 약혼녀가 되었데요?"

"사랑 덕분이지. 뜨거운 열병이 모든 걸 가능하게 만든 거야."

"그거 참 비논리적인 이유네요."

"사랑이 언제 논리적인 때가 있었나?"

테일러가 자조했다. 음울한 분위기가 흘렀다. 재민 앞에서 어머니에 대한 화두를 꺼낼 때와 비슷했다. 연화는 모른 척 아까의 화두를 이어나갔다.

"그래서 제가 누구라구요?"

"데이지 로아넬. 로아넬 남작의 막내딸이지. 나이는 20살이고, 정확한 병명은 모르지만 언제 죽어도 이상하지 않을 정도로 아파서 오늘내일하는 상태야."

흘려가 듯 뱉는 말에 뼈가 있었다.

"일이 끝난 뒤엔 죽은 것으로 처리할 생각인가요?"

"파혼보다는 그편이 나을 것 같았거든. 약혼녀를 잃고 비탄에 빠진 척하면서 독신으로 사는 시나리오도 괜찮은 것 같고. 마음에 안 드나?"

어차피 모든 계획은 테일러가 짰다. 신부가 필요한 사람은 그였기에. 연화는 계획에 토를 달 이유가 없었다. 자신과 카를의 안전만 보장된다면.

"전혀요. 것보다, 로아넨 남작이 누구예요? 그 사람도 가상의 인물이에요?"

"먼 친척이야. 내 일을 돕고 있지. 유능하지는 않지만, 믿을 만한 놈이야."

어쨌든 보안은 철저하단 뜻이렷다. 연화는 혀를 내둘렀다. 이 남자가 얼마나 고심했는지 알겠다.

"철저하시네요."

"황실을 속이는 일인데. 이 정도는 해야 하지 않겠나."

이제 이론은 해결되었다. 남은 것은 돌발 상황이다.

연화는 검지와 중지만 꼽아 보였다.

"연기를 잘한다고 해도 바람은 어쩔 수 없을 텐데요. 면사가 걷히거나, 치마가 뒤집어질 수도 있는데 그런 일은 어떻게 대처할 생각인가요?"

"야외에 있는 시간을 최대한 줄일 거다. 네 약혼녀가 아프다는 변명으로 마차를 건물 입구까지 끌고 갈 생각이지."

"그 다음 계획은요?"

"거기서부턴 내가 그대를 안고 갈 예정이다만. 문제 있나?"

가만히 듣던 연화의 입이 허 벌어졌다. 테일러가 진담을 하고 있음을 알았기에 더욱 황당했다. 테일러의 계획 자체는 문제가 없지만 신경 쓰이는 건 다른 점이었다.

테일러에게 안긴 채 황태자를 만난다니. 아기 안듯 어부바하면 스틸스가 노출될 테니 안 되겠고, 들쳐 업는 건 모양새가 영 구리니 제외하면 결국 남는 건 공주님 안기뿐이다. 연화는 안긴 채 인사하는 자신을 떠올려 보는 것만으로도 부끄러웠다. 빨갛게 달아오른 얼굴은 쉬이 식지 않을 것이다. 얼굴이 면사로 가려진다니 불행 중 다행이겠지만, 스스로는 아무 것도 못하는 모습을 보이는 것 자체가 수치였기 때문에 좋다고는 말할 수 없었다.

테일러는 연화의 침묵을 걱정으로 오해했다. 쇳덩이에 달린 끈으로 연화의 다리를 고정시킨 뒤, 다시 드레스로 덮었다. 흉한 철조물은 천 하나를 덮은 것만으로 사람 다리가 되었다. 행사 때 쓰는 것과 달리, 30cm정도밖에 첨가 안 되는 구조물이라서 그런지도 모르겠다.

모든 준비를 끝낸 뒤, 테일러가 연화를 안아들었다. 갑작스러운 일이었기 때문에 연화는 앗 소리도 내지 못했다.

테일러는 힘이 셌다. 카를이 테일러의 공격을 빗겨 맞았음에도 부상당한 이유를 알 정도였다.

테일러는 한 손으로 셀리나를 안고 창문을 열었다. 바람이 천을 떨구기 위해 휘몰아쳤다. 연화는 천이 들썩이는 방향을 바라보았다. 약한 바람은 아니었지만 손으로 잘 누르고 있으면 면사나 치마 중 하나는 사수할 수 있을 것 같았다.

테일러의 설정은 다리를 못 쓰는 아가씨였지, 사지를 못 쓰는 아가씨는 아니었으므로.

"황태자와는 실내에서 만날 거니, 바람 걱정은 안 해도 될 거야. 하지만 그래도 불안하다면, 연습하자. 일어날 수 있는 모든 일을 가정한 뒤 어떻게 대응할지 생각해 보는 것도 좋겠지."

"아니, 연습할 필요까지는……."

"왜."

이견을 다시 거둬들이자니 우물쭈물하게 되었다. 문제는 바람이 아니라 공주님 안기에 있다는 말을 하는 건 힘들었다. 연화가 망설이는 동안 테일러는 다른 곳에서 원인을 찾았다. 그가 카를을 보며 도끼눈을 했다.

"디온이 갑주를 구해왔을 거다. 나가서 입어보든가."

연화의 조건이 카이스턴 가의 서고에 들어가 보는 것이라면, 카를의 조건은 갑주를 입고 연화 뒤를 따라다니는 거였다. 무슨 이유에서인지는 모르겠지만, 카를은 머리끝부터 발끝까지 가릴 수 있는 의복을 원했다.

테일러의 말을 기다렸다는 듯, 문밖에 있던 디온이 투구를 흔들어 보였다. 밀폐형 투구는 통풍엔 좋아 보이진 않았지만 카를의 조건은 충족했다. 하지만 카를은 나가지 않았다. 디온을 흘끔 쳐다본 뒤, 방구석에 비치된 의자에 앉아서 팔짱을 꼈다. 아무것도 하지 않겠다는 의사를 표했다.

카를은 이 상황이 못마땅함을 알면서도 참았다.

잘 인내하고 있었다. 테일러가 카를을 들쑤시기 전까지는 말이다.

"여기 있겠습니다."

"방해된다."

"여기 있으면 거치적거리지 않을 겁니다."

"아니. 네놈 시선 자체가 방해다."

테일러가 카를을 위아래로 훑었다. 그는 확실히 사람을 기분 나쁘게 하는 재능이 있었다.

"오만불손한 눈부터 경계하는 자세까지 모두 다."

"어린애 취향 변태에게 보내는 응징일 뿐입니다. 감수하시죠."

카를은 앉았던 자리에서 벌떡 일어나 외쳤다.

테일러는 큭큭 웃었다. 카를을 쳐다보는가 싶던 고개는 아래로 내려갔다. 창문을 열었던 손으로 연화의 턱을 잡았다.

"웃기는군. 이 얼굴이 예쁘긴 하지만……."

따가운 시선은 금방 거두어졌다. 턱을 받치고 있던 손가락 역시 사라졌다. 테일러는 연화와 눈을 맞추기 위해 숙였던 고개를 드는 만큼, 고고한 자존심을 들었다.

"내 취향이 되려면 멀었어."

테일러의 자존심은 카를을 자극했다.

"그럼 몇 년 뒤에는 괜찮다는 말입니까? 그런 발언이야 말로 위험한 겁니다. 키워서 잡아먹겠다는 뜻이니까요. 은갈치인 척 거드름을 피우고 있어도 결국 생선에 불과한 것처럼 말입니다."

"그러는 너는, 음흉한 까마귀의 눈을 하고 있었지 않나. 인간의 친구인 척 맴돌면서 언제 저 인간의 눈깔을 파먹을까 입맛을 다시며 기다리고 있었지!"

연화는 귀를 후비적거리며 두 사람의 싸움을 관전했다.

욕을 쓰진 않았다. 폭력 역시 사용되지 않았다. 오가는 것은 싫은 감정뿐이다. 원색적인 감정들이 튀어나와 격렬히 부딪치는 것이 불쾌하지는 않았다.

마치 초등학생 둘이 서로에게 말미잘 멍게 해삼 따위의 단어를 퍼부으며 씩씩대고 있는 것 같다. 당사자들은 진지할지 모르겠지만, 제삼자의 눈엔 웃기기만 아니, 유치해 보이기도 했다.

"너는 할 말 없나?"

그리고 나는 더 유치한 사람이고.

"전 은갈치 공작님이 언제 절 내려놓으실지가 궁금한데요."

"넌 언제까지 공작님 소리를 달고 있을 거지? 이제 그만할 때도 되지 않았나?"

테일러와 재회한 이후, 연화는 그에게 존칭을 붙였다. 자신이 화났음을 드러내는 것이기도 했고, 그와 격을 두고 대하겠다는 무언의 뜻이기도 했다.

존중하는 만큼 허물없이 대하지 않았다. 친하게 지내지도 않았다. 같은 길을 걸었으되, 멀찍이 떨어진 곳에서 뒤따라갔다. 테일러가 그 차이를 기민하게 눈치채고는 공작 소리가 싫다며 진저리치는 이유다. 아무래도 상관없다는 식으로 나오진 않았다. 그만큼 연화가 마음에 들었다는 뜻이기도 했다.

무력을 쓰지 않은 것은 테일러의 자존심이었다. 그는 연화가 먼저 손을 내밀길 바랐지만 그를 놀리는 게 재밌어서 호칭을 수정하지 않았다. 하지만 그가 정말로 원한다면 테일러 씨라고 불러줄 수도 있었다.

"그럼 은갈치 테일러 씨라고 불러 드려요?"

테일러가 원치 않는 수식어가 붙을지는 모르겠지만.

테일러는 잠깐 어벙한 얼굴을 했다. 몇 초 뒤, 그는 근엄한 공작님의 얼굴을 되찾았다.

"됐다."

테일러는 툴툴거렸지만, 매너는 지켰다. 연화를 내려주는 손길은 조심스러웠다.

연화는 카를을 돌아보았다. 카를이 한 쪽 눈을 찡긋하며 그답지 않은 행동을 하여 연화가 미소를 지어보이자, 테일러가 볼통하니 볼을 부풀린다. 그는 완전히 삐졌다. 그 모습에 연화는 까르르 웃었다.

어느 정오에 일어난 일이었다.

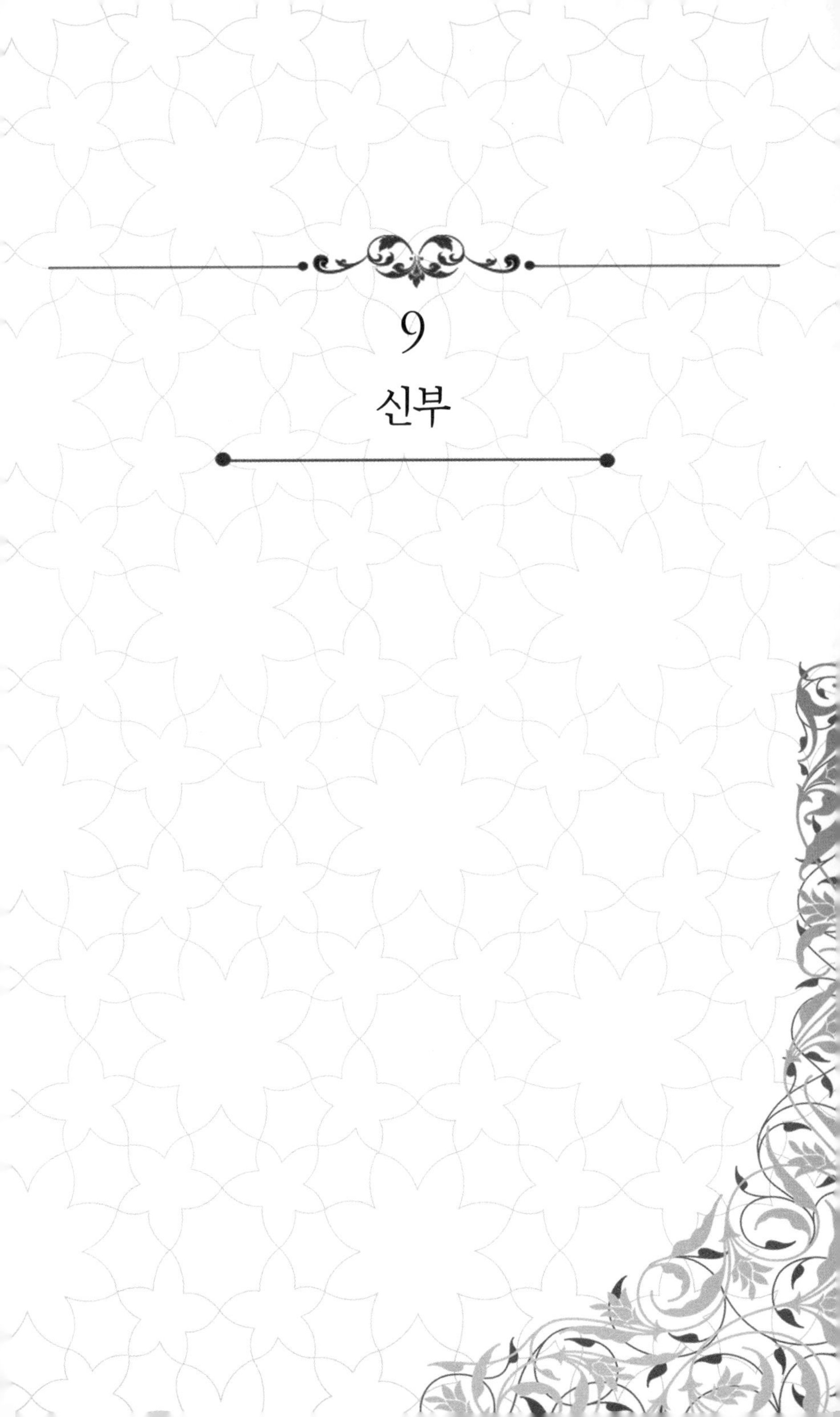

9

신부

웨이휠은 책상을 내려쳤다. 높이 쌓여 있던 서류가 좌르르 떨어져 사내의 얼굴을 후려쳤다.

종이가 얼굴을 베고 지나가도, 거친 고함이 귀를 뚫을 듯 몰아쳐도 사내는 조용히 있었다. 황태자가 사내에게 명령을 내린 지 1달이 넘었다. 이때까지 명령을 완수하지 못한 건 그의 실책이었다.

"왜 아직도 못 찾았나! 왜!"

"죄송합니다."

웨이휠의 분노를 감당할 수 있는 유일한 방법은, 변명 대신 자신의 무능을 탓하는 것이다.

씩씩대던 웨이휠은 쓰러지듯 의자에 앉았다. 사내는 눈만 올려 주인을 살폈다. 안색이 조금 붉어졌을 뿐, 특별한 이상은 없다. 사내가 안심함과 동시에 웨이휠이 말했다.

"흔적도…… 없었다고 했지."

"예."

사내는 고개를 끄덕였다.

웨이휠은 2황자가 사라진 지 닷새째 되는 날 사내에게 명령을 내렸다. 그를 데려오라고.

낯짝을 보고 싶어서가 아니었다. 시체 수습을 위해서였다.

웨이휠은 부하를 시켜 2황자를 죽였다. 2황자를 황무지까지 꼬여내 죽인 뒤, 인적 드문 곳에 시체를 유기했다. 자연히 2황자의 죽음을 거둬가게 할 생각이었다. 그런 뒤 웨이휠은 2황자의 일은 모르는 척 시치미를 떼고 있다, 시체가 나올 때 쯤 소문을 낼 생각이었다. 2황자가 혼자 황성을 나가 변고를 당했다고.

사람의 시체를 보아야 죽음을 확신하는 부류 중 하나가 황제만 아니었다면, 웨이휠은 사내를 부르지 않았을 터다. 사내에겐 거부권이 없었다. 그는 날 때부터 황태자의 사람이었다. 삶은 물론 죽음 역시 황태자에게 바쳤다.

사내는 황무지로 향했으나 2황자의 사체를 발견하지 못했다. 황무지에 남은 흔적을 따라 추적하는 것 역시 어려웠다. 비가 황무지를 쓸고 지나간 탓이다.

굴러다니는 뼈는 많았으나 인간의 것은 아니었다. 뿌려진 피는 죄다 짐승의 것이었다.

사내는 2황자가 살아 있을 가능성을 고하지 않았다. 웨이휠이 2황자가 죽었다 확신했기 때문이다.

아무 근거 없이 나온 믿음은 아니었다.

웨이휠에겐 증거가 둘 있었다.

첫째가 충성스러운 부하의 증언이었고, 둘째는 부하가 가져다준 물건이었다.

"분명…… 죽었다 하셨지요."

“그래. 숨이 끊어진 걸 확인했다고 했었지.”

웨이휠이 서랍에서 상자를 꺼냈다. 검은색 뚜껑을 열자 까만 천이 나타났다. 얼굴 가리개다. 2황자의 물건이기도 했다.

웨이휠이 천을 툭 털자, 아래에서 황자들에게만 지급되는 명패인 신분패가 튀어나왔다. 2황자가 지니고 다녔던 그 물건엔 피가 묻어 있었다. 그것이 웨이휠이 2황자의 죽음을 확신하는 이유다.

“한데 왜…….”

웨이휠은 이마를 짚었다.

왜 2황자의 시체가 나오지 않는 것일까.

황무지에 버려진 시체가 소생할 리 없고, 황무지의 미관을 위해 시체를 치울 사람도 없는데 말이다.

2황자의 사체가 나오지 않는 지금. 상황은 좋지 않았다. 황제는 매일같이 2황자를 찾아댔다. 2황자가 없음을 알려줘도 황제의 행동은 변하지 않았다. 2황자의 이름을 부르거나, 2황자의 거처를 힐끔거렸다.

어느 날부터는 전황후의 궁에 들락거리기 시작했다. 아무도 살지 않아 폐궁이 된 곳이다.

황제가 갈 만한 곳은 아니었으나, 누구도 황제의 행보를 문제 삼지 않았다. 황제는 전 황후에 대한 그리움을 풀기 위해 폐궁을 방문하곤 했다. 그러나 최근 황제는 하루에도 몇 번씩 폐궁을 찾았다. 수상하기 짝이 없는 행적이다. 아무것도 없는 폐궁에 자주 들를 이유가 뭐란 말인가.

웨이휠은 황제의 뒤를 밟았다.

그날 웨이휠은 황제가 귀족들과 접선하는 것을 보았다. 모두 친황파 귀족들로, 황제의 신망이 두터운 자들이었다. 그중엔 이 자리에 있어서는 안 되는 자들도 있었다. 전황후의 아버지인 크리시온 후작이나, 전임 기사단장 헤시르 같은 자들이 그랬다.

그들이 모인 이유는 하나다. 2황자를 찾기 위해서였다.

10년 전이었다면, 황제는 아들을 찾기 위해 정찰대를 꾸렸지, 은밀한 장소를 찾지 않았을 거다. 10년 전의 황제는 강력한 황권을 가지고 있었다. 그러나 전 황후의 친척 하나가 반란을 일으키면서 상황이 바뀌었다.

전 황후가 폐위되어 내쳐졌고 친황파가 휘청거렸다. 친황파의 수장이 전 황후의 아버지였기에 황제는 전황후의 아이들을 지키고, 제 세력을 보전하기 위해 현 황후와 계약을 했다. 당시 후궁이었던 현 황후는 군대 지휘권과 황후의 자리를 요구했다. 황제는 수락했고, 황권은 곤두박질쳤다. 제 뜻대로 움직일 수 있는 부대 하나 없는 황제다. 권위가 설 리 없었다.

상황이 그리되었는데도 황제는 전 황후를 미워하지 않았다. 현 황후의 자식보다 전황후의 자식들을 사랑했다. 하지만 황태자 위는 현 황후의 아들에게 내려주어서, 모두 착각했다. 그토록 애틋하던 부정(父情)도 권력보다는 한 수 아래구나, 하고.

그것이 전황후의 자식들을 살리기 위한 묘책이었음은, 극소수의 가신들만 아는 비밀이었다.

그토록 애지중지하던 자식이 사라졌음에도, 황제는 대놓고 군대를 소집할 수 없었다. 군대를 모으려면 황후의 허락을 받아야 했기에. 더구나 황후는 2황자의 죽음을 가장 바라는 사람 중 하나이다. 그러니 당장 2황자를 구하러 가야 하는 이유가 없는 이상, 군대의 소집을 허락하지 않을 것이다.

폐궁은 그렇기에 이용된 장소였다. 전 황후에 대한 그리움은 폐궁에 들락거릴 때 쓴 구실에 불과했다.

⚜

귀족들은 각지에 사람을 풀어 2황자를 찾다, 정해진 시간에 모여 정보를 공유했다. 최종 보고는 크리시온 후작이 했다.

"전하께서 황성을 나가시는 걸 목격한 시녀가 있습니다. 얼굴 가리개는 전하 손에 들려 있었다 합니다. 뒤로는 기사 하나가 따라가고 있었는데, 강압적인 분위기로 보이지는 않았다고 했습니다."

"그렇다면 동행자로군."

"그건 아닌 듯합니다. 폐하께서도 이 초상화를 보시면 신과 같은 생각을 하실 겁니다. 보시다시피…… 너무나도 낯익은 얼굴인지라."

크리시온 후작이 시녀가 참 당돌하다며 웃었다. 황제는 말없이 초상화를 쳐다봤다. 영원히 그렇게 있을 것 같던 황제가 갑자기 성을 내며 종이를 구겼다.

"이놈이……."

웨이휠은 입을 틀어막았다. 종이에 누가 그려졌는지 알 것 같았다. 그는 2황자를 꼬여내기 위해 유명한 수하를 사용했다. 그 대가가 이런 것일 줄은 몰랐다.

헤시르는 황제를 보며 낄낄댔다. 오랜만에 듣는 경박스러운 소리다.

"히야, 이것 참. 그놈다운 짓이라고 해야 할지, 찢어죽일 새끼라고 욕을 퍼부어야 할지 모르겠군요. 혼란스럽긴 한데 놀랍지는 않으니. 불행 중 다행이라 할까요, 폐하."

대다수 귀족들은 조용했다. 놀라지도 않는다. 헤시르가 웨이휠을 한두 번 욕한 게 아님을 뜻했다. 헤시르를 나무란 건 크리시온 후작뿐이었다. 그러나 그도 황태자에 대한 모독을 지적한 건 아니었다.

"혈육 간 범죄에 다행이란 말을 쓰다니. 미쳤습니까?"

"언제는 내가 멀쩡한 놈이었습니까?"

크리시온 후작이 못마땅한 얼굴로 입을 닫았다. 황제가 있는 자리다. 거짓을 고할 수는 없었다.

헤시르는 승리의 미소를 지은 뒤, 두다다 말을 쏟아냈다.

"이 세상에 그보다 더 사악한 놈이 없다는 걸 알게 되었으니 얼마나 좋은 일입니까, 폐하? 그 사악한 놈이 폐하의 자식이었다는 게 애석한 일이긴 합니다만. 원래 금수는 자식으로 치는 거 아닙니다. 죄책감 갖지 마십쇼."

"죄책감을 안 가진다고 이 문제가 해결되는 건 아닙니다! 웨이휠 황자는 황태자 책봉을 받았습니다. 그가 다음 대 황제란 말입니다. 우리는 그의 제위를 막을 수 없습니다!"

"그게 뭐가 어렵단 겁니까. 폐위! 처형! 그러면 끝나는 거지."

"이런 미친."

크리시온 후작이 허 소리를 냈다. 현임일 때는 이렇게 막나가는 인간이 아니었는데. 변방에서 구르다 보니 인간이 망가졌나 보다.

후작은 혀를 끌끌 차준 뒤 설명해주었다. 물론 다 헛수고였다.

"폐위는 적법한 절차에 따라 진행되는 겁니다! 그렇게 막무가내로 진행되는 게 아니라!"

"에이. 그딴 게 뭐가 중하다고. 폐하께서 내려와라, 그러면 예 하고 내려와야지. 어떤 놈이 감히 구시렁거린단 말입니까? 집만 해도 그렇습니다. 집주인이 방 빼! 그러면 빼지 누가 개긴다고 그럽니까."

헤시르의 황제가 황권으로 이 사태를 해결하길 바랐다. 10년

전처럼.

크리시온 후작이 혀를 찼다. 요즘 폐하는 예전만큼 잘나가지 않는다고 말했건만. 이자가 까마귀 고기를 먹고 온 게 틀림없다. 크리시온 후작이 침묵하자, 헤시르 역시 입을 다물었다. 폐궁 안이 고요해졌다.

침묵을 깬 건 황제였다. 고저 없는 목소리에 냉기가 담겼다.

"폐위하고 나면, 그 다음은 어찌할 생각이지?"

"어쩌긴요. 우리 카를 전하를 찾아서 황태자 위에 앉혀야지요. 전 폐하께서 그러려고 카를 전하를 찾아오라고 하신 줄 알았습니다만. 저만 그렇게 생각한 겁니까?"

헤시르가 좌중을 둘러보았다. 경직된 자세로 가만히 있을 줄 알았던 귀족들이 반응했다. 머쓱해하는 자도 있었고, 헛기침을 하는 자도 있었다. 몇은 대놓고 시선을 돌렸다.

"헛."

"으흠."

"쿨럭쿨럭."

말은 하지 않았으나, 모두 헤시르와 같은 생각을 하고 있음을 보여주었다.

크리시온 후작이 눈을 흘겼다. 헤시르야 원래 그런 놈인 줄 알았지만, 다른 귀족들이 뒤통수를 때릴 줄은 몰랐다.

귀족들은 크리시온 후작의 타박을 피해 시선을 옮겼다. 크리시온 후작은 한숨을 쉬었다. 그 역시 카를로스 황자가 황태자가 되길 바라는 마음이 없진 않았다. 그들을 나무랄 처지는 아닌 셈이다.

귀족들은 반 시간 정도 뻘한 시간을 보낸 뒤 사라졌다. 꿀만큼 달콤한 휴식 시간은 끝났다. 2황자를 찾으러 움직일 시간이 됐다. 황제는 사라지는 귀족 중 한 명만 붙잡았다. 폐궁 담을 타고 넘어가려던 몸이 기우뚱했다.

"장인어른."

크리시온 후작이 천천히 뒤를 돌았다. 우울한 황제와 눈이 마주쳤다. 그는 덩달아 침울하게 처지는 입가를 억지로 끌어올렸다. 크리시온 역시 카를로스가 걱정됐다. 사랑하는 딸이 낳은 귀여운 손자였다. 신경 쓰이지 않을 리 없다. 그러나 그만큼 자신의 주군도 걱정됐다. 반평생을 바쳐 모셔온 남자였다. 그가 우울의 수렁에 빠져 그릇된 선택을 하지 않길 바랐다.

"괜찮을 겁니다, 폐하."

"……."

"신의 목숨을 걸고 맹세합니다. 반드시 찾아 데려오겠습니다. 그러니 걱정하지 말고 가십시오. 정무 보러 갈 시간 아닙니까."

크리시온 후작이 황제의 어깨를 두드렸다.

"시선은 약간 위로, 허리는 곧게, 팔은 자연스럽게. 근엄한 사자처럼 걸으시되, 배고픈 맹수처럼 보이시면 안 됩니다. 만인의 위에 올라 떳떳한 정치를 하십시오. 폐하께서 제국을 태평성대로 이끄는 한, 신은 폐하께 영원한 충성을 맹세할 것입니다."

후작은 깊이 절한 뒤 사라졌다. 황제는 다시 폐궁을 나왔다.

황제는 일에 있어서는 철두철미한 편이었다. 공명정대한 모습은 평소와 같아서, 어떤 귀족도 황제의 행보를 의심하지 못했다. 황제는 다음 날도 폐궁에 들렀다. 웨이휠은 불쾌했다. 황제가 이복동생을 좋아하고 있음을 증명하는 행보 따위 보고 싶지 않았다.

그래서 황제를 막았지만, 폐궁에 가지 말란 말은 할 수 없었다.

"아바마마……."

황제는 웨이휠을 잠깐 쳐다본 뒤, 갈 길을 갔다. 웨이휠은 한 번 더 황제를 막아설 수 없었다.

황제의 눈은 무심했다. 하늘이나 땅 같은 자연물을 보는 시선이었다. 서늘함을 곱씹을수록 가슴이 저며 왔다. 그만큼 2황자에 대한 분노도 커졌다.

⚜

'그놈의 시체가 나오면, 아바마마께서도 저리 행동하진 않으실 텐데.'

2황자가 사라지면, 웨이휠은 카로틴 제국의 유일한 적통 황자로 황제가 될 사람이 그밖에 없는 셈이다. 황제는 웨이휠을 죽이고 싶을 정도로 미워하겠지만, 한편으론 웨이휠의 범죄를 묻어줄 것이다.

황실에서 일어난 범죄들 중 웨이휠의 범죄는 대단치 않은 편에 속했다. 황좌를 차지하기 위해 수많은 황제들이 형제의 피를 묻혔다. 그중엔 형제의 목에 친척과 친구들까지 죽여 바다에 던진 황제도 있었다. 그런 자에 비하면 웨이휠의 범죄는 지극히 담백한 편이었다. 그는 2황자만 노렸으므로.

2황자를 꼬여내는 일은 정말 쉬웠다. 2황자는 웨이휠이란 이름 하나에 황무지 행을 결심했다.

웨이휠, 세 글자는 2황자가 모든 것을 감수할 수 있게 했다. 웨이휠이 그를 우물에 집어넣어 죽이려 한 전적이 있었는데도 그랬다. 우물에 대한 트라우마가 생겼을 뿐, 웨이휠을 따르는 마음은 여전했다.

몇 년이 지나도 2황자는 달라지지 않았다. 웨이휠이 황태자가 되었을 때도 야욕 한번 보이지 않았다. 황태자 즉위식에선, 웨이휠의 가신이 되겠노라 말했다.

가신이 된 황족은 가리개 천을 착용하는 게 관례였다. 황제와 닮은 얼굴을 가려 혈연을 끊기 위해서였다. 고리타분한 관례였고, 지키는 자는 없었다. 그런데도 2황자는 가리개를 착용했다. 그는 진심이었던 거다.

솔직히 웨이휠은 2황자가 싫지 않았다. 어떤 짓을 해도 받아주는 상대가 있다는 사실은 쾌감을 선사했다. 웨이휠은 2황자를 싫어하는 척하면서 그가 제 뒤를 따라오는지 확인했다. 가리개 위 파란 눈동자를 볼 때마다 이유 모를 안도감이 들었다.

웨이휠과 2황자의 관계가 그것으로 끝났다면, 웨이휠은 2황자를 죽이지 않았을 것이다. 문제는 황제에 있었다.

황제는 웨이휠을 끌어내리기 위해 각고의 노력을 다했다. 친황제파는 대놓고 2황자를 지지했다. 다정하고 온화한 2황자가 다음 대 황제가 되길 바라는 귀족은 많았다. 이런 모든 상황을 해결하기 위해서는 2황자가 죽어야 했다. 그가 망자가 되면 지지고 옹립이고 못할 테니까.

황제에게 현명하다 칭찬받는 2황자는, 웨이휠에겐 호구에 불과했다. 그래서 웨이휠은 단순 무식한 흉계를 세우고도 성공을 확신할 수 있었다. 하지만 2황자의 시체 때문에 골치 아파질 줄은 정말 몰랐다.

웨이휠은 깊은 한숨을 내쉬고 지끈거리는 골을 검지로 꾹꾹 눌렀다. 지독한 피로감이 몰려왔다. 방 안엔 사내와 웨이휠뿐이었다. 사내가 침묵했기에, 웨이휠의 상념은 끝없이 이어졌다.

짜증과 회의는 웨이휠을 수렁으로 몰고 갔다. 웨이휠이 심연에 도착했을 때, 섬뜩한 가정이 등줄기를 훑고 지나갔다.

'설마, 살아 있는 건…….'

중얼거림은 공포가 되었다. 웨이휠의 얼굴이 파래졌다.

살아 돌아온 2황자는 전과 같지 않을 것이다. 황무지에서 죽을 뻔한 경험과 우물에 처박혀 있던 것은 다르다. 2황자는 어린애 장난과 진짜 위협이 뭔지 구분할 줄 아는 성인이다.

2황자는 웨이휠이 자신을 죽이려 했노라 고발할 것이다. 황제는 천하에 이런 불한당이 없다 노하며 웨이휠을 끌어내릴 것이다. 2황자를 지지하던 귀족들은 쾌재를 부르며 새로운 황태자를 위한 즉위식을 준비할 게 뻔했다.

황후는 웨이휠을 구제해 줄 수 없을 것이다. 황제는 황후의 힘이 되었던 외척세력들을 줄이는 대신, 신진 세력을 키웠다. 황후의 수족 역할을 했던 자들도 서서히 제거되었다. 황후의 힘은 약해졌다. 황후가 폐궁에서 일어나는 일을 모른다는 게 그 증거였다.

모든 것을 잃고 추락한 웨이휠에게 관심을 가지는 사람은 없을 것이다. 웨이휠은 감옥에서 썩어갈 자신의 모습을 상상해 보았다.

황제는 서글서글한 눈길 한 번 주고 말 테고, 친황파 귀족들은 혀만 몇 번 찬 뒤 지나갈 것이다. 그중엔 이럴 줄 알았다며 비아냥대는 자도 있을 것이다.

모든 자들의 얼굴이 웨이휠의 머릿속을 한 번씩 스쳐 지나갔다. 이어가던 상상은 2황자를 떠올리면서 멈췄다. 화를 낼지, 무시할지 감이 잡히지 않는다.

그리고 역설적이게도, 웨이휠은 어느 쪽도 보고 싶지 않았다.

"웃기는군."

웨이휠은 큭큭 웃었다. 2황자를 죽이려 한 주제에. 그가 저를 미워하지 않았으면 좋겠다니. 이 무슨 바보 같은 마음인가.

심상찮은 기세에 사내가 고개를 들었다. 녹빛 눈동자가 걱정을 담고 기울어졌다.

"……전하?"

웨이힐이 한마디 던지자, 웃음이 뚝 멎었다. 웨이휠은 구부정하게 숙였던 허리를 폈다. 침울함 대신 무심함을 걸친 뒤 사내를 내려다봤다.

"왜 그러지?"

"괜찮으십…… 니까?"

위태로운 분위기는 눈 씻고 봐도 찾아볼 수 없다. 사내가 머뭇거렸다. 당혹스러움이 말끝에 간당간당히 걸렸다. 웨이휠은 무슨 소리하냔 눈으로 그를 쳐다보았다. 주인 없이 떠돌던 질문은 다른 사람이 받았다.

"당연히 괜찮으셔야죠."

문이 열리고 또각또각 굽 소리가 들려왔다. 외출용 드레스를 입은 아이리스 황녀가 나타나 웨이휠의 어깨 위에 팔꿈치를 괴었다.

"죽을병에 걸린 것도 아니고, 검상을 입으신 것도 아닌데."

아이리스는 후후 웃으며 턱을 괴었다. 코앞에서 웨이휠의 얼굴이 구겨지는 걸 보는 기분은 최고였다.

"멋대로 들어오지 말라고 했을 텐데."

"물론 그 말, 이 머리에 똑똑히 새기고 있긴 한데요."

아이리스가 검지로 자신의 관자놀이를 짚었다.

"아무리 기다려도 안 내려오시길래, 죽었나 살았나 확인해 보러 왔어요. 그런데 어머나. 너무 멀쩡해서 재수 없을 정도네요."

웨이휠의 눈썹이 구부러졌다. 아이리스가 저를 탓하는 이유를 알 수 없었다.

"오늘 우리가 약속을 했던가?"

"저런. 멀쩡하다는 말 취소. 이쪽은 확실히 맛이 갔네요."

웨이휠은 눈을 천천히 끔뻑이며 과거를 훑었다.

요근래 웨이힐은 집무실에 처박혀 서류 업무에만 집중했다. 황태자의 업무가 막중했기 때문이다. 자잘한 사교 모임은 모두 거절했지만 딱 하나, 그럴 수 없는 게 있었다. 거물이 약혼녀를 보여주겠다며 초대장을 보냈다. 웨이휠은 억지로나마 수긍하는 답장을 보냈다.

"카이스턴 공작."

"어머. 정말 잊고 있었나 보네?"

아이리스가 눈을 동그랗게 떴다. 하지만 그것도 잠깐뿐이었다. 그녀는 다 이해한다며 고개를 끄덕였다.

"하긴. 당신은 그럴 수 있어요. 요 근래 피곤했을 테니까."

"그걸 네가 어떻게 알지?"

"원래 나쁜 짓 하는 놈들은 두 다리 못 뻗고 자거든요."

무슨 나쁜 짓. 웨이휠이 눈살을 찌푸렸다. 아이리스는 화사하게 웃었다. 웃으며 독설을 내뱉는 건 그녀의 특기였다.

"오라버니가 사라진 이유. 당신 때문이잖아요."

아이리스가 관자놀이에 가져다댔던 검지로 웨이휠의 심장 부근을 콕 찔렀다.

"증거는?"

"없어요."

웨이휠의 미간에 파인 주름이 깊어졌다.

"모른 척하지 마요. 상황이 너무 명료하다는 거, 당신도 알잖아요. 오라버니가 사라지면 득을 볼 사람이 당신 말고 누가 있어요?"

웨이휠은 부정하지 않았다. 황제도 그를 범인이라 단정 짓는 상황이었다. 그를 살인자로 지목한 사람이 하나 더 늘었다고 놀랍진 않았다. 아이리스는 웨이휠의 어깨에 괴었던 손을 떼었다. 그녀는 빙글 돌아 집무실을 둘러보더니 옷장이 있는 쪽으로 걸어갔다.

"그러니 외출 준비나 하세요. 그 구질구질한 옷은 버리고, 황태자다운 의복을 걸쳐요. 황족이라고 목에 힘주면서 카이스턴 공작 만나는 거, 이번이 마지막일 테니까."

아이리스가 옷장의 물건들을 마구잡이로 꺼내기 시작했다. 셔츠에서부터 재킷까지 다양한 의복들이 던져졌다. 시정잡배나 부릴 행패였다. 사내는 아이리스를 제지하기 위해 다가갔다가, 넥타이와 재킷에 얻어맞았다. 사내는 한발 물러섰다. 그러나 아이리스를 막겠다는 마음은 꺾지 않았다.

"무작정 들어오신 것으로도 모자라 폭언을 하시다니. 무례하십니다. 아무리 황녀님이라 한들……."

"무례라니. 살인자에게 하는 예우치곤 후하다 생각하는데. 아닌가요?"

아이리스가 웨이휠을 곁눈질한다. 카로틴 절대 미녀로 일컬어지는 얼굴에 짓궂은 미소가 담겼다.

사내는 입을 다물었다. 웨이휠도 부정하지 않은 살인이다. 그가 할 말은 없었다.

"알아들었으면 준비나 해요. 30분 줄게요. 전 마차에서 오래 기다리는 걸 싫어하니, 빨리 움직이는 게 좋을 거예요. 손바닥만 한 창으로 똑같은 풍경을 관찰하는 건 정말 지루한 일이니까. 하지만 걱정은 말아요. 너무 지루해서 죽을 것 같으면 아바마마께 독대를 신청할 거거든요. 당신 방에서 오라버니의 시체를 본 것 같다고 말하면 참 재미있을 것 같은데. 당신 생각은 어때요?"

웨이휠은 참담한 기분이 들었다. 황제는 아이리스의 말이 진짜인지 아닌지 따지지도 않고 당장 웨이휠의 방을 수색하러 올 거다. 그리고 사교계엔 '황제가 웨이휠을 살인자로 지목했다.' 이런 소문이 돌 것이다.

웨이휠의 지지 기반은 약했다. 흉악한 소문이 돌면, 그의 세력은 더욱 약해질 것이다.

웨이휠은 아이리스를 막을 수 없다. 2황자에 이어 아이리스까지 사라지면, 황제는 절대 가만히 있지 않을 것이다. 후일이고 뭐고 당장 웨이휠의 목을 칠거다. 잃을 것이 없는 사람은 무섭다.

웨이휠은 한숨을 쉬며 옷장을 열었다. 다행히 아이리스 황녀는 대화가 통하는 상대였다.

"잠깐 기다려."

속옷까지 갈아입을 필요는 없었다. 화려한 재킷에 크라바트를 매는 것만으로도 황태자다운 복식을 갖출 수 있었다.

"좋아요."

아이리스는 소파에 앉았다.

⚜

웨이휠은 울렁거리는 속을 참기 위해 파랗고 깨끗한 하늘을 보면서 토기를 가라앉혔다. 오랜만에 마차를 타서 그런가. 덜컹거리는 내부가 영 어색했다. 흔들리는 시야 역시 이질적이었다.

반면 아이리스 황녀는 밝게 웃었다. 그녀의 컨디션은 최고였다.

당연한 일이었다. 아이리스 황녀는 사교 행사를 좋아했다. 매일 이 파티 저 파티를 찾아 돌아다녔다. 마차가 어색할 리 없다. 다만, 웨이휠은 짜증이 났다. 저는 힘든데, 아이리스는 상쾌해

보이는 상황이 싫었다.

원인은 황성에 틀어박힌 웨이휠에게 있었지만, 그는 남 탓이 일상인 사람이었다. 10초도 지나지 않아 헐뜯을 상대를 정했다.

'이 자식은 뭐 이딴 곳을 약속 장소로 정하고 지랄이야.'

웨이휠은 속으로만 구시렁거렸다. 카이스턴 공작은 황제도 함부로 대하지 못하는 거물이다. 황태자밖에 못 되는 웨이휠이 막대할 순 없었다. 물론 그런 거물이 많지는 않다. 카이스턴 공작이 예외일 뿐. 대다수 귀족은 웨이휠 앞에서 굽실거리다 못해 설설 기었다.

"이토록 누추한 곳에 왕림해 주시어 만고에 더없는 영광이옵니다."

아이루반 영주가 웨이휠 앞에 엎드리자 하얗게 샌 정수리가 푹 숙여졌다. 영주 뒤에 선 사용인들도 차례대로 엎드렸다. 웨이휠은 과잉 응대를 좋아했다. 비굴함이 지나쳐 천박해 보이는 귀족들은 더 좋아했다. 하여 그의 눈에 들고 싶은 귀족들은 웨이휠의 취향에 맞춰주곤 했다. 아이루반 영주도 그런 자들 중 하나였다.

다른 때였다면 웨이휠은 그들의 응대를 즐겼을 것이지만 오늘은 아니었다.

웨이휠은 주위를 둘러보니, 낯선 얼굴들 중 귀족은 영주뿐이었다. 저를 이곳까지 오게 한 자는 없었다.

"카이스턴 공작은?"

"안에……."

웨이휠이 으르렁거리며 묻자, 하녀 아이가 우물거리며 대꾸했다. 두 음절뿐이었지만 의미는 알아들었다. 웨이휠은 픽 웃었다.

'이 몸을 오라 가라 한 주제에, 마중 나오지도 않는다 이거지.'

웨이휠은 쿵쾅거리며 영주관 계단을 뛰어 올라갔다. 사람들은, 괴팍하긴 해도 매너를 지키던 황태자가 채신머리없이 구는 이유를 몰라 당혹스러워하며 웅성거렸다. 아이리스는 부채로 입가를 가렸다. 호호호. 어색한 웃음소리가 흘러나왔다.

아이리스는 미안하다 중얼거리며 부채를 접었다. 동시에 아른거리던 장난기가 사라졌다.

"이해해 주세요. 마차에 요강이 없었거든요."

상냥히 속살거리는 아이리스의 얼굴엔 악의 한 점 없었다.

"아, 예."

영주는 뻔한 미소를 지은 뒤 움직였다. 그는 아이리스를 1층 응접실로 안내해 주었다.

영주는 웨이휠에겐 화장실의 위치를 알고 있는 하인을 보냈다. 웨이휠은 영주관에 화장실이 몇 개인지 확인한 뒤에야 응접실에 올 수 있었다. 웨이휠이 들어서자, 아이리스가 손 인사를 해왔다. 장난기가 서린 눈을 휘며 웃었다.

"볼일은 잘 해결하고 오셨나요?"

"너……."

아이리스의 장난을 눈치챈 웨이휠이 이를 갈았다. 그는 아이리스 쪽으로 걸어가다 거구의 사내를 발견했다. 바로 카이스턴 공작이었다. 그가 무심한 얼굴을 건성으로 숙여 인사를 하자, 웨이휠은 흠 헛기침을 했다. 카이스턴 공작이 못마땅한 만큼, 그 앞에서 우스운 몰골을 보이고 싶지 않았다.

웨이휠이 황태자의 모습을 되찾아갈 무렵, 수려한 목소리가 들렸다.

"황태자 전하를 뵈옵니다."

아이리스의 목소리와는 달랐다. 그보다는 훨씬 가늘고, 어렸다. 그제서야 웨이휠은 아이리스 맞은편에 여인이 앉아 있음을 알았다.

“몸이 좋지 않아 일어서지 못합니다. 무례를 용서해 주십시오.”

여인이 고개를 숙인다. 면사가 여인이 움직이는 대로 들썩였다.

“……상관없다.”

“은혜에 감사드립니다.”

여인이 웃는다. 아까는 죄스러워 죽겠다는 양 쩔쩔매었으면서, 몇 초 사이 목소리 톤이 바뀌었다. 웨이휠은 여인이 죄스러운 시늉을 했음을 깨닫고 여자를 위아래로 훑었다. 제 앞에서 가식을 떠는 자는 많았지만, 가식을 걷고 제 감정을 드러내는 자는 없었다.

웨이휠은 공작의 초대장을 떠올렸다. 한구석엔 약혼녀에 대한 설명이 있었다.

‘지병 때문에 데뷔를 못했다고 했던가.’

사교계에 나간 소녀는 영애가 된다. 화장술과 가식을 배운 영애는 소녀가 될 수 없다.

여인이 사교계를 모른다면, 이쪽에서 관용을 베풀어주어도 괜찮겠다. 웨이휠은 여인에게 황족에 대한 예우를 가르쳐 주기로 했다.

“영애는 황족을 보는 게 처음인가.”

“네. 이번이 처음이에요.”

여인은 웨이휠이 예절 교육을 할 틈을 주지 않았다. 들뜬 목소리를 숨기지도 않고 작은 손을 들어 가슴께에서 깍지를 꼈다. 20살이라더니. 하는 행동은 딱 10살 먹은 소녀다.

“존안을 뵙게 되어 정말 영광이에요, 전하.”

면사를 쓰고 있어도 웨이휠은 느낄 수 있다. 여인이 제 얼굴을 보고 있다는 걸. 따가운 시선에 얼굴 가죽이 벗겨질 정도였다. 그만큼 여인의 시선은 노골적이었다.

"내 얼굴이 보고 싶었나?"

"네. 책에 나오는 황자님들이 전부 잘생겼길래, 실제로는 어떤지 궁금했거든요."

여인이 고개를 숙인다. 왼손과 오른손의 검지를 맞대며 수줍게 웃는다.

"그런데 제 생각보다 더 잘생기셔서…… 아아, 죄송해요. 이런 말을 해서. 저 바보 같죠? 책이랑 현실도 구분 못하고…… 무례하게……."

여인이 푹 고개를 떨궜다. 생기가 사라진 여인은 당장 죽을 것 같은 분위기를 풍겼다. 여인이 가녀려 보였기에 더 그랬다. 웨이휠은 저도 모르게 큰 소리를 냈다.

"그, 그렇지 않다."

여인이 반짝 고개를 들었다. '네?' 하고 되묻는 작은 소리에 웨이휠은 진심으로 민망해졌다. 나는 왜 저런 말을 한 걸까. 응접실 안이 고요로 물들어갔다.

몇 분 뒤, 공작이 침묵을 깼다.

"이봐. 나 보곤 한 번도 그런 말 한 적 없었잖아."

"울룩불룩한 근육 미남과의 연애는 한물 간걸요. 요즘 대세는 서류와 잉크가 어울리는 엘리트형 미남이란 말이에요."

여인이 샐쭉댄다. 언제 우울해했었냐는 듯 다시 밝은 목소리를 내자 공작은 어이없다는 표정을 지은 뒤, 한탄 비슷하게 중얼거렸다.

"그놈의 책 다 불태워 버려야지, 원."

여인이 즉각 반응했다. 그런 짓을 하면 당장 파혼할 거라 외쳤다. 작은 체구 어디에서 저런 목소리가 나오는지 모르겠다. 공작이 깊은 한숨을 쉬었다. 조금은 서러워 보이기도 했다. 웨이휠은 공작의 약한 모습을 처음 보았다.

그 순간 웨이휠은 여인에 대한 처우를 결정했다. 그녀의 순수함을 지켜주기로 했다. 수많은 영애들이 가식과 위선을 배우니, 한 명쯤은 소녀 감성을 가지고 있어도 되지 않겠는가. 웨이휠은 나름 세상의 균형을 생각하고 내린 결론이었다. 절대 저더러 잘생겼다 말해서가 아니었다.

웨이휠은 자신이 얼마나 합리적인 결론을 내렸는지 따져 본 뒤 흡족해했다. 그는 자신이 웃고 있다는 것도 몰랐다.

곧 만찬이 시작되었다.

⚜

"자료 좀 구해주셨으면 하는데. 가능하시죠?"

연화는 테일러에게 도움을 요청했다. 황태자에 대한 조사를 하고 싶어서였다.

연화의 신분은 '데이지 로아넨'에 불과했다. 그런 신분으로 황태자를 자극해 좋을 게 없다.

"내가 내 여자 한 명 못 지킬 것 같나?"

테일러는 카이스턴 공작가가 얼마나 강한지 피력했다. 연화가 아무것도 하지 않아도 됨을 강조했다. 물론 테일러의 그늘에 숨으면 모든 일은 빨리 끝나지만 연화는 황태자와 대화를 하고 싶었다.

카를은 황실이 제국의 정보를 쥐고 있다고 했다. 그렇다면 황태자는 연화가 원하는 정보를 내어줄 수 있는 사람이 아닐까. 그를 잘 꾀어내면 원하는 정보를 받을 수 있을지도 모른다. 물론 황태가 연화가 원하는 대로 움직이지 않는다 해도 상관없었다. 로아넨 영애는 곧 사라질 사람이니까.

그러나 이런 이유를 댈 수는 없었다. 연화는 대강 둘러댔다.

"그래도 싸우러 가는 것보단, 좋은 분위기를 유지하는 게 좋잖아요."

테일러는 연화가 원하는 대로 해주었다. 재미있는 놀이 정도로 생각하고 있는 것 같기도 했다. 테일러는 디온이 하루를 할애해 모은 정보를 가져다주었다.

연화는 모든 정보를 한 번씩 훑었다. 중요한 것과 중요하지 않은 것을 구분한 뒤, 황태자의 성격을 몇 줄로 요약했다. 이틀 만에 이룬 성과였다.

1. 약한 자들의 굴종과 비굴함을 좋아하는 지배자다.
2. 일할 때는 유능한 가신들의 조언을 수용하는 군주다.

연화가 테일러에게 종이를 보여주자 그가 첨언했다.

"유능하지만 감정적인 사람이지."

연화는 자료들을 훑어보았다. 황태자는 특정한 상황에서 지나치게 흥분하곤 했다. 앞뒤 재지 않고 달려들어 일을 칠 때도 있었다.

자신의 권위가 무시당했을 때나, 황제와 부딪히게 되었을 때가 그랬다.

"어쩌면 이 사람, 애정결핍인 걸지도 모르겠어요."

연화는 황태자의 신상이 나온 종이를 집었다.

전 황후 시절, 황제는 황태자를 만나러 가지 않았다. 현 황후 역시 냉대를 받았다. 그러나 상황이 뒤집어져서 1황자에게 황태자 위를 주어야 할 이유가 생겼다. 황제는 황태자에게 권력을 주었지만, 늘 못마땅해했다. 어떻게 하면 자신이 사랑하는 아이를 황태자로 만들 수 있을까 고민하며 전전긍긍했다.

"황제와 황태자의 사이는 오래전부터 좋지 않았다고 했으니까요."

홍 회장은 연화에게 최고의 자리를 주려 했다. 그가 진실로 연화를 아꼈는지는 모르겠지만, 연화를 그룹 후계자로 만들려던 마음은 진짜였다. 하지만 황제는 2황자만을 위해 산 아버지였다. 2황자에겐 더없이 상냥했을 황제는, 황태자에겐 냉담했다.

황태자는 황제의 애정을 포기했을 것이다. 그와 황제를 둘러싼 소문이 험악하지 않다는 게 그 증거였다. 황태자는 황제의 애정을 얻으려 하지 않았다. 황태자는 타인을 대하듯 황제를 보았다. 적정선을 그어 대했다.

하는 행동은 의젓했으나, 황태자의 심장은 공허했다. 부모의 애정이 채워지지 않은 심장에서는 찬바람이 불었다. 그는 심장을 메우기 위해 대체재를 찾았다. 황태자에게 물어보지 않아도, 그가 무엇으로 심장을 채우려 했는지는 알겠다.

황태자는 높은 자리에 올라 권력을 누리기로 결심했다. 유능해지기 위해 애를 썼고, 운에 노력을 보태 황태자가 될 수 있었다. 수많은 귀족들이 황태자에게 고개를 숙였다. 그가 가진 것 중에 원하는 것이 있다 애걸했다. 황태자는 만족해했다. 수많은 사람들이 그를 필요로 하는 것을 보며, 공허를 잊었다.

그러나 황태자 위를 유지하는 건 버거웠다. 그의 능력이 부족해서가 아니었다. 주원인은 황제 때문이었고, 부차적인 요인은 황제가 좋아하는 2황자 때문이었다. 불안해진 황태자는 2황자를 죽이기로 했다. 황태자의 행동은 옳지 않다. 원인이 뭐든 간에 그는 이복동생을 죽이려 했다. 용서받을 수 없는 범죄를 저질렀다.

연화는 눈을 감았다. 시야를 차단하고 어둠을 끌어안는 것만으로 수많은 생각들이 기어 올라왔다.

황태자는 홍진수와 닮았다. 처지도 상황도 비슷하다.

상대를 죽여야 목표물에 도달할 수 있는데, 상대 외의 경쟁자가 없다. 살인으로 얻은 결실을 독식할 수 있는 셈이다. 그렇기에 그들은 살인자로 지목받는 것을 두려워하지 않았다. 목표를 달성하지 못하는 상황을 꺼려 할 뿐이다.

그런 마당에 나이까지 비슷했다. 연화는 재민이 작정했음을 알았다. 그는 황태자의 모델을 홍진수로 잡은 거다. 그러나 홍진수는 황태자와 달랐다.

홍진수는 최고가 되는 게 목표인 사람이다. 그의 욕심은 자리에 있다. 올라갈 수만 있다면 어떤 수단이든 사용한다. 쇼핑몰에서 난 적자를 사채로 채워 빚쟁이에게 시달린다 할지라도, 목적을 달성했기에 만족한다.

황태자 역시 목표를 위해 움직이는 사람이긴 했다. 그러나 그는 권력보단 권력자가 받는 관심을 원했다. 그래서 저보다 강한 테일러를 싫어하지만, 테일러에게 덤벼들진 않는다. 이길 승산도 없거니와, 이긴다 한들 그가 굴복할 리 없기 때문이다.

황태자의 성격을 간략히 정리하면 '감정적인 홍진수'쯤 되겠다. 아니면 '타인의 시선을 신경 쓰는 홍진수'이거나.

테일러의 눈이 천천히 구부러졌다. 어이없다는 의미였다.

"그런 것 때문에 이상 징후를 보인다면, 군주가 될 자질이 없는 거지."

"그건 그래요."

연화는 웃으며 서류를 톡 건드렸다. 위태하게 흔들리던 것이 와르르 무너졌다. 악인의 말로와 닮은 모양새다.

"그래서. 이제 어떻게 할 거지?"

테일러는 서류를 줍지 않았다. 깊게 가라앉은 눈동자로 연화에게 답을 요구할 뿐이었다.

연화는 팔짱을 꼈다. 황태자와 홍진수를 비교하는 순간, 상황은 명료해졌다. 결론은 아까 전부터 섰다.

"캐릭터를 잡을 거예요."

"어떤?"

"아주 순진하고 솔직한 아가씨로요."

데이지 로아넨은 병 때문에 거동이 힘든 아가씨다. 그렇다면 거기에 맞춰 설정을 짜는 게 좋지 않을까. 연화가 턱을 손으로 받치며 후후 웃었다.

"제가 생각한 콘셉트는 '순진한 아부꾼'이에요."

테일러가 아리송한 표정을 한다. 순진하다는 말과 아부꾼이란 단어는 나란히 쓰이지 않는다. 인위적으로 만들어진 캐릭터만이 두 단어를 동시에 누린다.

"세상 돌아가는 모양을 아는 아가씨라면 황태자와 카이스턴 공작을 놓고 저울질을 하겠지만 아무것도 모르는 아가씨라면 제 마음대로 한쪽 편을 들 수도 있지 않을까요? 대단한 논리 없이도요. 이상하게 생각하는 사람에겐, 로아넨 영애는 너무 아파서 그렇다고 둘러대 버리면 돼요. 그럼 다들 그러려니 넘어갈 거예요."

연화는 아부와 무관한 헛소리는 자제할 생각이었다. 하지만 돌발 상황은 언제든 생길 수 있다. 상황이 심각해질 경우 아픈 척을 할 용의도 있었다.

테일러는 곰곰이 생각한 뒤 또 물었다.

"내 콘셉트는? 있나?"

"사랑꾼이죠."

뻔하잖아요. 연화가 한쪽 눈을 찡긋했다.

"공작님은 로아넨 영애를 사랑하고 계세요. 그런데 영애는 공작님보다 황태자의 편을 들고 있으니, 얼마나 싫겠어요? 하지만 별수 없어요. 로아넨 영애는 너무 약해서, 막 대했다간 픽 쓰러져 버릴 것 같은걸. 인내심 많은 공작님께서 참아야지, 어쩌겠어요."

요 근래 살이 붙었다 하나 셀리나의 체구는 작은 편이었다. 그런 마당에 성인으로 가장을 하면 얼마나 가녀려 보일까. 병자로 보이는 건 당연하고, 내일 죽는다 해도 의심하는 사람이 없을 것이다. 그러니 설정상 결함은 없었다. 그런데도 테일러는 이렇다 저렇다 말하지 않았다. 반박하고 싶은데, 마땅한 말이 떠오르지 않아서였다.

테일러는 한참을 머뭇거렸다. 침묵 끝에 동의도 거절도 아닌 말을 내뱉었다.

"그런 설정이 도움이 되나?"

"황태자가 공작님을 싫어하는 이유가, 공작님이 뻣뻣하게 굴었기 때문이라면서요? 그런데 공작이 사랑하다 못해 절절매는 여자가 자신에게 호감을 보이고 있다면. 어떨 것 같아요? 제 생각이긴 한데 아주 짜릿하지 않을까요? 공작님께 받은 굴욕을, 공작님 위에 있는 사람이 보상해 주는 거잖아요."

연화가 입꼬리를 끌어올렸다. 무척 꿍꿍이가 담긴 미소였다.

테일러는 단박에 손을 내저으며 싫음을 내비쳤다.

"별로. 난 마음에 안 드는데."

"그래도 해야 돼요. 로아넨 영애를 사랑해서 약혼했다는 설정은 공작님이 만든 거잖아요."

"젠장."

테일러는 연화의 작전에 따르기로 했다. 그 역시 황태자의 심기를 거스르고 싶진 않았다. 연화는 테일러가 황태자의 비위를 맞출 이유는 없다고 했기에, 그는 그녀의 솔루션을 받아들이기로 했다.

연화는 수많은 상황을 가정했다. 나올 수 있는 대사들과 받아칠 말들을 모두 적어 연습했다. 외운 말을 대강 던지기보단 자연스럽게 흘릴 수 있도록 노력했다. 스크린에 띄울 연기는 암기로 만들어지지만, 사람을 속이기 위한 연기는 애드리브로 만들어지는 법이다.

카를은 '말 못하는 기사'로 남기로 했다. 연화는 그러라 해버렸다. 어차피 카를이 해야 할 일은 없었다. 투구를 뒤집어쓴 기사가 우두커니 서 있다 한들 신경 쓰는 사람은 없을 것이다.

결전의 날, 테일러는 마부를 재촉해 약속 장소에 도착했다. 아이루반 영주가 마중 나왔으나, 그는 연화를 안고 움직이느라 여념이 없었다. 날씨가 좋아 드레스가 뒤집어지지 않은 게 천운이었다.

테일러와 연화는 영주의 안내를 받아 영주관 1층 응접실에 도착할 수 있었다. 영주관에 도착한 순간부터 연화는 연기에 집중했다. 테일러는 '사랑꾼' 콘셉트에 맞춰 황태자를 마중 나가지도 않았다.

황태자는 분노로 얼굴을 붉게 태우며 나타났다. 무례한 걸음을 띠었으나, 화를 내지는 않았다. 테일러와 마주친 순간 그는 공손해졌다. 예법에 맞게 착석했다.

연화는 테일러의 옆구리를 찔렀다. 준비된 콩트를 내보일 차례였다. 테일러는 싫어하면서도 연화가 원하는 대로 해주었다.

연화와 달리, 테일러는 연기가 익숙지 않은 사람이었다. 그는 원하는 것을 얻기 위해 검을 휘둘렀다. 속내를 감추기 위해 포장지를 두른 건 이번이 처음이었다. 다행히도 테일러는 뛰어난 학습 능력을 갖췄다. 그는 하루 만에 시침 뚝 떼는 법과, 태연을 유지하는 법을 마스터했다.

황태자는 물론, 사교계를 좋아한다는 황녀까지 두 사람의 연기를 눈치채지 못했다. 테일러를 보면서는 원래 저런 사람이 아니었던 것 같다 의심하면서도, 사랑이라니 어쩔 수 없지 하고 납득했다. 사랑만 한 사기극이 없는 셈이다.

"기사 소설이 별로라는 건 아니에요. 너무 많이 봐서 질렸다는 거지. 한 기사가 레이디에게 평생의 서약을 올리는 것보단 멋진 황자님이 장미를 한 다발 안겨주는 게 더 취향이기도 하구요."

"내가 사다 준 장미는 싫어하지 않았나?"

"노란 장미였으니까 그렇죠. 장미는 빨간색이 매력적이지 않나요? 불타오르는 화끈함."

연화는 황태자에 대한 서류를 훑었던 것을 기억했다. 그는 빨간 장미를 좋아한다고 했다. 연화가 황태자 쪽으로 고개를 틀자, 그가 기다렸다는 듯 대답했다.

"나도 그렇게 생각한다."

"어머, 정말요?"

"장미는 붉은 것이 가장 탐스럽지."

"맞아요. 역시 전하, 탁월한 안목을 가지고 있네요."

면사를 쓰고 있지 않았다면, 연화가 테일러를 흘끔거렸을 거다. 누구랑은 참 다르다 중얼거려 주었으리라. 그러나 면사를 쓴 채 그런 연기를 할 순 없었다.

말 뉘앙스로나마 대강의 뜻을 담았다. 황태자가 웃었고, 테일러가 발끈한 척 나섰다.

"빨간 장미라면, 본가에도 한가득 심어져 있어."

연화는 테일러의 턱이 미세하게 떨리고 있음을 알았다. 테일러는 오글거리는 대사를 뱉기 위해 무단히 애를 쓰고 있었다. 연화는 눈을 질근 감았다. 그의 민망함을 보고 있자니 다음 대사가 나오지 않았다.

연화가 머뭇거리는 찰나, 황녀가 난입했다.

"본가라면, 카이스턴 공작저를 말하는 건가요?"

"예."

"사랑에 빠진 남자가 변한다는 말은 들었는데. 각하께서 거짓말쟁이가 되실 줄은 몰랐네요."

"무슨 말씀이십니까, 황녀 전하."

테일러가 황녀를 쳐다봤다. 뻔뻔함을 숙지한 사람답게 그의 목소리는 태연했다. 그러나 꼭 쥔 손아귀 아래로는 식은땀이 고여 들었다.

테일러는 황태자만 생각하고 콘셉트를 짰다. 황녀의 반응은 계산하지 않았다.

테일러와 황녀의 접점은 없었다. 황녀가 청혼을 하긴 했지만, 황녀의 일방적인 요구였다. 가느다랗게 이어지는 것 같던 끈은 테일러의 거절로 끊어졌다. 테일러는 황녀가 의기소침한 모습을 보이거나, 청혼을 거절했다며 길길이 날뛸 거라 생각했다. 그만큼 자긍심이 강한 황녀였다. 거절에 대한 여파에 시달릴 줄 알았다.

방글방글 웃으며 비수를 꽂을 줄은 몰랐다.

"저는 1달 전 공작저에 들른 적이 있어요, 그때 전 한 송이의 장미도 보지 못했어요."

새초롬한 목소리가 진실을 내리꽂는다. 테일러는 표정을 수습하려 했지만 당황으로 벌어진 입은 쉬이 다물리지 않았다. 연화는 테일러에게만 들릴 정도로 작게 속삭였다.

"진짜에요?"

"몰라."

카이스턴 공작저의 정원은 디온의 소관이었다. 테일러는 정원 가꾸는 취미가 없었다. 정원을 산책하는 취미도 없었다. 그가 정원을 꾸미는 이유는, 다른 귀족들이 그렇게 하기 때문이다.

연화는 호호 어색한 웃음을 흘렸다. 갑작스러운 상황이었지만, 대처법은 있었다.

"공작님께서 혈기왕성 하시다는 건 알았지만…… 이렇게 음흉하실 줄은 몰랐는데요."

"뭐…… 무슨, 난 그런 게 아니라!"

약혼녀를 저택으로 꼬여내기 위해 있지도 않은 장미를 들먹거린 호색한이 된 테일러가 필사적으로 항변했으나 아무도 그의 항변을 받아들이지 않았다.

황녀와 황태자는 테일러가 당혹스러워하는 걸 즐겼다. 연화는 한술 더 뜨기까지 했다.

"전하께선 어떻게 생각하세요?"

"공. 좀 자제하는 게 좋을 것 같은데. 보다시피…… 약한 사람이 아닌가."

테일러의 얼굴이 일그러졌다. 그는 사과보다 더 빨간 얼굴로 고개를 숙였다.

테일러는 작게 '예'라고 대답한 뒤, 찬물을 벌컥 들이켰다. 컵을 탁 내려놓는 손길이 무척이나 거칠었다. 연화는 테일러가 세 잔의 물컵을 비울 때쯤, 그의 손을 잡아 끌어당겼다.

검 때문에 박힌 굳은살 위에 글씨를 썼다.

-잘 넘어갔으니 됐잖아요.

테일러는 말없이 고개를 돌렸다. 얼굴엔 아직 붉은 기가 가득했다. 연화는 손가락 끝에 장난기를 머금었다.

-혹시 삐졌어요?

반응은 즉각적이었다.

"내가 언제!"

테일러는 벌떡 일어서다 놀란 얼굴을 한 황녀와 눈이 마주쳤다. 황태자는 재미있다는 시선을 보내고 있었다. 여러모로, 그에게 불리한 상황이라 테일러는 크게 헛기침을 한 뒤 다시 자리에 앉았다.

테일러가 부산을 떠는 동안, 반동은 연화가 받았다. 거구가 앉았다 일어서자 연화의 의자가 들썩거렸다. 안 그래도 키다리 스틸트 때문에 균형 잡기 어려운 몸이라 기우는 건 순식간이었다.

카를이 몸을 붙들어주었기에 연화는 바닥에 쓰러지는 불상사는 면할 수 있었다.

"고마워요."

연화가 배시시 웃었다. 카를은 말없이 물러섰다. 그는 수행 기사로서의 역할만 다할 예정이었다.

만찬은 미묘한 분위기에서 진행되었다. 테일러는 연신 꽁알댔고, 연화는 그를 달래는 척하면서 놀려먹었다. 황태자는 연화의 장난 위에 숟가락 하나를 얹고서 희희낙락했다. 언뜻 보기엔 화기애애해 보이는 만찬은, 사실 엉망진창이었다.

황녀는 세 사람이 어떻게 놀던 관심 없었다. 그녀의 관심은 카를에게 있었다. 보이는 건 시퍼런 눈망울뿐인, 특별할 게 없는 사내인데도 계속 눈길이 갔다.

이 자리에서 가장 별 볼 일 없는 사내에게 시선이 가다니. 이상한 일이었으나, 그러면 안 될 이유는 없었다. 황녀는 모든 사람들이 그녀의 이상행동을 눈치채고도 남을 만큼 사내를 바라보았다.

"황녀님, 제 기사가 무슨 잘못이라도 하였나요?"

맑은 목소리가 황녀의 시선을 끌어내렸다. 황녀는 입가를 가린 채 오호호 웃었다. 민망함을 무마하기 위한 행동이었다.

"아니랍니다."

"하면……."

"제가 아는 사람과 많이 닮은 것 같아서요."

황녀는 말하고 나서야 깨달았다. 뭔가가 결여되어 있는 푸른 눈은, 일평생 딱 한 번밖에 보지 못했다.

"누군지…… 여쭈어도 괜찮을까요?"

"이런 걸 가지고 실례라고 생각하지는 말아요, 영애."

황녀는 자조적인 미소를 담았다.

"그저, 제 오라버니가 생각났을 뿐이니까."

순간 카를이 주먹을 꽉 쥐었다. 급격한 반응이었으나, 카를의 주먹은 연화와 테일러에 가려 보이지 않았다. 주먹을 볼 수 있는 사람들은 황녀의 말에 정신이 팔려 있었다. 카를의 손은 아무도 모르는 사이 경직을 풀고 원래 상태로 돌아왔다.

"영애도 들어본 적 있을 거예요. 2황자가 실종됐다는 거……."

"예. 아버님께서 말씀해 주셨어요."

"그럼 오라버니께서 사라지신 지 얼마나 되셨는지도 알겠군요. 미친 사람 같겠지만, 이해해 주셨으면 해요. 살았는지 죽었는지 걱정이 되서 견딜 수가 없으니까……! 매일이 초조하고 불안해요. 오라버니와 닮은 사람만 봐도 가슴이 뛰었다가, 아니라는 걸 확인하면 심장이 쿵 내려앉아요. 지금도 그래요. 저 눈을 보고 있자니…… 심장이 속삭여요. 저 사람이 오라버니일지도 모른다고.”

황녀가 심장에 손을 짚으며 눈을 감았다. 바르르 떨리는 눈썹이 몹시 처연해 보였다. 눈가는 바삭하게 메말라 있었다. 그래서인지 배로 처연해 보였다.

연화가 숙연해지자 황태자도 입을 다물었다. 황녀는 한껏 눈을 내리깔았다가 반 쯤만 올렸다. 원하는 것이 생겼을 때 황녀가 쓰는 필살기 중 하나였다.

“그래서 그런데요, 영애. 저 투구, 벗어보라 청하면 안 되나요?”

“그건…….”

연화는 뒤를 돌아보았다. 경직된 카를의 눈과 마주쳤다. 카를은 아무 말도 하지 않았지만 연화는 그의 거부를 들었다. 카를은 연화가 누구를 만나러 가는지 들은 뒤 투구를 쓰겠다고 했다. 카를은 황족들 앞에서 얼굴을 드러내면 안 되는 사정을 가지고 있는 것이다.

연화는 카를이 원하는 대로 해주기로 했다. 황녀의 슬픔을 모르는 바는 아니었지만, 그녀가 찾는 사람은 카를이 아니었다.

카를이 황족이라니. 제 손으로 버린 과거라니. 재미없는 농담이다.

“안 되겠는데요.”

황녀의 눈이 식었다. 애원의 빛이 점멸해 간다. 오만한 권력자의 눈이 ‘감히 너 따위가 내 부탁을 거절하냐’고 부르짖는다. 연화는 변명을 만들어내기 위해 머리를 굴렸다. 긴박한 상황이라 그런

가. 뇌가 빠른 속도로 돌아갔다.

"칸은 화상 자국을 내보이는 걸 싫어해서요."

"화상이요?"

"네. 칸은 전신에 화상을 입었거든요. 그중 가장 심각한 건 얼굴이에요. 피부가 다 녹아내려서 코와 입이 분간이 안 된달까요. 제 입으로 말하긴 그렇지만…… 황녀님께서 보실 만한 건 안 되는 것 같아요."

"그런 자가 어떻게 영애의 기사가 될 수 있었죠?"

황녀가 의심에 찬 눈을 했다.

귀족 영애를 모시는 기사는 두 부류다. 대단한 실력을 갖추었거나, 영애의 선택을 받았거나. 그런데 칸이라는 기사는 어느 쪽에도 속하는 것 같지도 않았다. 서 있는 폼부터 엉성한 사내였다. 기사 수업을 받지 못했다는 증거였다.

그렇다고 귀족 영애의 선택을 받았을 것 같지도 않은 게, 황녀는 여자가 사내의 외모에 대해 떠들어대는 것을 몇십 분째 들어왔다. 그 정도로 얼굴을 밝히는 여자가, 화상 때문에 투구를 쓰고 다니는 기사를 선택했을 것 같진 않았다.

연화는 손으로 스스로를 가리켰다. 하얀 장갑이 씌워진 손이 힘없이 움직였다. 연화는 어깨를 한껏 움츠려 자신의 가녀림을 내보였다. 표정 연기 대신, 다른 수단을 활용한 셈이다.

"보시다시피…… 저도 다를 바 없는 처지니까요. 그래서인가. 칸이 저를 찾아와 기사 서약을 했고, 받아들였어요. 제 평생 누구에게 그런 서약을 받을 수 있을까 해서요."

"……그랬군요."

황녀는 일단 납득했다. 연화는 출중한 연기력에, 아프다는 설정까지 끼고 있었다. 의심할 여지는 없었다. 이후 황녀는 힘 빠진 얼굴로 만찬을 이어갔다. 누군가 말을 걸면 대꾸는 해주었으나, 필요 이상으로 이야기하지는 않았다. 그녀는 음식에만 관심이 있는 사람처럼 행동했다.

황녀 때문에 우울할 뻔한 분위기는, 황태자가 건졌다.

"신경 쓰지 마라. 원래 변덕이 심한 아이였다."

"괜찮습니다, 전하."

황태자는 계속 유지하던 정중함에 친절함을 보탰다. 문제는 연화 한정 친절함이었다는 것이었고, 그 점이 테일러를 자극했다. 황태자는 연화가 넘어지거나 쓰러지지 않을까 노심초사하며 살폈다. 누가 봐도 마음이 있구나 의심될 정도였다. 테일러의 이마에 힘줄이 섰다.

"어째, 저보다 전하께서 제 약혼녀를 더 챙기시는 것 같습니다?"

"내가 공의 약혼녀를 어떻게 할까 봐 걱정되나."

"괜찮아요, 공작님. 이렇게 잘생긴 황태자님이시잖아요. 별일 있겠어요?"

"그대는 아직도 그 소린가?"

테일러가 질린 얼굴을 했다. 연화는 테일러의 허리께에 제 어깨를 붙였다. 그러고는 그와 눈을 마주하며 속삭였다.

"마음에 안 드세요?"

"들 것 같나?"

연화만큼 작은 목소리로 발끈한다. 여태까지의 테일러는 불퉁한 쪽이었다면, 지금은 진심으로 화를 내고 있었다.

"명색이 황태자란 놈이. 남의 약혼녀한테 치근거리기나 하고."

연화는 후후 웃었다.

"취향이 좀 특이하신가 보죠."

"그대는 좋겠군. 원하는 대로 되었으니."

"그렇지는 않아요. 저도 이런 상황을 원한 적은 없거든요."

연화가 고개를 저었다. 황태자가 싫어하지 않을 거란 생각만 했지, 이렇게까지 좋아해 줄 줄은 몰랐다. 완전히 계산 미스였다. 아무리 마음에 든다 한들 정적의 약혼녀다. 대놓고 호감을 표하는 일은 당연히 없을 거라 생각했고, 화기애애한 분위기에서 웃음꽃 좀 피우다 헤어질 거라 생각했다.

"그럼 이제 어떻게 할 거지? 쓰러지는 척이라도 할 건가?"

"쓰러지긴 왜 쓰러져요?"

"그것 말고 이 자리를 피할 방법이 없으니까."

테일러가 문 쪽을 눈짓했다. 연화는 그의 어깨를 다독였다.

"공작님께서 많이 당황하고 있는 건 알겠어요. 하지만 그런 강수는 좀 더 위급한 상황에서 썼으면 좋겠는데요."

화기애애한 분위기에서 갑자기 쓰러지는 여자라니. 의심을 사기에 충분했다. 연화는 다시 만찬에 집중하자 말했다. 테일러 입을 꾹 다물고 똑바로 앉았다.

테일러는 이 상황을 못마땅하게 여기면서도 잡아놓은 콘셉트를 흩뜨리진 않았다. 궁얼거렸던 입으로 아무 말도 하지 않았을 뿐이다. 입을 쑥 내민 행동은, 사랑하는 여인에게서 호응을 받지 못해 실망한 모습 같았다. 연화는 테일러를 못 본 척 내버려 두었다.

이후 만찬 분위기는 황태자와 연화가 끌고 나갔다. 말은 연화가 더 많이 했지만, 화두를 던진 쪽은 황태자였다.

"영애가 본다는 책, 나도 한번 보았으면 하는데."

"흔한 로맨스 소설이에요. 전하께서 좋아하실 만한 류는 아니지만……."

테일러의 집에 장미꽃이 없듯, 연화 역시 로맨스 소설을 가지고 있진 않았다. 있지도 않은 책을 보여줄 수는 없는 노릇이다. 그러나 계속 만류하는 건 이상해 보일 터다.

연화는 황태자의 눈썹이 쓱 올라가는 걸 보며 말끝을 바꿨다.

"괜찮으시다면 몇 권 추천해 드릴게요."

"지금 가지고 있진 않나?"

"네. 책은 모두 저택에 두고 왔거든요."

황태자가 눈썹을 끌어 모았다. 뜻밖의 말을 들었다는 얼굴이다. 연화는 어깨를 으쓱여보았다.

"저택……?"

"여기는 아이루반 영주님의 건물이잖아요. 저 역시 이곳엔 손님으로 왔구요."

"아. 그랬지."

황태자는 느리게 고개를 끄덕였다.

이후, 황태자는 책에 대한 이야기를 하지 않았다. 연화는 남몰래 안도의 한숨을 내쉬었다. 황태자가 책을 추천해 달라 했으면, 정말 곤란해질 뻔했다.

연화는 로맨스 소설 제목 같은 문구를 마구잡이로 지어 내밀 생각이었다. 황태자가 이런 책이 없다고 따지면 머리가 나빠 그런 것도 제대로 기억 못한다며 한탄할 생각이었고. 바보짓을 하지 않아도 되어서 정말 다행이었다.

다음 화두는 데이지 로아넬을 추켜세우기 위한 것이었다. 어느 순간부터 아부꾼은 연화가 아니라 황태자가 되어 있었다.

"로아넬 남작에 대해서는 많이 들었지. 카이스턴 공작이 무척 아끼는 가신이라던가."

"과찬이세요, 전하."

연화는 수줍은 미소를 흘리며 고개를 숙였다.

"영애를 보니, 영애의 부친이 궁금해졌다. 그는 어떤 사람이지? 영애처럼 상냥한가?"

"아버지께선 과묵한 편이세요. 하지만 그만큼 속정도 많으시답니다. 친해질수록 다정해지시는 분이에요."

로아넨 남작은 사교계에 나와 입지를 넓히는 대신, 테일러의 가신이 된 귀족이었다. 남작과 관련된 정보는 극히 적었다. 황태자는 그렇구나 중얼거리며 대강 수긍했다.

"책 외에 좋아하는 건 없나?"

"어릴 때는 인형놀이를 좋아했었어요. 지금은 아니지만요. 너무 많이 해서 질렸달까요. 그 다음으로 좋아하게 된 게 독서예요. 아직까지 책에 질린 적은 없어서, 달리 좋아하는 건 없는데. 나중에 독서가 지겨워지면, 그때 다른 걸 좋아하게 되지 않을까요?"

황태자는 그렇군, 하고 대답했다. 그 다음 질문은 '로아넨 영애가 바깥출입을 몇 번 했나'였다. 이후 '로아넨 영애'만 대답할 수 있는 질문들이 쏟아졌다. 연화는 쉼 없이 입을 움직였다. 다행히 모두 연습한 문항이라 준비된 대답들을 내밀기만 하면 되었다.

하지만 딱 한 번, 예상치 못한 질문이 떨어진 적이 있었다.

"영애는 카이스턴 공과 약혼한 것에 어떤 불만도 없나?"

"전하."

테일러가 정색했다. 불순한 의도가 담긴 질문이라며 쏘아본다. 황태자는 능글능글하게 응수했다.

"왜 그러나, 공."

정혼한 남녀에게 약혼의 단점을 캐묻는 건 대단한 실례였다. 정혼 상대를 헐뜯게 만드는 행위가 저급함은 물론, 당사자들의 파혼을 부추기는 것처럼 비춰질 수 있기 때문이었다.

황태자는 후자의 의도를 품고 있었다. 마음에 든 여성이 정적의 약혼녀인데, 황녀는 그 정적을 마음에 두고 있다. 안 그래도 눈엣가시였던 황녀겠다. 빨리 시집이나 가서 안 보였으면 하는 바람이 있었다. 겸사겸사 로아넨 남작 영애도 얻을 수 있으니 황태자에게는 일석이조인 셈이다.

목적은 엉큼하고 수단은 저열하다. 테일러는 연화의 손을 꽉 잡았다. 저런 장난을 받아줘야 할 만큼 카이스턴 가가 약한 건 아니었다.

"대답할 가치도 없어. 저런 건……."

"괜찮아요."

연화는 잡히지 않은 손으로 테일러의 손등을 두드렸다. 트러블을 피할 수 있는 방법이 있는데 왜 싸워야 할까. 연화는 테일러를 달래 손의 자유를 되찾은 뒤 황태자를 노려보았다. 면사로 얼굴을 가렸는데도 느껴지는 건 있는지 황태자가 움찔한다. 대범하게 도발한 것과 달리 반응은 심약하다.

"어릴 때부터 마음 깊숙이 담은 분이랍니다."

"영애의 취향이 아닌 사내를?"

황태자의 눈썹이 꿈틀했다. 연화는 턱 끝을 손등으로 받치며 웃었다.

"취향만으로 평생을 나눌 상대를 결정할 수는 없는 거니까요."

결혼과 현실은 다르다는 뜻이기도 했다. 황태자가 눈을 동그랗게 뜨더니, 몇 초 뒤에 느리게 수긍했다. 사실 위 대사는 로아넨 영애가 해선 안 되는 말이었다. 세상 물정 모르는 순진한 아이 설정을 깨뜨리는 대사였다.

테일러 또한 이상을 눈치챘다. 밀접한 스킨십을 하는 것처럼 허리를 끌어당긴 뒤, 정수리 위에 턱을 붙이고 속삭였다.

"대사가 잘못된 것 같은데. 어릴 적 취향이 나였다고 말해야 하는 거 아닌가?"

"그렇긴 한데. 그 말 하면 큰일 날 것 같아서요."

연화가 싱긋 웃었다.

"가령, 당장 카이스턴 공과 파혼하라고 덤벼든다던가?"

상식적인 사람이라면 절대 하지 않을 소리다. 하지만 황태자는 선을 밟았고, 넘어설 준비까지 마쳤다.

"공작님 생각은 어때요?"

"120% 동의하지."

연화는 다정함을 가장했던 포즈를 푼 뒤, 만찬에 집중했다. 만찬이 끝나려면 아직 멀었다. 그때까지 평온한 분위기를 유지해야 한다. 그래서 연화는 황태자가 묻는 질문에 대강 대답해 주었지만, 질문들이 노골적인 모양새를 띄자 입을 다물어 버렸다. 시중인들이 얼굴을 붉혔고, 황녀는 비아냥댔다.

"로아넨 영애가 그렇게 좋으세요?"

"음……."

황태자는 부정하지 않았다. 황녀는 고깝다는 듯 눈을 흘긴 뒤 물컵을 들어 올렸다.

"흥."

탁, 컵을 내려놓는 소리가 크게 울렸다. 황태자가 고개만 돌려 황녀를 보았다. 화를 꾹 참고 있는 황녀를 잘 구슬리기 위해 속닥거렸다.

황족과 연화 사이엔 테이블이 놓여 있었다. 연화에겐 두 황족의 속삭임이 들리지 않았다. 황태자의 입이 움직이는 것만 간신히 볼 수 있을 따름이었다. 그마저도 부정확했다. '자리' 내지 '시간' 따위의 단어가 스쳐 지나갔다.

한참 뒤 황녀가 긴 한숨을 쉬었다. 그녀는 짜증 나 미치겠다는 듯 눈을 반달로 접으며 활짝 웃었다. 모든 사람들을 섬찟하게 만든 뒤엔 하녀를 불렀다.

또랑또랑한 목소리가 '화장실'을 말한다.

황녀는 하녀가 안내하는 대로 움직였다. 만찬장을 나서다 말고 멈칫했다. 뒤를 돌아보더니 방실 웃는다. 시선은 테일러에게 고정되어 있다.

"볼일이 있는 사람은 저뿐인가요?"

"……."

같이 나가자는 의미였다. 테일러는 못 들은 척 고개를 돌렸다. 황녀는 끌 혀를 찬 뒤 나갔다. 화장실은 핑계고, 자리를 피하기 위한 의도가 있었음이 분명해졌다.

연화가 손가락을 꼼지락거리자, 테일러가 깍지를 껴왔다. 불안하게 흔들리는 것을 테일러가 고정시킨다.

"괜찮아, 나는……."

나가지 않을 거다.

다정한 맹세는 테일러의 입술 끝에 걸쳤다 사라졌다.

"앗, 죄송해요!"

다급한 목소리와 함께 찻물이 쏟아졌다. 미지근하게 식은 것이 테일러의 재킷과 크라바트를 적셨다.

테일러는 상대를 확인했다. 황녀와 같이 나간 줄 알았던 하녀가 티팟을 들고 서 있었다.

테일러의 이마에 혈관이 서너 개 돋아났다. 하녀는 테일러의 눈치를 보며 행주를 집어 들었다. 물기를 축 머금고 있는 행주로 천 위를 문질렀다.

행주는 물기를 거둬내지 못하고 도리어 멀쩡했던 천까지 흠뻑

적셔 버렸다.

“어머, 이를 어째. 완전히 젖어서……. 어떡하죠? 닦이지도 않네…….”

“이봐.”

테일러가 하녀의 손목을 붙들었다. 하녀가 아, 하고 탄성을 내뱉으며 굳었다. 아무 말도 하지 못하는 하녀를 대신해 하녀장이 다가와 고개를 조아렸다.

“천으로는 옷의 물기를 제거하지 못할 성싶습니다. 저를 따라오시면 탈의실로 안내해 드리겠습니다. 그곳에서 갈아입을 옷을 내어드리겠습니다. 하녀 일을 한 지 얼마 안 된 병아리라 실수가 많습니다. 이 아이의 잘못은 제가 엄히 벌할 터이니, 공작님께서 귀한 은혜와 자비를 베풀어 한 번만 용서해 주십시오.”

테일러는 두 여자를 쏘아보았다.

이게 언제 적 개수작인가.

테일러는 어이가 없었다. 앞서 나간 황녀나 할 법한 장난이다.

“공작님. 갔다 오셔도 돼요.”

테일러가 이를 갈자, 차분한 연화의 목소리가 그를 달랬다. 아무래도 괜찮다는 말이었다. 테일러는 고개를 저었다.

“괜찮다, 나는…….”

“공, 다즐링에 절여지는 것보단 나가는 게 좋을 것 같은데.”

냄새도 나고, 찝찝하니까.

황태자가 문 쪽을 가리켰다. 테일러는 주먹을 꽉 쥐었다.

로아넨 영애에게 반한 것 정도는 이해할 수 있다. 좋든 싫든 자신 역시 가담한 일이니까. 황태자는 잘 짜인 판 위에서 농락당한 거나 마찬가지였다. 그러나 제 사적인 감정을 드러내선 안 되었다. 제 약혼녀인 걸 뻔히 알면서, 이 여자와 단둘이 있고 싶다고 수작을 부려서도 안 되었다.

셀리나는 미래의 카이스턴 공작부인으로 이 자리에 참석했다. 황태자라 할지라도 공작부인을 희롱하는 작태가 용납되는 건 아니었다. 테일러는 테이블을 엎어버리고 싶었다. 근질근질한 손을 참고 있는 이유는 카이스턴 전 공작의 유지 때문이다.

"반란을 일으켜선 안 된다."

카이스턴 전 공작은 황실에 대한 충심이 지극한 자였다. 역대 카이스턴 가주들이 귀찮다는 이유로 조용히 지냈다면, 그는 카로틴 제국과 황실을 위해 카이스턴 영지를 다스렸다.

카이스턴 전 공작은 테일러가 자신처럼 살길 원했다. 그러나 테일러가 그럴 마음이 없다는 걸 잘 알고 있었다. 그렇기에 유언이란 방법으로 테일러의 행동에 제약을 걸었다. 테일러는 공작위를 얻기 위해 모든 가신들이 보는 앞에서 맹세했다.

전쟁을 일으켜도 된다. 정권을 장악해도 괜찮다. 하지만 황족을 건드려선 안 된다.

파고들 여지가 많은 구석이었다. 테일러는 허점을 다 알고서 수긍했다.

훗날, 황태자 멱살을 잡고 싶어질 줄 모르고 받아들인 유지였다. 뭘 모르고 저지른 어린 날의 실수였다.

'젠장.'

테일러는 터져 나오는 욕설을 삼키며 일어섰다. 황태자와 한 자리에 있는 건 인내에 도움이 되지 않는다. 그는 연화의 어깨를 건드렸다. 작은 머리통을 보면서 이 자리를 피할 수 있는 방책을 되새겼다.

"그대. 어디 아픈가?"

도망이다.

뜬금없는 소리였다. 연화가 에, 하고 되물었다. 테일러는 면사를 걷지 않고 연화의 이마 부근을 짚었다.

"열이 많군. 뜨끈뜨끈한데."

테일러는 근심스럽게 중얼거린 뒤 혀를 찼다. 연화 뒤로 돌아오는가 싶더니 그녀를 번쩍 들어 올렸다. 연화는 깜짝 놀랐지만 조용히 있었다. 이 자리를 피하고 싶은 마음이 이해가 갔기 때문이었다.

"송구하오나, 전하. 이 사람도 아프고, 저 역시 실례되는 차림을 하고 있으니…… 함께 물러나는 것을 윤허해 주십시오."

테일러는 입으로만 정중히 말한 뒤, 황태자의 대답도 듣지 않고 쌩하니 돌아섰다. 카이스턴 공작이었기에 저지를 수 있는 무례였다. 그런 뒤 테일러는 응접실을 나와 곧장 출구로 걸어갔다. 황족에 이어 시중인들까지 못마땅한 것들로 가득한 곳을 나가 버리고 싶었다.

테일러의 발이 영주관 건물 입구에 다다랐다. 소망이 실현되려는 찰나, 테일러 뒤로 발자국 하나가 붙었다. 조용히 움직이는 카를 뒤에 하녀장이 붙어 있었다.

"전하께서 안내를 명하셨습니다."

"무슨 안내. 필요 없다."

"영애께서 편찮으시다 들었습니다."

늙은 목소리로 테일러가 써먹은 변명을 들먹인다. 아픈 사람을 데리고 거친 행보를 잇는 건 상식적이지 않은 일이었다. 테일러는 자신이 친 덫에 걸려 버렸다. 하지만 테일러가 그런 수를 쓰게 만든 건 이 여자였다.

"젠……."

"테일러 씨."

"……!"

테일러는 욕이라도 퍼부어주려고 입술을 달싹이다 말았다. 뜻밖의 말을 들었기 때문이다.

테일러가 멈칫하며 연화를 쳐다보자 때를 맞춰 연화가 테일러의 어깨를 두드렸다.

"테일러 씨. 방으로 가요."

"……그래."

다독이는 듯한 작은 목소리가 진정하라 말했다. 순간 하늘 높이 치솟는 듯했던 테일러의 감정이 푹 떨어졌다. 신기한 일이었다. 테일러는 나지막하게 대답한 뒤, 하녀장을 따라 천천히 움직였다. 이곳에서 벗어나기 위해 움직였던 때와 달리 걸음걸이가 안정되어 있었다.

하녀장은 그들을 위층 손님방으로 안내했다. 테일러가 갈아입을 옷도 내어주었다. 카를은 밖에서 문을 닫았다. 테일러는 그제서야 연화를 내려주었다.

연화는 침대 위에 다소곳하게 앉은 채 테일러를 쳐다보았다. 그는 성난 얼굴로 방을 돌아다니고 있었다. 애교스럽지도 않은 말 한마디에 발길을 돌린 주제에. 뒤늦게 화풀이 상대를 찾기 위해 우왕좌왕하는 꼴이라니. 연화는 풋 웃음을 터뜨렸다.

"화내지 마세요, 공작님. 아픈 척을 한 순간부터 이런 상황은 예고된 거나 마찬가지니까요."

"너……!"

순간 테일러가 우뚝 섰다. 무시무시한 눈으로 연화를 쳐다보는가 싶더니, 한 손으로 앞머리를 쓸어 넘기며 화를 식혔다. 푸우 한숨을 토해낸 뒤엔 탄식하듯 중얼거렸다.

"테일러라고 불러."

"내키지 않는데요."

"아깐 두 번이나 불렀잖아."

"그거야, 밑져야 본전이란 생각으로 저지른 거였죠. 그런데 생각보다 효과가 좋아서 놀랐어요."

연화가 어깨를 으쓱였다. 테일러가 즉각적으로 반응한 만큼, 그의 모든 행동이 재미있었다.

"그러고 보니 좀 아쉽네요."

"뭐가."

"아까 황태자 앞에서 테일러 씨라고 불렀으면 바로 옷 갈아입으러 가셨을까, 라는 생각이 들어서요."

테일러는 빠른 걸음으로 침대까지 걸어왔다. 답삭 연화의 어깨를 힘주어 끌어당겼다.

"그런 일은 없어. 꿈도 꾸지 마."

"그런가요?"

"혹시의 만약을 가정해도 안 돼."

억센 힘이었다. 연화는 경직된 얼굴을 했다. 맹렬히 불타오르는 시선이 무척 아찔했다.

"잘 들어. 네가 날 공작님이라 부르건 테일러 씨라 부르건 내 기사도는 달라지지 않을 거다. 나는 치한 앞에 여자를 내버려 두고 갈 정도로 나쁜 놈이 아니야. 내 기분이 어떻건, 도리는 지킨다."

"공작님의 명예를 위해서요?"

"네가 위험하니까."

연화가 눈을 휘둥그레 떴다. 그러자 테일러가 연화의 어깨에서 손을 거두고는 한 발자국 떨어져선 덤덤한 한마디를 덧붙였다.

"당연하잖아."

테일러의 올곧은 말이 연화의 심장을 두드려 왔다.

⚜

"여자 앞에서 탈의하는 취미는 없다."

테일러는 하녀장이 챙겨준 셔츠를 들고 나가 버렸다. 탈의를 위해서였다.

연화는 조용해진 방 가운데에 드러누웠다. 테일러가 떠난 뒤, 카를이 다시 방으로 들어왔다. 연화는 혼자 움직이는 게 불가능한 상태였기 때문이다. 연화는 문이 열리는 소리에 몸을 반쯤 일으켰다가, 들어온 사람이 카를이란 걸 확인하고 다시 침대에 드러누웠다. 그는 연화가 어떤 행동을 하든 제지를 가하지 않는 인물이다. 눈치를 볼 필요가 없다는 의미다.

연화는 천장을 보면서 눈을 깜빡였다. 사람의 옆얼굴과 닮은 것이 끝없이 이어졌다. 마지막 얼굴은 벽 귀퉁이에 맞춰 잘려 있었다.

뚫어지게 보고 있자니, 마지막 얼굴이 15살 때의 재민처럼 느껴졌다.

열다섯, 결의를 가지고 달음박질하던 재민이 끝없이 이어졌다.

연화의 15살은 달랐다. 연화는 제 의지대로 할 수 없는 것들을 포기했다. 대의는 등에 업고 의기소침함은 양팔로 끌어안았다. 연화는 먼 훗날 높은 자리에 올라앉을 생각만 하며 움직였다. 타인의 시선을 신경 쓴 적은 없었다. 타인을 도운 적도 없었다.

연화는 제가 할 일에만 신경 쓰며 살았다. 그녀의 울타리는 견고했다. 오랜 세월, 감히 부수고 들어오는 자가 없었다. 재민은 그렇기에 특별했다.

재민은 남을 돕기 위해 달려들다 상처를 입은 사람이다. 연화의 사고방식으론 이해할 수 없는 부류였다. 연화는 그가 오지랖이 넓다 여기면서도, 한편으론 대단하다고 생각했다. 세상은 재민을 '영웅'이라 부를 테니까.

재민은 1달 조금 넘는 시간 동안 입원해 있었다. 연화는 재민에게 감사를 표하기 위해 하루도 빼놓지 않고 병문안을 갔다.

첫 일주일은 어색했다. 데면데면한 사이였기 때문이다. 관심사를 나누고 일상을 나열하면서 서먹함을 줄여 나갔다. 보름 뒤엔 그날의 일을 서슴없이 이야기할 수 있을 정도로 친해졌다.

"왜 나를 구했어?"

재민은 환자식을 먹다 말고 눈을 동그랗게 떴다. 수저를 내려놓더니 '음' 소리를 내며 잠시 고민했다.

"내가 구하지 않았다면, 너는 위험한 일을 당했을 테니까."

"너는 경고를 했고, 나는 그걸 어겼어. 내가…… 그런 일을 당해도 싸다는 생각은 안 했어?"

"세상에 그런 일을 당해도 괜찮을 사람이 어디 있어?"

재민이 인상을 찡그리고 벌떡 일어나는가 싶더니 연화의 어깨를 움켜잡았다. 평소 장난스럽게 툭툭 치던 것과는 달랐다. 억센 힘이 그녀의 시선을 붙들어 돌리지 못하게 했다.

"내 경고와 네 행동은 아무 상관없어. 그러니 잘 들어. 나는 위험에 처한 사람을 내버려 두고 갈 정도로 나쁜 사람이 아니야. 어떤 상황에서든, 철칙은 지켜."

연화가 망연히 재민을 바라보자 그때 그가 웃었다.

"당연한 거 아냐?"
"당연하잖아."

테일러와 재민이 겹쳐지는 순간, 연화는 상념에서 빠져나왔다. 온 팔에 소름이 돋을 정도로 두 사람은 똑같았다.

'누가 같은 사람 아니랄까 봐.'

연화는 바로 몸을 일으켰다. 과거와 현재가 겹쳐지자 감정이 왈칵 쏟아졌다. 그들의 생각이 정말로 옳은지, 그들처럼 정의롭지 못하는 자신은 정말로 비열한 사람인 건지 궁금했다. 카를과 자연스럽게 헤어질 방법을 궁리하는 게 비겁한 짓이란 걸 알기에 든 의문이었다.

당장 말을 하고 싶다 마음먹자마자 카를과 눈이 마주쳤다.

"카를, 카를도 그게 옳다고 생각해요?"

"무엇을 말입니까?"

"상대가 누구든 일단 구하고 보는 거요."

카를은 조금 머뭇거린 뒤에 대답했다.

"위해를 끼칠 수 있는 자는 구하지 않을 겁니다."

"아, 물에 빠진 테일러 씨 같은 경우로군요."

"하지만 아가씨는 다릅니다."

"그건 제가 약자라서 하는 말인가요?"

"아가씨의 원수라면, 약자라도 자비는 없습니다."

연화는 잔잔한 미소를 머금었다. 조심스레 눈치를 보면서도 제 할 말은 다 한다.

"그러니까 사람을 가려서 구한다는 거네요."

"싫으십니까?"

"그럴 리가요. 저와 같은 생각을 하는 사람을 어떻게 싫어할 수 있겠어요."

카를이 나쁘다는 생각은 하지 않았다. 테일러가 정의를 추구하듯, 카를은 개인주의를 추구할 뿐이니까.

"어쨌든, 그것 때문에 혼란스러웠는데……."

그러니 홍연화 역시 나쁘지 않다. 이재민과 생각이 다를 뿐이지.

"그는 원래 그런 사람이니까, 나와 다른 게 당연하겠죠?"

"그럴 겁니다. 기사 서임까지 마친 자라고 했으니까요."

카를은 황무지에서 들었던 이야기를 떠올렸다. 연화 역시 기억의 한 조각을 끄집어 올렸다.

"카를은 기사가 아니라고 했었죠."

"예. 아버지께선 제가 기사 수업을 듣는 걸 반대하셨습니다."

"유감스럽네요. 지금 카를은 더없이 멋진 기사님으로 보이는데."

카를의 어린 시절 장래희망은 기사였다고 한다. 약한 자를 보호하기 위해 강자와 검을 맞대는 건 그의 로망이었다. 카를이 자신이 흠모하는 자의 가신이 되겠다 마음먹은 건, 기사의 꿈이 좌절된 이후였다.

"기사 수업 듣는 데 나이 제한 있어요?"

"그렇지는 않습니다."

"그럼 지금도 들을 수 있겠네요?"

"예, 그러나 듣지 않을 겁니다."

"왜요? 전 카를이 꿈을 실현했으면 좋겠는데요. 기사라. 멋진 직업이잖아요?"

미묘한 뉘앙스였다. 연화가 한쪽 눈썹을 까딱했다.

"저는 이미, 살아가야 할 이유를 찾았기 때문입니다."

연화는 얼굴을 붉혔다. 긴 설명 없이도 카를이 무슨 말을 하는지 알 것 같았다.

"그리고 기사 수업을 받지 않아도 꿈을 이룰 수 있습니다. 아가씨께서 저를 기사로 서임해 주시면 됩니다."

"불가능한 말을 아무렇지 않게 하시네요."

연화가 배시시 웃었다. 농담처럼 스리슬쩍 넘어가려는 시도는 굵직한 말 한마디에 콱 붙잡혔다.

"아가씨께선 할 수 있으십니다."

"설마요. 전 그런 거 못해요."

육신은 가짜 귀족이고, 영혼은 가짜 셀리나다. 그런 자신이 어떻게 카를의 맹세를 받아들일 수 있을까.

"그리 대답하실 줄 알았습니다."

연화가 눈을 동그랗게 뜨자 카를이 자조적인 웃음을 흘린다.

"저를 내치실 줄 알았단 말입니다. 그래서 참고 또 참아왔습니다만, 지금은 그럴 수 없어졌습니다."

카를이 꼴깍 침을 삼켰다.

"기사 수업이니 꿈이니 말씀하신 것. 모두 저를 보내기 위해 하신 말씀이 아닙니까."

"아니, 나는……."

"거짓말하지 않으셔도 됩니다. 아가씨의 계획은 오래 전에 눈치챘으니까요. 아주 멀리 떠날 생각이시고, 그 계획에 제가 없다는 것도 압니다."

연화는 벼락 맞은 사람처럼 몸을 파드득 떨었다. 연화가 태연하게 행동하는 것처럼 카를이 대단한 반응을 보이지 않아서 모르는 줄 알았다. 격정적인 감정을 끌어안고서 속앓이를 할 줄은 정말 몰랐다.

"너 같은 놈, 싫어 죽겠으니 당장 꺼지라고 해도 될 텐데. 상냥한 아가씨께선 갈 곳 없는 저를 불쌍히 여겨 곁에 두셨습니다. 하지만 거두지는 않으셨습니다. 당신에게 버려진 제가 혼자서도 잘 살 수 있게 보석들을 쥐어주시고, 일자리를 찾아주려 아등바등하셨지요."

"……."

"알고 있지만 괜찮았습니다. 아가씨께서 당장은 떠나지 않으시기에, 지금은 갈 곳이 없으시구나 생각했기 때문입니다. 그러니 당분간은 내가 필요하지 않을까, 적어도 하루아침에 버려지진 않을 테니 괜찮지 않을까. 그렇게 생각했었습니다. 그런데."

카를이 갑자기 숨을 흡, 하고 몰아쉬었다. 연화는 자신의 심장이 멈춘 것처럼 깜짝 놀랐다. 어느새 카를이 그녀의 코앞에 있었다.

연화가 몸을 뒤로 젖히자 카를이 손을 뻗어왔다. 연화의 어깨 근저까지 다가왔던 손이 면사 아래 가려졌던 어깨를 툭 건드리곤 후다닥 물러난다. 금기를 범한 아이와 같이, 더없이 죄스러운 얼굴로 양어깨를 늘어뜨린다.

"아가씨께선 제 생각보다 더 대단하신 분이셨습니다. 황무지에서 살아남을 수 있는 지혜에, 원하는 것이 무엇이든 얻을 수 있는 능력까지 갖추셨습니다. 그래서 카이스턴 공작도 얻고, 오클레앙 영애도 되셨습니다. 하지만 저는 손에 쥐고 있던 것도 잃을 정도로 한심하고 멍청한 놈입니다. 저는 아가씨께 아무 도움도 되지 않습니다. 누구보다 제가 더 잘 알고 있기에 불안하고 또 불안합니다."

카를의 손이 바르르 떨렸다. 천천히 올라오던 손이 연화의 면사 끝을 살며시 잡았다. 카를이 연화의 면사를 벗겼다. 흰 천이 너울거리며 떨어진다. 그 아래로 카를이 마음이 벗겨져 뒤섞였다.

"어느 날 눈을 뜨면 혼자 남겨져 있을까 봐."

"카를. 나는……."

"이 불안함이 기우였으면 좋겠습니다."

카를이 푸른 눈을 맞춰온다. 짙은 바다색과 닮은 것에 오들오들 떠는 소녀 하나가 담겨 있었다. 그건 셀리나였다. 셀리나의 거죽을 쓰고서 낯선 감정에 경악 중인 홍연화였다.

연화가 시선을 돌리자 미지근한 것이 뺨을 잡고 고개를 붙들었다. 카를의 손가락이다.

"하지만 아가씨께선 아니라고 하지 않으실 테죠."

카를이 한 번 더 눈으로 묻는다. 연화는 아무 말도 하지 못했다. 마지막까지 그를 속여 넘길 순 없었다. 양심의 벽이 방해했다.

왜 이런 일이 일어났을까. 나는 왜 감정을 흘렸나. 자책하던 마음 끝에 변명이 폈다.

'어쩌면 당연한 일일지도 몰라.'

카를은 버림받는 것에 트라우마가 있는 사람이다. 특정한 감정을 감지하는 눈치가 발달했을 수 있다. 그는 연화의 감정을 눈치챘으나, 티를 내면 버림받을까 봐 숨긴다. 어떻게든 붙어 있으려고 전전긍긍한다. 하지만 연화는 카를을 떠나보낼 생각만 하고 있었다. 자신의 노력이 무용지물이라는 걸 안 카를이 쌓인 감정을 터뜨렸다.

기만의 씨가 위선을 양분으로 먹고 자라 꽃을 피웠다. 그렇게 만든 건 자신이었다.

연화가 입술을 깨물자 카를이 담담한 미소를 지었다.

"해서, 아가씨의 곁에 머무는 동안은 기사이길 소망합니다."

뺨을 쓰다듬던 카를 손이 툭 떨어졌다. 연화는 그가 체념했음을 알았다.

"당신을 모셨다는 자부심을, 잠깐이나마 지닐 수 있게 허락해 주십시오."

"하지만 나는……."

"정식으로 서임식을 열어달라 요청하는 게 아닙니다. 그저."

카를이 투구를 벗었다. 투구로 가려졌던 표정이 드러났다. 무뚝뚝하나, 포기할 수 없는 의지를 담고 있다. 앞머리가 땀에 젖어 있는 것 외엔 평소와 다를 바 없는 얼굴이었다. 그제야 연화는 알았다. 카를은 평소에도 이런 소망을 품고서 옆에 있었던 거다. 그 얼굴에 무뚝뚝하단 감정을 붙인 건 그녀의 오판이었다.

"아가씨의 기사가 되고 싶을 뿐입니다."

카를의 맹세를 받아들이는 건 정말 쉬운 일이었다. 카를의 모든 것을 받아주겠다고 선언만 하면 된다. 하지만 카를은 연화가 숨겨왔던 비밀을 알아버렸다. 그를 멀리할 이유도, 그를 이용하다 버리면 안 될 이유도 사라진 셈이다.

한 사람에게만 유리한 계약이었다. 그런 것을 카를이 원한다. 달라고 간청하며 구걸한다.

이상한 광경이었다. 해달라 떼를 써도 모자랄 아이는 되레 손사래를 치고, 그런 짓은 할 수 없다며 화를 내야 할 남자는 간절히 청하고 있다.

"후회하게 될 거에요."

"상관없습니다."

"밤마다 이불을 차게 될 지도 모르고요."

"저는 밤마다 악몽을 꾸는 사람입니다. 거기에 이불 차는 버릇이 추가된다 한들 뭐가 두렵겠습니까."

카를이 슬픈 눈을 했다. 당장 눈물이 떨어질 것처럼 아른거린다. 연화가 거절을 고하는 즉시 축축이 젖어들 준비를 하는 것 같기도 했다.

연화는 카를이 슬퍼하지 않기를 바란다. 연화는 그의 눈물을 닦기 위해 내밀었던 손을 거두었다. 자신의 마음이 무엇인지 안 순간 그녀는 결심이 섰다.

잠깐이어도 좋고, 한 순간에 불과할지라도 좋았다. 카를이 원하는 대로 해주고 싶었다.

"어떻게 하면 돼요?"

기사 서임식이 뭔지는 안다. 현대 세계에서도 중세나 기사에 대한 로망을 품는 사람은 많았다. 관련 창작물도 있었다. 하지만 갑자기 뭔가 하라고 떠밀자 머리가 꽉 막히는 기분이었다.

연화가 우두커니 굳어 있자 카를이 방긋 웃는다. 걱정하지 말라 다독였다.

"제가 맹세를 올릴 터이니, 받아주시면 됩니다."

"'영원히'라든가 '평생'이란 말은 하지 마요. 안 받아들일 테니까."

"알겠습니다."

연화가 키다리 스틸트를 제거하는 동안, 카를은 한 다리만 직각으로 세운 채 꿇어앉았다. 기사 서임보다는 '주군을 위한 맹세'

에 더 걸맞은 모양새였다.

원래 기사 서임은 단이 있는 홀에서 진행했다. 군주은 위에 서고, 기사는 군주보다 한 단 아래에 꿇어앉아 서임을 받았다. 하지만 이곳은 손님 방이었기 때문에 단이 없었다. 연화는 고민 끝에 침대 위로 올라가 폭신한 것을 밟고 중심을 유지했다.

"부끄럽게도 기사 수업을 받지 못한 희망자입니다. 자격이 없는 자이나, 감히 아가씨께 서임을 받길 간청합니다. 만고에 더없는 영광은 아가씨의 기사가 되는 것으로 갚고자 합니다. 제 눈에 당신이 담기는 한, 제 검은 당신의 명예를 높이기 위해 존재할 것이며. 제 발이 당신의 그림자에 속하는 한, 제 방패는 당신의 명예를 지키기 위해 존재할 것임을."

카를이 허리춤에 맨 검을 풀어 연화에게 건넸다. 연화는 단숨에 검을 뽑았다. 스륵 소리와 함께 날카로운 검신이 드러났다.

"맹세합니다."

연화는 검 등으로 카를의 양어깨와 머리를 쳤다. 기사가 되었음을 알리는 절차가 끝났다. 이제 맹세를 받아들일 차례였다.

"귀족의 일원이 되지 못한 자가 과한 맹세를 받게 되었습니다. 역시 자격은 없으나, 그대의 영광을 받아들이겠습니다. 경의 이름은 저의 명예가 될 것이고, 경의 무공은 저의 긍지가 될 것입니다. 제 걸음이 경의 곁에 머무르는 한, 경의 맹세는 유효합니다. 그렇기에 수락합니다."

카를이 손을 내밀었다. 연화는 카를의 손 위에 자신의 손을 겹쳐 올렸다. 본래 맹세의 증표를 주고받아야 했지만, 사정상 생략했다.

카를이 연화의 손을 끌어당겼다. 경건한 얼굴로 손등에 입 맞춘다. 살짝 닿았다 떨어지는 입술이 무척이나 뜨거웠다.

"저는 당신의 기사입니다."
나직한 울림이었다.
연화는 멍하니 카를을 쳐다봤다. 만족하는 카를이 무척 낯설었다.

⚜

연화는 몇 분간 멈춰 있다 고개를 들었다.
"안에 있나?"
"……!"
밖에 있는 건 황태자였다. 연화와 카를은 빠른 속도로 시선을 교환했다. 몽롱했던 분위기가 사라졌다.
두 사람은 1분도 지나지 않아 어떻게 행동할지 정했다. 연화는 빠른 속도로 키다리 스틸트와 면사를 착용해 아까의 모습을 되찾았다. 카를은 투구를 다시 머리에 썼다.
침대 위에 걸터앉은 아가씨와, 아가씨의 주위를 경계하는 기사.
처음 방에 들어왔을 때의 모습이었다. 연화는 혹시나 하는 마음에 몇 번 더 확인하고서 말했다.
"들어오세요."
말이 떨어지자마자 문이 열렸다. 황태자가 느린 걸음으로 들어왔다. 탐색하듯 방 안을 살피던 눈이 가늘어졌다. 연화가 침대에 앉아 있는 걸 발견한 뒤엔 헛기침을 했다.
"내가 휴식을 방해했나 보군."
"막 일어서려던 참이었답니다. 그러니까……."
테이블을 가리키며 일어서던 몸이 휘청였다. 스틸트를 간과한 대가였다. 카를이 있었기에 넘어지진 않았다.

연화는 카를의 팔을 붙들고서 머뭇거렸다. 아까 전까지 받아주네 마네, 떠들던 것과 달리 지금 그녀는 카를의 도움이 필요했다. 연화는 그런 자신이 한심했다.

'이래서…… 혼자 움직이지 못하는 상황 따위 싫었는데.'

누군가의 도움이 있어야 살 수 있는 아가씨라니. 이제까지 했던 역할극 중 최악이었다. 당장 스틸트를 벗어던질 수 없는 건, 제 목숨은 물론 카를과 테일러의 목숨이 달려 있어서였다.

'그래도 원하는 상황을 이끌어내긴 했어.'

황태자가 이곳까지 왔다는 건, 로아넨 영애가 그의 마음에 들었음을 의미했다.

연화는 카를의 어깨를 지지대 삼아 서보았다. 스틸트 끝에 신겨진 힐 때문에 무게 중심을 잡는 게 어려웠다. 하지만 어쨌든 성공은 했다.

연화는 다른 쪽 다리도 내디뎌 보았다. 걸을 수 있겠다 싶었을 때, 카를에게 속삭였다.

"부축만 해주세요."

도움을 받아야만 한다면, 어떻게든 범위를 최소화하는 게 낫지 않을까. 민망함이란 가시 숲에 떨어진 양심이 조금이라도 덜 찔리길 바라는 마음이 궁여지책을 만들어냈다.

카를은 고개만 끄덕였다.

연화는 12살 셀리나도 1분 안에 도달할 수 있을 만큼 짧은 거리를 10여 분 동안 고전하며 걸었다. 도중에 황태자가 도와준다는 것은 거절했다.

황태자는 테이블에 앉아 기다렸다. 그는 연화가 착석할 때까지 기다렸다가 한 마디 했다.

"걷지 못한다는 거…… 사실이었나."

"추한 모습을 보여드려 송구합니다."

"아니. 아니다. 오히려 나야 말로 영애를 번거롭게 한 것 같아 미안하네."

입과 달리 당장 돌아갈 것 같진 않았다. 인사치레로 한 소리다.

연화는 면사 아래에서 못마땅한 표정을 지었다. 다행히 황태자는 투시력을 갖추지 못했다. 그는 제 할 말만 했다.

"공이 영애가 아프다고 하기에."

"어릴 때부터 자잘히 앓아 온지라, 아픈 건 일상입니다. 그러니 염려하지 않으셔도 됩니다."

"하지만 아까도 나 때문에 힘든 걸음을 떼지 않았나. 그 정도로 몸이 안 좋은 거 아닌가?"

"물론 전하, 저는 건강하지 않아요. 내일 제 숨이 끊어진다고 해도 누구도 이상하다 의심하지 않을 만큼요. 그렇지만요."

연화는 방글거리며 뒷말을 붙였다.

"적당한 운동은 활력을 준답니다. 그래서 혼자 할 수 있는 일은 혼자 해내려 하고 있어요."

"그런가."

황태자는 그냥 웃었다. 실소에 가까운 미소였지만, 기분 나빠서 짓는 미소는 아니었다.

황태자가 이야기를 하자고 했기 때문에, 연화는 하녀를 불렀다. 바로 차가 준비되었다.

연화는 김이 올라오는 찻잔을 두 손으로 잡았다. 잔 바깥으로 배어 나오는 온기를 쬐면서 황태자의 말을 들었다. 황태자는 자신이 어떤 일을 하고 있으며, 요즘 어떤 일이 재밌는지 말했다. 황태자는 유머감각이 없다 못해 상실된 사람이었다. 정말 재미없었지만, 연화는 적당히 웃으며 넘어가 주었다.

30분쯤 뒤 황태자의 이야깃거리가 떨어졌다. 겨우 지겨움의 감옥에서 벗어났다.

연화는 식은 차로 목을 축였다. 이제 자신이 말할 차례였다.

“어릴 때 정말 좋아했던 책이 있었어요. ‘백조와 호수’라는 동화책이었나. 정확한 제목은 기억나지 않네요. 어쨌든 거기에 오데뜨라는 공주가 나오는데, 마법사의 저주에 걸려서 낮에는 백조로 변했다가 밤이 되면 사람으로 돌아와요.”

연화는 들뜬 목소리로 말했다. 너도 당해보란 심보로, 혼자만 즐거운 척 지루하게 말했다. 시답잖은 말로 질질 늘이자 뛰어난 명작도 재미없는 이야기로 탈바꿈했다.

황태자는 인내가 없었다. 이야기 중반에 말을 끊고 들어왔다.

“그런 책을 좋아했던 이유가 뭔가? 마지막 장면 때문이었나? 모두가 행복해지는 부분?”

“그건 아니에요. 왜냐하면 이 책은 행복하게 끝나지 않거든요.”

저주를 풀 수 없어 낙심한 공주도, 호수에 투신한 공주를 구하러 물에 뛰어든 왕자도 죽으니까.

황태자는 이해할 수 없었다. 재미없는 이야기가 비극이기까지 하니, 좋아할 구석이 없는 것 같은데. 뭐가 재미있다는 건지 모르겠다.

황태자가 혀를 내둘렀다. 연화는 웃었다.

“마법사가 오딘을 오데뜨로 보이게 마법을 걸어요. 왕자는 오딘인 줄도 모르고 청혼하죠. 전 그 장면을 좋아했어요.”

어린 연화는 오데뜨 공주가 되길 소망했다. 세상 물정 모르는 시절에도 자신이 특별하지 않다는 건 알았기에, 대단하고 멋진 존재가 되길 소망했다. 하지만 로아넨 영애라면 자신과 생각이 다를 것이다.

연화는 찻잔 주둥이 끝에 묻은 입 자국을 닦았다. 손톱 아래 고여든 물을 보면서 어떻게 해야 로아넨 영애다울지 고민했다.

"마법이어도 좋고, 영원하지 않아도 좋으니 안 아픈 몸이 되길 바랐었죠."

"그래서 좋아했던 거로군."

"물론 현실엔 그런 마법사 따위 없지만. 다른 세계엔 그런 마법사가 있지 않을까 생각했어요. 적어도 '동화 속 세계'에선 존재했잖아요?"

연화는 부러 발랄하게 말끝을 올려보았다.

이세계를 나가는 방법은 홍연화만큼이나 중요했다. 묻고 싶었는데도 참고 있었던 것은, 대답해 줄 사람이 없었기 때문이다. 카를은 마법을 잘 몰랐고, 테일러는 자신의 관심 분야만 아는 사람이다. 이런 마당에, 이세계의 정보가 있을 법한 황실 도서관에 출입할 수 있는 황태자에게 접근했다. 내심 기대한 상황이었다.

황태자가 어떤 말을 해도 좋았다. 미쳤다는 말을 들어도 괜찮았고, 헛소리를 한다며 외면해도 괜찮았다. 모든 욕은 로아넨 영애가 먹을 것이며, 모든 이득은 자신이 취할 것이다.

황태자는 '그렇다'라는 대꾸 한번 하지 않았다. 팔을 괴고서 상념에 잠긴다. 그가 만들어내는 침묵이 깊고 넓었다.

"제가 헛된 망상을 꾸고 있다고 생각하시나요?"

"아니야."

연화가 새초롬히 말하고 나서야 황태자가 움직였다. 팔을 아래로 늘어뜨리는가 싶더니, 잔 손잡이에 손가락을 걸었다.

"이유는 다르지만, 나 역시 영애와 비슷한 생각을 한 적이 있으니까."

"의외네요. 반짝반짝 잘난 분은 세상에 불만 따위 없을 줄 알았거든요."

"그럴 리가 있나. 나 역시 사람인데."

황태자가 재밌다며 웃는다. 연화는 몇 모금 남은 차를 단숨에 들이켰다. 차 때문인지, 유쾌한 웃음소리가 쓰게 느껴졌다.

"전하께서 바라신 세상은 어떤 세상이었나요?"

"……아버지의 사랑을 받는 세상."

순간 카를이 멈칫했다. 연화는 카를을 향해 잠깐 의아한 시선을 보내다 거두었다. 그보다는 황태자가 무슨 말을 할지가 더 궁금했다.

"역사서에 따르면, 카로틴 초대 여제께선 이세계인이었다고 하더군. 카로틴 건국사 첫 줄은 '하늘문이 열리고 여인이 내려와 나라를 세웠다'로 시작된다. 그러니 이세계란 단어가 망상 끝에서 피어난 헛소리인 것만은 아닌 셈이지."

연화는 고개를 주억거렸다. 손을 들고 뭔가를 쓰는 시늉을 하자 하녀가 필기구를 가져다주었다.

연화가 경청의 자세를 보이자 황태자는 신이 났는지 물어보지 않은 것도 가르쳐 주었다.

"그래서 나는 여제께서 남기신 말을 찾아보았다. 다른 세계로 넘어갈 수 있는 방법이 있을까 하고."

"찾으셨나요?"

"없었다. 그래도 여제께서 남기신 말씀 대부분이 훌륭해서, 무의미한 짓은 아니었지."

황태자가 손바닥을 위로 보이게 내밀고서 손끝을 까딱까딱했다. 연화가 그에게 펜을 내밀자, 종이도 낚아채더니 무언가를 끼적였다.

짧은 문장들이 연달아 이어졌다. 다시 보니 시였다.

-지혜에겐 자식이 둘 있으니 오만과 편견이며,

판단에겐 자식이 하나 있으니 실수이다.

지혜는 자식의 얼굴을 모르며, 판단은 자식을 버렸다.

고독한 둘은 서로를 벗으로 삼았다.

판단은 지혜가 있어 올곧았고, 지혜는 판단이 있어 현명했으나,

이를 시기한 탐욕, 판단을 떼어놓고 지혜를 취하려 한다.

지혜와 판단이 없는 세계엔 열등이 있었으니,

그는 과오에 의지했고, 회상을 좋아했고, 편견을 싫어했다.

그러나 회상, 과오와 편견만을 끌어안고 열등을 내치니.

이에 상심한 열등, 과오를 없애나 편견은 그의 곁에 머물며 조롱했다.

판단은 지혜가 없는 세상에서 열등과 오만을 만난다.

열등에서 떨어진 과오와, 순수와 섞이지 않은 오만이 판단과 함께 하나,

판단은 과오를 알아보지 못하고, 오만은 지혜로 착각한다.

판단이 오만과 지혜가 다름을 알았을 때에야 열등과 만날 수 있었다.

열등이 지우고 오만이 덮었던 과오, 편견이 찾아내나,

회상이 과오를 흘러 보내고, 오만이 판단에게 작별을 고하니,

자유를 되찾은 과오와 판단, 서로를 끌어안는다.

과오를 찾아 완전해진 판단, 다시 지혜와 만나며,

판단을 만나 견고해진 지혜, 탐욕을 무찌를 힘을 얻었다.

그리하여 모두에게 진실이 내리니,

온 세상이 평화로웠다.

황태자는 마침표까지 찍은 뒤 필기구를 돌려주었다.
연화는 덜 마른 잉크가 번지지 않게 조심하며 받았다. 가까이

서 보니 필체가 무척 수려했다. 연화가 감탄하자 황태자가 한마디를 덧붙였다.

"이 시는 여제의 것은 아니다. 여제께서 이세계에 도착했을 때 신께서 내려주신 교지라더군. 여제께선 이 가르침대로 지혜와 판단을 가까이해 카로틴을 부국강성으로 이끄셨다. 수많은 황족들은 여제의 정신을 따르기 위해 이 시를 배우지. 하지만 나는 이 시에 교훈 이상의 의미가 있지 않을까 생각한다. 어쩌면 이 시가 세계를 넘어가는 방법일지도 모른다고."

"……."

"여제께선 원래 세계를 그리워하셨고, 그럴 때마다 이 시를 되새기셨다고 하더군. 그래서 나는 신과 여제께서 거래를 한 것이 아닐까 한다. 이 세계에 강성한 나라를 세우는 대신, 원래 세계로 돌아갈 수 있는 방법을 가르쳐 주겠다든가. 기록에 따르면 여제께선 태자에게 황위를 물려주고 이세계로 돌아가셨다고 한다. 그러니 분명 방법을 찾으신 게 아닐까 한다."

"그렇군요."

연화는 흥미가 없는 고개를 억지로 끄덕였다. 카로틴 창설 신화나 역사를 모르니 나온 반응이었다. 하지만 대강 동의하며 넘어가는 건 쉬운 일이라 그리 답했고, 그것만으로도 황태자는 우쭐해했다.

"참고로, 이 시는 황족들에게만 내려오는 것이다."

연화는 놀란 척 엇, 소리를 냈다. 카로틴 황실에서 여제에 대한 자료들을 꽉 잡고 내어주지 않는다는 건 이미 아는 바였다.

"그런 걸 함부로 유출해도 괜찮으신가요?"

"괜찮다. 이 시가 멋진 건 사실이지만, 대단한 비밀이 담겨져 있는 건 아니니까."

황태자는 자신의 자비로움을 알리는 동시에, 자신이 대단한 은혜를 베풀었음을 알려주었다. 연화는 질린 얼굴을 했지만 입으로는 황공함을 표했다.

황태자는 10여 분 정도 더 머물렀다. 복도 끝에서 테일러의 목소리가 들려왔을 때에야 떠날 채비를 했다.

황태자는 품에서 회중시계를 꺼내더니 시간을 확인한다. 실상은 테일러를 피해 도망가는 거면서, 약속이 있어 자리를 뜨는 척 능청을 떨어대는 것을 연화는 모른 척해주었다. 지루한 데다 실속도 없었던 황태자와의 대화를 겨우 끝낼 수 있다는데, 진실 따위가 뭐가 중요한가.

"오늘 정말 즐거웠어요."

"나도 그렇네."

황태자가 나가다 말고 뒤돌아섰다. 면상은 반반했던 얼굴에서 싫은 말이 나왔다.

"다음을 기약하고 싶을 만큼."

"저 역시 그렇지만. 아시다시피 제 몸이 약해서 다시 뵐 수 있을지는 모르겠어요."

"마음 같아서는 내 쪽에서 찾아가고 싶지만 나 역시 바쁜 몸이라."

황태자가 아쉬운 눈을 했다. 떠나갔던 거리를 금방 좁혀오더니 또 손을 내밀었다. 이번엔 연화의 손을 원했다.

"하지만 영애가 찾아온다면, 언제든 환영하겠다."

로아넨 영애엔 감히 황태자를 거부할 수 있는 힘이 없었다. 테일러도 없는 마당에.

연화는 장갑을 낀 손을 그대로 내밀었다. 희고 얇은 천 아래에 황태자의 체온이 닿았다.

황태자는 품을 뒤적였다. 검푸른 원석들을 꿴 것을 찾아 연화의 손목에 걸어준다. 원석 팔찌였다.

원석들 가운데엔 금장식이 달려 있었다. 카로틴의 상징, 황금 부엉이였다.

"이건 그래서 주는 물건이야. 언제가 되었든, 영애가 나를 만나러 와주었으면 좋겠어. 그리고……."

황태자는 이때까지 보통사람이면 수십 번 낯을 붉힐 말을 뱉어냈다. 그런 사람이 멈칫했으니, 아주 대단한 수작을 부릴 거라 생각했다. 하지만 황태자의 행동은 상상 이상이었다.

"다음에 만났을 땐 데이지…… 라고, 불러도 될까?"

곧, 연화의 얼굴이 썩어 들어갔다.

⚜

"하아……."

테일러는 허공을 보면서 한숨을 쉬었다. 창밖으로 날아다니는 새와, 때맞추어 들어오는 햇살에, 제 할 일을 하는 농부까지 모두 평화롭고 태평한데 왜 자신은 이리 따분한지 모르겠다.

테일러는 신경질적으로 뒤를 돌아보았다. 바로 황녀와 눈이 마주쳤다. 나름의 의지를 품은 눈이 절대 물러서지 않겠다 말한다. 테일러는 픽 웃었다. 찻물에 젖은 상체를 내보이며 옷을 갈아입겠다 말하자, 얼굴은 붉힐지언정 뒤돌아서서라도 기다리던 여자였다. 무시와 외면을 받는다고 물러설 리 없었다.

"무슨 용건이십니까."

정중함보다 빈정거림이 많이 녹아든 목소리를 뱉었다. 황녀는 잠깐 멈칫하더니, 선선한 웃음을 머금었다.

"카이스턴 공의 취향이 많이 독특하구나, 싶어서요."

"무슨 의미입니까."

"모른 척하시는 건가요? 내숭 떠는 남자는 재미없는데."

물론 모를 리 없다. 황녀는 거절당한 상심을 로아넨 영애를 까는 것으로 표출하고 있었다. 테일러는 황녀처럼 웃었다. 화가 많이 난 상태에서 작위적으로 지은 미소가 무척 살벌했다.

"제 약혼녀에 대한 모독은 저에 대한 모욕입니다."

"제 청혼에 대한 거절 역시 저에 대한 모독이었어요."

테일러가 기가 찬 웃음을 뱉어냈다. 갖다 붙일 걸 붙여야지. 혼자 삽질 해놓고 왜 헛소리인가. 테일러의 미간이 깊숙이 파였다.

"말씀드렸지 않습니까. 저는 그 청혼 받아들일 수 없으니, 하지 말라고."

청혼을 거절하는 것은 분명 무례한 일이다. 하지만 그건 청혼을 하기 전 혼담이 오가서 결혼이 기정사실이 되었을 때의 이야기지, 원치 않는 상대에게 한 청혼에 해당하진 않는다.

황녀가 청혼 이야기를 꺼낸 것은 석 달 전이었다. 두 사람은 웨일 후작이 주최한 파티에서 만났다. 테일러는 사교적인 사람이 아니었다. 파티장을 지겹고 따분한 것으로 인식했다. 그랬던 그가 웨일 후작의 파티에 간 이유는, 웨일 후작이 딸아이의 데뷔 파티라며 성가시게 굴었기 때문이다.

웨일 후작은 테일러의 가신으로서 많은 일을 해왔다. 테일러는 그의 청을 거절할 수 없었다. 심심하고 재미없는 자리가 될 것을 알면서도 갔는데, 파티는 그의 예상보다 더 재미없었다.

⚜

테일러는 술을 홀짝 거리면서 시간을 죽였다. 웨일 후작 아래 가신들이 다가오면 적당히 받아주었고, 카이스턴 공작이란 명패에 침을 흘리며 다가온 승냥이들은 싸늘히 내쳤다.

적당히 시간만 죽이다 가는 게 목표였기 때문에 춤은 추지 않았다. 영애들은 손을 내밀었다가 시무룩한 얼굴로 돌아섰다. 테일러는 시간을 확인하면서 언제 나갈까 고심했다. 초대받은 자로서 특별한 사유 없이 퇴장하는 건 정말 어려웠다.

그렇게 1시간을 보냈을까. 황녀가 다가왔다.

"영애들이 이곳에 아주 무뚝뚝한 신사분이 계신다던데."

테일러는 눈만 올려 상대를 확인했다. 까만 머리를 틀어 올리고, 요염한 붉은 드레스를 입은 여성이 눈웃음을 친다. 그 간단한 눈짓에 사내들이 침음성을 흘렸다. 황녀였다.

"공 이야기일 줄은 몰랐어요."

"그렇습니까."

테일러는 시큰둥히 대답했다. 이 파티에 여자가 얼마나 많든 관심 없었다. 테일러의 관심사는 '언제 집에 가느냐'뿐이다.

"공. 그렇게 무심하게 말하면 안 돼요. 공의 그 무심함 때문에 화가 난 여성들이 얼마나 많은지 알아요?"

"모릅니다."

"물론 그러시겠죠. 누가 카이스턴 공에게 이런 이야기를 해줬겠어요."

테일러는 짜증스러운 눈을 했다. 저쪽에 황녀 좋다는 남자가 우글거리는데 왜 굳이 저한테 와서 귀찮게 구는지 모르겠다.

"용건이 그게 답니까."

"당연히 아니죠. 내가 그렇게 실없는 여잔 줄 알았어요?"

황녀는 깔깔 웃었다. 하지만 바로 본론을 꺼내진 않았다. 갖은 농담과 시답잖은 소리로 자신이 얼마나 실없는 사람인지 증명을 한 뒤에야 용건을 내밀었다.

"황제 될 생각 없어요?"

"……무슨 소립니까."

"말 그대로예요. 천하의 지존되는 자리에 오를 생각이 없는지 묻는 거예요."

농담기 하나 없는 목소리다.

"없습니다."

"다른 사람이라면 냉큼 수락할 텐데."

"저는 그 '다른 사람'이 아닙니다."

"아쉽네요."

황녀가 부채로 호호 입가를 가리며 웃는다. 이럴 줄 알았다는 의미의 웃음이었다. 테일러는 불쾌함을 느꼈다.

"설령 저와 결혼한다고 해도, 제가 황제가 되는 일은 없을 겁니다."

"어째서인가요?"

"황위는 이미 황태자 전하의 것이니까요."

웨이휠이 황태자 책봉을 받자, 2황자는 황위 포기 선언을 했다. 그리 된 지 4년이 지났다. 귀족들은 물론 일반 백성들까지 웨이휠이 차기 황제인 줄 아는 상황이다.

"공, 공은 그 사람이 황좌에 오를 만한 사람이라고 생각하는 건가요?"

"그런 질문엔 답하지 않겠습니다."

그러함에도 황녀가 황제위를 넘보는 이유는, 웨이휠의 기반이 약하기 때문이다. 황제와 웨이휠의 사이가 나쁘며, 웨이휠보다는 2황자의 자질이 뛰어나기 때문이다.

황후만 아니었으면 카를로스가 황태자가 되지 않았을 거라 말하는 귀족들도 있었다. 테일러 역시 동의했다. 하나 카이스턴 공작된 몸으로서 그리 말할 수는 없는 노릇이다. 그것도 황녀 앞에서.

테일러가 얼굴을 굳히자 황녀가 또 웃었다.

"좋아요. 그럼 다시 아까의 이야기로 돌아가서."

가느다란 손을 내밀더니 무릎을 살짝 굽힌다. 요염한 미소로 제가 바라는 것을 다시 요구한다.

"저와 결혼해 주시겠어요, 카이스턴 공?"

테일러는 파티가 어떻게 끝났는지 모른다. 자신이 어떻게 집에 왔는지도 모른다. 하지만 그때 어떤 대답을 했는지는 기억했다.

"저는 분명, 그때 하지 않겠다고 했습니다."

"물론 그렇지만, 남자는 세 번 튕기는 맛이 있는 거잖아요?"

"튕긴 거 아닙니다. 저는 진심으로……."

"알아요. 진심으로 저랑 결혼하실 마음이 없으시다는 것 정도는."

황녀는 집게손가락으로 테일러의 가슴을 쿡 찔렀다.

약혼녀의 얼굴을 가린 이유는, 혹 있을지 모르는 사태를 대비하기 위함이었다. 질투에 미친 황녀로부터 제 사람을 보호하기 위한 조치였다.

"그 여자는 그래서 데려다놓은 거겠죠."

황녀는 후후 웃었다. 물어보지 않아도 알겠다. 로아넨 영애라는 신분은 가짜일 것이다.

아프다는 말과, 그래서 세상물정 모른다는 말이 딱 맞아 떨어져서 처음엔 진짜 이런 캐릭터가 있구나 생각했다. 여자가 황태자의 환심을 사기 위해 맹렬히 노력한다는 것을 알고서야, 황녀는 거짓을 눈치챘다. 테일러가 여자의 행동을 싫어하는 척 능청을 떨어서, 알아채는 게 어려웠다.

답은 테일러의 성격에 있었다. 여자가 멋대로 일을 벌였다면 테일러는 묵과하지 않을 터였다. 그만큼 굽히기를 싫어하는 사람이었다.

결론은 하나다. 테일러가 황실의 심기를 건드리지 않기 위해 판을 짰다.

허구의 캐릭터를 설정하고, 뒤따르는 상황을 예상해 동선을 계획한다. 직설적인 걸 좋아하는 테일러가 낸 아이디어일 리 없다. 분명 잔머리 굴릴 줄 아는 책략가의 짓이다.

테일러의 곁엔 수많은 사람이 있다. 특정인을 짚기 어려운데도 황녀는 답을 알 것 같았다.

'그 여자.'

황녀는, 로아넨 영애라며 능청스레 연기하던 모습이 떠올랐다. 익숙하게 상대를 속여 넘긴다. 틀림없이, 그녀는 프로일 것이다. 그렇다고 그녀가 싫은 건 아니었다. 테일러가 아이리스를 찬 이유는 그녀가 황족 아가씨였기 때문인 것처럼, 그녀 역시 카이스턴가와 황실간의 트러블을 막기 위한 도구로 사용된 것뿐이니까.

"저는 독점욕이 강한 사람이 맞지만, 추잡한 짓은 안 해요. 누구누구와는 어머니도 다른걸요."

속은 웨이휠만 바보 된 셈이지만, 불쌍하다는 생각은 들지 않았다. 원인이 뭐든 남의 사람에게 수작 부린 건 지탄받아 마땅하다.

"그러니 한 번 더 물을게요. 정말 그 사람이 적합자고, 황제가 되어 마땅하다고 생각하나요?"

테일러는 미간을 찡그렸다.

"저는 황실사에 관여하지 않을 겁니다."

"제국의 신민(臣民)된 자로서, 암군(暗君)이 제위해도 상관없단 건가요?"

"예, 상관없습니다."

누가 황제 위에 오르든 카이스턴 가는 건드리지 못할 것이므로. 그리고 웨이휠의 자질이 그렇게 심각한 건 아니었다. 2황자와 비교했을 때 떨어진다는 것이지, 그 역시 원하는 것을 얻기 위해 무단히 노력한 사람이었다. 끔찍한 정책을 펼칠 가능성은 낮았다.

"하니. 이번엔 제가 묻겠습니다. 황녀께선 진실로 제국의 미래를 걱정하셔서 이런 부탁을 하시는 겁니까?"

"공이 황제가 되는 미래가, 황태자가 황제가 되는 미래보단 낫다고 생각하니까요."

"그건 백성들을 위한 것입니까, 아니면 전하를 위한 것입니까."

"……저를 위한 것이에요."

황녀는 머뭇거렸지만 솔직하게 대답했다. 아무리 좋은 이념을 말한다 해도, 권력자가 권력을 탐하는 이유는 자신을 위해서다.

"황제에 준하는 권력을 얻고 싶으십니까."

"그것이 제가 아끼는 모든 것을 지키는 유일한 방법이니까요."

다음 황제로 웨이휠이 들어서는 순간, 아이리스는 제 목숨을 부지하기 어려워진다. 불행 중 다행인 점은 그녀는 황녀라서 정략혼인에 이용될 수 있다는 점이다. 문제는 카를로스였다. 웨이휠이 즉위하지 않았는데도, 그의 생사를 모르는 상황이다. 2황자가 살아 돌아온다 한들, 황제가 된 웨이휠 손에 죽을 것이다.

"그렇군요. 이해했습니다."

누구에게나 소중한 것이 있다. 지키기 위해 싸우며, 누리기 위해 힘을 갈망한다.

"그러니 전하, 황제가 되십시오."

테일러는 처음으로 황녀를 향해 웃어 보였다. 자신과 같은 길을 걸어갈 자에게 보내는 예우였다.

황녀는 질색했다.

"저라고 그 수를 생각해 보지 않았겠어요? 하지만 공, 그건 실현 불가한 안이에요."

"어째서입니까? 황족도 못되는 공작 나부랭이를 황제로 만드는 것보단, 황족이 황위에 오르는 것이 더 쉽고 적법한 일이잖습니까."

"제국법상 여성은 황위에 오를 수 없……."

"카로틴 여제를 잊으셨습니까."

황녀가 크게 움찔했다. 초대 여제 이후로 여성이 황위에 오른 적은 없으나, 카로틴 황실은 여제로부터 뿌리를 내렸다. 여제는 카로틴 황실의 정체성이었다.

"전하의 성별 말고, 전하께서 제위에 오르면 안 될 이유가 있습니까?"

황녀는 느릿하지만 천천히 고개를 저었다. 그녀 역시 제왕학과 군주의 도리를 배웠다. 링에 오를 준비는 갖춘 셈이다.

"하니 전하께서 직접 제위에 오르시어 천하의 지존이 되십시오. 그리하신다면 신."

테일러가 주먹 쥔 손으로 왼쪽 가슴을 짚으며 고개를 숙였다.

"전하의 청혼을 받아들일 순 없으나, 전하께서 보위에 오를 때

생길 잡음은 없애 드릴 수 있습니다."

황녀는 아하하 웃었다. 유쾌함보단 허망함이 깃든 웃음이었다.

"거절이 참 요란하시네요. 그 정도로 내가 싫어요?"

"그만큼 전하를 이해하고 있는 겁니다."

테일러가 숙였던 몸을 다시 똑바로 했다.

"우리는 같지 않습니까."

원하는 것을 지키기 위해서는 최고의 자리에 올라야 하는데, 실력은 물론 능력도 충분하다. 부족한 것은 정통성뿐이다. 고된 싸움을 거치고 나가야 무한한 영광을 쥘 수 있다.

테일러의 과거가 황녀였다. 때문에 테일러는 황녀를 싫어할 수 없었다. 그녀의 청혼이 무례하다 생각하면서도 냉혹히 쳐 낼 수는 없었다. 어쨌든 마음 한 구석은 그녀가 잘되길 바라고 있다.

황녀는 씁쓸한 눈을 아래로 떨구었다. 나지막한 목소리로 마음을 전했다.

"그래서 공이 좋았어요."

"그렇기에 함께 설 수 없는 겁니다."

"그런…… 가요."

단호한 말이 흐림을 걷어갔다. 파란 눈이 생기를 찾기 시작했다.

"카로틴의 두 번째 여제, 제가 될 수 있을 것 같아요?"

"신이 단언합니다. 불가능은 없습니다."

황녀는 천천히 미소를 머금었다. 긴 싸움의 서막이었다.

⚜

황녀는 마지막까지 요상한 말을 남겼다.

"공, 기왕 늦어버린 거 천천히 돌아가세요."

테일러는 인상을 찡그렸다. 뭔 소리인지 모르겠다. 제 약혼녀를 제가 만나겠다는데 천천히 가든 빨리 가든 무슨 상관이란 말인가. 네가 상관할 바 아니라 외치고 싶었지만 방금 정치적인 공조를 약속해 놓고 막말을 퍼부을 수는 없는 노릇이다. 테일러는 고개를 숙여 최소한의 예만 표한 뒤 돌아섰다.

셀리나는 똑똑한 아이다. 성인도 생존하기 힘든 황무지를 머리로 횡단할 만큼. 그러니 만약의 사태가 일어나도 목숨이 위험하진 않을 터였다. 아는데도 걱정이 됐다. 테일러는 신경이 쓰여 부러 발을 빨리 했다.

의문은 손님방에 도착하면서 풀렸다. 조용해야 할 방 안에서 말소리가 들렸다. 얼마 지나지 않아 짜증나는 얼굴이 나왔다.

"전하."

네가 왜 거기서 나와. 노려보자 황태자가 움찔한다.

"로아넨 영애가 아프다기에."

"그렇습니까?"

테일러가 한 쪽 눈썹을 치켜 올렸다. 사이는 나빠도 남매라고, 황녀랑 똑같이 같잖은 소리를 한다. 그래도 황녀는 이해할 수 있었다. 그녀는 자신이 아끼는 것을 지키기 위해 욕망을 품었다.

자신의 인생, 오빠의 목숨, 황족으로서의 권력, 카이스턴 가와의 관계 모두 황녀에게 중요한 것이었다. 절실한 만큼 황녀는 노력했다. 하지만 황태자는 취해서는 안 되는 것을 얻기 위해 고군분투했다. 남의 것을 탐하려하다 들키니 뻔뻔한 변명을 늘어놓기까지 한다.

"전하께서 제 약혼녀에게 그리 관심이 많은 줄은 몰랐습니다."

"공, 숙녀에게 친절한 것은 신사의 미덕일세."

테일러는 차게 웃었다. 그런 식으로 넘어간다 이거지. 능구렁이 같은 수완에 치가 떨린다. 그리고 안타깝게도 테일러는 황태자의 말에 '개수작 말라'며 뒤엎을 수 없는 처지였다.

"그러십니까."

"그렇지."

모르는 척 눈감아준 것뿐인데 잘 속아 넘겼다고 의기양양한 꼴이란. 테일러는 불쾌함으로 구겨지는 얼굴을 애써 지웠다. 최근 터득한 '아무렇지 않은 척하기'는 참으로 유용한 기술이다.

테일러는 멀어져가는 황태자를 쳐다보았다. 까만 뒤통수가 점만 해지는 것을 보자, 디온이 했던 말이 생각났다.

"고대에서 내려오길, 군주가 되려면 두 가지 덕목이 필요하답니다. 그런데 웨이휠은 한 가지가 부족해 황제가 될 수 없다고 하더군요."

"네 생각이냐."

"설마요. 제가 그리 똑똑해 보입니까. 레인이 말한 겁니다."

디온이 능청스레 웃었다. 저택 밖으로 말이 새어 나갔을 시, 자신의 몸은 보전하기 위한 궁여지책이었다. 테일러는 침묵했다. 그게 저와 무슨 상관이랴 싶었다. 영주관에 들어오기 전까지만 해도 그렇게 생각하고 있었다. 이제와 생각해 보니 레인이 참 맞는 말을 했다 싶었다.

'봉급을 올려줘야겠군.'

그 김에 황녀를 황제로 만들 방안을 만들어보라고도 하고, 레인이 기뻐하다 통곡하며 쓰러질 일은 테일러의 머릿속에서 은밀히 추진되었다.

황태자는 문을 닫지 않고 떠났다. 테일러가 열린 문 안으로 고개를 내밀자 셀리나가 앉은 자리에서 손을 흔들었다.

"많이 늦으셨네요."

"기다렸나?"

"좀 지루했거든요."

셀리나가 아하하 웃음을 터뜨렸다. 테일러가 문을 닫자마자 면사를 벗고는 이마에 송골송골 맺힌 땀을 닦아 내린다.

"덥기도 했고."

"미안하다."

"윗옷 하나만 갈아입었는데 이렇게 오래 걸릴 리는 없겠죠. 무슨 일 있었어요?"

셀리나는 눈치가 빠르다. 테일러는 고개를 끄덕였다.

"황녀를 만났다."

"유익한 시간을 보내셨나요?"

"내 인생엔 무익했다."

황제 자리에 황녀가 되든 황태자가 되든 테일러가 얻는 이득은 없었다. 카이스턴 가는 황실과 무관히 굳건한 권력을 지니고 있다. 그런데도 황위 교체를 해서 얻을 게 있다면, 변화와 혁신을 맞아 느끼는 기분 전환 정도가 될 거다.

셀리나는 알 만하단 미소를 지었다. 순간 테일러는 불안해졌다.

"혹시…… 들렸나?"

"테일러와 황태자의 대화라면, 확실히 들었죠."

"그것 말고는?"

셀리나는 어깨를 으쓱였다.

"제가 들어야 하는 대화가 있었나요?"

"아니. 없었다. 어쨌든 못 들었단 말이군."

"방음이 잘 되어 있었는지, 아니면 저희도 대화를 나누느라 정신이 없어서였는지는 모르겠지만, 테일러 씨와 황녀의 대화라면 하나도 들리지 않았어요. 전 테일러 씨가 황녀를 만난 것도 방금 알았는걸요."

"그런가…… 뭐, 들리지 않았다면 됐어."

테일러는 안도했다.

셀리나가 몰라서는 아니었다. 셀리나는 알아도 된다.

그녀는 세상 밖에 둘러진 울타리 위에서 세상을 관망하는 방관자 같았다. 세상에 어떤 흉계가 오가든 상관하지 않을 것 같았다. 12살 먹은 소녀에겐 절대 느끼지 못할 초월감이었다.

테일러가 경계하는 것은 황태자뿐이었다. 어떤 식으로든 계획을 방해받고 싶지 않았다. 황태자가 아무것도 모른다면, 셀리나가 뭔가를 눈치챘든 아니든 상관없었다.

"특별한 일은? 없었나?"

"카를과 함께 있었는데요. 걱정할 일은 없었어요."

셀리나가 농담처럼 덧붙였다. 설마 남의 집에서 염치없는 짓을 했겠냐고.

테일러는 아이를 위아래로 훑어 확인했다. 베일부터 드레스까지 새하얀데, 흰 장갑 위에 낯선 물건이 끼워져 있었다. 테일러가 아까는 없었던 물건을 가리켰다.

"그건 뭐지?"

"아, 이건 황태자가……."

"물론 그렇겠지."

황실의 문양이 박힌 물건을 줄 사람이 또 누가 있단 말인가. 테일러가 살벌히 웃자 셀리나가 팔찌 알을 만지작거렸다.

"손목에 걸다 말 물건인 걸요. 신경 쓰지 마요."

"너는 내 약혼녀로 왔어! 네가 누구의 것인지 뻔히 알면서 이런 물건을 씌워준 놈도 문제지만 받은 너도……!"

"그 약혼녀, 곧 죽을 사람 아닌가요?"

셀리나가 말똥한 눈을 부딪쳐 온다. 흥분한 테일러를 차분한 감정으로 감싸 올린다.

테일러는 어깨를 늘어뜨렸다. 흥분했던 자신이 바보처럼 느껴졌다.

"……그렇지."

"그래서 받았는데. 문제 있나요?"

"아니."

테일러도 머리로는 이해했다. 황실에 대한 불만을 한가득 가진 것과 별개로, 그가 가짜 약혼녀를 내세운 이유는 황실과 척을 지고 싶지 않아서였다. 셀리나는 그 사실을 잘 알고 테일러의 취지대로 움직여 주었다.

셀레나가 황태자의 호감을 이끌어냈다는 증거물이 팔찌였다. 그러니 테일러는 당연히 셀리나에게 감사해야 한다. 네 덕분에 일이 잘 풀렸노라 치하를 해야 했다. 하지만 왜일까. 테일러는 그러고 싶지 않았다.

황태자의 비위를 맞추자는 계획엔, 자신 역시 동의했다. 계획이 성공할 경우 어떤 결과가 나올지 알고서 움직였다. 상상 속에선 무덤하게 받아들였던 것이 현실로 나타나자 미묘한 기분이 들었다. 목 안에 까슬거리는 것이 가득 들어차 내려가지 않는 것 같았다.

'분명 내가 원한 일이었는데.'

셀리나에게 일의 의도를 밝힌 것은 자신이었는데. 황태자의 마음에 들어보라 판을 짜준 것도 자신이었는데. 진짜로 황태자의 마음을 얻은 걸 보자 기분이 착잡했다.

'아니, 잠깐.'

테일러는 주먹을 꽉 쥐려다 멈칫했다.

'내가 왜 착잡해야 하는 거지.'

가짜 약혼녀 후보는 많았다. 디온처럼 여장이 잘 어울리는 부하도 있었고, 카이스턴 가신들 중 딸을 가진 자도 수두룩했다. 방법은 무궁무진했고, 셀리나는 최선책이 아니었다. 오히려 성가신 조율이 필요한 쪽이었다.

귀찮고 까다로운 일이다. 하지만 테일러는 다 감수하기로 했다.

이유는 하나였다.

'그러고 싶었으니까.'

일을 벌일 때는 감정이 시키는 대로 행동했다. 저지르고 보자 싶었다. 정신을 차리고 보니 낯선 감정에 당혹스러워 어쩔 줄 몰라 하는 어른만 남았다.

'나는 왜.'

테일러는 셀리나를 쳐다보았다.

12살밖에 안 된 아이다. 허리 아래까지 내려오는 금발이 태양만큼 탐스럽고, 자홍빛 두 눈동자가 홍염만큼 뜨거운 아이다. 이목구비가 뚜렷해 아름다운 얼굴을 가졌지만, 몸의 체형은 가느다란 편이라서 예쁘다는 생각보다는 안쓰럽다는 생각이 먼저 드는 아이다.

아이의 말투는 귀엽지만, 하는 말은 정반대다. 단어 몇 개로 상대를 진정시키기도 하고 약 오르게도 한다. 아이는 자신의 말에 상대가 어떻게 반응할지 잘 알고 있다. 연기에 능함은 물론, 처세술까지 뛰어나다.

아이가 대화를 할 때마다 테일러는 망각을 경험했다. 아이가 얼마나 가느다란 몸을 가지고 있고, 나이는 얼마나 어리며, 힘은 얼마나 없는지 잊어버린다. 저와 동년배 여성이라 착각하게 만든다. 셀리나는 그런 능력이 있었다. 상대가 얼마나 대단하고 하찮든 같은 선 위에 서서 대화하게 만든다.

사람들을 아군과 적, 혹은 권력자와 승냥이로 구분하던 테일러 옆에 처음으로 아무 이해관계 없이 평등하게 선 소녀가 나타났다.

'그리고 나는.'

테일러는 그런 아이가 싫지 않았다. 아이가 사라졌을 때는 공허감을 느낄 정도였다. 다시 만난 아이가 제게 격을 세워 '공작님' 호칭을 붙였을 때는 화까지 났다.

멀어지고 싶지 않았다. 황무지에서처럼, 나란히 서고 싶었다. 하지만 무뚝뚝한 테일러는 아이를 달래는 법을 몰랐다. 기분을 풀어주는 법도 몰랐다. 아랫사람 대하듯 고압적으로 옭아매는 것만 알아서, 셀리나에도 그리해 버렸다.

테일러는 셀리나에게 가짜 약혼녀라는 짐을 씌워버렸다. 수직관계가 되든 말든 옆에 끌어놓으면 그만이라고 생각했다. 그랬으면서 연화가 수하처럼 행동하자 화를 내고 불쾌해했다.

'이 무슨 바보 같은 짓인가.'

테일러가 실소를 터뜨렸다. 허망한 소리를 내며 걸어오는 장신이 오싹했던지 셀리나가 목을 움츠린다.

"테일러 씨?"

"걱정 마. 아직 안 미쳤으니까."

뚜벅이던 장신이 셀리나와 두 걸음을 남기고 멈춘다.

"것보다 그거……."

테일러가 팔찌를 가리켰다.

"계속 차고 있을 건가?"

"영주관에 머물 때까지는 차고 있어야 하지 않겠어요?"

셀리나가 눈을 찡긋하며 웃는다. 테일러는 몇 초 뒤 이해했다.

황태자에 황녀까지 가세한 장난을 피하기 위해 '시도 때도 없이 아픈 로아넨 영애'를 만들었더니 영주까지 나서서 며칠 쉬고 가라고 했다. 피할 길이 없었다. 다시 생각해 보니 황녀에게 조언을 했던 게 참 아까웠다. 상황을 어렵게 만든 주범이 황태자라면 황녀는 종범이었다.

'도움은 무슨. 확 내란이나 일으켜 버릴까 보다.'

카로틴을 전황 속에 밀어 넣는다 할지라도 선대와 약속한 것이 있어, 황족들은 죽일 수 없다. 죽어나가는 것은 애꿎은 백성들뿐이다. 결국 무의미한 짓이었다.

"……젠장."

테일러는 테이블이 들썩거릴 정도로 세게 내려친 뒤, 테이블 위에 걸터앉았다. 셀리나가 어색히 웃으며 티팟을 들어 보였다.

"차나 한 잔 따라 드려요?"

"됐다. 것보다, 그 팔찌."

저렇게 눈에 띄는 것을 착용하지 않고 나가면 황태자가 바로 눈치챌 것이다. 하지만 그렇다고 저 거슬리는 것을 계속 묵인할 생각은 없었다.

"여기서 나가는 즉시 내다버려."

"어머, 어찌 그런 말씀을 하세요. 귀하신 황태자께서 주신 물건인데요."

"누가 주었건 그게 뭔 상관이야. 내가 더 센데."

셀리나가 어이없어하며 웃음을 터뜨렸다.

"무슨 어린애 같은 소릴 하고 있는 거예요, 테일러 씨."

셀리나가 팔찌를 빼 손에 쥐었다. 아이가 팔찌를 흔들 때마다 황금부엉이가 왔다 갔다 했다.

"이렇게, 황족의 물건이라는 게 티 나는 물건을 함부로 버리면 후일을 어떻게 감당하려구요."

"그래, 한심하게 구는 건 나뿐이지."

나는 이렇게 혼란스러워 죽겠고, 머리가 아파 죽겠는데. 너는 아무 일도 없다는 듯 태평하게 굴지. 테일러가 원망을 쏘아 보냈지만 셀리나는 눈 깜짝도 하지 않는다.

"억울하면 좀 더 현명하게 행동하세요. 테일러 씨는 제 말을 듣고 조금 자존심이 상하고 말겠지만, 테일러 씨가 황태자가 싫다며 하는 행동에 두 목숨이 날아갈 수 있어요."

셀리나가 자신과 카를을 가리킨 뒤 손으로 목 긋는 시늉을 했다. 익살스러운 표정과 달리 손날은 날카롭고 섬뜩하게 세운다.

"너는…… 아이 같지가 않아. 어떤 12살짜리도 그렇게 행동하진 않을 거다."

"지켜야 할 것이 많은 사람은 강해져요. 아이같이 굴면 안 돼요. 아이는 떼쓰는 것밖에 할 줄 모르거든요. 원하는 것을 얻으려면 더 영악해질 준비도, 똑똑한 척 내보일 허세도 갖추어야 하죠."

그런 데에 나이가 무슨 소용인가요. 셀리나가 방글거리며 손을 뻗었다. 테일러의 뺨에 하얀 장갑이 닿았다.

"이런 제가 싫으세요?"

아이는 원한다면 그런 모습을 감추겠노라 말한다. 테일러는 고개를 저었다.

"……아니."

싫은 것도, 얄미운 것도, 역겨운 것도 아니다. 호불호를 따진다면, 호에 가깝다.

판단은 쉽다. 이해가 어려울 뿐이다.

상식에서 벗어난 데다, 수상하기까지 한 아이가 자꾸만 좋아져서 혼란스러울 뿐이다.

테일러는 몸을 쭉 펴고 앉았다. 해가 지는 창문에 대고 물었다. 마음이 이리 복잡해질 수도 있나 태양에게 따졌다. 그러나 태양은 물론 달도 대답해 주지 않았다. 자연만물은 테일러의 일에 관심이 없었다.

테일러는 한숨을 쉬었다. 괜히 심란했다.

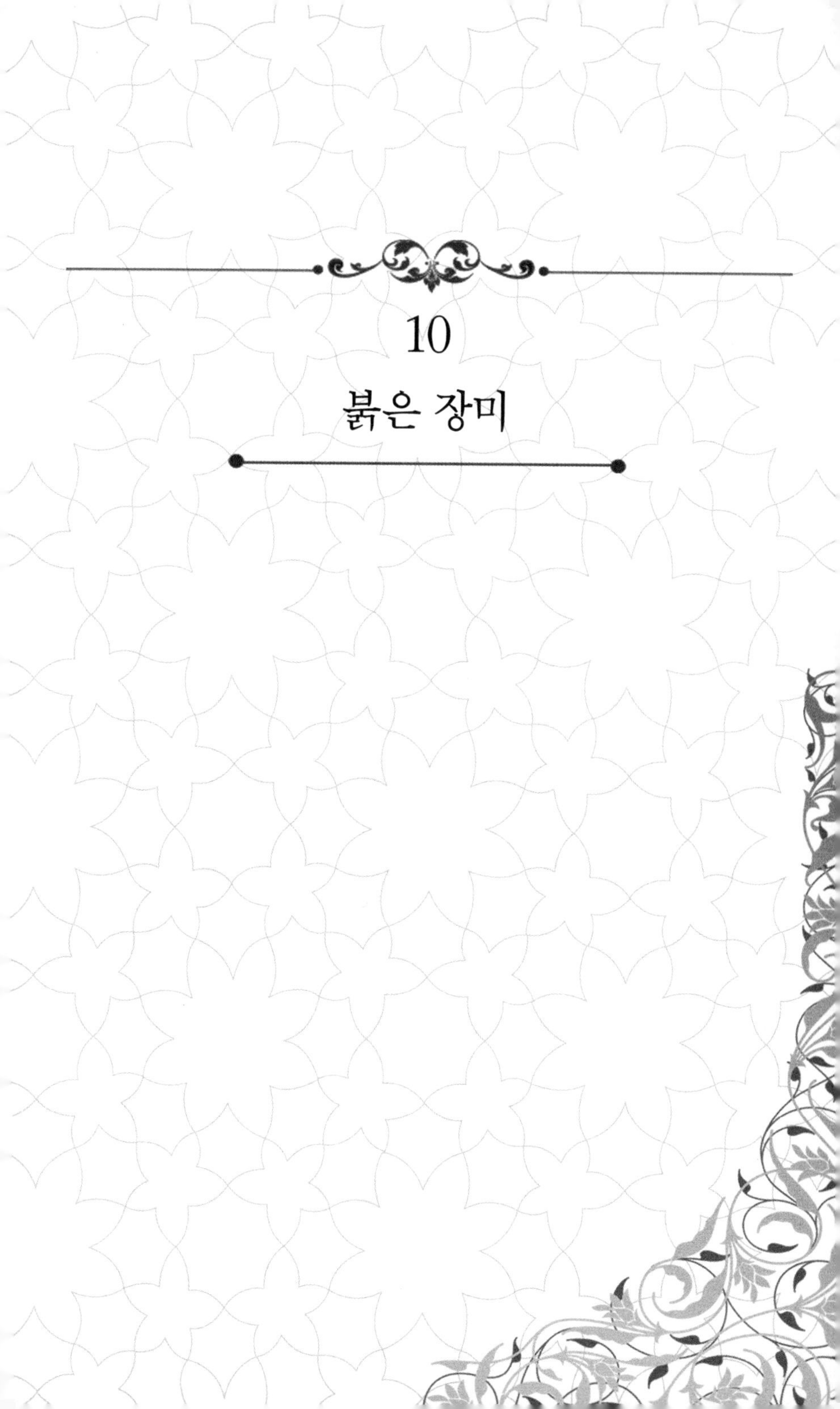

10

붉은 장미

석찬은 조찬 때와 달랐다. 싸한 분위기에서 시작해 재미없는 분위기로 끝났다.

원인은 두 사람이었다. 조찬 때엔 별말 없이 앉아만 있던 황녀가 시시껄렁한 농담으로 분위기를 파탄 냈고, 테일러는 거기에 동조했다. 다행인 점은 두 사람의 장난이 실례되는 선을 넘지는 않았다는 점이다. 황태자는 화를 낼 수는 없어 불쾌감만 표출했을 뿐이다. 그는 석찬이 진행되는 내내 못마땅한 분위기를 풍겼다.

네 사람 중 최약체는 로아넨 역의 연화였다. 그녀는 황태자를 향해 웃어 보였다. 그게 황태자에겐 엄청난 구원의 빛으로 보였는지 석찬 뒤에도 들러붙으려 하는 조짐을 보였지만. 황녀의 한마디로 떼어낼 수 있었다.

"지저분하게 굴지 마세요, 전하. 추합니다. 아니면 추하게 보이길 바라시는 건가요? 황태자 전하께서 공작의 약혼녀에게 추근거렸다는 소문이 온 천하에 퍼지길 바라시나요?"

황태자가 어떤 인물인지는 이미 잘 아는 바였다. 그는 소문을 경계하는 사람답게 흠, 헛기침을 하며 물러섰다. 그만큼 테일러가 다가왔다. 그는 소유권을 주장하듯 연화의 허리를 감아 끌어당겼다.

테일러는 황녀를 향해 감사의 인사를 올렸다. 황녀는 방글 웃으며 대답했다.

"감사한 마음은 충성으로 증명하세요."

테일러는 아무 말이 없었다. 표면상으로는 황족인 자신에게 충성을 바치라는 것이니 이상할 게 없었다. 황태자를 비롯한 많은 사람들이 말 속에 어떤 뼈가 담겨 있는지 몰랐다.

연화는 테일러가 황녀더러 황제가 되어보라 말하는 장면을 읽었다. 처음엔 조언만 주지만, 후엔 황녀가 정권을 잡을 수 있게 실질적인 도움을 제공한다. 이유는 '황녀에게 동질감을 느껴서'이다.

테일러가 황녀에게 조언을 하는 장소는 영주관 복도다. 소설 속엔 영주관 정원을 마음에 들어 한 엘렌이 멋대로 뛰쳐나가자, 테일러가 그녀를 쫓아가다가 황녀에게 붙잡혀 대화를 나눈 것으로 나와 있다.

엘렌의 자리에 연화라는 변수가 들어앉았기 때문에 세세한 연결고리가 바뀌었다. 하지만 테일러가 황녀와 이야기해 일구어낸 결론은 같았다.

테일러가 황녀를 황제로 미는 일과, 로맨스 라인은 무관한 일이라는 의미였다.

연화는 소설의 결말을 모른다. 황녀가 황제가 되었는지 아닌지도 모른다. 하지만 테일러가 남주인공이고, 소설 속 세상은 원래 주인공들에게는 관대하니 제 입맛에 따라 황제를 바꾸겠다는 계획은 어렵지 않게 성사되었을 것이라는 생각은 마차에 타는 순간까지 이어졌다. 연화는 황족들에게 기회가 닿으면 또 보자는 식상한 인사말을 건넸다.

하지만 마차가 출발했을 때는 소설에 대한 생각을 했다. 결말이 어떨지, 내가 읽지 않은 부분들은 어떻게 채워질지를 생각했다. 그렇게 시간을 죽이다 보니, 어느새 테일러의 저택에 도착해 있었다.

크렐 영지는 수도와 멀지 않은 곳에 있었다. 황족들이 왕복할 수 있을 정도였다. 영주관에 도착한 게, 테일러에게는 수도에 온 것이나 마찬가지였다.

테일러와 황족들이 영주관에서 만난 이유는 테일러의 저택이 수도 외곽에 있기 때문이다. 축약하자면, 그래서 교통이 나빴다. 저택까지 가려면 여러 길을 둘러 가야 했고, 그나마도 제대로 닦인 길이 아니었다. 황족들을 부르기엔 좋지 않은 조건이다.

카이스턴 가에 도로를 정비할 돈이 없을 리 없다. 고의적인 방치였다.

연화가 이유를 묻자, 테일러가 어깨를 으쓱였다.

"초대께서 인적 드문 곳을 좋아하셨다고 하더군."

연화는 주위를 둘러보았다. 대저택을 빼곤 사방이 풀과 산이었다.

"확실히 인적은 없네요."

"살인을 즐기셨거든."

혹시 그거 농담? 연화가 싸한 얼굴로 돌아보았다. 테일러는 웃으며 한마디를 덧붙였다.

"가문에서 하는 일이 있어서."

결국 범죄적인 이유는 아니었지만, 석연찮지 않은 건 이쪽도 마찬가지였다. 연화는 '가문의 일이 뭐냐'고 물으려다 그냥 입을 다물어버렸다. 알았다고 해서 뭐 어쩔 건가.

마차에서 내릴 때는 카를의 에스코트를 받았다. 연화는 키다리 스틸트를 풀고서 아래로 내려갔다. 착지하는 순간 뒤집어진 드레스는 테일러가 정리해 주었다.

"앞으로 할 일들, 지금 이야기할까?"

"짧은 이야기라면, 좋아요."

연화는 테일러와 수도까지 동행해 주었을 뿐만 아니라, 약혼녀 행세까지 해주었다. 이제 테일러가 대가를 지불할 차례였다.

"서재는 디온이 안내해 줄 거다. 원하는 아무 때에 들어가도 좋아. 필사를 해도 상관없고. 유출될 기밀 따위, 없으니까."

연화는 고개를 끄덕였다. 디온은 대저택을 관리하는 집사다. 그가 움직이면, 이 저택에서 못할 일이 없다.

"그리고 신분 문제는…… 여유 있을 때 천천히 이야기를 나눠보도록 하지."

"그건, 지금 이야기하고 싶지 않다는 뜻이신가요?"

"저택에서 여유를 누려보란 의미지."

테일러가 연화의 머리 위를 쓰다듬었다.

"그동안 꽤 힘든 여정이었을 테니까."

힘든 적 없다. 카를과 단둘이서 움직였을 때라면 모를까.

테일러와 재회한 순간부터 매 순간이 여유로웠다. 잡일에 시달리는 테일러를 기다리면서 많이 쉰 데다, 가짜 약혼녀가 될 즈음에는 카이스턴 본가에서 내려온 마차를 타고 이동했다. 그러나 야밤에 쓸데없는 주제로 논쟁을 벌일 이유가 없었기에 연화는 그냥 고개만 끄덕였다.

사소한 문제 따위 덮어버릴 만큼, 원래 세계로 돌아갈 힌트를 얻을 수 있다는 기대감이 컸다. 하지만 테일러가 허락했다고 서재에 들어갈 수는 없었다.

디온의 제지 때문이었다.

"치장은 숙녀의 미덕이라고 합니다만, 저는 생각이 다릅니다. 신사 분들도 귀한 분을 만나러 갈 때마다 한껏 치장을 하잖습니까. 그것이 상대에 대한 예의지요. 그래서 하는 말인데, 서재 역시 단장이 필요합니다. 사용인들 역시 아가씨에게 예의를 보여야 하지 않겠습니까?"

"그래서 서재 청소가 언제 끝난다구요?"

"사흘만 주십시오. 그 안엔 반드시 끝납니다."

연화는 인상을 찡그렸다. 당장 들어가지 못한다는 것을 알자 괜한 조바심이 났다.

"서재가 그렇게 큰가요?"

"본관 옆에 딸린 건물 보이십니까? 태양의 불꽃여왕이 내려앉을 것 같은 저 고운 자태가 담긴 저 건물 말입니다."

여왕은 모르겠고 불기둥 같은 게 있긴 했다. 연화는 일단 고개를 끄덕였다.

"네, 잘 보이네요."

"저기가 바로 서재입니다."

"건물의 어디서부터 어디가 서재인데요?"

"건물 자체가 서재입니다. 1층부터 3층까지 책으로 꽉꽉 채워져 있지요."

그건 서재가 아니라 도서관이라고 불러야 할 것 같은데. 연화는 어이없는 눈으로 건물을 쳐다보다 납득했다. 저렇게 큰 건물을 청소하려면 하루 이틀 가지고는 안 될 것이다.

"이해했어요."

연화는 물러섰다. 어차피 자신은 이곳의 손님으로 왔다. 안 되는 일을 우겨 사용인들의 원성을 얻을 이유가 없다. 그래서 할 일 없이 며칠을 보내게 되었지만, 싫지는 않았다. 테일러의 저택에서 보내는 시간들이 호사스러워서였다.

실력 좋은 주방장이 올려 보내는 요리에, 셀리나의 보석으로도 사기 힘든 의복과, 시종일관 친절함을 유지하는 하녀까지 있었다. 왕이 부럽지 않은 생활이다.

게다가 전망 좋은 정원까지 존재했다. 디온이 예산을 굴려 꾸며놓은 곳이었다.

연화는 창밖을 내려다봤다. 오늘 날씨도 좋은 것을 확인한 뒤 어제와 같은 일정을 정했다.

'나가 놀자.'

연화가 화장대 앞에 앉자 하녀가 다가왔다.

"아가씨, 오늘은 어떻게 해드릴까요?"

"위로 올려줘. 시원하게."

"알겠습니다."

연화는 화장대 앞에 앉아 머리핀을 만지작거렸다. 뱅글 만 머리 위에 장식하기 위해 덧붙이는 핀이었다. 보이기 위한 용도답게 핀 본체에 보석들이 실용성 없는 모양새로 붙어 있었다. 연화는 보석 알들을 세어보다 고개를 들었다.

거울 너머로 머리를 올리느라 고군분투하는 하녀를 봤다. 입을 헤 벌렸다가, 다물었다가, 갑자기 인상을 썼다가, 또 풀면서 머리 모양을 잡아주기 위해 애쓰고 있었다.

셀리나의 머릿결은 나쁘지 않았다. 하지만 숱이 많은 편이라서 잔머리가 삐져나오지 않게 올리려면 상당히 고전해야 했다.

"루디, 대충하고 끝내. 너무 예쁘게 할 필요 없어."

연화는 혀를 차면서 머리핀을 들어 올렸다. 적당히 하고 마무리 지으란 뜻이었다. 그러나 루디는 머리와의 싸움에서 승리하겠다며 투지를 불태웠다. 몇 분 뒤, 루디는 엄청난 집념을 발휘해 셀리나의 머리를 차분하게 하는 데 성공했다.

"다 되었습니다, 아가씨."

"오늘도 수고했어, 루디."

연화가 화장대 위에서 몸을 일으키자 루디가 졸졸 따라온다.

"오늘 티타임도 정원에서 가지실 건가요?"

"응. 준비해 줘. 그리고 어제도 말한 거지만, 원한다면 루디가 마실 것까지 준비해도 좋아."

"영광입니다, 아가씨."

루디는 메이드복 양 끝의 프릴을 잡고 무릎을 살짝 숙여 보였다. 인사치레가 끝난 뒤엔, 바닥에 떨어진 머리카락을 조금 주운 뒤 사라졌다. 누가 봐도 기쁨에 들떠서 사라지는 소녀 그 자체였다. 웃는 연화 뒤로 인기척이 등장했다.

"루디를 구워삶는다고 주군과 만날 수 있는 건 아니랍니다, 아가씨."

디온이 느글한 미소를 지었다.

"제가 바라는 건 테일러 씨와의 담소가 아니라 서재 출입인데요."

어떻게 되었어요? 연화가 물었다. 디온이 약속한 사흘은 지난지 오래였다.

디온이 싱긋 웃었다.

"당연히 안 되었지요!"

"당연하단 말을 그렇게 사용할 수 있을 줄은 몰랐네요."

"제가 원래 한 능력 합니다. 언어의 마술사 디온이라 하면 제

고향에선 아주 유명했습죠! 모르는 사람이 없었답니다."

디온이 으쓱해했다. 카를이 빈정댔다.

"언어의 마술사는 무슨. 무능의 마술사겠지."

"우와, 형님 말 진짜 심하게 하시네!"

"내 생각을 말한 거다."

"그럼 생각이 썩으셨."

"뭐?"

"아닙니다, 형님."

카를이 검 손잡이 위에 손을 올리자 디온이 기겁하며 세 발자국 물러났다. 그가 진정하란 의미로 두 손을 들어 보였다.

"워후. 제가 뭘 어쨌다고 이러십니까."

"분명 나보고 생각이 썩었다고."

"아이고! 어느 요망한 주둥이가 그런답니까! 이 주둥이 말씀이십니까, 기사님?"

디온이 손바닥으로 자신의 입을 때렸다. 찰싹 소리와 함께 붉은 손자국이 생긴다. 자해 강도가 꽤 심한 걸 것과 달리, 입은 웃고 있다. 모두 장난이란 의미다.

카를은 고개를 저으며 물러섰다. 피곤하단 뜻이었다. 연화는 카를 앞으로 나섰다.

"서재 건 때문이 아니라면, 무슨 용건으로 온 건가요?"

"용건 없습니다. 가는 길이 같아서 겹쳤을 뿐. 아가씨를 만나러 온 건 아닙니다. 물론 아름다운 아가씨와의 만남은 언제나 제 가슴을 설레게 하지만! 저는 바쁜 몸이라서 말입니다."

요란한 행동이었지만 무슨 말을 하는지는 파악했다.

"정원에 무슨 볼일이 있으신데요?"

"꽃을 좀 심으려구요."

디온의 말이 떨어지기가 무섭게 코앞으로 하인들이 지나갔다. 장미 모종을 안고서 정원으로 걸어간다.

"장미를, 말인가요?"

"예. 아가씨께서 그리도 좋아하신다는 새빨간 장미지요."

"아니, 그건 내 취향이 아니라."

황태자의 취향인데. 연화는 입을 달싹거리다 말았다. 디온이 장난치는데 진실여부는 중요하지 않다.

"물론 아가씨께선 이 정원에 심어진 장미가 무슨 색깔이든 상관없으실 겁니다! 하지만 곧 이 정원에 붉은 장미가 몇 송이나 있을지 확인하러 올 사람이 있을 것 같아서 말입니다."

"황녀 전하 말씀이시군요."

디온이 고개를 끄덕였다.

디온과 대화를 해본 건 손에 꼽지만, 연화는 그를 어떻게 대해야 할지 알았다. 장난에는 대응하지 않고 제 할 말만 하면 된다.

"세상에. 정말 끔찍하지 않습니까! 그렇게 인기도 많은 미인이 주군 따위에게 목을 맨다는 사실 말입니다."

테일러는 황녀를 위한 정치적인 행보를 하지 않았다. 디온은 황녀가 저택으로 행차하는 이유를 모르는 상태였다.

"아니면 공작부인이라는 게 그렇게 영광스러운 자리입니까? 제 머리로는 도무지 이해가 안 가는데요. 전 제 주군과 한 침대에 눕는 생각만 해도 소름이 끼칩니다. 어후. 싸늘하게 웃으면서 '첫날밤을 보여주마' 하고 댕강 목을 자를 것 같지 않습니까?"

"글쎄요, 그런 것보다는……."

어차피 알게 될 사실이니, 제 입 아프게 말해줄 이유는 없다. 지루한 설명보다는 지금 보게 될 광경에 더 관심이 있기도 했고.

"뒤에."

"……?"

연화가 고갯짓을 했다. 디온의 고개가 천천히 돌아갔다. 야차와 비슷한 얼굴을 한 테일러가 손가락을 까딱한다.

"그 첫날 밤. 지금 보여주지."

"헉?"

"각오해라, 디온."

테일러가 스산한 미소를 머금었다.

디온은 달아나지 않았다. 도망가 봤자 카이스턴 저택 안이다. 결국 테일러 손바닥이란 뜻이다.

죽을상을 한 디온과 달리, 테일러는 행복해 보였다. 업무를 떠밀어 편해질 수 있는 기회가 왔다. 세상만사가 그렇게 아름다워 보일 수가 없었다.

테일러는 근래 그를 가장 귀찮게 했던 업무를 내뱉었다.

"포트렌 업무 대행."

"그걸 제가 왜 합니까! 전 오늘 장미만 심고 놀 겁니다!"

"싫으면 대련 한번 하지. 이기면 봐주겠다."

"……그냥 하죠."

디온이 고개를 숙였다. 테일러는 손을 내저었다. 가보란 뜻이었다.

디온은 볼을 부풀렸다. 여유로웠던 일정이 빡빡해지자 불쾌해졌다. 그러나 제 입도 주군도 욕할 수 없는 디온은 다른 것을 탓했다.

"젠장. 그 영감은 왜 갑자기 죽어선……."

포트렌 영지는 카로틴 서쪽에 위치한 작은 땅이다. 영지 크기는 작지만 중요한 곳이다.

곡창지대나 광산이 있어서는 아니다. 포트렌 영지의 중요성은 서부의 주요 도시를 잇는다는 것에 있다. 그래서 포트렌엔 서부의 상권을 진 상인들과, 상인들의 돈 냄새를 맡고 몰려든 도둑들이 득실거린다. 그러니 포트렌이 사건사고 천국이 된 것은 당연했다. 영지민도 아니라 세금을 물릴 수도 없는 것들이 일만 늘리기에 더 골칫거리였다.

전 영주는 성격이 괴팍했지만, 유능했다. 그는 상인들이 영지를 통과할 때 마다 수수료를 받았고, 그 돈으로 군대를 유치했다. 규율을 엄격히 시행함은 물론이다. 다른 영지보다 배는 엄한 규율에 도둑들은 꼬리를 말았다. 그가 살아 있는 한 포트렌은 안전했다. 문제는 그의 후임자가 없다는 데에 있다.

잡일이 많은 것과 달리, 부수익 거리는 없는 게 포트렌 영주직이다. 귀족들은 영주직을 맡는 것을 거부했다. 그렇게 영주 자리가 공석이 되자, 도둑들이 활개를 쳤다. 안 보이던 건달패까지 나타나 행패를 부렸다.

참다못한 상인들은 옆 영지 영주에게 항의했다. 그는 일의 심각성을 파악한 뒤 카이스턴 가에 보고를 올렸다. 카이스턴 가는 대대로 서부 귀족들의 수장을 자처해 왔다. 테일러가 처리해야 하는 일이라며 펜에 힘을 한껏 줘 올린 장계는 카이스턴 가에 도착했다.

테일러는 엄청난 일감에 분개하면서도, 수긍은 했다. 서부 귀족들의 수장 자리를 자처해서 얻은 이익만 누리고 포트렌의 일은 나 몰라라 할 수는 없는 노릇이다. 테일러는 평소 업무량의 두 배 가까이 되는 일에 시달리다 지쳐 버렸다. 머리를 식히려 집무실을 나오다 연화를 봤다. 디온을 발견한 건 그 다음이었다.

디온에게 일을 떠넘기기 위해 접근한 것은 아니었다. 소녀 앞에서 활기차게 얘기하는 모습이 거슬려 다가갔다가 디온의 헛소리를 경청하게 되었을 뿐이다.

'어쨌든 난 편해졌으니까.'

테일러는 그게 왜 거슬렸냐는 것엔 초점을 두지 않았다. 안 그래도 머리 아픈 일이 많았던 최근이었다. 그는 사소한 감정은 묻어두고 현실에 치중하기로 했다.

테일러는 연화의 어깨 위에 손을 짚었다.

"정원에 간다고 했었나?"

"같이 가시려구요?"

"안 될 이유라도 있나?"

능청스러운 물음이었다. 연화는 고개를 저었다. 이곳은 테일러의 저택이다. 주인인 그가 정원에 가겠다는데 손님인 그녀가 무슨 수로 말릴까.

"그럼 같이 가지."

테일러가 앞장서서 걷는다. 연화는 그를 따라가다 말고 뒤를 돌아보았다. 당연하지만, 카를이 따라오고 있었다.

눈이 마주치자 카를이 고개를 숙여온다. 연화는 그에게 가까이 오라 했다.

"아가씨?"

카를이 의아해하면서도 일단 다가왔다. 연화의 귀에다 대고 카이스턴 공작을 치워주길 바라냐고 속삭였다. 그러나 연화는 고개를 젓곤 품속을 뒤지더니 손에 잡힌 종이들을 카를의 품으로 쑤셔 넣었다. 어떻게 하면 이 세계를 나갈 수 있으며, 나갈 방법은 어떻게 얻을지 적어놓은 종이들이었다.

카를은 연화가 종이에 무엇을 끼적이든 상관하지 않는 사람이고, 루디는 글을 모르기에 상관하지 않아도 되는 사람이다. 하지만 테일러는 다르다. 그는 연화의 일에 관심이 많은 사람이다. 그는 종이에 적힌 언어가 무엇인지 물을 것이고, 연화는 설명할 수 없다. 말 그대로 곤란한 상황에 봉착하는 것이다.

카를은 연화가 무엇을 바라는지 알았다. 그가 종이들을 품속에 넣고 단단히 여민다. 바스락 소리에 테일러가 뒤를 돌아보았지만, 카를의 등과 바지런히 움직이는 손 외엔 보이는 게 없었다.

"뭐지?"

테일러가 의문을 표했다. 연화는 별스럽지 않은 얼굴로 대꾸했다.

"옷이 삐뚤어져 있는 것 같아서요."

테일러는 연기 실력이 늘었음에도 눈치는 그대로였다. 원래도 카를의 일엔 큰 관심이 없던 남자였다. 그는 '그런가 보다' 중얼거리곤 다시 정원 쪽으로 몸을 틀었다. 그렇게 몇 걸음을 걸었다. 정원이 보이는 계단에 내려서서야 테일러가 연화에게 말을 걸어왔다.

"요즘 뭐 하고 지냈나?"

활자로 보았던 대사가 떨어졌다. 연화가 멈칫했다.

-요즘 뭐 하고 지냈나?

가짜 신부 행세가 끝난 뒤, 엘렌은 테일러의 저택으로 초대받는다. 그러나 테일러가 바빴기에, 두 사람은 한 저택에 있으면서 만나지 못하다 테일러가 디온에게 일감을 떠넘기면서 여유가 생겼다. 테일러는 엘렌과 데이트를 하기로 한다.

문제는 테일러가 무슨 말을 해야 할지 몰랐다는 점이다. 그는 남의 호감을 사기 위한 말을 해본 적이 없었다. 그는 잠깐 생각한 끝에, 아무 때나 던져도 이상하지 않은 말을 했다. 그에 엘렌은 이렇게 대답했다.

-별일 없었어요. 당신은요?

이야기의 주도권이 테일러에게 넘어간 셈이다. 테일러는 기다렸다는 듯 자신의 근황을 늘어놓는다. 근래 늘어난 일 때문에 힘들었다는 게 주 내용이었다.

엘렌은 힘들게 일한 적이 없다. 고민에 공감하지 못했는데도, 테일러는 그녀가 들어주었다는 것에 만족해한다. 그는 일 때문에 스트레스가 쌓인 상태였다. 상대가 누구든 제 푸념을 들어주기만 하면 상관없었던 거다.

누가 서도 괜찮은 자리에, 엘렌은 없다.

연화가 셀리나의 몸에 들어가 테일러를 살려낸 순간부터 이야기는 바뀌었다. 엘렌은 여주인공 자리에서 탈락했고, 그녀가 가져야 할 것은 셀리나의 것이 되었다. 엘렌과 테일러는 맺어지지 않았다. 하지만 테일러가 남주인공이라는 사실은 바뀌지 않았다. 그가 건재했기에 이야기의 큰 기둥들을 그대로 유지되었다. 엘렌이 빠져도 이야기가 유지된 이유다.

연화가 이야기의 흐름대로 움직이면, 공작부인이 되는 것은 셀리나일 것이다.

'하지만 그래선 안 돼.'

연화는 주먹을 꽉 쥐었다. 손톱 아래에 굳은살이 덜 밴 살이 닿아 찌릿한 통증을 남긴다.

이야기를 뒤틀면 안 된다는 관념은 사라진지 오래였다. 어차피 이야기는 바뀌었고, 돌이킬 수 있는 방법은 모른다. 이야기가 뒤틀려 엘렌이 손해를 보게 된다는 걸 알지만, 별로 미안하진 않았다. 여리고 약했던 이복동생을 죽이려 했던 여자다. 동정할 이유가 있을까.

연화가 신경 쓰는 건 하나였다. 원래 세계로 돌아갈 방법을 찾았을 때, 테일러와의 관계가 도움이 될까 아닐까.

연화는 소설의 결말을 모른다. 테일러와 재민이 다르다는 건 알지만 얼마나 다른지는 모른다. 그렇기에 확답할 수 없었다. 분명한 것은, 완전한 여주인공이 되어서는 안 된다는 것이다. 이 세계의 중심축이 되지 않아야 쉬이 돌아갈 수 있을 것이다.

다행히 기회는 많았다. 소설로 치면 이곳은 초반부. 테일러와의 관계를 굳히기 위한 장치들이 깔릴 예정이었다. 모든 장치를 적당히 피해가면 곤란한 입장에 처하진 않을지도 모른다. 그러기 위해 해야 할 일은, 엘렌과 다른 결과를 얻는 것이다.

연화는 테일러의 주저리를 막을 문구를 생각해 냈다.

"굉장히 상투적인 질문을 하시네요."

"주인이 손님의 안부를 물을 때 참신함을 갖출 필요는 없다고 생각하는데?"

"견해가 달라 유감이네요. 전 손님이 지루해한다면 질문을 바꾸는 게 예의라고 생각하거든요."

테일러의 눈썹이 꿈틀한다. 뒤따라 나와야 할 대화들이 뒤엉켜 사라진다. 연화는 언어의 잔재를 밟아 완전히 소멸시켰다. 아무것도 모르는 아이처럼 양팔을 벌리고 서너 바퀴 빙글 돌았다. 꽃잎이 팔랑팔랑 내려와 어깨와 머리 위로 떨어졌다.

"이렇게 아름다운 정원에서 재미없을 게 뻔한 이야기를 나눠야 할 필요는 없다고 생각하기도 하구요."

"그런가."

테일러가 웃었다. 연화를 따라 정원에 발을 들인 그의 위로도 꽃잎들이 떨어져 내렸다.

테일러는 꽃잎들이 성가신지 손으로 마구 쳐 냈다. 연화 앞에 서선 굵은 손으로 연화의 어깨를 잡았다.

"그럼 그대가 이야기를 해봐."

테일러의 그림자가 짙게 내려앉았다.

"재미없지도, 상투적이지도 않은 이야기를."

"주제를 따지지 않으신다면야."

테일러가 고개를 끄덕였다. 연화는 싱긋 웃으며 그와 거리를 벌렸다.

서너 걸음 떨어졌음에도 테일러의 장신이 만들어낸 그림자에서 벗어날 수 없었다. 연화는 아래를 보았다. 그림자에 물든 바닥이 재민의 머리색과 닮았다. 순간 무슨 말을 해야 할지 깨달았다.

"저요, 테일러 씨와 많이 닮은 친구가 있어요."

뒤로 깍지를 끼면서 다시 고개를 들었다. 테일러가 검지로 턱을 문지르며 생각에 잠긴다. 상념에서 나온 뒤 그가 일은, 자신과 비교된 대상이 얼마나 멋진지 확인하는 것이었다.

"그 친구도 귀족인가?"

"귀족이라 부를 수 있는지는 모르겠고, 소설가이긴 해요."

불만족스러웠는지 테일러가 미간을 찡그렸다.

"별 볼 일 없는 자였나."

"제게는 특별한 사람이었어요. 위험할 때 구해줬고, 외로울 때 같이 있어줬고, 그리고 잠깐 사귀기도 했었고."

가만히 쭉 듣고 있던 테일러가 '사귀었다'는 말에 반응했다.

"그럼 지금은?"

"그냥 친구예요."

친구였던 연인이 헤어지면 어색한 사이가 된다던데, 둘은 그렇지 않았다. 외로움을 많이 타는 연화가 재민을 붙들어서인지, 재민이 거리낌 없는 성격이어서인지는 모른다. 두 사람은 지금까지 교류를 이어갔고, 여전히 단짝이었다.

"헤어진 이유가 뭐지?"

"방해가 돼서요."

먼저 헤어짐을 생각한 쪽은 연화였다. 그녀는 누군가를 지속적으로 챙겨주는 것에 불편을 느꼈다. 저와 맞지 않는 부분들을 맞춰야 한다는 점엔 짜증도 났다. 질린다는 생각이 들었을 때 재민이 제안했다. 다시 친구로 돌아가자고. 그녀가 이상을 실현하는데 자신이 거치적거리지 않냐고 했다. 확실히, 일과 연인을 동시에 잡는 건 어려운 일이었다. 연화가 깨달았기에 둘의 관계는 바뀌었다.

"별은 양손으로만 딸 수 있는데, 그와 함께 가려면 손을 잡아줘야 하니까 한 손을 못 썼거든요. 그래서 헤어졌죠."

연화는 야망이 있기에 높이 올라가야 한다. 땅의 것에 묶이지 않아야 자유로이 높이 비상할 수 있다.

"별을 따고 나면, 다시 그와 사귈 생각인가?"

"아마, 그럴 수 없지 않을까요."

연화가 싱그러운 웃음을 지어 보였다.

"저는 양손으로 별을 잡아야 만족하는 사람이거든요."

꿈에 그리던 이상향에 도달해야 만족스러울 것이지만, 성공하지 못한다 할지라도 별을 탐하는 욕망을 접진 않을 것이다. 꿈꾸지 않는 홍연화는 의미가 없고, 야망이 없는 홍연화는 가치가 없으니까.

"어때요. 재미있었나요?"

"재미없었어."

"그런 것치곤 꽤 열중해서 들으셨던 것 같은데요."
"그대가 남 이야기를 하는 것 같지 않았거든."
눈치가 아예 없는 줄 알았는데. 이상한 곳에서는 눈치가 있다. 연화가 감탄사를 흘리자 테일러가 다시 거리를 좁혀왔다. 기다란 장신이 연화 쪽으로 숙여진다.
"그래서. 내가 그대 일에 방해가 되면, 떼놓을 생각이라고?"
"예외는 없어요."
10년지기 친구든, 이상한 나라에서 만난 공작님이든 말이다.
테일러가 그늘진 얼굴 그대로 웃었다.
"잘됐군. 오늘 나는 그대를 도와주러 왔으니 말이야."
이건 농담일까. 아니면 분노의 표출일까. 연화가 그의 입술을 뚫어져라 쳐다보았다. 테일러가 사심을 누그러뜨리며 웃었다. 그는 용건을 말할 때 매우 진지해졌다.
"네 신분에 대한 보증."
굵은 손이 다시 어깨를 잡아왔다. 연화는 어깨에 가해지는 충격보다 말의 무게에 더 놀랐다.
"약속했잖아."
테일러가 얇은 입술을 휘며 속삭인다.
그렇기에, 자신은 방해꾼이 아니라고.

테일러는 갑작스러운 예정을 잡는 척하면서, 사전에 계획한 말을 꺼냈다.
"아무리 나라도 황실에서 주최하는 파티에 빠지는 건 어려우니까."

테일러가 소매 안쪽에서 초대장을 꺼냈다. 금박이 붙어 반짝거리는 종이가 무척 화려했다. 연화는 종이를 펼쳐 내용을 확인한 뒤 테일러에게 돌려주었다.

"그래서 황녀의 생일파티에 참석 하시겠다구요?"

"많은 귀족들이 모이는 자리다. 그곳만큼 신분을 공증하기에 좋은 곳도 없지."

테일러의 계획은 간단했다. 연화는 테일러의 에스코트를 받으며 입장하기만 하면 된다.

테일러는 여성을 에스코트한 적이 없었다. 수많은 사람들이 그녀가 누군지 궁금해할 것이고, 테일러는 그녀가 오클레앙 영애라 밝힐 것이다.

사람들의 의문은 카이스턴 공작의 권위로 막고, 그녀에 대한 궁금증은 테일러 아래 가신들이 만들어낸 소문으로 덮는다. 모든 일은 테일러가 다 알아서 한다. 연화는 테일러의 손을 잡고 입장했다가, 적당한 때에 그와 함께 퇴장을 하면 되었다.

방법은 물론 시기상으로도 문제는 없다. 테일러의 저택에서 이름 없는 영애로 머물 수는 없는 노릇이다. 그러나 걸리는 것은 있었다.

"누군가가 오클레앙 영애를 에스코트하는 이유를 물으면요?"

남성이 여성을 에스코트할 때는 명분이 있기 마련이다. 보통은 친분에 대한 증명이지만, 사이가 좋지 않은 가문의 당사자들끼리 화해의 의미에서 하기도 한다.

둘 중 테일러가 내민 명분은 첫 번째였다.

"오클레앙 백작은 내 가신 중 하나다. 하지만 안타깝게도 그는 타국에서 임무를 수행하다 죽었지. 나는 그를 예우하는 의미에서, 그의 딸을 에스코트하기로 했다."

연화는 눈을 깜빡였다. 이런 이야기는 소설로도 본 적이 없었다. 한마디로, 금시초문이었다.

"처음 듣는 이야기인데요."

"당연하지. 거짓말이었으니까."

뭐. 연화가 테일러를 쳐다봤고, 테일러가 웃었다.

"죽은 자는 말이 없는 법이지 않나."

오클레앙 백작 부부의 죽음과 관련된 진실을 저 좋을 대로 이용한 건 연화가 먼저 시작한 일이다. 그렇기에 그녀는 할 말이 없었다.

"좋아요. 그 문제는 해결된 걸로 치고……."

연화는 눈을 감았다. 파티장에서 무슨 일이 있을지 떠올려 보았다.

수많은 귀족들이 거물 테일러를 보고 꼬여들 것이다. 하지만 테일러는 냉랭하게 쳐 낼 거고, 이에 상심했던 귀족들은 살아 있는지도 몰랐던 오클레앙 영애에게 붙을 것이다.

테일러는 황제와 맞먹을 만큼 강한 권력자라, 귀족들을 내키는 대로 무시해도 상관없는 처지지만, 오클레앙 영애는 백작 영애밖에 안 되는지라 테일러처럼 굴어도 괜찮은 입장이 아니다.

다행인 점이 있다면 로아넨 영애일 때처럼 남 비위를 맞추기 위해 노력할 필요는 없다는 것이다. 다가오는 사람들과 적당히 말을 섞으며 도란한 분위기 정도만 유지하면 될 것이다.

연화는 모든 상황들을 가정한 뒤, 자신에게 가장 필요한 것이 무엇인지 눈치챘다.

"오클레앙 가에 대한 정보, 주셨으면 하는데요."

"그런 건 디온에게 시켰으면 하는데."

테일러가 미간을 찌푸렸다. 그런 잡일은 하고 싶지 않다는 태도다.

“그분은 테일러 씨의 부하지, 제 부하가 아니잖아요.”

연화가 어깨를 으쓱였다.

“게다가 집사님이 얼마나 바쁘신지. 얼굴 보기가 얼마나 힘들었는데요.”

테일러는 잠시 생각에 잠겼다. 몇 초 후 알 만하다는 표정을 했다.

“노느라 바빴겠지.”

테일러는 연화처럼 어깨를 으쓱한 뒤, 의문을 긁어냈다.

“그대가 오클레앙에 대해 알아야 할 필요는 없을 듯한데. 황녀가 주인공인 파티에서 오클레앙에 지대한 관심을 보이는 자는 없을 테니까.”

“기본적인 질문만 오가다 말겠죠. 하지만 저는 그 기본적인 것도 몰라서요.”

재민은 서술하기 귀찮다는 이유로, 오클레앙 가를 설명하지 않았다. 연화 역시 글로 읽을 때는 의문을 갖지 않았다. 하지만 소설 속 세상이 현실이 되자 연화는 후회가 됐다. 그때 넘기지 말고 물어볼 걸 그랬다고. 그래도 다행이었다. 재민이 쓸데없는 정보라며 무시해 알 수 없었던 정보를, 이 세계에선 다양한 루트로 알아낼 수 있으니.

연화는 그중 하나를 쳐다보며 눈을 반짝였다. 사람들을 대면함은 물론, 오클레앙 영애로 행세하려면 공부를 해두어야 할 필요가 있었다.

연화는 가슴 앞에서 양 주먹을 쥐고 테일러를 보았다. 초롱초롱한 눈빛이 부담스러웠던 걸까. 테일러가 흠 헛기침을 하며 시선을 돌렸다.

"기본적인 정보라면, 서재에 있는 것만으로도 충분할 텐데."

"그래요? 그것 잘됐네요, 라고 하고 싶은데. 제가 아직 서재에 들어갈 수가 없어서요."

테일러가 무슨 소리냐며 눈썹을 찡그렸다.

"내가 디온에게 말해두지 않았나?"

"그러셨는지 아니었는지 모르지만, 저는 다른 말을 들었어요."

테일러가 숨을 죽였다. 언제 울고 있었는지 모를 풀벌레 소리가 크게 들렸다. 그 다음으로 테일러의 숨소리를 낮추는 것을 확인한 뒤에야, 연화는 한마디를 질러 넣었다.

"서재 청소를 해야 한다고."

카이스턴 가의 서재가 건물이라는 것을 알았을 때는, 디온의 기다려 달라는 말을 당연한 것으로 받아들였다. 소설 속에서도 서재 청소를 위해 대기하는 장면이 나오니까. 샤먼은 1달을 꼬박 기다려서야 서재에 출입할 수 있었더란다.

연화는 마음을 넉넉히 먹자고 다짐했다. 하지만 하루 이틀을 지나 사흘이 되자 인내에 한계가 왔다. 샤먼은 이 일 저 일 하면서 1달을 기다릴 수 있었을지 모르겠지만, 연화는 사정이 달랐다. 그녀는 하루라도 빨리 돌아가는 방법을 찾고 싶었다.

처음은 조급증으로 시작했지만, 결론 도출엔 성공했다. 디온은 거짓말을 한 것이다.

카이스턴 가의 사용인들은 손님이 언제 사용할지 모르는 손님방까지 매일 관리해 왔다. 그런 사람들이 테일러가 사용하지 않는다는 이유로 서재를 먼지의 소굴에 던져두고 외면할 것 같지는 않았다.

테일러는 예상한 반응을 보였다.

"그럴 리가. 서재는 사용인들이 매일 관리하는 공간이다."

"하지만 저는 분명 그렇게 들었는데요."
테일러가 황당해하며 잠깐 허공을 쳐다봤다.

책은 비싼 물건이다. 잉크와 종이에서부터 가죽까지 비싸지 않은 곳이 없다. 때문에 돈 많은 귀족들은 자신의 부를 과시하기 위해 서재를 짓곤 했다. 현 서재 역시 그렇게 만들어졌다. 선대 카이스턴 가주 중 하나가 자신의 부를 자랑하기 위해 낸 아이디어였다.

그는 서재가 카이스턴 가의 자랑거리로 남길 바랐다. 그러나 그 아래로 검소를 즐기는 가주가 오르면서 서재는 방치되었다. 이후 백년 가까이 방치되던 건물은 테일러를 만나면서 빛을 발했다. 테일러는 다른 귀족들이 서재를 가지고 있다는 이유 하나만으로, 서재를 관리했다.

정작 테일러는 서재에 들르지 않았다. 그는 서류로 서재가 잘 관리되고 있음을 확인했다.

디온은 매 분기마다 저택 유지비를 계산해 테일러에게 보고했다. 그중엔 서재에 몇 권의 책이 들어갔고, 몇 명의 사용인들이 서재를 관리하고 있는지도 적혀 있었다.

서류에 이상이 없는 한, 서재는 언제 들어가도 반짝 깨끗한 공간이었다.

연화는 눈을 동그랗게 떴다.

"그럼 제가 들은 건 무슨 소릴까요."

"개소리겠지. 당장 디온 그놈 불러와."

테일러가 미간을 와그작 구기며 명령한다. 연화는 그가 손가락질하는 쪽을 쳐다보았다.

언제 와 있었는지 모를 루디가 낯빛을 파랗게 하며 물러선다.

금강석 타일이 예쁘게 박혔을 바닥은 그녀가 떨어뜨린 티 세트로 엉망이었다.

연화는 멀어져 가는 발소리를 들으며 쓴 맛을 다셨다. 루디를 제 사람이라 여긴 적은 없지만, 함께 있으면서 그녀를 파악했다고 생각했는데. 디온과 합심해 서재 건을 침묵하고 있을 줄은 몰랐다. 친절한 태도와 다정한 말씨는 의심을 사지 않으려는 몸부림이었다.

연화는 제 자신이 우스웠다. 사람을 쉽게 믿으면 안 된다고 수십 번 다짐한 주제에, 어린애 몸에 들어가 살았다고 경계심이 퇴화한 모양이다. 저런 간단한 거짓도 눈치채지 못하다니, 연화의 입가에 자조가 깊게 스며들고서야 디온이 나타났다. 서류 작업을 하고 있었는지 소매가 잉크로 얼룩덜룩했다. 한 손엔 내려놓지 못한 깃펜까지 들고 있었다.

어찌나 급하게 달려왔는지 급하게 숨을 오르락내리락한다. 그와 열 걸음쯤 떨어진 곳에 루디가 서 있었다. 그녀는 디온과 테일러 눈치를 보느라 정신이 없었고, 디온은 무슨 말부터 꺼낼까 계산하며 눈을 굴려댔다.

테일러는 눈을 치켜세웠다.

"할 말 있나?"

테일러의 나른한 목소리가 정원을 가로질렀다. 얼핏 들으면 뭐든 이해해 주겠다는 뜻으로 들리지만 실상은 반대다. 화가 난 것을 눌러 담다 보니 외려 화를 내지 않는 것처럼 보이는 것이다.

디온은 움찔했다가 갑자기 흡 숨을 들이켰다. 아무래도 상관없다는 얼굴로 빽 소리쳤다.

"이건 다 주군 때문입니다."

"뭐?"

테일러가 어이없어했다. 갑자기 이게 웬 책임전가. 명령 불복으로 끌려와 있는 주제에. 테일러의 주위로 짜증과 분노가 피어오르자, 디온이 말을 쏟아냈다.

"고서적에 금서만 있는 거면 제가 말도 안합니다! 보안과 기밀이 중한 서류까지 죄다 서재에 처박아놓으셨잖습니까. 그래놓고 이제 와서 손님을 들이라뇨. 제가 어떻게 그럴 수 있겠습니까."

테일러는 잠깐 말이 없었다. 생각한 뒤엔, 자신이 그랬던 것 같다며 수긍했다. 화가 머리끝까지 났어도 논리를 우선하는 테일러기에 가능한 일이었다. 테일러가 자신의 실수를 인지하면서 시계추가 기울었다. 테일러는 민망의 헛기침을 서너 번 터뜨린 뒤, 연화를 눈짓하며 손을 내저었다.

"어차피 애인데, 뭐, 어때."

"그런 방만한 사고가 위험을 낳는 겁니다."

시답잖은 장난만 치던 디온이 완고하게 나왔다. 다른 때라면 테일러의 명령에 절대복종할 그가 테일러의 의견에 정면으로 맞서는 건, 카이스턴 가를 위한 것이라는 명분이 있기 때문이다.

디온이 옳다는 것을 아는 테일러는 강하게 나갈 수 없었다. 연화는 상황을 알아챘다. 손을 들어 디온의 이목을 당겼다.

디온의 충성심과 별개로, 연화는 서재에 들어가 봐야 했다. 어떻게든 정보를 얻어야 했다.

"제가 보지 말아야 하는 것이 있어서 그랬다면, 옆에서 이건 보면 안 된다고 제지하면 되었잖아요?"

저는 고작 12살. 어른을 이길 완력을 갖추진 못했는데요. 연화가 집게손가락으로 자신을 가리키며 싱긋 웃었다.

순간 두 사람의 반응이 엇갈렸다. 테일러는 타박의 눈길을 보냈고, 디온은 불끈 쥐었던 주먹을 늘어뜨렸다.

"아……."

"저런 바보."

연화가 두 사람 앞에 섰다. 서재 열쇠를 쥐고 있는 디온의 허리에 손을 두른 뒤, 칭얼거리듯 한마디를 덧붙였다. 아이 흉내만큼 쉬운 게 없다.

"그런 방식으로는, 안 되나요?"

연화는 테일러에게 그랬듯 쪼롱한 눈빛을 쏘아 보냈다. 디온이 거하게 휘청거리다, 고개를 끄덕인다.

성공이었다.

〈2권으로 계속〉